国歌

袁子弹 著

湖南人民出版社

国歌

The National Anthem

目录

国歌

The National Anthem

目录

第一章　再见了，云南！

一

一九三一年七月，这一天渐渐火热起来，太阳从昆明城同人街的粤式骑楼的檐花上照过来，折在麻石板的路面。没有一丝风，空气潮湿得几乎在滴水，人身上总有一种黏腻的感觉。远处一树茶花开在骑楼的阴影里，显得沉默而阴郁，肥绿的枝叶直伸进一条窄窄的麻石小巷。

这时巷口闪出几个人来。都不过十七八岁，穿着学生制服，动作利落，神情警惕。为首的青年在一间房子前停下，警惕地看了看，见四下无人，敲了敲门。

“谁？来干嘛的？”门内传来压得低低的声音。

“隔壁街的王瘸子，来送水的。”青年飞快地说。

“吱呀”一声，门开了一条缝。一张年青的脸半露出来：“快，快点进来！”学生们动作迅速，飞快地走进门去。

屋子里早已经聚集了二十来个青年，或站或坐，低声议论着什么。为首的伯文拍了拍手，示意大家都安静下来。这是个高瘦文雅的青年，举止沉静，皱着眉头，神色凝重，是共青团昆明支部的负责人。

不久之前，国民政府迫于日本的压力，通电全国，不得抗日，严禁一切与抗日有关之活动。电令一出，云南的学生运动也受到波及。政府派人查封了学生们创办的抗日刊物，收缴了各校的进步书刊，让共青团的工作陷入僵局。这次会议，就是要集思广益，想出一个可行的对策来。伯文把这些情况大致讲了一遍，青年们脸上顿时显出愤慨的神色，义愤填膺地大声说：“这算什么？日本人蛮不讲理，政府不思抵抗，反倒禁止民众抗日，世上哪有这样的道理？”

“就是！政府怕日本人，我们不怕！他们查封我们的刊物，我们就走上街头去，去游行、去宣传，看他们还有什么办法，能堵住我们的嘴！”

“对，上街头去宣传！”

“我来印传单！还有旗帜和横幅，我今天就去做……”

学生们你一言我一语，越说越激烈。一个留着齐耳短发的少女却左右打量着，眉头紧锁，她沉默一时，站起身来，附在伯文耳边说了句什么。

伯文一愣，睁大了眼，下意识地四下一看："聂守信？对啊，他怎么没来？"

聂守信默然坐在一座青石板的小桥桥头，阳光从他头顶那棵老樟树浓密的绿叶缝里射下来，在他身上闪出斑驳的光影。桥下一弯绿水，回环萦绕，一直向南折去，沿岸一带杂花乱放，开得人眼花缭乱。远处苍山如海，绿水如镜。

他半闭着眼，静静看着对面的那个老瞎子，老瞎子安静地坐在，眼白向天，瘦削的脸上皱纹僵硬得仿佛桥上的青石板，身前是一个缺了口的大破碗，碗里空空如也。他枯瘦的手按在胡琴的弦上，琴声凄婉而哀凉。

聂守信慢慢闭上了眼，手指不自觉地在石板上随着节奏轻轻叩击，周围没有一个人影，微风缓缓拂动老樟树的枝叶，流水的声响若有若无，到处都弥漫着琴声。

忽然老人手里的琴弦一颤，停了下来，聂守信蓦然睁开眼，清亮的眸子里闪着一丝泪光，鼓起掌来。

老人熟练地把弓挂在琴头上，蓬乱的花白胡子里露出一个比哭还难看的笑容："年轻人，你又来了？"

聂守信应了一声，从书包里拿出烧饵块，拗成两半，递了一半给老人说："老师傅，不好意思，我买乐谱把钱都花光了，今天只有这个了。"

老人他摸索着塞进嘴里，咬了一口，无声地笑开了，脸上满是皱纹："这个好，香着呢。"

一时间，两人都没有说话，默默地吃着饵块饼。半晌，老人轻声问道："年轻人，你天天都来听我拉琴，不腻么？"

"不会啊。"聂守信咬了一口饵块饼，往青石板的桥面上一躺，看着渐渐暗下来的天："老师傅，你知道么？你每天拉琴的时候，我就躺在这里，闭上眼睛看风景。"

老人闷声笑了："年轻人，你跟我开玩笑吧！闭上眼睛，还怎么看风景？"

"不，我没开玩笑。我说的风景，不是用眼睛看的，而是用耳朵听到的风景。"聂守信闭上眼睛，嘴角微微扬起，挥动手臂，一脸的陶醉："老师傅，你知道么？你每天拉的曲子不同，我看到的风景也不同。有时候，是春光明媚的三月江南，澄澈透明，柔媚入骨；有时候，是西子湖畔的阵阵急雨，纵横泼洒，来去无痕；有时候带了苦闷和醉意，像是夫子皱起的愁眉；有时候又透着活泼与娇憨，像是少女轻盈的秋波……"

老人天天拉琴，却从没想过自己的曲子里还有这样多名堂，半张着嘴，空洞的眼似乎在抽搐着，听得呆了。

聂守信睁开眼睛，闪着好奇的光，平时他是最沉稳的一个人，一谈到音乐，就像孩子一样的天真和兴奋："老师傅，你拉的这些曲子都是谁作的？"

"谁作的？这我也不知道。只知道是师傅的师傅教给了他，他又教给了我……"老人空洞的眼看着天，脸上的皱纹如刀一样，有些茫然地说。

"这怎么行！这样美的曲子，只有这么少的人知道，太可惜了！"聂守信猛地坐起身来。这半年来，他几乎天天都来桥边，为的就是听老人拉琴。老人仿佛是一个宝藏，那枯枝似的手底下，不知流淌过多少美妙的旋律。这些旋律，是聂守信从未听过的。可他万万没有想到，这样的曲子，却只是通过一两个人的手指、耳朵，一代代流传，连听众也少得可怜，只寥寥的几个。

他想着想着，忽然在原地打起圈子来，眼里渐渐激动起来，有些神经质地摆着手臂说："老师傅，我有个想法！我想把你这些曲子搜集起来，重新编曲，作成新的曲子进行演奏，让大家都可以听到，你说好不好？"

老人虽然看不见，但明显感觉到了他的激动，连连点头："好，好。拉了几十年，这些曲子都烂在我肚子里了。你要是不嫌烦呀，我全都拉给你听。"

"真的？那太好了！"聂守信眼睛发亮，迫不及待地翻出笔和本子，就要把刚刚听到的曲子往上记，他看到这个笔记本，突然想起什么，"啊"的一声，站起身来，跺脚说："坏了！"

老人一愣："年轻人，你怎么了？"

"坏了坏了！"聂守信顾不得解释，把笔和本子往书包里一塞，忙忙里说："老师傅，我忘了件大事，来不及了。下次，下次我再来听你拉琴！"一边说，一边撒开脚丫子，狂奔而去。

共青团开会的事，伯文早在三天前就通知了聂守信，通知的时候还再三叮嘱，这次会议事关重大，凡昆明的共青团员必须参加，不准缺席，更不能迟到。聂守信答应得好好的，心里也想着绝对不能迟到，可一听起琴来，早把这件事情忘在了脑后。眼看太阳就要落山，空气里飘荡着米饭的香味，他心急如焚，拼了命地往前跑，穿街过巷，终于赶到开会的地方，他用力敲门，气喘吁吁地说："我是隔壁街的王瘸子，来送水的……"

"你还送水呢。"伯文板着脸，拉开门来，一把把他拖了进去："我说聂守信，你知不知道现在什么时辰了？上次迟到，这次又是迟到！看堂会、听大嫂唱歌，这次又是什么？"

聂守信抓了抓头，不好意思地说："我、我去听琴，不知道为什么，今天的曲子特别长……”

伯文瞪了他一眼，看着他一脸的无辜，哭笑不得，转身往里走：“你呀，会都开完了！”

聂守信一愣：“开完了？都说了些什么？”

“前几天，当局查封了我们的抗日刊物，收缴了各校的进步书刊。会议决定，明天早上九点，在闹市区进行一次宣传活动，宣传民主和进步，抗议政府的专制行为。”伯文说。

聂守信眉头一皱，沉吟说：“当局连刊物都容不得，会容许我们在闹市区宣传？最近形势严峻，政府盯得比啥时候都紧，只怕没等我们把传单都发出去，警察就来了。”

“这我们已经计划好了。”伯文摊开地图，胸有成竹地：“你看，这是我们昆明最热闹的三条大街，中间有小巷相连。小巷的位置走法，俊卿他们都已经摸清了。明天我们会在大街两头都安排学生，只要看见警察，就吹哨子示警。我们呐，打一枪换一个地方，让他们追在我们屁股后头跑！”伯文停了一停，忧心地：“现在只有一个问题，就怕警察来得太快，还没等我们把人聚起来、把传单发出去，就得挪地方……”

“这算什么问题？包在我身上！”聂守信乐了，信心满满地笑说：“我有办法，在最短的时间里，把人都吸引过来！”

二

第二天清晨，和暖而透明的阳光从东边金马牌坊掠过，映照在碧鸡牌坊的飞檐上，流光溢彩，这两座十多米高的大牌坊在青石板的大街上落下长长的影子，阴影里行人往来如织一般，川流不息。

伯文腰里夹着一叠传单，从人群里匆匆挤过，他老远就看见同学们聚在金马牌坊下，有的拿着传单，有的举着小旗，在那里翘首四下里看，神色激动而亢奋，他不觉笑起来，当年他第一次参加游行时也和他们一样，激动得一晚上都没睡着。

他快步走到牌坊前，这时一个短头发的女学生上前来，有些焦急地说：“伯文，聂守信怎么还不见人？你不是说拍胸脯保证，由他负责吸引人过来么？现在都九点十分了，别说吸引别人，连他自己都不见人影。”

旁边的女同学附和说：“就是。这个聂守信，该不会又像昨天一样，迟到半天吧？”

伯文皱着眉头，想了一想说："不管他，我们先宣传起来。俊卿，你把横幅拉开；文淑，你带领女生们发传单，记住，嗓门要大、动作要快……"

正说话时，前头突然传来一片喧闹，一大群人蜂拥着向牌坊走来，外面的人都脖子伸得老长，踮起脚往人群中看，小孩子大声笑着，在人群里钻来钻去。

只听见一曲乐声响起，柔美流畅，仿佛流水一般，滑过人群，漫过街道，直接流进人的心里，同学们都一愣神时，这才发现人群中簇拥着一个人，身上插着笛子和萧，背上背着二胡、唢呐和巴乌，手上还提着一把葫芦丝，全身上下挂满了乐器，正卖力地演奏着。

"二胡！我们要听二胡！"

"要听二胡？好！"那人把葫芦丝往腰上一别，从背后抽出二胡来，边拉边走，一边走，一边不时更换乐器。

越来越多的人聚了过来，跟着他往牌坊走，连店家们都顾不得开店了，扔下手里的活，站在门口看热闹，七嘴八舌，指指点点。金马碧鸡坊本来就热闹，被这样一搅和，更是开了锅一般，人山人海，一眼望去，只看见黑压压一片脑袋。

学生们哪里见过这种场面，看得呆了，一动不动地站着，连传单也忘了发。那人反倒急了，踮起脚，努力从人群中探出头来，边拉边喊："伯文！文淑！发什么呆呢？快发传单呀！"

学生们这才反应过来，都是一呆，叫道："聂守信？"

"在哪？"

"中间那个，身上挂满乐器的……"

"这小子！"伯文见他古怪的模样，乐了。他手一挥，带着一干同学，抱起传单向人群里钻去。

聂守信见状，把乐器一收，停住了脚步，高声大叫："各位同胞，云南的乡亲父老们！你们刚刚一路跟我过来，听我的演奏，好不好听？快不快乐？"

"好听——""快乐——"众人七嘴八舌叫嚷起来。

聂守信顿了一顿说："没错，能自由地说我们想说的话，奏我们想奏的音乐，过我们想过的生活，是多么快乐！可是，当局不准我们这样做！"停了一停，环视众人，中气十足地继续大声说："我们是昆明各高校的学生！自鸦片战争以来，国家积弱难返；甲午海战之后，更是饱受压迫与欺凌！我们的民族，已经到了危急存亡的关头！为此，我们创办了抗日刊物，组织了学生自救会。我们想用我们的热情，唤醒政府，警醒国民！可是政府却派人查封我们的编辑部，收缴我们的书籍，不给我们一个说话的机会！他们这是在干什么？他们这是在推行专制、践踏民主！是在断绝民族的自强自新之路！"

他的声音越来越大，人群渐渐安静下来，很多人仰起面孔，脸上严肃起来，有人低头沉吟。自从护国战争以来，云南昆明一直是国内民智最开化的地方之一，多年的军阀混战，国家沦亡，令民众心中积满了愤懑。聂守信挥动手臂，声音慷慨而激越，那些话语就像是一个又一个短促的音符，将人们心里的不满、怨恨以及愤怒都激发出来，他们纷纷伸出手，接过学生们手中的传单认真看着，交头接耳、议论纷纷。

聂守信更是兴奋，他身上背着一大堆乐器，又被围着走了好一阵，暑热难耐，用袖子抹了把汗，顾不得休息，又从背后抽出唢呐，卖力地吹了起来。

人越聚越多，眼见得传单就要发完，街头突然传来尖锐的哨子声。伯文知道是警察来了，抱起剩下的传单，喊了一句："快走!"学生们忙收起东西，钻进一旁的小巷里去。只有聂守信没有反应，还在原地吹他的唢呐。

伯文见状，又冲了回去，扯起他就走："聂守信，警察来了，快走!"

"站住！前面的学生，都给我站住!"警察队长领着十来个警察，快步朝这边跑来。他满头大汗，沉重的肚子一颠一颠，边跑边喊，但哪里还追得上。学生们早已经一阵风般，跑得不见了踪影。

大伙儿一口气跑到一个小巷尽头，几个女同学格外紧张，从巷子里伸出头来，气喘吁吁地问："甩掉没有?"

"甩掉了甩掉了——"伯文跟聂守信跑在最后，往身后看了看发现一个人影也没有。同学们神情一松，欢呼起来。

伯文把剩下的传单往他们手里一塞,脸上满是兴奋,笑说:"来,同学们,我们继续！我们要让那些警察,一整天都追在我们后头！守信!"

聂守信点了点头，摆开架势，抽出笛子，大声地吹了起来。

下午两三点钟光景，昆明警察局里，平常抽烟的抽烟、打牌的打牌，正是热闹得紧，今天破天荒没有一丝声响，静得可怕。低矮的办公室里，空气仿佛凝固了一般，压得人喘不过气来，小队长和警察们在桌前站成一排，头压得低低的，谁也不敢开口。

警察局局长万万没有想到，派出这么多人手，却奈何不了几个学生，看着这帮手下，气不打一处来，拍着桌子，高声骂道："你们是猪吗？中央党部再三指示，这段时间，一定要避免发生冲突，不能给日本人任何借口。可你们呢？由着他们在大街上发传单、喊口号，一点办法都没有！这么多人，连个学生也对付不了，我养着你们做什么？啊？你们自己说，我养着你们做什么?"

小队长擦了擦汗,唯唯诺诺地说:"报、报告局长,这群学生狡猾得很。我们本来是在北大街的,他们一听到风声,就往南大街跑。等我们好不容易赶到南大街,他们又跑到北大街去了……”

局长听得烦心，大手一挥，冷冷地说：“算了，他们要发传单，由着他们发去。你们都给我撤回来，不用追了。”

小队长呆了一呆说：“可是局长，你刚刚还说，要避免发生冲突，不能给日本人以借口……”

“我说过什么，自己还不知道?”局长瞪了他一眼，指着他的鼻子骂：“你这个榆木脑袋，真是比猪还不如！追不上他们，你就不会想想别的办法？跑得了和尚，未必还跑得了庙?”

小队长闻言忙点头说：“属下明白，属下明白。”一面退了出去，一面分派人手下去各校打听。很快找到学生们藏身地点。小队长当即下令集合，整个警察局都忙乱起来。

这时伯文一群人早发完了传单，大伙儿兴致极高，聚在往常开会的房子里，又说又笑。

“真没想到，今天的传单全部发完了。还有人看了传单，来索要我们之前的刊物呢!”一个女同学笑说。

“你是没看到那些警察扑空之后的表情，真是又可笑，又解气!”旁边一个男同学比划着手势大笑说。

“要我说，宣传这么成功，有一半是聂守信的功劳！他一个人，简直抵得上一个小型乐团!”

“可不是。哎，聂守信呢?”大家你看看我，我看看你，都愣了。

伯文走过来含笑说：“他啊，早走了。也不知道有什么了不得的大事，宣传一完，抱着一大堆乐器，跑得比谁都快……”

正说话间，忽然传来了剧烈的拍门声，“警察，开门!”

众人都是一愣，脸色一变，伯文第一个反应过来，一把抓起桌上的横幅，扔进一旁的柜子里。几个同学也忙把宣传用的小旗子和刊物塞了进去，口里说：“快，后院！从后院跑……”

语音未落，门早被强行踹开，警察一拥而入。几个学生拔腿就往后院跑，还没跑出去两步，就被荷枪实弹的警察围住，押了回来。

伯文看着满屋子的警察，深吸了口气，强作镇定说：“我们犯了什么事?无缘无故的，你们凭什么抓人?”

“凭什么?”小队长打开柜子，拿起里面的横幅和刊物，在他们面前晃了一晃，冷笑说：“那你们告诉我，这是什么?”

大家一阵沉默，冷冷地看着他。

“说不出来了吧？告诉你们，这就叫螳螂捕蝉，黄雀在后。哦，你们真以为在小巷子里跑来跑去，我就拿你们没有办法？我这叫瓮中捉鳖，你们一个也别想跑！”小队长一个个数过去，又仔细打量了大家，愣了愣说：“那个拉胡琴的呢？怎么不在？”

这时一个高个子警察凑上前去，低声说：“队长，拉胡琴那个叫聂守信，人不在这里，那就是回家去了。我们已经查过了，他家就在南面的甬道街，离这儿不远……”

小队长斜了他一眼，没好气地说：“还愣着干什么？赶紧带人过去呀！”

“是！”高个警察应了一声，带着几个警察，快步往外跑去。

三

昆明市甬道街街尾，开着一家老字号的“成春堂”药铺。店面不大，却收拾得干净整洁。高高的柜台后面，是一排红木质地的中药柜，透着温润柔和的光泽，看得出已经有些年头。药材分门别类，摆放得整整齐齐，空气中弥漫着浓郁的药草香味。柜台右边是一道小门，用湖蓝色的布帘隔开。布帘后头，是一方小小的院落，种植着各色花草，花香四溢，清雅宜人。

这是聂家世代相传的产业，因为丈夫早亡，这些年来，一直由寡居的聂母在打点。好容易熬到孩子们大了，又出的出外、成的成家，只剩下老三叙伦和老幺守信还在身边。前些天，叙伦的一个朋友捎回话来，说上海云申米庄缺人，邀他到上海去做事，一来老板是云南人，靠得住；二来薪水比昆明高，不光能攒下些银钱，还能出外见见世面。叙伦被他说动了心，买好车票，决定明天就动身往上海去。

儿子要出远门，聂母心里自然舍不得，做了满满一大桌菜，还有难得做一回的汽锅鸡，为他送行，见聂叙伦动也不动，奇怪地问：“叙伦，怎么不吃？这些都是你平日里最爱吃的……”

聂叙伦笑着说：“不急，等等守信。”

他是个端正的青年，一眼看去，跟聂守信有些相似，却显得成熟稳重许多。这些年，他四处做事，攒下钱来给弟弟读书，闲时还要帮着聂母打点药铺，算得上是家里的顶梁柱，这次下定决心去上海，也是想要多赚些钱贴补家里，减轻母亲的重担。这些心思，聂母哪有不明白的？

她看着这个早熟的儿子，有点心疼，勉强笑着说：“等他做什么？他这个人，做起事情来没个定准，这会子还不知道又在哪里，做他那些荒唐事呢。”她拿起碗，盛了满满一碗鸡，递给聂叙伦说：“你先吃吧。等他回来，饭菜都凉了。”

聂叙伦摇头说：“我明天就要去上海了。无论如何，今天还是等守信回来，大家一起吃的好。”

这一句话，又勾起聂母的心事，她叹了口气说：“守信这孩子，要是也像你一样懂事就好了。你看看他，哥哥明天就要走了，也不知道在家里多待一会儿，一天到晚，就知道往外跑……”

正说着话，这时门口传来剧烈的敲门声。聂母一愣，问：“谁啊？来了来了。”她开门看时，涌进来四五个警察，手里都拿着枪，二话不说，往屋里走去。

“诶，你们这是干什么？”聂母吃了一惊，就要冲上去阻拦，却被聂叙伦拦住了。来人翻箱倒柜，很快把屋里搜了一遍，聂叙伦刚刚收好的行李也被倒了出来，翻得乱七八糟。为首的高个警察转过身来，厉声道：“聂守信呢？”

聂母这时才明白过来，脸色有些苍白说：“我儿子？他怎么了？”

“他公然煽动民众、诋毁政府，我们奉命前来逮捕他。”

“这不可能！”聂母摇着头，眼里露出不可思议的神色说：“我儿子只是个学生。他好好地在学校里念书，怎么会去煽动民众、诋毁政府？”

高个警察不耐烦了，喝道：“跟他一起参与闹事的学生都已经抓起来了。他呢？人在哪儿？”

聂叙伦忙抢先答道：“我们不知道。我弟弟说学校里有事情，已经好几天没回家了。”

那人定睛盯着聂叙伦老半天说：“真的？”

聂叙伦神色镇定，点了点头。聂母心里慌乱得很，紧紧抓住儿子的手，跟着点了点头。小队长打量着两人，没发现什么异样，威胁说：“那好。聂守信一回家，立刻通知我们。你们要是敢隐瞒不报，到时候不光是他，你们也得一起进局子去！”一时出门而去了，却吩咐两个警察守在门口。

聂母一向安分守己，哪里见过这样的场面？心慌意乱，腿肚子直哆嗦，紧紧抓着聂叙伦的手，喃喃说：“这怎么办好？叙伦，守信还在外头，什么都不知道，万一他回家来，被那些警察发现，逮到局子里去，可怎么办好？”她越想越紧张，勉强站起身来，往屋外走说：“不行，我得出门去找守信，现在就去，让他千万别回来……”

“娘，你镇定点，现在不能出门去找守信！”聂叙伦把母亲扶到窗前，掀起窗帘，让她看外头站着的警察：“你看，他们早就在门口安排了人。我们的一举一动，都在他们监视之下，别说去找守信，只怕连这个门都出不了。”

聂母没想到会被监视，越发慌了，连声音里都带了哭腔说：“叙伦，那怎么办？难道我们只能呆坐在这儿，眼睁睁地看着守信被捕？”

聂叙伦心里也是怦怦直跳。他强自镇定，想了一想，果断地说：“现在只有一个办法，在警察找到守信之前，送他离开云南。”

“离开云南？”聂母一惊，失了色的嘴唇嗫嚅着，结结巴巴地说：“可、可是，守信学业都没有毕业，又从来没有离开过家，他能去哪儿？”

聂叙伦沉吟一时说：“我想让守信顶替我，明天一早就去上海。上海那边，工作和住处都是现成的，老板又是云南人，多少会关照一点。守信迟早也要从家里出去，那边虽然辛苦，总比留在云南提心吊胆的好。”

这突兀的决定，仿佛平地里起了一个炸雷，让聂母慌了手脚。平心而论，几个子女里，最聪明的就是这个最小的儿子，可最不懂事的，恰恰也是这个最小的儿子。这个古灵精怪的孩子，喜欢听各种各样的声音，喜欢谈论一些奇奇怪怪的话题，这在做母亲的看来，都是不成熟的表现，让她格外忧心。让这样一个孩子去上海，合适么？

然而似乎也没有别的办法。聂母心里虽然再舍不得，也明白这种时候，去上海总比坐牢来得好，她抹了抹眼睛，叹了口气说：“只要能赶在警察前面，把他给送出去，还有什么话说。可我们现在根本出不去，也不知道守信人在哪里……”

聂叙伦想了一想，抬起头来说：“娘，你放心。我有办法。”

天色渐渐暗了下来，天空里黑云翻涌，越聚越厚，就像一座大山倾倒在城墙上，四周没有一丝风，闷热得叫人透不过气来，远处隐隐传来雷声，眼见一场暴雨就要倾泻下来。

聂叙伦戴着一顶大草帽，小心翼翼推开后窗，爬了出去，他翻过围墙，跳到后院的小巷子里，又向四处看了看，见没有人，又把帽檐压低，遮去大半边脸，这才大步穿过小巷，向大街上疾奔而去。

大街上行人纷纷往回赶，天色越来越黑，不一会就有稀疏的雨点落在尘埃里，很快就大了起来，织成密不透风的雨帘，雷声轰鸣，天空像沉重的灰幕压下来，和昏暗的地面连成一个湿漉泥泞的牢笼。

聂叙伦拼命在雨里跑，他知道弟弟这半年来，每天都要去桥上听琴，不知道这样大的雨他现在还在不在，但他已经顾不了这么多了，他一口气跑出城，雨水打得他几乎抬不起头来，他抹着眼睛，远远便看见那座青石板桥，却一个人影都没有，不由顿时慌了，大声叫道：“守信！守信！”

一个瞎眼的老人在桥洞子里摸索着探出头来：“先生，你找谁啊？”

聂叙伦见是他，忙问：“老先生，我弟弟今天来了吗？聂守信，就是天天来听您拉琴的那个!”

老人一愣,说:“啊,那个年轻人啊。他说他哥哥要去上海,刚刚回家去了。”

“回家去了?”聂叙伦脸色一变，二话不说，拔腿就往回跑。家门口守着两个警察，正等着他回家，若是追不上他，弟弟很有可能要去坐牢。聂叙伦想到这里，心急如焚，只恨自己长不出翅膀来。

雨越下越大，仿佛一道山洪从半空里倾倒下来，把整个昆明都淹没在水雾里。路上已经看不到几个人影。聂叙伦勉强睁大眼睛，四下张望着，一边跑，一边喊着聂守信的名字。眼看着离家越来越近，隔着马路，隐隐看得见药铺的大门，他只觉得一颗心像跌进了冰窖，越来越冷。

忽然，一个人影从旁边小巷子里晃晃荡荡走过来，正光着膀子，甩着手里的学生制服，早拧成了一团，他兴奋地哼着小曲，仰头看着满天的雨水，用手抹着眼睛，站在那里任由大雨淋着，高声大叫起来。

聂叙伦愣了一愣，这不是聂守信是谁，所幸下大雨，守在屋前的两个警察不知跑那里躲雨去了，他不觉惊出了一身冷汗，疾步跑了上去，一把抓住他，说：“快走。”

聂守信一愣，看见是叙伦，笑说：“三哥?你怎么在这儿?”

聂叙伦却激动得几乎流出泪来，一把把他抱住。聂守信莫名其妙地说：“三哥，你怎么了?”

聂叙伦忙抱着他就往巷子外走,低声说:“守信,不要回头。快,跟我来!”

四

聂叙伦早就想好了，找到弟弟，先送他到城西的米庄仓库躲上一夜。那是聂叙伦从前做工的地方，位于昆明西郊，平日里很少人来，又僻静又安全。等天一亮，就让他拿着自己的火车票，坐车到上海去。只要出了云南，这坐牢的危机就算是躲过去了。

他考虑得周详，聂守信却并不领情。他听聂叙伦把同学被捕、药铺被围的事说了一遍，又是惊，又是怒，攥紧拳头骂：“这群流氓，他们凭什么抓人!娘呢?他们有没有对娘怎样?”

聂叙伦做了个手势，示意他小声一些说：“娘还好，就是受了点惊吓。倒是你，今天绝对不能回家。这里是两百块钱，我已经跟娘商量好了，明天一早，你顶替我的身份，坐头班火车去上海。现在这种局面，只能先离开云南再说。上海那边，工作、住处都有，老板又是咱们云南的老乡，你去那里做事，我和娘多少可以放心一点。”

“不，三哥，我不能走。”聂守信想也不想，一屁股坐在地上，看向聂叙伦，目光坚定说：“伯文、文淑他们，现在都陷在局子里。我也是共青团员，也参加了宣传，要坐牢，大家一起坐；要砍头，大家一起砍！我不能扔下他们，一个人离开昆明！”

聂叙伦看着弟弟，不觉急了说：“守信，你这是干什么？你要是真被政府抓了进去，难道你的那些同学，他们会开心？会高兴？还是说，你逞强留在昆明，能有什么办法把他们救出来？”

聂守信倔强得很，闷着头，一言不发。

聂叙伦知道他的脾气，耐着性子，低声劝道：“守信，你的心思，哥不是不明白。你不想当逃兵，可现在的情况，你不逃行吗？就算你不为自己的前途想，不为我这做哥哥的想，难道你就不想一下娘？爹走了之后，娘多么辛苦才把我们养大，可你如果就这样被抓进局子里，更有甚者，就这样送了性命，你让娘怎么想？你也不小了，要让娘担心到什么时候？”

这几句话，说到了聂守信的心坎上。爹走之后，娘孤身一人带大六个孩子，这其中的艰辛，是外人无法想象的。聂守信知道，娘对自己有很大的期望；他也知道，自从自己加入共青团，参加种种活动以来，娘是何等提心吊胆。虽然她一句话也没有说过，可她渐渐花白的头发、忧郁的眼神，常常让聂守信羞愧难当、心生内疚。

聂叙伦看了看他的神色，顿了一顿，缓缓说：“哥知道，你有才华，也有理想。你憋足了劲，想做出点惊天动地的事情来。可正因为这样，你才一定得走。只有保护好你自己，留着你的性命，留着你的自由和才华，才能实现你的理想和抱负，才能为国家做更多事情。”

聂守信万没想到哥哥说出这样一番话来，不觉愣在那里。他这才知道，这个看似笨拙的哥哥是这样了解自己。自己平日里的那些想法、那些抱负，甚至是那些略显荒唐的行为，哥哥全都看在眼里。哥哥只是沉默，可这沉默里却有着最深沉的爱。

聂叙伦知道他已经想明白了，拍了拍弟弟的肩，站起身来说：“我走了，免得娘一个人在家里担心。这个仓库位置偏僻，你今晚就留在这里，哪儿也不要去。明儿一早，坐五点钟的火车去上海。到了那边，要是还少什么，或是遇上什么难事，就给我们写信。”

他不舍地看了看弟弟，迟疑片刻，走出门去。

聂守信一动不动地坐着，看着哥哥的背影，心里突然一阵慌乱，猛地站起身来："三哥！"

聂叙伦停下脚步，回过头来。

聂守信只觉得心头有无数的话要说，却一个字也说不出来，半晌，艰难地："我……我想见见娘。明天我就要离开昆明了，不见见娘，我心里不安稳。"

聂叙伦没有说话。

他犹豫片刻，点一点头："我知道了。你留在这里。我想办法带娘过来。"

米庄仓库，聂守信正焦灼地走来走去。

他是个敏感的青年，性格里又有很多的偏激和莽撞。这一天里发生的每一件事，飞快地掠过他的脑海，在心里掀起巨大的波澜来。早晨还兴兴头头在街头游行，还才刚刚准备把老人的曲子都记录下来，作成美妙的乐曲，现在却突然要去上海、去当一个米店的学徒，这让他本能地感到畏惧，又有一种隐隐的躁动和期待。

他忽儿想起娘和兄长，想起自己将要离开家，去到千里之外的上海；忽儿想起陷在警局里的同学们，不知他们什么时候可以脱身；一忽儿又想到自己，想自己到上海之后，会是怎样的境况和生活……想到再也看不到云南的山水，听不到盲老人那独特而美妙的小调，聂守信如同困兽一般，在硕大的仓库里打转，心乱如麻，理不出一个头绪。

正在这时，门口传来轻微的声响。聂守信一愣，探头出去，惊喜地看见哥哥扶着娘，从一辆三轮车下来。

"三哥！娘！"聂守信忙迎了上去，看着母亲的脸，一时间，竟一句话也说不出来。

聂叙伦一手搀着母亲，一手牵着弟弟说："走。要说什么，进仓库里再说。"

黑沉沉的仓库里。聂母拉着聂守信的手，就着油灯昏黄的光，上上下下仔细看了又看，见没有受伤，这才放下心来。她定定地看着儿子，看着他稚嫩而青涩的面孔，只觉得心里又是疼，又是恼，说不出的复杂滋味，突然扬起手来，一巴掌打在聂守信脸上。

这一巴掌下去，不仅聂守信被打蒙了，愣在原地，连聂叙伦也能没反应过来。

"我让你不好好读书！"

"我让你去参加游行！"

"我让你不懂事！"

"我让你去招惹是非，闹出这么大的事情来！"

聂母一边说一边打，聂叙伦想要拦，却怎么也拦不住。

聂母下死劲打了几下，还要再打，却终于落不下手去，一把搂住儿子，哭出声来："你闹成这样，让娘怎么办？你才十九岁，长这么大从没出过远门，现在家也不能回、学也不能上，眨眼的工夫就要去上海，你让娘怎么想？你让娘怎么能不担心？怎么能不害怕？"

谁也没有说话，只听见窗外淅沥的雨声。聂守信任母亲紧紧抱住自己，只觉得心里仿佛沉了一块铅，喉头哽咽，他只感到了一阵撕心裂肺的痛，一种无奈的悲凉和深沉的懊悔，这个比谁都坚强的妇人，这个以一己之力把自己带到这个世界上并且抚养长大的勇敢的妇人，此时却仿佛一片脆弱的叶子，在自己肩头瑟瑟发抖。

他从来没有像这样悔恨，也从来没有像这样痛恨自己的草率，可他却什么也不能做，只能伸出手，替母亲把脸上的眼泪擦去，抱住她瘦弱的肩膀，低声说："娘，没事，我真的没事。你看，我这不是好好的么？明天一早，我就去上海了，等我去了上海就安全了，他们谁也抓不住我。"

聂母没有说话，只是痴痴看着儿子，眼神温柔慈祥，眼角却藏满了哀伤。

聂守信勉强笑了笑说："娘，你放心，等我到了上海，我会好好照顾自己的。三哥说了，我一到上海，就可以开始工作。等我工作了，赚了钱，就能给娘买喜欢的东西，就能孝敬娘了……"

聂母眼里泪水终于涌了出来，一滴一滴落在聂守信的手背上，她紧紧抓住聂守信的手，看着儿子，半晌才嘶哑地说："你如今也不是小孩子了。到了那边，要好好听老板的话，老老实实做事，不要再惹什么是非。"

"一日三餐，要记得按时吃。再苦、再累，也不能饿着自己。"

"如今世道乱得很，自己的钱要收好。到了店里，等学徒期过了，有了工资，也不要大手大脚。凡事有个积蓄，以后遇上什么事情，也好有个退步。"

"还有，你的学业还没有毕业。空闲的时候，自己要知道长进，多读点书，多学点知识。咱们聂家出去的孩子，不能被人指着脊梁骨说没出息……"

她絮絮叨叨，不停地说着，紧紧抓住儿子的手。

聂守信默然听着，点着头，泪水在眼里打着转，嘴唇颤抖，却不知说什么好，喉咙里有些生痛起来，他张了张嘴，却终于没有说出一句话来。

"你走得匆忙，行李什么的，娘都没给你准备。可有一件东西，娘给你带来了。"

聂母从背上解下包裹，递给聂守信，勉强笑了笑："这是娘给你买的。娘知道你想要，本想等你二十岁生日的时候再送给你。你自己打开看看，喜欢不喜欢？"

聂守信一愣，小心翼翼地打开来。只见包裹在油纸里的，是一把崭新的二胡。二胡用上好的紫檀木制成，琴杆笔直，琴筒精美，上头蒙着色泽鲜艳的蟒皮，发出幽幽的光泽，温润而雅致。

聂守信抬起头，看着母亲满是皱纹的脸，泪流满面，终于从喉咙里低低逼出了一声："娘！"他想要再说些什么，却哽咽着，嘴角抽搐，却什么也说不出来，一把搂住母亲，把头埋在她的肩头，脸贴着脸。一时谁也没有说话，空旷的仓库里只听见轻微的啜泣声。

这时远处传来轻微的梆子声。聂叙伦叹了口气，站起身来说："娘，我们该走了。"

但黑暗中谁也没舍得动。聂叙伦沉默了一时说："娘，我们得趁着天黑赶回去。万一回去得晚了，被那两个警察发现，守信只怕就走不成了。"

聂母犹豫着，哆哆嗦嗦站起来。她伸出手去，不舍地摸了摸儿子的脸，这才在聂叙伦的搀扶下，坐上了车，却痴痴地望着儿子。

聂守信手里拎着那把崭新的二胡，一动不动地站在仓库门口，看聂叙伦踩着三轮车渐行渐远，隐没在黑暗里，他的脸上，眼泪一滴一滴滚落下来，又被他伸手胡乱地抹了去。

雨不知什么时候已经停了，一弯新月挂在天边，月色如水，弥漫在静谧的夜里，温柔得而宁静。聂守信突然盘腿往地上一坐，颤抖着，拉动琴弦。戚戚切切的二胡声从他的手下流淌出来，像是说不完的歉意，又像是道不明的思念。

远处看不见的街角，聂叙伦放慢脚步，三轮车缓慢地前行着。聂母如痴如醉地听着这二胡声，再也压抑不住，低低地哭出声来。

银色的月光照着这个孤独的青年，抚摩过他青涩而忧伤的脸。不知过了多久，琴弦轻轻一颤，停了下来。聂守信放下二胡，站起身来，看着眼前无边际的黑暗：在那黑暗之中，那些熟悉的街巷、熟悉的风景仿佛逐一浮现出来，那么鲜明，那么美丽。他缓慢地张开手臂，最后一次感受云南，感受这片土地特有的、湿润而明媚的气息；感受抚过面庞的、深深浅浅的风的声响；感受无处不在的、花的香甜和叶的芬芳，只觉得有什么在心头奔涌，是不舍，是懊悔，是对这一片土地的最深沉的留恋与爱。

他不知道等待着他的会是什么，可他第一次明白了什么叫失去，什么叫离别。

他在这一片黑暗里喃喃自语，却不知道，那是他短暂一生中，留给云南最后的话语。

"再见了，云南！"

"再见了，妈妈！"

第二章　不一样的文人

一

一轮红日从深黑色的大海上升起，天边暗黑的浮云被染出玫瑰一般的艳红，随即四处开始亮了起来，太阳渐渐闪出金黄的光，照见沿岸无数的远洋巨轮，仿佛山一般簇拥着，往来不息。海水从天际汹涌而来，涛声里上海外滩海关的钟声响起，在威斯敏斯特的乐曲声中，整个上海热闹起来。叮咚乱响的电车和汽车的喇叭声混成一团，花缎旗袍高跟鞋混杂在紧身西服和光亮的黑色皮鞋里，香烟广告和明星海报下传来报童清脆的声音。

沿石库门的巷子里头，开着一家云申米庄。米庄不大，却收拾得干净清爽。几个穿着布衣的伙计正忙碌着，搬米的搬米，过秤的过秤。老板不过四十上下，身材敦实，脸面和善，他冲着院子喊了一声："守信！聂守信！"

"哎，来了来了！"后院的阁楼上，噼里啪啦一阵响动，走下一个青年来，正是聂守信。他穿了件麻布短衫，趿拉着一双布鞋，手里拿着个本子，心不在焉地说："老板，什么事？"

"还什么事呢！快点快点，给客人送米去！"

老板一边说，一边把米牌往他怀里一塞说："这是今天要送的，一共十家。你手脚麻利点，别跟上次一样，天断黑了还没送到，惹得客人天大的意见……"

聂守信应了一声，把要送的米扛到三轮车上，一踩踏板，往巷口骑去。

他到上海已经将近两个月，米庄的这些工作，诸如搬米、送米、入仓、过秤等，都已经学得烂熟，兼之老板又是云南人，有一份同乡情谊在，日子倒也并不难过。他只觉得这里跟云南很不同，没有抗日，没有游行，国家的危难、民族的仇恨，仿佛早已在杯盏交错、灯红酒绿中消解，引不起人们的丝毫注意。日本人越逼越紧，政府又签订了新的协议，允许日本增加在东北的驻军和火力，允许他们的飞机进入东北境内，随时勘查。而这些消息，却不能在上海激起半点波澜。这个摇曳着脂光艳粉、让人目眩神迷的城市，就像是一汪看不到底的深渊，把人深深地吸引过去，消磨他们的意志，耗尽他们的激情，只留下繁琐而平庸的生活，日复一日，让人沉溺其中，习惯、麻木，乃至窒息。

他是那样地想念云南。在云南，哪怕是再阴暗的日子，也是充满着热血的。那些呼喊，那些努力，那些碰撞着的年轻的心，都让人感到生机、觉到希望。而现在，渺小的一个他，骑着三轮车奔走在庞大的上海城，却只觉得平静。这平静让人害怕，让人心慌，让人茫然若失而又不知所措。

时光是那样冷漠，一点点消耗过去，不愿为任何人稍作停顿。没有人知道，在这张尚显青涩的面孔之下，涌动着怎样的狂澜，更没有人知道，他心中那些压抑的激情，是怎样蠢蠢欲动、叫嚣着想要释放。在人们眼中，他只是一个普普通通的米铺伙计，踩着车轮，机械地卸米、搬米、倒米。忙忙碌碌之间，一日又将过去，各家的米都送完了，只剩下最后的两袋。

订这两袋米的是福州路的一家戏班子，常年在天蟾舞台演出，为头的班主叫周信芳，人称麒麟童，是梨园行里鼎鼎有名的人物。聂守信还是头回来这里送米，刚骑到门口，就见车流如织，人来人往，门外的木牌上，用斗大的字，写着“三国戏连场”“麒麟童 单刀会 空城计”字样。几个看客站在水牌前，正高声议论着。

“说起来，这周信芳周老板，当真了得！在天蟾舞台开唱这么多天，就没有不满场的！”

“那是。麒派麒麟童的名头，能是白叫的吗？”

“这我是可以作证的。前几天周老板唱全本《风波亭》，我好容易托人买到票子，唱得入味，做得又地道，满戏园子里，哪个不拍巴掌叫好？这麒麟童三个字，当真名不虚传……”

聂守信送了一天的米，精疲力竭，肚子饿得咕咕叫，哪有心思听这些。他把三轮车一停，一声不吭，扛起两袋米，就往剧院后门走。

两个杂役在后门守着，看见聂守信，忙问道：“那个谁？干什么的？”

聂守信气喘吁吁地说：“我是云申米庄的，来送米的……”

“怎么这时候才送来？这一戏班子的人都等着吃饭呢。这下好，快要开演了，就算立马煮，也吃不上了。”年长的杂役一肚子牢骚，嘟囔了两句，转过头去说：“根生，我带他去伙房。经理说了，周老板的戏迷多，这两天，想混进去的不少。你守住这里，不要让人随便进来。”

年轻的杂役应了一声，守住门口。聂守信默然扛着米跟在身后，走进门去。

两人刚走，一个三十多岁的男子走了过来。他身上套了件陈旧的西装，个子高且瘦，眼窝深陷，颧骨高耸，嘴巴抿成平平的一字，乍看上去有些凶恶。鼻梁上架了副圆圆的眼镜，又颇有几分文人气质，古怪中透着协调，让人印象深刻。他大步流星，就要往后台走。年轻杂役刚被叮嘱过，哪里肯放？忙拦住他："干什么的？这是后台，不能随便进的。"

男子一愣，抬起头来说："是我。"

年轻杂役理也不理他，摇头说："我管你是谁。我们经理说了，不是周老板班子里的人，一个也不让进。"

"你不认识我？"那男子有些惊讶，忽然笑了起来说："我是周老板的朋友，特意来看他的。你们经理也认识我……"

"朋友？这几天想混进去的，哪个不说是周老板的朋友？"年轻杂役见他赖着不肯走，没了耐性，直把他往外推，冷哼说："去去去，想看周老板，自个上前边买票去！"

男子有些无奈，只得耐下性子解释说："我真是周老板的朋友，我姓田……"

这时那个年长的杂役领着聂守信出来，一眼看见，吓了一跳，忙拉住那年轻杂役，劈头骂道："根生，你在干什么？"说话时转身向那男子，笑说："田先生，您是来看周老板的吧？快请进。前几日周老板还说呢，好久没见您了。"

男子也不介意，笑着点一点头，走了进去。年轻杂役看着他的背影，一脸茫然说："刘叔，他是谁啊？你不是说了，不要随便放人进去么？"

年长的杂役哭笑不得，说："他是谁你都不知道？他就是大名鼎鼎的戏剧家田汉！田先生的剧本，看过的都说好，别说是咱们经理、周老板，就连那些个难缠的学生、金贵的小姐太太们，也都欢喜得不得了。他呀，最是义气，混咱们梨园行的，有谁不知道他？"

聂守信默然站在门口，用米袋拍打身上的灰尘，也没有人理会他，他正要转身离开，忽然听说刚刚进去的男子就是田汉，不觉一愣，猛地抬起头来，却只看到一个模糊的背影。

田汉的名字，他早在云南时就听说过了。这个湖南人曾经留学日本，跟郁达夫、郭沫若一起，创立了赫赫有名的创造社，后来他醉心戏剧，便另起炉灶，开办了南国社，还接手上海艺大，培养出了一群学生，不辞劳苦地去各地演出。《获虎之夜》《名优之死》，这些剧本聂守信不仅看过，还喜欢得紧，觉得和以往的文学很不同，有一种鲜活而生动的力量。他万万没有想到，会在这里遇见田汉，更没想到，如此近的距离，却偏偏缘吝一面，擦肩而过，一时间倒有些懊恼。

聂守信低头沉默了一时，抬抬脚步想追上去，但看见门口那两个人，却又停住了步子，摇一摇头，默然不语自顾走了。

二

田汉自从任了上海艺大的校长，就下决心每年要公演一出大戏，今年定的是《卡门》。但要把发生在19世纪西班牙的奇情故事，移植到现今中国的舞台上来，绝不是一件容易的事。这一个月来，他领着学生们日夜加工排练，有好一阵没来天蟾舞台，今日好不容易有空，专程来捧周老板的场。

说来奇怪，这样一个留洋回来的新派人物，平时教的是西方课程，演的是新式话剧，却偏偏是传统戏曲的忠实拥趸，三天不看戏，连骨头缝里都痒痒。更奇怪的是，这个文人，三教九流，无所不交，三百六十五行，行行有他的朋友。比如这会儿，他脚下生风，穿过院子，熟门熟路进了后台，倒似进了自己家里一般，自在得很。

天色渐暗，戏快开锣，正是戏班子一天里最忙的时候。后台全都是人，勾着油彩的演员来来往往，有吊嗓子的、有找头花首饰的、有小学徒抱着戏服帮忙替换衣裳的，热闹非凡。

“哎，田先生！田先生来了！”他们跟田汉熟络得很，见他来了，纷纷起身招呼：“田先生，今儿怎么得空过来？”

“正是呢，好些日子没见田先生了。也不来看看我们。”

“田先生，听说你们要演《卡门》，排练得怎样了？”

田汉心情绝好，打着拱手，一一回应，听他们问起排练的事，边笑边答：“多谢想着，已经排得差不多了，过几日便要公演……”

一个丑角走了过来，看见田汉，忙叫了句田先生，殷勤上前说：“田先生是来看周老板的吧？他跟经理一起，在那边耳房里呢。”田汉笑着点了点头，走了过去。

后台一间僻静的耳房里，周信芳正对着镜面勾脸。他不过三十几岁，却是班子里当仁不让的名角，一举一动自有章法，显得沉稳利落。一双眉眼更是生得飞扬洒脱，精光内蕴，温文中透出隐隐气势，让人轻忽不得。

剧院经理陪在旁边，说着闲话，一个年纪轻轻的徒弟忽然一掀帘子，冲了进来叫：“师傅，不好了！”

这个小子叫七宝，十七八岁，头皮刮得青光，莽莽撞撞，一副不经事的模样，看得周信芳眉头一皱说：“什么事情，就急成这样？”

七宝张了张嘴说："张、张飞跑啦！"

"张飞跑了？"周信芳一愣，笑着调侃说："从来只听说韩信跑了，萧何去追，倒没听说张飞也会跑。王经理你给看看，这是唱的哪一出？"

"不是，是唱张飞的姜奎跑啦！"七宝急得满头大汗，连说带比划："这不到半个时辰就要开场了，他徒弟小二子见他还没来勾脸试袍靠，赶紧着上房间里去找他，结果不但人不见了，连行李箱笼什么的，也通通不见了……"

"你说什么？"周信芳腾地站起身来。他的班子向来最讲规矩，天地再大大不过一个戏字，看戏的人买了票，就是他们的衣食父母，不管出了多大的事，也得把戏唱完了再走。像这样临到上场不辞而别的，之前从来没有过。剧院经理更是心急如焚，慌了手脚："周老板，唱三国戏少了张飞，这可怎么办好？您听听，外头可都满场了，这么多人，都等着听戏呢！"

周信芳定了定神，问道："今晚张飞的戏有几出？"

七宝忙答："《桃园结义》全场；《空城计》里有一个亮相，外加几句念白；《单刀会》是师傅您的，没张飞的戏。"

周信芳想了一想说："挂牌子出去，把《桃园结义》换成我的《投军别窑》。"

七宝一愣，冲口而出："可是师傅，这一晚上连唱两场，您的嗓子……"

周信芳斩钉截铁地说："叫你去，你就去。忘了师傅教你的规矩？我们唱戏的，讲究的就是个信义，要对得起花钱进这戏园子的人。嗓子累一点算得了什么？就算是把嗓子唱哑了，也绝不能失场！"

剧院经理听他这么说，连连称是说："都说您周老板义气，今儿我可算是见着了。"

七宝有些犹疑说："可《空城计》里那一段戏怎么办？虽说不多，总得有人演……"

正说话时，田汉掀开帘子，一脚踏了进来，嗓门洪大，叫道："信芳先生！"

周信芳忙站起身来，拱了拱手说："田老大！"剧院经理和七宝也忙和他招呼。周信芳在一边沉思。他想了一想吩咐说："七宝，你先去把水牌换了。《空城计》那一段戏，我再想想办法。"

田汉闻言不觉发愣，这可是有些少见："怎么，都快开演了，这时候换水牌？"

"唱张飞的姜奎跑了，这一时半会的，上哪找人去？这不，只好先把《桃园结义》拿下来，换上我的《投军别窑》。《空城计》里张飞有一段念白，还不知道该怎么办呢。"周信芳苦笑着坐下，继续勾脸说："外面的戏还没开锣，我这倒先唱上空城计了！”

大家本来有些发愁，听了他的话不觉都笑了起来。田汉在一边笑着，看见化妆镜里自己的脸，突然一愣，猛地伸出手去，一拍周信芳的肩说：“信芳先生，你看！”

周信芳转过身来，有些发怔说：“看什么？”

“看我啊！”田汉瞪圆了眼，指指自己的脸说：“你看我的脸，看我的脸！像谁？”

周信芳等人看他的脸，越发莫名其妙，摇了摇头。田汉不觉有些急了，眼睁得更大说：“哎呀，张飞！张飞——”

七宝闻言，上下打量了他一番，不觉乐了，笑说：“嘿，还真是！瞧田先生这眼睛，铜铃似的，勾上脸，活生生就是个张飞！”

田汉越发的眉飞色舞，笑说：“对对对。你们的张飞跑了，现在这里有个现成的张飞，怎么样？”

一旁的剧院经理也乐了，一个长揖到底说：“田老大，若是这样，你可算是救了我了！”他停了一停，迟疑说：“只是……你虽然是写戏的行家，却从来没有唱过戏，张飞的那几句念白，你会不会？”

“这有什么？不会可以学么！”田汉本来就天不怕地不怕，听说可以上台演戏，更是兴奋得很，自信满满地说：“七宝不是说了么，统共就那么一段，有信芳先生教，还能学不会？”

周信芳看着田汉，忍不住也乐了，说，“你真的要演？”

田汉点头一本正经地说：“真的要演。”

周信芳念起念白：“当真想学？”

田汉也忙学着念白：“当真想学。”

周信芳微微一笑，一抖衣摆，站起身来说：“那好，你跟我过来。”

快到开演时间，外头人声鼎沸。看客们都入了席，嗑着瓜子说说笑笑。角儿们大多已经上好了妆，换好戏服，心里默默地温着戏文，就等着锣鼓点子一起，亮相出场。一个六七岁的学徒跑得飞快，边跑边喊：“快去看快去看，有好玩的事情，田先生要唱张飞了！”

一个旦角劈手抓住小学徒：“你说清楚点。是哪个田先生？”

小学徒高声地：“还有哪个田先生？就是田汉田先生，田老大！”

旁边一个大花脸来得晚，还在勾眉，一不小心，几乎勾到鼻子上去，张大了口说：“田先生要唱张飞？”

小学徒头一昂，挺着胸脯说："真的，骗人是小狗。不信你们看去，田先生这会儿正在后边院子里，跟周老板学戏呢！"

众人听他说得有鼻子有眼，忙站起身来，朝后院涌去。这时院子里早挤满了人，跑龙套的学徒、管箱笼的师傅、闻讯而来的生旦净末丑，闲着的没闲着的，里三层外三层，把个田老大团团围住，好奇得很，都要看他如何学戏。

周信芳站在前头教戏，把身板一挺，精气神一聚，端起架势，起、走、停、亮相，整套程式干净利落、一气呵成，看得人眼前一亮。田汉跟在后头，有模有样地比划着。

一趟走完，周信芳收回架势，微笑说："看清楚了？"

田汉点点头，自信满满地说："清楚了！"

周信芳退到一旁，点头说："那好，你走给我瞧瞧。"

田汉端起架势，嘴里念着鼓点，才刚踏出半步，却被周信芳拦住了，"停停停——"

田汉一只脚悬在半空，哭笑不得地说："信芳先生，我这一步还没走完呢！"

周信芳摇头说："你这一步虽然没走完，问题可大了去了。我问你，张飞是什么人？"

田汉一愣说："刘备的把弟？"

周信芳摆一摆手，沉声说："错！张飞是三国出了名的虎将，当阳桥前一声吼，喝断了桥梁水倒流，说的就是他。他性子急、脾气躁，所以这踏出去的第一步，步子要迈得大，脚底要有风。踏出去之后，步伐要稳，腰板要挺，要有虎豹之态、风雷之姿……"

他一边说，一边做。田汉在跟在他身后，一招一式认真地学着。

周信芳瞪眼、定格、亮相，气沉丹田，念白吐字，字字分明："芒鞋草笠渔夫装，豹头环眼气轩昂，胯下千里乌骓马，手中丈八蛇矛枪。我乃燕人张翼德，奉军师令，一路杀将去也！"

田汉也忙跟着瞪眼、定格、亮相："芒鞋草笠渔夫装，豹头环眼气轩昂，胯下千里乌骓马，手中丈八蛇矛枪。我乃燕人张翼德，奉军师令，一路杀将去也！"他顾得念白来忘了动作，亮相时本该右手在前，他却偏偏左手在前，七宝等一眼看见，起哄道："错了错了，是右手，不是左手！"

田汉手忙脚乱地换手，刚刚换好，只听得七宝他们又喊："错了错了，出的是左脚，左脚！"原来他手换对了，脚又站错了，自己也忍俊不禁，跟着笑了起来，把手一伸，爽快地说："我再来！再来！这回保证一丝儿也错不了！"

一边说，一边就从头开始，仔细回想周信芳的示范，边琢磨边练，唱念做打一招一式，半点也不含糊。

幕布外头，锣鼓点子响了起来。周信芳强忍笑意，看向众人说："开锣了，还看？去去去，让田老大一个人练练。一会儿等他上了场，你们爱怎么看，就怎么看……"

众人应了一声，嘻嘻哈哈散了开去。周信芳摇一摇头，转向七宝，叮嘱道："七宝，我得上场了，你留在这儿陪田老大，等他把这几句练好了，赶紧着勾脸换衣裳，可别误了场。"

七宝连连点头说："师傅您放心，这我知道。"

周信芳点了点头，整整衣袍，大步流星往台上走去。

轰轰烈烈的锣鼓声，戏园子里座无虚席，连走道里都站满了人，男男女女老老少少，都聚精会神，看着台上的周信芳。只见他身穿大靠，蹬厚底，插靠旗，扮潇洒倜傥的薛平贵，正与扮王宝钏的旦角依依告别。灯光照射在他身上，越发显得红缨烈烈，银盔闪闪，风神俊秀，一双眉眼熠熠生辉，说不尽的英雄气魄、儿女情长，堆积在眼角眉梢，让满座看客随他入戏，深为两人离情所动。

扮王宝钏的旦角见丈夫要走，凄凄楚楚哭了出来。

周信芳扮的薛平贵伸手欲扶，偏又扶不得，"啊呀"一声，双肩一抖，掩面而退，脚下磋步行云流水，眼中满是不忍，开腔唱道："三姐休要泪双流，丈夫言来听从头。干柴十担米八斗，你在寒窑度春秋。守得住来你将我守，王三姐呀，你守不住来将我丢……"

他这几句唱得豪迈凄怆、催人心肝，字字句句都是真血泪、真性情。

"好！"台下看客掌声雷动，喝彩声不绝。

出将门后，田汉也拼命鼓掌叫好。他已经换了袍靠，画好脸谱，手拿丈八长矛，凑在门口看周信芳演戏，乍看去燕颔虎须，豹头环眼，倒真有几分张飞的架势。七宝陪在他身边，见师傅唱得差不多了，忙提醒道："田先生，周老板一下，就该您了。今儿满座，您一会上了台，可千万别紧张……"

田汉眉头一皱，一巴掌拍在他屁股上："臭小子，你田老大什么时候紧张过？再说了，我现在可是张飞，当阳桥前，面对着上万曹军尚且不怕，还会怕你这小小舞台？"

正说话，周信芳和那旦角亮过相，退下台来。几个学徒忙迎上前去，把他团团围住，换衣裳的换衣裳，解靠旗的解靠旗，有人赶紧着递上温热的茶，给他润嗓。周信芳悬心着张飞的事，哪里顾得上这些？推开茶壶，急煎煎地问："田老大呢？"

七宝忙应道："师傅，在这儿呢！田先生勾完脸，一早就候着了！"

周信芳猛一眼看到田汉，退后一步细细端详，脸上露出笑容来，连连点头："像，还真像。田老大，一会上了场，你只管放开了演……"

话没说完，那边厢锣鼓喧天，过门响了起来，四个龙套上场，在台前打了几串小翻，分左右站定。周信芳知道田汉马上就要出场，再说什么也来不及，忙冲七宝做了个手势，七宝点了点头，在旁边数着鼓点子，听得过门快完，一掀门帘，把田汉轻轻往前一推。田汉也不怯场，昂首阔步，走将出去，待到鼓点一停，在台中立定，瞪眼、抱拳、定格、亮相，一气呵成，气沉丹田，高声念道："芒鞋草笠渔夫装，豹头环眼气轩昂，胯下千里乌骓马，手中丈八蛇矛枪。我乃燕人张翼德，奉军师令，一路杀将去也！"

他怒目圆睁，几句念白学了许久，倒也有模有样，戏班子众人凑在门帘后头，看他演得颇是那么回事，乐了，议论纷纷地："倒看不出，田先生还有这一手！"

"就是。我看，跟着周老板好生学学，演个花脸正好……"

田汉最是爱戏之人，几时这样过过戏瘾？迈着步子，在台上走着圆场，一举手一投足，精神头儿十足，眉飞色舞、脚下生风，倒真有几分张飞的勇武之气。几个演员守在入相门边，听见鼓点声快要完结，忙压低声音，招手喊道："田先生，下场下场！该下场了！"

田汉趁观众不注意，微微点了点头，到底舍不得，又迈了几步，这才昂首挺胸走下场来。

戏班子众人守在门边看他演戏，没想到他能演得像模像样，见他下来，有叫好的，有拍巴掌的，有叫着要田老大再来一个的，乱成一团。田汉被他们围在中间，连连摆手："不行不行，你们说了不作数，得信芳先生说。信芳先生，我唱得怎样？"

周信芳伸出大拇指，赞赏道："好！"

田汉得意地笑了起来说："那我也算是麒派传人了？"

周信芳哈哈大笑说："算，当然算！"

这时七宝打了一盆热水，拧了热毛巾递给田汉："田先生，我帮您卸妆吧。"

田汉却戏瘾还没过足，哪里肯让他卸妆？虎着脸把他推开，两眼一瞪，摆开架势："我乃燕人张翼德，谁敢动我？这妆卸——不——得，不——能——

卸～～”

众人被他逗乐了，一个个笑得打跌。田汉满心欢喜，收了架势说：“我可是说真的，这妆谁也不许给我卸！听说今天送米的来得迟了，大家伙到现在还没吃上饭，要不这样，一会儿下了戏，我请客包场，请大伙儿吃饭，如何？”

众人登时鼓起掌来，大声叫好，都扭头去看周信芳。

周信芳两手一摊，摇头说：“田老大都发话了，我能有什么意见？七宝，去叫黄包车。今天啊，我们都沾田老大的光，跟着吃饭去！”

三

夜戏刚刚散场，先生太太们看完了戏，说说笑笑往外走。来接人的轿车停了一路，乌黑锃亮，看去气派得很。黄包车夫来来往往，忙着招揽生意，还有卖花的小姑娘穿梭其中，不时高声叫卖着。一时间，戏院门口衣香鬓影、人声鼎沸。

后门的小巷里，七宝早就叫好了十几辆黄包车，单等着众人卸妆换衣服，看着大伙儿都上了车，他也往车上一跳，高声叫道：“行了行了，都到齐了。师傅，走吧！”

最前头的黄包车夫应了一声，十几辆黄包车连缀成行，在街上快速行走着。灯红酒绿的剧场被远远抛在身后，耳畔是柔和的风，透着丝丝清凉，稀疏的星子点缀在空中，越发衬得夜色沉静如水。

田汉与周信芳共一辆黄包车，在最前头领路，七扭八拐，在胡同里兜来兜去。七宝坐在后头车上，转得头晕眼花，高声问道：“田先生，快到了没？我已经饿扁了，肚子都在咕咕叫了！”

田汉回过头来，笑呵呵地说：“到了到了，就快到了。”

一旁的年轻旦角取笑说：“七宝，看不出你人不大，胃口倒不小。周老板还没喊饿呢，你就嚷嚷成这样了？”

“嘿，我嚷嚷怎么了？班子里没米，从早上折腾到现在，就吃了一顿饭，要不饿那才真成神仙了！”七宝也不害臊，把头往黄包车椅背上一搁，自顾自地说：“哎，你们说，田先生会请我们吃什么？是燕窝粥还是七宝羹？我听说尚贤坊那边新开了一家馆子，那个鱼翅做得整而不散、酥而不烂、香浓入味。要不我们就去那儿，好好打打牙祭……”

他说着说着，只觉得肚里的馋虫越发闹得厉害，连口水都快流出来，一脸垂涎神色。众人见他这样，笑做一团，向前面的黄包车夫催促：“快些快些！

这人饿坏了!”

黄包车夫也被他们逗乐了，脚下越发卖力，拐进一条僻静的胡同，没走几步，只听得田汉大声喊道：“停停停，就是这儿。”

黄包车应声而停，下得车来，却是一条乌漆抹黑的小巷，连人影也没有几个。众人四下里看了看，见怎么也不像是吃饭的地儿，奇怪地问：“田先生，你说的馆子呢?”

“这地方哪有什么吃的啊?破破烂烂的……”

“对啊，田先生，你可许了我们请客包场的!难不成是在骗我们?”

田汉豪爽地一笑，指着巷口一处亮着灯的地方说：“谁骗你们?你们看，那儿不是?”

众人顺着他手指看去，却是一个小小的红薯摊，一时都愣了。

田汉却好像全没有看见他们的惊讶，径自走上前去说：“老板，今儿个我包场，你这儿的红薯我全要了!”

“那敢情好……”那老板乐呵呵地抬起头，掀起铁桶盖，要拿红薯，看见一脸油彩的田汉，吓了一跳，嘴巴张得老大，连铁桶盖也惊得掉在地上。

田汉呵呵笑说：“老张头，怎么了?是我啊，田寿昌!”

那老板有些害怕，哆哆嗦嗦看着他，犹疑问：“田……田寿昌?”

田汉见他神色古怪，一愣，这才想起自己脸上还带着妆，又是好笑，又是为难，不知道怎么解释，重重点头笑说：“就是……就是田老大!”

他脸上的脸谱画得凶恶，配上笑呵呵的表情，怎么看怎么怪异。那老板听到“田老大”这三个字，倒不怕了，凑到跟前看了看，这才有些犹豫说：“真是田老大?前头胡同常来买红薯的田老大?”

“对对对，就是我!”田汉见他认出自己，连连点头，欢喜得很，转身招呼道：“还愣着干什么?都过来领红薯!趁热，爱吃几个吃几个，今儿个啊，你们敞开肚皮吃。我田老大说话算数，包场子请客，吃到管饱!”

戏班子众人听说田先生要请客，都以为是去大饭店吃好吃的，乍一下被他带到这么个红薯摊前，又是错愕，又是无奈，看他坦坦荡荡，没有半点窘迫，偏又生不起气来，面面相觑，都去看周信芳。

周信芳跟田汉相识多年，如何不了解自己这个朋友?别的人请客吃饭，少不得要找家体面的馆子，身份排场，半点都马虎不得，似乎不如此就不能显示其诚意。可田老大绝不会这样想，他请客只是为了请客，只是为了跟朋友们一起，痛痛快快吃上一顿。自己吃什么，也就请朋友吃什么，没什么不好意思，更不会有半点尴尬。他的心至诚所以坦荡，所以坦坦荡荡用红薯来款待他的朋友。可谁又能说，这样的红薯，不比那些饭馆子里的精美佳肴来得更难得、更珍贵呢？

“你们是没吃过这家的红薯，不知道有多好吃。我写东西写不出来，就来这儿买红薯。那个香呐，香得不行，你只要一闻，口水都能滴出来……”周信芳看着田汉，看他拿着铁夹，把热乎乎的红薯从炉子里往外夹，只觉得这个朋友真诚得可爱，率性得可爱。他走上前去，率先拿起一个红薯，不觉感慨地说：“我周信芳走南闯北，也算是吃过很多酒席，见过很多世面了。可今天这红薯宴，还真是头一回呐！”

七宝却在一边嘟嘟囔囔：“可不是，这红薯宴，也就田先生敢请，要是换了别人……”

“换了别人咋的？你还能不吃？”年轻旦角一个暴栗打在他头上，拿起一个红薯，往他手里一塞：“赶紧吃吧，趁热，好吃着呢！”

戏班子众人闻到香味，也都凑了过来，七嘴八舌起来：“就是！田先生请客，你还敢挑剔。再不吃，我们可就把红薯抢光了……”

“对对对，让他一个人吃鲍鱼燕窝去！咱们呀，就留在这儿吃红薯！”

没等七宝回过神来，一群人早已经围上前去，把一炉红薯一抢而空。空气中弥漫着浓郁的香味，亲切而温馨，诱得人食欲大发。大家坐在简陋的桌椅前，大口吃着红薯，嘴上黏糊糊的，心里却是格外畅快。他们隐约觉得这跟从前那些饭局不同，可又说不清楚这不同在哪。

宁静的夜晚，偏僻的小巷，大家坐在浅浅风中，吃吃喝喝，说说笑笑，快乐的感觉分外鲜明。田汉最是性情中人，一时兴起，高声问道：“老板，有酒没有？再给我们弄些酒来……”

他们谁也没有想到，与此同时，千里之外的沈阳，几个日本军人炸毁了柳条湖附近的一段铁轨。这原是一件小到不能再小的小事，微小的爆炸声甚至没有惊动周围熟睡的农户，可随后发生的一切，却将波及沈阳、东北，影响到正吃着红薯的、快乐的田汉，以及沉沉睡去的、迷惘的聂守信，改变着每一个中国人。

第三章　九一八，不得抵抗！

一

一九三一年九月十八日，夜里东北军北大营的营房格外安静。少帅张学良带着十万东北军入关，已经有好些日子，留下来的官长无心，自然比平时散漫一些。加上又是发饷的日子，士兵们回家的回家，外出的外出，余下来的没事可做，也都早早睡了，只几个当值的士兵裹着大衣，在营房外来回踱着步子。

四下里安静得很，只听见几个士兵沙沙的脚步声。一个大高个儿巡逻回来，向旁边的矮个借了个火，往地上一坐，一边抽烟叶子，一边有一搭没一搭地聊天。“刚刚那是咋的？地震了？”

“可不咋的。”大高个儿忍不住跺脚下的地，骂骂咧咧地说：“我操你奶奶！天冷成这样，还给老子地震，连口烟叶子也抽不安生。东北这地界，还让不让人活了？”

周围几个士兵都笑了起来。矮个子叹了口气说：“这关外真不是人呆的，再过一两个月，值勤的就该冻成冰了。”

旁边的士兵直点头说：“还是黑子他们神气，跟着大帅入关了。你说北京城里这会得多热闹……”他语音未落，忽然一声枪响，只见他就僵住在那里，脸上的表情也凝固了，直挺挺扑倒在地。矮个子呆了一呆，忙去扶他，大声地：“老黄！老黄!!”

这时又有枪子破空的声响传来，又有人倒在了地上，鲜血汩汩地流淌着，顿时枪声越来越急。

“他奶奶的，是日本人！日本人来偷袭了！”大高个儿一眼看到黑压压的日本兵，反应过来，扯起还呆愣着的矮个子，就地一滚，躲过子弹，一边开枪还击，一边把他往后推，大吼道：“快，快去喊弟兄们起来！”

矮个子反应过来，拔腿就跑，高声地叫嚷：“日本人来偷袭了！日本人来偷袭了！”

士兵们都惊醒起来，营房里乱成一团，只听见叫道："怎么回事，日本人打过来了么?"

"枪呢？我的枪呢?"

有士兵手忙脚乱地爬起来，在地下找鞋子；有士兵连裤子也来不及穿，抓起枪就往外跑。有士兵赤手空拳跟冲进来的日军肉搏；有士兵还来不及从被窝里爬出来，就被日军射杀在床上。一时间，询问声、咒骂声、枪炮声、惨叫声，营房里乱成一团。到处都是纷乱的人群，没头苍蝇一般的乱冲。只看得到刺刀冷冷的光芒，在夜色中悄无声息地划过。

第七旅驻扎在北大营靠后的位置，旅长孙成光一个激灵，坐起身来。他抓起枪，打开门，二话不说冲了出去。

营区里全是人，慌乱地跑动着。孙成光见状，对着空中就是一枪，高声地喊道："七旅的士兵都给我听着！不要慌，拿好枪，以连为单位集合，原地待命!"

他反手抓住一个逃过来的东北军士兵，问道："你是那个旅的？日本人打到哪了?"

士兵脸上满是惶恐说："我是二旅的，日本兵从西南边打过来的，杀了好些人……"

孙成光皱了皱眉问："你们旅长呢？参谋部那边有什么指示?"正在说话间，突然"轰"的一声巨响，东北角火光熊熊。

"不好，火药库!"孙成光一看火药库起火，知道事态严重，再也耽搁不得，想了一想，一咬牙、一跺脚，高声叫道："七旅的士兵听好了！有枪的拿好枪，没有枪的拿好武器，赶快进入预定阵地，随时准备作战!"

东北军参谋长荣臻缓缓踱着步子，外面的枪声越来越密，甚至有机枪和大炮的声音，到处是火光。以一般的军事常识来说，这已经是突袭了，但他又拿不定主意。北大营是东北军嫡系，士兵上万余人，训练有素，装备整齐，日本人却敢公然突袭，这是怎样也想不到的事。他甚至有种错觉，这只是日军的一次演习，是自己的士兵误会了，弄错了他们的用意。然而那枪声却分明是真实的，落在指挥部窗外的炮弹也是真实的，自己的参谋室，更是不断有下属闯进来，向他汇报新的伤亡。

他不知道日军到底有多少兵力，更不清楚他们的目的是什么。他们为什么要进攻北大营？这到底是一次有蓄谋的公然示威，还是一桩意料外的偶然事件？他们的目标是北大营，还是整个东北军？

荣臻的脑子飞速地转动着，思考着每一种可能性，却得不出一个肯定的答案。少帅人在北平，一时联系不上，是否对日军进行还击，如何作战，都得由他来发号施令。可他却一个字也不敢说，生怕自己随意的一个命令，会把事态推向更糟糕的方向。少帅去北平前再三叮嘱，对待日本宜力求谨慎，无论他们如何寻事，务须万方容忍，不可与之反抗，致酿事端。可现在的情况不同，日军不再是小打小闹，而是直接找上了北大营，找上了东北军。这种时候，还该容忍吗？还能容忍吗？

他心中激烈斗争着，正不知如何是好，一个士兵跌跌撞撞闯了进来，气喘吁吁地说："报告参谋长！日军已经占领了火药库，现在正在进攻第七旅的营地！"

"什么？"荣臻一惊。他心里还存着一丝希冀，忙问道："确定不是在演习？"

"不是演习！"士兵一脸悲愤，眼中几乎要滴下泪来："日军从西南角进攻我方营区，二旅首当其冲，伤亡过半；七旅的孙旅长已命令士兵全部进入预定阵地，决意与日军拼死一战。他让我请示参谋长，尽快派人增援……"

负责联络的通信兵猛地站起身来，打断道说："参谋长，北平方面联系上了！"

"快！把电话给我！"荣臻得了救一般，大步走上前去，一把夺过卫兵手中的话筒，急促说道："我是参谋长荣臻，请司令听电话！什么？不，不行，不能等他回来。请尽快报告司令，日军无故偷袭我北大营，对，不是演习。事态紧急，北大营全体将士都在原地待命、等待指示……"

参谋室外，枪炮声、喊杀声越发响亮。那头不知道说了些什么，荣臻脸色一变："好，我明白了。"他轻轻答了一声，动作缓慢地放下电话。

卫兵焦急问："参谋长，司令怎么说？"

荣臻神色黯然，叹了口气说："司令陪英国大使到前门看戏去了，一时联系不上。"

卫兵急了，脱口问道："联系不上？那我们怎么办？东北军怎么办？"

荣臻整个人犹如石化一般，站得笔挺，一动不动。四周围一片黑暗，看不清他脸上的表情，半晌，才见他抬起头来，低低地："南京政府已经下了命令。小李，帮我接通各旅旅长……"

荣臻的电话过来的时候，孙成光正领着七旅的士兵，跟企图冲进营房的日军对峙。他们大多衣冠不整，却毫不退缩，面对装备齐整的日军，以营房为凭依，顽强抵抗。几个日军在枪炮掩护下，冲到营房旁边。孙成光要开枪时，才发现子弹已经打完，二话不说，捡起一支日本兵掉落的刺刀，冲上前去。身旁几个士兵也都没了子弹，发一声吼，跟着冲了过去，与进入营房的日军揪斗在一起。

“孙旅长，小心!”有士兵开枪撂倒了几个日本兵，冲了进来，与孙成光等肩并着肩，沙哑着嗓子：“我们是三旅的，来支援七旅的兄弟!”

“好!”孙成光见有人增援，一手格开日军的刺刀，豪爽地一笑：“日本人既然敢来，咱们就拼着这条命，让他们瞧瞧咱们东北军的气势!”

卫兵小朱举着电话冲了过来叫道：“旅长，参谋部的电话!”

孙成光应了一声，把身前的日本兵劈倒在地，一手抓过电话，退到营房墙后，高声汇报道：“参谋长，我是三旅旅长孙成光! 日军无故侵我营房，我旅拼死抵抗，现已死伤过半，急需支援……”

枪炮声、喊杀声交织在一起，响声震天。可孙成光却什么也听不见，只听见荣臻低而沉的声音，从电话那头一点点传递过来，冰水一般，浇得人心头发冷：“我是东北军参谋长荣臻。东北军各旅听令，在新的指令下达之前，务必遵守中央命令，谨慎隐忍，原地待命，无论日军有何挑衅行为，一律不得抵抗。”

孙成光有些不敢相信，声嘶力竭地吼道：“什么? 不得抵抗?”

电话那头，荣臻将眼一闭，咬了咬牙说：“对，凡我东北军将士，一律不得抵抗。即使日军勒令缴械，占领营房，均可听其自便。”

一个炮弹炸响在耳边。孙成光眼睁睁看着几个士兵浑身是血，倒了下去，只觉得眼前发黑，不敢置信地问：“那日军要命怎么办?”

死一般的寂。四周围的枪炮声仿佛都听不见了，只剩下低低的喘息声。电话那头，荣臻一手握着话筒，一手紧握成拳，指甲深深陷入掌心，几乎要刺出血来。半晌，才听见他开口说：“南京政府已经下了命令，军人以服从为天职，要命就给他。”他眼中流下泪来，神情痛楚，一字一顿地说：“司令走前再三叮嘱，如果发生问题，要保持克制，万不可贸然与日本方面贸然冲突，使事态恶化。就算是日军要命，我等今日挺着一死，大家成仁，为国牺牲。”

电话这头，孙成光愣在原地，眼中几乎要冒出火来。他握着话筒的手重若千斤，一点点垂下去——突然抬起手来，把话筒重重地摔在地上，喝道：“七旅的弟兄们，都给我住手!”

营房内的东北军士兵们刚抵挡住日军的一波进攻，齐刷刷回过头来。那是一张张年轻的面孔，受了伤，沾满尘土，显得疲倦而狼狈，但他们的眼睛却璀璨如明星，燃着必胜的决心和希望。

孙成光只觉得心里被什么堵住了一般，张了张嘴，却说不出话来。仿佛过了几世纪那么久，他赤红着双眼，看着伤痕累累的士兵们，艰难地开口道：“参谋部命令，无论日军有何挑衅行为，一律不得抵抗。七旅各营士兵做好准备，撤出营区。”

士兵们都是一愣，眼睛里几乎喷出火来，声音此起彼伏，高声吼道：“不准抵抗？日本人杀到我们头上了，难道我们也不抵抗？”

“我们那些死了的弟兄们，难道就白死了吗？”

“旅长，不能撤！我们不能不战而逃！”……

孙成光凝视着士兵们的脸，一颗心犹如被撕裂了一般，钻心的疼，却仍是攥紧拳头，高昂起头，斩钉截铁地说：“你们的心情，我都明白！我孙成光也跟你们一样，不想撤、不肯撤、不愿撤！我也想要给弟兄们报仇，给东北军长脸！可咱们是军人，既然是军人，就必须服从指令！”他的目光扫过众人，命令道：“二团团长，三团团长出列！你们带领余下的士兵，迅速撤出营区，我和一团留下断后。”孙成光果断地下了命令，看着一地狼藉的营区，那些倒在血泊中屈死的战友，咬一咬牙吼道：“弟兄们，你们放心，今日七旅虽奉命撤退，但我孙成光拿命在这里起誓，不出一年，我们一定会再打回来，给弟兄们报仇，给东北军雪耻！”

士兵们看着孙成光隐含泪光的眼和抽搐抖动的嘴唇，声浪渐渐平息下去。他们知道，眼前这个人跟他们一样，心中充满怒火，他只是在压抑、在等待，等待着这怒火爆发出来，化作火焰，化作复仇的利刃，扎进敌人的胸口。而现在，他们只能忍耐，只能退让，因为他们是军人，因为他们必须服从命令。

孙成光也在注视着他们，注视着这些朝夕与共的战士。他平生从未做过如此艰难的决定，干裂的嘴唇翕动着，“撤退”两个字如鲠在喉，怎样也说不出口。他觉得自己不能如此，可又偏偏只能如此。难得的沉默弥漫在营房之中，这沉默中有一种庄严，有一种不可侵犯的、悲壮的力量，让人动容。

炮声隆隆，日军重又发起攻击，打破了这短暂的宁静，炮火落在营房一角，几个士兵一声不吭，身子一歪，倒在炮火里。

“刘大！老张！”旁边的士兵忽然吼了一声，脖子上青筋暴起，叫道：“他奶奶的日本人，老子跟你拼了！”说话间赤手空拳就要往外冲，却被孙成光高声喝住：“站住！”

只见他双目赤红，一咬牙，一字一顿说：“东北军第七旅听令！现在开始，撤退！”他上前几步，站到营房最外围，高声叫道：“一团的弟兄们，都给我守好了！二团、三团顺利撤离之前，决不能让日本人再前进半寸！”

沉默，死一般的沉默。没人有说话，只听见子弹擦过耳际的声响。

一团的士兵们迅速上前，与孙成光并肩而立，仿佛坚不可摧的长城一般，护卫着即将撤离的兄弟。他们身后，二、三团的士兵一言不发，有人默默地攥紧拳头，有人无声地流下泪来。

孙成光打光了一梭子弹，听见背后没有动静，头也不回地说："还不快走?"半晌，终于有人低下头，率先走了出去。士兵们一个接一个，沉默而迅速地移动着，井然有序。二团的团长留在最后一个。他立得笔直，向背对着他的孙成光行了个军礼，默默地走了出去。

一九三一年九月十八日成为世界战争史上最荒唐的一夜，日本关东军不过一万余人，就向十六万多装备精良、训练有素的东北军悍然发起攻击，这种勇气简直不逊于向大象挥动钳子的螃蟹，更可笑的是十六万多东北军不得不执行不抵抗命令，任由人屠杀，仓皇撤退，北大营被日军占领，付之一炬。螃蟹战胜了大象。

第二天上午，日军几乎未受抵抗便将沈阳全城占领。其后短短几天时间，日本占领安奉、南满两铁路沿线的长春、营口、海城、辽阳、鞍山、铁岭、四平街、公主岭、安东、凤凰城、抚顺等二十余座城市，略地千余里。广袤的东北大地笼罩在战火之中，城头高高悬挂着太阳旗，城墙上公然张贴着告示，不准中国人在街上逗留。

二

冯德麟一家四口听了一夜的炮火声，惊恐得很。他们祖祖辈辈都是农民，在兴安一带种着几亩地，最是安分守已，哪里明白发生了什么？只听得仓皇逃窜的人说，日本人杀人了，杀了很多很多的人。可为什么要杀人，连那些逃窜着的人也说不清楚。

天蒙蒙亮的时候，冯德麟觉得右眼皮子直跳。他是个三十来岁的东北汉子，壮实、憨厚，透着东北特有的质朴劲儿。都说日本人见人就杀，左邻右舍有不少老乡亲打包了细软，连夜逃跑，可他却舍不得走。这里是他出生、长大的地方，爹娘的坟都在这里，跟孩子他娘也是在这个屋里成的亲，后来，又有了杏儿和豆儿。日子虽然辛苦，可他早已经习惯了这儿，习惯了厚实黝黑的土地，习惯了朔风阵阵的寒夜，习惯了沉甸甸的犁头和红火火的高粱。这两年收成不错，屋里置办了几件新的家具，院子外头用土砖砌了整齐的围墙，是去年猫冬时刚弄好的，还有后院种的菜、养的猪，这些他都舍不得。

他一宿没睡，却没有半点困意，紧张地留意着四周的动静。长女杏儿约摸十一二岁，折腾了半宿，搂着弟弟豆儿在炕上睡了。孩子他娘也疲乏得很，靠着墙根，合着眼皮打盹，屋子里安静得可怕。他起了一阵不妙的预感，心里突突地跳，犹豫片刻，轻手轻脚拿起斜放在床头的烟锅，走出门去，蹲在院子门口，吧嗒吧嗒抽起烟来。

他一遍遍安慰着自己，日本人也是人，也得吃饭，既然要吃饭，就得种地，就得有种地的人。兴安一带不比沈阳长春，偏僻得很，日本人就是要抢，也未必会到这儿来，就算来了，也不见得就会杀人。自己家里横竖没什么值钱的东西，日本人要什么，给他就是了。只要地还在，房子还在，就没什么可怕的，还是一样种田过日子。

他这样想着，心里略略安稳了一些，抬头看向远处的村口。村里的人已经跑了大半，剩下的大多跟他一样，舍不得积攒多年的家业，平日热闹的村落，此时却如荒漠一般，一片死寂。月亮惨白地悬在天际，厚厚的云层遮蔽了初升的日头，只在边缘透出焦黄的光。

冯德麟握着烟斗的手突地一震。他眼看着天边起了一阵黄烟，接着就听到轰轰的声响，几个他从没见过的大铁家伙横冲直撞，冲进村来，上头载着满满的士兵。他不知道那就是坦克，更认不出是哪里来的队伍，只本能地觉得害怕，拔腿就往屋里跑，叫道："他娘！他娘！快醒醒！杏儿！杏儿！"

他用力摇醒孩子他娘，又去摇睡得死死的杏儿，惊慌地说："快，快躲起来！"

孩子他娘披头散发，一手抱着豆儿，一手扯着杏儿，嘴唇发白，慌了手脚问："他爹，躲哪儿？"

冯德麟拽着一家子人，心急如焚，团团乱转。屋里简陋得很，哪有什么藏人的地方？他打开橱柜的门，拉过妻儿，就要往柜子里塞，哪里塞得进去？里头的东西噼里啪啦，掉了一地。豆儿才一岁不到，被这动静惊醒了，"哇"地哭出声来，屋里一片混乱。

屋外隐约听得到凌乱的枪声和女人惊叫的声响，危险悄无声息地逼近，让人透不过气来。冯德麟急得不行，不知道该往哪里躲好，一跺脚，扯起老婆孩子就走，冲到院子里，拨开高高的柴火垛，按着他们躲了进去，用柴火把身前遮了个严实，见豆儿还在哭，慌乱地说："哭什么哭？别哭了！"

孩子他娘忙拍哄着，哪里哄得住？听得脚步声越来越近，忙用手捂住孩子的嘴，一动也不敢动。杏儿紧紧攥着她爹的手，睁大了惊恐的眼，透过柴火的间隙往外看，只见几个全副武装的日本兵闯了进来，翻箱倒柜地搜查着，见屋里没有什么值钱的东西，骂骂咧咧地正要出门，突然看到院子里养着的几只鸡。领头的日本兵二话不说，就把刺刀扎进一只鸡的胸膛，把鸡挑在枪尖。鲜血溅到一旁的柴火垛上，几个日本兵扭曲了面孔，放声大笑起来。

豆儿受了惊吓，拼命扭动着，皱着小脸想要哭喊，孩子他娘用尽全身气力，死死把他摁在怀里，恐惧地咬着嘴唇，大气也不敢喘一声。冯德麟早就看得傻了，整个人仿佛浸在冰水里，从头到脚一片冰凉，眼睁睁看着那几个日本兵如法炮制，用刺刀把余下的鸡通通杀掉，把杀死的鸡挑在枪尖，得意洋洋，扬长而去。

不知过了多久，他才回过神来，缓缓侧过头去，看着吓傻了的妻儿："他娘！他娘！"孩子他娘眼睛直直地看着前方，嘴唇咬破了，全都是血，却毫无知觉，呆呆地一动不动，在他的大力推搡下，慢慢回过神来，没了焦距的眼珠一轮，呆滞地转向冯德麟，手中仍紧紧抱着儿子，太过用力的缘故，连指尖都透出青白的颜色来。

冯德麟生怕日本人再折回来，连滚带爬，从柴火堆里钻了出来："他娘！走！快走！"冯德麟把杏儿拖了出来，又去扯孩子他娘。他娘颤巍巍地起身，突然发觉了什么，把怀里的孩子转了过来，发出一声凄厉的哭喊："豆儿！"

豆儿的瞳孔涣散，身子绵软，早已经被活生生地闷死在母亲怀中。

他娘没想到会亲手杀死自己的孩子，扑在地上，拼命摇晃着豆儿，疯了一般哭喊着。杏儿不明白发生了什么，见弟弟一动不动，也跟着母亲，"弟弟""弟弟"地叫着，去推那小小的尸体。

冯德麟看着歇斯底里的妻子和不明所以的女儿，只觉得全身的血都往头顶上冲，眼睛一片通红，刺痛得厉害，几乎要滴出血来。冯家一脉单传，他成亲十年，才得了豆儿这么一个男丁，如今却这样没了性命。他不知道该去怪谁，只觉得眼前的一切被血染过一般，血红血红，心里像有刀子在割，痛得可怕。手和脚好像都不再是自己的，挪动不得，心里却有一个声音在大声喊着走，快走！

恐惧灌满了这个男人的心。他全身颤抖着，像是秋天里的一片叶子，几乎快要站立不住，却仍是抖抖索索伸出手去，一手扯起孩子他娘，一手扯起杏儿，低声地："走——"一边说，一边就跌跌撞撞地往外走。

"不，我不走！我不能走！豆儿……我不能丢下我的豆儿……"孩子他娘早已经失了神智，被拉得踉踉跄跄，拼命挣扎着，扭头去看那小小尸首，悲痛欲绝。

"你给我走，走——"冯德麟不知从哪里生出一股力量，硬生生把妻子拖了回来，一家三口，歪歪倒倒冲出门去。

冯德麟要去的地方，是兴安附近一个小小的车站。他心里只剩了一个念头，那就是一定要在日本人追来之前，逃到关内去，决不能让全家都死在这里，而唯一的希望，就是那个小小的车站。只要还有车，只要还有一趟列车，只要赶上那一趟列车……

他脸色灰白，靠着这个信念支撑着，茫然地挪动脚步。孩子他娘受了刺激，神情恍惚，动弹不得，全靠他一路背着过来，还带着个刚满十岁的杏儿，走了一天，早已成了强弩之末，跌跌撞撞，艰难得很。他却不敢停下脚步，夹在灰头土脸的人群之中，缓慢地向前走着。

杏儿到底只是个孩子，走了一整天，哪里支撑得住？她还不明白这一日之中发生了什么，不明白娘为什么变成这样，弟弟为什么不跟他们一起走，更不明白他们为什么要离开家，要走这样长的路。她被冯德麟拖得踉踉跄跄，低低地说："爹！我走不动了……"

冯德麟一愣，回过神来，把妻子往上托了托，吃力地说："走不动也得走。"

杏儿却不明所以说："爹，咱们为什么要走？"

冯德麟却一阵沉默，他不知道怎么回答。杏儿见他不开口，又问："爹，咱们要走到哪儿去？"

还是沉默。冯德麟张了张嘴，想要回答，却痛苦地说不出话来。杏儿扭过头去，望着家的方向，天真地说："爹，再走就看不见家了。"

冯德麟没有回头。一滴眼泪从他的眼中流下来，划过满是皱纹的憔悴的脸，落进东北黝黑的泥土里。他什么也说不出来，只管握紧了女儿的手，沉默地往前走着，周围是衣衫褴褛的人群，脚步仓皇，神色疲惫。他们都跟他一样，是土生土长的东北人，一夜之间没有了家、没有了亲人，整个被掏空了一般，机械地搬动着脚步，呆滞地向前、向前。

太阳眼看就要落下去，像一个剧烈燃烧着的火球，放出最后的光芒，天空被染得血红一片。沿路不时有人倒了下来，大家却好像没有看见一样，近乎麻木地向前走着。冯德麟已经到了极限，咬着牙苦苦支撑，脚步却如灌了铅一般，越来越沉，渐渐落到队伍后头。他勉强站直身子，把妻子往上托了托，只觉得周围的空气也有了重量，沉甸甸的，朝自己压过来，让他眼前发黑，喘不过气。

他抬头去看天空，天空诡异的红色之中，似乎有什么朝着这边俯冲而来，想要看时，却看不分明。这时巨大的呼啸声掠过头顶，紧接着是凄厉的呼喊："飞机！日本飞机来了！"

人群顿时乱了起来，四下逃窜。脚步快的寻了破旧的民居，躲到了墙根，冯德麟愣了一愣，反应过来，背着妻子，拖着女儿，疯了一般往前跑。眼看民居就在眼前，杏儿却一个踉跄，跌倒在地。冯德麟冲了几步，才意识到女儿不见了，猛地回头，在人群中寻找着："杏儿，杏儿！"

他一眼看到杏儿，扑了过去，把她拉了起来，嘶哑地说："杏儿，拉着爹的手——”飞机飞得更低了，擦着头顶飞过，朝人群扫射着，冯德麟见女儿已经吓呆了，一点反应也没有，忙把她扑倒在地，整个人挡在她身上。

飞机扫射了一轮，盘旋着飞了开去。冯德麟抬起头来，觉得手上湿湿的，看过去，竟是鲜红的血。他眼前一黑，捞起女儿，拼命摇晃着，歇斯底里地叫道：“杏儿！杏儿!”

杏儿慢慢睁开眼，眼睛里满是惊恐，叫道：“爹……”

冯德麟哆哆嗦嗦，伸手去摸杏儿的脸，又去摸她身上，语无伦次地问：“受伤了没有？哪里受伤了？”

杏儿惊魂未定，半天才怯怯地说：“爹，我没受伤……”

“没受伤？那怎么流这么多血？”冯德麟茫然地抬起手，突然反应过来，猛地回过头去。背在背上的妻子不知被他什么时候甩了出去，浑身是血，倒在那里一动不动。

“他娘！孩子他娘!”冯德麟两眼血红，声嘶力竭。他的腿被炸伤了，血肉模糊，却根本不觉得痛，用力摇晃着妻子，又去探她的鼻息，一丝全无：她被炮弹扫中，早已经一声不吭，送了性命。

“娘！娘!”杏儿爬了起来，看见浑身是血的娘，又是惊，又是怕：“爹，娘怎么了？怎么流这么多血？”

冯德麟的手无力地垂了下来。他整个人如遭雷击，呆呆地站着，眼中已然没有眼泪，只有绝望。

空中传来嗡嗡的声响，飞机又朝着这边飞了过来。一个高大的青年躲在破旧的屋檐下，看着杏儿他们的惨状，心里有说不出的难受。眼看着飞机越飞越近，他一咬牙，冲了出去，架起冯德麟，高声地说：“小妹妹，快，快跟我来!”

“娘——娘——”杏儿哭喊着不肯走，却被冯德麟他抱了起来，不由分说，大步朝民居跑去。

三

天色渐渐暗了下来，飞机早已离去了，四野一片寂静，月光从一间破房子的缺口里升起，照见房子四周的难民，他们有的随便坐着，有的无力躺在那里，眼神凄惶木讷，人群中隐隐传来呻吟和啜泣声。

冯德麟躺在屋角，腿上炸开了碗大的口子，露出白森森的骨头，触目惊心。他痛得经受不住，脸色惨白，大口大口地喘着粗气，额上满是汗珠，看去凄惨得很。杏儿脸上挂着泪花，靠在他身边，头一点一点，沉沉地睡了过去。

那个青年不知在哪里找了点水，用破碗盛了过来，扶起冯德麟："大叔，喝点水吧。"这人不过二十来岁，身材高大，目光锐利，举止沉稳。

冯德麟微微抬起身，接过水，一口喝干，吃力地说："大兄弟，你叫啥名字？"

青年扶着他躺了回去，自己也挨着墙根坐下说："我叫金焰。"

冯德麟点了点头，勉强支撑起身体，低声说："金兄弟，你是个好人。我这腿是不行了，走不动了，可这孩子……这孩子她不能死。"他看了眼杏儿，闭了闭眼睛说："她弟弟被日本人给害了，她娘怎么死的，你是亲眼瞧见的，现在我又是这样……"

金焰看着他血肉模糊的腿，黯然点点头。冯德麟一瞬不瞬地看着金焰。他本能地觉得这个青年值得信任，挣扎着坐起身来，紧紧抓住他的手，急促地说："金兄弟，看在同乡的分上，我求你一件事。就一件事。明儿一早，你带杏儿走，去哪都好！要是这孩子有福分，能活下命来，我来世做牛做马报答你！"

金焰没想到他会提出这样的要求，不觉一愣。他是从沈阳逃出来的，哥哥惨死在日本人的刺刀下，这一路上，更是东躲西藏，吃够了苦头，这时候带上杏儿，只会给自己惹来麻烦。他有些犹豫，看着冯德麟那满是希冀的眼，偏偏又拒绝不了，迟疑说："那你呢？你怎么办？"

冯德麟惨白着脸，摇了摇头说："我不要紧。只要杏儿没事，我就是现在死在这里，也值了。"

金焰闻言心头一震。他这才明白，冯德麟早就下定决心，要一个人留在这里。他一心念着的，是女儿的平安，生怕自己的伤会拖累女儿，至于自己是死是活，连想都没有想过。他看着冯德麟疲惫凄惶的脸，只觉得有什么东西在心中涌动，眼眶一热，郑重地说："大叔，你放心，从今天起，杏儿就是我亲妹子。只要我金焰还有命在，就绝不能让她死！"

焦灼的等待中，一缕微光破开黑暗，照亮了天际。有难民窸窸窣窣起身，搀扶着往外走。冯德麟忙叫醒杏儿，帮她洗脸梳头，整理衣裳。他心里满是不舍，看了又看，勉强笑着："杏儿，你等下跟金大哥一起走。路上要听金大哥的话，好好跟着他，不要乱跑。还有，这些钱你带着，别弄丢了。要是饿了，就拿它买东西吃……"一边嘱咐，一边从怀里摸出仅有的几块钱，塞在女儿手里。

杏儿一脸懵懂，点了点头。

时间已经不早，越是耽搁，就越危险。冯德麟看着女儿黑白分明的眸子，心中一酸。他伸出手去，想要摸摸女儿的头，又硬生生收了回来，看向一旁的金焰，黯然地说："金兄弟，你带杏儿走吧。"

金焰郑重地点了点头说："大叔，你放心。我会照顾好杏儿的。"

杏儿被他牵着走了几步，见她爹没跟上来，忙问道："爹呢？我爹怎么不走？"金焰别过脸上，不知如何回答是好，杏儿站在两人中间，茫然地看看这个，又看看那个，隐约明白过来，随即挣脱金焰的手，跑了回去，拉住冯德麟的手说："爹不走，我也不走。我要留下来陪爹。"

冯德麟一愣，勉强笑着："傻孩子，爹的腿不方便，一时走不了。你跟金大哥先走，等爹的腿一好，就来追你们……"一边说，一边就把杏儿往金焰面前推。杏儿却死死抱住他的脖子，怎么也不肯走："不，我不走！我要跟爹在一起！"

冯德麟眼看着天色渐亮，急了，一把推开她，故作生气地说："你还听不听爹的话？让你走你就走，再不走，我可要打你了！"一边说，一边就举起手来，作势要打。

杏儿有些害怕，瑟缩了一下，却怎么也不肯放手，倔强地回答："爹，我不走。你打我我也不走。"

"你走不走？走不走？"冯德麟心急如焚，打了她几下，见她还是不肯走，狠下心来，把她的手指扳开，用力一推。杏儿毕竟力气小，被推得退后几步、跌倒在地。冯德麟自己也摇摇晃晃，看向女儿，又是心疼，又是难过，撕心裂肺地喊到："走！你给我走！"

屋子里静得可怕。所有的人都愣住了，扭头去看这对父女。半晌，才见杏儿站起身来，强忍着眼泪，怯怯地说了声："不，我不走。"

"爹，你就是打死我，我也不走。"

"我知道你是骗我的。我要是走了，就再看不到你了……"

"弟弟没了，娘也没了，我不能再没有你了！爹！"

她说着、说着，一句比一句大声，一句比一句令人心痛，最后她再也忍不住了，扑了过去，一把抱住她爹，号啕大哭。冯德麟呆了，一双手慢慢张开，又一点点紧握成拳，再也打不下手去，紧紧搂住女儿，泪流满面，一句话也说不出来。

金焰看着那密不可分的两个人，眼中一湿。他心中剧烈地斗争着，终于下定决心，走上前去，把杏儿拉了起来："杏儿，你爹也走。"

杏儿一愣，睁大了眼说："真的？"

"真的，你爹和咱们一块走。咱们去哪儿，你爹就去哪儿。"金焰抚摩着杏儿的头，看着她黑白分明的眼，郑重地说："金大哥向你保证，从现在起，咱们都要活着，一个也不落下！"

冯德麟猛然抬起头，不敢置信地说："金兄弟，你……"金焰二话不说，转过背去，蹲下身子说："来，杏儿，扶你爹上来!""唉!"杏儿欢喜地应了一声，擦了擦眼泪，就去扶她爹。

冯德麟呆了一呆，他叹了口气，没有再说什么，只在杏儿的搀扶下，颤巍巍支起身子，趴到金焰背上。金焰吃力地站起身来。他一手托着冯德麟，一手牵着杏儿，迈出步去。

金焰不知道自己能走多远，更不知道等待着自己的会是什么，可他知道，从这一刻起，他的性命比什么都宝贵。他要实现对杏儿的承诺，要一起活下来，一个也不落下。而唯一的希望就在前头，就在那小小的火车站里。

哪怕是爬，他也要爬到火车站去，爬到那里，才会有希望。

金焰带着父女俩到达火车站的时候，天已经黑了。昏暗的灯光下，到处都是人。逃难而来的灾民、溃退的士兵们全都拥挤在站台上。四下里乱成一团，只听见孩子的哭喊声和歇斯底里的叫骂声。有人疯了一般喊着亲人的名字，有人受了伤，靠着墙躺着，痛苦地呻吟着。

孙成光面无表情地看着。从十八号那晚撤退开始，他已经带着七旅的士兵，连续行军两个昼夜，赶到这个交通还未中断的小站，奉命从此处进关，保存实力，等候命令。他下巴上满是青色的胡楂，神色疲惫，眼前的景象，让他心里有说不出的内疚和耻辱。身上的军装像烙印一般，提醒着他，煎熬着他的心。他不由得去想，如果当时自己没有撤退，而是拼尽全力，与日本人厮杀到底，局势会不会跟今天不同。这些悲伤的面孔、惊惶的人群，是不是就可以跟从前一样，在这块土地上平静地生活，过着普通而幸福的日子。

远远的，一列火车喷着白汽驶了过来。人群顿时起了一阵骚动，顾不得安全，呼啦啦地往前涌，一时间，你踩我，我挤你，站台上一片混乱。

不等火车停稳，众人疯了一般往车上扑。有人跌倒了，被踩在脚下，痛得直叫唤；有人被挤散了，大声呼喊着，又瞬间淹没在人潮里；有人被挤了出来，又不要命地冲上前去。金焰背着冯德麟，牵着杏儿，也跟着往上挤，哪里还挤得上？被几个五大三粗的士兵撞开，砸开车窗就往上爬。

越来越多的士兵涌了过来，他们人高马大，压过老弱病残的人群，拼命往车上挤。一时间，哭声喊声响成一片，正是混乱得很，只听得一声清脆的枪响，紧接着又是一声："停下，都给我停下!"

骚动的人群一愣，停了下来。

孙成光冷着脸，带着七旅的兄弟们，大步走了过来。他赤红着双眼，二话不说，用枪指着车上的士兵："你，你，还有你！都给我滚下来！现在是什么时候？是逃命的时候！咱们保卫不了东北的土地，保卫不了东北的百姓，难道到了这个时候，还要跟他们抢活命的机会不成？你们还是不是东北军的人？还有没有脸去见死去的乡亲？”

士兵们好容易挤上车，哪里肯下？你看看我，我看看你，犹豫着不肯动。

“还愣着干什么？下来！都给我下来！”孙成光见他们只顾着自己保命，怒从心起，一脚跨上车去，揪住一个就往下扯。七旅的士兵们也都冲上前去，把车上的士兵扯了下来。

车厢重又变得空空荡荡，众人被这一场争执吓住了，不敢动弹。

孙成光一脸肃杀，守住车门，斩钉截铁地说：“凡东北军将士，都给我听好了！中央下了命令，不准咱们打日本人，可咱们自己不能没有廉耻，撇下老百姓去当逃兵，当孬种！七旅的弟兄们，把车门给我守好了！维持好秩序，让老人和孩子先上。在老百姓走完之前，只要是咱们东北军的人，谁也不准上这个车！谁敢上这个车，老子第一个毙了他！”

顿时传来拉拴上膛的声响，七旅的士兵们站成一排，几十支枪齐齐整整，对准了溃逃的士兵们。气氛顿时紧张起来，四下里一片寂静。士兵们都低了头不做声，蹲的蹲站的站，颓丧地四散开去。人群重又聚拢来，自发地排好队，一个一个往车上走。

金焰背着冯德麟，牵着杏儿，也跟在人群当中，艰难地挤上车去。

天渐渐亮了，一线曙光穿透云层，从车窗照了进来。车上挤满了人，沙丁鱼罐头一般，一丝空隙也没有。金焰将冯德麟和杏儿安顿好，自己却一夜没睡，眼中满是血丝，忧心忡忡地看向窗外。窗外一片狼藉。富饶美丽的东北大地，早已经被炮弹炸得一片焦黄，随处可见衰颓的房屋和残缺的尸体，触目惊心。

杏儿醒了，睁着惊恐的大眼睛，茫然说：“金大哥，咱们去哪？”

金焰收回目光，温柔微笑说：“去上海。”

杏儿小声问：“去上海干什么？”

金焰笑说：“去上海，找田老大。”

杏儿纳闷问：“田老大是谁？”

“我也没见过。”金焰带着温柔的伤感，摸了摸杏儿的头：“他是我哥的老师。我哥临死前，让我去上海，找田老大。我哥说，他为人最是豪爽，重情义，找到了他，总会给咱一条活路。”

杏儿似懂非懂，点了点头。她跟着逃了这几天，心里着实害怕，迟疑了半天，怯怯地：“金大哥，咱们真能到上海，找着田老大吗？”

金焰没有说话。他心中满是苦涩，看着杏儿，半晌，重重地点了点头。

第四章　一场没演完的戏

一

田汉这两天正急得跺脚，《卡门》排练了两个多月，眼看就要公演，负责服装的唐槐秋却突然告诉他，跑遍了全上海的旧货市场，也找不到适合女主角卡门的红裙。火红的舞裙是卡门的标志，缺少不得，可排练的经费早已经用完，哪有余钱买什么舞裙？就算是找来了钱，立刻让人去买，一时也未必能买到合适的。

他眉头皱成一团，烦躁地抓起桌上的报纸，却是一张《申报》，他看着报头上的那两个字，顿时一拍大腿，抓起外套，匆匆走了出去，跳上一辆黄包车叫道："师傅，申报报社，麻烦你快一点。"

他要找的这个人叫安娥，是《申报》的记者，留过洋回来的，漂亮大方，时髦风趣，写得一手好文章，在上海滩上颇有些名气。艺大演出的时候，她常常会过来采访，一来二去，就成了朋友。田汉记得上次见面的时候，她曾经穿过一条火红的裙子，风情万种，艳丽非常，倒是很适合卡门的风格，所以径直找上门来，要借裙子。

安娥忙得脚不沾地，好容易抽了个空，听他说明了来意，微微一笑，伸出春葱般的两个指头来，在田汉面前一晃说："借给你可以，但我有两个条件。我要《卡门》上演后的独家采访权，还要一张最好的票子。怎么样，田老大，答应不答应？"

田汉满口答应："没问题。我一到剧院，马上让学生给你送过来。""那好，成交。"安娥笑得越发妩媚，伸出手去，握了握田汉的手。她做事素来爽快，雷厉风行地说："我让人直接把裙子送到剧院去，行么？"

田汉点了点头，想起什么："对了，上次我说的事情，你考虑得怎样了？"

安娥见他说得慎重，一愣："什么事情？"

"哎，就是向民众靠拢的事啊！"田汉看向安娥，严肃而热忱地说："我不是跟你说么，最近读了马克思氏的著作，深觉今日之文化艺术，应该转换一个方向；像你这样聪明又有影响力的青年，正应该看清当前之形势，发民众之心声，为国家出一份力才是……”

安娥“扑哧”一声，笑了出来说：“得得得，田老大，你饶了我吧。你追着我说这个，说得还少么？我就是个记者，政府需要我报导什么，我就报导什么。至于别的，我关心不了，也不想关心。”

田汉急了：“可是，如果政府要你报导的东西是错的呢？”

安娥不置可否，口里说：“政治这事情，谁对谁错，哪里说得清楚？倒是自己你要小心一点。老话说得好，祸从口出。你天天追着我，说这些没头没脑的话，万一被误以为是共产党，可是要坐牢的。”

田汉一怔，腾地站起身来，哼了一声说：“对的就是对的，错的就是错的。这种事情，还能混淆得了不成？我田汉倒是想为了真理去坐牢，可还没有那个资格！”说完，看也不看安娥，倔犟地一扭头，拂袖而去。

他这脾气发得突然，倒把安娥弄得一愣，看着他气冲冲的背影，好笑地说：“这个田汉！”她也不生气，走到桌前，拨了一串号码：“王妈吗？对，是我。你帮我把上个月新买的那条红裙子包起来，送到中央大戏院去……”

田汉一气之下冲出报社，自己也有些懊恼。他是个直性子，肚子里向来藏不住话，对安娥又格外欣赏，见她这么一个聪明人，偏偏要闭着眼睛，捂着耳朵一门心思跟政府走，未免失望得很。这段日子，他在夏衍、阳翰笙的推荐下，读了些马克思氏的著作，被书中描述的共产主义深深吸引，人民的呼声、人民的愿望，这些词语在深深地吸引着他、鼓动着他，对国民政府的种种作为愈发怀疑起来。中国究竟应该走向怎样的方向？国家积弱，列强环伺，政府不思抵御外辱，反倒把兵力全都调去围剿共产党人，这样的政府，真的能让落后的国家变一番模样么？

他心里隐约有了答案，可他所向往的共产党到底在哪里，是怎样一群人，却一点头绪也没有。他只觉得有义务要去提点安娥，让她不要一味受政府的蒙蔽，却没想过她能不能接受、愿不愿接受。他思来想去，的确是自己太过急切，这脾气发得太不应该，想去道歉，又拉不下这个面子，犹豫片刻，决定还是先回剧场，等忙完了公演的事，再好好跟安娥解释。

黄包车刚一停在中央大剧院门口，就听到里头传来音乐声，激烈昂扬，热情似火，让人心潮澎湃。剧场里的灯光都打开了，把硕大个舞台照得金碧辉煌，学生们化了妆，换了戏服，在教导主任唐槐秋的指挥下，紧锣密鼓地进行彩排。女孩子们穿着华丽的舞裙，翩翩起舞，金色的裙摆上下翻飞，画出妙曼的弧线，拨动着观众的心。舞台正中立着一个高挑白皙的女孩，没换戏服，穿着粉色的学生装，格外引人注目。她乌黑的发间簪了朵火红的玫瑰，一双眸子秋水一般，盈盈地望过来，带着说不出的纯真妩媚，一步步逼近英俊的斗牛士，伸出白玉般的手臂，把玫瑰递了过去。

她叫康淑贞，是女主角卡门的扮演者，生得明眸皓齿，风姿过人。不同于温婉的小家碧玉，她的美浓墨重彩，光芒四射，落落大方中又带着几分英气，让人轻忽不得。

唐槐秋一眼看到田汉，忙跳下舞台，走了过来，有些发急地说："怎么样？裙子借到没有？"

田汉点了点头说："学生们呢，彩排得怎么样？"

唐槐秋跟他一起看着台上，微微点头说："还不错。他们都是第一次登台，从学校的排练厅，一下换到正式的大舞台，还有点不适应。有几个学生跳错了舞步，我已经跟他们说了，让他们小心。"

"这怎么行。上了台就是专业演员，观众们看戏的时候，谁管你是不是第一次登台？"田汉皱着眉头，看他们演了一阵，一脚跨上舞台，拿起喇叭叫道："停一下，都停一下。"

学生们不知道出了什么事，停下排练，聚了拢来。

田汉面色严肃，高声说："《卡门》这出戏，我们已经排练了整整两个月，马上就要在上海公演。我想问问大家，对我们的戏有信心吗？"

学生们都是一愣。康淑贞却自信得很，率先答道："有！"其他学生也反应过来，忙附和道："有！"

田汉听他们答得七零八落，不满意地沉声说："大声点。有没有信心？"

"有！"学生们声音比之前略大了些，田汉却还是不满意，目光如电，扫过一张张熟悉的面孔，高声说："不，你们没有信心，你们压根不敢放开来演，就像你们平常排练时做的那样！我听唐主任说，刚刚彩排的时候，有人连舞步都跳错了。是谁？"

几个学生犹豫了一下，举起手来。

田汉目光严厉，直盯着他们的眼睛，问："练过那么多遍，为什么会错？"

学生们你看看我，我看看你，不敢答话。一个胖胖的墩子鼓起勇气，吞吞吐吐地说："田、田校长，这舞台比学校的排练厅大多了，我觉得很紧张，所以就……"

"所以就连舞也不会跳了？"田汉皱了皱眉，声色俱厉说："还记得刚开始排练的时候，我们说过什么？我们要演出最棒的作品，我们要用我们的戏剧，激起每一位观众的共鸣！现在呢？不过是换了一个表演的场地，你们就紧张成这样子。我问你们，如果连你们自己都不能放松下来，全身心投入到角色中去，又怎么能够激起观众的共鸣？”

学生们被他问得无言以对，一个个低下头去，沮丧得很。田汉见他们垂头丧气，没了斗志，突然走上前去，一巴掌拍在墩子背上：“站直！”他大步往前走，一个个拍过去，高声喝令道：“站直了！低着头干什么？都给我抬起来！昂首挺胸！”

学生们不明所以，忙站得笔挺，愣愣地看着他。

“你们在怕什么？你们不是常说，自己是最棒的吗？你们不是常说，要让中国的同胞们看看，什么是真正的戏剧吗？你们不是常说，中国新的文化，要由你们来创造吗？这两个月来，你们排练得有多刻苦、多认真，我是亲眼看到的！既然这样，你们有什么好怕的？”

田汉猛地停了下来，目光炽烈，看向学生们：“我只问大家一句话。你们究竟敢不敢演？”

大家为他的热情所感染，愣了一愣，突然爆发出巨大的欢呼声：“敢！”

田汉大手一挥：“那么，有没有信心演到最好？”

“有！”这一次，学生们都挺直了背，高昂着头，回答整齐而响亮。

田汉笑了，豪爽地说：“好，有信心就好！既然大家都有信心，那就拿出最好的状态来，好好排练，等公演那天好好演上一场，让我们的《卡门》，在这死气沉沉的上海，刮起一阵红色的旋风来！”

“是！”学生们应了一声，信心满满地四散开去。

二

下午三四点钟光景，新乐路上行人稀少。这是上海闹市区近旁的一条辅路，栽种着高大的法国梧桐，洒下浓密的树阴，把嘈杂喧嚣隔绝在外，颇有点闹中取静的意思。阳光清澈如水，透过树阴照进来，斑斑点点，连空气中都带着明亮爽朗的气息。

路的一旁有家松涛书店，店面不大，一眼就能把里头的格局尽收眼底。店里顾客不多，偶尔进来一两个，也大多是随手翻翻，又空手走了出去。一个男子穿着长衫，用礼帽遮住大半个面孔，走进屋来。他显然是熟客，也不看书，也不说话，冲柜台后头的伙计点一点头，径直往楼上走去。

楼上是一间小小的阁楼，大白天的，窗帘却拉得严严实实。里头已经坐了好几个人，见男子上来，忙问道："夏衍，不是说好了三点开会么，怎么这时候才来?"

"不好了，出大事情了!"

夏衍摘了礼帽。他是上海共产党地下文委的负责人，三十来岁，身形瘦削，神色凝重地说："我刚刚接到上级电报。日本已经占领了沈阳，现在正集中兵力，要一举攻下东北全境！东北军已经放弃抵抗，全线溃逃，把大好河山拱手送给敌军了!"

"什么?"

"你说什么?"

屋里众人都吃了一惊。东北沦陷,这是何等大事,上海却连一点风声也没有。夏衍随即把详细的情形说了一遍,众人脸上都变了颜色,气氛沉重得可怕。

夏衍勉强压抑着情绪说："东北沦陷的消息传到上海，肯定要出大乱子。日本人骤然出兵，绝不只侵占东北这么简单，只怕后面还藏着更大的阴谋。上级的意思，是希望我们暂且忍耐，保存实力，决不能轻举妄动……"

"国家都被人占了一大块了，怎么忍耐?"阳翰笙心中满是怒火，不等他把话说完，一拳砸在桌上："他国民党正是因为不抵抗，才会让日本人长驱直入，才会害得沈阳、长春轻易陷落敌手！我们如果也一味忍耐，跟他们还有什么区别?"

夏衍如何不明白他的心情？忙劝道："翰笙，现在不是冲动的时候。日本人虎视眈眈，不光是要侵占东北，更希望以东北为跳板，进占整个中国。如此危急时刻，我们要做的不是跟国民政府作对，而是团结一切可团结的力量，想尽一切办法，逼国民政府抗日。惟其如此，国家才能有救，民族才能有救。"

阳翰笙听他说得有道理，不觉无奈地说："那你说，究竟该如何做好?"

夏衍沉吟说："我的想法，是尽快召集鲁迅先生、达夫、志摩，还有寿昌他们，以左翼作家联盟的名义，在报纸上联名刊登公开信，通过舆论的力量，给当局施压，呼吁他们奋起抗日。一来，左联不是政治团体，当局就是再看不惯，总不好公然发难；二来，这些都是文化界知名人士，有社会影响力，能最大限度团结各种社会势力，对国民政府施压……"

夏衍他们紧急商量对策的同时，国民党的官员也正在开会。主持会议的是上海特别市市长张宏远。他是黄埔军校出身，四十出头，做事沉稳缜密，颇得中央党部赏识，是同期中出类拔萃的人物。东北事发当日，他就已经听到消息，却一直引而不发，为的就是控制事态，避免不必要的骚乱。可他万万没想到，日军占领沈阳之后，不但没有停止进攻，反而进占长春、辽宁，短短几天下来，整个东北陷落大半。消息一旦传出，在民众中会掀起怎样的风浪，可想而知。更可怕的是，几十万难民入关，上海作为交通枢纽，必定首当其冲，若是安置不好，只怕连上海的局势，也会随之震荡。

张宏远心里忧心忡忡，面上却不动声色，淡淡地说："东北的事，虽然封锁了消息，但相信诸位已有所耳闻。我就长话短说。几天以前，日军占领了整个沈阳，现在正对我东北三省发动进攻。长春、辽宁、铁岭、四平，都已经陷落敌手。"

众官员闻言，都是一怔，抬起头来，不敢置信地看着张宏远。

"我奉中央党部之命，把这个消息告诉诸位，不是要诸位去对东北的事情做些什么。恰恰相反，中央党部希望大家能够保持冷静，把事情控制在东北局部；一切对日交涉，均交由中央处置。"

张宏远神色冷静，看向坐得整整齐齐的官员们："出了这么大的事，国内局势即刻就会有大动荡。根据绍甫掌握的情况，昨日开始，已经有关外过来的难民涌入上海。上海是国之重镇，人口众多，局势不可有片刻之动摇，一旦动摇，不仅关系到南京的安危，更关乎国家命运。学生、工人，这几个团体最是盲从，若是被有心人利用，结果不堪设想，非常时刻，我等要格外小心，加强控制，切不可让他们受到无谓的煽动。"

在座的官员正襟危坐，没有一个人敢擅自开口。

张宏远有条不紊，一一安排道："云峰，你是宣传部长，这段时间要谨慎再谨慎，尽全力控制舆论，让报章杂志尽量减少报导此事，以免引发民乱。传一，你们警察厅随时待命，全天二十四小时巡逻，一旦发现有民众聚集现象，立刻向市政府报告……"

顾云峰迟疑地说："市长，我觉得当前的重点，不在于控制言论，而在于安置难民。这么多难民涌进上海，无饭可吃，无衣可穿，若是不能得到基本的安置，肯定会出大乱子。"

他是个瘦削的男子，戴一副银边眼镜，斯文儒雅，声线低而沉郁，让人如沐春风，油然而起亲切之感。他跟张宏远一样，也是黄埔军校毕业，两人既是同学，又是朋友，几十年的交情，关系自然比旁人亲密得多，说起话来也少些顾忌。

"你说的也对。"张宏远听他说得有道理，略一沉吟："这样，绍甫，你派人到各大车站，发现东北过来的难民，直接遣送到奉天会馆；君羡，你赶紧调拨一批物资，运送到会馆里去，暂且安抚一下他们。有任何问题，随时向我汇报……"

走出会议室的时候，顾云峰心里沉得厉害。东北出事的消息，他隐约听说了一点，可怎么也没想到，会弄到这样不可收拾的地步。他心里有太多疑问，因此故意落在后头，想要问问张宏远，后者却没有说话，只是深深看了他一眼，叹了口气，拍拍他的肩膀，走了开去。

顾云峰知道他自控极严，心里压力重重，面上却不能露丝毫痕迹，想安慰他几句，又不知道说什么好，想了一想，走出门去，吩咐司机直接回家。张宏远的担心不是没有道理，东北已经沦亡大半，消息一经传出，民众会是怎样的反应，可想而知。像这样的大事，想要封锁消息，谈何容易？再怎样小心谨慎、想方设法，也无非是多拖些时日而已。

他蹙起眉头，修长的手指在坐椅上敲击着，想着该如何安抚民众、减轻影响。难民的安置只是第一步，最重要的，是怎样把东北沦陷的消息一点点传出去，让民众慢慢适应，把对政府的敌意减到最低。报章杂志的口径无疑是极重要的，一定要加以控制，考虑到骚动的可能，这段时间，学生和工人们的各种集会也必须停止。还有剧场、歌舞厅，这些人群聚集的地方，都必须加以警惕。

汽车停在一幢洋房门口。顾云峰下得车来，心事重重往屋里走。顾夫人早就张罗好了饭菜，见他回来，忙接过包和外套，让下人们摆碗筷吃饭。顾云峰思绪全在东北的事上，心不在焉地吃了几口，才发现女儿不在，奇怪地问：“惜音呢？”

顾夫人盛了碗汤，递给顾云峰答道：“哦，她去看戏，不回来吃饭了。”

顾云峰把碗一放，有些不耐烦地说：“看戏？看什么戏？”

顾夫人温婉地说：“上海艺大的《卡门》。惜音念叨好久了，说是田汉先生的戏，非看不可。这不，一帮同学早就约好了，先上黄太太家吃饭，吃完饭直接去剧场……”

顾云峰听说是田汉的戏，眉头一皱，不由分说：“你打个电话过去，看她们走了没有；要是没走，让惜音赶紧回来，就说我说的，今晚不准出去看戏。”

顾夫人看着他紧张的脸，扑哧笑了出来：“你呀，一提女儿就紧张。惜音如今也大了，跟朋友们出去玩玩，有什么大不了的？你放心，她们人多，又是车接车送的，出不了事儿。”

“我不是担心这个。”顾云峰脸色沉重，欲言又止地：“东北那边出大事了，市长让我们格外小心。我只怕今晚的演出，太平不了。”

三

舞台上大幕低垂。演员们匆忙来去，忙着换衣服和化妆。田汉掀开幕布一角，见剧院里座无虚席，松了口气。艺大学费不高，办学经费每每短缺，全靠他一个人东挪西借，或是用稿费维持。这次为了排演《卡门》，更是把压箱底的钱都拿出来了，若是票子卖不出去，即刻就要去打秋风。他嘴上虽然不说，心里多少有几分忐忑，到这时候，才算是一块大石落了地。

化好妆的陈征鸿也凑了过来，看了一看，兴奋地说："校长，来的人真多，都坐满了。"

陈征鸿五官生得极端正，高鼻深目，手长脚长，穿着斗牛士华丽的服装，帅气逼人，倒颇有几分剧中卢卡斯的风范。田汉笑着点了点头，见一身红装的安娥坐在前排，看着手中的节目单，正想走下台去打声招呼，突然看到什么，脸色一变。

陈征鸿顺着他的视线看去，只见顾云峰带着几个全副武装的警察走了进来，跟安娥寒暄了几句，在前排坐下。他不认得顾云峰，奇怪地问："校长，那个人是谁？怎么带着警察来了？"

"哦，是宣传厅厅长顾云峰。"田汉也有些摸不着头脑，不知道顾云峰为什么会出现在这里。他之前做的好几个戏，因为政治上过于激进，遭到过当局的禁演，《卡门》最初排练的时候，也曾因为题材的问题，受到过宣传厅的盘问。今天是公演的第一天，戏马上就要开演，在这个节骨眼上，顾云峰带着警察过来，究竟有什么用意？会不会又是要挑《卡门》的错处，阻挠演出呢？

他心里有深深的忧虑，电光火石般闪过很多念头，却不敢说出口。陈征鸿隐约觉得不对，担心地问："校长，好好的他怎么会来？今晚上的演出，该不会出什么事吧？"

田汉权衡了一下，心里已经有了决定："他来了就来了，你们演你们的，千万不要受干扰。记住，不管他说什么、做什么，你们都得好好把戏演完，一句也不能少……"

田汉这边疑虑重重，决定不惜代价，也要把戏演到底，顾云峰的心事却比他还要重。他也说不清自己为什么要来剧场，只是本能地觉得不安。东北的事情像一个炸弹，不知什么时候就会炸响在众人面前，把上海搅成一摊浑水。田汉、《卡门》、学生们，每一个带着进步色彩的词语，都让他格外紧张。他清楚地知道，田汉他们所追求的民主、自由，他们针对当局所发的那些评论，都是本着一颗爱国的、热烈的心，可他又不得不防备，担心他们因为太过爱国，做出不恰当的举动来。

开演铃声响，剧场里的灯光暗了下来。顾云峰抚了抚眉间，觉得自己未免草木皆兵，太过紧张，强迫自己放松下来，去看台上。开场是一段华丽的歌舞，热烈奔放的吉卜赛音乐在耳边响起，康淑贞领着盛装打扮的女同学们，率先登场。她身穿从安娥那里借来的红裙，饰演美艳无双的吉卜赛女郎卡门，分外惹人注目。灯光如瀑布一般，倾泻在她美丽的脸上，鬓角的玫瑰衬得她眉目如画、娇艳欲滴。鼓点声起，越来越急，越来越响。只见她赤着双足，脚步轻盈，在舞台上旋转着、舞蹈着，宛如一片燃烧着的、火红的云，瞬间把人们的情绪带动起来。

音乐在最高潮处戛然而止，灯光骤灭，舞台上只剩了康淑贞妙曼的剪影，如一幅静止的画，给人以无限遐想。剧场里响起热烈的掌声。幕布徐徐落下，伴唱声起：

“爱情啊，爱情，

她是一只自由的小鸟，没有人能捉住她。

她不爱你，威胁和叹息都没有用。

你寻找她的时候，她会躲避你；

你不理她的时候，她又飞到你的身边……”

幕与幕的间隙，后台一片混乱，弥漫着紧张的气氛。人人都在忙碌：化妆师忙着给演员们补妆；陈征鸿身穿斗牛士的绣花上衣，手中拿着红绸和剑，一个人默默演练着斗牛的招式；几个女生手忙脚乱地帮康淑贞换衣服，把手帕和鲜花塞在她手里。

田汉一直在幕布后观看，大步走了过来，激动地：“很好，就是这样演！接下来是卢卡斯刺杀国王的重头戏。怎么样，都准备好了吗？”

同学们昂首挺胸，信心满满地答道：“准备好了！”

伴唱停了下来，激烈的鼓点声再次响起。田汉把手往前一伸，同学们会意，一个个把手搭了上来，用力往下一拉，做了个加油的手势。陈征鸿向众人点了点头，潇洒地一甩红绸，走上台去。

大幕开启。金壁辉煌的舞台上，陈征鸿扮演的卢卡斯单膝跪地，向观众们行礼，动作帅气利落。他的面容沉稳而坚定，看向舞台一侧，两手一抖，展开手中的红绸。

斗牛士之歌响了起来。激烈的鼓点声中，狂野的公牛一冲而出，虽然明知是人所扮演，观众们却仍是惊呼一声，为陈征鸿悬起心来。只见他抖动着手中的红绸，脚步快速腾挪穿插，模拟着斗牛的姿势，在舞台上试探着、闪躲着，惊心动魄，险象环生。他紧绷腿尖，大幅度地跳跃、翻滚，跌倒在地而又一跃而起，动作舒展而具冲击力，与卡门火辣魅惑的舞蹈不同，充满着力量和美，看得观众心潮澎湃、惊叹连连。几个回合的缠斗后，陈征鸿终于一剑刺出，将牛制服。衣服上的绣花衬托着他帅气的脸，火红的斗篷在身后飘扬着，仿佛是胜利的旗帜。他高昂起头，就像一个真正的斗牛士，一步步朝着观众走来。

观众席上掌声雷动，为这个英武的男子喝起彩来。陈征鸿半弯着腰，向观众致意，末了一甩斗篷，用剑挑起牛角上的红绸，单手一撑，跃下舞台。观众们不知道他这是做什么，都愣住了，见他笔直往前走，穿过观众，一直走到剧场的后方去，观众们纷纷转过背来，伸长了脖子往后看。

一束追光亮了起来，照亮剧场正后方的观众席。众演员身着宫廷服饰，有公爵、有弄臣、有贵妇，一个个打扮华丽，端坐在观众席上，扮演这场斗牛的观众，向卢卡斯发出热烈的欢呼。当中是盛装的国王，他臃肿而懒散，半卧在坐椅上，宫廷侍从捧上一个银盘，银盘里满是金银财宝，准备赏赐给卢卡斯。

观众们哪里见过这样的戏剧？看着近在眼前的演员，只觉得新奇得很。

陈征鸿在国王面前跪下，朗声地："尊贵的国王啊，斗牛士卢卡斯要把这象征胜利的红绸敬献给您。"

国王点了点头。宫廷侍从见状，上前半步："英勇的卢卡斯啊，你上前来。"

陈征鸿扮演的卢卡斯一言不发，走上前去。他把挑着红绸的剑高高举起，向着国王。国王伸手去够那红绸，却没有够着，不悦地挥了挥手。

宫廷侍从忙吩咐道："再上前一点。"

卢卡斯依言上前。国王吃力地支起身子，取下红绸，挥一挥手，示意宫廷侍从进行赏赐，卢卡斯却并不伸手去接，仿佛闪电一般，上前一步，将手中的剑刺进国王的身躯。

国王慢慢倒了下去。旁边的大臣和贵妇们惊惶失色，大声喊了起来：

"抓住他!"

"杀了他!"

"他刚刚杀死了国王!"

现场的观众们被剧情所感染，紧张地屏住了呼吸，连眼睛也不敢眨。

扮演侍卫的演员们一拥而上，抽出剑来，把扮演卢卡斯的陈征鸿围在中间，陈征鸿却一脸坦荡，没有一丝慌乱。他高昂着头，看向众人，朗声道："你们以为，我杀死的是国王么？不，我杀死的不是国王！我杀死的，是赤裸裸的剥削，是不讲理的独裁，是千百年来、压得我们喘不过气来的专制!"

他目光如炬，扫过一张张深受震动的面孔，从宫廷侍从手中一把夺过银盘，扔在地上，高声而痛切地说："我的剑，不是太太小姐们的消遣，我的心，不是独裁专制下的奴隶！我不要这些无用的欢呼，不要这些华贵的赏赐，更不要这些鲜血铸成的荣光！我要的，是完全全的平等，是无界限的自由！”

康淑贞等不知什么时候也来到了台下，扬起手来，高声地：“打倒国王！打倒专制！”

剧场里的观众都激动起来，跟着喊道：“打倒国王！打倒专制！”

康淑贞：“民主万岁！共和万岁！”

“民主万岁！共和万岁！”观众们都跟着高呼起来，他们已经完全沉浸在剧中人激烈的情感之中，见扮演侍卫的演员押着陈征鸿往台上走，再也忍耐不住，纷纷站起身来说：“不准带走他！他是我们的英雄！”

“没错，他是我们的英雄！”

“放开他！放开卢卡斯！”，

潮水般的声音充斥着整个剧场，回荡着、扩散着，越来越响，带着不可抵挡的气势，要把世间的一切专制和腐朽淹没。正值群情激奋，全剧到达最高潮的时刻，剧场门口突然传来巨大的声响。

只见门被人重重推开，金焰身上背着冯德麟，手里牵着杏儿，狼狈不堪地出现在剧场门口。他们身上满是血迹和泥污，神情疲惫，嘴角严重缺水，已经起了一圈水泡，张了张干裂的嘴唇，居然发不出一点声音。

剧场的工作人员跟在后头，叫道：“先生，你不能进去……”

金焰理也不理，一把推开他，脚步蹒跚，踉踉跄跄往前走。观众们一时分不清这是真实还是表演，都愣住了，停下呼喊，呆呆地看着这奇怪的一幕，演员们也都愣住了，不知道发生了什么，你看看我，我看看你，面面相觑。

金焰艰难地咽了口口水。他的体力已经消耗到极限，勉强支撑着身体，抬起头，向舞台上搜寻着，喉咙里发出嗞嗞的声响，嘶哑地：“田老大……谁是田老大？”

田汉一愣，忙从幕布后头钻出来，跳下舞台，走上前去：“你是……”

金焰看着他，松了口气：“你就是田老大？田汉先生？”

田汉点了点头，见他摇摇欲坠，忙伸手要去扶他。金焰却摇了摇头。他小心翼翼地把冯德麟放下，突然“砰”的一声，跪倒在地。

田汉吓了一跳：“这是做什么？你起来，快点起来。”

金焰哪里肯起？跪得笔挺，干裂的嘴唇翕动着，嘶哑：“田先生，我是金辛的弟弟。他临死前让我来找你，说只要找到你，总归会有条活路……”

“你说什么？金辛死了？”

田汉听到学生的名字，脸色一变，不敢置信地：“他那么年轻，怎么会……”

“是日本人！是日本人杀了他！”金焰猛地抬起头来，脸上的肌肉抽搐着，痛苦得已经变了形，恨恨地说：“日本人占领了整个奉天城，想杀就杀，想抢就抢。我哥……我哥就在我面前，就这么眼睁睁地死在他们的刺刀下！”他一把拉过杏儿，声嘶力竭地：“还有她！她叫杏儿，她弟弟和娘，也都死在日本人手里！她爹受了伤、发着烧，这一路上，我们没有吃的、没有喝的，还要躲日本人的飞机，好不容易才到了这里……”

剧场里鸦雀无声，只听见金焰断断续续的声音，一字一句，往心底最深处敲，攫住人们的心神，让他们喘不过气来。顾云峰也被这突发状况震住。他一直在为东北的事悬心，却万万没想到，事情会来得这样快，这样巧，会以这样的方式，猛地揭示于人前。他僵在座位上，一颗心怦怦直跳，想要做些什么，又不知该如何是好。

田汉定定地站着，声音颤抖地：“你说什么？日本人占领了奉天？”

金焰点了点头。

田汉：“还杀了人？”

金焰还是不说话，点了点头。

田汉只觉得一颗心直往下坠，坠向不知名的深处去，全身的血液仿佛都停止了流动，身上一阵阵发冷。他简直不敢相信自己的耳朵，大步走上前去，一把抓住金焰的领口，失控地喊到：“怎么可能？东北军呢？那么多东北军，都到哪儿去了？”

金焰张了张嘴，艰难地开口道：“他们奉命撤退、不准抵抗，连打都没打，就……”

金焰一个一米八几的大男人，说着说着，再也说不下去，埋下头，失声痛哭。杏儿之前一直瘪着嘴、极力忍耐，这时也终于克制不住，大声地哭了出来。

整个剧场顿时死一般的寂静，只听得到一大一小两个人的哭声，痛苦、绝望而悲凉。一种血脉深处的愤怒和悲哀弥漫着剧场，笼罩着纸醉金迷的、繁华的上海。那一瞬间，平静的假象被打破了，孱弱的国家、破碎的山河都赤条条地裸露出来，让人无从回避。

这是一个民族的耻辱，端坐在剧院里的每一个人，都觉察到这耻辱的分量。他们只是沉默，在这难堪的沉默之中，有一种隐秘的力量在奔涌、在汇集，蠢蠢欲动，终有一日化为洪流，化为狂澜，化为整个民族的铁血和脊梁。

而此时，田汉却只能攥紧了拳头。他不知道敌人在哪里，更不知道该怎样去复仇。他只是愤怒，对日本人的，对国民政府的，对东北军的；他只是悲哀，为那些逝去的美好、那些无辜受难的生命。

第五章　还我东北，血债血偿！

一

田汉背着浑身是血的冯德麟回家，把家里的女眷都吓了一跳。母亲田氏是个心慈的老太太，听他把东北的事简单说了一遍，顿时就流下泪来，把杏儿搂在怀里，连声喊着可怜。妻子林维中已经有了几个月身孕，听说他们一路上没吃没喝，赶紧热了点饭菜，安排金焰和杏儿吃饭。等到大夫来瞧过冯德麟的腿，把父女两个安顿下来，已经到了半夜。

田汉让母亲和维中先去睡觉，自己却拉着金焰进了书房一直聊到半宿才回到房间。金焰是个有情义重感情的好男孩，田汉决定要好好帮帮他，决定明天上电影公司一趟，看能不能给他找个场记的活，先勉强安定下来，等冯德麟的腿好了，再作打算。田汉心事满腹，一大清早就起了床，见林维中在厨房里忙碌，一愣。林维中指了指客房，冲他做了个噤声的手势："还睡着呢，轻点声。"

田汉点了点头，在桌旁坐下。林维中端着粥和咸菜出来，给他盛了一碗。她穿着蓝竹布旗袍，面容温婉，气质端庄，虽然已经嫁为人妇，却仍保留着几分少女的娇美。田汉把安排金焰去电影公司的打算一说，她赞成得很，从兜里掏出十几块钱来，塞在田汉手里："对了，这钱给你。"

为了排练《卡门》，家里的钱早就用了个干净。田汉拿着这突然冒出来的十几块钱，摸不着头脑，正想要问，林维中却像猜得到他的心思，温言解释道："昨天大夫来，不是开了方子吗？我把棉袄当了，换了些钱，你先拿去给冯大哥抓药。"

田汉看着小腹微凸的妻子，心里突然起了一阵感动，把筷子一放，没头没脑地说："维中，你怨不怨我？我这样一个性子，赚得少、花得多，明明自己家几个人都顾不过来，可就是见不得别人遭罪，老把家里头的钱往外拿……"

林维中看着他，好笑地说："你啊，拿钱出去周济朋友，我和娘早就习惯了。只是最近局势混乱，你小心一点，别什么事情都往自己身上揽。遭难的人那么多，哪里是你一个人救得来的？”她一边说，一边伸出手去，帮田汉理了理衣服。

“你放心，我知道。”田汉点一点头，正想说什么，门口突然传来敲门声。林维中忙去开门，见是唐槐秋，奇怪地：“唐主任，你怎么来了？”

唐槐秋一脸慌乱，急得不行：“不好了，田校长！学生们集体罢课，上日租界游行去了！”

“你说什么？”田汉吃了一惊，腾地站起身来：“你一个教导主任，这么大的事，怎么不拦住他们？”

唐槐秋内疚得很，且走且说：“我也是刚发现。学生们没来上课，我跑到宿舍一问，才知道萧睿领着一大帮学生去了租界，说是要日本人血债血偿……”

萧睿是艺大学生中最聪明的一个，地道的东北人，天生一腔热血，最肯帮忙，在学校里人缘颇好。学生们为了东北的事，早就忍不住了，又是萧睿牵的头，哪有不肯去的？田汉知道事情严重，哪里还听得下去？三两步下了楼，跳上一辆黄包车就走。

田汉忧心忡忡往租界赶的当口，聂守信也正疯了一般踩着三轮车。他刚刚看到报纸，震惊莫名，又悲又怒：悲的是东北三省陷落敌手，二十万东北军，反倒打不过区区一万多日本人；怒的是国家凭空缺了一大块，周围的伙计却还是那样麻木，吃饭的吃饭，做事的做事，死水一般，连个反应也没有。东北丢不丢、国家亡不亡，于他们仿佛都没有半点干系，还不如碗里的粥来得重要。

聂守信疯了一样地踩着三轮车，向前，向前，像是要把心中所有的怒气，都发泄在脚下的踏板上。他不知道自己要去往哪里，更不知道国家如此屈辱，何日才是个尽头。耳畔是呼呼的风声，越来越急，有什么东西顺着脸庞流了下来，滚烫而炽烈，尝在嘴里，是苦涩的滋味。

他这样骑了不知多久，心里仿佛开了一个大洞，空荡荡的，又像是点燃了一座火山，压抑而沉闷，不知何时就要炸裂开来。正心神恍惚，只见前面黑压压一片人头，把马路堵得水泄不通。他们大多是上海各高校的学生，或举着横幅，或攥紧拳头，一张张年轻的面孔上，写着说不出的庄严与愤怒，高声喊道：“还我东北，血债血偿！”“让日本人滚出中国去！”

几个日本警察在租界前站得笔挺，严阵以待。不知道谁起了个头，捡起块石头扔了过去，把租界内一幢房屋的玻璃打得粉碎。愤怒的学生们顿时激动起来，看也不看，纷纷把手中的东西往租界里砸去。日本警察露出慌乱的神情，往后退了一步。眼看局势就要失控，几辆军用汽车突然驶了过来，从车上跳下许多实枪荷弹的警察。他们一溜小跑，沿日租界站成一线，用枪口对准学生，把他们与租界隔离开来。

学生们见他们身上穿的是中华民国警察制服，先是一愣，随后越发愤慨起来。

“是中国人就让开!”“自己人打自己人，算什么本事!”“没错！胆小鬼！卖国贼！日本人的走狗!”

他们一边喊，一边潮水般向前涌，警察们也不敢开枪，只是张开手臂组成人墙，勉力支撑着。

一辆汽车紧随其后，停在学生们前方。张宏远从车里钻出来，见此状况，眉头一皱，举起喇叭，高声喝道：“你们在干什么？都给我住手!”

学生们一愣，被他的气势震住，一时都停了动作。

张宏远大步走上前去：“后退！都给我往后退!”张宏远面色沉肃，缓步走到学生们面前。昨晚顾云峰匆匆赶来，把剧场里的状况一说，他就知道要出大事；可万万没想到，才大清早，学生们就公然包围了租界，要日本人出来偿命。东北的事情是一团乱麻，日本人恶人先告状，把屎盆子全扣在国民政府头上，说是国民政府管束不严，伤了侨民的性命，这才不得不出兵；国民政府呢，明明知道是日本人的诡辩，又不敢真跟他们开打，唯一的办法是请国联出面调停。调停就要调查，调查就要摆事实讲证据。这种关键时候，要是在租界里惹出乱子来，岂不是坐实了日本人的指控，白白送给他们一个借口么？

他脑中转过千万个念头，面上却不露分毫，举起喇叭，向学生们喊话：“我是上海特别市市长张宏远！我来，就是要代表国民政府，向大家表明一个立场。关于日军侵占我东北一事，流言颇广，有说我国民政府不思抵抗、怕了日本人的；有说国民政府拿了日本人的钱，要把中国的主权拱手让人的！我负责任地告诉诸位，这都是某些别有用心的人，对国民政府的诽谤!”

他说得斩钉截铁，一双眼睛看向学生们，充满了让人信服的力量：“我也是中国人，东北遭此大劫，几十万民众流离失所，我心中难道就不痛苦、不愤慨？可是，就凭你们今天聚在这里，砸破几扇日本人的窗户，或是打倒几个日本人，就能解决东北的问题么？就能从装备精良的日本人手中，把东北夺回来么？你们有没有想过，要是真的同日本开战，凭我们现在的国力，能支撑得了几天？五天，十天，还是一个月?”

一片沉默。学生们的头慢慢低了下去。张宏远的问题像是一颗子弹，直接命中他们的心。他们从没想过一朝开战，能不能打赢日本人，又该如何打赢日本人，你看看我，我看看你，面面相觑。

张宏远态度真诚，不卑不亢。他是一市之长，自有一种威严气度，扫视学生一眼，庄重承诺道："东北历来是中国的领土，国民政府绝不会放弃。事实上，就在今天，国民政府已正式向国联提出告诉，请求国联务必勒令日军退出东北，还我国土！现在，我以国民政府的名义，恳请诸位同学返回学校，一切对日交涉，静候政府处置，切勿徒增滋扰、再生事端……"

他这番话说得入情入理。学生们正犹豫不决，将信将疑，台下却响起一个声音来："那好，我想请问一下，针对东北一事，国联有没有任何回复？"

张宏远一眼看去，见是个眉清目秀的青年，倒也并不在意，爽快地："暂时没有。"

聂守信心里本来就有怒火在烧，听了张宏远的辩解，更是火上浇油，怒气高涨。他性子偏激，对国联之类全无好感，毫不客气，针锋相对地问："那敢问政府，如果国联不对日本作出制裁，我国又当如何？"

张宏远见他咄咄逼人，皱了皱眉，强忍不快："这位同学，现在我也无法确定，国联将会针对此事，做出何种回复。但可以肯定的是，自东北事发以来，我军始终恪守国联非战公约，一切挑衅行为，均系日军所为。相信国联经过调查之后，一定会站在公正之立场，对日本进行制裁……"

聂守信轻蔑地一笑："可据我所知，一直以来，国联都是站在日本一边。国联和日本，根本是狼狈为奸、一丘之貉！一九二九年，我东北国民外交协会正式向日本政府提出了收回大连、旅顺主权，收回南满铁路等四项要求，遭到日本断然拒绝，那时候，国联在哪里？今年年初，日军于我万宝山镇，蓄意挑起'万宝山事件'，枪杀我手无寸铁的东北民众，那时候，国联又在哪里？九月十八日，日军进攻我北大营，烧杀抢掠，血洗奉天城，那时候，国联又在哪里？再说了，就算国联肯主持公道，真的对日本做出制裁，日本侵略者难道会乖乖退兵吗？"他词锋犀利、步步进逼，倒把张宏远逼得说不出话来。

聂守信看也不看张宏远，转过身去，向着学生们，痛切地说："青年们，南京政府的谎言，你们还没有听够吗？所谓国联主持的正义，你们还没有看够吗？奉天已陷敌手，锦州即将不保，国家已经到了这样的地步，不靠我们自己站出来，真刀真枪地与倭寇决一雌雄，难道真的要等侵略者把我们的国土踏遍，才知道奋起、知道反抗吗？"

学生们如梦惊醒，再次骚动起来："没错，要救中国，唯有自强自保！""驱逐日寇，血债血偿！"

张宏远眼看着骚乱又起，急了，大声地："同学们，不管国联裁决与否，东北一事，自当听候中央处理，请你们镇静下来，不要受了某些别有用心的人的挑拨……”

聂守信猛地转过身来。他一双眼睛亮得慑人，笔直地看向张宏远，赤诚坦荡，掷地有声：“别有用心？我有的只有一颗心，一颗赤裸裸为中国的心！”

这一句话仿佛炸雷一般，在学生们中激起巨大的回应。

“说得好！我们只有一颗为中国的心！”

“胆小鬼走开！卖国贼走开！”

张宏远还想说些什么，愤怒的学生们早已抓起手中的物品，纷纷朝这边扔来。警察们受了攻击，却并不真的开枪还击，队伍中，甚至有警察不顾指令，悄悄把枪放了下来。张宏远躲闪不及，被扔过来的物品击中，额角顿时红肿一片。

“市长！保护市长！”顾云峰赶紧上前，想要帮忙查看伤势，却被张宏远一把推开。他冷着脸，深深看了聂守信一眼，一句话也不说，扭头就走。顾云峰等一愣，连忙跟了上去。

二

田汉急匆匆赶到时，骚乱已经结束。他见学生们毫发无伤，又是惊奇，又是庆幸。问萧睿吧，萧睿也说不出所以然，只说有个厉害的年轻学生，言辞犀利，把张宏远逼得说不出话，灰溜溜走掉了。至于这年轻学生的学校、名字，却没有一个人知道。

田汉好奇得很，只恨自己来得晚了，没能见上一面。他不禁要去想，是什么样的青年，敢公然跟市长叫板，还能把张宏远问得无言以对。夏衍他们听了，也是一愣：“你说什么？张宏远带着警察来了，却什么也没干就走了？”

田汉笑着点了点头说：“我问了萧睿，张宏远本想说服他们停止游行、回校上课。没想到，现场蹦出个年轻学生来，据理力争，倒把他驳了个哑口无言，就这么回去了。我原本还担心当局会不分青红皂白，对学生下手。现在看来，国难当头，孰重孰轻，他们还不至于分不清楚。”

他跟夏衍、阳翰笙都是左翼作家联盟的成员，也是相识已久的老朋友，平日里有什么事，都会在咖啡馆碰面，商量解决的办法。阳翰笙也去了现场，点头附和道：“是啊。我跟寿昌一样，一听说学生们包围了租界，就拼命往这边赶，生怕又跟上次一样，闹到流血收场。可万万没想到，警察不但不阻止游行，反倒站在学生这边。大概此次东北之事，惨烈非常，凡我国人，皆有切肤之痛吧。”

夏衍微微点头，关切地问：“学生们都安全回来了？”

田汉点了点头。他昨晚乍一听闻东北之事，如遭雷击，只觉得国家民族已经到了灭亡的当口，经过这一场游行，反倒有些振奋起来说：“艺大的学生我都带回来了，别的学校还有些学生留在那里，说是要通宵静坐。此次日军侵占我东北，虽然损失惨重，不过从国人的反应，却也可以看出我国之希望犹存。若能激起当局抗日之心，痛下决心，抗击外侮，倒未尝不是一件好事。”

“我正想与你商议这件事。”夏衍坐直身子，低声说：“我和翰笙想以左翼作家联盟的名义，在报纸上发表公开信，谴责当局的不抵抗行为，号召全国人民，无关党派、无论男女，务必尽最大努力，奋起抗日，把日本人彻底赶出中国去！”

“太好了，我也正是这样想！”田汉一拍大腿，站起身来：“现下最重要的，是趁日本在东北立足未稳，迫使国民政府放弃不抵抗政策，拿起枪来，与日军决一死战。我们要发动更多民众，加入到抗战的行列中来，我们造成的社会舆论越大，国民政府的压力也就越大！”

夏衍也是这个意思，连连点头：“我想过了，公开信就由你来起草，我和翰笙负责联络左联的成员，在公开信上签名，联合发表。”

“行，没问题。这事就交给我。”田汉喝了口咖啡，突然想起一件事情来，热切地说：“对了，我还有一件事要跟你们商量。”

夏衍诧异问：“什么事？”

田汉说：“《申报》的记者安娥，你们认识么？”夏衍一愣，不动声色地说：“看过她写的报导，写得不错，人倒是并不认识。”

“正是。”田汉点了点头：“我的戏剧上演，她经常来采访。我觉得她跟政府那帮子御用记者不同，很有见地，也有爱国之心。我想，要发动民众、宣传抗日，正需要她这样新的血液，加入进来。我想推荐她加入左联，向民众靠拢，从思想上进步起来。你们觉得怎样？”

夏衍听他这么说，跟阳翰笙对视一眼，表情古怪地说：“那她本人的态度呢？”

“不是很积极。”田汉有些沮丧，叹了口气：“她思想上还处于比较幼稚的阶段，对国民政府认识不清，自己的立场也很不坚定……”

安娥这时正忙得脚不沾地，从东北沦亡到学生游行，每一桩都是大事件、大新闻，为了抢到第一手的消息，整个《申报》都行动起来，她听说张宏远刚去了东北会馆安置难民，马上就要回市政府，二话不说，拔腿就往市政府跑。

政府门口早已经围了一堆的记者，见张宏远的轿车开了过来，一拥而上，问道："张市长，各校学生集体罢课，愤而围攻日租界，你对此有何看法？"

"张市长，听说日军已经占领了吉林，正向哈尔滨进发，国民政府对此有何政策？"

"张市长，各界名流纷纷表态，要求政府放弃不抵抗政策，全力抗击日寇，对此政府有何说法？"

镁光灯闪个不停，让人头晕目眩。张宏远面上一点表情也没有，径直往台阶上走。顾云峰知道他心情不好，拦在他面前："请大家让一让。市长现在不回答任何问题……"

安娥挤在最前头，冲破卫兵的阻拦，高声问道："张市长，听说你不顾安危，前往租界劝说学生，头上还受了伤，是不是真的？"

张宏远一愣，停下脚步，目光如箭一般，冷冷地射向安娥。安娥却并不怯场，直视着他的眼："张市长，东北沦陷一事见报之后，已经在上海各界引发了巨大反响。我想冒昧问一句，对学生们的这种行为，您有什么看法？"

张宏远直视安娥，半晌，意味深长道："国家有难，年轻人有些冲动，也是难免的。我不会跟他们一般见识。可现在，国家最需要的不是冲动，而是冷静。我希望这样的事情，以后再也不要发生。"

这一番话说得恰到好处，话虽不重，可明白人都听得出其中的分量。他额头上青紫了一大块，却仍维持着威严的神色，扫视过记者们，收回目光，继续往台阶上走。

"张市长……"

"张市长……"

其他人这才反应过来，眼睁睁看着他在卫兵的护卫下，走进门去。顾云峰是宣传部长，市长一走，责无旁贷，被记者们团团围住，问这问那。他这一天也是焦头烂额，匆匆安抚了他们几句，又再三表明了政府的态度，这才脱出身来，才刚进政府大楼，又被秘书小朱叫住，说是张市长让他赶紧过去。

"市长，找我什么事？"顾云峰急忙赶了过去，推开门，见张宏远正用手帕沾了药油，龇牙咧嘴，按摩额角青紫的部位，一愣，有些尴尬："你先忙。弄好了我再过来。"

张宏远倒是并不在意，不耐烦地："进来进来。我们同窗三年，什么难看的样子你没见过？受了伤，还怕你笑话不成？"他这一天过得实在窝火，在顾云峰面前再也装不下去，把帕子一扔，往椅子上一坐，没好气地："这帮学生，成事不足，败事有余，就知道给政府添乱！云峰，你打个电话给党务调查科。今天带头闹事的学生，请他们调查清楚，一个个逮捕！尤其是那个带头的，一定得给我找出来。像今天这种事，我不希望再发生第二次。"

顾云峰一愣，为难说："市长，这个时候逮捕学生……"

张宏远摆了摆手，却不容分说："云峰，你要说什么，我都明白。可现在外交部正积极同国联斡旋，希望能借助国际力量，收复东北。这段时间重要得很，决不能出什么差错。学生们只知逞一时之勇，何尝想过什么叫顾全大局？你我宁可严苛一些，也不能听之任之，让他们闹出乱子来。"缓了一缓："东北再乱，上海也不能乱。我让你在报章杂志上制造舆论，稳定局势，进行得怎么样？"

顾云峰忙答道："我已经跟各大报社打过招呼，这段时间，凡是跟东北有关的报导，不经宣传厅审查，一律不得付印。我还写了几篇社论，提供给各大报社，阐述国民政府的态度和立场，呼吁民众少安毋躁，静候国联裁决。"

张宏远点了点头，靠在椅背上。他情绪平复了些，有些疲倦地："云峰，眼下的局面，你是知道的，舆论对我们很不利，别说那些亲共分子，就是普通民众，对我们也有诸多误解。宣传这块一直是你在负责，你要多多留意，绝不能放任他们散布任何不利于党国的流言。还有，记者们消息是最灵通的。你跟他们多保持联络。像围攻日租界这种事情，若能提早得到消息，我们也能防患于未然，省却很多麻烦。"

顾云峰应了一声，又跟张宏远商量了一下政府的策略，应对媒体的口径，这才退出门去。这短短的一天，他觉得自己已经到了极限。虽然早有准备，可东北沦陷所激起的反响，还是大大超出了他的预计。难民们的惨状、学生们的呐喊，像是一幕幕电影，在他脑海中掠过。他只知道必须有个办法，东北的事情，必须尽快解决，可到底怎么解决，什么时候能解决，就连他也不知道。

他从心底里理解那些学生们，可又从心底里，理解那个冷静到极点的张宏远。东北远在千里之外，他们能做的，只有等待：等待中央党部的指令，等待国联的裁决。在这一刻，任何的轻举妄动，都可能使情况更糟，只有保住上海的平静，才最有利于国家，最有利于东北问题的解决。

他犹豫着，终于下定决心，摘下听筒，艰涩地："喂，党委调查处吗？对，早上包围日租界的学生，张市长想请你们调查一下……"

三

顾惜音这几天过得格外烦闷。她不过十八九岁，温润的鹅蛋脸，水嫩嫩的杏仁眼，一头长发瀑布一般披在身后，看去温婉沉静、娇柔可人，秀气的眉毛却微微蹙起，坐在黄包车上，自顾自地想着心事。东北沦陷的事，在学校里掀起了天大的波澜。东北军为什么不战而逃，国民政府又为什么不敢开战，把东北从日本人手里夺回来，这些问题都困扰着她，让她不知如何是好。她问过父亲，可都被挡了回来。她埋着头，正闷闷不乐，突然听到一阵隐约的音乐声。

那分明是二胡的声响，奏的却不是寻常可见的哀怨之曲，而是极其激昂的铿锵乐调。顾惜音听出是马赛曲，一愣，忙开口道："李师傅，停一下。"

黄包车停了下来。李师傅回过头来："小姐，是要买什么吗？你不用下车，我去买就好了。"顾惜音摇了摇头，走下车来，静静地听了一会，毫不犹豫地往石库门走去。

云申米庄门口停着辆三轮车。聂守信刚送完米，满头大汗地坐在车尾。他这些天都沉浸在悲痛之中，心头充满愤懑，无可消解，无人可以诉说，只能疯狂地拉着二胡，沉醉着，发泄着，一曲终了，这才慢慢地睁开眼来，看到面前站着的顾惜音，不觉愣在那里。

顾惜音上前一步，有些惊讶，又有些欣喜说："你刚刚拉的，是不是《马赛曲》？"

聂守信见她面容清丽，衣着精致，料定是个不可一世的大小姐，理也不理，转过背去，把二胡小心翼翼地收进布包，用布条裹得紧紧的。

顾惜音却不在意，莞尔一笑说："我还是第一次听到用二胡演奏的《马赛曲》。真没想到，二胡也能演奏这样的曲子，而且还这么好听。"

聂守信手下的动作一顿，皱起眉头，转过身来："那么，你认为应该用什么演奏？"顾惜音一愣："Piano，violin，或者其他什么西洋乐器……"

"是么？"聂守信看了她一眼，自信地一笑，从布包里翻出一支笛子来，试了一试，吹奏起来。他根据笛子的特性，在某些音上做了处理，却仍然听得出是《马赛曲》的曲调，吹完一个小节，把笛子一放，不客气地："你看，《马赛曲》不是只能用西洋乐器来演奏。你所谓应该用什么来演奏，在我看来，只不过是束缚手脚的条框罢了。"

顾惜音看着眼前的青年，只觉得他一双眼睛清澈见底，明亮慑人。她是圣心女子学院的学生，学的是西洋音乐，对各种乐器颇有了解，却从来没听过这样无法无天的理论，越发来了兴趣：“你的意思是，本来用西洋乐器演奏的乐曲，都可以用民族乐器来演奏?”

“那当然。”聂守信点了点头，不留情面地：“自甲午海战以来，国门大开，西学东渐，很多人觉得什么都是西洋的好。其实西洋乐器能够演奏的，我们的民族乐器何尝不可？只不过那些附庸风雅的人，所看重的并不是音乐本身，而是要借着音乐，来夸耀他们自己罢了！仿佛他们只需说着violin、piano这些新鲜单词，便也是一个懂音乐的人了。”

“可是，也有很多人并非这样。”顾惜音一愣，兴致盎然地：“其实，西洋乐器自有其精妙之处。比如violin，音域宽广，音色饱满，可以欢快、可以凄美，较之二胡、琵琶之类，表现力要强出许多；又比如piano，也就是我们常说的钢琴，被称为西洋乐器之王，只要有它在，简直相当于一支成熟的乐队，无论什么类型的音乐，都能得到完美的表现……”

“无论什么类型的音乐，都能得到完美的表现?”聂守信看着她，不以为然地：“我却恰恰觉得，民族乐器的表现力，较之大而无当的piano之类，要强大鲜明得多呢!”

顾惜音从来没遇上过这样古怪的乐手，更没跟人这样天马行空聊过音乐，被聂守信激起兴趣来，想了一想，微微笑着：“既这样说，你敢不敢和我打一个赌?”

聂守信一愣：“打赌？赌什么?”顾惜音：“你说民族乐器的表现力比piano还强，我们就来打一个赌。要是我用钢琴弹奏的曲子，你都能用二胡演奏出来，就算是我输了；反之，如果演奏不出……”

“就算是我输了?”聂守信倒被她激起斗志来，傲气地一笑：“好，赌就赌。我告诉你，你输定了。”他从布包里拿出二胡，突然想起什么，眉头一皱：“这里没有钢琴，要怎么赌?”

顾惜音也是一愣。她想了想，笑了起来：“我知道一个地方，你跟我来。”

繁华的南京路，人流如织。路的尽头是一家乐器行，西式风格的拱门，簇新的店面，上面用金粉写着“瑞昌琴行”几个大字。门口站着两个高挑的服务生，穿着笔挺的西装，显得时髦而雅致。

顾惜音坐着的人力车在店门口停了下来。聂守信踩着三轮车紧跟其后，见她停下，也跟着停了下来，见到如此富丽堂皇的店面，一愣，不由得低头去看身上的麻布衣裳和满是泥巴的布鞋。

顾惜音察觉到他的局促，也不说破，笑盈盈看着他，促狭地：“就是这里。怎样，敢不敢进去？”

“谁不敢进？”聂守信不肯服输，硬着头皮，拿起自己的二胡，走进门去。只见店里装潢得更是华丽。空旷的店面正中，摆着几架钢琴，店的四壁，整齐有序地摆放着小提琴、中提琴、大提琴以及小号、圆号等西洋乐器。店的一角是抹得锃亮的柜台，留声机里，唱片轻巧地转动着，播放着舒伯特的《罗莎蒙德》序曲。聂守信手里拎着二胡，站在大厅正中，显得格格不入、格外寒酸。一个服务生走了过来，轻蔑地打量着他，毫不客气说：“先生，请问需要些什么？我们这里的东西都是从英国进来的，真正的西洋货，价格可不便宜……”

聂守信理也不理，扭头去看顾惜音。店里的伙计这才瞧见后面的顾惜音，忙丢开殷勤上前说：“顾小姐，今天怎么有空过来？我们新进了一些肖邦的钢琴曲谱，您要不要看看？”

顾惜音温柔地笑笑，摇了摇头：“我不是来买东西的。我跟朋友打了个赌，想借你们店里的钢琴弹一下。”

“朋友？”伙计回头看了看聂守信，又看了看顾惜音，不敢置信地：“顾小姐，您说的朋友是他？”

顾惜音点了点头：“怎样？可以借我弹一下吗？只要半个钟头就好。”

伙计反应过来，连连点头：“可以可以，当然可以。”他关掉留声机，走到一架白色的三角钢琴旁，为顾惜音把琴盖打开：“这架钢琴是刚刚调试好的，音都是极准的。顾小姐您尽管弹，想弹多久，就弹多久。”

顾惜音笑着道了谢，坐了下来，把手搁在琴键上，想了一想，手腕一沉，弹奏起舒伯特的《小夜曲》来。她白皙的手仿佛蝴蝶一般，在黑白的琴键上飞舞着、颤动着。一连串音符流水般倾泻而出，连一丝儿停顿也没有，宁静、流畅而充满深情，像是一个香甜而唯美的梦。

最后一个音符刚停，聂守信二话不说，闭上眼、手中的弓子灵活地滑动起来。流水一般的音符，一模一样的旋律，却来得更加张扬洒脱，贴切而鲜活。他丝毫不错地拉完，琴弦一颤，漂亮地做了个结束，睁开眼睛，看向顾惜音。

顾惜音脸上露出激赏的表情，略一沉吟，手腕灵巧地一动。这回是歌剧卡门中的《斗牛士之歌》。她修长的手指仿佛舞者轻盈的脚步，活泼泼地跳跃着，从小心翼翼的试探，到令人目眩的旋转，越来越急，越来越快，几个重重的起伏之后，戛然而止。

她抬起头，看向聂守信，伸手做了个请的姿势。聂守信也不说话，手腕一沉，仿佛最殷勤的男伴，带动着弓在弦上跳跃，飞速地舞动着，激烈的情感如疾风骤雨一般，冲刷着听者的心。

店里的几个伙计哪里见过这样的比试？早就看得呆了，一句话也说不出来。

聂守信沉浸在热烈的旋律中，如痴如醉，整个身子都跟着晃动，几个起落之后，猛地垂下弓子，得意地看向顾惜音。顾惜音没想到他只听过一次，就能拉得如此酣畅淋漓，倒是一愣，想了一想，嘴角扬起一个俏皮的笑，双手重又置于琴上：这次，是肖邦的《c小调练习曲》。

音乐由右手猛烈的七和弦开始，好似晴天霹雳，直接砸向人们心底，激起一阵剧烈的震颤。紧接着，左手悲痛的音流倾泻而下，狂风暴雨一般，让人无法喘息。聂守信被这汹涌而来的音符惊呆了，定定地站着、听着，觉得整个心都被这音符所笼罩、所征服。

顾惜音只弹奏了几个小节，就突兀地停了下来，看向聂守信："我弹完了。"

"完了？"聂守信一愣，猛地回过神来。他心里遗憾得很，恨不得让顾惜音把那首曲子弹完，可又不好意思开口，回忆着之前的旋律，用二胡试着拉了拉，音符支离破碎，居然完全听不出曲调。

聂守信简直不敢相信自己的耳朵。他对自己的才华很是自信，检查了一下二胡，调了调弦的松紧，不死心地从头开始，又拉了一遍，却还是支离破碎，难以入耳。

他从来没遇到过这样的情况，整个人愣住了，紧紧握着手中的弓，不知该如何是好。顾惜音见他呆呆的样子，乐了："肖邦的《c小调练习曲》，从右手的七和弦开始。你用二胡虽然可以重复钢琴曲的旋律，却无法模拟钢琴所能表达的复杂和声。"

她微微笑着，抬起头来，看向聂守信："怎样，是我输了，还是你输了？"

聂守信原本自信满满，要教训一下这个不懂世事的大小姐，让她明白西洋乐器也不过尔尔；却万万没想到，会在众目睽睽之下输给她，心里有说不出的憋闷。他脸上的表情变了又变，一言不发，突然转过身，笔直地向门口走去。

顾惜音一愣，忙追上前去："哎，你等一等……"

聂守信理也不理，冲出门去，蹬上三轮车就走。顾惜音正要往前追，却被乐器行伙计拦住："顾小姐，您的书！"原来她只顾着追聂耳，把课本什么的都落在琴凳上。

顾惜音道了谢，接过书，匆忙追出门去，却只看得到聂守信的背影。"走这么快干吗？就这么输不起么？”她撇了撇嘴，回忆起之前的比试，慢慢地笑出声来，向着聂守信离开的方向，喃喃自语道：“说真的，你二胡拉得真好。要不是我故意弹和弦，你大概不会输吧？只可惜，好不容易赢了你，我却连你的名字都不知道呢……”

四

顾惜音回家的时候，天色已经暗了下来。家里帮佣的胡妈见她欢欢喜喜，跟前几天大不相同，有些诧异，问她遇上了什么好事，又扭捏着不肯说。其实这倒怪不得顾惜音：她连对方叫什么名字都不知道，就算想说，也不知道该从何说起。她只觉得那青年有趣得紧，说的话、做的事都跟别人不同，尤其是他对音乐的见解，那真是古怪到了极点，大胆到了极点！

她上了楼，却见父亲的书房亮着灯，顾云峰坐在书桌前发呆，知道父亲又遇到了烦心事，不敢打扰，自顾回房去了。顾云峰却叹了口气，拿着一大沓稿件，全神贯注地翻看着。虽然下了禁止令，大部分稿件仍与东北有关，有骂东北军畏敌避战的，有指责国民政府懦弱无能的，看得出记者们不友好的态度；另有一种则全然相反，近乎恶俗地吹捧政府，一看就是想趁机拍马屁，更让顾云峰厌恶。

顾云峰越看越忧心，皱着眉头往下翻，突然看到一行标题：“学生游行，张市长深表理解！”，旁边还配着张宏远的照片，额上青紫了好大一块，看去触目惊心。报道的立场和切入点显然与别的文章不同，分析局势，平衡利弊，讲学生的无可奈何、政府的可以理解，面面俱到。顾云峰细细看来，不由得大为欣赏，觉得这正是他们要找的人选，去看记者的名字，却是安娥。

他不禁松了口气，越发放下心来。安娥是国外留学回来的，家里颇有些来头，在上海的社交圈里很受欢迎，常跟顾太太她们一起打麻将，算得上是顾家的常客。妻子常说这个安记者最是通情达理，看问题想事情，都有自己的见解，对政府颇为体谅。顾云峰把那文章又看了一遍，下了决心，明天请安娥过来一趟，和她谈谈政府的想法。

安娥当然不知道顾云峰的打算。她一天安排得满登登的，不到八点就到了报社，把写好的稿子润色了一遍，又去了一趟东北会馆，采访难民们的情况，心情颇为沉重。没想到刚一回报社，就被等在那里的田汉拦住。他为左联写的公开信已经写完，鲁迅先生、沫若、达夫等左联成员都签了名，却找不到报社肯发表，想来想去，还是只能来找安娥。

安娥一听来意，连忙拒绝。田汉哪里肯放？追在后头，锲而不舍地劝说着。

上午九十点钟，正是报社最忙的时候。走廊里人来人往，脚步匆匆。田汉追在安娥后头，絮絮叨叨说着什么，格外引人注目。

“我说田校长，你究竟要跟我跟到什么时候？”安娥猛地停住脚步，为难地：“我承认，你说的那些都有道理。可我相信政府既然按兵不动，也一定有他的考虑……”

田汉却是锲而不舍：“有什么考虑？东北大片土地陷落敌手，三千万同胞沦为奴隶，到了这种时候，还考虑什么？再继续考虑下去，咱们亡的就不只是东北三省，而是整个中国了！”

他这话说得坦荡，倒把报社众人吓了一跳，纷纷往这边看。

安娥无奈地苦笑说：“好好好，先进来，进来再说。”她把田汉拉进办公室，把门关好，确定不会有人听见，这才说：“田校长，这公开信我是真的不能发。我只是个记者，发什么不发什么，根本做不了主。再说最近宣传厅审查严格得很，你这样的文章，万一登出来，给报社惹来麻烦怎么办？”

田汉听她这么说，越发激动：“惹麻烦惹麻烦，你们就是怕惹麻烦！你是这样，国民政府也是这样！你们倒是小心翼翼，生怕得罪了日本人，可他们呢？他们天不怕地不怕，他们敢把偌大个东北占为己有，他们敢在我们的领土上，肆无忌惮地杀人放火！”

安娥生怕被别人听见，紧张地看看门外说：“田校长，你小点声。报社人来人往，万一被人听见……”

“我不怕被人听见！”田汉目光如电一般，看向安娥，反倒提高了声音：“安记者，政府不抵抗造成的恶果，都清清楚楚摆在这里，你这么聪明的一个人，难道还看不明白？我们为什么要写这封信？我们写这封信，不是为了跟政府做对，而是为了敦促政府痛下决心，举全国之力，与日本一战！惟其如此，国家才能有救，民族才能有救！”

安娥也被他所感染，看了他一眼，有些无奈说：“田校长，你想清楚了。这公开信一旦登出来，你的名字明明白白在上头，到时候宣传厅追究起来……”

田汉哼了一声，毫不犹豫说：“宣传厅如有追究，由我田汉一力承担！”

安娥点了点头，接过稿子：“那好，我就先试试看。我话先说在前头，这事我只能尽力，不能保证什么，毕竟主编有主编的想法……”

正说话，电话铃声响。安娥接起电话：“喂，我就是。请问哪一位？”

电话那头说了句什么。安娥脸色一变，有些惊讶地："好，好，我这就过来……"

电话是顾云峰的秘书打的，说是厅长请安记者过去政府大楼，有要事相议。安娥虽然在顾家跟他见过多次，两人交道却不多，想了一路，也没想明白他找自己的原因。到了政府大楼门口，秘书早就等在那里，领着她到了顾云峰的办公室。

顾云峰正在看着什么，见她进来，把文件合上，指了指对面的椅子说："安小姐请坐。"

安娥坐了下来，也不忸怩，开门见山问道："顾厅长说有事情要跟我商量，是什么事情？"

顾云峰一愣，笑了："都说《申报》的安记者雷厉风行，说话做事最不喜欢绕弯子。看来不假。"

安娥并不说话，微微一笑，等他说下文。

顾云峰收敛了笑容，肃然说："安记者应该也知道，这段时间，为了东北的事，政府遭了许多指责，很是被动。"他把手中的稿件递给安娥："你看，这些都是近期宣传厅扣押下来的稿件。虽然政府已经严令各大报社，凡东北相关报导，不经宣传厅审查，一律不得付印。可还是有很多人凭着主观臆断，歪曲事实、诋毁政府。"

"顾厅长要听我的想法么？"安娥翻看着手中的稿件，爽快地说："自东北变故以来，政府对外采取不抵抗政策，对内隐瞒事实，是战是降，始终没有一个明确的态度。记者们加以报道，也是希望民众能够尽快了解事情真相，做出正确的判断。"

顾云峰见她说得直率，不但不生气，反倒很是赞许："安记者，你所说的这些，放在平时的确没错。可现在不同。东北一事事关重大，现在是对日交涉的关键时刻，政府要考虑的，不仅仅是把真相告知民众，而是如何去引导他们、安抚他们，尽可能维持稳定的社会秩序，以免引发民乱。"

他看向安娥，诚恳地："安记者，现时的局面，不是战和不战这么简单。随便嚷嚷两句要抗日、要反击，当然容易；可真要跟日本人打起来，战局会有多难、我们又有几分胜算，民众并不清楚。政府表面看来是不抵抗，可实际上呢？通过外交方式解决东北问题，减少无谓之牺牲，忍一时之辱，以谋求长远之发展，何尝不是一种解决的办法？"

安娥点了点头，表示赞同。

顾云峰："安记者，我读过你的报导。你的文章写得很好，看问题的角度也很客观。我希望你能跟政府配合，把政府的想法传达给大众，让他们不要轻易受到煽动，盲目和政府作对。"

安娥笑着点了点头："顾厅长放心。报导新闻本来就是我分内之事。鲁莽不计后果地要求抗日，我也是不赞成的。"

顾云峰见她态度诚恳，越发觉得自己选对了人："那就好。对了，还有一件事。上次学生们围攻日租界，影响很不好。我想你们当记者的，消息最是灵通，以后安记者如果听到此类消息，请务必通知政府，我们也好有所准备、防患于未然。"

"那是自然。"安娥点了点头，若无其事地："说起来，这群学生也太不懂事了。张市长担心他们，好心前去规劝，他们反倒动手打人。难道就一点办法也没有，只能任由他们胡闹不成？"

顾云峰皱了皱眉。说起这件事情，他心里难免有些抵触，又无可奈何，想了一想，婉转地："那倒不至于。市长已经下了决心，要把领头闹事的几个关上一阵子。一来稳定局面，二来让他们得些教训，以后做事也好知道轻重。"

安娥脸色微微一变，笑着道："那就好。要我说，这群学生早该管束管束……"

两人闲坐了一时。顾云峰将国联的进展、政府的忧心跟安娥交了个底，无非是要她协助政府、疏通民意。安娥见他颇有诚意，自然满口应承。两人相谈甚欢，眼见得天色晚了，顾云峰要请她吃饭，却被她婉言谢绝，说是已经跟别人有约在先。

顾云峰也不好勉强，派自己的司机送她回去。车子开到一幢小洋楼前，安娥优雅地走下车来，向司机道了谢，看着车子渐渐开远，却并不进门，大步流星，朝着相反方向走去。她心急如焚，快步穿过曲折的小巷，叫了辆黄包车，让他载自己到宝庆码头去。夜已经深了，车夫见这样一个时髦的女子要去码头，嘴巴张得老大，半天没回过神来，劝又劝不住，只能拉她去。

宝庆码头早已经废弃，离城又远，平时白天也难得见到一个个人影。这时更是黑漆漆的，看上去阴森异常。安娥却毫不在意，跳下车来，急匆匆往河边走。路灯昏黄的光把她的影子拉得长长的。只见远处一个人影伫立在河边，穿着风衣，戴着帽子，把自己包裹得严严实实，听见高跟鞋的声响，转过身来，仔细看时，却是夏衍。他迎上前来，脸上的担心溢于言表："安娥同志，出什么事情了？"

安娥把在顾云峰那里听到的消息一说，夏衍知道情况严重，顿时紧张起来，略一沉吟："安娥同志，你这个情报给得很及时，以当局的一贯作风，只怕还不止关几天这样简单。这样，我尽快跟各校的学生组织联系，打听一下，参加了游行的学生都有哪些，让他们暂时离开上海，或是隐蔽起来。还有，为了学生们的安全，最好减少公开的游行活动，改以和缓的方式，通过媒体向国民政府施压，劝说政府抗日。"

安娥点了点头："我也是这样想。今天田汉来报社找我，送来左翼作家联合签名的公开信，写得极好。庆龄先生也已经撰文，坚决反对当局的不抵抗政策。我打算以苏尼亚的名义做一个专题，把这些文章刊登出来，作为对国民政府的谏言。"

苏尼亚是安娥为了隐藏身份，特意起的笔名，言辞犀利，在多家报社都发表过文章，以这个名义来做专题，显然再合适不过。夏衍赞许地点了点头，突然想起上次咖啡馆的事情来，好笑地："说起田汉，还有个笑话呢。上次我们在咖啡馆开会，他跟我们说，想要推荐你加入左联。"

安娥有些意外："推荐我入左联？"

夏衍无奈笑笑说："恩。他说你文字好、有爱国心，虽然思想上比较幼稚，但还是可以转换的。他那个一本正经的样子，你是知道的。你说说，让我和翰笙说什么好？总不能告诉他，你早就是老党员了吧？"

原来安娥和夏衍、阳翰笙一样，都是地下文委的成员。从苏联学习回来后，她借着记者身份作掩护，周旋于官员和太太们之中，得了不少珍贵的情报，而这些，田汉却毫不知情。就连夏衍和阳翰笙，为了安全考虑，也从没对他公开过自己共产党人的身份。

安娥这才明白田汉找自己的用意，"扑哧"笑出声来："我说呢，他干吗有事没事老往报社跑，非逼着我靠近民众。你们不是有心要发展他入党么，考察得怎么样？"

夏衍叹了口气："这件事，我跟翰笙讨论过。寿昌这个人，爱国是毋庸置疑的，政治上也很积极，有进步的要求，在青年学生和中立势力当中，也很有影响力。只是他自由惯了，虽说读了一些马克思主义的著作，骨子里还是传统文人那一套，独立癖重得很。为人又最是仗义，管你什么身份，他都乐意结交。唱戏的、拉车的、做工的，这些被欺压的阶级兄弟，当然应该团结，可国民党的士兵，黑社会的打手，他也结交，这就未免……"他也不往下说，两手一摊，摇了摇头。

安娥听他这么说，想起田汉的种种轶事，不由得笑了起来："他呀，就是重朋友、讲义气，不是这样，倒不像田老大了……"

第六章　最漫长的一夜

一

下午五六点钟，正是吃饭时间。米庄门口十几条汉子捧着粗瓷大碗，或蹲或坐，一边吃饭一边扯着闲天。突然，其中一个像是看到什么稀奇事物，一口饭含在嘴里，惊讶地连咽都来不及咽，用肘子捅了捅另一个。一排大汉全都停了下来，愣愣地看着面前。

首先映入眼帘的是缀着蝴蝶结的精致皮鞋，纤巧的脚绕过脏污的地面，小心翼翼地停了下来，温软飘逸的裙摆在风中飘荡，像一片蓝色的云，煞是好看。汉子们都看得呆了，循着那裙摆往上，只见抱着书本的白皙的手和顾惜音清丽的脸。她有些紧张，鼓足勇气，轻声问道："请问……有个二胡拉得很好的年轻人，他在这里么？"

汉子们听说她要找人，都是一愣。年长的一个率先反应过来，连说带比划地："聂守信吧？个子像这么高，头发像这么长，眼睛大大的亮亮的……"

他每说一句，顾惜音就点一下头，欢喜地："对对对，就是他！"她也说不清楚，自己为什么要来这里，又为什么对那个青年念念不忘。或许是因为上次比试自己弹了和弦，故意刁难于他，有些胜之不武，或许是因为他的那些理论，实在是惊世骇俗，令人印象深刻。她有些羞涩，又有些期待："那，他现在在店里么？"

一个汉子随口答道："好像下午就出去送米去了，现在还没有回来。"

顾惜音没想到他不在店里，怔怔地："出去了？"那汉子见她失望的模样，挠了挠头："都这时候了，应该就快回来了。小姐不如在这里等等？"

"怎么好叫小姐在这里等？"年长的汉子把碗一放，站起身来："小姐，我带您去聂守信的房间吧。那里有地方可以坐，好歹比这大门口强些。"

顾惜音一愣："可以么？"

大汉们忙七嘴八舌附和道："可以可以。"

顾惜音犹豫片刻，点了点头。年长的汉子忙领着她往米庄后头走去。身后，一群大汉伸长了脖子观望着，直至那背影消失在楼梯转角处，这才把头缩回来。他们都是卖苦力的，平日里哪里见过像这样的姑娘？比顾惜音还要心急，也不去休息，杵在门口，一门心思等聂守信回来。远远地才看见人影，一群汉子就沸腾起来，你一言我一语地："聂守信，你咋这时候才回来？"

"是啊，快点快点，害人家小姐等这么久，真不像话……"

"要我说，人家那通身的气派，哪里是什么小姐？分明就是公主！"

聂守信把三轮车停在门口，抄起袖子，抹了抹头上的汗，莫名其妙地："公主？什么公主？"年长的汉子一拍他的肩，乐呵呵地："你啊，就别搁咱们这装了！人家小姐都亲自找上门来了，还不快点上去？"

聂守信听得一头雾水，实在想不出是谁，被他们推搡着上了楼，被一群汉子用期待的目光看着，浑身不自在，别扭地走进门去。一个人影坐在床头，正专心致志地看着什么，一边看，一边轻声哼唱着。聂守信看着那娟秀的侧影，一眼认出是上次跟他比试的大小姐，一愣。他性情别扭，上次比试输给顾惜音，一直耿耿于怀，及至看到她手中的曲谱本，大步走上前去，没好气地："谁让你乱翻别人东西的？"

顾惜音见是他，嫣然一笑，欢喜地："你回来啦？"

聂守信理也不理她，一把夺过曲谱本，依旧塞回枕头底下，拿起脸盆，走了出去。米庄的伙计们好奇得很，齐刷刷站成一排，附在窗户下听他们说话，见他猛地推门出来，有些不好意思，连忙直起身子。年长的汉子被他狠狠盯了一眼，搓着手，呵呵笑了两声，忙找了个由头，带着一帮子人走下楼去。

聂守信心里烦躁得很，把盆子往地下一搁，拿起水勺从桶里舀水。顾惜音尴尬地站在原地，听着外头哗啦啦的声响，不知如何是好。聂守信打水进来，见她呆呆地站在中间，皱了皱眉："让开！"

顾惜音连忙让到一边。聂守信看也不看她，把脸盆坐在架子上，扯过毛巾洗脸。顾惜音知道他心里不痛快，吞吞吐吐地："聂守信，我、我是来跟你道歉的。上次的事是我不好。我不该故意弹和弦刁难你。其实你的二胡拉得挺好的……"

她不提这件事还好，一提，聂守信越发恼火，硬邦邦地："输了就是输了。谁要你道歉。"他把帕子往架子上一挂，端了脸盆出去倒水。顾惜音一再被他晾在一旁，还是舍不得走。她刚刚看聂守信的曲谱本，发现一些断续的片段，还有一些涂改多次的曲调，大致明白他是在作曲，跟在他身后，感兴趣地："刚刚那个本子上的曲子，是不是你写的？"

聂守信眉头一皱：“是我写的，怎么了？”顾惜音有些羞涩地：“我都看了。写得真好……”

聂守信心里窝着一团邪火，听她称赞自己，怎么听怎么不对，猛地停住脚步：“写得好？你知道什么叫写得好？你倒是说说看，哪里写得好？”

顾惜音一愣：“我也不知道。我就是觉得很好听，又很特别……”

聂守信有心刁难：“特别？那你说说，哪里特别？”

顾惜音答不上来，有些委屈，嗫嚅地：“我……我也说不上来……”

聂守信不理会她委屈的神情，径自坐了下来：“说不上来？你坐下，我给你上一课。”顾惜音犹豫片刻，挨着床边坐下。聂守信拿起本子，翻开来，哼了一段：“我告诉你，这首曲子听起来特别，是因为在最高亢的地方，加入了一段低音。为什么要在这里加入一段低音，你知不知道？”

顾惜音摇了摇头。聂守信斜了一眼顾惜音，得意地：“这是要用排箫来演奏的。排箫的音色悠扬沉稳，与前一段梆笛欢快的曲调形成鲜明的对比，才能表达出情绪上的波动与跳跃。我再给你上一课。从这一段开始，为什么我不用二胡，而改用笙笛？”

顾惜音还是摇了摇头，委屈地：“我不知道……”聂守信不等她说完，打断道：“你当然不知道。因为笙笛不仅具有强烈的节奏感，而且根据演奏技巧的不同，强弱上能形成鲜明的差别，用来模拟忽强忽弱的风雨之声，再合适不过。像你这种只认识西洋乐器的大小姐，恐怕连笙笛长什么样子也没有见过，又怎么能理解它的妙处？”

顾惜音被他莫名其妙地数落了一顿，越发委屈，连眼睛也红了起来。

聂守信越发得意，站起身来：“我再给你上一课。你看这段，是描写春暖花开时节，众人出外踏青的欢乐场景，加入了人声和鸟语的音效，都是用唢呐来演奏的。你上次说钢琴是西洋乐器之王，只要有它在，无论什么类型的音乐，都能够得到完美的表现，我问你，这样的效果，钢琴能体现吗？钢琴能像唢呐一样，把人声、鸟语模拟得这样丝丝入扣、惟妙惟肖吗？”

顾惜音还是摇了摇头。她委屈得很，低着头，紧咬下唇，眼睛越来越红。聂守信却毫无察觉，得意洋洋，口无遮拦地：“这也不知道，那也不知道，你说，你到底知道些什么？真不知道你们的老师是怎么教的，连自己民族的乐器都不知道、不了解，你这也算是学音乐？”

顾惜音终于再也忍受不了，站起身来。她好心好意前来道歉，一心想和聂守信交个朋友，却万万没想到他会这样对待自己。她出身良好、性子温和，平日里绝少被人如此对待，眼圈红红，看着聂守信，突然“哇”的一声，跑了出去。

大汉们正坐在楼底下，一边抽烟，一边听着楼上的响动，低声议论着，见顾惜音哭着跑了出来，都是一愣。聂守信正说得起劲，见她哭得稀里哗啦，撒腿就往楼下跑，有些不知所措。他一眼瞧见顾惜音落在床上的书，忙冲到窗前，大声地："喂！那个谁，你等等！"

顾惜音一愣，停住脚步，两眼通红地转过身来。聂守信见她委屈的模样，有些内疚；想要道歉，又拉不下面子，只好扬了扬手里的书："你的书忘拿了！接好！"他瞄准了一下，把书用力往下一扔。

书"吧嗒"一声掉在地上。无数双眼睛看了看地上的书，又去看顾惜音。顾惜音以为他存心欺负自己，越发红了眼睛，又羞又气。她盯着地上的书看了看，也不去捡，背转身子，哭着跑了开去。

二

顾云峰回家的时候，天色已经暗了下来。这段时间政府为了东北的事焦头烂额，他这个宣传厅厅长也极少回家，好几天睡在办公室里，唯恐又出什么紧急事件。国联那边仍在调查之中，没有任何答复，而民众这边却波澜迭起，左联的公开信、庆龄先生的表态，这些都给他很大压力，让他疲于应付。难得今天事情不多，他跟各报社的负责人开了个会，重申了一次当局的立场，又去了一趟奉天会馆，看了看难民安置的情况，就让司机径直回家。

顾太太和顾惜音刚吃过饭，见他回来，赶紧吩咐人把饭菜热了热，陪他吃饭。一家三口说着闲话。顾云峰见女儿眼睛红红的，有些奇怪，问她原因，顾太太笑出声来，抢着答道："你还不知道呢。你这个宝贝女儿一进门，一双眼睛红得跟兔子似的，说是去看电影，女主角死了，她心里难过，一路哭着回来的。你说说，可笑不可笑？"

顾云峰一愣，笑出声来。他见女儿低着头，一副不自然的模样，以为她是不好意思，心绪一松，只觉得多少烦心事都消失无踪，宠溺地："这有什么？惜音，别听你妈的。你敏感、有同情心，能被一部电影感动得哭出来，这是好事，有什么可笑的？你学的是音乐，没有真情实感，哪来的音乐？"

顾惜音对他们撒了谎，心里如同十五个吊桶打水，七上八下，哪里敢说什么，点了点头，乖巧地站起身来："爸，妈，我还没练琴呢。我先上去了。"

顾云峰点了点头："你忙你的。正好，我有事跟你妈商量。"他目送着女儿袅袅婷婷走上楼去，这才转过头来，问顾太太："家里还有多少现金？"

顾太太一愣，紧张地："我手头有两千多块。怎么了？"顾云峰面色凝重起来："哦，我今天去了一趟奉天会馆。政府虽然发了些东西，可毕竟有限，很多灾民连被褥都没有。你手头有多少钱都拿出来，买些被褥送过去，也是为国分忧……"

冯德麟的伤才刚好一些，就坚持搬离田家，去奉天会馆养伤，说是绝不能再给田先生添麻烦。田汉见怎么也劝不住，只能塞了些钱，由他们搬了出去。这天晚上，他在电影公司的朋友终于给了答复，说可以让金焰过去上班，一个月八块钱，还包吃住。田汉得了这个答复，欢喜得很，急匆匆吃了饭，就往奉天会馆赶，要第一时间把这个好消息告诉金焰。

到达奉天会馆的时候，天已经断黑。简陋的会馆伫立在弄堂深处，看去破旧不堪。几盏油灯发出黯淡的光，照亮了斑驳的墙壁。会馆里横七竖八，挤满了从东北逃亡过来的难民。或坐或躺，衣衫褴褛、目光呆滞。

田汉已经不是第一次来这里，可每一次来，心中都难免生出怒火，恨不能上国民政府质问一番。他强忍着怒火，从难民们当中穿行而过，找到角落里的金焰他们，把录用的事一说，金焰果然欢喜得很，连声道谢。冯德麟也为他高兴，满是皱纹的脸上绽放出笑容来。田汉跟他拉了拉家常，问了问腿的情况，听说已经好得多了，松了口气。他这天刚得了一笔稿费，便从衣兜里掏出十几块钱来，塞在冯德麟手里："冯大哥，这里有些钱你先用着，安心养伤，等伤好了，我再想办法给你谋个差事……"

"这哪儿成！"冯德麟吓了一跳，死命把钱往外推，怎样也不肯收："先生已经帮了我们这么多忙，我要是再收先生的钱，我冯德麟成个什么人了……"

两人推推搡搡，谁也不肯让谁；杏儿本来睁着乌溜溜的大眼睛，在旁边听大人们说话，往后退了一退，不小心碰到旁边老大娘的脸，吓了一跳，飞快地缩回手来，去扯她爹："爹！爹！"

冯德麟一愣，回过头来："怎么了？"

杏儿看着老大娘白得瘆人的脸，战战兢兢地："老奶奶她身上好烫，都湿透了……"

冯德麟这才注意到老大娘躺在破烂的席子上，惨白着脸，汗如浆出，一点生气也没有。他忙挪动身子，去探老人家的额头，被她的温度吓了一跳："大娘！大娘！"

田汉见情况不对，大步冲上前去，用力拍了拍老大娘的脸，见她一点反应也没有，连忙去掐人中，见还是没有反应，吓了一跳，高声地："快！快让个地方出来！老人家昏过去了！”

“遭了那么多罪，现下又住在这种地方，能好吗？”一个头发花白的老头子拎着烟袋，凑了过来。他看了看老大娘的情况，叹了口气，帮忙答道：“她身子本来就虚，入关这一路上，又是累，又是饿，又是担惊受怕，一到这儿就病倒了。身上发热，烫得跟焦炭似的，好几天也下不去。”

田汉伸手试了试温度，皱起眉头：“看过大夫了没有？”

老头子摇了摇头：“大家都是仓皇逃出来的，银钱、家什都来不及带。政府发放的那点子救济，用来熬粥都不够，哪来的钱请大夫？只能就这么干耗着，眼看着一日不如一日。”他看着老大娘，叹了口气：“可怜她儿子媳妇都死在东北了，临到老了，面前连个照顾的人也没有……”

田汉原本就是性情中人，听了这话，心里难受得很。他自幼丧父，全靠母亲一把屎一把尿拉扯大，看着这头发花白的老大娘，就跟看到自己的母亲一般，哪里忍耐得住？猛地站起身来，转身往门外走。

金焰一愣：“田先生，你上哪去？”

田汉虎着一张脸，头也不回，高声说：“去请大夫！”他快步往外走，心里又急又痛，恨不能长出翅膀，瞬间飞到诊所去，把大夫拖过来给老大娘看病；又恨不能飞回那一日的东北，在每一个东北军战士的耳边呐喊，逼迫他们拿起刀枪，把日本人赶出中国去，让这一切惨剧都无从发生。他心思纷乱到了极点，冷风一吹，渐渐冷静下来，才发现身上没钱，想了一想，扭头往当铺走去。

当铺已经打烊。伙计们早已经睡下，却被巨大的拍门声惊醒。一个小伙计迷迷瞪瞪起身，打开门上的小窗，不情愿地：“先生，我们已经打烊了……”一边说，一边就要关窗。

田汉急着去请大夫，哪里肯让他关？把手往窗前一撑，不容拒绝地：“我要当东西！”他一双浓眉高高蹙起，目光犀利，乍看去颇有几分凶恶。小伙计被他的气势吓到，哈欠打到半路，僵硬地停了下来，唯唯诺诺地：“那，先生想当什么？”

田汉一时也没想这个，退后一步：“你看我身上哪样最值钱？”

小伙计有些被他吓到，不明所以地：“外、外套……”

田汉：“值多少钱？”

小伙计从来没见过这样当东西的，连口齿都有些不清，磕磕绊绊地：“这、这要仔细看过才知道……”

田汉二话不说，把外套脱了下来，往小窗前一扔。小伙计有些怕他，拿过外套，仔细看了看，小心翼翼地：“二十块大洋？”

田汉皱了皱眉：“二十块大洋就二十块大洋。你把它给我当了。”

小伙计赶紧从柜台底下数出二十块大洋来，连当票一起递给田汉。田汉接了过来，看也不看，扭头就走。他穿着单薄的衣服，走在瑟瑟的夜风之中，却丝毫不觉得冷，只希望能快一些、再快一些。他不知道自己能不能及时请到大夫，也不知道这二十块大洋，够不够救回老大娘的性命。他只知道老大娘是无辜的，所有奉天会馆里受着苦难的、流亡的人们都是无辜的，而他能做的，就只有这一点点。

一定有什么不对，一定有什么人做错了，才会让这些善良而平凡的人们，遭受本不该属于他们的苦难。田汉大步往前走着，只觉得有由衷的愤怒和悲哀，从心底最深处漫溢而出。

三

夜深了，万籁俱寂。周遭的灯火一一熄灭，陷入沉睡之中，只有田家的窗户还透着微光。林维中凑在灯前，一边给肚里的娃娃缝制衣裳，一边焦急地等田汉回家。

外面传来敲门声。林维中以为是田汉，忙放下活计，走去开门：“寿昌！”门外却是个高高瘦瘦的男子。他戴着帽子，帽檐压得极矮，低声道：“嫂子，是我。寿昌呢？”林维中认出是夏衍，忙把他让了进来：“他上奉天会馆去了，还没回来。有什么事么？”

夏衍听说田汉不在，心急如焚。他自从得了消息，马不停蹄地通知各大高校，除了艺大，还有好几所没来得及去，耽搁不得。他想了一想，把政府要逮捕学生的事如数告诉了林维中，请她一定代为转告，让田汉尽快通知学生们转移，或是先找地方隐蔽起来。林维中知道事情严重，连连点头。

她送走了夏衍，心里跟压了块石头似的，沉甸甸的。田汉出去的时候，只说是去奉天会馆一趟，看看冯大哥他们的状况，可这么晚还不回来，实在叫人担心。还有学生们，不早点通知他们，随时随地都可能出事。她越想越后怕，想要去找田汉，却被在屋里睡觉的田母喊住了：“维中，出什么事了？”

林维中把夏衍的话一说，田母急了：“那你也不能去！你是有身孕的人，这么晚出去，要是碰上意外怎么办？你留在家里，要去我去，万一路上错过了，家里面也好有个人在。”

林维中想要阻拦，哪里拦得住？老人家却固执得很，不由分说走出门去。

田母迈着小脚，急匆匆往奉天会馆赶的当口，田汉也正带着大夫，急匆匆往回赶。他不知道会馆里情况如何，老大娘到底怎么样了，心急如焚，只管拖着大夫往前："快，大夫，快一点！"

会馆里没有一个人入睡。冯德麟和金焰眼中满是血丝，守在老大娘身旁，杏儿最是乖巧，不时拧了湿的手巾，放在她滚烫的额上。头发花白的老头子哆哆嗦嗦地站起身来，凑到她跟前，伸手探了探温度，叹了口气，盘腿坐了下来。他探手进怀里，摸出一个层层包裹的纸包，打开来，里面是一点黄绿色的烟草。他小心翼翼地捻起一撮，放进烟锅里，点着了，递到冯德麟嘴边："抽口烟吧，解乏。"

冯德麟一愣，摇了摇头，一动不动地呆坐着。这一路上，他经历了太多的生离死别，连痛苦都变得麻木起来，只单纯地觉得伤心。

老头子叹了口气，含着烟嘴，狠狠吸了一口，看着神志不清的老大娘，自己也感伤起来，摇着头，嘟嘟囔囔地："你说，这算啥事儿呢……咱们村里几十口人，平日里，就属桂生她娘最快活。她家儿子桂生能干得很，一个人顶两个壮劳力，媳妇又孝顺，虽说生的是个丫头，可小姑娘乖巧着呢，谁见了不喜欢的？你说好好的一家子，咋就整成这样了呢……"

突然，老大娘嘴唇微微一动，含糊不清地说着什么，额上渗出大颗的冷汗来。冯德麟忙俯下身，紧紧握住老大娘的手，凑到她跟前，好不容易才听出那是小红两个字。

"小红是她孙女，最是听话，就跟你这闺女一般大……"

老头子狠狠地抽了口烟叶子，眼眶一红，不忍心再看，索性扭过头去。

老大娘仍是喃喃地唤着小红的名字。她眼皮动了动，勉强睁开来，眼珠子呆滞地一轮，艰难地辨认着，突然伸出手去，用力抓住杏儿的手。杏儿一惊，拼命往回缩，却怎样也挣脱不开。

冯德麟心下一酸，知道这恐怕是最后的回光返照，心里突然涌起一个念头，猛地往地下一跪，把杏儿往前一推："娘，小红在这儿呢。"

老大娘平静了一些，瞳孔里映出模糊的身影，迷迷糊糊地："桂生，你也还在？"

冯德麟点了点头。他用力握住老大娘的手，勉强挤出一个笑容，那笑容却比哭还难看："娘，我在这儿。孩子他娘和小红也在这儿。你看，我们都好好着呢……"

老大娘没有说话。她的手瘦到极点，枯枝一般攥住冯德麟的手，另一只手摸索着，抚上杏儿的脸。杏儿有些害怕，想要往后退，却被冯德麟挡住，摇了摇头。她不敢再动，僵硬地任老大娘摸着。

会馆里静得可怕。大伙儿看着这一幕，只觉得心里酸楚得很，生怕惊扰了她最后的美梦。

老大娘摸了又摸，松了口气，脸上露出欣慰的神情，喃喃地："好好着，都好好着……"

冯德麟一下红了眼眶，用力点头，心酸地："是，娘，我们都好好着呢……"

老大娘大口地喘着气，眼神早已经散了，却依然痴痴地对着杏儿的方向，气若游丝地："……歌……小红……歌……"

冯德麟第一个反应过来。他推了推女儿，低声地："杏儿，快，唱歌给奶奶听。"

杏儿茫茫然地："唱歌？唱什么歌？"

冯德麟咬了咬牙："随便什么，唱咱东北的歌！快唱呀！"

杏儿想了一想，怯怯地唱了起来："老玉米呀金黄黄，养活了爹呀养活了娘，养活了一群小儿郎。过了一条河，过了一条江，我捧玉米上山冈。站在山冈回头望，地里站着我的娘……"

她声音清亮，这一首东北童谣，唱起来抑扬顿挫、很是好听。会馆里众人都安静下来，听着这小女孩简单的吟唱。有人跟着低低地唱了起来；有人不忍心地低下头，紧紧握住家人的手；有人想起了自己死去的亲人，转过背去偷偷抹泪。

冯德麟握着老大娘汗湿的手，低声地："娘，小红唱歌了。小红她在唱歌呢，你听到了么？"

老大娘没有说话，她满是皱纹的脸上，却慢慢绽放出笑容来。她用尽全力，半撑起身子，想要伸手去摸杏儿的头，却软绵绵地使不上劲道，突然手一垂、朝后一仰，没了气息。

冯德麟一愣："娘！娘！"他这一路上一直在压抑，一直在极力克制自己，老大娘的死却像是最后一根稻草，压在他千疮百孔的心上。他想起自己的妻子和儿子，只觉得心中有什么东西炸裂开来，全身的血液都往头顶上涌，疯了一般，抱起老人家没了反应的身子，用力摇晃着："娘，你醒醒！你听，小红在唱歌呢！她在唱歌给你听呢……"

杏儿从来没见过她爹这样，吓得停了歌声，不知如何是好。冯德麟却红了眼，扭过头，冲着杏儿吼道："继续唱！别停下！"

杏儿受了惊吓，磕磕碰碰地开口，继续往下唱："老玉米呀金黄黄，养活了爹呀养活了娘，养活了一群小儿郎。过了一条河，过了一条江，我捧玉米上山冈。站在山冈回头望，地里站着我的娘……”

断断续续的歌声中，老大娘如同沉睡了一般，再也不曾有任何回应。

冯德麟慢慢地抬起头来。他的眼中满是泪水，张开嘴，痛苦地嘶喊着，却连一点声音也发不出来。金焰死死咬住自己的嘴唇，鲜红的血流了下来，却一点知觉也没有。

一阵急促的脚步声。田汉带着大夫，风一样走了进来：“大夫，快快快，病人就在里面……”

他突然停住脚步，一双眼睛睁得老大，再也发不出任何声音。只见冯德麟拖着伤腿，半跪在地上，抱着已经逝去的老大娘，整颗心仿佛掏空了一般，泪流满面。会馆里一片死寂。田汉看着一张张灰暗的面孔，想要说点安慰的话，却什么也说不出来。不知道是谁忍不住，第一个哭了出来，低声而哽咽地：“我……我想回家……”

沉默的人群仿佛被撕开了一个口，一时间，压抑的哭声响成一片。金焰一直沉默着，两眼赤红，突然攥起拳头，重重一拳锤在地板上：“回家？咱们哪里还有家？咱们的家，早毁在日本人手里，早毁在那帮子不肯抵抗的官员手里了！”

“可不回家，难道咱们就坐在这里等死么？”

“我不想死……我想回东北，我想回家……”

有人越发灰心，呜呜地哭了起来。杏儿也被这悲伤的情绪所感染，依在她爹的怀里，扬起小脸，低低地：“爹，我想家了。咱们回家好不好？”

冯德麟一愣，伸出手去，把女儿紧紧搂在怀里，痛苦地流着泪。田汉眼眶一湿。他看着这父女俩，想要说些什么，却被一个声音喊住：“寿昌！”

田汉回过头去，见门口站着气喘吁吁的田母，一愣：“娘，你怎么来了？”

田母毕竟上了年纪，走了这一路，早已经精疲力竭，急切地：“快，寿昌，快去学校！”

“这么晚了，去学校干什么？”田汉越发不明所以，走上前去，要扶田母坐下：“发生什么事了？娘，你先别急，坐着休息一下，有什么事情慢慢说……”

田母哪里肯坐？推开他的手：“夏衍刚刚来家里找你，说政府打算对围攻日租界的学生动手，让你赶快安排他们离开上海，或是找个地方先躲一躲……”

“你说什么？”田汉猛地抬起头来，愣了一愣，拔腿就往外走，突然想到什么，又折了回来，把衣兜里那二十大洋都掏了出来，塞在金焰手里："金焰，大娘的后事，就拜托你了。"

金焰一愣，想要道谢，田汉早已经头也不回，冲了出去。

四

已经是夜里两三点钟。剧烈的拍门声，在寂静的夜里显得格外刺耳。教导主任唐槐秋早就睡了，被拍门声惊醒，打开门来，见是田汉，一愣："寿昌，你怎么来了？"

语音未落，田汉一把抓住他，紧张地："学生们怎么样了？"

说完转过身就大步朝宿舍楼走去，唐槐秋不知道发生了什么事情，披上外衣，匆忙跟了上去。

学生宿舍里早就熄了灯，静悄悄的。田汉三步并两步上了楼，直奔萧睿和陈征鸿所在的寝室，用力锤门。一个学生衣也没穿，睡眼惺忪，光着膀子来开门，看到田汉，揉了揉眼睛，不敢相信地："校长？"

田汉肃然问："萧睿和陈征鸿呢？快，叫他们起来，我有急事找他们……"

学生挠了挠头，为难地说："可是，他们他现在不在啊。"夜里有人把他们叫出去了，之后就没见回来……"

田汉急了，没等学生回答完，他一把拨开，径自走进宿舍——果然，萧睿和陈征鸿的床铺整整齐齐，没有睡过的痕迹。

田汉心里突然涌起不良的预感，猛地转身，拔腿就往女生宿舍跑。他知道那天的游行，除了萧睿，最积极就是陈征鸿和康淑贞，冲到女生宿舍门口，拼命砸门："淑贞！康淑贞！"

窸窸窣窣的声响。女生们都醒了，从被子里钻了出来，议论纷纷。缨子披上衣裳，鼓起勇气把门打开，见是田汉，惊讶地："田校长？这么晚，您怎么来了？"

田汉气喘吁吁地："淑贞呢？康淑贞呢？"

缨子想了想说："她跟陈征鸿看戏去了，不知为什么，到现在也没回来……"

田汉只听了这一句，全身气力耗尽了一般，脸色铁青。他只觉得这一夜格外漫长，无数的意外堆积而来，把他的心搅成一团乱麻，焦躁得可怕。这么多学生同时不见，不可能会是偶然，最大的可能是当局已经采取了行动。他只恨自己来得太晚，明明已经得到消息，却来不及通知学生们，恨恨一拳砸在墙上。

唐槐秋从楼梯下追了上来，听说连康淑贞也没回来，也急了，满脸歉疚说："寿昌，是我太疏忽了。这么多学生没回来，我都没有发现。你放心，我这就去找，天亮以前，不管用什么办法，我一定把他们都找回来！"

他转身往外走，却被田汉高声喝住："你给我站住！"他双目赤红，眼中几乎要冒出火来："出去找出去找，你找得着吗？你知道他们在哪儿？你就住在学校里，我让你平日多留点心，好好看着学生们，可结果呢？这么多学生不见了，你却连个消息也不知道！你这个教导主任是怎么当的？"

唐槐秋一阵沉默，当即弯下腰去，深深鞠躬说："对不起！"

"对不起？现在说对不起有什么用？我告诉你，你对不起的不是我，是那些学生们！是那些学生的家长们！是他们的父母亲人、兄弟姐妹！"

唐槐秋没有说话，保持着弯腰的姿势，直挺挺的，一动不动。

田汉明知不是唐槐秋的错，却忍不住要发火。他知道自己是在迁怒，心里如翻江倒海一般，好不容易强压下来，盯着唐槐秋绷得笔直的背，懊恼地："对不起，老唐，我不该怪你。"唐槐秋一愣，抬起头来："寿昌，这原本就是我的错，我会负起责任，把他们都找回来……"

田汉摇了摇头，难过地："不，这不关你的事。他们不是自己出去，而是被便衣给抓走的。我得了消息就往学校赶，可没想到，还是迟了一步。"

唐槐秋一愣："被便衣给抓走的？他们只是学生而已，为什么要抓他们？"

"为什么抓他们？因为他们抗日，因为他们不甘心做亡国奴，因为他们还有一颗赤子之心！"田汉越说越愤慨，强自镇定，拍了拍唐槐秋的肩："老唐，学校这边就拜托你了。这两天，凡是学校的学生，晚上一律不许外出。还有，你统计一下，一共有多少学生不在宿舍的，列个名单给我。"田汉说完，拔腿就往外走，唐槐秋一愣，追上前去："寿昌，这天还没亮呢，你干什么去？"

田汉目光坚定，头也不回地："我想法子，上国民政府要人去！"

第七章　危急！聂守信的逃亡

一

这边田汉焦头烂额，忙活了一整夜。那边聂守信却睡得香甜得很，他到上海之后，虽则心头有诸多愤懑，却也牢记母亲的嘱咐，踏踏实实在米庄做事，清早起床，摸黑入睡，兼之为人聪明伶俐，很得老板和顾客们喜欢。这天他照例最早起来，天蒙蒙亮就踩着三轮车去送米，穿过大街小巷，熟门熟路地停在一幢小洋楼前，去揿门铃。

"来了来了。"一个仆役打开门来，见是他，和气地："小聂，送米来了？"

聂守信点点头，扛起一袋米就往里走："周叔，车里还有好几袋米，你帮我看一下。"

仆役笑着："成，你扛进去，我帮你在门口看着……"

他在门口帮聂守信看着车子，却见一个男子走了过来。他身材高瘦，用帽檐遮去了大半个面孔，低声问道："大叔，刚刚进去的那个年青人，是干什么的？"

仆役有些莫名其妙，照实答道："送米的。"那男子眉头一皱："他经常过来送米？"

"是啊。"仆役打量着他，疑惑地："你是什么人？打听这个干什么？"

"哦，没什么。"那男子也不多说，转身走了开去。

仆役狐疑地打量着他的背影，见他跟另一个男子说着什么，不时看向这边，隐约觉得有些不对。他是云南玉溪人，跟聂守信是同乡，对这个勤快的青年颇有好感。他直觉这两人不怀好意，只怕是冲着聂守信来的，想了一想，赶紧进屋去找他。

聂守信正倒米入缸，累得汗流浃背，茫茫然地："什么，有人跟着我？"

"周叔还会骗你不成？你自己看，就在那边。"仆役急了，一把把他扯过来，撩起窗帘："看到没有？就是那个，左边那个。他刚刚跟我打听你，问你是干什么的，常不常来……"

聂守信凑在窗户跟前，果然见两个男子，正鬼鬼祟祟朝这边看。他在云南有过几次被追捕的经验，略一沉吟，心里已经猜到了八九分，想了一想："周叔，你能不能帮我个忙？"

仆役一愣："帮忙？什么忙？"

正如聂守信所料，这两个男子都是政府派出的便衣。自从学生们在日租界闹出动静，张市长几次敦促党务调查科，务必尽快摸清当天带头闹事的学生身份，并秘密进行逮捕。可万万没想到，他们找遍了全上海的高校，也没有找到当天顶撞张市长的学生，倒是意外地发现了长相相似的聂守信。那个学生跟张市长的激烈辩论，几乎是一日之内传遍了整个上海，如此厉害的青年，又怎么会是一个米铺的伙计？他们打死也不能相信，这个搬米的伙计就是他们要找的人，可要如实汇报，又怕张市长那里搪塞不过去，在抓与不抓间犹豫得很。

"老宋，既然他真是个搬米的，那就肯定不是那小子。咱俩也跟了半天了，还是先回去吧？"

"回去？人都没抓到，你敢回去？"高瘦子斜了他一眼，不悦地："别人也就算了，顶撞张市长那小子，上头说了，无论如何要抓到。管他是不是，我们先跟着，等到了方便的地方，抓回去再说。"

正说话间，仆役和一个年轻人拿着扫帚，走出门来，背对这边打扫着。年轻人衣服上满是灰土，戴了顶草帽，挥舞着大扫帚，挨着墙根往边上扫，一点点接近旁边的巷子口。仔细看时，却是聂守信。

两个特务还在说话："那要是抓错了，被张市长看出来呢？"

"张市长日理万机，未必记得那么清楚？再说了，这小子跟那学生长得一模一样，你不说我不说，谁知道他是个米铺伙计？"

矮胖子被他说服，点了点头。两人决心将错就错，把聂守信抓回去顶罪。大清早还有些凉意，一阵风吹来，矮胖子搓了搓手，抱怨地："奇怪，进去这么久了，怎么还没出来？"

高瘦子也觉得有些不对："走，过去看看！"

仆役见两人往这边走来，有些紧张，按照之前约定的暗号，用力咳起嗽来。聂守信眼看快到巷口，听到咳嗽声，顾不得那么多，扔下扫帚，撒开脚丫子就跑。

矮胖子一眼看到，反应过来，高声地："老宋，那小子！那小子他跑了！"

高瘦子也急了："快，快追！"

两人二话不说，往巷子里追去。

二

七八点钟，街上行人不多。顾惜音上午有课，早早就出了门，坐在黄包车上想着心事。她秀气的眉毛微微蹙起，耳边却响起聂守信的声音：“这也不知道，那也不知道，你说，你到底知道些什么？真不知道你们的老师是怎么教的，连自己民族的乐器都不知道、不了解，你这也算是学音乐？”

她心里委屈得很，待要不去想那个青年，又忍不住回忆起曲谱本上那些与众不同的、强有力的旋律。爸爸常说，音乐最重要的是真情实感。那么，在那个人心里，究竟埋藏着怎样的宝藏，让他对音乐的见解如此不同，写出如此不一样的旋律呢？

她痴痴地想着，不知道自己究竟是对那个叫聂守信的青年感兴趣，还是对他的音乐念念不忘，正沉浸在自己的思绪中，身子猛地一震，差点飞了出去。她惊呼一声，探头去看，原来是一个人突然从小巷里窜出来，跟李师傅结结实实撞在一起。李师傅稳住车子，劈头就骂：“你这个人，怎么不长眼睛？”

“对不起对不起……”聂守信一面道歉，一面晕头转向站起身来，与车里坐着的顾惜音四目相对。两人同时认出对方，都是一愣。顾惜音刚才还在想他，没想到他真从自己眼皮底下冒了出来，登时闹了个大红脸，像是有什么秘不可宣的心事被揭开了，又羞又窘。

聂守信乍一下看到她，心里也混乱得很。上回把顾惜音气跑后，他有些不好意思，觉得自己这样欺负一个女孩子，未免太没有男子气概，可要他专程去道歉，又拉不下这个面子。他一心希望遇上顾惜音，顺理成章说声对不起，可万万没有想到，两人会在这样的情况下相见。他猛一回头，见两个便衣已经追了出来，急中生智，二话不说往车上爬，把外衣一脱，一把抱住顾惜音。

顾惜音没想到他会抱住自己，一惊，死命挣扎起来：“你干什么？放开我！放开——”

聂守信见两个便衣越来越近，来不及解释，一把捂住她的嘴，两手一箍，搂得更紧。李师傅看得目瞪口呆，不知道这青年跟自家小姐是什么关系，帮也不是，不帮也不是。

两个便衣从巷子里冲了出来，目光从紧紧拥抱着的两人身上滑过，没有起半点疑心，四下看了看，商量了几句，朝大街另一头跑去。聂守信头也不敢回，用眼角余光打量着，见他们跑得够远，这才放开顾惜音，坐起身来。顾惜音哪里受过这样的对待？气得满脸通红，眼中满是泪水，一瞬不瞬地看着聂守信。聂守信一愣，刚想解释，却被她一个巴掌，结结实实打在脸上。

清脆的巴掌声。两人你看看我，我看看你，都愣住了。顾惜音长这么大，平生第一次打人，自己都有点不敢相信，看着聂守信，骂也不是，道歉也不是，眼泪汪汪地扭过头去。

聂守信知道自己失礼在先，顾不得痛，急切地："哎，那个，你别生气。我刚刚那是……"顾惜音哪里肯听他解释？侧着身子，嘤嘤地哭了起来。

聂守信平生最怕女孩子哭，一而再再而三惹哭了她，头大得很，手忙脚乱地："好好好，你别哭了。就算是我错了，我认错还不行么？实在是那两个便衣追得太紧了，我没办法，才会突然抱你的……"

"你骗人！"

"我没骗你。是真的。"聂守信见她不相信自己，莽莽撞撞伸出手去，语无伦次地："要不这样，这次你救了我，我们就算是朋友了。我向你保证，下次你有什么事，只要我帮得上忙的，你要我干什么，我就干什么……我我我、我叫聂守信。你呢，你叫什么名字？"

顾惜音横了他一眼，抽抽搭搭地："谁、谁跟你是朋友了？"

聂守信的手停在半空，尴尬得很，看着顾惜音，一点办法也没有，小声嘟囔着："真是的，你哭，我还想哭呢。比琴比输了的是我，被便衣追的也是我。是，我刚刚是抱了你，可现在打也挨了、歉也道了，你并没有吃亏啊。"

顾惜音心里已经信了他几分，却还是觉得委屈，质问道："那上次呢？上次明明也是你欺负我。"聂守信拿她无可奈何，认输地："好好好，是我不对，我不该故意气你。可我们第一次见面的时候，你不也把我整得够呛？你欺负过我，我也欺负过你。一比一，算我们打平了，好不好？"

顾惜音想了想，抬起眼泪汪汪的眸子，看向聂守信："那，你的保证还算数么？"聂耳看着那水雾蒙蒙的眼睛，只觉得心神一荡。他没来由地想起了云南，想起了微雨过后的洱海，带着潮湿润泽的气息，那样的清澄干净、惹人喜爱。他有些失神，愣愣地："保证？什么保证？"

顾惜音没想到他刚刚说过的话，转眼就忘在了脑后，眼圈又红了起来："你！你刚刚明明还保证，以后我要是遇上什么事情，要你干什么，你就干什么……"

"唉，别哭啊，你别哭啊！"聂守信见她又要哭，急了，忙举起手："好好好，我保证！下次你遇上什么事情，只要是我帮得上忙的，要我干什么，我就干什么，绝不食言。这总行了吧？"

顾惜音将信将疑地："真的？"

聂守信苦笑着点了点头：“真的。你这么能哭，我哪儿敢骗你。”

顾惜音被他说得有些不好意思。她一直想跟聂守信做个朋友，如今听他主动提出，心里欢喜得很。她个性温和，家教又好，从来不会记仇，说和好就真的和好，当即擦干眼泪，伸出手来：“顾惜音。回顾的顾，珍惜的惜，音乐的音。”

聂守信松了口气，伸出手去：“聂守信。双耳聂，遵守的守，信用的信。”

两只手紧紧地握在一起。两人相视一笑。顾惜音湿润的眸子对上聂守信明亮的眼睛，有些羞涩，正要收回手来，聂守信一抬眼，却见那两个便衣没找着人，又折了回来。他一愣，想不出别的办法，忙又伸出手去，一把抱住顾惜音。

“咦，你怎么又……”顾惜音受了惊，刚要挣扎，突然反应过来。她停住动作，犹豫片刻，伸手轻轻抱住聂守信，脸上却跟火烧一般，从脖子直红到耳根。两个便衣四下打量着，看到这对甜蜜的小情侣，没有怀疑，径自向前走去。

见两个便衣走远了，顾惜音这才放下手，一把把聂守信推开。她平日里最是听话，知道女孩子要矜持自重，别说跟男子拥抱，连手都没牵过一下，像这样大胆的举动，更是从来不曾有过。她双颊绯红，又羞又窘，连看都不敢看聂守信，吩咐道：“李师傅，快，快离开这里！”

李师傅应了一声，拉起车子，大步跑了开去。

三

聂守信果然是个守信之人，说要跟顾惜音做朋友，就真的把她当做朋友，半点也不避讳，把如何跟张宏远对峙、如何被便衣追捕、自己又是如何逃脱通通告诉了她。顾惜音听说他就是顶撞张市长的青年，大吃一惊，脱口问道：“那你打算怎么办？”

聂守信好不容易从云南逃到上海，安安分分在米庄做事，以为可以让娘省心几天，没想到会惹上这样的麻烦，叹了口气：“我也不知道。总之先回米庄再说。”

顾惜音一愣，急了：“回米庄？那怎么行？你这一跑，他们已经确定了你的身份，你这时候回米庄，不是自投罗网么？”聂守信有些为难：“可我的曲谱本还在里面。还有那把二胡，是我离开云南时，我娘送我的……”

“那也不能回去。”顾惜音担心得很，不知从哪生出一股勇气来，想了一想，自告奋勇说：“这样，你在这儿等着。我去一趟米庄，看能不能帮你把东西拿出来。”聂守信连连摇头说：“你去？不行不行，这太危险了，我不能让你一个女孩子去冒险……”

顾惜音见他担心自己，心里欢喜，不由笑了出来：“我们不是朋友么？朋友有难，我怎么能坐视不管？再说了，他们要抓的是你，又不是我，有什么危险的？”她把聂守信推下车，笑意盈盈地：“你啊，就给我在这儿等。我自然有办法，帮你把东西拿回来！”

她一心想帮聂守信的忙，连课也不上了，让李师傅拉她去云申米庄。到了米庄门口，只见伙计们正从车上往店里运米。几个身份不明的男子站在米庄外头，或看报纸，或说闲话，不时往这边观望。顾惜音一眼认出之前追聂守信的两个男子，知道他们都是便衣，一愣。她皱了皱眉，低下头来，附在李师傅耳边说着什么。李师傅点了点头，拉着车子，走了出去。

黄包车跑到米庄门口，还没停稳，就见顾惜音板着脸，高声呵斥道：“……你怎么做事的？大中午的，家里连粒米都没有！我下午还约了人逛街呢，还吃不吃饭了？”

她衣着雅致，一看就是出身富贵人家，生起气来，倒也颇有几分架势。李师傅低头哈腰地：“都怪我，小姐。我这就叫他们把米扛过来，保管耽搁不了您。”他把车停下，顾不得满头大汗，匆匆忙忙走进门去。

“这个李叔，真是越老越不像话……”顾惜音佯装不满，皱了皱眉，无聊地靠回椅背，四下张望。众便衣都在打量这边的状况，见她大大方方看过来，倒不敢跟她对视，把视线移了开去。

李师傅进了米庄，按照顾惜音的吩咐，径直找到老板，把聂守信被人追捕、没法回来的状况一说，请他帮忙拿几样东西。老板将信将疑，盘问了几句，听说单单要拿二胡和曲谱本，再无怀疑，叫了个伙计，让他赶紧领着李师傅到后头去取。

顾惜音坐在车上，焦急地等待着。她不知道李师傅找到那两样东西没有，见便衣们不时往店里看，一颗心悬到了嗓子眼，怦怦直跳。正忐忑不安，只见李师傅领着个伙计，扛着一大袋米从后院钻了出来，跟老板拱了拱手，径直朝外面走来。

顾惜音松了口气，装着不耐烦，冷着脸质问道：“怎么去这么久？”

李师傅指挥着伙计把米往车上搬，抱怨地：“小姐快别问了。掌柜的说，我们府上常用的米没了，还得现往后头仓库搬去。这不，折腾这么久……”

“还解释什么？快走快走，别耽误了我逛街。”

“是是是，小姐，我这就走！”李师傅点头哈腰，赔着小心，拉着车跑了开去。

偏僻的小巷子里，聂守信焦急地踱着步子。他没想到顾惜音这样一个千金小姐，愿意为了自己去涉险，又是欣赏，又是担心，生怕她会因此遇上危险。他等得心烦意乱，听到车轮的咕噜声，忙抬起头来，见真是顾惜音，喜出望外，忙说："怎么去这么久？还以为出什么事了……"

顾惜音低垂着头，一言不发。聂守信这才注意到她两手空空，一愣："是不是没拿到东西？没事，没拿到不要紧，只要人没事就好。那东西又没长脚，还能跑了不成？等风头过去，我自己再想办法……"

"谁说我没拿到？"顾惜音抬起头，却是一张明媚笑脸，乌珠般的眼中满是笑意。她跳下车来，解开米袋子，从里面掏出一样东西，往聂守信手里一递。聂守信低头去看，只见那东西用油纸裹得严实，打开来，正是二胡和曲谱本。

顾惜音得意地说："怎么样？我可是从他们眼皮底下，光明正大拿出来的！"

聂守信抚摩着二胡和曲谱本，满心欢喜，连声道谢。顾惜音能帮上他，心里快活得很，盈盈一笑："我们不是朋友么？这么客气做什么。上车吧，我们快点离开这里。"聂守信一愣，茫茫然地："上车？上哪儿去？"

顾惜音心里已经有了主意，不由分说地："米庄你是回不去了，难道你还有别的地方好去？我知道一个地方，可以暂时躲上一阵。我们不是朋友么？怎么，你还信不过我？"

聂守信听她这样说，略一迟疑，笑了，跳上车去："成，那就信你一回！"

顾惜音的想法简单得很。便衣们已经包围了米庄，聂守信自然不能回去，可他人生地不熟，贸然去别的地方，也未必安全。相比之下，自己家里反倒是上上之选。爸爸是宣传厅厅长，便衣们没有证据，绝不敢轻易找上门来，家里又大，有的是空房子，只要能说服胡妈，就可以瞒过父母的眼睛，神不知鬼不觉，让聂守信住上一阵，等事情了结，再做打算。

她心里寻思着如何劝说胡妈，眼见着黄包车到了门口，跳下车来，让李师傅陪着聂守信在外面等，自己先进屋去找胡妈商量。聂守信看着眼前精致奢华的小洋楼，不敢置信地："这里是她家？"

李师傅点了点头。聂守信越发奇怪："她家里是做什么的？"李师傅瞅了聂守信一眼，好笑地说："她是宣传厅厅长顾云峰的女儿，怎么，你不知道？"

聂守信隐约猜到顾惜音出身富贵之家，却万万没想到她会是宣传厅厅长的女儿。他性子偏激，早就认定国民政府的官员都是一群蛀虫、是不负责任的窝囊废，心里跟吃了个苍蝇似的，别扭得很。国民政府要抓自己，要是靠着什么狗屁厅长的庇护逃脱，那跟叛徒有什么区别？他心思纯净得像个孩子，白就是白，黑就是黑，半点也勉强不得，哪里还肯在这里住？顿时拿起二胡和曲谱本，扭头就走。

顾惜音好不容易说服了胡妈，欢欢喜喜走了出来，却见他要走，愣了：“咦，聂守信，你上哪去？不是让你在外面等吗，干吗走啊你？”

见聂守信理也不理，她快跑几步，追上前去：“我都跟胡妈说好了，你怎么……”

聂守信还是不说话，绕过顾惜音，继续往前走。顾惜音一愣，索性叉开双手，拦在他面前。聂守信无可奈何，只好停了下来。

顾惜音看着他，恼火地：“聂守信，你这人怎么回事？不是说好先住我家的么？”

聂守信头也不抬，闷声闷气地：“我不住了。”

顾惜音：“为什么不住了？”

聂守信不耐烦地说：“没有为什么，不住就是不住。”

顾惜音一片好心，平白无故被他拒绝，委屈得很：“你这人怎么这样，说话不算话！”

聂守信看着顾惜音微怒的脸，有些内疚。他知道这不是顾惜音的错，想告诉她原因，又说不出口，狠狠心，埋头就走。顾惜音眼看拦不住他，急了：“可你不住这里，能上哪去？米庄已经回不去了，那些便衣又在四处找你。万一不小心碰上了，可怎么办好？”

聂守信心里一暖，停下脚步。他明白顾惜音是真的担心自己，是真把自己当她的朋友，转过身子，洒脱地一笑：“天下之大，还怕没有我容身之地？去城外拖板车也好，上码头上拉纤也好，我一个大活人，还能被他们逼死不成？”

他看着顾惜音，扬了扬手里的二胡和曲谱，真诚地说：“今天谢谢你。我走了。”

顾惜音看他转身离开，不知道他到底是什么想法，有些难过，又有些忐忑，忍不住喊道：“聂守信！我们还是朋友么？”

聂守信停住脚步，回过头来，爽朗地一笑：“当然是。”

顾惜音听他答得爽快，脸上绽放出笑容来：“那，等你找到新的工作，我能来看你么？”

聂守信没有回答。他转过身，背对顾惜音，扬起手臂，用力挥了一挥，大步走了开去。

第八章　举债坐牢：田老大的决意

一

田汉这些天都在各大高校打听，听说别的学校也有学生失踪，几乎可以断定是当局所为。他愤怒得很，嚷嚷着要去政府找人，却被夏衍和阳翰笙拦住，硬生生拖到咖啡馆去。

“……我不知道！我不知道他们被关在哪里，更不知道现在是什么状况！我只知道光我们艺大，无故失踪的学生就达十六名之多！”田汉被他们强行按在角落坐下，激动得很，声音越来越大：“自己的国家被侵略了，政府不敢还击也就算了，学生们按捺不住，去日租界游行示威，难道也去错了？他们凭什么抓人？你们别拦我！我要亲自上市政府去，问他们要人！”

夏衍跟阳翰笙匆匆交换了一个眼神，斩钉截铁地：“不行，你不能去。”

田汉焦躁地问：“为什么？”

夏衍扶了扶眼镜，看向田汉，语气冷静得可怕：“谁告诉你是政府抓了他们？你以为他们会承认吗？学生被抓，你的心情我能理解，可你现在冲到市政府去有什么用？能逼当局承认是他们抓的？还是能说服当局把他们给放了？国民政府的用意，你难道还看不明白？为了压制民众的抗日要求，他们已经不择手段，既然这样，我们就不能再做不必要的牺牲……”

“不必要的牺牲？现在国家支离破碎、内忧外患，我们却在这里担心什么不必要的牺牲？征鸿他们小小年纪，尚且能为国家身陷险境，你我反倒为了保住性命，如了当局的意，去做那缩头乌龟不成？”田汉越说越愤慨，一捶桌子，站起身来：“不管你们怎么想，我已经决定了。救不救得了是一回事，可要我田汉眼睁睁看着学生们坐牢，我做不到！”

他又急又怒，头也不回，冲出门去。

“寿昌！寿昌！”阳翰笙见拦不住他，忙跟了出去。他追上田汉，且走且劝：“寿昌，你不要冲动。夏衍说要低调，不是什么都不做。征鸿他们被当局抓去，我们当然要设法营救……”

田汉激动得很，猛地停住脚步，质问道：“设法营救？怎么营救？照你们说的，这也不行，那也不行，你倒是告诉我，要怎么营救？”

阳翰笙一愣，一时答不上来。

“昨晚，在东北会馆，我眼睁睁地看着一位大娘，就这样死在我的面前！今天，我又眼睁睁地看着我的学生们，被政府以莫须有的罪名抓走！”田汉攥紧拳头，看向阳翰笙，痛楚地：“翰笙，我不是医生，救不了那位大娘；我也不是军人，不能上东北去，为杏儿他们报仇。可这些被抓走的，是我的学生！是我田汉的学生！别说他们没有错，就算是他们错了，我也不能置他们于不顾！”

阳翰笙一愣：“那你自己呢？万一政府下了决心，置公理于不顾，把你也给关起来，怎么办好？”

田汉猛地回头，眼中几乎要喷出火来：“那又如何？要低调，你们去低调！我田汉不是那般畏首缩尾的人！坐牢也罢，搭上性命也罢，救不出学生们，我还算个什么老师，还当个什么校长！”

说完，看也不看阳翰笙，大步走了开去。

阳翰笙看着他气冲冲的背影，叹了口气。他折回咖啡馆，跟夏衍把情况一说，两个人都没了辙。夏衍最了解田汉，知道他是出了名的驴脾气，倔性子一上来，谁都挡不住，连连摇头：“算了算了，这也是没办法的事。这个田老大，戏剧是他的命，这群学生就是他的命根子。你等着吧，照这样下去，还不知道闹出什么事情来呢！”

田汉一口气冲到街上，面色凝重，愤怒归愤怒，可他不能不承认，夏衍他们说得没错，单枪匹马地冲到市政府去，解决不了任何问题。那么，怎样才能给政府以压力，让他们释放学生呢？

下午三四点钟，正是一天里最热闹的时候。街上人来人往，不时有电车开过，黄包车载着打扮得花花绿绿的男女，穿梭其中。田汉猛地停住脚步，看向络绎不绝的人流。他突然有了一个想法，转过身，向着相反方向走去。

《申报〉报社。安娥被田汉堵在办公室里，看着桌上一字排开的十几篇文稿，错愕异常。抬起头看田汉，莫名其妙地问：“我说田大校长，这是什么？”

“稿子。”田汉言简意赅。

安娥发怔说：“我知道这是稿子。可你突然给我这么多稿子，是什么意思？”

田汉：“这些都是我之前写的。你挑挑看，有没有合适的。有合适的，你就拿去。”

安娥笑了起来：“田老大，你不是拿我开玩笑吧？你的文章，平日里可是求都求不来，今天居然主动送来给我，还这么多篇？”

田汉看了她一眼说：“怎么，不行？”

安娥只当他开玩笑，笑盈盈地说：“行行行，当然行。这些稿子我都要了。”

“都要了？也成，一共十二篇，连标题在内是两万七千字。你们《申报》的最高稿费是十二块一千字，二七十四，二二得四，一七得七，一二得二……”田汉在纸上写写画画，仔细算了算，头也不抬地：“你一共得付我三百二十四块整。”

安娥被他逗乐了，把稿子收拢来，往抽屉里一放：“好好好，你放心，到时候我一分不少地付给你。”

田汉一把拉住她的手：“哎，不是到时候，是现在就得付。”

安娥不知道他葫芦里卖的什么药，一脸茫然地：“现在？三百二十四块全部付给你？”

田汉理直气壮地：“那当然啊。我稿子不是都给你了么？”

安娥这才觉得有点不对。她看了看手里的稿子，又看了看田汉，狐疑地：“田老大，你当真？”

田汉急了：“怎么不当真？好好的没事，我骗你做什么？”

安娥有些好气，又有些好笑：“这哪儿成。稿费稿费，得稿子发了才能拿钱，这是规矩。你上别的报社问问去，就算是预支稿费，也没有像你这样的。”

田汉也不忸怩，大大方方地：“规矩不规矩的，我不知道。我只知道，你是我田汉的朋友，好朋友。我现在急着用钱，你不帮我，让我找谁去？”

安娥一愣，一脸为难。她见过借钱的，可从没见过像这样借钱的，更没见过借得这样理直气壮的，一时反倒没了主意。把稿费预支给他吧，主编那里肯定通不过；不给他吧，这个田老大还就真吃定了自己，横竖不肯走。她知道田汉朋友最多，只道又是为哪个朋友应急，想了想，无奈地站起身来：“那你在这等等，我问问总编去。”

田汉见她答应，连连点头。安娥走出办公室，却并不往总编室走，到传达室打了个电话，让王妈赶紧送三百二十块钱来。她身份特殊，生怕被田汉缠得久了，会引起别人的注意，想来想去，只有先拿自己的钱垫着，解了急再说。

安娥站在门口等王妈送钱过来，想着刚刚田汉的话，不由得笑了起来，觉得这个田老大着实可爱。她成日里周旋于上流社会，看多了拐弯抹角虚与委蛇，反倒觉得他这份直率格外可贵。她不由得想，这样一个人，若是成了自己的同志，会是什么样子呢？他那一颗赤诚坦率的心，又会激起多少人的共鸣呢？

田汉见安娥走来，急急地从她手上拿过钱，突然，他想起什么，从身上掏出一样东西，展平了递给安娥："对了，还有这个。"

安娥接过来一看，却是一张空白纸条，上头写着几个大字："欠文一万字，年内交付"。她看得一头雾水，茫茫然地："这又是什么？"

"欠条。一万字的专稿，今年之内保证完成，题材和内容，都由你们来决定。"田汉也不跟她客气，自顾自地往下说道："刚刚那是现付，这个是预支。我想按《申报》最高标准，跟你预支稿费。当然，这钱今天也必须给我……"

安娥一脸错愕，彻底蒙了。

二

林维中觉得这一天格外古怪。从下午开始，就陆续有人送货过来，从油盐酱醋到蜜饯果脯，应有尽有。问送货的伙计吧，只说是一位田先生订的，连账都结了。眼看着东西越来越多，堆得跟小山似的，她不由得疑惑起来，绞尽脑汁去猜那位田先生的身份：要是田汉吧，他哪里来的这么多钱？要不是田汉吧，那又会是谁呢？

她胡思乱想了一整天，到吃晚饭的时候，田母也跟着慌张起来，两人一边摆开饭桌，却看着那一堆东西，你看看我，我看看你，面面相觑。正不知该如何是好，门被人一脚踢开，田汉手里提满东西，怀里抱着瓶酒，艰难地挪了进来："快，维中，快帮我一把！"

林维中一愣，忙接过酒瓶，帮他把东西放下，一一查看，不敢置信地："寿昌，这些都是你买的？"

田汉气喘吁吁，点了点头。田母也疑惑得很，惴惴不安地："寿昌，这究竟是怎么回事？"

田汉看见饭桌上摆满的菜，笑说："先吃饭。"三个人坐下来，田汉把事情的详细一说，田母和林维中笑得嘴都合不拢，连声问道："一千块？真给你这么多？"

"可不是！"田汉自己倒了酒，痛痛快快干了个满杯，抬起头来："我以为他找我去商量什么，原来是要我帮着译书！一个系列十本，光订金就给了一千块！"

林维中替他把酒倒满，又是欢喜，又是奇怪："可往常译书，也没见给你这么多钱啊？"

田汉夹了一筷子肉，塞进嘴里，嘟嘟囔囔地：“我也是这么说。可人家说了，这书啊，非得是我，才能译得好，译得传神！你们猜猜，他让我译啥？”

林维中摇了摇头。

“莎士比亚全集！”

林维中见他得意的模样，乐了：“我说呢，为啥非你不可，闹半天，是让你这个戏呆子去译戏本子！”

田汉把碗边敲得山响，得意地：“可不是！维中你说，这译莎士比亚全集，哪还有比我更合适的？你就是找遍全中国，也没人比我合适！”

林维中看着他，只是笑，夹了一筷子菜，塞在他嘴里：“所以你就买这么一堆？”

田汉忙着咀嚼，连连点头：“唔唔，我自己来，自己来……”

林维中心里乐滋滋的，嘴上却只管抱怨：“要我说，这钱虽然不少，你也不该买这么多东西。我们家日子过得紧巴巴的，好容易有一点钱，是这么乱花的？”

田汉随手把东西一件件拎起来：“哪里乱花了？米、煤、油盐酱醋，哪一样家里用不到？棉袄，给娘的。之前那件当掉了，这么大冷的天没棉袄，还不把人给冻坏了？手炉，给你的，你现在可是双身子，平日里又是洗衣、又是做菜的，不捂着点能成？还有蜜饯、果脯，我想着你爱吃，之前没钱，我买不起，现在有钱了，还能不多买点？”

“那你就能一样买一斤？你当我是猪啊？”林维中看那堆东西里连小孩子的衣服都有，越发乐了：“这些又是啥？也是给我买的？要我说，你哪里是心疼我，分明是心疼你儿子。”

田汉一梗脖子，理直气壮地：“别你儿子我儿子，是我们的儿子！心疼儿子怎么了？我还就是心疼儿子，怎么了？”他把头凑到林维中肚子前，快活地：“儿子，儿子！告诉你，爸爸赚钱了，赚大钱了！爸爸还给你买了一堆好东西，你看看，喜欢不喜欢？”

林维中被他逗乐了：“哪有你这样做爹的？当心把他给吓到……”

田汉一边说，一边从身后翻出一件东西来：“对了，我还给他买了这个。”

林维中一愣，见是个张飞的戏剧脸谱，越发笑了起来：“你啊，还真是个戏疯子。这么大个脸谱，他得长多少时候才能戴上？”

田汉理也不理，把脸谱戴在头上，得意地往林维中肚子跟前凑：“儿子，你认认看，这是谁？这是爸爸，爸爸！”他捋捋头发、整整衣服，兴兴头头地：“来，爸爸唱戏给你听！芒鞋草笠渔夫装，豹头环眼气轩昂，胯下千里乌骓马，手中丈八蛇矛枪。我乃燕人张翼德，奉军师令，一路杀将去也……”

田母看着儿子，边笑边招手："别唱了，快吃饭吧。再唱下去，饭菜都凉了。"

"成，吃饭。吃饭。"田汉这才把脸谱一扔，坐定了吃饭，不经意地："对了，娘，维中，明天我要出门一趟。"

林维中一愣："出门？上哪儿去？"

田汉扒了一口饭，含糊不清地："哦，就是这个出钱的老板，让我陪着在江浙一带游历游历。"

"那要去几天？"林维中低声问。

田汉淡淡说："现在还不清楚，得去了才知道……"

因为这意外得来的一千块钱，一家人格外快活，欢笑笑语不绝于耳。田汉又陪着母亲和林维中说了会儿话，等她们俩都睡下了，这才收起笑容，蹑手蹑脚往书房走。

这是他头一回骗人，骗的又是自己的母亲和妻子，心里格外内疚。他叹了口气，从兜里掏出一大把欠条来，摊在桌上，抽出一张白纸，把欠条上的报社名称、所欠字数工工整整地抄录下来，算了一算，看着清单下方的"总计三十二万字"发呆。从写东西以来，他没少欠过文债，却从没像这次这样心情沉重。写东西虽然难，却比别的事情简单得多，只要一刻不停地写，总会有写完的时候。但这次不同。这次欠下的这些文债，什么时候能还，能不能还上，连他自己也不知道。

身后传来轻轻的敲门声。田汉忙把欠条和清单锁进抽屉，走去开门，见田母披了件衣服站在外头，一愣："娘，你怎么起来了？"

田母面色凝重地坐在他对面，单刀直入地："寿昌，你是不是有事情瞒着我？"

田汉只觉得心突突地跳。他移开视线，有些不自然地："娘，我哪有什么事情瞒你……"

"不，你一定有事情瞒我。"田母看着他的脸，心里越发笃定："今天的事，娘躺在床上想了又想，总觉得不对。你突然买那么多东西回来，又突然说要出门……"

田汉打断她的话，勉强笑着："我不是说了嘛，因为翻译赚了一大笔钱，所以才……"

"才买了那么一大堆东西？寿昌，娘打小看你长大，你是个什么样的人，娘还能不知道？你个性爽快，为人义气，为朋友花起钱来，眼睛都不眨一下，可真到了自己身上，几时这么大手大脚过？出门的事情也是，之前连说都没听你说起过，突然就要去江浙，还一去就是好几天。你自己说，哪里会有这样可巧的事？”田母越说越担心，握住儿子的手：“寿昌，你老实告诉娘，是不是出什么事情了？”

田汉看着母亲，心里内疚得很：“真没什么。娘，你别担心……”

田母见他不肯说实话，急了：“别担心别担心，你叫娘怎么能不担心！寿昌，你一向实诚，从小到大，没瞒过娘什么。可这次的事，你连娘都不肯说，你叫我怎么能不担心？”她心里已经隐约猜到一些，见儿子死活不开口，叹了口气：“是不是为了学校的事？”

田汉一阵沉默。

田母想了想说：“寿昌，你告诉娘，萧睿他们是不是被政府给抓走了？”

还是沉默。田母终于有些恼火了，声音尖锐起来，一个劲地逼问，田汉这才艰难地点了点头说：“昨天晚上，艺大一共有十六名学生失踪。”他抬起头来，看向田母，沉默一时说：“娘，我已经决定了，明天一早就带着艺大的学生们，去政府门口静坐。他们一日不释放学生，我们就一日不离开。”

“这怎么行？”田母一愣，脱口而出：“萧睿他们就是因为游行，才被当局给抓走的。你现在又要去静坐，万一人救不出来，连你也被抓了，怎么办好？”

田汉有些担心看了看房里，这才低声说：“娘，我明白，这次静坐危险得很。可征鸿他们是我的学生。别人常说，一日为师，终身为父。世上哪有当父母的，看见子女遭难，不拼了命去救的？别说他们一点错也没有，就是有错，我难道能眼睁睁地看着他们去坐牢，去受苦？我这次去，就是打定了主意要去坐牢的。救不救得出来是一回事，可要我不救，我做不到。”

田母愣愣地看着他，半天没有说话，他知道儿子一旦下了决心，是从不回头的，只是眼睛渐渐红了，喃喃地说：“所以你才买了那么多东西……所以你才要瞒着我和维中……”

田汉看着田母，看着她斑白的头发和满是皱纹的脸，脸上满是歉疚，想要说点什么，却见田母睁大了眼，猛地站起身来叫：“维中……”

田汉一愣，转过身去，只见林维中穿着睡衣站在卧室门口，一脸惊愕，面如死灰，眼圈通红，定定地看着他，一言不发，突然她转过了身，奔了回去。卧室的门重重关上，里头传来断续的哭泣声，田汉只觉得心里打翻了五味瓶，酸甜苦辣一应俱全。他把母亲劝进屋里，一个人愣愣地坐了半晌，这才站起身来，走到卧室前，敲了敲门：“维中！”

没有人说话。田汉等了等，见没有动静，又敲了敲门：“维中，你开门。”

屋里还是没有动静。田汉知道她在生自己的气，也不勉强，叹了口气："维中，你不开门也没关系，我就站在这儿说。明天一早就要走了，我就想跟你说说话儿。"

林维中蜷成一团，一动不动，静静地听着，听着那熟悉而陌生的声音，一点一点往耳膜上敲："去静坐的事，我不该瞒你。我早就下了决心，能救出学生们当然好，要是救不出来，我宁愿进牢里去，陪他们一起坐！可我不想让你担心。我一个人坐牢也就算了，我不想让你们为了我，整天提心吊胆、惴惴不安。"

田汉靠在门板上，喃喃地说着，心里突然起了一阵伤感。他不知道明天之后，自己的命运会如何，更不知道这一个决定，会不会让这个平静的家分崩离析。他只知道自己非去不可，掏出烟来，狠狠抽了一口，艰难地说："翻译莎士比亚全集的事，都是骗你的。今天那些钱是我想办法借的。我去了报纸、杂志社，写了好多欠条，才借了这一千块钱。米、煤、油盐酱醋，该买的东西我都买了，还剩下几百块，都收在床头的抽屉里。有了这笔钱，你跟娘万一遇上什么事情，也好对付。还有，你是有身孕的人，娘年纪也大了，两个人在家，要千万小心。这阵子上海乱得很，能不出门就别出门。实在遇上什么难处，就去找夏衍和周老板。他们都是信得过的朋友，真要有了事儿，不会不帮忙……"

他的声音低沉酸楚，透过薄薄的门板传了过来。林维中静静地听着，只觉得那琐细的话语有某种魔力，让她动容，又让她心酸。她不知道该抱怨这个男人太傻，还是该怨恨他太过勇敢，一颗心像被撕扯成了两半，痛得说不出话来。

田汉絮絮地说着，脸上写满了伤感，柔软得令人心动。他想着明日就要离开，心里充满了不舍，怎样都想看一眼妻子的脸，低声唤道："维中！你开开门，让我看看你。维中，你开门呀……"

屋里什么声音也没有，连哭声也停止了，只剩下死一般的寂。林维中脸上满是泪水。她有些犹豫，站起身来，想要开门，却怎样也开不下去。

田汉等了许久，满心失望，一个人慢慢走回桌边。他愣愣地坐下，看着屋角堆得满满的米面衣服，想着近在咫尺的母亲和维中，只觉心里有无数的话，却一句也说不出来。之前的脸谱仍摆在桌上，斜眼看着他，似喜非喜，似怒非怒。他慢慢伸出手去，把那脸谱拿起来，面对面看着，只觉得满腔悲愤，郁积在胸，突然放低声音，压抑而痛楚地："芒鞋草笠渔夫装，豹头环眼气轩昂，胯下千里乌骓马，手中丈八蛇矛枪。我乃燕人张翼德，奉军师令，一路杀将去也！"

还是那短短的几句，他却唱得格外悲壮凄怆，像是给自己送行一般。唱完，拿起酒瓶，倒了满满一杯酒，一仰脖子，喝了下去。

第九章　静坐：辉煌的胜利

一

正是上班时间。一辆轿车开过来，快到政府门口，突然一个急刹，停了下来。顾云峰靠在椅背上休息，被惊醒过来，皱了皱眉："老张，怎么了？"

老张回过头来："顾、顾厅长，你快看！"

顾云峰拉开窗帘，顺着他手指的方向，往外一看，愣住了。

政府门口密密麻麻全是学生。他们一句话也不说，高举着"释放学生，还我学友"的横幅，纹丝不动地坐着。坐在最前头的是田汉。他一动不动，目光炯炯，显得格外庄严而坚定。

顾云峰认出是他，略一寻思，已经知道是逮捕学生的事出了问题，二话不说，就往张宏远的办公室赶。一进办公室，只见张宏远怒气冲冲地说："我再三叮嘱你们，要秘密缉捕，秘密缉捕！不能惊扰民众，更不能走漏风声！我们逮捕这些学生，为的是什么？为的就是杜绝流言，稳定局面！你们倒好，不到一天的工夫，弄得满城风雨、尽人皆知，这闹事的都闹到政府来了！"

"怎么，都哑巴了？不会说话了？"张宏远气得发抖，看到顾云峰进来，生生把怒气压了下去，往椅子上一坐。顾云峰知道他心里烦闷，挥了挥手，让那些诚惶诚恐的便衣退了出去。

张宏远闭上眼睛，静静地坐了片刻，再睁开眼，已经平静许多："云峰，这些学生是哪个学校的，你赶紧派人去查……"

顾云峰："不用查了。他们都是艺大的学生。领头的是田汉……"

张宏远皱了皱眉："田汉？那个写戏的田汉？他来做什么？"

顾云峰："他是艺大的校长。这次被捕的学生里面，就有他们艺大的学生……"

夏衍昨天在咖啡馆没能拦住田汉，就知道事情不妙，跟阳翰笙商量了一下，决定抢在田汉做出傻事之前，先联系庆龄先生、钧儒先生等，通过他们向当局施压，要求释放被捕学生。可田汉带着学生们往市政府前这么一坐，情况就截然不同了，不但增加了营救的难度，只怕连他们自己也都有危险。

他把情况一说，大家都紧张起来。阳翰笙想了一想，率先提议道："要我看，田汉既然已经去了，倒不如配合他们，把事情闹大，先把学生们救出来再说。现在的局面是我们在明，政府在暗，我们的声势造得越大，田汉他们就越安全。"

安娥点了点头："翰笙说得对。依我看，我们可以双管齐下，一方面，调动各校的学生们，积极支持静坐，对政府形成压力；另一方面，借助媒体的力量，大肆曝光此事，制造舆论，逼迫当局放人。"

夏衍想了一想，也只好如此："既然这样，我们就尽快行动起来。翰笙，你马上跟各高校团委联系，让他们组织学生，支持静坐；安娥，你尽可能带动各报社的记者，对静坐进行报导。党外的民主人士由我负责联系，我会配合你们的行动，请他们在各大报章发表声明，责成当局尽快放人。"

安娥犹豫片刻，抬起头来："我还有个想法。刚刚接到通知，明天上午市政府有个记者会，我想找机会，把这些情况都报告给张宏远。"

夏衍一愣："报告给张宏远？"

安娥点了点头："张宏远想从记者手中得到情报，我们正好可以利用这一点，反过来向他施压。"

夏衍想了想说："成。那你自己小心。时间紧迫，我们分头行动……"

田汉一动不动坐在那里，眼看着太阳一点点升起来，又一点点落下去。时间缓慢地过去，市政府外头的学生们不但不见减少，反倒越来越多。其他学校有学生失踪的，对政府行为不满、义愤填膺的，听说田汉带头静坐，纷纷赶了过来：

"田先生，我们是南方大学的！同学们听说了田先生的事情，激动得很，都想来出一份力！"

"没错！当局不释放学生们，我们就豁出去，陪田先生坐到底！"

他们二话不说，在田汉旁边就地坐下。

田汉没想到还有这样多有血性、不怕死的青年，只觉得热血翻涌，备受鼓舞。他最是性情中人，纵声大笑："好！好！你们来得正好！他们以为抓走几个同学，我们就会被吓坏了，吓倒了，就会唯唯诺诺畏缩不前，这是做梦！只要我们齐心协力、坚持下去，还怕政府不放人不成？"

夜幕低垂，天色渐渐暗了下来，田汉却觉得心中满满的都是希望。他不知道等待着自己的会是什么：是释放学生，还是连自己一起抓进去？然而这些都不重要。重要的是，他们没有退缩，没有因为政府的阻力，而放弃身为一个中国人的权利。国家的完整、生命的自由，还有什么比这些更重要呢？

一夜倏忽而过。天方发白，田汉和学生们还是如磐石一般坐在那里。张宏远坐着轿车来了，顾云峰坐着轿车来了，参加记者会的记者们都来了，田汉他们却只是沉默。这沉默仿佛有着无穷的力量，让人不由得肃然起敬。安娥也在一群记者之中，遥遥地望着这支奇特的队伍。他们没有武器，却比什么武器都更犀利。那一双双真诚的眼，仿佛能穿透皮肉，直刺进每个人的心底。她突然有了一种古怪的预感，田汉这次冒险的举动，看似鲁莽，或许反倒能收到不一样的成效呢！

安娥的预感并没有错，一进会议室，就能感觉到与往日不同的紧张气氛。记者们的道德和责任心仿佛都被那一双双眼睛激活了，纷纷举起话筒，伸向走进门来的张宏远，态度尖锐地问："张市长，请问东北现在情况如何？"

"张市长，听说东北事发之后，政府第一时间电令全国军队，无论如何不得抵抗，是不是真的？"

"张市长，学生们正在市政府前静坐示威，你对这件事有何想法？"

"张市长……"

顾云峰跟在一旁，忙护住张宏远，高声地："安静！安静！今天的记者会只发言，不采访。请各位记者退回原位！我重申一次，请各位记者退回原位！"

警卫们都围了上来，把记者们往后赶。记者无可奈何，退了回去。

张宏远不慌不忙走到台前。他目光冷峻，态度严肃："我知道，自日军侵占东北以来，诸位对政府有很多揣测，很多质疑！我今天召开这个记者会，就是为了以政府的名义，给诸位一个答复！我想问问在座的各位，民国成立之初，中国是何种状况？"

记者们突然被他这么一问，都是一愣，面面相觑，不知道答什么好。

"怎么，没有人回答吗？你们不答，我来替你们答！"

张宏远看向众人，朗声地说："民国成立之初，国家积弱，外无御敌之兵，内无库存之银。大清朝余孽尚存，英日俄列强环伺，可谓内忧外患！可现在呢？我们有了自己的民主，有了自己的法律，有了自己的民族工业、商业，有了自己的高等学府、高级人才！不过短短几年，我国新增大型厂矿六百余家，新增资本总额达二亿五千二百四十五万！日本侵占东北，这是铁一样的事实。可你们想过没有，小小一个日本，为何能一而再、再而三地入侵我中华大地？因为他国力强盛，因为自明治维新以来，从革新到发展，他们事事抢在了我们前头！以我们现今的国力，与日本正面冲突，胜算不大，而战乱一起，民国之制度、经济，停滞不前，军费激增，民不聊生，这样的局面，难道是诸位希望看到的？"

他这一番话发自肺腑，却不能平息记者们心中的怒焰。他们言辞犀利，高声反驳："这么说，咱们难道只能眼睁睁看着日本人打进来不成？"

"就是！再这样不抵抗下去，我们都成亡国奴了，还谈什么革新和发展！"

张宏远知道说不服他们，却仍是挺直了脊梁，斩钉截铁地："不，我们不是不抵抗，而是要把此次事件控制在东北局部，务求以最小的代价，解决此次争端！我们已向国联提出告诉，此刻，正需要我等国人上下一致，以公理对强权，以和平对野蛮，忍辱含愤，暂取逆来顺受态度，以待国际公理之判断。我恳请各位能从理智出发，成为政府和民众之间的一道桥梁，而不是煽风点火，引发不必要的事端。"

他突兀地停了下来，看着顾云峰，做了个手势，走下台来。顾云峰点了点头，走上台去："记者会到此结束。各位对政府还有什么疑问，可以写在纸上，由宣传厅代为转交……"说罢转身而去。

记者们很是不满，一窝蜂地往前涌，想去拦张宏远，哪里还拦得住？张宏远早已经在警卫们的保护下，退出门去。这场记者会他计划了很久，为的就是堵住记者们的嘴，让民众愤怒的心情平静下来，耐心等待国联的结果。可万万没想到，会被田汉这一坐搅得乱七八糟。记者们平时就是再愤怒，总还会掩饰几分，不愿公然与政府为敌，这回却全然不是这么回事。他只觉得心烦意乱，越走越快。副市长李绍甫跟在后头，犹豫着开口道："市长，外面那群学生……"

张宏远皱了皱眉，不悦地："不要管他们。"

李绍甫见他脸色阴沉，知道他不想提这件事，不做声了。到了市长办公室门口，却见卫兵正跟人拉拉扯扯："小姐，我真的不能放你进去。"

安娥不知道什么时候退了场，站在办公室门口，咄咄逼人地："我有重要事情，要和张市长商议。你现在拦着我，若是耽误了时机，你赔得起吗？"

卫兵见她说得理直气壮，拦也不是，不拦也不是，为难得很。

李绍甫眉头一皱，走上前去："怎么回事？"

卫兵有些心虚，嗫嚅地："是这位小姐，她说有要事要见张市长，我实在拦不住……"

李绍甫看了安娥一眼，严厉地："这位小姐，我恐怕要请你离开这里。市长每天要处理的事情千头万绪，如果人人都像你这样……"

"绍甫。"张宏远打断他的话。他打量着安娥，认出她来："安记者，我想我们认识。"

安娥镇定自若，迎上张宏远的目光，莞尔一笑："上次有幸采访过张市长。没想到市长日理万机，还记得像我这样的小人物。"

"安记者过谦了。"张宏远听顾云峰汇报过她的情况，揣测着她的来意，面上却不动声色："你不是有事要和我商议么？在走廊上说话不方便，进来再说吧。"一边说，一边率先走进屋去。

安娥跟了进去，往沙发上一坐，开门见山地："张市长，我是为学生们静坐的事来的。"

张宏远一愣，微微一笑，做了个手势，让卫兵倒茶过来："安记者倒是神通广大，记者会上不问，问到这里来了。可惜啊，我已经说过了，学生们要静坐，那是他们自己的事，政府不会发表任何看法。"

安娥浅笑盈盈接过茶杯，大大方方地："我不是来提问的。我是来劝张市长，暂且答应他们的条件，先放了那些学生再说。"

张宏远没想到她这样直接，喝了口茶，慢条斯理地："安记者这话怎么说？其一，那些学生是不是政府抓的，还不一定；其二，就算是政府抓的，这放不放人，也不是我一个人能决定的。"

"话虽这么说，我刚刚听说一些消息，不能不告诉张市长。这次的静坐事件，到目前为止，只有几家报纸做了报导。但据我所知，明天一早，上海所有的报纸，包括我们《申报》，都会把它作为头条。"安娥见他不肯承认，索性豁了出去，直视着张宏远，坦诚地："东北事发之后，民众对政府本来就有意见，学生们静坐的事，一旦大肆曝光，对当局来说，恐怕不是好事。"

"哦，是么？"张宏远眉也不皱一下，微微一笑，转过头去："绍甫，通知各报社，把相关的文章都撤下来，有不肯撤的，一律停刊！"

安娥也不着慌，自顾自地："这还在其次，更重要的是，我们得到线报，上海工会已经做出决定，要配合学生们的行动，组织大规模的罢工。一些民主人士也正打算发表声明，支持学生。工厂停产、列车停开，这些都是小事。可这么多工人聚在一起，加上静坐的学生，万一有人制造流言、恶意煽动，我只怕局面一旦失控，会变得无法收拾。"

张宏远皱了皱眉，没有说话。

安娥知道自己说中了他最担心的事，趁热打铁地："张市长，学生们在政府门前静坐，已经整整两天了。现在看来，不释放被捕学生，他们绝不会离开。市政府是什么地方？是国民政府办公的地方，是政府的脸和颜面。您之前在记者会上说，希望记者能成为政府和民众之间的一道桥梁，把政府的想法和难处传递给民众。可现在民众看到的是什么？是东北过来的衣衫褴褛的难民！是政府外头振臂高呼的学生们！在我看来，与其强行压制，不如先释放被捕学生，博取民众的好感，再做打算。"

办公室里静得可怕。张宏远抬起头来，看着眼前这个摩登的女记者，第一次感觉到她的敏锐和智慧。他想了一想，不动声色地说："安记者都说完了？"

安娥一愣，点了点头："都说完了。"

"那好。绍甫，你帮我送一下客。"

李绍甫应了一声，忙站起身来，送安娥出去。

办公室里只剩下张宏远一个人。他起走到窗边，看向市政府门口的广场，只见黑压压一片人头，一眼望不到边际。记者们从记者会出来，正穿梭其中，或采访或摄影，镁光灯闪个不停。

他静静地看着，想着刚刚安娥的谈话，把窗帘拉上，走了出去。

二

广场里满满的都是人。田汉带着学生，静静地坐着。他们已经坐了很久，腰部以下仿佛都麻木了，一点感觉也没有。太阳偏西，一点点沉了下去，橘色的阳光照在他们身上，拖着长长的影子。空气里仿佛有一种巨大的压力，一触即发。

一片寂静之中，突然响起一个洪亮的声音，急切地："寿昌！寿昌！"

田汉见是唐槐秋，一愣："老唐，你怎么来了？出什么事了？"

唐槐秋穿过一大群学生，冲到他面前，一把把他扯了起来："回来了！学生们都回来了！"

田汉顺着他的手指看去，果然见萧睿等十几个学生朝着这边跑来，挥舞着手中的衣服，高声喊着自己的名字。满广场的学生都沸腾了，站起身来。只有田汉不敢相信自己的眼睛，眼睁睁看他们跑到面前，一把搂过一个："萧睿，真的是你？征鸿呢，受伤了没有？"

他上下打量着，见他们都好好的，这才回过神来，激动地："站好，都给我站好！站成一排！"

学生们一愣，不明所以地站成一排。

"一、二、三、四……"田汉一个个数过去，摸摸这个，看看那个，又是心疼，又是欢喜。

陈征鸿看着他奇怪的举动，突然领悟到他是在数学生的人数，心头一热，热泪盈眶地："校长，我们都在这儿。十六个，一个不少！"

"是啊，校长，我们回来了！都回来了！"

田汉怎么也不肯停，愣是亲自数到第十六个，这才放下心来。他没想过静坐真的会成功，更没想到学生们回来得这样快，只觉得心里有说不出的畅快，一迭声地："回来就好！回来就好！"

“太好了，我们胜利了！胜利啦”

不知是谁喊了一句,学生们开了锅一般涌上前去,抱做一团。陈征鸿趁田汉不注意,冲身旁的同学使了个眼色,几个人合力把田汉抬起来,高高地抛向空中。

“田校长万岁!”“艺大万岁!”“同学们万岁!”

金色的阳光下，他们笑着、跳着，市政府前成了一片欢乐的海洋，引得路人纷纷侧目。

林维中这两天来都不敢出门，不敢去问不敢去看，不敢打听半点跟静坐有关的消息，生怕田汉遭遇不测。她机械地穿针引线，心思却全不在上头，时常停了下来，看着手里的活计发呆。

田母见她这样，叹了口气，从林维中手中把活计抽走：“维中，别做了，休息一下。”

林维中一愣，回过神来。天已经黑了，透过客厅狭窄的窗户，只看到一方暗红的天，像是燃烧到尽头的火焰，又像是干涸了的血迹，触目惊心。她心里起了不良的预感，连指尖都发冷，忍不住担心地问：“娘，你说，寿昌他这次去，会不会出事?”

田母自己也悬着心，却故作乐观地：“能出什么事?维中，你别自己吓自己。寿昌做事，从来站在一个理字上，就是政府，也得讲理是不是?再说了，还有那么多学生呢。政府就是再恼火，众目睽睽之下，总不好对学生们动手……”

正说话，门板上噼里啪啦一阵响，惊心动魄，打断婆媳俩的谈话。

门外是一张熟悉到不能再熟悉的面孔，灰头土脸，胡子拉碴，狼狈的面孔上，却洋溢着孩子气的笑。田汉像一阵风般刮了进来，抓住林维中的手，激动地：“维中，我回来了!”

林维中一愣，被突然出现的丈夫惊呆了，一时间没了反应。

“是我，维中！我回来了！我们胜利了!”见林维中没有反应，田汉一把抱起她，兴奋地转起圈来：“维中，我们胜利了！彻底胜利了！学生们回来了！十六个，一个不多，一个不少!”

林维中被他转得头晕眼花，心里充满了失而复得的喜悦，连眼睛都舍不得眨，定定地看着他的脸，半天才回过神来，捏起拳头捶他：“放下，快把我放下！当心伤着儿子!”

“对对对，儿子！还没告诉儿子。”听到儿子两个字，田汉忙把林维中放下，蹲了下去，对着林维中的肚子，一本正经地：“儿子，爸爸回来了！爸爸胜利了！爸爸当了回英雄，把学生们都救出来了!”

田母在一旁看着，眼眶湿润，又是好气，又是好笑："他才多大？连人形都没有呢，你跟他说这些，他哪里听得懂？"

田汉忙站起身来。他对母亲充满了愧疚，低声地："娘，儿子回来了。"

田母含着泪，点了点头："娘知道。来，过来，让娘看看。让娘好好看看你。"

田汉走了过去。他自幼丧父，全靠田母一人拉扯大，能不知道母亲的担忧？一动不动，任她抚摩着，低声地："娘，我没事。你看，我好好的，什么事都没有……"

"没事就好，没事就好……"田母嗫嚅着，看着儿子，突然伸出手去，把他紧紧抱住。林维中看着这母子两个，只觉得心里说不出的欢喜和踏实，刷地流下泪来："娘，我去买酒，做几个好菜，今天晚上，我们一家人吃顿好的……"

她擦了擦眼泪，就要往屋外走，却被田汉喊住："等等，不用做了！上次我留在家里的钱呢？"

林维中一愣："钱？都在那抽屉里呢，我跟娘还没有动过……"

田汉二话不说，走进屋去，把钱拿了出来，一手搂住田母，一手搂住林维中，快活地："今天啊，我们不做饭！我们出去吃！吃最好的！"

三

南国饭店前车水马龙，霓虹灯把半个夜空照得通明。这是上海滩上最有名的饭店，一到夜晚，更是觥筹交错、热闹非凡。田汉还穿着静坐时的衣服，站在门口招呼客人，见陈征鸿等领着周信芳走过来，忙迎上前去："信芳先生！"

周信芳拱了拱手："田老大，我这刚下戏呢，就被这两个学生架过来了，说是一定得来，非来不可。你倒是给我说说，今天这唱的是哪一出？"

田汉哈哈一笑："哪一出？三英战吕布，温酒斩华雄？总之啊，是好曲子，好段子，好故事！您先入席，等会啊，听我好好说，慢慢说！"

"好，那我可就等着了！"周信芳点头应着，笑着走了进去。

安娥快步走了过来："什么好故事？说出来让我也听听？"

田汉见是她，二话不说，弯下身子，做了个大揖。

安娥是在下班路上被学生们请过来的，不知道田汉葫芦里卖的什么药，见他突然行这样的大礼，吓了一跳，忙闪开来："田老大，你这是做什么？"

"做什么？向你道谢呀！"田汉满脸带笑，真诚地说，"安娥，这回我这人情可欠大了！这两天静坐的时候，来了那么多记者，我就觉着奇怪；一问，才知道是你通知的！你这可是帮了大忙了！"

安娥被他逗乐了，好笑地说："谢什么谢？我通知他们来，可不是为了你田大校长!”

“那也没啥！就算不是为了我，我田汉领你这份情！学生们也都领你这份情!”

安娥见他说得诚恳,倒有些不好意思,一眼瞧见旁边的林维中:“这位是?”

田汉忙介绍道：“这位是我太太，林维中。维中，这位就是我跟你说过的安记者，写得一手好文章，在上海的新闻界，那是出了名的才女……”

一时客人们都入了席，饭店里灯火通明，欢笑喧天。金碧辉煌的大厅里，十几桌饭席一字排开，格外气派。田汉为什么要在这里请客，不单安娥和周老板不知情，其他的客人也是一头雾水。有人沉不住气，高声问道：“田老大，你还没说呢，今天为啥请咱们客?”

“就是，今天这顿饭，到底庆祝的啥?”

“别急，都别急!”田汉满脸是笑，把鞋子一脱，站到椅子上，高声道：“大家都知道，这两天，我田汉去静坐了！为什么？因为国民政府不讲道理，抓了我们艺大的学生！他们以为我们会害怕，会恐惧，会唯唯诺诺、畏首畏尾，可他们想错了！他们万万没想到，我们敢上市政府去静坐，更没有想到，我们这一坐，就是整整三十个钟头!”

他拿起酒瓶，倒了满满一杯，看着一张张笑脸，只觉得豪气满怀：“这第一杯酒，我先干为敬，庆祝我们静坐胜利，庆祝我们艺大的英雄们胜利凯旋!”他二话不说，一仰脖子，一口喝尽。

台下不知道是谁叫了声好，大伙儿都热烈地鼓起掌来。

田汉拿起酒瓶，又倒了满满一杯：“这第二杯酒，我敬在座的各位！今天在这里的，都是我田汉的好朋友！这次静坐，你们有出了钱的，有出了力的，有既出了钱又出了力的！大家都知道，我田汉没钱！就连今天晚上这宴席，用的也是你们大家的钱！可我田汉有朋友！有你们这群朋友，我田汉比谁都富!”

他端起酒杯，二话不说，又是一口喝尽。大家听了不觉一阵错愕，都有些哭笑不得，一个编辑在一旁大声喊道：“田先生，这酒钱我们都出了，你答应的稿子可不能赖账!”其他的编辑也都乐了，叫嚷起来：“对对对，你还欠着我三万字呢!”

“还有我的两万字!”

“田校长，你要是不给稿子，到时候啊，我们也上你家静坐去!”

田汉哈哈一笑说：“来来来，都来都来！你们要真来了，我让维中准备酒菜，陪吃陪喝陪写作，奉陪到底!”顿时大家都笑了起来。

田汉拿起酒瓶，又倒了满满一杯酒，豪爽地："这第三杯，我还敬在座的各位！没别的，大家今天既然来了，就好好吃，尽情喝，一定得给我吃痛快了，喝痛快了！喝醉了也不怕，我已经叫好了黄包车，送大家回家！我们今天啊，来他个一醉方休！"热烈的叫好声中，他端起酒杯，一饮而尽。

这一顿饭吃得宾主尽欢。送走了朋友们，田汉早已经酒酣眼热，脚步虚浮。田母已经先回去了，林维中忙叫了辆黄包车，扶着他往车上走。

深夜的小巷安静得很。田汉上了车也不消停，一脸醉意，咿咿呀呀，快活地唱着戏。唱完一板，指着林维中，含糊不清地："怎样？我这戏唱得怎样？不比信芳先生差吧？"

林维中看着他，又是好气，又是好笑："你喝醉了，别唱了。"

"醉？不不不，我没醉！我是欢喜！心里欢喜！"他跌跌撞撞，想要站起身来，却被林维中一把拉住："好好好，你没醉。坐下！快坐下！"

田汉也不说话，就势抱住林维中，孩子一般，把头埋在她怀里。林维中一愣。她抚着田汉的头，这时才有了他平安回家的真实感，只觉得心里有说不出的幸福，慢慢地笑出声来："寿昌？"

"唔。"田汉应了一声，头也不抬。

林维中温柔地："寿昌，你听听，儿子在动呢。"

田汉半醉半醒，把头凑在林维中肚子上，听了一听，欢天喜地地："维中，他在动！他真的在动！"

他乐得不知如何是好，一边听，一边手舞足蹈："不不不，这不是随便乱动，他这是在练踢腿呢……一下……两下……嘿，好小子，这腿踢得多有劲，像我！像我！"

林维中看他说得好玩，乐了："你怎么知道是小子？说不定是个女儿呢？"

"女儿我也喜欢！"田汉看向林维中，傻呵呵地："要是个女儿啊，一定像你。像你好，像你好看。等她长大了，一定有好多人喜欢她……"

林维中有些不好意思，脸红起来："你啊，别的没有，就会油嘴滑舌的……"

她嘴上虽然抱怨，心里却甜滋滋的，伸出手去，和田汉的手交握在一起。

夜很静，静得只听见车轱辘轻微的声响。天上的星子一闪一闪，像是爱人温柔的眼波，让人沉醉。林维中依在田汉怀里，半晌，低低地："寿昌，以后不要再冒险了，好么？你都快当爸爸的人了。我和孩子不图你什么，也不指望过锦衣玉食的生活，可你得让我们过得安宁，过得放心。寿昌，你听我的，像这样冒险的事，以后都别去了。我们一家人好好过日子，好么？"

田汉看着林维中，看着她温柔而期待的脸，心里一动，点了点头。

第十章　四只耳朵，叫我聂耳！

一

水码头上泊满了船。这是上海与长江沿岸各大城市往来的重要口岸，每天都有无数的货物从外地运来，又从这里转运出去。船与码头之间，搭着一尺多宽、一丈多长的跳板。跳板一头搁在船边，一头架在高凳上，一块搭一块，一直延伸到仓库去。码头工人们一人扛一个大包，在跳板上缓慢地行走着。

沉重的货物压得人直不起身，大颗大颗的汗水从脸上滚落下来，工人们弯着腰，一步一步挪动着脚步，身上的肌肉就像岩石一样的僵硬，领头的老工人憋足了劲，喊起粗犷的号子："搭起来嗟！噢嗨——！开步走喽！嗨——嗖！脚下小心！嗨——嗖！三节跳板！嗨——嗖！大胆上去！嗨——嗖！……"

领头的老工人沙哑的嗓音中透着一种说不出的力量。工人们跟着他的号子，"嗨嗖""嗨嗖"地应和着，大步往前走。监工跟在旁边。他是个破铜嗓子，挥舞着手中的鞭子，不耐烦地："快点快点，都给我快点！半个小时之内必须搬完，听到没有？"

聂守信在这队伍之中，他脸色煞白，满头是汗，却仍咬牙坚持着，一步步往前挪。跳板在脚下颤动着，不过短短几百米，却漫长得似乎永远也看不到尽头。

聂守信越走越慢，一双脚灌了铅似的，越来越重。他整个人已经到了极限，跟从水里捞出来一般，连头发尖都在滴水。眼睛被汗水模糊了，看什么都是雾蒙蒙的。四周的一切仿佛都变了形，摇晃着、扭曲着，朝着他逼迫过来，压得他喘不过气。眼看着仓库就在眼前，他一个踉跄，几乎要跌倒在地。

老王头跟在他身后，一把扶住他，担心地："小聂,不行就休息下。"聂守信摇了摇头,看看眼前的货，又看看不远处的仓库，咬紧牙关，把包往肩上一耸，挪动步子，摇摇摆摆往前走去。

他来这水码头已经有些日子。刚来那两天，工人们看他瘦瘦弱弱，只当又是没吃过苦的公子哥儿，上码头来找新鲜乐子，压根不相信他能扛得动货包。可万万没想到，他不但扛起了货包，还坚持下来，成了他们的一员。老王头最是感慨，拍拍聂守信的肩，赞赏地："看不出来，小聂你一个读书人，瘦瘦弱弱的，能跟我们住一样的地儿，干一样的活！"

聂守信肩膀肿得老高，龇牙咧嘴地："读书人还不是人？就不应该干活？"

"可读了书就是先生老爷，跟我们这些做工的不一样……"

"有什么不一样？还不是两只眼睛一个嘴巴？还不一样要吃饭睡觉？"聂守信最听不来这些话，坐起身子，直率地："读书的跟做工的不一样，当官的跟老百姓不一样，这些都是骗人的。他们说这些话，就是为了让你们安于这样的日子，一辈子做苦工，一辈子当奴隶！你们想想，那些不可一世的老爷们，那些衣着光鲜的太太们，他们的钱从哪里来？他们吃的穿的花的用的，哪一样不是我们辛辛苦苦做出来的？就好比在码头上卸货，卖力气的是我们，可赚钱的是他们，公不公平？"

他到这水码头来，虽则是为了躲避搜捕，可码头工人们艰苦的生活，却深深打动了他的心。每天压在肩头的货包是那样沉重，让他由衷觉得这世界不公平。这种感慨，他在云申米庄当伙计时也曾有过，可到了这里，才越发强烈起来，成为萦绕不去的旋律，流淌于他的血液之中，让他忍不住想要呐喊，想要倾诉。

工人们听得似懂非懂，议论纷纷："是啊，是不公平……"

"小聂说得有道理，他们凭什么不做事？"

"不公平又能怎么样？他们难道肯放下身份，自己来扛包不成？"

聂守信目光灼灼，热情洋溢地："他们当然不肯，但我们得逼着他们肯！公平是靠自己争取来的！鲁迅先生说的好，中国只有两个时代，一个是想做奴隶而不得的时代，另一个是暂时做稳了奴隶的时代。可我们不能心甘情愿做奴隶，我们要靠自己的手，去开创新的中国、新的时代！在新的时代里，人和人之间没有贵贱、没有高低，每个人都用自己的双手去劳动、去创造……"

正说得兴起，监工大步走了过来，高声地："上工了上工了！还死着做什么？赶紧搬！搬不完的一律扣工钱！听到没有？"

工人们忙都站了起来，勒了勒裤腰带，往码头上走去。涛声、脚步声、搬运工人的号子声。没有人知道，这些声音在年轻的聂守信心里，激起了怎样的狂澜。每天下工之后，他都会去到码头的长堤上，倾听着这属于码头的声响，把这些强而有力的音符记录下来。他敏锐地感觉到有什么东西在心底堆积，那是比当学生时更现实的、更厚重的，是一股强大的力量，由苦难的生活堆叠而成，充满了挣扎和迷惘，痛苦和希望。

他仰面躺倒在长堤上，脸上覆着写到一半的曲谱，闭着眼，沉醉地听着，感受着。手跟随着心底深处的旋律，一下一下，在地面上敲击，嘴里不时发出低沉的声响："嘿……嘿咗！嘿……嘿咗！"

顾惜音沿着长堤走了过来，见他模样古怪，一愣："聂守信！聂守信！"

聂守信沉浸在自己的世界当中，毫无反应。

顾惜音急了，一把把他脸上的曲谱掀开："聂守信，你怎么了？哪里不舒服？"见聂守信一脸茫然，她越发担心，伸手去探他的额头："昨天还好好的，怎么突然就病了？"聂守信被她闹得起来，莫名其妙，横了她一眼，没好气地："谁病了？你才有病呢！"

顾惜音委屈地说："我看你躺在地上一动不动，又是抽筋，又是嚷嚷的，不是生病是什么？"聂守信越发奇怪："谁抽筋了？谁又嚷嚷了？"

顾惜音模仿聂守信的样子："刚刚你这样、这样，还吭哟吭哟的……"

聂守信一愣，哭笑不得地："大小姐，我那是在写东西。"

"写东西？什么东西？让我看看！"顾惜音好奇得很，拿起聂守信的曲谱，看了一看，柔柔地唱了起来："从朝搬到夜，从夜搬到明，眼睛都迷糊了，骨头架子都要散了。搬哪，搬哪，唉咿哟嗬……"

"停停停！"聂守信听不下去，一把把曲谱夺了过来："好好一首歌，被你唱得这么软塌塌的……"

顾惜音一愣，不服气地："谁唱得软塌塌的？你谱子上原本就是这么写的！"

"好，你听好了，我唱给你听。"聂守信深吸了一口气，低沉而悲壮地："从朝搬到夜，从夜搬到明，眼睛都迷糊了，骨头架子都要散了。搬哪，搬哪，唉咿哟嗬……"

他一边唱，一边拿起笔，在曲谱上打上三连音符号。

顾惜音只觉他唱得豪迈雄壮，就像跟自己唱的全然不是一首歌。随着聂守信的歌声，不远处码头工人劳动的场景，和粗犷的号子声一齐涌进她的脑海。她沉浸在这雄壮的旋律中，一时竟听呆了。

聂守信唱完，得意地："怎么样？你自己说，多好的一首歌，是不是被你给唱蔫掉了？"

顾惜音呆呆地看着他，满心佩服，一拍他的肩："聂守信，你真厉害！"

聂守信吃痛地嚷了起来。顾惜音这才想起自己的来意，连忙道歉，从提包里拿出药膏和纱布来。聂守信在码头住下之后，她常常抽空过来，见他背上伤痕累累，心里难受得很。这天下午没课，特意买了药膏和纱布，给他送来。

“谢谢你。”聂守信伸手去接，顾惜音却伸手推推他：“你转过去。”见聂守信呆呆地看着自已，她有些不好意思，小声地：“你的伤都在背上，自己涂不方便。你转过去，我帮你涂。”

聂守信一愣，犹豫片刻，把上衣脱掉，转过背去。背上红肿一片，新的叠着旧的，都是搬货留下的伤痕。顾惜音双颊飞红，也不说话，拿出药膏，小心翼翼地替他上起药来。

二

顾惜音回家的时候，天色已经暗了下来。她生怕被人发现，轻手轻脚进了屋，刚要往楼上走，却被胡妈逮个正着：“小姐，你回来啦，太太正找你呢。”

顾惜音吃了一惊，“找我？找我做什么？”心想不会码头的事被妈发现了吧，正紧张时，顾夫人穿着新做好的旗袍，袅袅婷婷走了下来，原来是要带她参加《歌舞春色》的庆功晚宴。这是国内第一部有声电影，上映之后票房极高，而负责歌舞的，就是大名鼎鼎的黎锦晖。他跟顾云峰相识多年，最近受他所托，指点过顾惜音几次，顾夫人这趟就是要带着女儿，专程向他祝贺的。

车子停在丽华歌舞厅门外。顾夫人下了车，牵着女儿的手往里走。会场布置得金碧辉煌，舞台正中用灯牌拗成“歌舞春色庆功晚宴”几个大字，闪闪发亮。一个女明星正在唱歌，明丽的歌声随着妩媚的眼波飘了过来，甜甜的，软软的，勾人心弦。她的身后，几个妙龄少女正穿着短裙在跳爵士舞，风流旖旎，惹人遐想。台下摆满了花篮，写着“庆祝《歌场春色》票房大捷”等字样。装扮入时的男男女女穿梭其中，顾盼生辉，觥筹交错。一个西装革履的中年男子被众人围在中间，热烈地说：

“黎先生，这次的电影真是太成功了！不光在国内，就是在南洋，反响也热烈得很！”

“这可是国内第一部有声电影，要不是有黎先生坐镇，哪会有这么大的影响？”

黎锦晖微微笑着，谦逊地：“不敢当不敢当。我只是做了分内的事。这都是大家的功劳。”他不过三十来岁，脸略有些瘦削，一双柔和的眉毛下眼睛湛然有神，说话时体贴地微倾着身子，一举一动皆有君子之风。他是国内著名的音乐家，写过的曲子不计其数，流传甚广。一手创办的明月歌舞团，更是培养出了诸多人才，在上海滩颇有影响。顾夫人一眼看到他，忙带着顾惜音走了过去，笑意盈盈地说：“黎先生，你就别太谦虚了。电影票房大卖，你的音乐尤其受到好评，惜音听说了，一直嚷嚷着要来向你这个老师道贺呢！”

黎锦晖跟她碰了碰杯，礼貌地说：“顾夫人太客气了！我不过是指点一二，哪称得上什么老师。惜音人聪明，又肯用功，对于乐曲的意境，也理解得很到位。若能勤加练习，一定会成为出色的演奏者。”

顾夫人一笑说：“黎先生太过奖了。您是上海知名的音乐家，肯拨冗指导惜音，是她的荣幸。”她想起一件事情来，随口问道，“对了黎先生，听说你的歌舞团里要招新的乐手，招好没有？”

黎锦晖：“已经招了两个，还准备再找几个，一起培养起来……”

顾惜音本来有些心不在焉，听到这里，突然想起聂守信来，眼睛一亮，忙问：“黎先生，你的歌舞团招人，有什么要求没有？”黎锦晖一愣，笑了：“也没什么特别的要求。只要在音乐上有才华，都可以参加。”

顾惜音仔细询问了考试的时间地点，明月歌舞团是黎锦晖一手创建，常在高档场馆进行演出，也为电影公司担当配乐，是国内最好的歌舞团之一。如果聂守信能考进明月歌舞团，自然比留在码头要强得多。

她听说明天就是考试的最后一天，一心想去通知聂耳，却被母亲拖着四处寒喧，脱不开身，好不容易回到家里，已经是深夜。她上了楼，却怎么也睡不着，犹豫片刻，终于下定决心，穿上外套，蹑手蹑脚走出门去。

低矮的工棚里一片漆黑，连路灯都没有。工人们累了一天，都睡着了，鼾声此起彼伏。顾惜音从未这么晚出过门，好不容易摸到这里，一个人站在黑暗之中，有些害怕，用力拍门。

一个工人骂骂咧咧爬起身，开了门，一脸不悦地：“做什么？”

顾惜音瘦小的身影往后一缩，小声地：“我、我找聂守信……”

那工人看了看她，二话不说，走到聂守信铺前，对准他屁股就是一脚：“聂守信，有人找你！”

“这么晚了，谁啊？”聂守信正睡得香甜，迷迷糊糊爬了起来，往门外走，见是顾惜音，一愣。他莫名其妙被闹醒，心里本来就有气，见她半夜三更出门，更是担心她的安全，没好气地：“这都几点了，你一个女孩子，跑来这儿来做什么？”

顾惜音小声地：“我、我有事情和你说……”

“有什么事情不能明天说？”聂守信见她一脸无辜，越发气不打一处来。明明是担心顾惜音，说出的话却跟刀子似的，咄咄逼人：“我说大小姐，拜托你有点常识好不好？你能有多大个事，非得这时候跑来不可？我答应做你朋友，可不是做你保姆。你闲，你烦，你半夜三更睡不着觉，那都是你的事，别来烦我行不行？你这么闹腾，还让不让人睡了？”

顾惜音满腹委屈，才要分辩，工棚里不知道谁被吵醒了，嘟嘟囔囔地咒骂着。聂守信骂了一句，拖起顾惜音就往长堤上走。他的手大而长，把顾惜音小小的手包裹在内，只觉得冰凉一片，心里突然起了异样的感触。他停下脚步，看着顾惜音冻得红红的鼻头和兔子般纯净的眼，心中的怒气好像陡然消失了，无奈地：“说吧，你找我有什么事？”

顾惜音习惯了他阴晴不定的脾气，也不在意，忙把招考乐手的事告诉了他。聂守信这才明白她为什么这么晚来找自己，心里有些感动。他想了一想，却还是摇了摇头：“我不去。”

顾惜音没想到他会拒绝，一愣，皱起眉来：“不去？为什么？”

聂守信：“我明天还得上工呢，哪有工夫去考这个？”

“上工？那就请假啊！”见聂守信转身往回走，顾惜音急了，跟在他后头：“喂，我说，你这人怎么这么怪？你不是最喜欢音乐么？好好的明月歌舞团，为什么不去考？你琴拉得那么好，曲子作得那么好，难道就打算在这儿搬一辈子东西，打一辈子苦工不成？”

聂守信不耐烦地：“不去就是不去。你别烦我。”他看也不看顾惜音，一脸尴尬，扭头就走。

顾惜音急了，跟在后头：“聂守信，你是不是没钱报名？没钱的话，我借给你。”见他没有反应，她想了想，追在他后头：“我知道了。你是不是怕我给你开后门？真的没有，我只问了黎先生考试的情况，一句多话也没说……”

见聂守信还是不理她，顾惜音有些生气：“我说聂守信，你该不是不敢去吧？”

聂守信被她说中心事，脚下一顿。他不是不想去明月歌舞团，可要真像顾惜音所说，那是国内数一数二的歌舞团，自己能考上么？从小到大，因为家里没钱，他没上过一天专门学校，更没有出国留过洋，这样的自己，真能考上明月歌舞团么？他平日里天不怕地不怕，这次却不知道为什么，格外拘谨，生怕在顾惜音面前丢脸。极度的自尊和极度的自卑在他心里交织着，让他犹豫着，不敢迈出步去。

顾惜音单纯得很，哪里知道他的心事？只管激他：“还男子汉呢，简直就是个胆小鬼！”聂守信有些脸红，回过头，恼火地：“谁不敢去了？”

顾惜音：“既然敢去，那就考给我看看啊！”聂守信一股气冲上来，一梗脖子：“考就考！不就是一场考试么，我还怕它不成？”

三

明月歌舞团门口挤满了人。他们都是来投考的，一个个忐忑不安，紧张得很。顾惜音抱着个鼓鼓囊囊的大袋子，手里拿着报名表，东张西望，心急如焚。她生怕聂守信不肯来，一大早就等在这里，见他穿过大门往这边走来，松了口气，忙招手道："聂守信，这儿!"她拿出报名表，连同手中的袋子，一把塞在聂守信怀里。

聂守信一愣，皱了皱眉："这是什么?"顾惜音开心地说："这是报名表，我已经帮你填好了，这是衣服，考试时候穿的，你换一下……"

聂守信看也不看，把袋子塞回给顾惜音，拿起报名表就走。

顾惜音一愣："诶，你还没换衣服呢!"

聂守信指指自己的耳朵，又指指自己的脑袋："不用了。考试考的是这里和这里，又不是考衣服。"他头也不回，就往考场里走。快到门口，突然想起什么，转过身来大声说："喂！顾惜音，你放心，我聂守信说话算话，既然答应了你，就一定会好好考。你等着，等我考上明月歌舞团给你看!"

顾惜音一愣，看着他自信的背影，点了点头，甜甜地笑了起来。

考场就设在排练厅里。前方是个小小的舞台。舞台一侧摆着钢琴，另一侧立着乐器架，摆放着各种乐器。考生们都坐在观众席上，安静地等待着。黎锦晖和几个评委坐在最前排的评委席上。一个参考者拉完规定曲目，鞠了一躬，退了下去。黎锦晖等低声商量着，在本子上做着记录。

排练厅一角，工作人员大声叫着号子："二十三号，聂守信!"

聂守信站起身来，不卑不亢，走到舞台中央。黎锦晖看了看手中的报名表，抬起头来："你叫聂守信？今年多大了？哪里人?"

聂守信："十九岁，云南玉溪人。"

黎锦晖笑了笑，和煦地说："玉溪？那是个好地方啊，山明水秀，民歌也很有特色。你说说看，你都会些什么乐器?"

聂守信想也不想，张口就答："二胡、笛子、唢呐、笙、箫、葫芦丝、violin、piano……"

见他滔滔不绝，一数就是一大堆，黎锦晖跟几个评委相视一笑。他见过太多这样的青年，以为只要摸过两下乐器，能演奏几支曲子，就算是学会了。他也不戳穿聂守信，索性换了个问法："会的很多啊。这样吧，你最擅长的是哪一样?"

聂守信想了一想，认真答道："我都擅长。"

黎锦晖没想到他敢这样回答，整个一愣。他和评委们考了这么久，第一次遇见这样不知天高地厚的小子，你看看我，我看看你，忍不住笑了出来。后排座位上，考生们更是轻蔑地笑出声来，窃窃私语、议论纷纷。

聂守信知道他们不相信自己，却站得笔挺，毫不在意。黎锦晖见他处之泰然，倒觉得这个青年有些不同，想了一想："既然这样，你随便选一样乐器，表演一段看看。"

聂守信二话不说，走到乐器架前，抽出一支笛子，试了试音，抬头去看黎锦晖。黎锦晖点了点头，示意他开始。聂守信把笛子凑到嘴边，顿了一顿，酣畅淋漓地吹奏起来。

排练厅里骤然安静下来，黎锦晖等人都是一愣，随即眼前一亮。欢快的旋律，饱满的音色，像是春初解冻的雪水，带着鲜活的力与美，流淌在每个人耳边。明亮的阳光照在上头，化作粼粼的波光，闪耀在每个人心底。聂守信沉浸在欢乐的乐曲里，眉飞色舞，神采飞扬。身后轻蔑的眼光慢慢少了，他们开始重新审视这个青年，猜测着他的来历。

黎锦晖凝神听着，嘴角浮起笑容来，不等他吹完，伸手打断道："停，可以了。"

聂守信被突然叫停，有些不情愿地放下笛子。黎锦晖却直直地凝视着他，心剧烈跳动起来，他敏锐地察觉到这个青年的不同，他强烈的乐感、本能的音乐冲动，这些都是他一心寻找的。他强忍住心里的兴奋，缓缓情绪，温和地说："你再选一样别的，表演看看。"

聂守信也不说话，走到乐器架前，想了一想，拿起一把小提琴，走回原位。他微微侧身站着，闭上眼睛，半晌，弓子轻轻一颤。

一缕琴声掠过耳际，细不可闻，却又缠绵婉转、如泣如诉。短暂的静。仿佛有什么在这静谧中蛰伏、藏匿，汇聚成形、蠢蠢欲动。

聂守信的手突然一抖。弓子狂风暴雨般舞动起来，旋律也随之变化，由之前婉转伤感的倾诉，转为凄厉悲怆的宣泄，一连串的音符喷涌而出，快速而强烈，让人喘不过气来。聂守信整个沉浸在乐曲之中，脸上满是悲愤与痛切，跟之前吹笛子时判若两人。他的手仿佛不再属于他自己，身子大幅度地摆动着，突然一个短促的震动，停了下来。

他轻轻舒了口气，垂下弓子，睁开眼睛。满场的人都听呆了，连黎锦晖也都沉浸在乐曲里，一动不动。

聂守信见他们没有反应，提醒说："完了。"他等了一等，见他们还是没有反应，索性上前一步："先生，我拉完了。"

"哦，好，很好。你等一等。"黎锦晖一愣，这才回过神来。他越发激动，略一沉吟伏下身子，跟其他评委商量了几句，很快抬起头来："聂守信，你到乐架前面去，再拉一首指定乐曲。"

聂守信也不说话，径直走到乐架前，举起小提琴，往肩上一搁。排练厅内鸦雀无声。屋里的人见识过他之前的表现，都屏住呼吸，期待着他再一次的表演。聂守信却神色一变，整个僵住了一般，一动不动。

黎锦晖等了一阵，见他还不开始演奏，忙开口道："开始吧。"

聂守信充耳不闻，还是愣在乐架前，一动不动。

黎锦晖与几个评委面面相觑。他有些奇怪，清了清嗓子，再次提醒道："聂守信，可以开始了。"

聂守信犹豫片刻，把琴和弓都放了下来，直视黎锦晖，诚恳地："这曲谱我看不懂。我会认谱子，可我之前看的曲谱，和这个不一样。"

静。排练厅里一丝声响也没有。

黎锦晖一脸的不敢置信，呆呆地坐着，别的评委也都愣住了。身后的等待席上，更是传出窃窃私语声，越来越大，越来越响："什么嘛，居然不懂五线谱……"

"就是，连五线谱都不懂，也敢来考明月歌舞团……"

"开什么玩笑，他以为明月歌舞团是什么地方……"

黎锦晖自创办明月歌舞团以来，从来没遇上过这样的情况，一时也不知该如何是好。这个青年无疑是个天才，但身为乐手却不懂五线谱，这简直不可想象。他内心激烈地交战，一个声音叫嚣着必须把这青年留下来；另一个声音却理智地告诉自己，这青年在音乐上还是一张白纸，无知得很。

毫无疑问，这是一块未经雕琢的璞玉，可他什么也不懂。不懂和声、不懂调式，甚至认不得五线谱。如果把他招了进来，只怕连普通的排练都无法完成。黎锦晖脑中飞速地思索着，为难得很。聂守信却并不沮丧，昂首挺胸，上前一步："先生，可以请人把这支曲子演奏一次么？"

几个评委不明所以，刚要反对，黎锦晖却摆了摆手。他想要再给聂守信一次机会，也想看看他究竟还有多少能耐，转过身去："杨子，你去，把这段乐曲弹一次。"钢琴手杨子应了一声，趾高气扬地越过聂守信，拿起曲谱，坐到钢琴前演奏起来。众人都不知道聂守信葫芦里卖的什么药，好奇地看着他，指指点点，议论纷纷，聂守信却只管闭着眼，心无旁骛地听着。

流畅的旋律从杨子手下流泻出来，渐渐转为高亢，一段繁复的高音过后，乐曲戛然而止。

钢琴声刚落，还没等众人反应过来，另一个声音却陡地响起：只见琴凳一旁，聂守信闭着眼，手里的弓飞舞着，流畅的旋律婉转而出。

他拉出的正是刚才钢琴所弹奏的旋律，一模一样的旋律。

后排的笑声渐渐低了下去。黎锦晖和评委们一脸震惊，不敢置信地看着聂守信。

聂守信却什么都没有看到。没有五线谱，不需要任何指示，他完全放任自己，沉浸在乐曲之中，畅快淋漓地拉着、拉着，手指在弦上跳跃，陶醉在只属于自己的世界里。敏锐的听觉为他捕捉每一个音符，而超凡的记忆又把这些密码重新注入他的血液。他只觉得这些都像是自己身体的一部分，由手指到琴弓，再到琴弦，一一再现。一段繁复的高音过后，他手中的弓子一顿，乐曲告了结束。

连一个音符也没有错，连一拍节奏也没有错，只剩下微微的颤音，缭绕在排练厅里。后排的考生们从来没见过这样的考试，都惊呆了，一句话也说不出来。

聂守信的胸膛剧烈地起伏着。他仿佛耗尽了全部的情感，整个人彻底放松下来，这才放下小提琴，慢慢睁开眼睛。

黎锦晖盯着眼前这奇妙的青年，激动地说不出话。他在这个叫聂守信的青年身上，清晰地看到身为一个乐者的天赋与才华，看到了那双比谁都会倾听的、敏锐的耳，和充满着激情的、坚定的心。他知道这个青年就是他一直在寻找的，突然站起身，带头鼓起掌来。

四

“真的？”

“当然是真的！”

明月歌舞团附近的小酒馆里，聂守信和顾惜音正在吃饭，一脸兴奋，得意洋洋地：“他们都听愣了，听傻了，听呆掉了！你说的那个什么黎先生，连我拉完了都不知道，还一个劲愣在那儿呢！”

顾惜音看着他，只觉得满心佩服，拿起酒瓶，倒了满满一杯：“聂守信，为你让他们都听呆了，干！”

“干！”两人快活地碰了碰杯。聂守信仰起脖子，一饮而尽。顾惜音看了看聂守信，又看了看杯里的酒，也学他的样子，一口喝了下去。她很少喝酒，一杯下去，呛得面红耳赤，一边咳，一边还忍不住问：“那后来呢？后来怎么样了？”

聂守信一边说，一边站起身来，模拟当时考试的情景：“后来啊，他们让我拉一段他们指定的曲子。我就往乐谱前这么一站，把琴这么一架……”

他故意停了下来，引得顾惜音直问："怎么样？你是不是拉了首更好听的，把他们都给镇住了？"

聂守信调足她的胃口，这才摇了摇头，施施然开口道："他们镇没镇住我不知道，反正我是呆住了。他们那个谱子，我就从头到尾不认识——"

顾惜音简直听呆了："你不认识五线谱？那怎么办？"聂守信："怎么办？我让他们先弹了一次，把曲子全记了下来，该怎么拉，还怎么拉。"

顾惜音不敢置信地："等等，你说什么？你只听别人弹了一次，然后就全拉出来了？"

聂守信神采飞扬地："是啊。不光全拉出来了，还拉得一丝儿不错，拉得比他们还好！你是没看到排练厅里那个情形。大家光顾着鼓掌，黎先生激动得跟什么似的，上来就跟我说，'聂守信，你被录取了'，还让我明天十点准时上班呢！"

顾惜音愣愣地看着聂守信，又是佩服，又是崇拜，端起酒杯，激动地："聂守信，为你明天就去明月歌舞团上班，干！"

"干！"聂守信二话不说，一饮而尽。顾惜音一口喝了下去，登时又呛了个满脸通红。聂守信见她狼狈的模样，乐了，一把把她拉了起来："走，别喝了！我带你去听音乐会！"

"音乐会？"顾惜音一愣："这大中午的，哪来的音乐会？"

"你别管，跟我走就是了！"

顾惜音狐疑跟着聂守信出了城，越走越荒僻，她又不好问，只闷声在他后面走着，渐渐两个人到了郊外，远远看见一座小山，山不高，山下不远处就是聂守信上工的码头，一弯江水如带，从山下蜿蜒而过，阳光透明而又清亮，连空气中都泛着潮湿的绿意。聂守信轻车熟路，大步走在前面，顾惜音有些茫然地跟在后头，气喘吁吁往上爬。

好容易到了山顶，只见聂守信两手一摊，往地上一躺："到了。"

顾惜音看了看周围，见只有些野花野草，彻底愣了："可是，这里哪里有音乐厅？"

聂守信笑了笑，拍拍身旁的草地："谁告诉你只有坐在音乐厅里，才能听音乐会？你学我的，躺下。"见顾惜音还在犹犹豫豫，他催促道："快点，躺下。"

顾惜音将信将疑，小心翼翼地躺了下来。

"闭上眼睛。"

顾惜音看了看聂守信，学他的样子，把眼睛闭上。

"别出声，音乐会马上就要开始了。"

四下里一片安静，一点声响都没有。顾惜音呆呆地躺了一会，忍不住坐起身来，去推聂守信："聂守信，怎么还没开始？"

聂守信也不睁眼，低声地："已经开始了啊。你听。"顾惜音一愣，附耳去听，还是没听到声音，奇怪地："聂守信，我没听到音乐啊。"

聂守信还是闭着眼睛，嘴角扬起笑意："你再听。闭上眼睛，用心听。"顾惜音看了看聂守信，又看了看周围，无可奈何，学他的样子，闭起眼睛来再听。

"听到了没有？风的声音。流水轻盈而欢快的旋律。还有鸟儿。它们合着节拍，在低声地吟唱……"

随着聂守信低沉的声音，顾惜音只觉得有一个奇妙的世界，在耳畔幻化开来：风声。树叶随着风儿的沙沙声。隐隐约约流水的声音。不知什么鸟儿，在头顶细碎地呢喃着。松子成熟了，落在地上，发出微而轻的钝响。更远的地方，有缥缈的人声，听不清楚细节，只觉得喧嚣快活，热闹得很。在这静谧的山顶，一切声音仿佛都被放大了，生动而清晰，在脑海中浮动起来，化成音符，化成旋律，化成妙不可言的乐章，让人沉醉其中。

顾惜音慢慢睁开眼睛。她第一次听到如此美妙的音乐，觉得连风景都跟往日不同，生命的音符流淌其中，或快或慢，带着自己独特的节奏，格外细致美丽。她这才明白聂守信带自己来的用意，有些感动，轻声问道："这就是你说的音乐会？"

"怎么样，是不是很棒的音乐会？"聂守信坐起身来，顺着她的视线望去，看着眼前熟悉的风景，突然有了倾诉的冲动："你知道么？这里的音乐，是我听过的最美的音乐。"

顾惜音扭过头，一言不发，静静地看着他。

"我喜欢音乐，喜欢作曲，却不喜欢舞厅里、餐馆里随处可以听到的那些靡靡之音。那些作给小姐太太们的吴侬软语，或是作给大人先生们的歌功颂德，我统统不喜欢。可我喜欢这里，喜欢这里的一切。我喜欢这里深深浅浅的风声，喜欢鸟儿清脆婉转的低鸣。春天的时候，有花朵盛开的轻微的声响；夏天是生气蓬勃勃的，能听见树木抽条的声音；秋天叶落时，是沙沙的细碎的声响，挠得人心里酥软软的；等到了冬天，山下的河流结起冰来，咯吱咯吱的，又让人从心里都觉得凛冽起来……"

他是第一次带人来这里，也是第一次敞开心扉，吐露自己心中的宝藏。这些是大自然赋予他的、最珍贵的礼物，埋藏在他心底深处，陪伴着他、打动着他，给他以无穷的灵感和力量。顾惜音看着他沉醉的脸，被他所描述的景象深深吸引，移不开目光。

聂守信兀自往下说着，眼睛里闪着热烈的光："我最喜欢的还是坐在这里，看下面来来往往的人。人的面目自然是模糊，可声音却清晰，迢迢远远的，时时刻刻都在变化，时时刻刻都有不同。我喜欢听他们偶尔传来的爽朗的笑，听他们高高低低的说话的声气。天气好的时候，还能看见江上扬起的船帆，听见船工们低沉的号子声……”他转过头来，看向顾惜音，只觉得心底深处一片宁静，却又充满了欢喜：“惜音，我真喜欢这些朴素的声响，喜欢这些鲜活的旋律！它们比什么都美，比什么都真！”

顾惜音从未想过用耳朵可以听到如此美妙的世界，一时竟呆住了。

聂守信心潮澎湃。他没想过自己会考进明月歌舞团，更没想过会有顾惜音这样的知音，可以陪他一起来这里，倾听世界上最美的声音。他笔直地看向顾惜音，眼睛亮得像天上的星子：“顾惜音，你知道吗？那些一坐就是十几个钟头、一天到晚没法休息的修鞋的皮匠；那些挑着担子、一天要走几十里地为人补锅的锅匠；还有那些蹲在河边、每天要洗几百件衣服的洗衣女工！我想为他们作曲，把这些属于他们的、美妙的音符都记录下来，变成音乐，让他们也和我一样，从中得到安慰、得到力量；让他们也能像我们一样，振奋起来，勇敢起来，快乐起来！因为这才是真正的音乐！这才是我们民族应该有的音乐！这才是我聂守信想要做的音乐！”

——他越说越大声，越说越激动，到了最后，已经是充满激情的呐喊。他心中突然有了一个决定，一跃而起，激情澎湃地：“我决定了，从今天起，我聂守信要改名，改叫聂耳！”

顾惜音愣愣地看着他，不理解其中的意思：“聂耳？为什么要叫聂耳？”

聂守信目光灼灼，指了指自己的耳朵：“聂耳，就是四只耳朵。如果说我聂耳有什么与众不同，那就是这双耳朵！这双属于音乐家的耳朵！如果普通人有两只耳朵，那我聂守信就有四只耳朵！普通人是用眼睛看世界，而我聂耳，是在用耳朵听世界！你等着吧，总有一天，我聂耳会用这双耳朵，记录下世界上最美的声音；总有一天，这名字会与我们的国家一起，让所有人赞叹，让全世界震惊！”

他目光如炬，转过身去，向着山下，大声地：“聂耳！”

“聂耳……聂耳……聂耳……”

“音乐家聂耳！”

“音乐家聂耳……音乐家聂耳……音乐家聂耳……”

山下传来嘹亮的回声，仿佛也在呼喊他的名字一般。

顾惜音看着他的背影，看他一次次喊自己的名字，只觉得心里有说不出的震撼，突然站起身来，一把抱住聂耳，灿烂地笑了出来。

第十一章　解散，我们的艺大！

一

福州路汀西路口，新近出现了一群举止奇异的人。他们包下了路边的一幢大楼，平日里大门紧闭，让人猜不透做的是什么营生。出入其中的都是黑色劲装的男子，精光内敛，少言寡语，绝少与人往来。周围的居民们开始还议论纷纷，猜测他们的来意，日子久了，见没什么动静，也就没了兴致。

他们当然不知道，这是日本黑龙会在上海新成立的据点，而那些神秘的黑衣男子，都是效忠于天皇的士兵。“九一八事变”发生以后，南京政府的软弱给日本国内以巨大信心。不许抵抗的禁令，更是让他们认定，在不久的将来，整个中国都将变成日本的囊中之物。他们不但不把国联的调停放在眼里，反而紧锣密鼓地准备着接下来的战斗。而下一个目标，就是上海。

主导这一切的是日本驻中国大使偪内干城。他是个短小精悍的男子，善于谋略，对中国颇有了解。东北事发之后，南京政府放弃抵抗，将一切希望押在国联身上，让他清晰地看到了可乘之机。南京政府不愿意与日本开战，希望能用妥协来换取时间。而日本要做的，就是乘虚而入，彻底击垮南京政府的斗志，让他们再也不敢抵抗。他在给军部的报告中写道，东北虽然辽阔，却远非中国要害；要一举击溃南京政府，只能进攻上海。而现在缺少的，只是一个进攻上海的理由。黑龙会是他深思熟虑之后，向军部提出的请求。这支特殊的部队，他们的职责不是作战，而是扰乱局势，为日本进攻上海寻找理由。

他坐在车上往福州路走，脑中飞快地思索着之后的行动。他忙于应付国联的调查，据点成立之后，这还是第一次过来。黑龙会的战斗力究竟如何，到底能不能扰乱上海这一池静水，他心里并没有底。工厂、学校、东北会所，这些都是容易滋事的地点。那么，这次的行动，究竟该从哪里开始呢？

车子停在大楼门口。偪内干城心里已经有了决定，在一个武士的引领下走了进去，看到满溢着日本风味的大厅，微微一笑：“内田队长呢？他在不在？”

那武士忙用日语答道："队长正在练武场修行，我这就去叫他。"

倔内干城摆了摆手。他久仰内田隆平的大名，一直没能会面，决定亲自去练武场见识见识。那武士忙领着他穿过长长的走廊，拉开纸门，里头是一个和式风格的练武场，墙上画着黑色的巨龙图案，张牙舞爪，看得人胆战心惊。练武场中，两个男子正手持武士刀对峙着。场边站着十几个武士，穿着绣有黑龙图腾的武士服，屏声敛气地看两人比试。

黑衣男子就是内田隆平。他出生于武士世家，跟普通日本人不同，生得个子高大，手脚奇长，在日本国内颇有名气。他眼中精光四射，注意力集中在刀上，大喝一声，利落地向对手劈去。他动作奇快，沉重有力，对手招架不住，节节后退。

武士刀碰在一起，发出激烈的声响。内田隆平紧握着手中的刀，一个下劈，砍向对手，对手虎口一麻，手中的武士刀跌落在地。倔内干城微微一笑，鼓起掌来。

内田隆平这才发现门口有人，用刀尖指着他，戒备地："你是谁？"倔内干城从容地走到他面前，伸出手去："我是倔内干城。内田君，请多指教。"

内田的房间在客厅旁边，只有黑白两色，布置得十分简洁。正中的刀架上，摆放着天皇陛下当年赐给内田家的武士刀，肃杀而冷峻。内田隆平换了衣服，快步走了进来，见倔内干城正拿着武士刀赏玩，恭恭敬敬地站在一旁。

倔内干城把刀放回刀架上，转过身来："来上海一段时间了，怎么样，习不习惯？"内田隆平往椅子上一坐，直率地："不习惯！"

倔内干城一愣："哦，怎么不习惯？"内田隆平："我等前来中国，是为了达成天皇陛下的心愿，为帝国之复兴而效力。现在皇军在东北势如破竹，捷报频传，我们黑龙会却窝在这弹丸之地，什么也不能做，如何习惯得了？"

倔内干城微微一笑："内田，你可别小看了这弹丸之地。东北再大，对中国而言，不过是偏远一隅，只是我们征服中国的第一步。这儿，才是中国的心脏，才是决定胜负的关键所在。"内田隆平感兴趣地："这话怎么说？"

倔内干城老谋深算地："中国政府虽然无能，可幅员广阔、人口众多。皇军要彻底征服中国，首先要解决人员运输和补给问题。上海是中国最大的对外贸易口岸，更是南京政府的重要屏障。如能夺取上海，不仅运输和补给问题都能得到解决，更能一举击溃南京政府。届时要占领中国，如囊中取物，指日可待。"

内田隆平激动地说："如此说来，皇军已经决定要进攻上海了？"

倔内干城摇了摇头："现在还不是时候。东北局势未定，战线绵延数千里，我们尚无多余兵力可以进攻上海。何况上海不比东北，牵一发而动全身，只要开战，南京政府必然有所反应。无万全之把握，我们不能贸然动手。”

内田隆平急了，着恼地：“那怎么办？难道我们就待在这租界里，干等不成？”倔内干城眼中精光一闪：“当然不是。攻不了城，我们可以攻心。为了东北的事，上海城里人心沸腾，对政府多有不满。我们正好借这个机会，把上海搅成一摊浑水。上海一乱，南京必乱。”

他微倾着身子，凑到内田隆平耳边，把自己之前在车上所想的计划一一告诉了他。内田隆平仔细听着，不由得对这个矮小的男子起了佩服之心。他站起身，恭恭敬敬地：“大使先生，你放心吧。不过是一个小小的学校。我保证做得不留痕迹，让他们绝对发现不了……”

二

静坐的事刚过没几天，田汉的办公室里来了一位不速之客。他自称姓李，是民生银行的职员，要来查看学校，希望田汉能够配合。田汉听得一头雾水：“我不太明白。李先生说的查看学校，是怎么回事？”

李先生淡淡说：“是这样，艺大的校舍是从朱永沪先生手里租过来的。他从我们银行贷了一大笔款子，最近因为经营亏损，已经申请破产。根据法院判决，学校的场地和设施都将作为抵债物资，由民生银行接手。我这次来，一是查看学校，估算一下价格；二是来通知田先生，十日之内，必须搬出学校。”

“十日之内搬出学校？这怎么可能？”

田汉之前从来没听说过这件事，惊讶得很。艺大的校舍是他跑了好多地方，好不容易才租到的，地方大，租金又便宜，之前一直没出过问题，这次喊破产就破产，未免来得太过突然。学校光外地的学生就有好几百，要在十日之内搬出学校，更是强人所难。他想请对方宽限几天，对方却拿出法院的判决书来，黑纸白字写得清清楚楚，十日之后，就要公开拍卖场地和设施。

他只觉得头痛得很，召集唐槐秋等一起开会，也都想不出办法，只能尽力去找新的校舍。学校经费吃紧，学生又多，合适的地方并不好找。找了几天，不是租金太贵，就是场地太小，要不就是缺少设施，无法立刻入住，把个田汉弄得焦头烂额、无计可施。

学校危在旦夕，学生们却毫不知情。他们正在准备一场新诗朗诵会，手里抱着一大摞书，从学校旁的书店里出来，你一言我一语，快活地讨论着：

“我喜欢雪莱的《致云雀》，‘有你明澈强烈的欢快，倦怠永不会出现；烦恼的阴影从来近不得你的身边。你爱，却从不知晓过分充满爱的悲哀’，这是何等的热情和纯净!”

“我却更喜欢他那句‘冬天来了，春天还会远吗’，又直白浅近，又明亮乐观!”

正说得兴起，几个流氓模样的人走上前来，二话不说，抡起棍棒，对着学生就打。墩子毫无防备，被打倒在地，头上流出血来，几个女生受了惊吓，大声尖叫起来。

陈征鸿反应过来，忙用书去挡，高声地：“干什么？你们凭什么打人?”

那些人哪里理他？挥舞着手中的棍棒，闷头朝陈征鸿打来。陈征鸿忙闪身避开。他和萧睿、宗晖等勉强抵挡着，把几个女生护在后头：“快，快跑！往学校跑!”康淑贞等扶起小墩子，撒腿就往学校跑。

“萧睿，宗晖，走!”陈征鸿抵抗了一会，终于支撑不住。他一眼看到旁边的板车，连车带货往前一推，趁那几个流氓没法还手的空当，转身往学校跑去。

校门紧紧地关着。外头吵闹得很，拍门声、叫骂声、撞击声响成一片；陈征鸿正指挥着一帮学生，搬来课桌课椅抵在门口。田汉正为场地的事儿心烦，见了这一片混乱，气不打一处来，劈头就骂：“陈征鸿，你怎么回事？你自己说，你这又是惹的什么事?”

陈征鸿忙分辩道：“田校长，我没惹他们……”

田汉：“没惹他们？没惹他们他们能找到学校来？没惹他们能这样不依不饶，要找你陈征鸿?”

陈征鸿说不清楚，满腹委屈地：“我真没惹他们，是他们非要惹我……”

正说话间，一个拳头大的石头从外头扔了进来，几乎砸到学生。唐槐秋怕学生们受伤，忙招呼道：“退后！都给我退后!”

学生们惊惶失措地往后退。石头雨点一般砸了进来，叫骂声不绝于耳。

田汉对学生要求最严，一心认定是陈征鸿惹了事，严厉地：“你跟我来！男子汉大丈夫，惹了什么事情，要敢作敢当！是做错了，就出去给人家道歉!”

陈征鸿倔脾气上来，站得笔直，把头一拧：“我不去，我又没错!”

康淑贞急了：“田校长，我们都跟征鸿在一块呢，真不是他的错。”

“明明是对方先动手的，墩子的头都给他们打破了，现在还流血呢……”

田汉一愣，去看墩子。墩子头上还挂着彩，连忙点头。田汉皱着眉头，不说话了。他知道学生们不敢骗他，越发觉得这事情蹊跷。门板摇摇欲坠，流氓们还是不依不饶，在门外叫嚣着，他想了一想，命令道：“槐秋，你护着学生们。征鸿，萧睿，把门打开。既然道理在我们这边，我去和他们说。”

唐槐秋急了：“那怎么行？我看这群人都是些不要命的，万一……”田汉摆了摆手，坚定地：“道上也有道上的规矩，哪有这样不讲理的？真让他们这样闹下去，我们这课还上不上了？万一有学生受伤怎么办？听我的，开门。”

校门“咯吱”一声打开来。十几个流氓正在外头叫嚷着，往学校里扔石头，乍一下见有人出来，一愣。田汉天生有几分杀气，往门前一站，拱了拱手：“我是田汉，艺术大学的校长。这混道上的，也还有个规矩方圆，不知各位包围学校，又打又踢的，是什么缘故？”

几个小流氓不知道他的来历，见他堂堂正正立着，面面相觑，倒有些不敢冒犯。为首的一个上前一步，虚张声势地：“是你们的学生，打了我们的人……”

田汉也不着恼：“不知道我的学生打了你们哪一位？既然是打了人，我田汉绝不偏帮，请你们这位兄弟出来，我先陪他上医院去检查，该怎么治疗，就怎么治疗，费用归我们艺大来出。还有，等他气消了、伤好了，我一定亲自带学生登门道歉，绝不食言。”

流氓们万没想到他这么说，想要推个人出来，又偏偏没人受伤，一时间倒有些不好发作。

“既然找不出人，那就是没人受伤了？”

田汉脸色一变，厉声道：“那我倒是要问问，无缘无故，你们为何要动手打我的学生？不只打人，还追到学校来，破坏学校设施，扰乱教学秩序，现在人证物证俱在，你们还有什么话说？我已经打电话给警察局，警察很快就到。你们如果还不肯走，到时候被警车带走，可就别怪我不客气。”

为首的那个听说他叫了警察，脸涨得通红，目露凶光，偏偏拿他无可奈何。他看了看形势，二话不说，领着一班弟兄走了开去。门后的唐槐秋松了口气，领着学生们走了出来：“寿昌，你胆子真大。我这在后面看的，一颗心都悬到了嗓子眼，你这在前面的，倒跟没事人一样，跟他们有商有量的……”

康淑贞他们一群学生也都兴奋得很，叽叽喳喳地：“田校长，你真厉害！”

“是啊，三言两语，就把那些个流氓给说跑了！”

“这叫什么？这就叫‘谈笑间，强虏灰飞烟灭’！”

田汉却没有笑。学校里接二连三有事发生，他总觉得有什么地方不对，看着流氓们离去的方向，忧心忡忡地叮嘱槐秋：“这几天不管有课没课，你守在学校，当心一点，别随便让学生们出去。找新校舍的事，就交给我来想办法……”

田汉的预感并没有错，艺大的厄运还远远没有了结。先是校舍，再是学生们，第三天早上，就轮到了他自己。时间还早，他急着赶去联系校舍的事，刚从电车上下来，就被人从背后用麻布袋子套住，一顿暴打，还是康淑贞她们发现了，把他送到医院，才算是得了救。

他躺在床上，全身骨头被碾碎了一般，痛得可怕，额上缠了厚厚的纱布，一层又一层，动弹不得。他勉强集中精力，回想之前挨打的细节，一个男子冷冷的声音在耳边响起："田汉，上次的事，是上头不跟你们计较，不等于拿你们没办法。什么该做什么不该做，你最好放明白一点，再有类似的事，可就不只挨打这么简单了。"

他出了一身冷汗，心里怦怦直跳。上次的事到底指的是什么？他们是谁？又为什么要来警告自己？他隐约觉得有些不对，像是有什么可怕的东西遮蔽在巨大的阴影之中，呼之欲出；伸出手去，却又化成了一堆散沙，什么也抓不住。

急促的脚步声。林维中挺着个大肚子，冲了进来："寿昌！"

她听说田汉受了伤，心慌意乱，急匆匆赶了过来，见他全身上下又青又紫，心疼得很。她一边用药油给他揉身上的伤处，一边红着眼圈数落着："说了多少次，让你别做那些冒险的事，你倒好，连黑社会都惹上了。下手这么狠，你看看，这一身上下，连块好肉都没有……"

"这不是没事嘛。"田汉听她声音里带了哭腔，回头想安慰她，不提防牵动伤口，痛得龇牙咧嘴，躺了回去。

林维中见他这样，越发红了眼睛："你这还叫没事，那什么才叫有事？我早就说了，不让你去静坐，你偏要去。这下好，被人打成这样。你都快当爸爸的人了，难道真要让肚子里的孩子跟我一样，一出生就提心吊胆、担惊受怕？"

田汉皱着眉头，无奈地："不是说了么，这次不关静坐的事……"

林维中一肚子埋怨，絮絮叨叨地："怎么不关静坐的事？要我说，就是静坐惹的祸！你自己想想，艺大都办这么多年了，从来没出过事。可自从你们静坐回来，这样那样的事就没有断过。先是什么银行的人，好端端的，非要在十天之内收回校舍，接着是学生们和流氓起了冲突，现在连你也被人打了。要我说，这肯定是有人在背后给你使绊子，想让你不好过……"

——她说得随意，田汉却像是被一个炸雷劈中，从迷雾中惊醒过来。他的脑中渐渐清晰，像是有什么线索把所有的事情连了起来：房东的突然破产、学生与流氓的冲突，还有自己的被打，一切的一切都指向一个终点。他脸色一变，顾不得浑身是伤，猛地坐起身来。

林维中见状，紧张地："怎么了？是不是哪里不舒服？"

"不，是学校！学校只怕要出大事！"田汉来不及解释，拔腿就往门外走："维中，你先回家吧。我去找夏衍他们商量……"

"唉，寿昌，寿昌！"林维中想要去拦，哪里还拦得住？田汉早已经跌跌撞撞，冲出门去。

咖啡馆里，夏衍脸色凝重，他想了一想，问道："你呢？你自己是什么想法？"

田汉还包着纱布，脸上青紫一片，忧心忡忡地说："我在想，是不是当局在背后唆使。你想想，艺大创办以来，一直都是租住现在的房子，从没听说过有什么问题。迟不破产、早不破产，怎么偏偏在这时候破产？还有那群不知打哪冒出来的流氓们。他们跟艺大能有什么过节？就算是找人麻烦，又怎么会找上征鸿他们这群穷学生？打我的那群人也说了，什么该做什么不该做，让我自己想清楚。对方的目的不是打人，而是威胁。"

阳翰笙点了点头，沉思说："我觉得寿昌分析得有道理。看样子，这些都是政府所为，逮捕学生的招数不行了，他们就打算暗地里下手，让学校办不下去。"

夏衍皱着眉头，摇一摇头说："不，不对。如果真是当局在背后唆使，又何必释放学生？静坐的时候闹得再大，政府也没有动手打人；现在人都放了，再来学校打人，又有什么意义？还有，寿昌一提起警察，那些流氓就立刻散了。如果他们真是政府派来的，又怎么会害怕警察？"他飞速思考着，说："我担心是日本人想要利用这群学生，在上海挑起争端。国联的专案组正在东北调查事发当日的内情，如果学生们被煽动起来，惹出事端，他们正可以以此为借口，向国民政府施压，谋取更大的利益；更有甚者，以此为由，进攻上海。"

他这番分析合情合理，田汉和阳翰笙都意识到事情的严重性，相互看了一眼，都沉默下来。半晌阳翰笙才开口说："寿昌，你打算怎么办？"

田汉摇头说："我也不知道。如果他们明刀明枪地来，我还能带着学生们去静坐、去请愿，可现在这样子，就算明知道他们会动手，我又能怎样？还手吧，正中他们下怀；不还手吧，连基本的安全都没法保证。艺大那么大个学校，那么多学生，他们真要有心为难，还能找不着机会？"

大家又都是一阵沉默，夏衍闷着头想了想，突然说："寿昌，我有个想法，就不知道你愿不愿意。"

田汉忙问道："什么想法？"

夏衍看向田汉，有些犹豫。他知道这个办法对田汉来说，比让他去死还难，可为了学生们的安全，又不得不说，叹了口气："与其像现在这样被动挨打，不如暂时解散艺大，让学生们尽快离开上海，找个安全的地方隐蔽起来。”

“解散艺大？”田汉一愣，彻底呆住了。

田汉不知道自己是怎样回的家，只觉得心像是凭空被人挖去一块，汩汩地流出血来。客厅里一片漆黑，他也不开灯，一个人坐在沙发上抽烟。林维中从卧室里出来，看到烟头的光亮，刚要开灯，却听见他喑哑的声音：“维中，别开灯。”

林维中一愣，悄无声息地走了过去，挨着他在沙发上坐下。她不知道田汉这半天去了哪里，遇到了些什么事，却感觉到有一种极大的伤感，从他身上蔓延开来，让人心底发酸。她摸索着握住田汉的手，十指交缠，温柔地：“寿昌，你是不是在为学校的事担心？你要是心里难过，就跟我说；有人陪着说说话，总比一个人闷在心里强。”

田汉仿佛全然没有听见，埋头沉默着，一动不动，一言不发。

林维中看着他呆滞的脸，心疼地：“寿昌，你说说话……你说话呀，寿昌！”

死一般的寂。

半晌，才听见田汉低声唤道：“维中！”

林维中一震，忙应道：“唉！”

田汉的手在身侧紧攥成拳。他觉得身上所有的气力都消失了，又像是集中到他的牙关上，让短短的一个开合变得这样艰难。他颤抖着，牙齿在嘴巴里打架，勉强说出话来：“我不想解散艺大。我不想。”

林维中不明白他在说些什么，更不知道他为什么要解散艺大，却分明感受到了他的痛苦。这痛苦像是没有边际的汪洋，眼看就要将他没顶；又像是强加在身上的枷锁，让他进退维谷、动弹不得。林维中担心得近乎恐惧，想要给他一些安慰，却什么也做不到。她只能倾听，听着那些从心底挤压出来的、痛苦的话语：“维中，你知道吗？刚成立艺大的时候，我们没钱。为了能筹出办学的第一笔钱，我、槐秋、老黄，我们一群大男人，活活吃了三个月素，直到那天你来，给我们送来五百块钱，我们才买了块肉，用沙锅煮了，几个人分着吃了。真的，维中，那香味，我一辈子都记得。”

田汉抬起头来，一双眼睛点漆一般，放出近乎狂热的光芒：“还有，艺大的宿舍是三十八间，教室十二间，一共有二百七十八扇窗户，一百二十扇朝南，一百五十八扇朝北。上海的房子难找，租金又贵。我记得跟槐秋找到这地方的第一天，乐得跟什么似的，两个人从楼上数到楼下，又从楼下数到楼上。”

“还有课本。这么大个学校，几百个学生，每年上千本课本，我们哪里买得起？全靠老师们编好后，用铁笔刻了稿子，买了油墨，自己一页一页地印。就为了这课本，每到新学期开学，老黄、小唐、我，我们就从来没穿过一件白衣服。”

“还有小剧场。那是后来学生们自己建的。征鸿擅长画图，兴致勃勃设计了好久，跟我说，等建好了，会是世界上最漂亮的剧场。还有淑贞。是她号召女学生们，把红衣服红裙子都捐出来，缝在一起，就成了现在的幕布……”

他低低地说着、说着，断断续续，突然低下头去，再也说不出话来。

“寿昌！寿昌！”林维中担心地伸出手去，抚摩着他的脸，想要安慰他，却摸了一手湿。

她愣了一愣，不敢置信地：“寿昌，你哭了？”

黑暗中，田汉突然伸出手去，紧紧抱住林维中，孩子一般哭出声来。

三

一大清早，学生们还在被窝里酣睡，却被一阵广播声吵醒：“下面播放紧急通知，下面播放紧急通知。请同学们赶快起床，前往大礼堂。田校长有重要事情宣布。请同学们赶快起床，前往大礼堂。田校长有重要事情宣布……”

学生们不知道发生了什么，匆忙穿衣起床，聚集在礼堂里，议论纷纷地：

“这么早叫我们来，出什么事了？”

“是不是又有活动？”

“不清楚。田校长怎么还没出来……”

“田校长来了！”不知道谁喊了一声，学生们顿时安静下来，硕大的礼堂鸦雀无声。

田汉从礼堂一侧走了出来。他两腿像是灌满了铅，格外沉重。平日里再熟悉不过的、短短的路程，今日却仿佛远在天边，怎样也到达不了。他无意识地挪动着脚步，慢慢走到讲台前，扫过一张张熟悉的面孔，艰难地：“同学们，我今天叫大家来，是想宣布一件事情。”

他声音极低，喑哑到可怕。面对着一双双期待的眼，张了张嘴，却发不出声音来。良久，才再次开口，一字一顿地：“我以校长的名义宣布，从今天开始，艺大暂时解散。”

这句话仿佛炸弹一般，在学生当中激起巨大的反响。陈征鸿等都是一愣，抑制不住惊讶的情绪，高声问道：“田校长，为什么要解散艺大？”

“就是！田校长，艺大解散了，我们要上哪儿去？”

旁边的唐槐秋做了个安静的手势。他也是今天才听田汉说要解散艺大，心里难受得很。

学生们看着台上痛苦的田汉，慢慢安静下来。

田汉抬起头来。他知道自己不能颓废下去，更不能把心中感伤的情绪传递给学生们，深吸一口气，高声地："我知道，你们不想解散艺大。如果可以，我比你们更不想，更不愿意！最近学校发生了很多事情，我想你们应该也听说了。校舍突然被收回，也就算了。可就在前几天，已经发展到有流氓上学校来，肆无忌惮地打架滋事！我想了很久，这些事情不是偶然，而是日本人在从中捣鬼，在给我们使绊！他们想要挑起事端，激化我们和政府的矛盾，以此为借口，获取更多的利益。他们想用这种下三烂的手段，扰乱时局、引发民乱，达成他们不可告人的目的！"

下面不知道是谁，第一个喊了出来：

"田校长，既然这样，咱们就更不能解散艺大！"

"没错，决不能输给日本人！"

"就算是死，咱们也要捍卫艺大，跟他们拼到底！"

田汉却面色凝重，大声地："不，你们错了！对我田汉来说，学校虽然重要，却远远没有你们来得重要！学校解散了，还可以再建起来；可你们如果受了伤、送了命，那才是国家无可弥补的损失，才是我田汉无可弥补的损失！"

学生们都是一愣，安静下来。

田汉看着眼前站得整整齐齐的学生们，只觉有说不出的感慨，半晌，感慨地："艺大创办至今，已经两年多了；我跟大家一起，也已经两年多了。宗晖，我记得第一次见你，你才这么一点高，连黑板都够不着；缨子，你刚从家里逃婚出来，除了身上的衣服，就只带了几件首饰；萧睿是半道里过来的，头发长得跟什么似的，从报名到入校，你那张脸，我愣没看清楚过……"停了一停，感情地："可我看着、看着，你们就长大了，一个一个，长得比树还高，长得比风还快。"

学生们越发静了下来，一瞬不瞬地看着田汉。

"凝秋，还记得你在《申报》上发表的《归程》么？'人生是个长的旅程，或是西，或是东，他只能走一条路'，我是看到你这一首诗，听了你的讲述，才会有那样的冲动，去做《南归》这一出戏；征鸿最喜欢画图，还爱拉着人吹牛，说总有一天，要当中国最优秀的建筑师，在上海建起最漂亮的剧场来……"他停了一停，"还有淑贞，刚来的时候，连看着人说话都害羞的小丫头，几年光景，却成了我这辈子见过的最好的演员……"

被点到的学生都眼眶湿湿。康淑贞头一个忍不住，喊了出来："校长！"

一时间，低低的“校长”声响成一片。

田汉只觉得眼眶一热。

他忙背转身去，良久，才眼眶红红地转过背来。

学生们还是第一次看到校长流泪，都愣住了，难过得很。

田汉一个一个看过去，觉得又是骄傲，又是不舍，勉强笑了笑：“你们知道么？我曾经想过，要三年五年，都当你们的老师，要手把手，把你们一个个都培养成中国的大艺术家！因为你们都是人才，是我田汉这辈子见过、最优秀的人才！可正因为这样，你们得走。你们得留着性命，去改变这个软弱无力的衰老的中国；你们得留着性命，堂堂正正地回到这里，让我田汉看看，我的学生们都成了怎样的人物！”

学生中响起低低的啜泣声来。

田汉也湿了眼眶。他心中突然涌起一股豪迈之气，高声地：“哭什么？我田汉的学生，不是动不动就哭的胆小鬼，更不是经不起磨难的懦弱之徒！你们给我记住了，不管走到哪里，你们都是我田汉的学生；不管走到哪里，你们都得像现在这样，这么热情，这么骄傲，这么才华横溢，这么飞扬洒脱！”他停了下来，直视着学生们，一字一顿地：“因为我田汉这辈子最骄傲的事情，不是写了多少个戏，发表了多少文章，而是有你们这一群学生。因为你们每一个，都是我田汉最大的骄傲！”

学生们都被田汉震住了，感动得说不出话来。

田汉看着一张张年轻的面孔，只觉得心底的彷徨和犹豫都一扫而空。他有的只是不舍，红着眼睛，朗声而坚定地说：“我田汉在这里向你们保证，艺大虽然解散了，可总有一天，我会亲手把它重办起来，办得更大，办得更好！等到了那个时候，你们都得给我回来！一个也不准多，一个也不许少！”

——他看着学生们，良久，像是要把每一张面孔都刻进脑海里，突然弯下腰，深深地鞠了一躬，走出门去。

空荡荡的讲台。礼堂里静得可怕。

学生们红着眼，流着泪，突然暴风骤雨般鼓起掌来。

学生们走的时候，田汉没有去送。他怕自己会忍不住流泪，怕自己会紧紧抱住他们，一个也舍不得放走。他静静地坐在校长办公室里，低着头抽烟，一根接一根，抽到连舌根都起了苦涩的味道，听外头喧嚣的声响渐渐低微下去，再也听不见了。

轻轻的敲门声。唐槐秋走了进来，见田汉面前一地烟头，叹了口气：“校长，学生们都走了。”

田汉没有说话，点了点头。

唐槐秋：“我知道你难过，就没让他们来看你。可他们都想见你。”

田汉还是点了点头，抬起头来，疲惫而伤感地：“槐秋，你把钥匙给我，先走吧。”

唐槐秋一愣，忙从身上摸出钥匙给他。

田汉没有说话，站起身来，缓慢地向外走。

“校长！”

田汉一顿，回过头来，静静地看着唐槐秋。

唐槐秋湿了眼眶，低声地：“学生们让我转告你，不管到了哪里，你永远都是他们的校长。”

田汉脸上浮现出复杂的神情，是伤感，也是眷念。他微微点了点头，不再停留，转身走出门去。

已经是黄昏时分，夕阳染得天边发黄。田汉一个人，在硕大的、死寂的校园里，静悄悄地走着。他一间一间教室地检查着，把歪了的桌椅摆正，把打开的窗户关好，又小心翼翼地把教室门锁好，温柔得仿佛对待情人一般。

阳光在地上拉出长长的影子，显出格外的孤独和寂寞。

田汉慢慢地走着，走着，从三楼一直走下来，走进一旁新修的小剧场去。剧场里长长的帷幔低垂着，夕阳隔着窗棂，照射在帷幔上，仿佛是一团燃烧的火，又像是鲜红欲滴的血。

田汉没有说话，抚摩着观众席上、一排排简陋的坐椅，突然低声开口道：“缨子！”他脑海中浮现出往日点到的情景，耳边仿佛还能听到缨子活泼泼的声音，高声应着：“到！”

夕阳漫过他的脸，细碎的光斑跳跃着，金子一般。他一张张坐椅抚摩过去，充满感情地、一个个念着学生们的名字：

“宗晖！”

“到！”

“萧睿！”

“到！”

“陈征鸿！”

“到！”

“康淑贞……”

四周却是死一般的静，只有空空房子回荡着他的声音。

第十二章　铁血男儿义勇军

一

一九三一年冬，历经三个月的调查，国联终于对日本侵略中国东北一事做出裁决。裁决一方面承认“东北为中国的一部分”，否认日本进攻北大营和侵占东北的合法性，要求日本从“九一八事变”后的新占领区撤军；另一方面又承认日本在东北有“特殊利益”，宣称中日冲突不仅是军事冲突，也是政治、经济冲突，甚至把中国抵制日货也列为冲突的原因。

裁决提出了解决“九一八事变”和中日冲突的“十大原则”，包括在维护中国对东北主权的原则下，同时承认日本在东北的“既得利益”等。国联的折中决议激起了中日双方的不满，日本以保护日侨为借口，拒不撤军，《国联调查团报告书》和《关于中日争端的决议》均成为一张废纸……

“让开，我们要见司令！”北京郊外一幢简洁的洋楼外忽然传来叫喊声。东北沦陷之后，张学良的临时官邸就设在这里，不时有东北军的将领进出其中，向他汇报东北的最新情况。大帅本人为东北一事内疚得很，自觉有负于国家重托，已经深居简出了好些日子，这天午休时间，走廊上却突然传来吵闹声。

孙成光领着十几个东北军军官，怒气冲冲往里走。他们是从几百里外的驻地赶来，专程求见大帅，却被卫兵拦在门口：“司令还在休息，要见司令，也得在外面等着，等司令醒来……”

孙成光二话不说，拔出枪来：“我是东北军六十七军第七旅旅长孙成光！我身后的，都是东北军各连的连长，我们要见总司令！”他身后的十几条汉子也都拔出枪来，对准了卫兵们。

气氛顿时紧张起来，卫兵们见情形不对，立马端起枪来，与他们针锋相对。

“你们这是在干什么！”

一个青年男子穿着笔挺的军服，从屋里走了出来。他就是少帅张学良，生得眉目疏朗，颇有威仪。狭长的眼睛扫了过来，凛冽地："把枪放下。"

卫兵们看着面前黑洞洞的枪口，犹豫着不敢动。

张学良："放下！"

"是！"卫兵们应了一声，把枪放了下来。

张学良转过头，看向孙成光他们："你们也把枪放下。自己人打自己人，东北军没有这样的规矩。你们不是要找我么？有什么话进来说吧。"

他声音不大，却极威严，头也不回地往屋里走。孙成光等一愣，连忙把枪插入枪袋，跟了进去。

办公室里布置得极为随意，当中摆放着简单的桌椅，靠墙立着两个大大的书柜，里面堆满了书，几张军事地图贴在墙上，占去大半个墙面，惹人注目。张学良自行坐下，做了个请的手势："请坐。"

孙成光却站得笔直，一动不动："谢谢司令，我们不想坐！"

张学良也不勉强，点了点头："那好。你们有什么事情要见我，说吧。"

孙成光没有说话，而是解开衣扣，从军服里小心翼翼地拿出一叠纸张，一张张摊开来，摆在张学良的面前。这是一堆极其破烂的纸张，纸质粗糙、颜色不一，上面用各种歪歪扭扭的字迹写着名字。

张学良一愣，不明所以地问："这是什么？"

"这是国联的裁决下达以来，一万多东北军将士的签名。"孙成光上前一步，笔直地看向张学良，高声地："总司令，我们要求出战。国联的裁决，我们绝不认同。哪怕是豁出这条命，我们也要打回东北去！"

两人四目相对，一时间，谁也没有说话。

张学良缓慢地伸出手去，拿起那些纸张，细细看着。他眼神闪烁，有什么东西被那些歪歪扭扭的字迹点燃了，又生生压抑下去。他低下头，斩钉截铁地："不行。"

孙成光一愣，质问道："为什么？"

张学良："国联和中央都已经为此事致电给我。既然国联已经做出制裁，要求日军撤出东北，以保证东北居民与财产安全，我们能做的，就是遵从国联的决议，尽可能协助制裁的执行。"

"国联的制裁不是让日军撤出东北，而是让我们和日军都撤出东北！"

孙成光大声嘶吼，赤红双眼，几乎快要落下泪来："司令，东北是我们中国的土地！日本人不分青红皂白，强占我们的家园，屠杀我们的手足，可是现在，国联却要求我们撤退军队，世界上哪里有这样不讲理的裁决！让日本人退兵，他们肯退吗？就算日军肯退，我们牺牲的那些兄弟呢？我们被杀害了的那些同胞呢？这几个月来，东北生灵涂炭、血流成河，难道我们就这样算了不成？”

“不然你还想怎样？”

张学良抬起头，看着孙成光痛苦的面容，长叹口气。他是东北军总司令，东北生东北长，何尝不明白他们的心思？可他却只能克制，克制住心里汹涌的情感，去执行国家的指令，“你自己也说，这一个月来，东北生灵涂炭、血流成河。现下的东北，哪里还经得起我们打打杀杀？国联已经作出裁决，勒令我国与日本都从东北撤军。蒋总司令再四叮嘱我，万勿逞一时之愤，置国家民族于不顾。我也是东北人，你们想的，我何尝不想？只是军人以服从为天职，行动应当服从于中央的指挥，只要东北能平安回来，学良个人之颜面、东北军之损失，又算得了什么。”

他年轻的脸上带着不合年龄的凝重，看着士兵们拙劣的字迹，心中一酸，强自压抑地说：“国民政府现在正在跟日本交涉，有国联介入，具体的退兵日期，应该很快能知回答。现在日本不肯退兵，无非是借口要保护侨民。我已传令下去，一、对日本人住所及学校严加保护，对上下学小学生也要给予保护；二、对辱骂日本人的行为，须严厉取缔；三、日本人与洋车夫间为车资争论时，抑制车夫……”

孙成光只觉得匪夷所思，再也听不下去，大声地：“司令——！”

张学良抬起头，看着他。

孙成光的脸上，满是痛苦、挣扎和不敢置信。他站得笔挺，突然伸出手，解起军装上的扣子来。

他解得很慢，一个接一个。等到全部解开了，把身上的军装脱下来，叠好，放在张学良面前，又把身上的佩枪也解了下来：“司令……”

他低低地喊了一声，喉结蠕动着，直视着张学良，艰难地开口道：“我十六岁进东北军，跟着大帅走南闯北，打过曹锟、打过吴佩孚、打过北伐军，只要大帅一声令下，我孙成光没有不拼了命往前冲的！后来，大帅为日本人所害，司令你为了国之统一，不惜捐弃前嫌，毅然宣布东北易帜，我孙成光打从心底里赞成、佩服！可这一次，我不能再听司令你的命令！”

他有些哽咽，两手在身侧紧握成拳，几乎快要把手掌捏碎：“九月十八日那天晚上，司令你不在奉天，你不知道奉天城里，都成了什么模样！日本人见人就杀、血流成河。我们都是土生土长的东北人，那些都是我们的同胞手足、至亲骨肉呐！国民政府下令说不许抵抗，这一句不许抵抗，害得多少弟兄白白送了性命！然后呢？然后就让我们撤退再撤退，等待再等待！我和别的弟兄都以为，要不了多久，就可以扛着枪，痛痛快快跟日本人决一胜负。可我们万万没有想到，到了如今这个地步，国民政府还是不许我们抗日！”

他眼圈通红，堂堂七尺男儿，却控制不住心底的痛苦，一任泪水在脸上奔涌：“司令，我孙成光是个粗人，不懂得那么多大道理。我只知道，亲口答应过七旅的将士们，一年之内，一定会再打回东北去，替死去的弟兄们报仇，替我东北军雪耻。我言出必践。”

张学良没有说话，有些震动地看着孙成光，沉默着。

孙成光伸出手去，抚摩着有些陈旧的军装和枪套，神情复杂，低声地：“这身军装，从加入东北军的那一天起，我孙成光从来没有脱下过；这把枪，从领到的那一天起，从来没有离过我的身。现在，我把它们都交还给司令。”他把军装和枪套向前一推，直视着张学良，一字一顿地：“从今天起，我孙成光不再是东北军的旅长，我就是个最普通的东北汉子，哪怕赤手空拳、哪怕拼上这条命，我也要打回老家去！”

他两腿一并，站得笔直，向张学良行了个军礼，头也不回，默默地走了出去。他的身后，连长们也逐一脱下军装，解下枪套，放在张学良面前。

张学良一言不发，看着他们笔挺的背影消失在门口，突然捂住脸，流下滚热的泪来。

白雪皑皑的山峰。孙成光领着十几个连长，骑马过来，飞身下马。面前是成百上千名东北军将士。他们已经听说了请愿失败的事，脱了军装，穿着破旧的棉衣或夹袄，戴着帽子，冻得通红的脸上一片肃穆。一个士兵上前一步，高声地说：“报告孙旅长，人都在这儿了！”

孙成光一拍他的肩头，豪放地：“什么旅长不旅长的！从今往后，咱们就是兄弟，亲兄弟！”

他上前几步，看向面前的将士们，高声地说：“各位，咱们都是东北生、东北长的老乡，是同一条壕沟里爬出来的兄弟！今天，我们舍了东北军的身份，扔了好端端的军装和饷银，为的是什么？为的是不再当懦夫、当孬种！为的是堂堂正正，从日本人的手中，把东北三省给夺回来！”

“日本人好不好打？不好打！正因为不好打，所以他蒋介石才不敢打，不愿打，不肯打！可日本人再难打，咱们也得打！因为那里是咱们的家！在那里受苦的，是咱们的妻子儿女、父母爹娘！”停了一停，他直视众人，神情坚定，目光炯炯，“有胆小的、害怕的、贪生怕死的，现在通通给我回去！我孙成光是个粗人，只会说硬邦邦的大实话，咱们这一去，等于是把脑袋别在裤腰带上，就没打算活着回来！”

朔风阵阵，卷起大片的雪花，寒得刺骨。东北军的将士们却站得笔挺，纹丝不动。

孙成光看着这群铁打的男儿，只觉得眼眶一湿。他没想到会有这样多的人愿意跟随自己，去打这场没有把握的仗，高声地：“好！好！都是好弟兄！给我拿酒来！”

一个战士忙从马上取下酒囊，连同一个粗瓷大碗，递了过去。

“这第一碗，我敬你们大家！我孙成光没看走眼，咱东北出来的大老爷们，都是英雄，没有孬种！”

他二话不说，倒了满满一碗酒，一仰脖子，一饮而尽。

“这第二碗，我代你们大家，敬那些死在东北的弟兄们！你们放心，只要咱东北的汉子没有死绝，只要咱们还有一口气，东北它就亡不了！”

他红了眼，端起酒来，又是一饮而尽。

东北军将士们静静地看着他，只觉得连血都沸腾起来。

“酒呢？你们的酒呢？通通给我拿出来！”

将士们一愣，纷纷拿出别在身后的酒囊来。

孙成光把酒囊里的酒全倒了出来，抽出刀子，眼也不眨一下，割开手指，把血滴进酒里。

他端起碗来，神情坚定，目光灼灼：“这第三碗酒，咱们干了！从今日起，咱们歃血为盟，成立东北义勇军！是爷们的，就舍了这腔子热血，豁出这条命去，让他们见识见识东北男儿的血性！让他们知道，中国人不是好欺负的！”

他一饮而尽，把瓷碗用力往地上一掼，摔得粉碎：“我们宁为战死鬼，不当亡国奴！”

白雪皑皑的山上，一片肃静。将士们都红了眼，一个个端起酒囊来，仰头就喝。不知道是谁领头喊了出来：“走，咱们回东北！”

顿时有无数个声音响了起来，高声附和着：“对，回东北！”

“政府不救东北，咱们自己救！”

“没错，豁出这条命，咱们一路打回东北去！”

孙成光看着热血沸腾的将士们，眼眶一热。

他翻身上马，向着东北的方向一挥手，高声地：“出发——！”

二

天蒙蒙亮。上海还在沉睡，所有的妖娆妩媚和摇曳生姿都沉浸在夜的余韵里，只地平线一角透着微微的晨光。印刷厂内，一沓沓报纸正被疯狂地印刷着。报纸上无一例外，都是与东北有关的消息：

“日本宣布退出国联，拒绝撤出东北!”

“马占山将军通电全国，誓与敌人周旋到低，决不退让!”

“东北义勇军成立，击毙敌军一百余人!”

一缕阳光刺透黑暗，把活力注入这个硕大的城市。新的一天开始了，脚步匆匆，人声沸腾。报纸在一双双手中传递着，惹起一阵嗡嗡的议论声。

金焰递过钱，买了一张报纸。他在电影公司上班已经有些日子，因为一张棱角分明的脸，被导演相中，演过几次路人甲路人乙，很快就升到了男二的位置。这天刚赶完一个大夜场，从电影公司出来，正要回奉天会馆去。他的视线停留在“东北义勇军”的标题上，看了一看，激动地跑了起来。

奉天会馆里，众人刚刚起床，喝着一点薄粥，准备着一天的营生。他们大多是来投亲靠友的，有找到了出路的，也有没找到出路的，接些零散的活，勉强度日。头发花白的老头子正坐在门口抽烟，差点被冲进来的金焰撞到，只见他扬起报纸，高声地：“东北成立义勇军了！东北成立义勇军了!”

众人都是一愣。那老头磕了磕烟锅子，茫茫然地说：“义勇军？义勇军是什么?”

“对啊，金兄弟，什么是义勇军?”

金焰脸上是压抑不住的激动与兴奋：“义勇军，就是专打日本人的军队，咱们自己组织的军队!”

会所里愣了片刻，突然如同煮沸的水一般，炸开锅来。

“咱们自己的军队!”

“专打日本人!”

“真的？真的能打日本人?”

“能打回老家去吗?”

看着众人压抑不住的惊喜神情，金焰热血澎湃，上前一步，高声地说：“当然能！你们看，这报纸上都说了，咱们东北的好男儿，不光成立了义勇军，还一举击毙了敌军一百多人！不光是他们，马占山将军也已经通电全国，即便违背中央命令，也要与敌军周旋到底，决不退让!”

“好！好！”

老头子听得出神，颤颤巍巍地站起身来：“这才对了！日本人打我们，我们就应该打回去！”几个年轻人也都站起身来，附和道：“没错，政府不让打，咱们就参加义勇军，自己打回东北去！”

一时之间，会所里仿佛沸腾了一般，无数声音此起彼伏。

“说得对，咱们打回东北去！”

“我妻子儿子都死了，还有什么好怕的！”

“与其留在这里，不如回东北去，跟日本人拼了！”

“没错，豁出这条命，死也要死回东北去！”

报纸被当做珍宝一般，在一双双手中传递着。众人看着上面不认识的文字，抚摩着报纸下角模糊的照片，只觉得了全新的希望一般，兀自兴奋着，激动着。

会所一角，冯德麟搂着杏儿，没有说话。自老大娘死后，他的心仿佛坠到了最底处，连痛苦都稀少，只剩麻木。可这个消息却像是连着火种的引线，点燃了他绝望的心。他只觉得有什么炽热的东西流淌出来，岩浆一般，涌动着，带着无法预知的力量，让他再也坐不下去。

他下定决心，站起身来：“杏儿，你待在这里，爹出去一趟。”

杏儿不明所以，懵懂地点了点头。

冯德麟到田家的时候，田汉也正坐在桌前看报。艺大解散之后，他清闲得不知干什么好，满肚子牢骚，难得开次笑脸。看着看着，忍不住一拍大腿，叫了声好。

林维中坐在一旁织小孩子的衣物，听他叫好，抬头问道：“怎么了，今天这么开心？”

田汉满脸欢喜，激动地说：“东北成立了义勇军，在辽西与敌人激战，击毙日军少佐一名，士兵一百多人！还有黑龙江的马占山将军，已经通电全国，要死守江桥，与敌人血战到底呢！”

林维中一愣，笑了：“太好了！这样子，日本人可就猖狂不起来了！”

田汉点了点头：“可不是！我看要不了多久，他们就得从东北退兵，乖乖滚出中国去了！”

门口传来敲门声。林维中想要起身，却被田汉按坐在椅子上：“你坐着，我去。”

林维中笑了笑，点了点头。田汉走去开门，见是冯德麟，越发欢喜：“冯大哥，你怎么来了？来来来，快进来，我有好消息要告诉你……”

冯德麟却不肯进屋，低声地：“田先生，我有话跟您说。能出来一下么？”

“出什么事情了？”

田汉见他面色凝重，知道肯定出了大事，也不多问，向着屋里：“维中，我有事出去一下。”

林维中应了一声。田汉转过身，跟在冯德麟后头，一前一后走下楼去。

冯德麟走出鸽子笼般低矮的房屋，走过长长的小巷，一直走到尽头的拐角，这才停下脚步。他闷声闷气地把自己的想法一说，田汉顿时吃了一惊：“什么，你想参加义勇军？”

他眼睛瞪得老大，看向这个老实巴交的农民，简直不敢相信自己的耳朵，半晌才回过神来，担心地去看他的腿：“这怎么成，你的腿伤得那么重……”

“已经全好了！”冯德麟唯恐他不信，忙跺了跺脚：“真的，田先生您看，好使着呢。别说在这平地上，就是几十里的山路，走起来也不妨事。”

田汉摇了摇头，不由分说地：“那也不行。去当义勇军，不是种田种菜，是要和日本兵打仗。你没摸过刀没摸过枪的，要怎么打？”

“没摸过可以学。我这双手既然抡得动锄头，也一样可以扛得动刀枪！”

冯德麟抬起头，认真地说：“田先生，日本人打过来的时候，我只知道逃，只知道等，等我们的军队来救我，等我们的政府来救我！我没有别的想法，只想守着那一亩三分地，安安分分种田，一家人好好过日子。可我等到了什么？没有！什么都没有！妻子、儿子，一个个都死了。杏儿跟着我，别说是家，头上连片破瓦也没有！”

田汉没想到他会说起这些，只觉得字字句句都是从心窝子里掏出，带着淋漓的鲜血和刺骨的仇恨。他看向冯德麟痛苦的脸，想要安慰，却不知该说什么好。

冯德麟却丝毫没有犹豫。他痛苦了一次又一次，失望了一天又一天，早已经想得彻彻底底，明明白白：“田先生，我想过了，与其坐在会馆里等死，倒不如回东北去，参加义勇军，跟日本人血战到底！我现在什么也不怕，因为我什么也没有！只要能回东北，能去打日本鬼子，别说是学刀练枪，就算是要我豁出性命，我也决不后悔！”

田汉没想到他有这份志气，一时竟愣住了，待回过神来，胸口一热，走上前去，一把握住他的手：“好！好！想不到我田汉也有这个荣幸，能认识一条义勇军的好汉！冯大哥，你放心去！有什么要帮忙的，尽管说，只要是我田汉帮得上的，我一定帮！”

冯德麟一愣，为难地：“田先生，我、我……”

田汉看他欲言又止的模样，想了一想，了然地："冯大哥，你今天来找我，是不是为了杏儿？"

冯德麟已经下定决心要回东北，唯一放心不下的，就只有这一个女儿。他有心把杏儿托付给田汉，偏偏又开不了这个口，听他主动提起，嗫嚅地："田先生，你是知道的，我家里四口人，如今只剩下我和杏儿两个。我这一走，杏儿她……"

田汉比谁都明白他的心思，不等他说完，豪爽地："你只管放心去！这段时间，杏儿就住在我家，我只当她是我的亲侄女，只要有我田汉在，就决不会让她受半点委屈！等什么时候你们打败了日本人，收复了东北，再回上海来接她！"

"田先生！"冯德麟没想到他会说出这样的话，满心感激。

他只觉得再无牵挂，紧紧握住田汉的手，用力点了点头。

他们的这一番交谈，杏儿自然毫不知情。她只知道爹要参加义勇军，去打日本鬼子，可究竟能不能打赢，什么时候能回来，没有人知道。她还只是个孩子，还不明白"义勇军"这简简单单三个字后头，埋藏着怎样凶险的含义，更不明白她爹心里萌生的，是怎样的斗志与决心。她只是本能地觉得不安，不想跟她爹分开，生怕他会像娘和弟弟一样，一走就再不回来。

离别这一天终于来了。杏儿牵着她爹的手，站在田家的客厅里，睁着一双怯怯的大眼睛，看向这完全陌生的环境，和田汉他们一家。她只在刚到上海时在这里住过一晚，记忆早已经模糊不清，唯一熟悉的只有一个田汉，心里害怕得很。

田母早已经听田汉说了杏儿的事，见她怯生生的模样，心疼得很，一把搂了过来，抱在怀里："看这孩子，几天没见，瘦得跟什么似的……"

冯德麟忙推了推女儿，低声地："杏儿，叫奶奶。"

杏儿紧紧咬着嘴唇，不肯开口。

冯德麟有些尴尬，又推了推杏儿："杏儿，听话，快叫奶奶！"

田母忙打圆场道："没事，小孩子怕生，不叫就不叫。"

田汉蹲下身子，笑了笑，温柔地："杏儿，这段时间，你就住在田叔叔家。从今天起，田叔叔就是你亲叔叔，这里就是你的家。"

杏儿听说自己要留在这里，慌乱地扬起脸来，去看她爹。

冯德麟有些难过，伸出手去，抚摩着女儿，低声叮嘱道："杏儿，你要听你田叔叔的话，好好吃饭，好好睡觉。早上起来的时候，自己要把脸洗干净，把辫子绑好；晚上睡觉的时候，要掖好被角，不然招了风，容易着凉。你田叔叔还说，要送你上学，教你念书。你要好好用功，等爹回来的时候，念成个女学生、女状元，让爹也跟着高兴一把。”

杏儿还是没有说话，睁着一双大大的眼睛，直愣愣地看着他爹。

冯德麟只觉得心里被什么堵住了一般，酸酸的，涩涩的。他从衣兜里掏出一个长命锁来，替杏儿挂在脖子上：“这是你娘留下来的，你好好戴着。它会保佑你，顺顺利利，平平安安。”他仔细打量着女儿，像是要把她深深刻进心里，替她拢了拢头发，又把衣角整好，这才眼眶湿湿站起身来：“杏儿，爹要走了。你还有什么话要和爹说么？”

杏儿摇了摇头。她红了眼眶，紧紧抓住他爹的手，怎样也不肯撒手。

冯德麟心里一酸。他知道自己再也犹豫不得，狠狠心掰开女儿的手，把她牵到田汉面前，慎重地：“田先生，杏儿就拜托你了！”

田汉牵过杏儿：“冯大哥，你放心吧！我一定把杏儿照顾得好好的！”

杏儿知道爹非走不可，低了头，鼻子红红，几乎快要哭了出来。

冯德麟不舍地看着女儿，半晌，坚定地：“杏儿，你等着！等爹打败了日本鬼子，就来接你回家！”

说完，他头也不回，走出门去。

屋里是令人窒息的静。杏儿紧紧咬着嘴唇，看向门口，连一丝声响也没有。林维中看着这个瘦弱的小姑娘，只觉得心里难受得紧，轻轻伸出手去，把她搂进怀里。

——脚步踩在楼梯上，发出咯吱咯吱的声响，越来越远，几乎快听不见了。杏儿突然疯了一般，挣开林维中，冲了出去。她冲下楼梯，冲出鸽子笼，朝着她爹离去的方向，撕心裂肺地：“爹！”

巷口的拐角处，冯德麟的背影一怔，停了下来。那一声熟悉的“爹”像是刀绞，深深刺痛着他的心。他想要回头，却狠一狠心，硬生生忍了下来，重又向前走去，终于弯过拐角，再也看不见了。

三

冯德麟已经走了好几天，和他一起走的，还有奉天会馆的好些同乡。不过是几个月前，他们还只是最普通的农民，为了保住性命，惊慌失措地从东北逃到上海。可短短的几个月后，他们却成了最勇敢的战士，决心要回到东北去，靠自己的手，捍卫属于自己的土地。田汉很是感慨，约了夏衍和阳翰笙他们，商谈声援义勇军的办法，只剩下田母和林维中带着杏儿在家。

林维中从厨房出来，见杏儿坐在板凳上发呆，摸了摸她的头，柔声道：

“杏儿，饿了没有?”

杏儿摇了摇头。林维中怕她一个人坐着无聊，进厨房拿了一把菜叶出来：“杏儿，会不会择菜?”

杏儿一愣，呆呆地看着她，没有反应。

林维中以为她不会择菜，拿了个簸箕，摆在她面前，艰难地蹲下身来：“你看，像这样，烂了黄了的叶子，通通摘掉不要，新鲜的叶子就放在这簸箕里……”

语音未落，只见杏儿拿过菜叶子，动作麻利地择起菜来。

林维中一愣，笑着抚了抚她的头，钻进厨房里去。

田母正在炒菜，厨房里弥漫着辣椒的味道，呛人得很。林维中挽起袖子要上前帮忙，却被她一把推开：“你又进来做什么?不是说了么，这段时间，烧饭做菜的事都交给我。你快生的人，要好好调养身子，千万别累着了……”

林维中只管笑，手下却闲不住，拿起抹布擦了起来：“娘，你说这小孩子生下来，是什么样子?”

“什么样子?一个比一个吵，一个比一个皮!”

田母倒菜入锅，翻炒着，笑了起来：“都说儿是娘肚皮里出来的肉，要我说，是前世里带来的债!寿昌他们兄弟几个，别看现在都好好的，小时候闹起来，真能把人给急死。等你生了孩子就知道了，只要是孩子，没一个省心的。”

林维中跟着笑了起来：“那也不一定。我看杏儿这孩子就挺好，听话得很。一个人在客厅里，也不说话，安安静静的，一坐就是一整天……”

田母手下一顿：“怎么，她还是没说话?”

林维中摇了摇头：“没呢。我怕她闷得慌，拿了点菜让她择……”

田母想了一想，停了炒菜，转过身来：“维中，杏儿有几天没说话了?”

“从她爹走，总有三四天了……”林维中这么一说，自己也觉得不对，停了下来。两人你看看我，我看看你，这才意识到问题严重，都愣住了。

晚上田汉一回来，林维中就把他拉进书房，把杏儿不肯说话的事告诉了他。她和田母又试了几次，见杏儿还是不开口，仔细一想，才发现自从她爹走后，她竟然还没说过一句话，越发担心起来。田汉见她说得严重，忍不住笑了出来：“这有什么难的?不就是让她说话么?你放心，明天我带她出去，等回来了，包管她开开心心的，别说是开口说话，让她给你唱歌都成!”

他说到做到，第二天果然亲自带了杏儿出去，径直去了天蟾舞台。演员们才刚起床，练功的练功，吊嗓的吊嗓，见田汉来了，亲热地围拢来：

“田先生，您怎么来了!”

“吃过午饭没有?”

“这小姑娘是谁？瞅着怪俊的……”

七宝跟他最熟，满脸堆笑，没脸没皮地说：“田先生，您该不会是来蹭中饭的吧？那可不巧，咱们周老板刚被人请走了……”

“怎么个不巧了？小兔崽子，你田先生什么没吃过，还用得着上你们这蹭饭吃？”田汉乐了，一把拧住他耳朵，手下一使劲，七宝顿时跟杀猪一般，叫唤起来：“哎哎哎哎，田先生，您先放了我，有什么话咱好好说！好好说！”

田汉把手一松。七宝痛得龇牙咧嘴，忙伸手去揉耳朵。戏班里众人见他狼狈的模样，笑了起来；他自己也跟着笑：“田先生，我说的可是大实话。周老板真被人请走了……”

田汉：“没事。今天我不找信芳先生，就找你们。”

七宝一愣，不明所以地：“找我们？您找我们做什么？”

“我啊，有个任务交给你们。”田汉一边说，一边把身后的杏儿推了出来：“这是我侄女，杏儿。挺好一孩子，就是不爱说话。你们这班子里有什么好玩的、好看的，今天通通给我使出来。只要能让她看开心了，说话了，今天的午饭，田老大请你们客！”

杏儿有些害怕，直往后缩，只管睁大了眼睛，怯怯地看着众人。

演员们你看看我，我看看你，一时都乐了。

“田先生，这有什么难的！”

“正是。不就是逗个小姑娘么。这事儿啊，包在我们身上！”

七宝一拍胸脯，二话不说，把田汉和杏儿领到排练场边坐下，笑嘻嘻地：“你们谁先来？”

几个年轻后生早已经围在了排练场旁，跃跃欲试。

“我！我来！”

“不，我先来！”

一个后生抢先蹿了出来，上来就是一串小翻。另一个后生也不甘示弱，把一杆长枪抡圆了，使得风快。人群中不知道是谁，带头喝起彩来。一时间，小小的排练场上，有舞刀弄剑的、有做鬼脸扮丑怪的、有踩高跷扮长人的，你挤我、我挤你，都争着往田汉和杏儿面前凑，热闹无比。田汉最是好戏之人，见他们把压箱底的功夫都拿了出来，不由得看得入神，站起身来，大声叫好。七宝等却慢慢静了，场子里众人也都停了下来，气喘吁吁地看着这边。

田汉奇怪地：“怎么了？你们怎么都不演了？”

众人一脸为难，看向田汉身后。

七宝吞吞吐吐地：“田先生，咱们是真没招了……”

田汉这才想起自己是为了杏儿来的，忙转过头去，只见她睁着眼睛，紧紧咬着嘴唇，别说说话，脸上连个笑容也没有。田汉对林维中夸下海口，到底不死心，又带她四处逛了逛，见她什么都不感兴趣，终于没了辙，只能带她回家。

林维中和田母都在家等着，见他回来，忙用期待的眼神向他询问。

田汉摇了摇头，等杏儿睡着了，把白天出去的情况一说，三个人都犯了难，越发不知该如何是好。田母想着这孩子命苦，心疼得很，一说声地："这怎么得了。你说她这小小姑娘的，一天到晚不说话，还不给憋闷坏了？万一憋在心里，憋出病来，我们可怎么向她爹交代？"

静，谁也没有说话。田汉低着头，一根接一根抽烟。他知道杏儿突然说不出话，肯定跟她爹的走有关，可他又不能上东北去，帮她把她爹找回来。他心里烦闷得很，看到桌上摆着的辣椒瓶子，突然有了一个主意，猛然抬起头来："有了！"

他把烟一按，站起身来，拔腿就往门外走。

田母和林维中都是一愣："咦，寿昌，这么晚了，你上哪儿去？"

田汉头也不回，低低地："你们等着，我找金焰去！"

第二天凌晨，天空还才刚刚透亮，田汉一家三口就起了床，挤在小小的厨房里忙碌着。林维中负责洗蘑菇；田母负责把土豆，白菜等切碎；田汉拿着菜谱，在一旁指挥："五花肉切成片，土豆要切碎一点，不然熟不了……"

他连夜去找金焰，为的就是学做这道东北乱炖。杏儿为什么不说话？她究竟是不能说话，还是不想说话？他第一次尝试着去理解一个孩子，像她那样去思考、去感受。失去弟弟、妈妈，没有家，远离故土，现在连爹都不在身边，一切的一切，像是一道看不见的枷锁，锁住这孩子的心。现在的日子于她是陌生的，是孤零零没有依傍，陌生的人，陌生的地点，甚至是陌生的口味……所以她不说话。她孤零零地坐着，不知道该去相信谁，也不知道该向谁去倾诉。

田汉知道，自己带不回她失去的一切，带不回她失去的亲人，更带不回她惨遭践踏的、遥远的家。但他至少可以尝试着，为她带回一点故乡的滋味；那曾经温暖美好的、家的滋味。

灶上炖着的高汤扑了出来，田汉连锅带盖子端了下来，见林维中想放油下锅，连忙喊住："维中，等等，让我先点一点！五花肉、西红柿、茄子、南瓜、白菜、土豆、蘑菇、葱、姜……五花肉切成片状；西红柿切成小块儿；青椒用手掰成小块；茄子切块，葱、姜切块。好，都全了。"

他生怕少了东西、做错了步骤，对着案台上的食材，一一清点完毕，看向林维中，紧张地："维中，我一条一条念，你照着做。"

林维中点了点头。

“将油倒入锅中，烧热后，放入葱、姜炒香。”

林维中忙把油烧热，把葱和姜放进锅里。

“把肉倒入锅中，放酒……”

一番忙碌之中，天渐渐亮了起来。阳光肆意撕破云层，洒将下来，给简陋的屋里镀上一层金光，格外辉煌明亮。杏儿揉揉眼睛，从卧室里走出来，闻到浓郁的香气，一愣。

田母见她起来，笑着招呼道：“杏儿起床了？快去洗脸，洗了脸过来吃饭。”

杏儿乖乖地漱口洗脸，走到客厅里来。田汉一把抱起她，把她放在椅子上坐下。

桌上是一大锅东北乱炖，热气腾腾、香味四溢。杏儿看到这熟悉的菜色，整个都呆住了，只觉得有一层水雾直往眼睛里扑。田汉舀了满满一碗，递在她手里：“杏儿，这是阿姨专门为你做的东北乱炖。她是第一次做，也不知道做对了没有。你尝尝看，看味道对不对？”

静。屋里没有一点声响。三个人都带了期待的眼神，看着杏儿。杏儿呆了一呆，慢慢地拿起勺子，舀了一勺，塞进嘴里。

林维中站在一旁，紧张地：“怎么样？好不好吃？”

杏儿没有说话，慢慢地咀嚼着，又舀了一勺，塞进嘴里，眼眶慢慢红了起来。

“怎么了，是不是味道不对？不对的话，你跟阿姨说，阿姨重新给你做……”

林维中见状，急了，要去拿杏儿的碗。杏儿却死死地抱住碗，不肯撒手，拼命摇头。林维中无可奈何，只能愣愣地看她拿起勺子，一勺一勺往嘴里送。

她越吃越快，越吃越急，只觉得心里又是暖、又是酸，突然“哇”的一声，哭出声来。

田汉等人一愣，见她哭出声来，反倒松了口气。田母满心疼惜，抱起杏儿，从她手里接过碗来：“来，杏儿不哭了。奶奶喂你，再多吃一点……”

杏儿的眼睛红彤彤的，脸上满是泪水。

她张了张嘴，看着一脸疲倦的田母，细如蚊呐地喊了一声：“奶奶！”

第十三章　田叔叔，快跑！

一

那天之后，杏儿果然好了许多，虽然还称不上活泼，却也有言有语，安心在田家住了下来。田母和林维中都是性子温良的人，对这个孤苦的孩子格外怜惜。杏儿也懂事，渐渐开了笑脸，让大家放下心来。田汉横竖无事，索性教她认起字来，打算等略有基础，就送她进专门的学堂去。

这天下午，他正手把手教杏儿写自己的名字，门口传来敲门声。他让杏儿自己先练习着，放下笔去开门，刚把门打开，康淑贞和陈征鸿等几个同学一拥而入。他们个个面带笑容，叽叽喳喳地："田校长！""田校长！"

田汉万万没想到会是他们，一愣："淑贞！征鸿！墩子！你们怎么都来了？"他自艺大解散之后，再没见过这群学生，乐得不行，激动地："来来来，都进来都进来！"

缨子："校长，我们就不进来了！"康淑贞："就是，我们是专门来请你的！"

田汉茫然地："请我？请我做什么？""你跟我们来，不就知道了？"康淑贞调皮地眨了眨眼；学生们也不说话，拖着田汉就走。

"唉，这是做什么？等一下，等一下……"田汉还想再说什么，学生们哪里肯听？早已经簇拥着他，走出门去。

火车站里全都是人，有大包小包准备上车的，有依依不舍正在道别的，热闹得很。

"田校长，快，快点！"田汉被学生们拉着，一路狂奔，径直冲进站台，这才停了下来。他气喘吁吁，压根不知道发生了什么事情，一头雾水地："征鸿，淑贞，你们拉我到这来做什么？"

康淑贞也不答话，冲着前方挥了挥手，大声地："萧睿——小驴——"

萧睿和小驴背着背包准备上车，看到田汉和康淑贞他们，都是一愣。

"田校长，你怎么来了？"

"征鸿，淑贞，你们怎么也……"

康淑贞："你们要去参加义勇军，这么大的事情，我们怎么能不来？"缨子气喘吁吁地说："就是。我们早商量好了，要叫上田校长，一起来给你们送行！"

田汉这才明白过来，不敢置信地："萧睿、小驴，怎么，你们要去东北？"

萧睿有点不好意思，点了点头："艺大解散之后，我和小驴去了一家报社工作，可听说东北成立了义勇军，我们再也待不下去了！我们都是东北人，东北生东北长，我们也想尽自己的一分力，跟义勇军一起，打回东北去！"

墩子憨憨地："可是萧睿，你和小驴都不会打仗……"

小驴目光炽烈，热情如火："那有什么？不会打仗可以学！义勇军成立以来，北京、上海、南京、武汉……全国各地奔赴东北的同胞何止千万！没错，我们不是训练有素的战士，可我们有一颗誓死为国的心！我就不信，全中国人民协同一心，会打不过他们日本人！"

哨声响了起来。接着是火车将开的鸣笛声。站台上，乘务员拿着喇叭，大声喊道："去东北的旅客请注意，火车马上就要开车了，火车马上就要开车了，请旅客们赶快上车……"

萧睿和小驴在大家的簇拥下赶紧上车，突然在车门前停了下来，他们眼中透着坚定，认认真真地说："校长，同学们，我们走了。"

"唉！"田汉低低地应了一声，突然上前一步，紧紧抱住两个学生。他又是欣慰，又是骄傲，眼中放出热烈的光彩，一字一顿地："萧睿、小驴，你们尽管去！老师会一直在这儿等，等着你们胜利凯旋的那一天！"

——喧闹的火车站里，一切声响仿佛都消失了，只剩了一片庄严的静。

田汉和学生们话别的照片，很快被送到了倔内干城手里。他派人到艺大闹事，原本是为了激化学生和政府的矛盾，从中寻找可利用的筹码。在高校中挑中艺大，也无非是看他的学生最为冲动，容易挑拨。可他万万没想到，这出戏不但没有如他所想，把学生们的矛头指向政府，反倒出现了戏剧性的转折。校长田汉一反之前的冲动，解散艺大，让他的一片苦心化为流水。他最是刚愎自用，容不得别人有半点违逆，含恨之余，不由得注意起这个古怪的文人。他一方面改变战略，让内田隆平派人到工厂和码头去，伪装流氓，干一些打砸抢的勾当；一方面又耿耿于怀，命人监视田汉的一举一动，执意要给他一个教训。

义勇军的成立是一个意外，在东北战场几次小范围的遭遇战，折损了不少日军精锐，更是意外中的意外。而这个田汉居然敢鼓动学生上战场，去当义勇军，跟大日本帝国作对，更是出乎倔内干城的意料。他只觉得自己被愚弄了。艺大的解散不但不是屈服，反倒成了一种公然的挑战，让他再也坐不下去："送学生去东北？倒看不出，这个田汉有这么大的能量！艺大办不下去，就鼓动学生们去参加义勇军，他这是存了心，要与我大日本帝国为敌！"

内田德男："大使先生，要不要再给他一点教训？"

倔内干城想了一想，突然有了新的主意，冷冷一笑："教训当然要给，但用不着你们动手。田汉以为解散了艺大，我就拿他没有办法。也好，我就借南京政府的手给他点教训，让他知道惹恼我大日本帝国的下场！"

这是一家开在租界一处僻静之地的饭店，粼波荡漾的池塘，汩汩的流水，青碧的竹子，颇有几分隐逸之风，张宏远赶到的时候倔内干城早已经等在那里，他身后站着几个佩刀的武士，面无表情，气氛肃杀。张宏远打量了他们一眼，也不怯场，脱下大衣交给侍者，在他的对面盘腿而坐。

倔内干城举起酒杯："市长先生，来，为我中日两国的友谊，干杯！"

张宏远举起酒杯，与他碰了一碰，却并不喝："抱歉，我今日抱恙，不宜饮酒。大使先生专程设宴，不知道有何要事相商？"

倔内干城也不勉强，把杯中的酒一干而尽，微微一笑："倒也不是什么要事。东北一事之后，贵国再三表示，跟我国乃是友好邻邦，更多次承诺，绝无与我大日本帝国皇军交战之心。可据我所知，有人置贵国政府之立场于不顾，存心破坏两国之友谊。市长先生，你说，这该如何处置？"

张宏远故作惊讶："哦？不知大使先生这话从何说起？"

倔内干城："田汉这个人，不知道市长先生听说过没有？"

张宏远见他突然提到田汉，猜不透他的用意，不动声色地："听倒是听说过，可他只不过是个教书匠罢了，有什么能耐，能破坏你我两国之友谊？"

倔内干城身子微微前倾："可据我所知，这个教书匠并不简单。包围日租界，是他的学生。在市政府门口静坐，也是他的学生。最近我还得到消息，他解散了艺术大学，鼓动学生去参加什么义勇军，要跟我关东军决一死战。你说说，如此自不量力，可笑不可笑？"

张宏远没想到他一副强盗嘴脸，公然拿东北的事出来讨论，只觉得受了巨大的侮辱，脸涨得通红，笑也不是，不笑也不是，僵在坐垫上。

倔内干城却不以为然，看向张宏远，阴冷一笑："市长先生，东北的误会一直未能解开，贵国口口声声支持国联裁决，暗地里却又煽动民众，与我大日本帝国作对，让我如何相信贵国的诚意？作为朋友，我奉劝市长先生，有些事情处理好了，是大事化小，处理不好，就会小事化大，比如东北，又比如眼前这个田汉。事态如何，全看市长先生如何处置……”他看向张宏远，眼中满是傲慢与压迫，将新添的清酒一口干了，朝身后扬了扬手。

身后的武士悄无声息地递上礼盒。倔内干城把礼盒往张宏远面前一推，不容拒绝地说：“清酒乃我东瀛之国粹。我看市长先生不是身体抱恙，而是在我这里没有畅饮的心情。既然如此，不如将此酒带回，喝个痛快。还请市长先生笑纳。”

张宏远猛地站起身来。倔内干城的话像是火上浇油，在他心里激起熊熊怒火。他想发作，却又不得不强压下去，艰难地伸出手，拿起那只小小的礼盒。

——礼盒很轻，拿在手里，却比山还要沉重。这是一个国家的耻辱，压在张宏远的心头，让他连开口都格外艰难：“恭敬不如从命。谢谢大使先生的好意，那我就先告辞了。”

他勉强维持着表面的平静，步伐沉稳地走了出去。

天色渐暗。张宏远呆在办公室里，对着那象征着耻辱的礼盒，独坐良久。他回想起倔内干城所说的话，心里翻江倒海，剧烈地起伏着。他毕竟是堂堂上海市市长，却被一个日本人这样侮辱。更可怕的是他的态度，对于中国那一种轻蔑的态度，让张宏远怎样也没法忍受。他第一次忘却了自己的身份，感受到青年们心中的痛苦。那是作为一个中国人的、最纯粹的愤怒，却被他压抑着，一直不敢释放出来。他缓缓伸出手去，把礼盒打开来：里面是一瓶包装精致的日本清酒，上面印着漂亮的樱花图案。

——张宏远的脸被愤怒扭曲了。他死死盯住面前的礼盒，羞辱、痛楚、悲愤、无奈一齐袭上心头，终于再也忍耐不住，猛然抓起那瓶清酒，向墙上重重扔去。

二

田家这天吃饭吃得很早。田汉被信芳先生请去看戏，老早就出了门。林维中给杏儿做了件新衣裳，在里头屋里给她试穿：“手抬起来。转个背我看看。”

杏儿转过背去。林维中满意地打量着她。她最喜欢孩子，自从怀了身孕，更是多了几分母性情怀，见杏儿孤苦伶仃，人又乖巧听话，直把她当做自己的女儿，喜爱得很。

“挺好的。”林维中喃喃自语道，拿起剪刀，把多余的线头剪掉，又帮杏儿把领口理好，把她推到镜子前：“杏儿，自己看看，喜欢不喜欢？”

杏儿看了看镜子，扭过头来，欢喜地：“喜欢！”

林维中：“来，再试一试书包……”

正说话，门外突然传来敲门声。田母刚把门打开，几个警察闯了进来：“田汉呢？”

田母一愣：“他出去了。你们这是……”

“我们是警察局的。田汉涉嫌煽动学生、反对政府，我们奉命逮捕他。搜！”

他们也不多话，四散开来，翻箱倒柜地搜查着。田母拦得住这个，拦不住那个，只能眼睁睁看着他们闯进书房、卧室，急得说不出话来。林维中在里头听到响动，急中生智，附在杏儿耳边说了句什么，抓起针线剪刀，一股脑塞进书包里，把她往外一推：“走！快走！”

杏儿鼓起勇气，头也不抬就往外走，跟冲进来的警察撞个正着。警察们正分头搜查，见乍一下蹦出这么个小姑娘来，都是一愣，一把拉住她：“站住！做什么的？”杏儿被他一拉，惊慌地抬起头来，直往后缩。

林维中忙从屋里走了出来：“别吓着她！她是楼下的小姑娘，刚放学回来，来借针线的。”

为首的队长狐疑地打量着杏儿，问身后道：“老黄，田汉家有小孩子没有？”一个警察忙答道：“没有。他家里就他、妻子和一个老娘，没别人。”

队长皱了皱眉，做了个搜查的手势。身后的警察忙走上前，把杏儿从头到脚搜了一遍。书包也被翻了个底朝天，针线剪刀跌落一地。

“队长，就是些针线剪刀，还有几本书，没别的了。”

队长见她真是来借针线的，不耐烦地：“算了，让她走。”警察松了手，放开杏儿。杏儿一把抓起书包，书也来不及捡，头也不回地跑了出去。

搜查很是彻底，屋里桌翻凳倒，一片混乱。林维中扶着田母，忐忑地站在一旁。警察们从书房的抽屉里搜出几篇文章，连同一些艺大的结账收据，交给队长。队长看了看，递给身后：“这些都是重要证据，你收起来，等抓到田汉，一起送到局里去。”

那警察一愣：“可是队长，田汉他人不在家，要怎么抓？”

队长冷冷一笑：“他一个写戏的，能跑到哪里去？你带几个人守在这里；其余人都跟我上戏院去，一家一家地找，我就不信找不着他！”

林维中没想到他们会去搜查戏院，一颗心怦怦直跳，把全部的希望寄托在杏儿身上。她不知道杏儿顺利逃出去没有，更不知道她能不能找到田汉，只希望她能快一点、再快一点。警察们下楼去了，只剩下两个人守在门口。田母早就慌了神，趔趄了几步，扶着沙发坐下。林维中也有些发晕，不敢多说一个字，焦急地等待着，手心里湿乎乎全是冷汗。

杏儿正在飞奔。她牢牢记着林维中的话，要去天蟾舞台找田叔叔，凭着模糊的记忆，疯了一般往前跑。到了一个十字路口，她气喘吁吁，拉住一个人就问："伯伯，请问天蟾舞台在哪？"

那人指了指对面："天蟾舞台？就在对面。看见没有？那儿。"

杏儿顺着他的指引看去，只见一幢建筑，前面停满了汽车和黄包车，霓虹闪闪，热闹非凡。她上次跟田汉过来，隐约还有些记忆，一口气跑过马路，闷头就往戏院里闯，却被看门的一把拦住："欸欸欸，小姑娘，你的票子呢？"

杏儿一愣："我没票子。"

看门的不耐烦地说："没票子上这儿来干什么？去去去，边上去。这可不是小孩子闹着玩的地方……"

杏儿急了，扯住他衣角："我得找我叔叔！我叔叔在里面！"

那看门的一愣："你叔叔？你叔叔是谁？"

杏儿："我叔叔是田汉。"

看门的大手一挥，不耐烦地："不行不行。甭管找谁，这没有票子，就是不能……"他愣了一愣，突然反应过来，"等等，你说你找谁？田汉田老大，是你叔叔？"

杏儿满头大汗，拼命点头。看门的一愣，一把抱起杏儿，走进剧场里去。

正是中场休息，后台满满的都是人。勾着油彩的演员们来来往往，有对着镜子补妆的；有找头花首饰的；有小学徒抱着戏服帮着替换衣裳的，热闹非凡。一角较僻静的耳房里，周信芳正对着镜面卸妆，一边卸，一边问田汉："怎么样，老大？今儿这出戏，我唱得还好吧？"

"好，好！信芳先生，今儿这出《打严嵩》，你可真唱得绝了！"

田汉回味着刚才的唱段，意犹未尽地："'手指严嵩高声骂，骂声老贼听分明：凭着文来凭着武，凭着何人为公卿？你不该欺君乱朝政，你不该残害众黎民。越骂越说心头恨，打死你这老贼才称心！'好！好！不光你唱得好，这词也写得好！真好！"

周信芳听得快活，笑了起来："田老大，你别只顾着夸。我请你看了戏，你答应我的本子呢，什么时候能好？我这可是天天盼着呢。"

田汉："我正想问你。这新写的剧本，你有什么想法没有？"

"想法？"周信芳倒被他问住了，想了一想，"老大，不瞒你说，我想演崇祯帝。"

田汉："崇祯帝？"

周信芳点了点头："我周信芳虽然是个演戏的，可这外头发生的事情，也都张着眼、悬着心。东北被人占了，我们的人被日本鬼子给杀了，可政府的那些高官呢？只管寻欢作乐、粉饰太平。国难当头，还不如一个最懦弱的皇帝！老大，不怕你笑话，我一个演戏的，虽然拿不动刀枪，杀不了鬼子，可我能唱戏！我想借着这一出戏，借着崇祯帝的口，骂醒这些高官们，让他们也看一看，这亡国是什么样的滋味！"

"好！这个想法好！"田汉一拍大腿，激动地："信芳先生，这戏等我来写！名字就叫《明末遗恨》，你看怎样？"

两人正聊得起劲，看门的抱着杏儿闯了进来："田先生，这小姑娘找你。"

田汉见是杏儿，一愣，站起身来："杏儿，你怎么来了？"

杏儿见到田汉，松了口气，气喘吁吁地："叔叔，快、快跑！"

田汉见她满头大汗，身上的衣服都被汗水浸透了，知道家里出了大事，忙把她抱起来，安抚地："杏儿，你别急，慢慢说，是不是家里出什么事了？"

杏儿定了定神，把警察如何来家里搜查、林维中如何支走了她，让她来天蟾舞台报信的事通通告诉了田汉。田汉心里一紧，不知道母亲和维中到底如何，慌乱地："不行，我得回家看看……"

"那怎么行？老大，嫂夫人就是怕你回去，才让这小姑娘来。你这要回去了，不是自投罗网么？"周信芳忙拦住他，想了一想："家里的事有我们，你就别担心了。我看这里也不安全。快，趁他们还没找到这里，我送你出去。"

他领着手下几个武生，二话不说，扯起田汉往外走去。

三

舞台上已经重新开演。两军对垒，红花脸杀黑花脸，好不热闹。周信芳等护着田汉，从幕布后头急匆匆穿过舞台，掀起耳台的布帘，正要往外走，一眼瞧见观众席上的警察，忙拉着田汉，重又退回后台。

"周老板，他们已经找来了，这可怎么办好？"

"对啊，照这阵势，别说是人，连只鸟也飞不出去……"

周信芳皱了皱眉，吩咐道："七宝，你赶紧着，上后门去瞧瞧，看有人没有。”

七宝应了一声，忙朝后门跑去。其他演员见事态紧急，也都围了上来，七嘴八舌地出着主意：

“周老板，把田先生藏在道具箱里吧，兴许能躲上一阵。”

“不成，他们肯定得开箱查看……”

一个武生急了，索性把胡子一摘，家伙一拿：“周老板，实在不成，我带几个年轻后生护送田先生，先冲出去再说！”

“这哪儿成！他们可都是有枪的，万一伤了人怎么办？”

正说话，七宝气喘吁吁地折了回来：“师傅，不行，后门也都是警察！”

周信芳没想到他们来得这样快，一时也没了主意，愣在原地。

田汉见他们为难得很，真诚地：“信芳先生，我看我还是先出去，自己想办法的好。再这么待下去，万一连累了你们……”

“田老大，你这是什么话！”周信芳不容他说完，掀起帘子往外看。他最是义气，见警察们越来越近，心急如焚，脑中紧张地思索着脱身的办法，突然想起什么，二话不说，把剧场内侧的幕布扯了下来，高声地：“快，七宝！去拉电闸！”

七宝一愣，拔腿向着台侧跑去，这时戏正演到精彩的地方，锣鼓点子一阵紧过一阵。警察们逐行搜查着，眼看观众席就要搜完，突然，整个剧场一片黑暗。

“怎么回事？怎么停电了？”

“三天两头停电，还让不让人看戏了？”

搜查的警察们也都愣住了，不知该如何是好，正在犹豫，舞台一侧浓烟滚滚，窜出火焰来。不知是谁高声喊了一句：“不好了，电线走火，把幕布烧着了！快，快跑！”

台下的观众们闻到烟味，顿时骚动起来：

“起火了！快跑！”

“开门！开门！剧场里起火了！”

一时间，人人争先恐后，抢着往剧场外挤。黑漆漆的剧院里，拍门声、惊呼声、喊叫声响成一片。门口的警察还想阻拦，哪里阻拦得住？只能眼看着人群往外拥去，消失在茫茫的黑夜里。

田汉混在人群之中，在周信芳等的护送下，穿过一条僻静的小巷，停住脚步。他知道周信芳对戏剧的执著，心里又是内疚，又是感激：“信芳先生，就送到这儿吧，你快去处理班里的事情。这次为了我，你连幕布都给烧了，叫我怎么过意得去。”

“田老大，你这说的什么话。你的事情，就是我周信芳的事情，有什么过意不去的？”

周信芳说得诚恳，把手中的包袱递给田汉：“你那西装扎眼得很，这里有套长衫马褂，你先换上。包袱里的钱，是给你应急用的。我已经想好了，让七宝他们送你去城外码头，我有一艘船停在那里，你先躲上几天，再做计较。”

田汉满心感激，伸出手去，紧紧握住周信芳的手：“信芳先生，那家里的事情，就都拜托你了！”

周信芳的船泊在城外码头。这是一艘极普通的小船，混迹在破旧的渔船之间，很不惹眼，想来是不愿张扬的意思，倒颇适合田汉暂住。他怕给周信芳惹来麻烦，一天到晚都猫在船舱里，正是闲极无聊，却听见有人在敲舱门。

他的心顿时抽紧，悄无声息地移动着，透过舱门的缝隙往外看，却见一张熟悉的面孔。他简直不相信他会出现在这里，猛地打开舱门，欢喜地：“夏衍，你怎么来了？”

夏衍摇了摇头，示意他进船再说。田汉忙点点头，两人钻进舱内。

低矮的船舱里，夏衍和田汉盘腿而坐。田汉还在惊讶之中：“你怎么知道我在这儿？”

“我听说政府在通缉你，去了你家，听嫂夫人说的。她和田妈妈都没事。昨晚周老板送杏儿回去，已经跟她们说了你的事。她们听说你在这里，放心多了，让我来看看你。”

田汉听说家里没事，松了口气：“那就好。夏衍，说真的，昨晚我躺在这儿，心里庆幸得很。要不是听了你的话，让学生们都走了，昨晚上遭殃的，恐怕就不只我一个了……”

夏衍看着田汉，又是无奈，又是好笑：“你呀，都这模样了，就别担心他们，多担心担心自己吧。你家门口一直有人监视，通缉令撤除之前，你都不能回去。我已经给你找好了地方，你暂时换个名字，隐蔽起来。”他一边说，一边从身上掏出伪造的证件，递给田汉：“这是你的证件。记住，从今天起，你叫陈瑜，不叫田汉。还有，隐蔽期间你不能回家，不能随意跟人联络，更不能去戏院。这些地方都危险得很，万一被人发现……”

田汉闻言，忙把证件推回给夏衍，连连摇头：“不行不行，我不去。”

夏衍一愣：“为什么？”

田汉苦着一张脸，老老实实地：“我真不能去。他们抓我我倒不怕，可你要我不回家、不联络，还不准去戏院，这我哪做得到？你还不知道我？让我三天不看戏，还不如让我去死。”

“田寿昌啊田寿昌，你说你这个人，让我说你什么好！”

夏衍听他说得老实，笑了出来。他一早接到安娥的电话，知道政府突然下令通缉田汉，心头一惊，手忙脚乱往田家赶，好不容易给他打点好一切，没想到他还不领情。他突然想起上次开会时安娥所说的话，这个田老大也许永远不能成为一个标准的共产党员，可他却有着一颗最赤诚的心。他不会骗人也不懂得矫饰，是就是是，非就是非。他对生活充满着热爱，对真理充满着向往，不畏惧强权，也不屈从于利益。这样的一个人，不正是国家所需要的么？

田汉压根不知道他在想着什么，讨好地：“你啊，什么都别说，就放我在这里。这里好哇，什么时候信芳先生空了，我还能听他唱上两段……”

夏衍心里下了一个决定，突然板起脸，严肃地：“那可不行。你不是总说要进步，要加入共产党么？人家共产党员为了国家，连命都可以不要，现在让你少看两场戏，你就受不了了？”

田汉一愣，笑了起来：“我是想加入共产党，可这不是一直找不到组织、没人引荐么。再说了，这是你夏衍的主意，又不是党的命令。如果是党的命令，别说是少看两场戏，就是让我田汉一辈子不看戏，我也做得到！”

夏衍等的就是他这一句话，故意问道：“此话当真？”

田汉一梗脖子，豪爽地：“当然是真的。”

夏衍强忍笑意，一脸严肃地：“那好田汉，我现在代表上海共产党地下文委正式通知你，立即隐蔽。隐蔽期间，不准回家，不准随意跟人联络，更不准去戏院。”

田汉一愣，盯着夏衍。他跟夏衍相识已久，却从来不知道他跟共产党有什么关联，脑中一片混乱，半晌才反应过来，不敢置信地：“你就是共产党？”

夏衍点了点头：“我就是共产党员，上海共产党地下文委负责人。我们已经考察你很久了。怎么样，田汉同志，刚刚说的那三点，能做到么？”

田汉愣了一愣，突然站起身来，高声地：“能！”

第十四章　危难逢知己，诗酒慨而慷(上)

一

明月歌舞团最近很是热闹。乐队招了新人，又接了新活，要排练一出新的儿童音乐剧沈指挥怕配合不熟练，带着大伙儿泡在排练厅里，加紧练习新的曲目，忙得不可开交。这天下午，乐团正在合乐，一阵踢踢踏踏的脚步声穿过走廊，朝这边飞奔而来。

门“哐当”一声被人推开，聂耳抱着一大沓乐谱，冲了进来，兴奋地：“沈指挥，我抄完了！”

众人都停了奏乐，去看聂耳。

沈指挥皱了皱眉，头也不回：“开什么小差？重新来，从第七小节开始。”

他五短身材，敦厚面孔和不羁长发形成一种奇异的平衡，表情顿促有力，带了种粗野的感染力，颇有几分艺术家的气派。乐手们忙把心重新放回到乐谱上，演奏起来。聂耳这才注意到他们正在练习，无奈地在观众席上坐下，沉醉地听着，手指跟着节奏打拍子，心里直痒痒。好不容易等到他们休息，他忙不迭地捧着一大堆曲谱，追在沈指挥后头，亦步亦趋地：“沈指挥，我抄完了！”

沈指挥不相信地看着他，从那堆曲谱里随意挑了几本，翻了一翻，见抄得工工整整，有些惊讶，一拍他的肩：“好小子，还真抄完了。你等等啊。”

他一头钻进旁边的房间，在里面翻找着。聂耳只当他要让自己参加合练，兴奋地等着，期待得很，见他又捧出一堆曲谱来，足足有半个人那么高，一愣。

“这是乐队最近要练习的曲谱，你拿回去，先抄一遍……”

聂耳一脸不乐意：“还要抄？我都抄了整整七天了！”

“那也得抄。”沈指挥压根不理会他的抱怨，把曲谱塞在他怀里，不由分说地：“黎团长吩咐了，这一个月都让你抄曲谱。抄好了这些曲谱，才能入队合练。”

几个乐手在旁边听了，开玩笑地：

“聂耳，你就别抱怨了。你说你不会五线谱，怎么入队合练？”

“就是。不会五线谱还能进明月歌舞团的，你可是第一个！”

“对啊，聂耳，要学好五线谱，哪有那么容易？你还是听黎团长的，先把谱子抄好……”

聂耳只觉得心中无名火起，想要发作，又没处发去，抱起那一堆曲谱，头也不回地往外走。他自从进了明月歌舞团，本以为可以一显身手，大大展示一番自己的才华，没想到黎锦晖不但没对他另眼相待，反而禁止他参加合练，要他留在宿舍里抄谱。他极力忍耐着，好不容易抄完了那一大沓，以为这样总可以参加合练了吧？可等待着自己的，却还是那些枯燥至极的曲谱。

他越想越气，脚步重重地落在老旧的木楼梯上，发出咯吱咯吱的声响。其他乐手奚落的话语更是如影随形，让他烦闷不已。不会五线谱怎么了？不会五线谱，他聂耳不也一样考进来了么？他一脚把门踢开，把曲谱往地上一扔，整个人往床上一躺，只觉得这明月歌舞团进得实在窝囊。排练厅离得不远，轻快的乐曲声仿佛长了眼睛，朝聂耳身边奔涌而来，钻进他灵敏的耳朵，让他躲无可躲、烦躁至极。他终于再也忍耐不住，坐起身来，抱起那一堆曲谱，拿了把小提琴，冲出门去。

黎锦晖正坐在办公室里，跟电影公司的人商量配乐细节，见他怒气冲冲闯了进来，一愣：“聂耳，你怎么来了？”

聂耳也不答话，把手中的曲谱往桌上一扔。

曲谱重重地砸在桌面上，激起一阵灰尘。电影公司的人皱了皱眉，黎锦晖却并不动气，等着看他要做什么。聂耳二话不说，翻开一本曲谱，把小提琴往肩头一架，拉了起来；拉了一截，把曲谱扔在一旁，去翻另一本；再拉完一截，又把曲谱扔在一旁，再去翻另一本，如此反复四五遍，这才停了下来。

他高昂着头看向黎锦晖，带了种孩子气的骄傲，挑衅地说：“你让我抄谱，不就是想让我学五线谱么？我已经学会了。这里所有的谱子，你让我拉哪首，我就能拉哪首。”

黎锦晖笑了笑，平静地：“那很好。”

聂耳七天就学会了五线谱，多少有些得意，没想到到了他这里，却只得到这不咸不淡的三个字，越想越不是滋味，没好气地：“我已经学会了五线谱，现在总可以让我参加合练了吧？”

黎锦晖也不做声，想了一想，起身走到书架前，选了几本书，塞在聂耳手里：“你不想抄谱，就看书吧。这是斯波索宾的音乐理论，还有和声学，你先拿回去，看的时候多想想，做点笔记。等这几本书都看完了，就上我这儿来……”

聂耳本来就窝了一肚子火，听说还要看书，更是像点燃了引线的炮仗，砰地炸裂开来："团长，我有意见！"

黎锦晖见他不肯接书，也不勉强，把书放在一旁："说吧，你有什么意见？"

聂耳笔直地看向黎锦晖，一梗脖子，硬邦邦地："我对你有意见！我进歌舞团，是凭自己的本事，堂堂正正考进来的！比小提琴，比二胡，我比团里谁都拉得好！可我进团之后，你不肯让我参加合练，逼我抄谱。以前我不懂五线谱，你让我抄，我认了！可现在我已经学会了，你又让我看书！我是来当乐手的，不是来打杂的！你这样安排，我不服气！"

黎锦晖看也不看他，气定神闲地："不服气也得看。不但要看，看完了，我还要考试。我还有事，你先走吧。给你的几本书，记得拿走。"

聂耳被他这样轻言细语说了两句，只觉得一拳打在棉花上，自己之前的愤怒都成了一个笑话。他看着黎锦晖沉静的脸，想要发作，终究没有发作的理由，拿起那几本书，摔了门就走。

门在他身后合上，发出巨大的声响。电影公司的人皱了皱眉，不悦地："黎先生，刚刚那是什么人，这么不懂事？年纪轻轻，一点礼貌都没有……"

黎锦晖却毫不生气，隔着窗户，看着聂耳离去的背影，笑了起来："那是个天才。"

那人第一次听他这么称赞一个人，见他一脸认真，愣住了。

聂耳自然不知道黎锦晖对他的评价。他窝了一肚子气，连宿舍也待不住，想来想去，只能去找顾惜音。他听顾惜音提起过学校的名字，好容易等到她，拉起她就往一旁的公园走，往长椅上一坐，大声地发起了牢骚："我哪里是什么乐手？进明月歌舞团都好几天了，那个该死的黎锦晖，就没让我碰过琴！"

顾惜音见他第一次主动来找自己，欢喜得很，忙问道："不让你碰琴？那他让你做什么？"

"让我抄谱！"

聂耳转过头，愤愤地："他让我抄了整整七天谱！足足有这么厚！"

顾惜音见他愤懑的样子，忍不住笑了出来："那有什么。我刚学琴的时候，老师还让我抄了一个月谱呢，说是这样子记忆深、学起来快。"

"那是你笨！我抄了七天就学会了，可他还是不让我参加合练！"

顾惜音也不计较，奇怪地："你都学会了，他还让你抄谱？"

聂耳咬了咬牙，恨恨地："这回不抄谱了，让我看书！你说，他把我看成什么了？我进明月歌舞团，是想参加演奏，是想创作我自己的曲子！可他呢？只会让我抄谱，只会让我看书！"

顾惜音被他绕得头都晕了，扑哧一声笑了出来："你真奇怪。你想作曲，不是正应该多看点书么？古往今来，有哪个大音乐家、大作曲家是不学习、不看书的？"

聂耳明明知道她说得对，心里却始终憋着一股气，把头一拧，倔犟地："那是他们！我不看他那些书，不也作曲作得好好的？你倒是天天读书，你能作吗？你能吗？"

顾惜音见他恼羞成怒，乐了："我是作不出，可人家黎先生作的曲子，在上海可是有名得很。"

一句话戳到了聂耳的痛处。他把头一低，不说话了。

顾惜音见状，用肘子捅了捅他："聂耳！"

聂耳心里气她拿话堵自己，往一边挪挪，懒得理她。

顾惜音越发乐了，也跟着往边上挪，继续用肘子捅他："欸，聂耳！"

聂耳被她闹得烦了，抬起头来，无可奈何地："做什么？"

顾惜音："黎先生让你看书，你打算怎么办？"

聂耳闷闷地："还能怎么办？他黎锦晖是团长，我不过是个新来的乐手，让我看书，我能不看吗？"他终究不服气，愤愤地："顾惜音，我跟你说，我再忍他一次。等读完了这几本书，看他还有什么话说！"

顾惜音只管拿眼睛瞅他，忍不住笑了出来。

二

说是这么说，可一翻开那几本书，聂耳就后悔起来。他素来喜欢简单直接的东西，比如音乐，用耳朵听就好，绘画，用眼睛看就好，对那些故作深奥的理论不屑得很。在他年轻的心里，音乐自然应该是丰富的、怪异的、直接作用于耳膜的。如果连音乐也像算术一样，有雷打不动的公式与规则，由千篇一律的规则推导出千篇一律的结果，那还有什么乐趣？

他这样想着，顿时就没了热情，划拉着手里的书页，无聊透顶。

宿舍窗外是一棵巨大的槐树，长得郁郁葱葱，洒下一片浓密的阴影。一只小鸟飞了过来，停在树上，啾啾地叫了两声。聂耳正是无聊，听到鸟叫，索性扔了书本，趴在窗户前学它的叫声，惟妙惟肖。

鸟听到他的叫声，一愣，滴溜着眼睛看他，继续叫。

聂耳乐了，看着那鸟，也继续学。

那鸟被他的鸟叫声吸引，在树上蹦跳了两步，靠得近了些。

聂耳越发来了兴趣。他想了想，把床上撑蚊帐的竹竿抽出来，伸出窗户，轻轻地搭在树干一头，想要把那鸟儿引进屋来。小鸟被竹竿惊动，扑闪着翅膀往后退。聂耳急了，忙学着啾啾的声音，连声叫唤。那鸟犹豫着，歪着头看聂耳，和他一应一和，终于忍耐不住，蹦蹦跳跳上了竹竿。

聂耳童心未泯，见它果然上了竹竿，大喜过望，蹑手蹑脚，慢慢把竹竿往后收，眼看就要进到屋里，楼下突然响起一个声音："老徐策——为薛家——上殿奏本，一件件一桩桩件件桩桩桩桩件件件件桩桩，奏于朝廷哪啊奏于朝廷！"

这声音来得大又突兀，鸟儿受了惊吓，一振翅膀，又飞回树上。

聂耳心里不爽，探头出去，上下看了一看，不知道那声音是打哪里来的，对着窗外吼道："唱什么唱？吵死人了！"

四下里一片安静，没了声音。

聂耳收拾心情，把竹竿重又架回树上，继续逗鸟。眼看着鸟儿又上了竹竿，他正满心欢喜，把竹竿慢慢往回收，突然听那人又唱了起来："湛湛青天不可欺，是非善恶人尽知，血海冤仇终需报，且看来早与来迟……"

鸟儿哪经得起这番惊吓，一振翅膀，索性连树上也不停，直接飞了开去。

聂耳这回听分明了是楼下在唱，见鸟儿飞了，火大得很，拿起竹竿猛敲楼下的窗户："别唱了——我叫你别唱了！你唱走调了！"

楼下置若罔闻，越唱越大声，似乎是被卡住了，兜兜转转，又兜回到这几句："湛湛青天不可欺，是非善恶人尽知，血海冤仇终需报，且看来早与来迟……"

聂耳被他唱得心头火起，扔了竹竿，跑回到屋子正中，用力蹬地板，边蹬边喊：

"楼下的，别唱了！吵死人了！"

"叫你别唱了！听到没有！"

"不准唱了——！"

他在楼上办法使尽，楼下还是不理不睬，来来回回，继续唱他那几句。

聂耳烦了，索性双脚并用，在地板上一阵好蹦，高声地："我叫你唱！我叫你唱！"

——楼下终于静了下来，一丝声响也没有。聂耳反倒不相信了，趴在地板上听了一听，见楼下确实没了声音，松了口气。

他这一番折腾，满头是汗，倒把心里的烦躁解了一些，得意地往地上一躺。

突然，楼下那位一打拍子，又唱了起来："湛湛青天不可欺，是非善恶人尽知，血海冤仇终需报，且看来早与来迟……"

聂耳一愣，二话不说，站起身来，拉开门往楼下冲去。

楼下房门紧闭。聂耳一脸怒气，用力砸门。屋里那人还在唱，反反复复，沉醉其中。半晌，才听见里头有了响动。有人走过来，打开房门：出现在门口的，是田汉茫然的脸。

聂耳压根不管他是谁，劈头就是一句："你闭嘴！"

田汉还沉浸在戏文当中，没反应过来，愣愣地："什么？"

"我叫你闭嘴！你唱走调了知不知道？四句词你走调了七次，你知不知道？"

他从抄谱开始，心里就积了太多郁闷，又被田汉惊走了鸟儿，待听到他频频走调，更是忍无可忍，一把揪住他的领口，高声地："你给我听好了，这段应该是这样唱！湛湛青天不可欺，是非善恶人尽知，血海冤仇终需报，且看来早与来迟！"

他唱完一遍，松开田汉，恨恨地："听明白了么？应该是这样唱！所以，请你闭嘴！"

田汉还是愣愣的，没反应过来，看聂耳把头一扭，气冲冲走上楼去。

——他自从听了夏衍的安排，躲进这明月歌舞团里，大门不出二门不迈，每日里扳着手指数时辰，真是无趣到可怕。这天好不容易想起信芳先生的《徐策跑城》，拿出来自娱自乐一番，过过干瘾，却被一个黄毛小子教训一番，渐渐回过神来。

他是个性情中人，出了名的吃软不吃硬，哪里会怕聂耳？走到楼梯口，对着楼上，扯开嗓子就唱："湛湛青天不可欺，是非善恶人尽知，血海冤仇终需报，且看来早与来迟……"

脚步声。开门声。

聂耳暴怒的脸出现在楼梯口，高声地："你不准唱！"

田汉看他出来，也不与他争，停了下来，好整以暇地看着他。等他转过背去，刚一进门，又扯开嗓子，边拍楼梯边唱："湛湛青天不可欺，是非善恶人……"

两句没完，聂耳冲了出来。他趴在楼梯上，看着楼下的田汉，忍无可忍，索性也高声唱了起来："血海冤仇终需报，且看来早与来迟……"一时间，田汉唱，他也唱。田汉从楼下向上唱，他从楼上向下唱，两人越唱越大声，越唱越靠近，终于相遇在楼梯间上，脸对着脸，眼对着眼。

两人还要再唱，一眼瞧见彼此喉干舌燥、声嘶力竭的模样，都是一愣，突然停了下来，坐倒在地板上，哈哈大笑。他们原本都揣着一肚子火，无聊至极，没想到会遇上这样有趣的人，你看看我，我看看你，心中郁闷一扫而空。田汉一扬下巴，激赏地："你，叫什么名字？"

"我？我叫四只耳朵。"见田汉愣住，聂耳一乐，忙补充道："聂耳。"

田汉恍然大悟，点了点头。

聂耳："你呢？叫什么名字。"

田汉伸出手去："我叫陈瑜。耳东陈，周瑜的瑜。"

聂耳看了看田汉，二话不说，伸出手去，紧紧握住田汉的手。

"白首如新，倾盖如故"。田汉遇见了聂耳，聂耳遇见了田汉，两人才算彻底明白了这句话的含义。明明中间隔着十几岁，明明相识才不过几天，两人却脾气相投、性格相仿，简直像一对孪生子般。都狂热地向往革命，热爱音乐，热爱戏剧，热爱一切的艺术和美。待到一聊彼此的家庭，才知道都是幼年丧父，由母亲独力抚养长大，愈发多了几分亲切。一个是为了逃避追捕，躲在这明月歌舞团里不敢出门；另一个是被命令做自己不喜欢的事，心烦意乱地抄谱看书，都是百无聊赖痛不欲生，陡然遇上这么个知己，真是有说不完的话。这一天，两人一起在食堂吃饭，聂耳突然觉得有些奇怪，开口问道："陈瑜，我在歌舞团没见过你。你负责什么的？"

田汉笑了笑："我不是歌舞团的，只是暂时借住在这里。"他嫌菜不够辣，往碗里拨了点辣椒酱，拌了一拌，端起碗就吃。

聂耳点了点头："这样。那你以前是做什么的？"

"我是写戏的。"

"写戏？都写过些什么？"

"也没什么。"田汉惊觉自己说漏了嘴，尴尬地笑笑，遮掩地："说是写戏，其实也就是给剧团打打零工、写点小段子，说出来你也未必知道……"

聂耳突然停了吃饭。他一瞬不瞬地盯着田汉，神情古怪得很。

田汉以为他看出了什么，笑得有些尴尬："聂耳！"见聂耳还是呆呆地看着前方，一点反应也没有，他把手叉开，在他面前晃了一晃："我说聂耳……"

聂耳愣愣地盯着田汉，眉头越皱越紧，猛地站起身来："不，不对！"

田汉吓了一跳，只当他发现了自己的身份，刚要解释，聂耳却二话不说，端着饭碗直闯进排练厅，一敲碗边，高声叫道："停下停下！你们都停下！"

众人全神贯注排练着新的曲目，被他这一喊，都停了乐器，去看聂耳。沈指挥扭过头，皱眉说："聂耳，你怎么回事？我们这正排练呢……"

聂耳却不由分说："刚刚那段不对。"

沈指挥看着他，莫名其妙："不对？大家都是照着乐谱来的，哪里不对？"

聂耳皱着眉，脸色僵硬说："旋律、节奏，哪哪都不对！"

众人一愣，都笑了起来。有几个好事的早就看不惯他，半是打趣、半是嘲笑："聂耳，你知不知道这是谁作的曲子？"

"这曲子可是黎团长写的，连唱片公司都赞不绝口，哪里不对了？"

"是啊，聂耳，黎团长写得不对，难道你写得对？"

聂耳却仿佛没有听见一般，走到乐谱架前。他看了看乐谱，提笔就改，边改边喃喃自语地："第一乐段二十六小节，从这里开始变调，主题才能凸显出来，鲜明而有层次；第二乐段全是 4/4 节奏，拖沓得很，如果从十八小节开始，改成 2/4 节奏，演奏起来，应该会更活泼有趣……"

众人听他说得有模有样，将信将疑去看乐谱。

"对了！就是这里，照这么改，曲子的感觉就对了！"

聂耳把改好的乐谱放回到乐谱架上，兴奋地："试试！都按我改的乐谱试试！"

他一边说，一边就拿起其他人的乐谱，飞快地改了起来。

乐手们你看看我，我看看你，都有些犹豫。有几个好奇的凑到改好的乐谱面前，试着演奏起来：虽然只改了两个地方，但修改后的乐谱果然如聂耳所说，更加活泼，也更为有趣。其他的人听着听着，眼中透出惊喜的光。他们学音乐多年，当然听得出修改过的曲谱更好，拿起乐器，纷纷加入进来。一时间，优美的旋律响起在排练厅里，轻快活泼，起伏有致。

聂耳改好最后一份乐谱，把它递给指挥，充满期待地："指挥！"

沈指挥不敢置信地看着他，迟疑片刻，接过乐谱："各位，我们从头开始，练习一遍……"

三

"……黎先生，可说好了，这次的儿童音乐剧，一定要交给我们百代来录。"

黎锦晖送唱片公司的人出来，微微一笑："那剧的音乐还有些问题，等改好了再说罢！"

"您太谦虚了。小样我都听过了，哪有什么问题？再说了，只要是您黎氏出品，还愁没有人买？"

黎锦晖听他这么说，还是微微一笑，也不点头，也不说话。

那人见黎锦晖不肯应承，也不勉强："那我先走了。等什么时候黎先生空了，再来叨扰。"

"不送。"黎锦晖拱了拱手，转身往办公室走。他刚刚完成这出儿童音乐剧，就有好几家唱片公司找上门来，要出唱片。可他总觉得有什么地方不对，还想再斟酌斟酌。他顺着小径往回走，听到排练厅传来演奏声，正是刚刚完成的新曲目，停住脚步，侧耳倾听。听着听着，脸上露出惊讶的神情，二话不说，转身往排练厅走去。

排练厅内，众人正按聂耳改过的乐谱进行演奏。他们越奏越欢快，越奏越精彩，一个个面带笑容，投入得很。不知是谁第一个看到站在门口的黎锦晖，停了下来："团长！"

乐手们见是黎锦晖，脸上的笑容一僵，都停了下来。他们在行里多年，知道不经允许修改黎锦晖的曲子，无异于对他的侮辱，忐忑不安，不知该如何解释。黎锦晖却神色如常，平和地："停下来做什么？你们奏。接着奏。"

乐手们有些心虚，你看看我，我看看你，不知如何是好。犹豫片刻，重新演奏起来。

——乐曲很快演奏完毕。小小的排练厅里一片肃静。黎锦晖脸上看不出什么表情，走到指挥身旁，翻了翻乐谱，抬起头来："这乐谱谁改的？"

没有人说话。

众人只觉得有一种巨大的威压逼迫过来。几个乐手忍耐不住，纷纷向舞台一侧看去。黎锦晖这才注意到聂耳拿着把小提琴，也坐在队伍里，一愣，明白过来："怎么，是你改的？"

聂耳也不怯场，站起身来，爽快地："是我。"

黎锦晖皱了皱眉，不悦地："上次的书看完没有？"

聂耳没想到他会突然问起这个，硬着头皮答道："没有。"

"既然没看完，你上这儿来做什么？"

聂耳想要分辩，又不知说什么好，嗫嚅着说不出话来。

"上次在办公室，我是怎么跟你讲的？让你暂时不要参加合练，好好看书，多记笔记，多动脑子。可你呢？都快一个月了，几本书还没看完！你的心都用到哪里去了？"黎锦晖见他答不上来，面色一沉，严厉地："你现在就给我回房间去，好好看书。什么时候看完了，什么时候到我办公室来，由我亲自考试。老沈，你给我看好了，考试通过之前，不准聂耳再来排练厅！"

沈指挥一愣，连忙点了点头。

聂耳看着黎锦晖，又是委屈，又是愤怒，一脸的愤愤不平。他倔犟地转过身，把乐谱架带倒了，看也不看，头也不回地走出门去。

重重的关门的声响。黎锦晖没有说话，乐队的人也都愣住了，谁也不敢开口。

半晌，黎锦晖弯下腰去，把乐谱架扶了起来。他拍了拍手，看向众人："怎么了？怎么都不练了？你们练你们的，不要受影响。"

沈指挥忙应了一声，招呼道："大家把乐谱翻到第一页，我们重新练习一遍……"

他使了个眼色，乐手们都心领神会，按黎锦晖最初的版本演奏起来。黎锦晖走了几步，听出不对，停下脚步，又折了回来："停，停一下！"

众人不知哪里又出了问题，忙停了下来。

黎锦晖面向众人，坦然地："第一二乐段我看过了，聂耳改得很好。今后演奏的时候，你们都按聂耳改过的来。还有，在编曲上加上聂耳的名字。"

众人没想到黎锦晖会这么说，看他转身离开，都愣住了。

黎锦晖的一番苦心，聂耳却一点也不知情。他只觉得受了天大的委屈，闭着眼睛坐在床上，疯狂地拉着二胡。他心中满是悲愤，弓子在弦上搓着、揉着，狂风暴雨一般，几乎要喷出火来。

乐曲戛然而止，聂耳长舒一口气，睁开眼来。

田汉放大的脸出现在他眼前。他拿着一壶酒、一碟花生米，笑眯眯地："聂耳，喝不喝酒？"

聂耳当然要喝，想喝得要命。他只觉得田汉来得正好，盘腿往地上一坐，提起酒就往杯子里倒。

田汉："我说聂耳，你二胡拉得真不错，比你唱戏好听多了。"

聂耳抬起头来，笑了："陈瑜，你这是夸我还是损我呢？我戏唱得再不好听，那也比你好。你说你一个写戏的，唱的那都是什么？"

田汉也不生气，只管笑。

聂耳举起酒杯，跟他碰了碰杯，一饮而尽："对了陈瑜，歌舞团的黎锦晖，你认不认识？"

田汉斜觑着眼，看向聂耳："黎锦晖？听说过，大音乐家，明月歌舞团的团长，还是我们湖南老乡。怎么，你该不会是想拜他为师，想让我帮着打通关节吧？"

"谁要拜他为师？"聂耳一肚子火，早按捺不住，两杯酒一灌，越发没了收敛，"什么团长？什么大音乐家？他要也算是个大音乐家，我聂耳两个字倒过来写!”

田汉知道他在生黎锦晖的气，笑了：“别别别。年轻人年轻气盛，那也不能随便把名字倒过来写。有的人名字倒过来，还勉强是个字，你说你聂耳倒过来，那成什么了?”

聂耳被他闹得哭笑不得，大声地：“陈瑜!”

田汉举起手来,无奈地:“好好好,我不开玩笑。你骂,你继续骂,我听着。”

——他虽然不认识黎锦晖，却透过夏衍他们，听说过他的一些轶事，觉得此人颇有几分大家风范，当得起“谦谦君子”四个字。他知道两人之间必有误会，也不着急，等着听聂耳如何骂他。

聂耳张嘴要骂，搜肠刮肚，却骂不出什么，半晌，恨恨地：“他嫉贤妒能、小肚鸡肠!”

田汉好笑地：“哦，我明白了。你的意思是，你比他贤、比他能，所以他嫉妒你?”

聂耳一扭头，恼火地：“我没那么说。”

“那为什么?”

聂耳喝了口酒，愤愤地：“今天乐队合练的时候，我听着有几个小节不对，就跑去改了他的乐谱。乐队都按我的奏了，明明比他的效果好，可他不但不接受，还恼羞成怒……”

“把你给开除了?”

聂耳一愣：“那倒没有。”

“那么，扣你薪水了?”

聂耳：“那也没有。”

田汉拈了颗花生米，扔进嘴里：“人家黎锦晖可是明月歌舞团的团长，你贸贸然跑去改他的谱子，他不但没开除你，连薪水都没扣一文。我看他对你不错，没亏待你呀。”

“他……他还让我看书！说不看完这些书，就不让我进排练厅!”

田汉越听越乐，一口酒喷了一地，笑出声来：“就为了这?”

聂耳蹦出来这么一句，自己都有点不好意思，思来想去，黎锦晖也的确没做什么了不得的坏事，尴尬得很，见田汉嘲笑自己，恼了，起身就走。

“走什么？来来来，喝酒！喝酒!”

田汉知道他性子倔，拉不下面子，忙忍住笑，替他把酒满上。他也在这明月歌舞团里待得烦了，见聂耳垮着一张脸，突然冒出个主意来：“哎，你要真不想看书，我们出去玩吧？我们赶早班的火车，到杭州去，保管谁都不知道……”

第十五章　危难逢知己，诗酒慨而慷(下)

一

聂耳当然赞成，不仅赞成，还兴致高涨。两人只恨没早点想到这个主意，起了个大早，偷偷摸摸从明月歌舞团出来，到火车站一问，才知道到杭州的票子早就卖空了，别说是今天的，往后三天都没有。他们俩最好热闹，在明月歌舞团里一待这么多天，早就憋得心里发慌，好不容易出来一趟，又偏偏碰上这样的情况，都傻了眼。正满心失望，准备打道回府，聂耳看向车站一角，灵机一动。他捅了捅田汉，低低地："陈瑜，你是不是真的想去？"

田汉知道他鬼主意最多，眼前一亮："那当然了。怎么，你有办法？"聂耳忙做了个噤声的手势，四下里看了看，点了点头："你跟我来。"田汉将信将疑，跟了过去。

火车站一角，一列货车静静地停靠着。两个机修工正走来走去，检查各车厢的状况。见没有问题，其中一个说了些什么，点了点头，拿起旗子，向车头走去；另一个走开几步，背对着车厢抽烟。

聂耳做了个手势，尽量不发出声响，小心翼翼往货车走去。田汉轻手轻脚，跟在后头，刚走几步，只听见汽笛一响，货车缓缓开动起来。

聂耳二话不说，往两截车厢的连接处一跳，伸出手来："陈瑜，快！"

田汉忙快跑两步，也跳了上去，顺着连接处的梯子往上爬。机修工听到声音，转过背来，一眼瞧见他们两个，高声地："你们两个干什么的？下来！快下来！"他把烟一扔，拔腿就追，哪里还追得上？货车早已经开得飞快，驶出站台去了。

列车一路前行，田汉和聂耳四仰八叉躺在高高的煤山上，放声大笑。阳光和暖，透过疏朗的树林照过来，空气中弥漫泥土和稻穗的清香，越发让人觉得胸怀开阔，舒畅得很。两人你看看我，我看看你，只觉得畅快得很，快活得很，伸出手去，响亮地一击掌。

聂耳一个鲤鱼打挺，站起身来。他伸出手，把田汉也拉了起来，两人齐齐趴在车厢壁上，探出头去。四下里是呼呼的风声，两人的衣服鼓起来，风帆一般，沐浴在明媚的阳光里。田汉戴着一顶软绒呢帽，怕被风吹走了，忙用手按住。他在房间里闷了好些天，终于可以出门，放眼看去，眼前尽是高而阔的天，大片的田野绵延开来，迢远得没有尽头一般，只觉得有说不出的逍遥自在，扯开嗓子，大声诵读道："哦，如果空中真有精灵，上天入地纵横飞行，就请从祥云瑞霭中降临，引我向那新鲜而绚烂的生命！"

聂耳听得愣了，呆呆地："陈瑜，这是你写的？"

"这哪是我写的？这是歌德的《浮士德》！"田汉一拍聂耳的肩，笑了："小老弟啊小老弟，难怪黎锦晖要你看书。你啊，读书读少了！"

聂耳对着无边际的田野，只觉得多少闷气都烟消云散，什么话都可以说出来："我不是讨厌看书，我是讨厌他黎锦晖！我是考进来了所以没办法，倒是你，为什么缩在这明月歌舞团里？"

"虎落平阳、英雄遭劫，总之也不是什么好事。提它做什么？"

田汉豪情满怀，爽快地一笑："法国诗人拉马丁说过，在一生中连一次诗人也未做过的人是悲哀的。今天啊，我们什么都不想，只管快活，只管当诗人、当诗翁，一路当到杭州去！"见聂耳仍愣愣的，他用肩膀一拱："还愣着干吗？自己的、别人的，只要是诗，都可以！"

聂耳一愣，豪气地："有什么不敢的？来就来！"

他略想了想，高声地："剑外忽传收蓟北，初闻涕泪满衣裳。却看妻子愁何在，漫卷诗书喜欲狂。白日放歌须纵酒，青春作伴好还乡。即从巴峡穿巫峡，便下襄阳向洛阳。"

"好！好！'白日放歌须纵酒，青春作伴好还乡'，这沿途的风景，也只有杜工部这两句诗当得起！"田汉鼓着掌，只觉得豪气满怀，略一沉吟，抬头就念："白马饰金羁，连翩西北驰。"

聂耳没想到他会背诵起曹植的《白马篇》，惊喜得很。三国英雄辈出，他向来最欣赏这个才思敏捷、满腔热血的曹子建，接着就念："借问谁家子，幽并游侠儿……"

田汉没料到他背得如此纯熟，越发乐了，忙抢着往下背："少小去乡邑，扬声沙漠垂！"聂耳也乐了，高声抢道："宿昔秉良弓，楛矢何参差！"

正背得欢快，田汉一眼瞥见隧道就在前头，吓了一跳，一把拉过聂耳，把脖子一缩。轰隆隆的巨大声响，震耳欲聋。火车钻进狭长的隧道，两人猫在黑漆漆的车厢里，你看看我，我看看你，顾不得狼狈，突然争先恐后、抢着往下背："……羽檄从北来，厉马登高堤。长驱蹈匈奴，左顾陵鲜卑。弃身锋刃端，性命安可怀？父母且不顾，何言子与妻？"

火车飞速驶出隧道。阳光重又洒满车厢，金子一般，映得四下里辉煌一片。

"名编壮士籍，不得中顾私。捐躯赴国难，视死忽如归！"

两人共同念出这最后一句，对视一眼，只觉得有说不出的英勇与豪迈。他们仿佛穿越千年，回到了那个战乱横生的年代，变成了曹植诗里那个勇敢的少年，骑着白马，手挽良弓，奔驰于大漠之中，与来犯的敌人殊死拼杀，不惜抛头颅洒热血，也要挽救国家于为难之中。呼啦啦的风从耳边刮过，热血在体内奔涌。他们从未觉得如此贴近，近到能听见彼此心跳的声响。这是钟子期听到了俞伯牙的琴声，是鲍叔牙看到了管仲的才华，是一颗热烈的心碰上了另一颗热烈的心。

田汉率先站起身来，直愣愣地看向聂耳，伸出手去。聂耳二话不说，紧紧握住田汉的手。两人正被彼此的激情鼓动，心潮澎湃，兴奋不已，突然一阵风过。田汉只觉得顶上一凉，抬头看时，原来是帽子被风吹落。他忙追到车厢后头，伸手想去够，哪里还够得着？帽子早已经被风一卷，吹下车去。

田汉急了，猛拍车厢壁，高声地："停车！停车！"

聂耳看他被风吹得一头乱发，乐了："陈瑜，你傻不傻，这又不是客车，哪里会停车？"

田汉这才反应过来，自己也乐了。他坐回到煤堆里，看着渐渐远去的帽子，惋惜得很，正要开口，车厢突然一震，哐当一声，停了下来。

田汉一愣，不敢置信地看了看聂耳，又趴到车厢壁上去看车外，欢喜地："停啦！聂耳，这车停啦！"他二话不说，顺着楼梯就往下爬，喜滋滋地："这叫什么？这叫天助我也！这叫天无绝人之路！"

聂耳伸手要拦，哪里还拦得住？只能眼睁睁看着他跳下车，朝帽子跑去，又是好气，又是好笑："陈瑜，你快点！这车不知道什么时候就开了，万一……"语音未落，车子突然一震，缓缓开动起来。

聂耳一愣，忙往车厢后头冲，大声地："陈瑜，别捡了！车开了！"

田汉刚捡回帽子，听到声音，回过头来，拔腿就追，哪里还追得上？火车早冒着白烟，带着聂耳，轰隆轰隆跑了开去。

二

大片大片的田野，绝少人烟。一条铁轨顺着田野，向前延伸着，漫长得几乎看不到边际。田汉穿着衬衣，一手拿帽子，一手拿西服，走得满头大汗，好不容易瞧见个牵着牛的老农，追在后头，大声喊道："大爷！老大爷！"

老农停了下来，四下里看了一看，疑惑地："先生，你喊我？"

田汉点了点头，气喘吁吁地："大爷，我想跟您打听个事。从这儿往杭州，还有多远？"

老农："从这儿往杭州？我想想啊，大概三十里吧。"

"三十里？"田汉一愣，硬着头皮地："那从这到离这最近的火车站有多远？"老农打量着田汉，奇怪地："三十里啊。离这最近的就是杭州站，刚刚不都告诉你了么？"

田汉没想到最近的车站也在三十里之外，愣在原地，心头一凉。

老农牵着老牛，自顾自走远了，只剩下田汉一个，站在漫无边际的田野里。他举起手中的呢帽，越看越气，往地上一扔，垂头丧气往前走。走了两步，终究舍不得，又退了回去，捡起呢帽，哭笑不得地："老伙计啊老伙计，今天为了你，可把我给折腾惨了！"他一边说，一边忍不住笑了起来，认命地："行，不就是三十里么？我还能走不到不成？"

他吹了吹呢帽上的灰，重新往头上一按，又把西装打了个结，系在腰间，振作精神，拿出架势，大声地："芒鞋草笠渔夫装，豹头环眼气轩昂，胯下千里乌骓马，手中丈八蛇矛枪。我乃燕人张翼德，奉军师令，一路杀将去也……"一边唱，一边迈开步子，大步朝前方走去。

田汉这头灰头土脸，聂耳那头也是心急如焚。火车刚一进杭州站，他就跳下车来，抓住个乘务员，匆忙问道："先生，请问回上海怎么走？"

"回上海？"乘务员一愣，指了指铁轨："你顺着这条铁轨，一直往前……"语音未落，聂耳二话不说，跳了下去，迈开大步就走。

乘务员没想到他真用走的，吃了一惊，追在后头："先生，先生！你快回来——回来！这里离上海有两百多里，你走不到的……"

聂耳哪里理他？沿着铁轨，深一脚浅一脚往前走。他脸上蹭了不少煤灰，被汗水一浸，化成乌黑的两团，熊猫似的。路上走得热了，索性脱了衣服，挽起裤腿，一只脚高，一只脚低，看去狼狈得很。

长长的铁轨仿佛被镀上一层金光，延伸至不知名的远处。不知走了多久，铁轨那头突然出现一个小小的黑影。走得近了，只见衣服歪歪，帽子歪歪，一头乱发蓬得跟杂草似的，正是田汉。

聂耳一眼认出他来，欢喜地："陈瑜——"

"聂耳——"田汉也看到了聂耳，扬了扬手，拔腿向他跑去。

他们走了这半日，早已经是精疲力竭，待得跑到跟前，更是气喘吁吁、狼狈不堪。两人你看看我，我看看你，再也忍耐不住，往地上一坐，哈哈大笑起来。

两个人歇了一会，这才沿着铁路往回走，等回到明月歌舞团，天早已经断黑了。两人狼狈不堪，却兴致极高一面走一面说笑："……我走在路上还背诗呢！背了足足两百多首，才在路上遇上你！"

"你背诗算什么？关汉卿的《窦娥冤》，我可是一个字不落，从头唱到尾！"田汉眼中放出光芒，兴奋得很，一拍聂耳的肩："痛快！今天真是痛快！聂耳，过两天我们还去……"

两人正聊得起劲，却见黑暗里站起一个人来，低声唤道："陈瑜！"

田汉见是夏衍，一愣，笑起来说："你怎么来了？来来来，我给你介绍，这是我新认识的朋友，四只耳朵，聂耳；这位是我的老朋友，你一定听说过，他姓夏，叫……"语音未落，早被夏衍一把拖住："陈瑜，你进来。我有重要的事情跟你谈。"

田汉见他面带不悦，突然想起自己的身份，尴尬地笑了笑，转过头去："四只耳朵，你先上去吧。我这有点事。"

聂耳也不多问，点了点头，自顾自上楼去了。

田汉忙开了门，走进屋去。他知道自己私自外出，违反了夏衍规定的纪律，心虚得很，泡了茶端到夏衍面前，讨好地："夏衍，自打进了明月歌舞团，我是盼星星盼月亮，天天都盼着你来！你都不知道，我有多少话要跟你讲，有多少事情要跟你商量！"

夏衍哪里理他这一套？坐在椅子上，茶也不喝，话也不说，面色凝重。

田汉看了看他的脸色，知道蒙混不过去，老老实实地："夏衍，我知道我错了。现在局势这么紧张，我又正在通缉中，说什么也不该随便出去。可我保证，这真的是第一次。一直到昨天、不，到今天早上为止，我都还老老实实待在这里，谁也没联系，哪里也没有去过！"见夏衍还是没有反应，他急了："夏衍，你是不是不相信我？你不相信我，可以去问楼上聂耳……"

夏衍听到聂耳的名字，抬起头来，瞥了他一眼。田汉发觉自己说漏了嘴，尴尬地笑笑，委屈地："你也不想想，我在这歌舞团里都待了半个多月了，别说是人，连动物都没见到几只。你不来看我，又不准我跟人联络，家里家里回不了，戏院戏院不准去。再不找个人说说话，我都快憋死了！”

他越说委屈越多，越讲牢骚越大：“你是最了解我的，要我田汉三天不看戏，那比让我去死还难！可我为了党，都二十几天没看过戏了！这人要是真能憋死，我都牺牲了有七八回了！好不容易出去玩一次，还得偷偷摸摸的。上海不敢待，我跑去杭州。交了个新朋友，连名字也不敢说！你说说，偌大一个上海，活得像我这么憋屈的，还有没有？有没有？”

夏衍有些想笑，连忙忍住，不动声色地喝了口茶。

田汉心里委屈得很，豁出去地：“夏衍，你代表党，你说什么我都没意见。可就算是党，也不能把我关在这里，什么都不让我做吧？我这哪里是隐蔽，简直就是坐牢！变相坐牢！你跟我说句实话，以后是不是还得这样？要真这样，我干脆去坐牢算了。至少在牢里，我还能宁死不屈、当回英雄。总强过在这里，无所事事、混吃等死！”

夏衍听到这里，再也忍耐不住，“扑哧”一声笑了出来。田汉见他笑了，松了口气：“你不生气了？”

夏衍拿他无可奈何：“我生什么气。你那个牛脾气，不听人劝的时候还少了？真要一桩桩生气，我还气不过来呢。”他四下看了看，突然凑近田汉耳边，声音压得极低：“我这次来，是要通知你一件事。这段时间党内有人叛变，不少同志被捕，危险得很。你要加倍小心，千万不能外出，更不能暴露身份。为了你的安全考虑，我也不能常来看你。有什么事情，我们信件联络。”

田汉一愣，忙点了点头：“你放心，我保证，从今天开始，哪儿也不去，就待在这儿。”犹豫片刻又说道：“我有一件事情，要征求党的同意。”

“维中的预产期快到了。我想请你帮我带话给申报的安娥，请她替我照看照看。一来她不是党员，不怕惹什么麻烦；二来她跟维中熟，又是女的，照顾起来也方便。”

夏衍一愣，想了一想，点了点头：“行，我答应你。”

田汉一脸认真：“还有一件事情，请你一定代我向党汇报。以前我空有一腔热情，只知道要爱国、要救亡，却不知道要怎样去爱、怎样去救！这段时间，我认真读了很多马克思氏的著作，思考了现下中国的问题，才算真正想明白了自己的立场，看清楚了自己的道路！东北为什么会亡？是因为我们缺乏组织，不能团结起来、一致抗战！老百姓又为什么会备受欺压、流离失所？是因为国民政府没有站在他们的立场，没有从他们的利益去权衡、去考虑！新的戏剧也是一样，要反应中国的现实，传达民众的呼声，就必须转一个向，真正站到中国的立场上来，站到人民的立场上来!”

他这一番话出自赤诚，热烈而虔诚地：“夏衍，我想加入中国共产党！我想为国家、为灾难深重的同胞们做一点事情！请你转告党，我田汉愿意接受党的考验。只要是党交给我的任务，我一定认真完成，全力以赴!”

夏衍感受到他内心的诚意，笑了起来：“好！最近我们地下文委打算写一个戏，为东北义勇军募捐。既然这样，就交给你来写，怎么样?”

田汉一听，乐了：“好！这个好！我正是手痒，想写戏得很呢!”

他激动地一击掌，在屋里走了两步，飞快地思索着，猛地抬起头来：“我想写一群工人，码头工人！连题目都有了，就叫《扬子江暴风雨》!”

三

深夜，万籁俱寂。聂耳睡得正沉，却被一阵敲门声惊醒。敲门的人显然使足了气力，把门拍得山响。聂耳把被子蒙在头上，翻了个身想继续睡，终于睡不下去，睡眼惺忪前去开门：“谁啊？都什么时候了，还让不让人睡了……”

话还没有说完，早被一脸亢奋的田汉抓住手腕，拖下楼去。

“我想写一群工人，码头工人!”他沉浸在创作之中，压根不管聂耳醒了没醒，抓起稿子就往他手里塞：“故事是这样的。扬子江边有一群码头工人，他们一边唱着号子，一边从外国轮船上，扛下一件件沉重的货物。你猜，这货物是什么?”

聂耳刚从睡梦中醒来，茫茫然地：“是什么?”

“是枪！是炮！是日本鬼子用来打我们的军火!”

田汉抽着烟，一边在屋里焦躁地走动着，一边大声向聂耳讲述着自己的构思：“工人们发现辛苦搬运的货物，竟然是日本鬼子用来杀自己人的工具，他们的愤怒再也无法压抑，和工头们爆发了剧烈的冲突！他们不但拒绝继续搬运军火，还提出要求，要把这些军火，扔进滔滔的扬子江去!”

聂耳听着这激动人心的剧情，慢慢清醒过来。他呆呆地望着田汉，看他如同困兽一般，快速地走动着、思考着，惊讶得说不出话来。田汉却毫无察觉，兀自沉浸在剧情中，想起什么，往地上一坐，抓起笔来就写：“这群工人们自然是有一个领头的，对，是工人老王！他是识得一些字的，在工人中颇有威望，就由他来当工人们的头，来控诉无恶不作的侵略者，来痛斥唯利是图的工头们!”

他一边说，一边在房间里模拟舞台上的情景，激动地：“聂耳，你看，这儿是码头！老王就站在这里，与工头们辩论！面对工头们的威逼利诱，他严词拒绝，据理力争。正是他的这一番话，在工人们当中引起了狂风暴雨般的回应！这戏里还得有个孩子——老王的孙子，七八岁大，机灵得很……”

聂耳被他带进了情境之中，也跟着思考起来：“是个报童，怎么样？”

“对，是个报童！大家都叫他小栓子！”

田汉猛地一击掌，神情凝重、目光灼灼：“在混乱当中，日本兵开枪打死了小栓子！全剧的最后，是老王抱着死去的孙子，与悲愤的工友们一起，一步一步朝着日本兵逼过去！他们可以出卖劳力，但决不会出卖国家；他们可以死，但决不做亡国奴！”

聂耳深深地为他所说的剧情所激动，翻看着手中凌乱的手稿，不自觉地念了起来：“苦力们，大家一条心！挣扎我们的天明！我们并不怕死……”

“不用拿死来吓我们！让我们结成一座铁的长城，把强盗们都赶尽！让我们结成一座铁的长城，向着自由的路，前进！前进！”田汉大声念完，慷慨激昂地：“这是全剧最终的一段唱！我想用歌剧的形式，让老王和工友们，把心声都唱出来！他们是苦力，更是中华民族的基石！压在他们身上的，不仅仅是麻袋、钢条、铁板和木头箱，而是一层层被侵略、被压迫的历史，是全民族灾难深重的命运！”

聂耳一拍大腿，站起身来：“陈瑜，好！绝了！这曲子交给我来作！”

田汉打量着他，怀疑地：“你来作？你会作曲？”

“会不会，试试看不就知道了？”

聂耳拿起稿子，信心满满地：“你放心，给我半个月，我一定能作出让你满意的曲子来！”

“好！那我就信你一回！”

两人一击掌，你看看我，我看看你，都乐了。田汉突然想起什么，苦着脸，皱了皱眉：“聂耳，有吃的没有？我从下午起就一直在想这剧本，连饭也没吃一口……”

“我哪有什么吃的？要有，我自己早吃完了……”聂耳无奈地挠了挠头，突然灵机一动，眼前一亮：“对了，你跟我来，我有办法！”

聂耳二话不说，挽起袖子，顺着水管子就往上爬。

“聂耳，你这是做什么？”田汉这才明白，想要阻止，哪里还来得及？只能眼睁睁看着聂耳爬上窗台，把上面一个烂了玻璃的小窗打开，拿起一根摆放在窗台上的细铁杆，慢慢伸了进去。

——食堂的灶上，一笼一笼，都是当天卖剩下的馒头包子。聂耳用细铁杆挑开罩在蒸笼上的布，贴在窗框上，往里面瞅了一瞅，扎了一下，没扎着；扎第二下，还是没扎着。他也不气馁，往左边移了移，换了个角度又试。

田汉在下面见了，哭笑不得，生怕被人发现，压低声音喊道："聂耳，算了算了，我不吃了……"

聂耳哪里理他？只管换着角度，看准了往下扎。好容易扎到一个，他乐得不行，忙屏住呼吸，依样画葫芦，又扎了几个，这才慢慢把细铁杆往回收，放了下去："陈瑜，快，拿着！"

田汉唯恐人来，无可奈何，只得把馒头都取了下来，抱在怀里。聂耳依旧把细铁杆放在窗台上，又从衣兜里摸出一块钱来，从窗口扔了下去，这才照原样把小窗关好，顺着水管子爬了下来。

他冻得直搓手，看了看田汉怀里的馒头，得意得很："走，我们回去！"

两人做贼一般，一路小跑回到宿舍，盘腿坐着，大口大口吃馒头，只觉得说不出的美味。田汉一面吃，一面笑："聂耳，大家都说我奇怪，我看，你比我更怪！你自己说说，爬火车、偷馒头，还有哪一样是你不敢的？"

聂耳咬了一大口："谁偷馒头了？这馒头，我可是一分钱都没少给他。所谓君子腹饥，取之有道，付了钱的馒头就是好馒头。你啊，尽管吃，吃饱了，赶紧写你的《扬子江暴风雨》。我呢，继续做苦力，上楼帮你写《苦力歌》去！"

田汉乐了，快活地："成，有这两个馒头垫着，够我一气写到天亮了！"

四

顾公馆的胡妈最喜欢说一句话，千好万好不如托生得好。比如他家小姐顾惜音，人长得标致不说，兼之聪慧过人、善解人意，还弹得一手好琴，见过的就没有不喜欢的。这也难怪，爹娘都是大户人家出身，从小到大跟金珠子似的，真真是捧在手里怕摔了，含在嘴里怕化了。这样教养出来的人，哪有不好的？

这样一个养尊处优的千金大小姐，突然嚷嚷着要学做菜，可真把胡妈吓了一跳。她心里直犯嘀咕，却还是按顾惜音的吩咐，给她准备好了汽锅和鸡，紧张兮兮地在旁边守着。

顾惜音穿着精致的洋装，衣袖高高挽起，拿着刀站在砧板前，看着白生生的鸡，一脸紧张，不知该从哪里下手。

胡妈见她不知所措的慌张模样，忍不住走上前去："小姐，这汽锅鸡麻烦得很，还是我来做吧。"

顾惜音摇了摇头，坚决地："不行，胡妈。我想自己来。"

她伸出手，小心翼翼地把鸡摆正，瞄了半天，连看都不敢看，闭上眼睛，一刀剁了下去。"咚"的一声，刀子卡在鸡肉中间，一动不动。一旁的佣人忙安慰道："没事，小姐，你力气太小了，再剁一刀就好了。"

"对对对，手像这样，握前一点，再用点力就好了。"

顾惜音点了点头，往前握住刀把，鼓足勇气，用力剁了下去。

整只鸡顺着刀口，一分为二。顾惜音松了口气，笑了出来，把鸡剁成一块一块，倒进汽锅戛然里，拿起食谱："加入精盐、姜片、葱结，大力搅拌至均匀为止……"

胡妈忙使了个眼色。佣人们赶紧把她念到的东西都递到手边。顾惜音把作料一一倒进去，拿起筷子用力搅拌，自己看了看，不自信地："胡妈，你看看，这样行了么？"

"行了行了！"

胡妈一把接过汽锅戛然，盖得紧紧的，端到沙锅上坐好，把顾惜音往外推："我的大小姐，这样就行了。还得炖好长时间呢，你上楼去休息，等炖好了，我再来叫你。"

"不对，胡妈，这书上写了，还要用白绵纸和面浆把缝封好，防止漏气……"胡妈看顾惜音一脸较真，死活不肯走，拗不过她，只好拿绵纸和面浆来。顾惜音凑在灶前，用白绵纸合着面浆，小心翼翼地把汽锅戛然的缝封好，这才松了口气。她忙得满头是汗，想也不想，就用手去擦，转过身来，欢喜地："好了！照这书上说的，只要再等四个小时，就可以起锅了。"

佣人们乍一下看到她的脸，都笑了出来。

顾惜音一愣，不明所以地："怎么了？有什么不对么？"

胡妈也乐了，拿起一面镜子，递给顾惜音。顾惜音一照，这才发现自己脸上满是油污，黑一道白一道，跟小花猫似的，一时忍不住，跟着笑了起来。

顾惜音这天做汽锅戛然鸡，倒真不是一时兴起。她想着聂耳被关在明月歌舞团里读书，百无聊赖，决心亲手做菜，给他一个惊喜。打听来打听去，云南最出名的就是这汽锅戛然鸡。她从早上忙活到下午，好不容易大功告成，忙用陶罐装了，欢欢喜喜往歌舞团走。

聂耳房里静悄悄的。她敲了敲门，见没有动静，一愣。却见门没有锁，自己开了条缝。顾惜音犹豫片刻，走进屋去。

聂耳正四仰八叉躺在床上，呼呼大睡。地上满是散乱的稿子。顾惜音一愣，把陶罐放下，帮他把稿子捡起来，放在桌上。她见房间里凌乱得很，轻手轻脚把房间整理好，见聂耳还是毫无动静，想了一想，走到床前："聂耳!"聂耳没有反应，鼾声如雷。

顾惜音声音略大一些："聂耳!"聂耳还是没有反应，继续打鼾。

顾惜音无可奈何，伸出手去，推了推聂耳："聂耳！聂耳!"

聂耳被她闹得难受，迷迷糊糊地伸出手来，把她的手拨开，嘟嘟囔囔地："谁啊，吵什么吵……"

顾惜音以为他醒了，欢喜地："是我，我做了你们云南的汽锅鸡……"

语音未落，聂耳索性转过身子，面朝里面，重又打起鼾来。顾惜音一愣，看了看鸡，又看了看聂耳，不知如何是好。她想把鸡放下就走，又怕鸡冷了，想了一想，把罐子抱在怀里，小心翼翼地捂着，坐在旁边等聂耳醒来。

太阳落在顾惜音身上。她精致的侧脸仿佛白玉雕成，发着柔和的光。她把下巴搁在罐子上，想着聂耳醒来之后的反应，脸上泛起笑容来，甜丝丝的，充满了向往和期待。

时间一点点过去，落日西沉，那白玉般的侧脸沉入夜色之中，渐渐看不分明。房间里漆黑一片。聂耳睡得朦朦胧胧，只觉得有一股香气，直往鼻子里钻："好香……"他一天没有吃饭，正是肚子瘪瘪，用力嗅了一嗅，只觉得越发饿得难耐，坐起身来。

"真香，鸡的香味……"他刚刚醒来，迷迷糊糊，循着香味往床下走，猛然看到黑暗中坐了个人，仔细一看，却是顾惜音，奇怪地："顾惜音，你怎么来了？这是什么?"

他看到她手中的罐子，揭开盖子一看，欢喜地："鸡！给我的?"

顾惜音等了这许久，怀里的鸡早已经凉透，听他这么一问，委屈得很。

聂耳丝毫没有察觉，伸手就去拿那罐子："我说怎么连梦里都闻到鸡的香味呢。我就知道，顾惜音，还是你对我好，够朋友……"

没等他说完，顾惜音突然"哇"的一声，哭了出来。

"咦，你这是怎么了？出什么事情了?"聂耳被她哭得慌了，莫名其妙地："你说你这个人，好端端的哭什么哭?"

顾惜音瞥了他一眼，越发哭得稀里哗啦。聂耳被她哭得心慌意乱，见她死死盯着自己的手，忙放开装鸡的罐子，讷讷地："怎么，难道这鸡不是给我的？不是给我的，我不吃还不行么?"

顾惜音抽抽搭搭地："就是、就是给你的……"

聂耳越发蒙了："既然是给我的，那你哭什么?"

“这是我特意做的，熬了整整四个小时，拿来的时候，还热腾腾的……我从中午等到现在，一直在等你醒来，可你就是不醒……现在鸡都凉了……”

顾惜音抱着冷冰冰的罐子，想起自己做这鸡的辛苦，越发哭得厉害。

聂耳没想到她等了这么久，有些内疚，又有些感动。他略带粗鲁地伸出手去，帮顾惜音擦眼泪，劈头骂道：“你傻不傻呀，这也用得着哭？凉了有什么要紧，还不是一样吃？不信我吃给你看！”

他打开罐子，二话不说，拈起一块鸡肉就往嘴里塞。

顾惜音脸上还挂着泪，红着眼睛看他，哽咽地：“好不好吃？”

“好吃。”聂耳正是饿得不行，又怕她哭，忙去那罐子里又拈了一块，塞进嘴里，嘟嘟囔囔地：“这真是你做的？好吃，真好吃。”

顾惜音不哭了，只管盯着他看，将信将疑地：“真的？”

聂耳想也不想：“真的，就跟我在云南吃的一个味道……不，比我在云南吃的还好吃！”顾惜音破涕为笑。她把陶罐往聂耳手里一递，欢喜地：“那你就多吃点，都吃完。”“唔。”聂耳应了一声，正吃得快活，突然想起什么，为难地：“不行，我不能都吃完。”

顾惜音一听，愣了：“你不是说好吃么，怎么又……”

聂耳二话不说，抱起罐子：“走，我带你去见一个人。”

田汉正趴在桌上写东西，两眼充血，头发抓得乱蓬蓬的，杂草一般，听到敲门声，念念有词地过来开门，见是聂耳，忙叫道：“聂耳？你来你来，我刚刚写完第一场……”

他这才发现聂耳身后还跟着个人，猛地收住话头，看着顾惜音。聂耳把顾惜音往前一推：“陈瑜，我给你介绍一下，这是顾惜音，我的朋友。顾惜音，这是陈瑜，我这几天刚在团里认识的，厉害得很……”

顾惜音呆呆地站着，看着田汉胡子拉碴的脸，不敢置信地：“田汉先生！”

田汉和聂耳都是一怔。田汉有些尴尬说：“我不是田汉，我叫陈瑜。”

聂耳一乐，笑了：“就是，他哪是田汉呀。他叫陈瑜，耳东陈，周瑜的瑜。”

顾惜音仔细看了看田汉，摇了摇头：“不可能，他就是田汉先生。”她最喜欢田汉的戏剧，每场必看，还去后台见过他好几次，笃定得很：“田先生，你不记得了么？你在上海演出的《名优之死》《莎乐美》《卡门》，我每一场都有去看，还特意去后台跟您合影过……”

聂耳听她说得肯定，一脸狐疑，抬头去看田汉。田汉一脸尴尬，躲又躲不脱，赖又赖不掉，无可奈何地说：“你们先进来，进来再说。”

他把两个人让进来，犹豫一时，心想既然瞒不过去了，不如直说，于是索性把政府如何通缉自己、自己如何出逃、躲进明月歌舞团的情况一一告诉他们，请他们代为保密。

聂耳一愣："这么说，你真的是田汉？"田汉点了点头。

"那个写《莎乐美》《卡门》的田汉？"田汉无可奈何，还是点了点头。

"那个为了救学生，在市政府门口静坐三天的田汉？"田汉见他了解得这么清楚，倒有些惊讶，还是点了点头。他生怕聂耳会因为他隐瞒身份而生气，却不知道聂耳读过许多他的作品，也算得上是他的半个戏迷。来上海之后，更是听说了田汉的不少轶事，觉得这个文人与众不同，格外真诚直率。他万万没有想到，自己朝夕相对的人，就是那个鼎鼎大名的田汉，一把握住田汉的手，热情地："闹半天，你就是田汉！我还奇怪呢，能想得出《扬子江暴风雨》那样的好戏，是哪个剧团没长眼睛，居然让你打杂！"

田汉被他这么一说，有些不好意思："小老弟，我还在通缉中，之前没和你说实话，不生气吧？"

"不生气不生气。"聂耳自己也正在通缉之中，越发有了难兄难弟的自觉，把罐子往屋子正中一摆，人往地下一坐："陈瑜，哦，不，田汉，我是给你送鸡来的。你写了一整天，也该饿了吧？来来来，今天有鸡了，不用再去爬墙了，我们不吃馒头，吃鸡！"

一席话，把田汉逗乐了，二话不说，坐了下来。

顾惜音不知道他们在说什么，奇怪地："你们是怎么认识的？还有爬墙什么的，是怎么回事？"

田汉和聂耳你看看我，我看看你，一时忍不住，都笑了起来。

第十六章　初为人父

一

自从知道了陈瑜就是田汉，田汉就是陈瑜，两个朋友之间越发没了遮掩，每日里一起吃饭写作、喝酒聊天，好不痛快；林维中这边却是一日比一日难受。她快到生产的日子了，又是第一次，心里原本就慌乱，田汉又不在身边，越发紧张起来。田母明白她的心思，可两个特务就守在楼下，儿子实在回来不得，只能尽量陪着她，开解开解。

这天晚上，屋里静悄悄的，一丝灯光也没有。林维中挺着大肚子躺在床上，难过得很。她皱着眉，艰难地呼吸着，突然缩紧身子，痛醒过来。她脸色煞白，一阵一阵地冒着冷汗，挣扎着想要起床，哪里还起得来？只能艰难地坐起身，攀着床柱，向外唤道："娘！娘！"

田母带着杏儿睡在外边屋里，听到声响，忙坐起身来，衣也顾不上披，鞋也顾不得穿，冲进卧室："维中！维中！你怎么了？"

林维中惨白着脸，有气无力地："我肚子疼……怕、怕是要生了！"

"没事。维中，你放心，一切有我呢。娘什么都准备好了，不会有事的……"她抚摩着林维中汗涔涔的脸，定了定神，麻利地站起身来："杏儿，你在这守着。奶奶下楼叫车去！"

黄包车来了，两人将林维中扶上车。赶到医院大门口时，林维中已经一身透湿，嘴唇发白、脚步发软，只管往下倒。田母勉强扶了这一路，也是满头大汗，被她压得踉踉跄跄，忙喊道："杏儿，快！快进医院去，找人帮忙！"

杏儿忙跑进医院，喊了几个护士过来，帮着田母把林维中扶了进去。一个年长的护士匆匆走过来，看到有血顺着林维中的裤腿流下来，一愣，高声地："产妇在流血，快，去推车子来！"

她眉头一皱，开口就骂："丈夫呢？谁是她丈夫？妻子都这样了，也不知道早点送医院来？"

旁边的护士忙提醒道："张姐，她丈夫没来，是她娘和一个小姑娘送过来的……"

年长的护士一愣，见田母累得满头大汗、精疲力竭，越发火大："那就更应该骂！什么男人，妻子都要生了，连来都不来！他以为生孩子是什么？是母鸡下蛋？到了时间自己就能咕噜咕噜滚下来？"

田母在一边有些尴尬，只是沉着脸一言不发。这时两个护士推着车子跑了过来："张姐，车子来了！"

"来，把产妇扶上车，先送到病房去！"年长的护士一边帮着田母，把林维中扶上车，一边大声地："小柳，你去叫医生，就说302房有产妇，已经见红了，请他赶紧过来看看……"

折腾了大半宿，天方发白，林维中才痛得略好一点。田母看她脸色煞白，替她擦了擦额上的汗，安慰道："维中，你放心，我问过医生了，你和孩子都好着呢，什么问题也没有。医生还说，这娃子蹦跶得这么欢，等生出来，一定聪明得很……"

林维中没有说话，只定定地坐着，看向隔壁。隔壁床上躺着一名孕妇，刚刚生完孩子，正在调养。丈夫熬了鸡汤，一口一口喂妻子吃，低声地说着话儿，甜蜜得很。她从来没觉得自己这样孤单过，几个月来的担惊受怕、难过委屈，一时都涌上心头。她扭过头去，默默地流下泪来。

田母看着林维中，又是心疼，又是愧疚。她想说些什么，又不知道说什么好，勉强笑了笑："维中，是不是又痛了？实在痛得很，你就喊出来，喊出来人舒服一点……"

林维中没有说话，肩膀细细地颤动着。这时门外响起敲门声，安娥走了进来，看了看床上的林维中说："还好吧。"

田母笑笑说："还好。"她略一沉吟说："杏儿，你照顾下你阿姨。安记者，你能陪我去买点东西吗？我一个人怕拿不了。"

安娥答应出来，田母却在走廊上不动了，说："安记者，我求你个事成不？"

安娥愣了愣问："什么事？您只管说。"

田母叹了口气说："维中的状况不是很好，刚才检查，医生就跟我说，她胎位老是正不过来，时间久了，胎儿有窒息的危险。我没敢告诉维中。寿昌又不在，她身子又弱，我怕她万一要是知道了，会顶不住……"

安娥一愣，忙安慰道："田妈妈，你也别太担心了。有什么事情，还有我呢。"

田母点了点头，疲惫地：“安记者，我就是想麻烦你在这里陪陪维中。我回家一趟，熬些粥过来。”

安娥点头说：“田妈妈，你放心吧。我会好好照顾嫂子的。”

田母点了点头，往医院外头走，走了两步，突然停了下来：“安记者，这次寿昌没法回来，维中虽然什么都没说，可我知道，她心里难过。这孩子懂事，体贴我，什么事情都一个人埋在心里。可我这做娘的看了，心里比什么都难受。安记者，你是最会说话的，能不能帮我劝一下维中？”

安娥看着田母期待的眼神，点了点头，正要说话，却听见杏儿在屋里喊：“奶奶！奶奶！你们快来！阿姨她……”

两人一愣，忙冲进病房去。不一会手术车推了过来，大家手忙脚乱往手术室跑。林维中只觉得眼前模糊一片，痛得几乎昏死过去。眼看到了手术室门口，田母还想往前跟，被几个护士拦在门口。她眼睁睁看着林维中被推了进去，两扇门合拢来，只觉脚下发软，愣愣轻叫：“维中……维中……”

安娥扶着田母在长椅上坐下，宽慰说：“伯母，你别急。嫂子她一定会没事的。她和孩子都会好好的，一定会好好的……”

田母担心得很，呆呆地盯着门板，胡乱点了点头。

时间一点点过去，只听到钟摆走动的声响。安娥陪着田母等在外头，心急如焚。每当有人推门出来，田母都忍不住站起身来，又失望地坐下去。杏儿感觉到紧张的气氛，懂事地坐在一旁，不声不响。

也不知道过了多久，一个护士突然走了出来：“32 床的丈夫是哪位？”

田母猛地站起身来：“我是他娘，怎么了？”

只听护士说：“那也行。产妇胎位不正，孩子出不来，已经造成了大出血。医生建议赶快进行剖腹手术，把孩子拿出来。手术会有危险，需要家属签字。保大人还是保小孩，你们考虑一下，赶紧做个决定。”

田母身子晃了一晃，眼前一黑。安娥忙扶住她，担心地：“伯母！”

田母定了定神，摆了摆手：“没事。我没事。”

她看向护士，毫不犹豫地：“医生，我们保大人。签字单呢？”

护士忙拿出签字单来，递给田母。田母二话不说，在上面签上自己的名字。

等待漫长得可怕，像有什么危险潜伏在未知的时间里，让人担惊受怕、备受煎熬。日头一点一点沉下去，眼看就要消失不见。杏儿陪着田母，一动不动地坐在长椅上。她不知道已经过了多久，也不知道田阿姨什么时候能出来，只是愣愣地坐着、等着。

安娥拿着些饼干和水，匆匆走了进来，塞了一份在杏儿手里，又走到田母前："伯母，你都一天没吃东西了。我买了些饼干和水……"

田母头也不抬，摇了摇头。她脑中一片混乱，一颗心在胸腔里怦怦地跳，几乎要从衣服下蹦出来。她跟林维中感情很好，对这个媳妇就像对自己的女儿一样，疼爱得很，恨不得躺在手术台上的那个是自己，可以让她好受一些。安娥明白她的心思，柔声劝道："伯母，我知道你担心，可就是再担心，也不能不吃东西。寿昌不在，杏儿又小，你要是再垮了，维中可怎么办好？"

没有反应。田母像什么也没有听见，呆呆地坐着，一动不动。

突兀的啼哭声打破了寂静。田母和安娥听到这哭声，心头一颤，屏住呼吸，紧张地看向门口。

哭声还在持续，越来越大，越来越响。田母一脸不敢置信，颤颤巍巍站起身来。杏儿激动得很，去摇田母的手："奶奶，生了！阿姨生了！"

手术室的门开了，之前的护士满脸带笑走了出来："生了！32床生了！是个女儿，母子平安！"

"生了就好，生了就好……"

田母只觉得心里一松，疲惫的脸上满是笑容。她笑着、笑着，突然心里一酸，流下泪来。

二

病房内。林维中气色好多了，斜倚在床头。安娥抱着婴儿逗弄着，递到林维中面前："嫂子，你看，她长得多漂亮。哟哟哟，还冲我笑呢。真聪明。来，阿姨亲一个……"

她一边说，一边在孩子脸上亲了一口。林维中微微笑着，把孩子抱过来，柔声拍哄着。她只觉得奇妙得很，看着这个小小的宝贝，心里的伤痛像是被抚平了，宁静而欢喜。彷徨、孤单，连带对田汉的些许不满，都随着这个孩子的诞生消失了。她的心中充满了柔情，连眉梢眼角都带着笑意。

孩子不大哭闹，只管睁大了眼睛，看看这个，看看那个，好奇得很。安娥笑说："我瞅着这姑娘像你，不哭不闹的，温柔得很。"

林维中笑了笑："像我有什么好？我倒希望她像你，又漂亮，又有才华……"

正说话，走廊外头传来一个明亮的声音："妇产科302号房，找到了！"语音未落，七宝的头出现在门口。他一眼瞧见林维中，回过头去，欢喜地："是这里是这里！”

一群人闻言，手里拎着水果花篮，一股脑拥了进来。

“七宝？周老板？”林维中见戏班子的人都来了，还夹着个许久不见的金焰，忙坐起身来：“这怎么好意思，让你们大家来看我……”

“田夫人，你这么说就太见外了。大伙儿听说你生了，都抢着要来看你呢。”

“就是。我们刚到医院，就碰上金焰。一问，巧得很，也是来看你的！”

七宝把奶粉什么的都堆在林维中床头，快活地：“田夫人，你是不知道，昨儿我们还在苏州唱戏呢，周老板一听说嫂子生了，钱也不赚了，戏也不唱了，赶紧着要回来，说是不看田老大和你的面子，也要看小侄女的面子！”

林维中一愣，笑了：“她才多大个人，就有这么大面子？”

田母端着粥进来，见一屋子人，愣了：“周老板，金焰，你们都来了？”

周信芳见是田母，忙拱了拱手：“田妈妈，恭喜你，得了个乖孙女！”

七宝接过她手里的粥，笑嘻嘻地：“田妈妈，我们来看小侄女，欢迎不欢迎？”

“欢迎，当然欢迎。”田母看着这一屋子人，笑得合不拢嘴，“来了好，来了好，你们一来，我们这就热闹了！”

七宝：“那咱们就常常来，天天来！”

“来来来，尽管来。你们来了，田妈妈最开心。”

田母看到床头堆得满满的东西，一愣，拿起来就往众人怀里塞：“这些东西是谁送的？都拿回去、拿回去。你们赚点钱不容易，田妈妈哪好意思收你们的东西？”

众人嘻嘻哈哈，哪里肯收？依旧往田母怀里塞。

“田妈妈，你就别推了，留着给嫂子补补身子吧！”

“就是，这可是特意买给田夫人的，拿回去怎么成？”

“还有小侄女。这些都是上百货公司买的，外国货，留着给她吃，她肯定喜欢……”

田母见谁也不肯收，拉过金焰：“金焰，你最听田妈妈的话。他们都不肯收，你拿回去……”

金焰一愣：“田妈妈，那怎么行？”

旁边顿时有人起起哄来：“田妈妈，你可别弄错了。他现在可成了明星了，比我们都有钱呢！那一大袋子奶粉，还有奶嘴奶瓶，全都是他买的！”

田母一愣，又惊又喜：“金焰，这是真的？”

金焰不好意思地："田妈妈，你别听他们胡说。只是演了两部戏而已，离当明星还远着呢。这是我的一点心意，您就收下吧！"

"是啊，田妈妈，你就收下吧！"

"收下吧！"

田母拗不过众人的热情，无奈地点了点头："可说好了，下次再不能这样了。下次谁再带东西来，我一准不让他进门……"

众人都笑了起来，又陪林维中说了阵闲话，这才起身告辞。周信芳带着戏班子众人回天蟾舞台去，刚走没几步，突然听到后头有人喊："周伯伯！周伯伯！"

周信芳见是杏儿，一愣："杏儿，怎么了？出什么事了？"

杏儿摇了摇头，鼓起勇气："周伯伯，是我有事情找你。"

"找我？什么事？"

杏儿抬头看向周信芳，认真地："周伯伯，你能让我进戏班子么？我虽然什么都不会，但我可以学。只要能让我进戏班子，打杂也好，跑腿也好，我什么都愿意做。"

周信芳和众人都是一愣。周信芳想了一想，蹲下身子，看向杏儿："杏儿，你想进戏班子，这事奶奶知道吗？"

杏儿摇了摇头。

"叔叔和阿姨知道么？"

杏儿还是摇了摇头。

"这可不是件小事情。这样，等我问过奶奶再做决定，好不好？"

杏儿听周信芳这么说，急了，猛地摇起头来："不行，不能告诉奶奶。奶奶肯定不会答应。叔叔走之前说了，要送我去念书，过了年就去。"

周信芳一愣："那不是很好么？你念好书，将来比你周伯伯强……"

杏儿头摇得跟拨浪鼓似的："周伯伯，我不念书，我想赚钱。"

周信芳看着她倔强的脸，哭笑不得："你还这么小，赚什么钱？听你田叔叔的，好好念书。念好了书，比什么都实在。"

他拍拍杏儿的肩，起身要走，杏儿却拉住他："周伯伯，我不想念书！"

她看向周信芳，认真地："我知道叔叔他们对我好，比谁都好。打从爹走后，我住在叔叔家，有什么好吃的，叔叔他们舍不得吃，留着给我吃；有什么好东西，叔叔他们舍不得用，留着给我用。我爹说了，咱们李家的人，要知恩图报。叔叔是我们的大恩人，我不能报答他也就算了，怎么能再用他的钱去念书？周伯伯，我想进戏班子，好好学戏，等学好了戏，就能自己赚钱，自己养活自己；就能给叔叔买新衣服，让奶奶和阿姨都过上好日子……”

周信芳万没想到她一个小姑娘，心里有这么多的想法，一时倒愣住了。

他看着杏儿，重又蹲下身去：“真想报答你叔叔？”

杏儿眼睛里满是期待的光，点了点头：“想!”

“学戏很苦的，你不怕?”

杏儿摇了摇头：“不怕!”

“好，有志气!”周信芳拍了拍杏儿的肩，激赏地：“从今天起，你就跟着我。只要你是这块料，等你叔叔回来的时候，我保证你能唱戏!”

杏儿应了一声，快活地点了点头。

三

田汉这些天来一直正沉浸在《扬子江暴风雨》中，每天除了写戏还是写戏。这天他匆匆吃了饭，提着开水瓶往楼上走，一开门，却见一封电报躺在地上，上头写着“陈瑜亲启”。

他有些奇怪，不知道是谁送来的，拆开一看，却只有寥寥几个字：“母女平安。重六斤八两。”

田汉脸上像是开了染色铺子，惊讶、狂喜一一闪过，精彩纷呈。他半刻也安定不得，走来走去，见走廊里没别人，终于再也忍耐不住，一个小翻打在地上，翻到一半撑不住，跌了下来，整个人躺倒在地板上，还傻傻地笑着，喃喃地：“我当爸爸了！我当爸爸了！我当爸爸了……”

他想要继续写稿子，哪里还写得下去？坐立不安，只管盯着那电报看，脸笑得跟朵花似的。夏衍叮嘱的话语言犹在耳，他眼里却只有“母女平安。重六斤八两”那几个字，烟花一般在眼前晃，终于按捺不住激动的心情，站起身来，抓起大衣和帽子，大步走出门，直奔申报而去。

正是下班的时候，报社外头车水马龙。安娥交代了一下明天的工作，把排好的稿子给了小李，匆匆走出门来，还没来得及扬手叫车，一个人影从背后贴了过来，低低地：“安娥!”

安娥回头见是田汉，心中一惊，二话不说，把他往一旁的巷子里拖，四下里看了看，劈头盖脸地：“你怎么出来了？夏衍不是和你说了，要你好好待在明月歌舞团么?”

田汉一愣，茫茫然地：“你怎么知道?”

安娥担心他的安全，一时竟忘了他还不知道自己的身份，忙掩饰道："他上次来的时候说的，说你被政府通缉，让我帮忙照顾嫂子……"

田汉全副心思都在女儿身上，丝毫没有察觉，忙问道："维中呢？她们怎么样了？"

"都好着呢。嫂子身体恢复得不错，坚持要回家坐月子，前几天已经出院了；孩子也好得很，养得白白胖胖的……"见巷子口有人走动，安娥忙停了说话，下意识把田汉拦在后头；等那人走远了，这才转过身来，推着他往外走："不行不行，这里太危险了。你得赶紧回去。"

"安娥，等等，等等——"

田汉死也不肯走，转过身来，低声地："我想请你帮我个忙。"

安娥一愣，无奈地："帮什么忙？"

田汉："我想回家一趟，看看女儿。"

安娥吓了一跳："那怎么行？你现在正在通缉中，怎么回家看女儿？"

"我就看一眼；真的，就一眼。"

"那也不行。夏衍说，你家外头不时有特务出没，你这时候回家，不是自投罗网么？"

"就是再危险，我不也安安全全上这儿来了？再说还有你帮忙呢！有你帮忙，能出什么事？"

田汉见她不肯帮忙，急了，苦着一张脸："安娥，你是没生过孩子，没当过父母。真要是当了父母，知道在这世界上，有一个小小人儿，和你长相相似、血脉相连，谁能忍得住不去想、不去看？安娥，我是真的想见见女儿。不见见女儿，我这心里怎样也安生不了。"

安娥被他打动了，心里犹豫得很："你让我帮忙，怎么帮？"

田汉见她口气松动，忙不迭地："我已经想好了，你只要帮我把女儿抱出来，让我远远看上一眼，我二话不说，立马回歌舞团去……"

安娥偏过头来，看着田汉，无可奈何地："真的就一眼？"

田汉唯恐她不相信，忙举起手来："就一眼，我保证。"

安娥看了看田汉，帮他把帽檐拉低了些，想了想，又把脖子上的围巾解下来，把他裹了个严实，这才算放了心："那好。我帮你这一回。就一回。"

田汉几个月没回家，看什么都是亲切，眼睛鼻头有些发酸。他静静地立着，攥紧了拳头，一瞬不瞬地盯着鸽子笼、盯着自己家所在的小小窗框，只觉得有说不出的想念，恨不能立马奔上楼去，把母亲、维中，还有那小小的、素未谋面的女儿，都紧紧搂进怀里，再不分开。

安娥了然地看着他，有些感动。她把田汉带到一幢平房后头，低声叮嘱道："你就在这儿等着。我想办法带她到前面空地来。"

田汉一脸期待，点了点头。

安娥往外走了两步，还是不放心，又折了回来，叮嘱道："记住，帽子和围巾千万不能脱。还有，一会儿看到女儿，不许出声，更不能出来。"

田汉哪里还听得进她说话？拼命点头，做手势让她快去。

安娥这才转过身，大步向鸽子笼走去。

田汉看她的背影消失在鸽子笼口，只觉得焦躁得很。躲在平房后头，来来回回踱着步子。

突然，他脚下一怔，停了下来：只见安娥陪着林维中，抱着个孩子，出现在鸽子笼门口。大概是怕冻坏了，孩子用一床被子裹得严实，看过去是粉红白嫩的一团。安娥扶着林维中，有意识地往空地上引，慢慢走了过来，越走越近："嫂子，才过两天没见，我怎么觉得她又见长了？"

林维中："可不是，别看她小小的，胃口比我还大呢。一天不吃上六七顿，简直就消停不了。"

安娥逗弄着孩子，只管问："起名字了没有？"

林维中一笑："还没呢。我跟娘商量了，还是等寿昌回来再起……"

田汉看着一脸红润的林维中、和她怀里那小小的人影，听着两人说话的声音，呆呆地立着，眼里再也看不到旁的东西，咧开嘴，傻傻地笑了起来。

"来，宝宝乖，看着妈妈，笑一个……"

林维中什么也不知道，只管絮絮地逗着孩子，转过背去。她这一转背，田汉看不到女儿，一愣，忙踮起脚来，变换着角度。林维中一边拍哄着孩子，一边越走越远。田汉换了好几个角度，还是看不到女儿，急了，忍不住想往外走。安娥一眼看到，忙挥了挥手，示意他躲回去。

田汉无可奈何，硬生生收回脚步，重又躲回到平房后头，拼命冲安娥做手势，让她把孩子带回来。安娥点了点头，凑上前去："宝宝真乖，来，让阿姨抱抱!"一边说，一边把孩子抱了过来。

林维中正是走得累了，把女儿交给安娥，笑盈盈地看着。

"来，一、二、三，阿姨带你飞咯——"

安娥装着和孩子嬉闹，向着田汉的方向，把孩子高高举了起来。

林维中忙伸手护着，担心地："安记者，当心点，别吓着她……"

孩子难得出来，太阳又好，只管手舞足蹈，快活得很。田汉一愣，只觉得她在和自己挥手，忙也抬起手来，用力挥了又挥。

第十七章　玉不琢，不成器

一

明月歌舞团的儿童音乐剧演出后，掀起了巨大反响，各大报章杂志都做了大幅报道，认为是开中国儿童音乐之先河，颇具意义。黎锦晖松了口气，闲适下来，想起还有个闷在宿舍里读书的聂耳，便让沈指挥去看看他，顺便给他送留声机和唱片过去。

可万万没想到，沈指挥去了一看，屋里空无一人，问看门的师傅，说聂耳最近常常出去，不知道在忙些什么。黎锦晖听了沈指挥的汇报，也不生气，让他依旧回宿舍去，等聂耳回来，让他到自己的办公室来。

聂耳从码头回来，一天已经过了大半。为了给《扬子江暴风雨》谱曲，他这些天有空就往码头跑，回到自己熟悉的环境，尽可能去感受、去体会，去捕捉那些特殊的声响。他手里拿了个小本子，抄抄写写，一边走，一边重复着“吭哟”“吭哟”的单调旋律，正哼得兴起，却听见门口有人喊：“聂耳!”

聂耳抬头一看，见是沈指挥，一愣；听说黎锦晖要找他，更是头大得很。他这些天沉迷于创作，早把读书的事抛在脑后，恨不得黎锦晖把他彻底忘记才好，被沈指挥催促着到了办公室门口，犹豫着不敢敲门，在走廊上走来走去。

门后传来黎锦晖的声音：“是聂耳吗?”

聂耳一愣，硬着头皮走了进去：“黎团长，你找我?”

黎锦晖点了点头：“回来了？上哪儿去了?”

聂耳心虚地：“没上哪儿去啊。我一直在屋里看书，闷得慌，所以出去走了一下。”

黎锦晖看着聂耳，不动声色地：“真的?”

“真的。我这些天，都待在屋里看书……”

黎锦晖也不多说，微微一笑：“既然这样，那我考考你。什么叫和声小调?在西方古典音乐中,它主要起什么作用?”

聂耳压根没去看书，哪里答得上来？脑子里一片空白。

黎锦晖眉头微皱:“那我再问你,大三和弦和小三和弦各指什么?有什么差别?”

聂耳还是答不出来，索性咬紧了嘴唇，打定主意不开口。

黎锦晖没想到他还是答不出来，有些生气，还是继续往下问：“那我问个最简单的，什么叫三和弦？”

聂耳被他笔直地盯着，觉得非回答不可，搜肠刮肚，回想着之前看过的那点子书，结结巴巴地：“三和弦是由三个音组成的，分别是三音、五音和……和……”

黎锦晖听他和了半天，也和不出个所以然来，脸色越来越沉，眉头越皱越紧，到了最后，已经是阴云满面：“怎么，答不出来？”

聂耳硬着头皮，点了点头。

“一问三不知，你这就算是读过书了？”

聂耳有些尴尬，又有些不服，嘴硬地：“黎团长，我真的读了……”

“读了读了，你都读了些什么！”黎锦晖见他还要狡辩，气不打一处来，一拍桌子，站起身来：“我让你在家好好看书，有不懂的就来问我，整整一个月，你看了没有？来了没有？沈指挥一大早就去找你，在你屋里等了一天，你呢？连个人影也没有！读书读书，你自己说，你哪有一点心思在读书上头？”

聂耳被问得无话可说，想要解释，又无法解释。

黎锦晖看着他，只觉得失望透顶：“聂耳，你是我亲自招进来的。明月歌舞团上百号人，你去问问，有哪一个不是读过书、留过洋，见过世面回来的？可我为什么招你？我招你，是看中你有才华，是相信你会进步，会有所成长！可你呢？不但不知道用功，还洋洋自得、自以为了不起！你就像只井底之蛙，压根不知道外面的天地有多大！”

聂耳自尊心极高，因为不会五线谱，屡屡被人调侃，更是认定大家都针对他、排挤他，心里就像扎了根刺，怎样也舒坦不了。黎锦晖这几句话，恰恰扎中他的痛处。他把脖子一梗，站得笔挺，一言不发。

黎锦晖难得生气，半点情面也不留，斩钉截铁地：“我不管你多有才华、多有天赋，一个人不读书，就不会有长进！世界上有那么多美好的音乐，你都没听过、没看过，不读书，又怎么能体会得到？你还想作曲，想当音乐家！我告诉你，你现在这个样子，永远当不成音乐家！”

两个人就这么对峙着，谁也没有说话。半晌，才听见黎锦晖开口道：“我们明月歌舞团，不收不思进取的人！你现在就给我回房去读书，我再给你十天时间，要是再读不完，你就不要待在这里！”

聂耳早就看不惯黎锦晖,火气上来,拔腿就走:“走就走,有什么了不起!”说话间“砰”地带上门,直冲出门去。黎锦晖却愣愣地看着办公室的大门,半晌低低地叹了口气。

聂耳一口气冲回宿舍，看到放在桌上的留声机和唱片，理也不理，把二胡、乐谱、随身衣物等塞进袋子，随即气冲冲地走下楼去。到了楼下，突然想起什么，腾腾腾走上楼来，停在田汉门口，用力敲门。

田汉一见是他,跳了起来说:“你怎么才回来？来来来,来看看我写的……”

聂耳却站在门口，气鼓鼓地说：“田汉，我走了!”

田汉莫名其妙：“走？走到哪去？”

聂耳哼了一声说：“去哪都好！这明月歌舞团，我不呆了!”

田汉一愣，这才明白他是要辞职：“出什么事了？怎么说走就走？”他一把拉住聂耳，顺手把他的袋子也接了过来：“来来来，进来再说。就算要走，也得让我弄明白是怎么回事吧……”

聂耳满腹委屈，被他拉扯着走进门去。

二

聂耳满腔愤懑，把黎锦晖的话重复了一遍，自以为过分至极。田汉却忍不住笑出声来：“要我看，这事情是你的错。不就是几本书么？你但凡用点心，早就读完了。也难怪黎锦晖生你的气。”

聂耳憋了一肚子气，没想到他会帮黎锦晖说话，光火地：“可我不乐意！我就不信，不读那几本书，我聂耳就不会拉琴、不会作曲了？”

“这是什么话？你不读书，的确也会拉琴、会作曲。可你难道只要会拉琴、会作曲就行了么？那你还考进明月歌舞团做什么？”田汉见他认真生气，语重心长地：“小老弟，别怪我说你。我觉得人家黎锦晖是好意。你虽然聪明，可毕竟没有接受过系统的音乐教育。现在多读一些、多看一些，只会对你有好处。再说了，你读了书，是自己得了长进，对他能有什么好处？他要不是为了你好，又何必这么逼你？”

“这我怎么知道？我看,他就是心眼小、没气量,还看不起人!”

聂耳毕竟年轻,又正在气头上,偏激地:“从进歌舞团起,他就看我不惯,嫌我没上过正规的音乐学院、没留过洋,没有跟他们一样,读过那么多书、见过那么多世面！我不会五线谱,他让我抄谱,我忍了。可等我好不容易学会了五线谱,他又让我去读书！因为他的缘故,我进团这么久,连一天合练都没有参加过！我不是不想读书,可为了他去读书,我犯不着！我看他根本是在记恨我！他是在记恨我改他谱子，存心要让我呆不下去！”

“怎么可能？”田汉自己听他越说越离谱，慢慢严肃起来，认真地：“黎锦晖要是看不惯你，何必把你招进团里来？他要是真记恨你，又何必天天逼着你学这学那？他让你读书，无非是为了让你打好基础、开阔眼界。你这么个聪明人，难道还不明白他的用意？何必为了一时意气，就辞职离开？”

聂耳低着头，明知他说得对，却怎么也拉不下脸来，烦躁得很。

田汉生怕他不明白，絮絮叨叨地：“没好好读书，本来就是你的错。黎锦晖不过是批评了你几句，你就嚷嚷着要走。要我说，不是黎锦晖对你有偏见，而是你对他有偏见……”

“我就是对他有偏见，怎么了？”

聂耳正是余怒未消，哪里听得进去？只觉得无名火直冒，猛地站起身来：“你说的没错，我就是看不惯他黎锦晖！就算是我错了，我也不要留在明月歌舞团，读这些无聊的书，受他黎锦晖的气！”他二话不说，提起袋子，打开门就往外走。

“聂耳，你给我站住！”田汉没想到他这样不懂事，大为失望，声色俱厉地：“你这算怎么回事？你以为你这一走，就勇敢了、就潇洒了、就赢了他黎锦晖了？我告诉你，还差得远呢！你不是要当音乐家么？你以为不读书、不学习，光靠着天赋和热情，就能当音乐家么？黎锦晖对你，也许的确苛刻了一点，可你要是就这么走了，我看不起你！”

聂耳的脚步顿了一顿，继续往外走。

田汉也被他的态度惹火了，不悦地：“好，你要走就走吧！既然听不进别人的意见，我又何必劝你。你走你的，你走了，我们这朋友也不用做了！”

“不做就不做！”聂耳硬邦邦地扔下一句，头也不回，就往楼下走。

“好，那你走！我看你走！”

田汉站在门口，眼睁睁看着聂耳越过楼梯的拐弯处，看不见了，不觉有些后悔，想叫住他，但动了动嘴，却又闭上了，正不知如何是好，这时楼梯下又响起重重的脚步声。一个人头从楼梯口冒出来，正是聂耳。他脸色难看得很，拎着袋子，走到田汉面前，愤愤然扔下一句“我还就不走了”，看也不看他，径直往楼上走去。

田汉一愣，乐了，忙跟在他后头，走上楼去。聂耳把门打开，把袋子往地上一扔，自顾自往床上一躺。田汉知道他是死鸭子嘴硬，拉不下脸面，也不跟他计较，笑眯眯地打开袋子，把里面的东西一件一件往外拿。

“聂耳，我就知道你走不了。……

你啊，心里比谁都明白，就是嘴硬、拉不下面子。”

“黎锦晖让你读书，你好好读不就是了？就那么几本书，还能难得住你？”

“再说了，我还等着你的大作呢。你要是就这么走了，《扬子江暴风雨》的曲子，我找谁去？”

聂耳心里余怒未消，面朝里躺着，凭他怎么说，闭着眼睛一动不动，懒得理他。田汉也不介意，把东西一一放回原位，看到桌上的唱片和留声机，一愣：“聂耳，你什么时候买留声机了？”他一边说，一边就去翻桌上的唱片，见下面压着一张纸条，拿了起来。纸条上详细列着唱片名称、风格，下面写着两行小字：“聂耳，留声机和唱片，是黎团长让我送来的。他让你多听唱片，听完之后，可再找他借。”落款老沈。

田汉拿起那一摞唱片，一张一张往下看，慢慢明白过来，有些感动。他也当过老师、教过学生，如何不明白黎锦晖的一片苦心？看了看还在赌气的聂耳，又看了看手中的唱片，想了一想，把留声机的电源接好，选了贝多芬的命运交响曲，把指针放下。

留声机转动起来，发出空洞的沙沙声。突然，简短有力的音符如同惊雷一般，炸响在房间里。

床上的聂耳一震，睁开眼睛。

他是第一次听到这样的音乐，仿佛被一只巨手抓住，只觉得有巨大的情感的流，随着音乐，从心底冲刷而过，眼中发出慑人的光芒，再也看不到其他。

“聂耳！聂耳！”田汉轻轻喊了两声，见他听得如痴如醉，毫无反应，笑了一笑，轻轻把门带上，走了出去。

聂耳保持着坐起的姿势，一动不动地听着。激烈的乐曲一层层重复、展开、延伸，仿佛巨大的情感的漩涡，把他摄入其中，让他难以自拔、激动不已。突然，留声机的指针一跳，停了下来。聂耳一愣，鞋也不穿，跳下床来，扑到留声机前，把指针重又拨回到最前头。

空白的沙沙声。激烈的旋律再一次流泻而出，充斥在狭小的房间里。

聂耳听着、听着，静静地坐倒在地。

三

那天晚上，聂耳一分钟也没有睡。他像个饥渴的孩子，发现了世界上最珍贵的宝藏，把所有唱片听了一遍，又听一遍。他简直不能想象世界上还有这样的音乐，各不相同，而又同样令人沉醉、令人着迷。贝多芬、莫扎特、巴赫、德沃夏克……每一个名字都是惊喜，每一个名字都藏着震撼。

难怪黎锦晖说他懂得太少，难怪黎锦晖说他是井底之蛙，难怪……

聂耳突然一下明白过来，明白了黎锦晖为什么要他抄谱，为什么要他看书，为什么要他听这听那，逼他长进逼他打开眼界。那些他因为偏执而不肯去看的事实一一浮出水面。他透过这些宝贵的财富，第一次看到了黎锦晖殷切的心，恨不得扇自己几个巴掌，把自己绑起来，亲自去向他谢罪。

他又是懊恼，又是激动，如饥似渴地翻看着每一本书每一页纸，整夜不能成眠。无数灵感在脑中乱窜，烟花一般，照亮了他的心。他抓过之前写就的曲谱，粗粗一看，只觉得有太多的不满意，提笔就改。音符和旋律像是流淌于他的血液之中，从心脏到大脑，无需思考，直接转化为音乐，吐露在纸上。他不知道什么时候天亮，也不知道什么时候天黑，更不知道到底过去了多久。世界仿佛一片安静，而又充满了声响：那是属于他聂耳的声响，也许幼稚，但却同样赤诚坦荡、铿锵有力。

天方发白，已经不知道是哪一天的早晨。聂耳在乐谱上写完最后一个音符，胡子拉碴地抬起头来。他觉得自己像是接受了一次洗礼，又像是经历了一次蜕变。他从未如此了解自己，也从未如此坚定，心情复杂地站起身来，把看完的书和乐谱一起，摞成整齐的一摞，走出门去。

走廊上,团员们已经早早起来,各自练习,见黎锦晖过来,亲热地打着招呼。

“早上好，黎团长!”

“早上好!”

“黎团长，上次你让我练的波兰序曲，我已经拉熟了!”

“那就好，你要尤其注意情感的表达……”

“黎团长早!”

“早。小红，练习哼鸣唱法的时候，喉头要更放松一点……”

黎锦晖往办公室走，一路走，一边耐心地指点着，看到门口站着的聂耳，一愣。他的目光扫过他高昂的头、挺得笔直的背，一直落到他手中的那一摞书上。

聂耳见他过来，恭恭敬敬地：“黎团长!”

黎锦晖脸上没什么表情，也不答话，把门打开：“进来吧!”

聂耳忙抱着书，跟了进去。把书放在桌上，整整齐齐码好：“黎团长，这些书我看完了。”

“都看完了?”

“都看完了。”

他鼓起勇气，看向黎锦晖，认真地：“请你考试吧!”

黎锦晖拿起一本书，翻了一翻：书上满满的，都是聂耳看书时写下的笔记和感想。他没有说话，一本本书翻看着，脸上渐渐露出惊讶的神色，往旁边一放："不用考了。"

聂耳一愣："可是黎团长……"

黎锦晖摆了摆手，示意他不用再说，干脆地："我让老沈给你送去的唱片，听了没有？有什么感觉？"

"听了，很美。里面很多音乐我都没有听过，从来不知道音乐也可以是那样的。"

黎锦晖点了点头。他知道聂耳已经明白过来，找到了自己的不足之处，打开抽屉，从里面翻出几张唱片，递了过去："这几张唱片是我托国外的朋友寄回来的，很有特色，你可以听一听。"

聂耳接过唱片，只觉得那唱片沉甸甸的，重得难以承受。他知道自己做错了事情，却万万没想到，黎锦晖连句重话都没说，就这样原谅了自己，还愿意继续教导自己，当自己的老师。他看到了对方的胸襟，越发惭愧起来，真诚地："黎团长，我要向你道歉。"

黎锦晖一愣，没有说话。

聂耳也不掩饰，看向黎锦晖，诚恳地："老实说，从进明月歌舞团开始，我就对你有意见。你让我抄谱，让我读书，就是不肯让我参加合练，我觉得你是在针对我，怀疑我的能力，心里憋屈得很。后来，我改了你的乐谱，明明改得比原来好，你却视而不见，还当着全团人的面，让我回屋读书，我心里就更记恨你，觉得你是个小肚鸡肠的男人，容不得别人有半点意见。"

黎锦晖也不生气，也不说话，只看着聂耳，微微一笑。

"我没有上过什么艺术学校，更没有去国外留过学。进明月歌舞团之前，我唯一的老师就是这双耳朵。我所学习到的全部音乐，就是我身边的各种声响。我总觉得，那些书啊什么，是为了不懂音乐的庸才准备的。音乐的妙处，又怎么会是几页纸、几条理论就能说得明白？所以你一味让我读书，我才会那么排斥，那么反感。"

聂耳直视着黎锦晖，把心里的话都说了出来："可直到听了你给我的那些唱片，我才明白我错了！错得离谱！我才明白，我所知道的音乐，是多么贫乏、多么狭窄！你说的没错，我的确像一只井底之蛙，压根不知道外面的世界有多大！世界上有那么多动人的旋律、那么多美好的乐曲，而我却从来没有听过。我从来不知道，在我所熟知的世界之外，还有那样广阔的境界，还有那样不一样的声音！"

黎锦晖看着聂耳，脸上露出欣慰的神情。他知道聂耳说的都是真话，只觉得孺子可教，欢喜得很，不由得把自己的心里话也都倒了出来：“聂耳，我知道，我对你很苛刻。可要当非凡的人，必须经历非凡的磨炼。你是我遇到最有才华的学生，所以我对你的要求，比常人要高十倍、一百倍！我要让你知道，除了才华，除了激情，艺术还有它必须遵循的规律。你只有学会了它们，掌握了它们，才有可能最终打破它们，让它们真正为你所用。”停了一停，温和地：“这些天，我故意对你冷淡，让你学这些枯燥的东西，既是要磨练你的技艺，也是要考验你的心。聂耳，我对你有很大期待。我希望你永远保持这种热情，从生活中吸取养分，从民族的命运中获得力量，做出真正属于你、属于这个时代的音乐来！”

聂耳没想到他对自己有这样的期待，震撼不已。他对上黎锦晖期待的目光，只觉得心中有无穷的干劲，突然鞠了一躬，高声答道：“黎团长，我明白了。从今往后，你让我读什么书，我就读什么书；你让我学习什么，我也一定会全力以赴！”

第十八章　甜蜜的家

一

从这一天起，聂耳像是开了窍一般，突飞猛进。他把自己写完的乐谱给黎锦晖看过，连黎锦晖都挑不出毛病；给田汉看，田汉更是击节赞叹，大声叫好。田汉的剧本刚刚写完，他的曲子也跟着谱完，两个人一身轻松，拎着桶子去澡堂洗澡。

澡堂子里雾气蒸腾，看不见人影。只听见田汉的破铜嗓子，一路跑调一路唱："咿——呀——，哦——哈哈哈哈——，扬子江暴风雨，呛——切——呛切呛切呛切呛切呛切——吧——嗒——呛！"

他唱得不亦乐乎，乐呵呵地："聂耳，我今天快活！真快活！《扬子江暴风雨》写完了，我这心里比什么都快活！不就是不准我看戏么？我自己写！我自己写完自己唱，自己唱完自己演，先过过干瘾再说！"

聂耳半点面子都不给他，边打肥皂边笑："歇了吧，你唱？那还不走调走到天上去了？还不如我来！怎么样，我的《码头工人之歌》，写得还不错吧？"

"好，实在是好！我最喜欢那个吭哟吭哟的调调，特别，有气势！"

"那当然，你也不看看，我为了写这首歌，去了多少趟码头，听了多少次号子！"

聂耳一边说，一边高声唱了起来："从朝搬到夜，从夜搬到明，眼睛都迷糊了，骨头架子都要散了。搬哪，搬哪，唉咿哟嗬……"

田汉也加入进来，越唱越大，越唱越响：

"笨重的麻袋，钢条，铁板，木头箱，都往我们身上压吧！

为着两顿吃不饱的饭，搬哪！搬哪！唉咿哟嗬！唉咿哟嗬……"

两人光着身子，一边唱，一边模仿码头工人搬东西的姿势，正唱得不亦乐乎，身后突然传来一阵巨响：原来是一个团员推门进来洗澡，猛然看到他们两个，吃了一惊，手里的东西跌落一地。田汉和聂耳回过头去，见他受了惊吓的模样，哈哈大笑起来。

田汉洗过澡刚一进屋，就看见夏衍坐在屋里。他已经看过了剧本，竖起大拇指，一脸兴奋："好，好，你们那个剧本真不错，文委的同志都看了，大家都说写得好，有现实意义，应该马上投排，马上上演。"他说到这里，忽然问："大家尤其喜欢剧里的音乐，都问是谁作的。"

"谁？就是上次那个聂耳！"田汉比自己得了表扬还高兴，得意得很。

夏衍一愣："就是他？"

田汉笑说："可不是。我已经打听过了，他是云南玉溪人，因为参加共青团，被政府追捕，不得已才逃到上海来的。我看他要求进步的意愿很强，如果能从思想上引导他，让他加入到党的队伍中来，那就太好了！"

夏衍见他一腔赤诚，不由得笑了起来："寿昌，你可别忘了，你自己还在考察期呢，就急着想推荐别人？"

田汉一点也不介意，乐呵呵地："这有什么？我看聂耳是个人才，才向你推荐他。现在这个局面，正需要像他这样的年轻人，来振臂一呼、唤醒国人呢！"

夏衍对聂耳印象颇深，觉得田汉讲得也有道理，点了点头："既然这样，你就和他保持联络，多多交流。记住，不要随便泄漏身份，也不要跟他提起文委的计划。"

田汉一愣。他不敢告诉夏衍，聂耳早就知道自己的身份，心虚地岔开话题："那剧本的修改……"

"剧本就是这样，不用修改，文委的意思，是要挑选合适的导演和演员，赶紧排练起来。"

田汉听说要排练，顿时来了干劲，一拍大腿，站起身来："那好哇！导演我来当，演员也没问题，艺大的学生有好多还在上海，只要我出马，他们谁好意思不来？余下来的就只有灯光、音响和服装……"他说得兴起，突然想起什么，整个人都蔫了："你看我这记性。我都忘了，这段时间我还不能出去……"

"你还记得你不能出去？"

夏衍好笑地看着他，慢条斯理地："我这次来，还有个好消息要告诉你。"

"好消息？什么好消息？"

"党内出了叛徒的事，已经妥善解决。你家门口的特务，也已经全部撤走了。组织上让我通知你，从今天开始，你可以回家了……"

话音未落，田汉猛地站起身来。他已经太久没有回家，上次看完女儿之后，更是恨不能冲进门去，给她一个大大的拥抱，让她看看爸爸长什么模样。还有维中，还有娘，还有杏儿……他太想他们，压抑不住激动的心情，拔腿就往门外冲。夏衍乐了，大声喊道：“田汉同志——！”

田汉硬生生停住脚步，回过头来：“夏衍，这可是你说的，我可以回家……”

夏衍故作严肃地：“你是可以回家。但组织上让我提醒你，虽然回了家，你对外还得叫陈瑜，不能叫田汉。还有，不能随便跟人联络，不能……”

“不能叫田汉，不能随便跟人联络，不能去戏院。”田汉急着要回家，一口气背了出来，眼巴巴地望着夏衍：“夏衍，这三条我都背熟了，我向党保证，一定遵守。这总行了吧？”

夏衍看他焦急的模样，强忍笑意：“那《扬子江暴风雨》的排练……”

“我来，我来！都交给我！我向党保证，一定排好、演好、募捐好！”

田汉一边说，一边就往门外走。还没走出一步，又听见夏衍在身后喊：“田汉同志——！”

田汉苦着一张脸，无可奈何地回过头，愤愤地：“我说夏衍，你先让我回家好不好？有什么事情，等我回了家再说……”

夏衍终于再也忍不住，笑了出来：“回家？你回哪去？组织上为了保险起见，已经派人帮你搬了新家。你连地址都不知道，怎么回去？”他从兜里掏出一张纸条来，往田汉手里一拍：“喏，这是新家的地址，你拿着，赶紧回去吧。”

田汉这才明白夏衍是在故意吊胃口，恼了，一把夺过纸条，瞪了他一眼，径自冲下楼去。

他记不清自己是怎样上的黄包车，又是怎样到的平原坊，手里拿着地址，一户户去看门牌号，努力寻找着，越走越快，忍不住跑了起来：“99 号……102 号……104 号……”

突然，他一愣，猛地停住脚步。小巷尽头整整齐齐站着一家子人，最边上是田母，中间是抱着孩子的林维中，手里牵着杏儿，都齐齐望着这边。阳光给她们镶上了一条金边，温暖得让人心动。

她们听说田汉要回，一早就出来接他。杏儿眼睛最好，第一个认出他来，激动地喊：“叔叔！”

田母也看到了儿子，眼眶一红：“寿昌！”

林维中嗫嚅着张了张嘴，却没一点声音，只管愣愣地看着他，流下泪来。

田汉只觉得心头有说不出的愧疚，又有说不出的感动。他猛地走上前去，看看这个，又看看那个，二话不说，张开双臂，把这一家老小通通拥进怀里。

桌上摆着一整桌菜，有鱼有肉。林维中和田母知道他今天要回，一早就做好了，忙着把菜一盘盘拿进去热，又一盘盘端出来。田汉心思全不在这些上头，哪里坐得住？酒也不喝，饭也不吃，凑到摇篮前，只管逗女儿：“玛丽！玛丽！”

小小孩子倒也不哭，张大眼睛，好奇地看着他。田汉越发快活，指着自己："玛丽看看，这是谁？这是爸爸！爸——爸——"一边说，一边就把脑袋凑到孩子跟前，和她大眼瞪小眼："爸爸！来，叫爸爸！"

田母见了，好笑地："她才几个月？哪里就会叫人了？快过来吃饭吧。就为了夏衍说你要回来，维中都忙活一天了。你看看这一桌子，哪一样不是你爱吃的？"

田汉看着还在厨房忙碌着的林维中，心头一热。他之前不能陪在林维中身边，对她充满了内疚，也充满了感激，一把抱起玛丽，往厨房走："来，玛丽乖，跟爸爸去看妈妈咯！"

林维中围着围裙，正在热菜，见他把孩子带进来，忙开口道："你带她进来做什么？这里油烟大，当心呛着她……"

"那怎么行？她可是给我来当说客的。"

田汉抱着女儿，把她粉嘟嘟的小脸向着林维中："来，乖女儿，替爸爸跟妈妈说，你辛苦了！"

林维中正是手忙脚乱，哪里有空理他？皱了皱眉："成了成了，我知道了。你快抱她出去……"

田汉却不肯出去，看着林维中，饱含感情地："就说，爸爸很谢谢她，生了这么可爱的你。还有，生你的时候没有陪在她身边，很对不起。"

林维中一愣，有些感动，又有些委屈。她低了头，眼眶一湿，忙把锅里的菜盛出来，掩饰地："生都生了，还说这些做什么？菜好了，快出去吧，我们全家人一起，好好吃顿饭。"她一边说，一边就把这父女俩往外推。

他越看女儿越爱，连吃饭也舍不得放手，把她抱在怀里，吃一口逗她一下，一下子把手放在头上，一扇一扇，扮憨态可掬的猪八戒；一下子又把鼻子往下扯，把腮帮子往上推，扮阴险狡诈的狐狸，把一家人逗得哈哈直笑。林维中实在看不下去，想伸手接过玛丽，却被他一把挥开，抱紧了不肯撒手："不行不行，还是我来抱。你都抱这么多天了，怎么着也该轮到我了……"

林维中简直哭笑不得："好好好，你抱你抱。你这么爱抱，以后都归你抱。"

"当然归我抱。玛丽，你说是不是？是不是？"田汉好久没跟全家人一起吃饭，把女儿放在腿上坐着，边喝酒边吃菜，只觉得有说不出的快活。玛丽也不怕他，只管骨碌着大眼睛，好奇地看着田汉。

林维中看着这父女俩，无奈地笑笑，替田汉把酒添满："对了，周老板听说你今天回来，要请你去看戏，你去不去？"

田汉听到看戏两个字，两眼发光："去，当然去！"

林维中为难地："可夏衍说了，为保险起见，你这段时间最好不要上戏院去……”

田汉想也不想，豪迈地：“那怎么成？就算是天上下刀子，那也得去！”

他夹起一块肉，塞进嘴里，嘟嘟囔囔地：“反正我也违反过纪律了，一次是违反，两次也是违反，还差这一回么？再说了，你不说，我不说，他夏衍怎么知道……”

二

天蟾舞台，灯火通明。

田汉由周信芳亲自陪同，坐在前排，激动地：“信芳先生，你是不知道，打从上次你送我出门，我就愣没进过一次戏园子，没看过一场戏！今儿个来了你这里，才算是得了救了！”

周信芳闻言，微微一笑：“既然这样，就连后面的折子都看完再走。”

“那是当然。有戏看不看，那还是我田汉么？”

一句话，说得一家子都笑了起来。

正在这时，锣鼓声起。观众们忙停了动作，坐回到座位上。两个跑龙套的小妹从一侧走了出来，举着大大的水牌，上面写着“麒麟童亲传弟子 麒派名戏《徐策跑城》”字样。

田汉一愣，扭头去看周信芳，感兴趣地：“信芳先生，怎么，收新弟子了？”

周信芳点了点头：“恩，刚来的。你也帮忙瞅瞅，看唱得怎样？”

田汉应了一声，正要说话，只听得台后响起一个声音来：“待老夫——上——朝——”

一时间，锣鼓点子一声紧似一声，一个个子不大的演员从台侧步出。只见他身穿官服、头戴官帽，提快落慢，一步步行将出来，挽袖、甩袖、掸袖、抓袖、提带踢袍，一连串动作一一做来，腿不摇、身不晃，干净利落，好看得很。他行到舞台中间，站定、亮相，也不怯场，开口唱道：

“湛湛青天不可欺，
是非善恶人尽知。
血海冤仇终需报，
且看来早与来迟！”

田汉眼前一亮，率先叫了声好，用力鼓起掌来。观众们见他一个才登台的新人，唱做俱佳，也都议论纷纷、赞赏得很。一时间，剧场里掌声雷动，彩声四起。

田汉合着那演员的唱，手在桌上微微敲击着，看得津津有味，赞赏地：

"好！信芳先生，这娃子好！"

周信芳乐了："田老大，你可别哄我，真有这么好？"

田汉："我哄你做什么？你麒派这一出徐策跑城，最是讲究唱做俱佳。我看这娃子做工不错，唱得也入味，有你周老板的风采！"

周信芳见他夸得真心实意，也不说话，只管笑，去看台上。那扮徐策的演员正唱到精彩处，跨步、抖须、要帽翅，一招不差，一式不少，把个老徐策的焦急之意、欣喜之情表达得淋漓尽致：

"……万岁准了我的本，君是君来臣是臣；万岁不准我的本，紫禁城杀一个乱纷纷。往日行走走不动，今日行走快如风。三步当作两步走，两步当作一步行。急急忙忙往前进……"

唱词一句紧似一句，到了后面，已经如走珠一般，迸裂而出，铿锵有金玉之声。一时间，楼上、台下叫好声一片。只见那演员甩袖、撩袍，急急奔走，坐倒在地，"哦嘿嘿"笑了几声，抖须、挽袖、起身，整束衣袍："老夫上殿把本升——"嗓音虽还有些稚嫩，但沉郁中带点欢喜的情绪，却拿捏得惟妙惟肖。

"好！好！"台下掌声雷动，哄然叫好。田汉也跟着站起身，用力鼓起掌来。

好容易等散了戏，田汉冲周信芳竖起大拇指："信芳先生，你这新收的娃子好，要得！我看他嗓音好，身段也美，天生是块唱戏的料！亏得你，从哪里找出来的？"

周信芳听他这么说，欢喜得很："他还没正式拜师呢。择日不如撞日，你既然这么说，就请你当见证人，今儿个正式收了他做徒弟，如何？"

田汉一拍大腿，快活地："好哇！我也正是这个意思！不是我夸他，要真跟了信芳先生你，好生调教个几年，只怕又是个麒麟童，也未可知！"

一行人欢欢喜喜，进了后台。演员们演了一晚上戏，到这时才真正放松下来，有要去打麻将牌的、有约着去消夜的、有忙着卸妆回去休息的，热闹得很。田汉跟他们寒暄了几句，一眼看到之前扮演徐策的演员，拨开人群，大步走了过去："信芳先生，就是这个吧？刚刚唱徐策的。"

周信芳抬头一看，乐了，连忙点头："是他！就是他！"

"好！好！唱得好，做得也好！"田汉一拍那演员的肩，又牵着他的手，上上下下看了又看，满意地点了点头，问道："多大了？哪里人？"

那演员有些惊慌，也不答话，只管睁大了眼睛，去看周信芳。

剧团里众人你看看我，我看看你，忍不住笑了出来。周信芳也乐了，直勾勾看着他们两个，只管笑。田汉见他们笑得古怪，莫名其妙，只当他是小孩子怕生，忙哄他道：“怕什么？我是你们周老板的朋友。周老板说了，要正式收你当徒弟，让我来当见证人呢！来，告诉叔叔，你叫什么名字？”

大家越发乐了，都看着那演员。那演员还是不说话，看看这个，又看看那个，苦恼得很。

田汉没辙了，奇怪地：“信芳先生，你这徒弟怎么回事？问他也不答话，跟个锯了嘴的葫芦似的……”

周信芳走到那演员身旁，忍笑不住地：“来，把胡子摘了，见见你田叔叔。”

那演员犹豫片刻，摘下胡子，怯怯地抬起头来，低低地喊了一声：“叔叔！”

——虽然还带着妆，可看那脸蛋轮廓，不是杏儿是谁？

田汉再没想到会是她，一愣，不敢置信地：“杏儿?! 怎么是你？”

他又是惊，又是喜，半天反应不过来，呆呆地：“信芳先生，这怎么回事？”

“怎么回事？就是这么回事！”周信芳一把搂过杏儿，得意地：“我啊，想收杏儿这徒弟好久了，就等着你回来呢。怎样，你同不同意？你要是同意，这徒弟我可就收下了！”

原来，他自从在医院答应了杏儿，每日里尽心尽力教她唱戏，唱念做打，无不是亲身亲传。杏儿倒也刻苦，每日里天不亮就起床，到天蟾舞台跟大家一起练功，几个月下来，颇有长进。这《徐策跑城》，就是她的拿手好戏。田母和林维中原本还有些担心，看她学得有模有样，也都支持她进戏班子，正式拜信芳为师，只等着田汉回来，拍板定论。

田汉听周信芳把事情的经过一说，这才明白过来。他极爱戏曲，在梨园行里，又最敬重周信芳，哪有不愿意的？一把拉过杏儿，欢喜地：“杏儿，快，快跪下，叫师傅！”

杏儿面对周信芳，恭恭敬敬跪下，磕了三个响头，抬起头来，叫了一声师傅。周信芳忙答应着，把她扶了起来。众人看着这新认的师徒俩，越看越乐，可劲鼓掌，大声地叫起好来。

事情来得太突然、太出乎意料，以至晚上回了家，田汉还在唏嘘不已，躺在床上，啧啧感叹：“没想到。真是没想到。你说我才出去多久，杏儿咋就跟了信芳先生呢？”

林维中把玛丽哄睡着了，也上了床，和他并排躺着，好笑地：“才出去多久？我连玛丽都生下来了，杏儿咋就不能跟信芳先生学戏？”

“不是不能，是太意外、太没想到了。”田汉翻了个身，感慨地：“你还别说，杏儿还真是块唱戏的料，才学那么几天，可在台上，那一招一式，有模有样的，还真有点信芳先生的风采。”

林维中点了点头：“可不是。你说要让她念书，我和娘还想着，等过了年就送她上学去。可她自己坚持要学戏，拦都拦不住。我看她学得快，信芳先生又喜欢得紧，也只好随她……”

田汉：“没事，她既然有唱戏的天分，拦她做什么？她能拜信芳先生为师，也是缘分。别的不说，在梨园行里，论起这唱戏的功夫，有几个及得上信芳先生？信芳先生的为人，你我是知道的，最仗义不过，杏儿既然跟了他，总不会让她吃亏。”

他一时想起排戏的事，忙跟林维中说道：“对了，我这次在明月歌舞团，认识了一个朋友，叫聂耳。搞音乐的，年纪轻轻，很有才华。我已经邀请他明天来家里做客……”

三

小小的家里热闹得很。林维中和田母进进出出，在厨房里忙碌着。顾惜音正好来看聂耳，听说他要到田汉家里做客，也跟来了，买了个拨浪鼓，伸到玛丽跟前逗着。玛丽欢喜得很，不时伸了小手来抓，憨态可掬，逗趣得很。院子一角，田汉和聂耳正面对着面，一人一条小板凳，兴奋地说着什么。

“为义勇军募捐？”

田汉面色凝重，认真得很：“对！我们虽然无法亲自上东北去，一刀一枪跟日本人搏斗，但我们可以通过义演，募集资金，支持义勇军的抗日壮举！我想过了，党既然把募捐任务交给了我，我就得把事情做好。当务之急，是《扬子江暴风雨》的排练……”

正说得起劲，林维中拿着个簸箕从屋里走了出来，往田汉面前一放。她忙着炒菜，抓起一把豆角，塞在他手里，急匆匆地：“我来不及了，寿昌，你帮着把菜择一择。”

她隐约听到募捐的事，担心得很，强忍着没问，依旧回屋里去。田汉丝毫没有察觉，把豆角一分为二，递了一把给聂耳，把簸箕往中间一摆：“剧本已经有了，曲也做好了，现在的问题，一是导演、二是演员、三是排练的场地、四是乐队、五是演出启动费用。我已经想好了，导演我自己来，演员找艺大的学生。淑贞他们都在上海，只要是我找他们，他们一定肯来。”

聂耳点了点头：“恩。老王的角色，实在没人的话，我也可以上。”

田汉一愣，不相信地："你？你能演戏？"

聂耳："怎么不行？我在云南的时候，还在街头演过宣传抗日的小品呢！"

田汉乐了："那成，等排练的时候，你演一段看看。要是行，可就定下来是你了。"

他心不在焉地择着菜，想了一想："至于场地的事情，我跟信芳先生说说。他们现在天蟾舞台演出，不演戏的时候,我们借他们的场地来排练,应该没什么问题。"

聂耳想了一想："那这样，你只管找演员，赶紧排练。乐队和演出经费的事，我来想办法。"

田汉一愣："你来想办法？你能有什么办法？"

聂耳笑了："这你就别管了，你算算，演出启动经费得多少才够？"

田汉扳着手指头，一样样算来："我想想。露天演出，场地是免费的，服装用自己的。灯光音响我也可以想办法，跟别的剧团借借，余下的就是舞美和道具，虽然简单，一百块钱总跑不了……"

正算得起劲，林维中从屋里探出头来："寿昌，豆角好了没有？"

田汉一愣，忙去看簸箕：簸箕里空空的，哪里有多少豆角？

——原来他们一心说话，压根忘了择菜。你看看我，我看看你，哈哈大笑起来。

回家路上，顾惜音听聂耳说起义演募捐的事，感兴趣得很："那演出经费呢？从哪里来？"

聂耳把自己的打算一说，顾惜音顿时担心起来："可你哪里有钱？你刚往家里寄了钱，连这个月的生活费都不够了，上哪找这一百块去？"

聂耳见她这么关心自己，倒是一愣："没事。你别担心，我自然有办法。"

顾惜音心里替他着急，想了一想："这样吧，反正是为了给义勇军募捐，这一百块我来出，就当是我提前捐给义勇军的，行不行？"

聂耳一愣，顿时拉下脸来。他最是要强，黑是黑、白是白，绝不肯与国民党官员为伍，更不肯占顾惜音的便宜："那怎么行？你的钱还不是你爹的？我说过的，绝对不用你们家的钱。"

他有些生气，不理会顾惜音，大步往前走去。顾惜音追在后头，亦步亦趋："聂耳，你就别逞强了！"

"我们是朋友吧？朋友就应该互相帮忙。"

"一百块钱虽然不多，可这么短时间，你能有什么办法？聂耳——"

见聂耳横竖不理她，她委屈得很，无可奈何地："好，不用就不用。那你倒是说说，你有什么办法？你说出来，我来帮你好不好？”

聂耳听她这么说，一愣，停住脚步。他转身凑上前去，仔细打量顾惜音。

顾惜音不明所以，见他越靠越近，脸渐渐红了起来，正不好意思，聂耳却猛地撤回身子。他看着顾惜音，见她一身藕荷色小洋装，低调雅致，价值不菲，说话细声细气，处处透着养尊处优的优雅劲儿，自己都觉得不可能，连连摇头：“不行不行，肯定不行……”

顾惜音茫茫然地：“什么不行？”

聂耳越想越乐：“我是说我那办法。你一定不肯帮我。”

顾惜音急了：“为什么不肯？我说话算数，说了帮你，就一定帮你！”

聂耳看了看她，好笑地：“真的？”

顾惜音怕他不信，用力点了点头：“真的，我保证！你不信的话，咱们拉钩！”她一边说，一边伸出手去。

聂耳一愣，倒没想到她这么认真，伸出手去：“真不反悔？”

“真不反悔。”顾惜音一边说，一边钩住聂耳的手：“拉勾、上吊，一百年，不反悔。”

见聂耳不反对，她这才欢欢喜喜放下手来，好奇地问道：“可是，你到底有什么办法？”

第十九章　募捐筹款

一

繁华的南京路，人来人往。聂耳和顾惜音走了过来。聂耳身上背着琴，顾惜音手里抱着个大大的纸盒，上头写着“义演募捐”几个大字，引得众人纷纷侧目。两人走到一间华丽的餐厅前，停了下来。

顾惜音怯怯地：“聂耳，这样行吗？”

聂耳信心满满地：“行不行，试试不就知道了？”

他整整衣服，昂首挺胸，推开门走了进去。不到两分钟，又被人连人带琴推了出来：“去去去，要讨钱一边去，也不看看这是什么地方！”

聂耳被他推得一个趔趄，愤愤地：“谁讨钱？我们这是为义演募捐，是为了给义勇军……”

话音未落，门早已砰的一声，在他面前关上。

顾惜音从没遇过这种情况，抱着盒子，茫然地：“聂耳，他们压根不听我们说话，怎么办？”

聂耳却见识得多了，毫不犹豫，拔腿就走：“怎么办？继续走！我就不信，南京路上这么多的店子，会找不到一个有血性的中国人！”

他果然说到做到，逢店就进，把南京路上的店子闹了个人仰马翻. 得到的待遇也大同小异，不是被人客气地请出来，就是被人不客气地推出来，折腾了半天，募捐箱里还是一毛钱没有。顾惜音从来都是被人奉为上宾，哪里受过这样的对待？怯怯地跟在聂耳后头，连头都不敢抬。

聂耳遭了无数的冷遇和白眼，却并不气馁。他站在一家豪华的西餐厅前，想了一想，把顾惜音从背后拖了出来，往前面一推：“你先走。”

顾惜音一愣，不知道他葫芦里卖的药，带头往里面走。餐厅的侍者见她娇柔雅致，一举一动都透着矜贵，殷勤地把门拉开，恭恭敬敬请他们进去。

——雕花的大门后头，是装饰得金碧辉煌的大厅。正前方的舞台上，一个歌女眉目妖娆，穿着花团锦簇的旗袍，正幽幽唱道：

“夜上海 夜上海 你是个不夜城

华灯起 车声响 歌舞升平

只见她笑脸迎 谁知她内心苦闷

夜生活都为了衣食住行

酒不醉人 人自醉

胡天胡地 蹉跎了青春

晓色朦胧 倦眼惺忪

大家归去 心灵儿随着转动的车轮

换一换新天地 别有一个新环境

回味着夜生活 如梦初醒……”

顾惜音不知所措地站在门口，去看聂耳。聂耳二话不说，拉起她就往台上走，从歌女手中把话筒拿了过来：“小姐，不好意思，借用一下。”

歌女停了演唱，被他颇有礼貌地请到一旁，茫然得很。顾惜音抱着募捐箱，怯怯地跟在他身后。客人们都愣了，嘘声四起：“干什么？”“下去下去……”“就是。这算怎么回事……”

聂耳丝毫没有察觉，手里拿着琴，慨然而立，朗声道：“各位同胞，我们今天来到这里，是为了给义演筹钱，给东北义勇军募捐！现在正是国难当头，东北是个什么情形，不用我说，大家也都清楚得很！义勇军在前线浴血奋战，而我们却在这里灯红酒绿，歌舞升平……”

餐厅经理见情形不对，走了过来，跟侍者低声说着什么。

聂耳慷慨激昂地：“……的确，我们不是战士，不能亲自上东北去，和日本人拼个你死我活！但我们至少也应该尽自己的一份力，为东北、为义勇军做一些事情！我聂耳不会别的，只会拉琴，我今天就是要卖乐，为东北军募捐，为义演筹款！”

在经理的吩咐下，几个保安点了点头，朝舞台这边走来。顾惜音忙去拉聂耳的衣服，提醒他小心。聂耳却不为所动，把小提琴往肩头一架，拉起琴来。他的动作优美而舒展，《致新大陆》第二乐章蜿蜒而出，缠绵深沉，令人感伤。他这首曲子选得很是用心，旋律中饱含着思乡之情，把之前暧昧迷离的气氛一扫而空；拉到一半，突然发出突兀的声响。几个保安把他架了起来，拖下台去。

聂耳哪里肯走？一边挣扎，一边高声喊道：“放开！你们放开我！”

顾惜音跟在后头，焦急地：“你们干什么？放开他，你们不能这样……”

餐厅里一阵骚乱，客人们都看向这边，窃窃私语。保安们二话不说，把聂耳连人带琴，扔出门去，砰的一声把门关上。聂耳摔得七荤八素，连打了几个滚，这才扑倒在地。顾惜音冲上前去，把他扶了起来，紧张地："聂耳，你怎么样？摔到哪儿没有？"

聂耳额上青紫一片，猛地坐起身来，呆呆地看着她，一言不发。

"聂耳，聂耳？你怎么了？是不是摔着哪儿了？"顾惜音见他一点反应也没有，紧张得很，快要哭出声来："聂耳，你别吓我，你千万别吓我……你到底怎么了？你说说话，你说话呀……"

聂耳铁青着脸，慢慢回过神来。他二话不说，把小提琴捡了起来，重又走到餐厅门口。顾惜音担心他的安全，忙伸手拉他："聂耳，算了，还是别去了。实在募不到钱，我先借给你，你什么时候领了工资再还我……"

聂耳这一天遭了太多的拒绝，对这个城市、这一群人失望得很。他们太麻木，太冷漠，面对着这样的东北、这样的中国，却依然能置身事外无动于衷。他愈发觉得这次募捐意义重大，把琴一架，固执地："我不进去，我就在这儿拉！这里面坐的都是中国人。我就不信，他们的心是铁石做的，眼见着国家一日日衰弱，一日日沦亡，能置若罔闻，不为所动！"

顾惜音看着他坚定的神情，彻底愣住了。

南京路外滩，人头攒动。电车行驶在一片灯红酒绿之中，乘客面容冷漠，上上下下；黄包车、小轿车载着达官贵人太太小姐，往来穿梭。这就是上海，说着吴侬软语、透着极致温存的上海，华丽而空虚，奢靡而冷漠。在这死水一般的、铁青色的城市之中，聂耳的《致新大陆》第二乐章再次响起，回旋在繁华喧闹的南京路上，像是母亲轻柔的抚慰，又像是爱人温存的耳语。

这时一辆轿车开了过来。车上顾云峰和李绍甫刚开完会出来，忧心忡忡，交换着对时局的看法："听说没有，日军已经攻占了锦州。黄显声将军孤军难支，已经退回到关内了。"

顾云峰点了点头。李绍甫恨恨说："这些日本人，真是欺人太甚！才占了东北，又觊觎辽西！岂止是国民政府，就连国联的调停，也不放在眼里了！"

"这也是没办法的事。国家积弱，哪有什么外交可言？可叹国联的决议，如今竟成了一张废纸了。"顾云峰长叹一声。他心里存着别的疑虑，压低声音，慎之又慎："绍甫，你注意到没有，最近泊在长江的日本军舰有所增加。工厂、码头，更是天天有人挑衅滋事。我恐怕……"

"恐怕什么？"李绍甫见顾云峰不往下说，一愣，突然明白过来，连连摇头：“不，不可能。日本人就是再猖狂，也不至于攻打上海吧？上海可不比东北，真要打起来，国民政府还能任他们胡来不成？”

顾云峰没有答话，心事重重地看着窗外，突然脸色一变，高声地：“停车。”车子猛地停了下来。只见不远处的餐厅门口，聂耳还在拉琴。琴声激烈而饱满，旋律越来越急，越来越强。他微微侧身，目光专注至极，仿佛去到了那遥远的东北，跟那些浴血拼杀的战士们并肩而立；他手中的弓就是他们的枪炮子弹，化为强而有力的音符，射向一切腐朽的、麻木的、冷漠的，摧枯拉朽无坚不摧。

顾惜音看着他，心里有说不出的感动。她不知道自己从哪里来的勇气，面向人来人往的街道，放开嗓子，大声喊道：“同胞们，请停下脚步，听听我们的音乐，听听我们自己的心声！我们都是中国人，是五千年的炎黄子孙……日本人强占了我们的东北，在那里无恶不作，奸淫妇女，枪杀老人和小孩……难道我们真能够视而不见、无动于衷吗……”

她只觉得有什么涌上心头，让她眼眶发红、鼻头发酸。她眼中饱含着热泪，哽咽着，声嘶力竭地：“义勇军舍生忘死，流血牺牲，在东北打日本人，我们难道不应该为他们做点什么？每个人都来出一点力，哪怕只是一分一厘，聚少成多，我们的力量就大了……我们就能为义勇军将士多添一件御寒的棉衣，多给他们一颗子弹，就能多杀一个日本鬼子！我们这里虽然不是东北，没有炮火，没有硝烟，可只要是中国人，都应该团结一心，早一天把日本鬼子赶出东北去……”

她从未如此失态，嘶哑的声音和琴声交织在一起，匕首一般，直刺进每一个人心底。一个伤残的乞丐慢慢挪了过来，将自己乞讨所得的几张票子放进募捐箱里，紧接着，是西装笔挺的男子，是抱着孩子的少妇，是在街头叫卖着的报童，是在餐厅里唱歌的妖娆的歌女……

顾惜音深深地鞠躬，向他们每一个人道谢。

顾云峰透过车窗，远远地看向这边。他觉得那个身影很是熟悉，像极了女儿顾惜音，可又压根不相信，平日里文静娴雅的女儿，会做出这样大胆的举动。他心里矛盾得很，想看得更清楚一点，却总有人来来去去，挡在他面前。

李绍甫见他神色不对，忙问道：“云峰，怎么啦？”

顾云峰收回视线，不动声色地：“哦，没什么。走吧……”

二

顾云峰回家的第一件事，就是询问小姐回来没有，听说顾惜音还没回家，眉头一皱。他把胡妈叫了过来，详细问了问顾惜音最近的情况，几点出门，什么时候回家，越发起了疑心，坐在客厅里等她回来。顾惜音还不知道募捐的事已经被他撞个正着，轻手轻脚进了门，正要往楼上走，看到客厅里坐着的顾云峰，一愣，紧张地："爸爸！"

顾云峰佯装看报，头也不抬："上哪儿去了？"

顾惜音打量着他的神色，小心翼翼地："我在学校，跟同学们一起练琴。学校里最近有一场公演，我要表演节目……"

顾云峰随口问道："哦，是什么曲子？"

顾惜音迟疑地："肖邦的《波兰序曲》。"

顾云峰见她神色慌张，把报纸一搁："《波兰序曲》？公演是什么时候？爸爸很久没听你演奏了，正好，抽空去给你们学校捧捧场……"

"不用了！"顾惜音来不及思考，脱口而出，见顾云峰疑惑地看着自己，忙低了头，掩饰地："呃，其实公演的日子还没有确定，所以……"

顾云峰见她支支吾吾，也不追问："那好，等定了日子告诉我。爸爸一定抽空来看。"

顾惜音连忙点头，心虚地："那，我先上楼去了？"

顾云峰点了点头，继续埋头看报，待顾惜音上了楼，这才抬起头来，若有所思。他知道女儿一定有事瞒着自己，却还是不相信在街上见到的，会是自己的女儿。他心里存了心事，思来想去，终究不放心，等顾夫人打完牌回来，开口问道："惜音最近都回得很晚，你知道么？"

顾夫人坐在桌前卸妆，点了点头，不大在意地："知道啊。她说学校里有公演，这段时间都要跟其他同学一起练习，会回得晚一些。"

顾云峰眉头紧锁，不悦地："公演的事来得没头没脑，你怎么也不多问问？跟谁练习，在哪里练习；三四点钟就上完了课，七八点钟还没到家，这段时间干了什么，你这个当娘的心里得清清楚楚。麻将牌少打一点，多关心关心女儿，一个十八九岁的姑娘，成天在外面晃荡，像个什么样子？"

顾夫人不知道他发的哪门子脾气，一愣，笑了："看你说的。我们家惜音不是那种不懂事的孩子。不就是在学校练琴吗，还能做什么？"

他疑心自己是看错了，想了想，放柔了语气："话不是这样说。女儿听话是一回事，你这个做娘的关不关心，又是另一回事。这段时间厅里事多，我没空打惜音的招呼。你要是闲了，抽空去她学校一趟，问问她最近的情况……"

父亲这边忧心忡忡，顾惜音却丝毫没有察觉，干劲十足。这天恰巧没课，不过十一二点光景，聂耳拉完最后一个音符，把琴把袋子里一塞，站起身来：

"走，我们收工！"

顾惜音一愣，呆呆地站起身来："收工？现在还这么早，怎么就收工了？"

聂耳只管笑，也不说话，一把拉着顾惜音，钻进一旁的小巷里去。小巷里绝少人来，阳光洒在青石板路面上，暖洋洋的，说不出的明亮舒适。聂耳盘腿往地上一坐，把募捐用的纸盒拆开，抓起里面的钱，往顾惜音面前一放："来，数数看！"

两人满脸带笑，一张一张数着，越数越兴奋，越数越快活：

"九十七！"

"九十八！"

"九十九！"

"九十九块五！"

顾惜音把手里的票子往上头一放，珍重地："一百！"

两人没想到真能募捐到这么多钱，不敢置信地看看彼此，激动地一击掌。聂耳把钱仔细收好，二话不说，站起身来："走，我请你吃东西，算是犒劳你！"

顾惜音欢喜得很，忙问道："真的？那我们去吃什么？"

聂耳把募捐箱里剩下的钱倒在手里，数了一数，快活地："你跟我来，不就知道了？"说话间领着她进了一个小巷，远远就看见有人在那里卖红薯。顾惜音一愣，却开心的跟了过去。

两个人出了小巷，慢慢上了南京路。顾惜音还是第一次在大街上吃红薯，新鲜得很，咬了一大口，细细咀嚼着。

聂耳："怎么样，好不好吃？"

"嗯，真好吃！"顾惜音点了点头，冲聂耳甜甜一笑。

聂耳看着她单纯而满足的笑容，心中一动。不由得停下脚步，深深地看着顾惜音。

顾惜音见他直愣愣地看着自己，茫然地："你看着我做什么？是不是我脸上沾了红薯？"一边说，一边就用手去擦嘴角。

聂耳看着她率真的举动，只觉得有说不出的可爱。他从来不喜欢娇柔的女生，更讨厌有钱有势的人家，可顾惜音不一样。她纯粹、善良，有一点傻傻的天真，有一点笨笨的执著，像是一朵最美丽的花，开放在自己贫瘠的生命里，那么动人，那么美。

顾惜音不知道他在想什么，使劲擦了半天，紧张地："怎么，是不是很难看？"

聂耳摇了摇头，轻声地："不，很漂亮。"

"真的？"顾惜音不信，狐疑地瞥了聂耳一眼，还想伸手去擦，却被他一把拉住。

他直视着顾惜音的眼，只觉得那眸子乌黑透亮，像一泓清澈的泉，让他沉溺其中，半晌，讷讷地："真的。你是我见过的、最漂亮的姑娘。"

顾惜音一愣，脸渐渐红了起来。

聂耳看着这样的顾惜音，心里满是柔情，突然俯下身子，轻轻吻了上去。

这个吻极轻、极柔，却让顾惜音整个僵住，动弹不得。她脸上露出惊讶的神色，一颗心怦怦直跳，全身的血液像是脱了缰的野马，在身体内左冲右突，肆意奔涌。

不知道过了多久，聂耳才放开顾惜音，退了开去。

顾惜音脸红得快要滴出血来，不敢看聂耳，埋头站着，手里捧着吃到一半的红薯，不知如何是好。聂耳最是大胆，从不在乎别人的目光，确认了自己的心意，还有什么不敢做的？拖着她的手在马路前站好，意气风发地："我们来比赛吧！看到前面的黄浦江没有？我们比赛跑步，谁先跑到江边，就有权要求对方做一件事，怎么样？"

见顾惜音还呆呆站着，没有反应，他笑了笑，自顾自数道："一、二、三……"三字未落，人已经率先冲了出去。顾惜音一愣，想要喊他，哪里还喊得住？犹豫片刻，只好追了上去。

南京路上全都是人。聂耳和顾惜音一前一后，在人群中穿梭着，拼命向前跑着。正值入冬，风大得很，耳边是呼呼的风声和衣袂飘动的声响；阳光照在他们俩脸上，透出格外的鲜艳与活力，让人心动。眼见得黄浦江就在眼前，顾惜音加快速度，冲了过去。

聂耳早已经站在护栏前等她，见她过来，促狭地一笑："你输了。"

顾惜音气喘吁吁，无奈地："明明是你先跑……你说吧，想让我做什么？"

聂耳直视着她，低声地："闭上眼睛。"

顾惜音不知道聂耳想干什么，有些紧张，不情愿地把眼睛闭上。

聂耳没有说话。他打开琴盒，从里面翻出备用弦来，在自己手上比了一比，小心翼翼地绕了起来。

顾惜音等了半天，见一点响动也没有，心急地："好了么？"

"你急什么？"聂耳头也不抬，只管一圈圈缠着，把琴弦绕成戒指的形状，又仔细调整了大小，这才开口道："好了，可以睁开眼睛了。"

顾惜音睁开眼睛。她茫茫然地看着聂耳，和他手里托着的戒指，一愣。

"这是什么？"她拿起戒指来，对着阳光看了看。

——阳光照在透明的琴弦上，折射出鲜艳的光芒，不时变幻着颜色，美丽得很。

聂耳："我用琴弦做的。好看吗？"

顾惜音点了点头，越看越喜欢，侧过头来，展颜一笑："真好看！"

聂耳从顾惜音手里拿过戒指，低低地："把手伸出来。"

顾惜音一愣，乖乖伸出手来。

聂耳握着她的手，替她把戒指戴上，认真地："我送你的礼物，怎么样，喜欢不喜欢？"

顾惜音看着手上的戒指，这才明白聂耳的意思，不敢置信地抬起头来。她脸上慢慢绽放出笑容，越来越大，越来越明亮。半晌，用力点了点头。

三

天很高，云很白。阳光灿烂得无边无际。

顾惜音眉眼弯弯，连头发尖上也带着笑意，脚步轻快地走进门来。她心里快活得很，一边脱下外套挂在衣帽架上，一边忍不住去看手上的戒指，自顾自地笑出声来。

一个佣人走了过来，看到她，招呼道："小姐回来了。"

顾惜音这才意识到是在家里，忙收敛了些，点了点头。她竭力想要忍住笑容，却怎样也忍耐不住，笑容满面地往楼上走，一边走，一边轻快地哼着歌，把卧室的门推开。歌声突然停住了。顾惜音猛地收住脚步，看着坐在屋里的顾云峰夫妇，笑容一僵。

"爸爸，妈妈……"她怯怯地喊了一声，不明白他们为什么会在这里，心虚得很，把手背在身后，偷偷把戒指脱了下来。

顾云峰黑着脸，严肃地："进来，把门关上。"

顾惜音应了一声，转身关门，顺势把戒指藏进兜里，走进屋去。

屋里气氛压抑得可怕。顾云峰面色凝重，劈头就问："你今天到哪去了？"

顾惜音一愣，小声地："我在学校里练琴。"

顾云峰："和谁？"

顾惜音觉得有些不妙，迟疑地："唐瑛和小蝶她们……"

一阵沉默。顾惜音只觉得有一股巨大的威压，让人喘不过气来。

顾云峰看着女儿，越看越气，突然一拍桌子，站起身来："练琴练琴，你练的什么琴？我去学校问过了，压根就没有公演这回事！说，这些天你都到哪去了？"

顾惜音没想到练琴的事会露馅，有些害怕，往后退了一步。顾夫人在顾云峰身后，见他气得厉害，生怕吓坏了女儿，忙劝阻道："云峰，你也别太生气了。惜音的性子，你还不知道？她最是乖巧，就算回来得晚一点，还能做什么出格的事不成？"

她也是刚刚回来，还不清楚情况，心急地："惜音，快，老实跟爸爸说，这些天你都去哪了？"

顾惜音哪里敢说？只管低了头、讷讷地："我……我……"

顾夫人见顾云峰就要发作，推了推顾惜音，催促道："爸爸妈妈也不是不通情理，有什么不能说的？惜音，快说，别惹你爸爸生气……"

顾云峰见顾惜音吞吞吐吐不敢开口，火冒三丈："说说说！她说来说去，哪里有一句真话？你不说是不是？好，你不说，我帮你说！我们的宝贝女儿是谈上恋爱了，一天到晚不上课，就为了陪一个傻小子上街募捐！"

顾夫人一愣，不敢置信地："这怎么会？云峰，你是不是弄错了……"

"我亲眼看见的，还会有错？我那天在街上看到她，心里还不敢信，我想我顾云峰的女儿，就是再疯再傻，也不至于做出这样的事！可等我到学校一问，才知道居然真是她！堂堂顾家的千金，居然出去卖艺！做出这样的事，她居然还敢进这个门，还敢若无其事地来骗我！"

顾惜音从来没见过他发这么大脾气，害怕得很，低着头，一句话也不敢说。顾夫人见他气到极处，连手脚都在发抖，一时也不敢开口再劝什么。顾云峰平日里最宠这个女儿，这次可谓失望透顶，声色俱厉地："顾惜音你给我听好了，从今天起，你哪里也不许去，就给我待在房间，好好反省！"他转向顾夫人，没好气地："你给我好好看着她，不准出这个门！她反正无心念书，学校也不用去了。什么时候想明白了，什么时候再放她出来！"

"云峰！云峰！"

顾夫人还想再说什么，顾云峰看也不看她，大步走了出去。

第二十章　扬子江暴风雨（上）

一

工房区域用红砖墙严密地封锁着，上面还安了铁丝网，监狱一般。铁门上钉着一块木牌，上面写着“工房重地，闲人莫入”几个大字。

天已经断黑了，工房里响起下工的汽笛声。女工们三三两两，从工房里走了出来。她们大多衣衫褴褛，苍白瘦弱，弓着身子，脸上露出麻木的神情，在门房前站成长长的一排。包工头站在门口。她是个长相刻薄的中年女人，一脸戾气，对女工们一一搜身，确认没有夹带，这才放她们出去。

“下一个！”

康淑贞也在这队伍当中。她瘦了很多，只一双眸子光芒四射，顾盼生辉。

“你，把手抬起来！”

轮到康淑贞，她强自忍耐着，把手抬了起来，任包工头上上下下摸了个遍，走出门去。才一出门，却听见有人在喊她的名字：“淑贞！”

康淑贞回过头，一愣，惊讶地：“田校长！怎么是你？”

“你还说呢，信上的地址不对，为了找你，可费了我不少工夫！”

田汉见到许久未见的学生，欢喜得很，压根没留意她憔悴的神色，开门见山，请她演出《扬子江暴风雨》里的银妹。康淑贞听田汉把剧情一讲，又问了问自己的角色，满口答应：“校长，这角色我演！”

田汉见她答应得爽快，忙叮嘱道：“我可先说好了，这次排练这个戏，从导演到演员，一分钱报酬也没有。你要是愿意来，到时候可不能抱怨。”

康淑贞一听，乐了：“校长，有你在，我哪里还敢抱怨？只求别又像上次排练《卡门》一样，被骂得晕头转向，我就阿弥陀佛、谢天谢地了！”

一席话，把田汉也逗乐了，正要说话，耳边却响起一个惊讶的声音：“田校长？”

田汉一扭头，见是陈征鸿，惊喜地：“陈征鸿！你怎么在这儿？”

“我在厂里上班啊！怎么，淑贞没告诉你么？我在这儿当机修工，已经一个多月了！”

“太好了，我正有事要找你！”田汉本来就要找他，没想到会在这里遇上，真是得来全不费工夫，一拍他的肩，兴冲冲地：“我写了个戏，有个角色要你来演……”

“这有什么问题！”陈征鸿欢喜得很，一迭声地：“走走走，校长，难得你来一次，我请你吃饭！演戏的事，等坐下来咱们慢慢聊……”

小而简陋的餐馆，里面全是下了班的工人们，热闹得很。田汉和陈征鸿、康淑贞坐在最里面，边吃边聊。陈征鸿听田汉把详情一说，激动得很：“既然是为了给东北义勇军募捐，那还有什么话说？这角色我一定演！校长你放心，别说是没有报酬，就算跟从前一样，道具、服装的钱都得我们自己来赚，我也一定会把这个戏演好！”

田汉连连点头：“好好好，你和淑贞都答应来演，我可就放心了。对了，别的同学你们还有联系吗？这次的戏，我想索性都找艺大的学生，大家齐心协力，就像上次的《卡门》一样，在死气沉沉的上海滩上，激起一个抗日救国的热潮来！”

康淑贞听说同学们又能聚到一起，欢喜得很：“那太好了！缨子在外滩的一家洋行工作，肯定能来。还有宗晖和墩子，都在报社做事，自由得很……”

田汉大手一挥，豪爽地：“那好，你帮我联系他们，就说是校长的命令，只要是艺大的学生，每个人都得来，一个也不能少！”

康淑贞和陈征鸿好久没见田汉发号施令的模样，觉得亲切得很，笑了起来。一时又聊起其他同学的消息。田汉惦记着萧睿和小驴子，忙问他们在东北的情况。陈征鸿告诉他，两个月前曾收到过萧睿的来信，知道他们已经顺利到了东北，加入了义勇军，后来就没了消息。

“他要是知道我们在排练新戏，为义勇军募捐，还不知道有多高兴呢！”他满怀着对老同学的思念，不无向往地说道。

田汉发了话，又是为东北军募捐，找演员的事进行得非常顺利。康淑贞和陈征鸿第二天就联系了在上海的同学们，把排戏的事一说，大家果然踊跃得很，个个愿意出演。到了开排这天，小小的排练厅里坐满了人。艺大的老同学久别重逢，说说笑笑，开心得很。

“宗晖，你现在是在哪里？”

“在一家报社做编辑。你呢？”

“我？我在纱厂里当工人。”

“我也是在码头上做工呢。以前可真不知道，当工人是这样的苦……”

正聊得火热，田汉拿着个长长的纸筒子，推门进来。学生们忙停了说话，齐刷刷地：“校长！”

——自艺大解散以来，他们有许久没见过田汉，乍一下见到他，只觉得又回到了艺大一般，心里有说不出的感动。田汉也有些恍惚，看着眼前一张张熟悉的面孔，觉得他们都和从前有些不同，高了一些、长大了一些；又觉得他们一点儿也没变，还是那群风风火火、耿直率性的孩子。他没有时间唏嘘感伤，点了点头，把纸筒子展开，贴在舞台一侧。

学生们凑上前去，念了出来：“《扬子江暴风雨》排练安排——”

“没错，这是我刚刚做出来的排练安排！”

田汉转过身来，看着学生们，像一个即将上战场的将军，面对着他最勇敢的战士：“大家都知道，这次我们排练《扬子江暴风雨》，是为了给东北义勇军募捐。我们不能去前线打仗杀敌，不能亲手把日本鬼子赶出中国去。我们唯一能做的，就是把戏演好，募集尽可能多的钱，给我们的义勇军买枪支、买弹药，让他们能后顾无忧，跟日本鬼子搏斗到底！所以，我们这次不是排练，而是战斗！这里不是舞台，而是我们的战场！”

“这次排练只有一个月时间。一个月后，我们就要在上海公演，为义勇军加油，为东北同胞鼓劲！可以说，我们这次的排练任务，比以往哪一次都更艰巨！这就更需要大家全神贯注、全力以赴！下面，我宣布一下排练纪律！”

田汉看向学生们，掷地有声地：“第一，所有人必须留在剧团，随时待命。我已经请人在后台搭好了铺，这半个月，除了你们各自的工作时间，吃住都在剧团里，抓紧一切可抓紧的时间，随时排练！第二，排练当中，不能迟到、早退、开小差，不能以任何理由缺席排练；第三，排练之前，要做好准备。你们都是我带出来的学生，是专业的演员，排练之前要揣摩角色、背熟台词，这些基本的准备工作，不需要我再提醒。不要因为准备工作没有做好，而拖慢排练的进度。这三点纪律，大家听清楚了没有？”

学生们目光坚定，异口同声地：“听清楚了！”

田汉：“很好！那么从明天开始，分两组进行排练。白天没班的，早上八点准时到排练厅来；白天要上班的，晚上六点开始排练。”停了一停，信心满满地：“我们就打它半个月的攻坚战，在这上海滩上，掀起一阵抗日的暴风雨来！”

二

田汉的动员果然有效，学生们忙着研读剧本、分析人物，热情格外高涨。两个主角陈征鸿和康淑贞戏份最多，更是被他抓着，每天都排练到夜里十一二点。这天又是全天排戏，好容易散了场，好友缨子忙拉住康淑贞，压低了声音问道：“淑贞，你和征鸿不是定了月底结婚么？这次排练的日程这么紧，你们俩的婚事要怎么办？”

原来康淑贞和陈征鸿情投意合，已经订好了下个月就要结婚。康淑贞生怕被人听见，忙做了个噤声的手势，低声答道：“没事。我跟征鸿商量过了，结婚的事情，等排完戏再说。”

缨子一愣：“不是都通知家里了吗？怎么说推迟就推迟？”

康淑贞爽气地一笑：“是征鸿的主意。不能跟萧睿他们一起去东北抗日，他早就憋了一肚子气。现在好容易有了机会，可以为东北出一点力，哪还顾得上别的？再说了，结婚什么时候不能结？早点晚点也没什么关系。”她这天还有个晚班，急着要走，忙叮嘱道：“我先走了。这事可别让校长知道。要是为了我们结婚的事，耽搁了给义勇军募捐，那我可真成了罪人了，别的不说，征鸿第一个饶不过我！”

她一边说，一边飞快地跑了开去。好容易赶到纱厂，却还是迟到了十几分钟，被包工头揪到一旁，劈头盖脸骂道：“又是迟到！你自己说说，这两天迟到几回了？这里是纱厂，不是慈善机构。老板付你工钱，不是让你来当小姐太太的！你是不是以为自己读过几年书，就跟别人不一样了？我告诉你，进了纱厂，就是奴才，就是猪猡！老板出了钱，你就得老老实实地在这里干活！”

康淑贞看着他，紧咬嘴唇，一句话不说。

“你那是什么眼神？怎么，我训你还训错了？看样子今天不治治你，你是想造反了！”

包工头见她这样，越发生气，扭着她的胳膊，往墙上一搡，凶神恶煞地：“对着墙壁，给我站好！你就站在这里，给我好好反省。站满两小时再去做事，做完工时才准下班，听见没有？”

康淑贞心气极高，最看不惯包工头狐假虎威、欺压同胞，哪里理她？依旧高昂着头，一言不发。

“你不做声是不是？好，我今天倒是要看看，你能犟到什么时候！”包工头在众目睽睽之下丢了脸面，哪里还忍得住？抓起一根杆子，劈头盖脸就往康淑贞身上打。康淑贞毫不退缩，一双眸子秋水一般，凛凛逼人，高声质问道："那我平时多做的工时呢？你怎么不算了？"

"你还敢要多做的工时？我告诉你，进了纱厂，老板要你做多久，就做多久，一分钟也不能少！"包工头万万没想到她敢顶撞自己，手下越发用力，歇斯底里地："我打死你这个懒骨头！一天到晚只知道打混，狗东西！说，你以后还敢不敢迟到？还敢不敢偷懒？"

她下了死劲往下打,斜刺里却伸出一只手来,紧紧抓住她的手。包工头回过头去,正对上陈征鸿愤怒的眼。他这天有班,没去排戏,想着来看看康淑贞,没想到遇上这样的情形,眼中几乎要冒出火来,不由分说地:"你给我放手!"

包工头有些心虚，虚张声势地："陈征鸿，你干什么？你也想造反不成？"

陈征鸿脸色一沉："放手!"

包工头被他吓到,放开康淑贞,强自镇定地:"陈征鸿,你马上回去做事。要不然,我连你一块打!"

陈征鸿理也不理，低头去看康淑贞的伤，见她身上红肿一片，又是心疼，又是愤怒，腾地站起身来。包工头到底是个女人，看他一步步逼近，有些害怕，结结巴巴地："陈、陈征鸿，你要干什么？你再不回去，我就开除你！不，开除你们两个!"

陈征鸿也不说话，抬起手来，就是一记响亮的耳光。

纱厂里的工人们都愣住了，停了动作，呆呆地看着他。周围一片安静，只听到陈征鸿冷冷的声音："我陈征鸿从来不打女人，你是第一个。你要开除我们，尽管开除。我们就是再穷，也要堂堂正正地活着，绝不会像你，去做别人的一条狗!"

他看也不看包工头，抱起康淑贞，走出门去。

他心里懊恼得很，恨自己连心爱的人也保护不了，去药房买了药，回到租来的破旧小屋，把康淑贞小心翼翼地放在床上，一边涂药，一边担心地："怎么样，还痛不痛?"

康淑贞摇了摇头。她把头靠在陈征鸿肩上,半晌,低声地:"征鸿,对不起。"

陈征鸿一愣，笑了："傻丫头，有什么对不起的?"

康淑贞："不，都怪我。都怪我没有忍住，才害得你也被开除。"

两个人静静地坐着，互相依偎着，想着心事。

"征鸿,咱们以后怎么办?"康淑贞抬起头来,看向陈征鸿,有些惆怅地:"我娘还以为我们月底结婚呢。现在不光婚结不成,连工作也没了……"

陈征鸿没有答话。他不是一个多话的人，半晌，伸出手去，紧紧搂住康淑贞："没事。从明天起，我出去找些短工来做。田校长那边还要排戏，找些短工，时间上也比较方便。"

康淑贞一愣，担心地："征鸿，那些都是重体力活，太辛苦了……"

陈征鸿看向康淑贞，笑了："这有什么。淑贞，你放心，我吃得起这个苦。我向自己保证过，一定要让你过上好的日子，就是再难再苦，也绝不会让你挨饿受冻。"

康淑贞眼眶一红，点了点头。

陈征鸿说到做到，白天排练话剧，夜里则去附近的工厂打零工，找一些搬箱打包的活做。康淑贞见他一日日瘦下去，心疼得很，要出去做事，陈征鸿却怎样也不肯。

这天排练的是最后一场，工人们与日本人发生冲突的重头戏，学生们情绪激动，投入得很；田汉坐在一旁认真看着，不时指点两句；聂耳把明月歌舞团的乐手都说动了，坐在下面乐池里，给演员们配乐，营造出紧张凝重的氛围、一触即发。学生们扮演的码头工人或穿着破旧的衣裳，或打着赤膊，把大箱大箱的军火往江里推。

包探甲："你们竟敢拒运，好大的胆子！"

于子林："中国工人的眼睛是雪亮的。你们想让我们搬军火杀自家人，办不到！"

一旁的日本水兵端起枪来，开枪击中于子林。

"兄弟们，扔哪！"于子林悲愤地高喊一声，倒在舞台上。

扮演老王头的陈征鸿冲上前去，扶住于子林："老弟，放心吧，我们给你报仇！"

他站起身来，面向大家，高声而悲愤地："弟兄们，把东洋军火扔到江里去！把帝国主义走狗扔到江里去！把帝国主义强盗赶到海里去！"

一阵枪声响起，惊心动魄。陈征鸿紧锁眉头，握住左臂，晃了一晃，作势要倒，扮演小栓子的演员从台侧飞奔过来，紧张地："公公！公公！狗杂种！你打伤我公公！啊……"

他也中了弹，跌倒在陈征鸿的臂弯里。陈征鸿不敢置信，惨痛地："啊，小栓子！孩子！"

阿二愤怒地："弟兄们，我们不要敲石头，我们拿起铁锤给于子林、小栓子报仇！"

老何："我们不要修这短命的路了，弟兄们，我们给小栓子报仇，给弟兄们报仇！"

打桩工人："我们不要给美国赤佬打桩，我们要替弟兄们报仇！替小栓子报仇！"

台侧，工人们一拥而上，怒吼声汇聚成汹涌的洪流，朝着日本水兵逼迫过去："把东洋军火扔到江里去！把帝国主义走狗扔到江里去！把帝国主义强盗赶到海里去！"

陈征鸿怀抱着小栓子，挣扎着站了起来。他一脸悲愤，在工人们的簇拥下，向着舞台前方一步步走去，高声唱了起来：

"弟兄们，大家一条心，

拒绝军火的搬运，

我们并不怕死，

别拿死来吓唬我们！

我们不做亡国奴……"

他唱着唱着，有些迟疑，越唱越轻，脸上露出犹豫的神色。

"停！"田汉一挥手，皱了皱眉。他对陈征鸿的表现很不满意，严厉地："陈征鸿，你是怎么回事？我刚刚才说过，这里的步子要慢、要沉，要把脸上的戏做足，充分表现出老王头此时惨痛的心境！"

他站起身来，一边说，一边做着示范："头抬起来，眼神要悲愤，要咄咄逼人！老王头自己也受了伤，所以膝盖要低，手腕要沉，要表现出挣扎和踉跄来！还有，这一段唱是全剧的高潮，一定要唱出气势，唱出民众反抗帝国主义的勇气和决心！你刚刚唱的算是怎么回事？扭扭捏捏，跟蚊子哼哼似的，这是老王头的呼声吗？"

陈征鸿累得很，却仍认真地听着，点了点头。

田汉："你一个人，从小栓子中枪开始，再来一遍。"

康淑贞在一旁，有些担心地看着陈征鸿。陈征鸿二话不说，走到舞台正中，表演起来。他眼中仿佛燃起愤怒的火焰，怀抱着小栓子，挣扎着站了起来，步步逼近，高声地：

"弟兄们，大家一条心，

拒绝军火的搬运，

我们并不怕死，

别拿死来吓唬我们！

我们不做亡国奴！

我们要做中国的主人……"

他唱着唱着，突然脑中一片空白，想不起后面的台词，停了下来。

田汉一愣，急了："怎么了？接着唱啊！"

陈征鸿讷讷地："校长，我忘词了……"他满心愧疚，拿起剧本看了一看，拔腿就往舞台正中走："我再来一遍，这次保证没有问题……"

田汉见他一再出问题，火大得很，劈头就骂："再来一次再来一次，陈征鸿，你知不知道为了你，这一段排了多少次了？六次！整整六次！开始排练之前我再三强调，每个参与排练的演员，不管戏多戏少，都得事先做好准备，不能因为准备工作没有做好，而拖慢排练的进度。可你呢？台词台词记不牢，人物理解又不到位，你自己说说，你哪里有一点心思用在排练上头！"

陈征鸿一愣，想要解释什么，田汉二话不说，把剧本一扔，走出门去。

——门在田汉身后合上，发出砰的一声巨响，排练厅内气氛凝重，尴尬得很。陈征鸿愣愣地站着，一时也不知该如何是好。他走到舞台一旁，沉默地坐着，喘着气。康淑贞忙端了水过来，有些心疼："征鸿，你怎么不跟校长说，昨天扛了一个通宵的包，哪来的时间背台词？"

同学们也都围了上来，七嘴八舌地：

"征鸿，没事吧？"

"你一夜没睡，还是先休息一下……"

陈征鸿摆了摆手，喝了口水，一句话也不说，只管看手里的剧本。

"陈征鸿，你没事吧？"聂耳只道他在生气，从乐池里爬了出来。他知道田汉的个性，生怕学生们错怪了他，往陈征鸿身边一坐，认真劝道："田老大的话，你千万别当真。他就是个戏疯子，只要跟戏沾边的事，看得比自己的命还重。你还不知道吧？在见到你们之前，我早就听田老大说起过你们了。他总说，陈征鸿怎么怎么样，康淑贞怎么怎么样，宗晖怎么怎么样……他比谁都骄傲，因为他坚信，你们是最好的学生，你们会是未来中国的大艺术家、大思想家、大文学家！他会这么生气，也正是因为他信任你们，比信任他自己还要多！"

见陈征鸿愣愣地看着自己，聂耳真诚地："征鸿，你别生田老大的气。你熬夜做工的事，他肯定还不知道。这样，过一两个小时，等他气消了，我帮你去找他，告诉他实情，想办法说服他回来……"

陈征鸿看着聂耳，忍不住笑出声来："生气？我怎么会生田校长的气？"

旁边的同学们也都笑了起来，七嘴八舌地：

"就是，这算什么，以前有一次征鸿迟到，比这还骂得惨呢！"

"田校长排戏凶，那是出了名的，只要是跟他排戏，有谁能不挨骂？"

"对的对的，他骂谁骂得最凶，那就是最喜欢谁！"

“要是戏排不好，不光是别人，他连自己都骂呢！”

聂耳有些摸不着头脑，茫茫然地：“怎么，你们……”

“我们啊，早就被骂习惯了。要是这样就生气，哪里气得过来？”康淑贞促狭地眨了眨眼，笑眯眯地：“你就等着吧，不出十分钟，校长他就会自己回来，而且回来的第一句话，肯定是再来一遍！”

聂耳将信将疑地看着她，正要说话，却听得门哐当一声被人拉开。田汉手里拿着剧本，阴沉着脸走了进来，往椅子上一坐，高声地：“陈征鸿，你给我再来一遍！”

同学们刚听康淑贞说完，见田汉果然一开口就是这句，再也忍耐不住，哈哈大笑起来。

三

除却这些小的风波，《扬子江暴风雨》排练得很是顺利。陈征鸿怕田汉心里过意不去，坚持不肯把被工厂开除、在外打零工的事告诉田汉，同学们拗不过他，也只好由他。这一天正在走排，夏衍却突然跑了过来。田汉激动得很，忙向他汇报了《扬子江暴风雨》的排练情况，又要拉他坐下看戏。夏衍连连摆手：“不了不了，今天就不看了。我呀，是专门来找你的！”

田汉一愣：“找我？找我做什么？”

夏衍也不答话，拖起田汉就走。田汉被他弄得莫名其妙，高声地：“欸，夏衍！夏衍！这是去哪？我这忙着排练呢。你要是没什么事情……”

“怎么没事情？”夏衍见他真不肯走，乐了，笑眯眯地：“让你来，你就来。你相信我，这事情啊，比排练还要重要！”

田汉想不出会有什么事情比排练还重要，一脸茫然，被夏衍拖着，七扭八拐，来到一扇破旧的小门前。夏衍走上前去，敲了敲门，三长两短。门从里面打开，露出安娥不施脂粉的脸。

田汉见安娥也在，越发摸不着头脑：“安记者，你怎么在这儿？”

安娥笑了笑，伸出手去，低低地：“田汉同志，欢迎你！”

田汉看着安娥，又看看夏衍，只觉得这组合古怪得很，又说不上来哪里不对，稀里糊涂伸出手去，与她握了一握，茫茫然地：“你们这是……”

“先进去，进去再说。”夏衍警觉地打量着周围，推着田汉走进门去。

简陋的民居里，只放了一张条桌、几把老旧的竹椅。阳翰笙等早就等在里面，见田汉进来，都站起身来，热情地：“田汉同志！”“田汉同志！”

田汉越发懵懂，回过头去："夏衍，这是……"

夏衍也不解释，突然收了笑容，严肃地："田汉同志！"

田汉见他神情凝重，一愣，忙答道："在！"

夏衍："我代表党组织正式通知你，经过这段时间的考察，党组织决定吸收你为中国共产党党员。今天，我们就要为你举行入党宣誓仪式。"

田汉万万没想到，夏衍所说的大事会是入党。他忙着排练《扬子江暴风雨》，等待着党的考察，却没想到党的认可来得这样快，这样突然。他只觉得有巨大的欢喜袭上心头，让他怀疑，又让他眩晕："入党宣誓仪式？这、这是真的？"

夏衍看着他笑了，亲切地点了点头。

田汉看看夏衍，又看看安娥和阳翰笙，不敢置信地："怎么，他们也是……"

夏衍见他一脸惊讶，点了点头："嗯，他们都是上海共产党地下文委的成员，老党员了，你也都认识。怎么样，就不用我一一介绍了吧？"

田汉从没想过他们会是党员，想起自己劝说安娥加入左联，却屡遭拒绝，还有提到安娥时，夏衍和阳翰笙不自然的表情，恍然大悟，尴尬得很。众人见他这样，忍不住笑了出来。夏衍见时间不早，忙提醒道："好了好了，既然人都到齐了，赶紧开始吧。安娥同志，你是田汉同志的入党介绍人，这次的领誓人，就由你来担任。"

安娥点了点头，走上前来："田汉同志，你跟我一起念入党誓词。"

她右手紧握成拳，举到与耳齐平，庄重地："我志愿加入中国共产党，"

田汉这才注意到墙上挂着面鲜红的党旗，忙站在安娥身后，学她的模样捏紧拳头，举到与耳齐平，认真而庄重地："我志愿加入中国共产党，"

安娥念一句，田汉就跟着念一句。一边念，一边看着那鲜红的党旗，心潮起伏。他心里一片空白，连神经末梢都迟钝，不知道该说些什么，又该做什么好。

安娥："宣誓人——"

"宣誓人——"田汉呆呆地跟着她往下念，见她停下，也跟着停了下来。

安娥等着他说自己的名字，见身后没了声音，回头一看，乐了："说呀！名字——"

田汉经她提醒，这才反应过来，忙加上自己的名字："田汉。"

安娥伸出手来，笑盈盈地："田汉同志，祝贺你加入中国共产党！"

阳翰笙等也都围了上来，诚挚而热烈地："田汉同志，祝贺你！"

田汉和他们一一握手，道着谢，只觉得心头有一股暖流淌过，幸福无边无际，像是汹涌的浪潮，把他整个淹没其中，让他透不过气来。他到此时才有了入党的实感，激动得很，欢喜得很，再也按捺不住，猛地走到夏衍面前：“夏衍同志，我能不能再宣一次誓？”

夏衍一愣，莫名其妙地：“再宣一次誓？你不是才刚宣过誓么？”

“刚才是宣过誓，可那誓词太简单了。我这心里还有好多话没说呢！”

夏衍等听他这么说，哭笑不得，心想这田老大果然与众不同，就连入党宣誓，也能跟别人不一样。田汉却一点也没有察觉，等不及他们答话，站回到党旗下，举起拳头，认认真真地：“从今天起，我田汉就是一名共产党员了！我心里比什么时候都激动，比什么时候都高兴！为什么？因为我找到了自己该走的路，找到了让中国变强、让民族复兴的路！我自幼丧父，全靠着母亲终日纺纱、抚养长大，中国老百姓的苦，我比谁都看得清楚，比谁都了解得透彻！十七岁去日本留学，为了国家的积弱不振，为了中国人的被人瞧不起，我彷徨过、痛苦过，也正是从那时起，我立志要为我们的国家做一点事情，为我们的同胞做一点事情！我想让我们的国家强大起来，让我们的民族强大起来；我想看着中国两个大字，堂堂正正出现在世界的舞台上；想让成千上万的中国人，能昂首挺胸，走在世界的每一个角落！”

田汉不知道自己是怎样回到的剧场，只觉得身子轻飘飘的，像喝醉了酒。巨大的幸福冲进脑海，让他头昏脑涨，躁动不安。排练厅后台被一幅帷幔一分为二，一边睡着男生，一边睡着女生。学生们经过一天的排练，早已经睡熟了，鼾声一阵盖过一阵。田汉一个人躺在舞台最外头，辗转反侧，怎么也睡不着。他傻傻地笑着，翻来覆去，终于再也忍耐不住，坐起身来，去推睡在一旁的聂耳：“聂耳！聂耳！”

聂耳睡得正香，迷迷糊糊睁开眼睛：“唔，怎么了？”

“你起来！起来！我有话跟你说。”

田汉兴奋得很，伸手去拉聂耳。聂耳累了一天，困得不行，理也不理，埋头就往被窝里倒。

“聂耳，聂耳！”

田汉哪里肯放？用力拉着聂耳的手，硬生生把他从被子里拉了出来，拖到一旁的院子里去。他憋了许久，终于逮到个人说话，欢喜得很，一迭声地：“聂耳，我今天是真激动，真快活！打从被通缉以来，不不不，打从回国以来，我从来没像今天这样快活过！”

聂耳半睡半醒，垂着头跟在田汉身后，迷迷糊糊，一点反应也没有。

田汉激动得很，哪里停得住？只管问：“聂耳，你知不知道，我今天晚上干什么去了？”

他猛一回头，见聂耳又朦朦胧胧睡了过去，眉头一皱，用力推他：“聂耳——”

聂耳猛地惊醒过来，恍惚地：“哦，你说什么？”田汉也不介意，兀自激动地：“我问你知不知道，我今天晚上干什么去了？”

聂耳被他弄得无可奈何，只好问道：“那，你今天晚上干什么去了？”

田汉就等着他来问，眉飞色舞地：“我今天跟夏衍去了一个地方，翰笙他们都在那等我，说是我已经通过考察，正式成为……”他说着说着，突然觉着不对，猛地停了下来，喃喃自语：“不行，我不能说。我今天干了什么，暂时还不能告诉你……”

聂耳哈欠打到一半，痛苦地啊了一声，拔腿就往后台走。

田汉忙拉住他：“欸，我说聂耳，我话还没说完呢。你走什么走？”

聂耳回过头，哭笑不得：“你不是不能说吗？都不能说，还不让我睡觉？”

“不行不行。我这心里激动，太激动了！不找个人说说，我睡不着。”田汉最是实诚，死皮赖脸，紧拉着聂耳不放。聂耳被他拽住，甩也甩不脱，走又走不了，无可奈何，往台阶上一坐：“好好好，我不走。我不走总成了吧？你说。你说多久，我听多久。”

田汉见他不走了，这才撒了手，往他身边一坐，兴兴头头地：“聂耳，我今天做的事，虽然还不能告诉你，可那是件好事，大好事！真的，从今往后，我再也不是从前那一个田汉了！”他嘴巴咧到了耳朵根，笑容压都压不住，眼中放出光芒来，陶醉得很。聂耳被他彻底说清醒了，看着他兴奋的模样，好笑地：“不是田汉？那你是谁？”

“我是……”田汉心花怒放，“共产党员”四个字差点脱口而出，反应过来，忙刹住车：“你别管我是谁。总之，现在的我，跟从前的我不一样！从前的我只知道要救国，却不知道该怎样去救国。从前的我只是孤零零一个人，而现在，我却有了数不清的伙伴，跟我一起并肩作战！”

他一拍聂耳的肩，激动地：“聂耳，我现在正走在一条路上，一条能让国家强大、民族强盛的路上！我虽然还不能告诉你，可我向你保证，总有一天，你也会和我一样，走到这一条路上来！”

聂耳听得满头雾水，指着自己，茫茫然地：“我？”

田汉点了点头：“对，就是你！总有一天，你也会成为和我一样的人，走到这一条路上来！”

聂耳越发被他弄糊涂了，认真琢磨着他说的话，正要问他，田汉却站起身来，打了个长长的哈欠。他说了这半天，激动的心情渐渐平复，只觉得一阵阵发困，拍拍聂耳的肩：“我困了，回去睡吧。明儿一早还得排练呢……”

聂耳无奈，只得跟着他往回走，往铺上一躺。他被田汉折腾了大半宿，早已经没了睡意，想着他之前说的话，越发好奇，忍不住问道：“田老大，你说我也会和你一样，走到什么道路上去，是什么意思？”

——没有声音。

聂耳一愣，推了推他：“田老大！”田汉嘟囔了句什么，翻过身去。他困倦得很，不一会的工夫，就打起鼾来。

聂耳看着他，又是好笑，又是无可奈何：“嘿，这个田老大，把人家闹起来，自己倒好，先睡着了。”他把头枕在胳膊上，想了一想，喃喃地：“让国家强大、民族强盛的道路啊……”

第二十一章　扬子江暴风雨(下)

一

自从田汉入了党，排起戏来愈发热情高涨。他只觉得这次演出跟从前不同，对整个民族都有绝大意义，精益求精，高声指导着："宗晖，你要正对着观众，脚步要大，眼神要愤怒！你又不是三天没吃饭，这样有气无力、软绵绵的，像什么样子？还有缨子，动作大一点，别夹手夹脚的。你记住了，你演的是个纱厂女工，不是杜丽娘，更不是林妹妹！"

旁边没戏的学生们见他说得有趣，都笑了出来。

"好，好，就是这样！这个表情就到位了！"田汉看着学生们的表演，满意地点了点头，把剧本一合，站起身来："这场就先这样。演员和乐队都休息一下，先去吃饭，下午一点，我们接着排练。"

学生们排练了大半天，又累又饿，欢呼一声往食堂走。康淑贞和陈征鸿慢吞吞拖在后头，一点也不着急。缨子见了，忙招呼道："淑贞，征鸿，快点快点，去晚了可就没菜了！"

康淑贞摆了摆手,见四下无人,把她拉了过来,低声地:"我们不吃饭了。我娘以为我们还是月底结婚呢,非要来参加婚礼。她今天到,我和征鸿得去车站接她。"

缨子担心地："去车站？下午一点钟就要排练了，你们来得及么？"

"不是要先排纱厂女工那一段么？正好，没我和征鸿的戏。"康淑贞想了一想，促狭地笑了起来："要是田校长问起来，你就说我们上厕所去了。他就是再严，总不能不让我上厕所吧？"

陈征鸿听得哭笑不得，一个暴栗敲在她头上："你啊，就一肚子歪主意。车快到了，还不赶紧走？"

两人匆忙赶到车站，正赶上火车进站。人们拎着大大小小的行李，潮水般涌下车来。康淑贞和陈征鸿站在站台上，焦急地寻找着，康淑贞一眼看到她娘，边招手边喊："娘！娘！"

康母抬起头来，见是康淑贞，欢喜地："淑贞！"

她是个中年妇人，头发工工整整盘在后头，朴素的衣裳浆补得干净挺括，手里拎满东西，艰难地往外挤。陈征鸿忙赶上前去，帮她把东西接过来。他这是第一次见康母。康淑贞有些脸红，忙介绍道："娘，这是征鸿。"

"这就是征鸿？"康母拉着陈征鸿，只管笑："好，好！长得壮实，人看着也挺好，挺老实的。"

康淑贞挽着她的手，不好意思地："哪里好了？傻乎乎的。"

"你这闺女，瞎说什么呢？娘瞅着就挺好，挺般配。"康母一边笑，一边就从打开袋子，给她看里边的东西："对了，娘给你们带了好多东西来。你看看，这是结婚时用的被套和枕套，娘亲自绣的；这是枣子和桂圆，按我们那的老规矩，结婚那天一定要给你们撒在床上，早添人丁，早生贵子……"

康淑贞有些不好意思："娘，这些回家再说吧。"

婶娘看了她一眼，取笑地："怎么，不好意思了？"

"谁不好意思了？"康淑贞见陈征鸿盯着自己笑，一张脸涨得通红，把袋子合上，往他手里一塞，凶巴巴地："你还不快点？送完娘，我们还得回去排练呢！"一边说，一边扭过头，大步走了开去。

"这孩子！"康母看着康淑贞的背影，笑着摇了摇头。

陈征鸿帮她把另一个包裹也拎过来，热情地："娘，我来吧。我们先送您回家，我和淑贞还有点事，做完了马上回来……"

他们这边顺顺利利，田汉那边却出了状况。舞美道具做到一半，聂耳突然有了新的想法，决定把原来的码头切割成几块，装上轮子。平时涉及码头的各个角落，可以分散成几个不同的表演区表演。最后一场码头的重头戏，又可以组合在一起，一直延伸到观众席当中去。田汉果然连声叫好。他受到启发，连带对结尾的戏也有了新的想法，把学生们都召集拢来，兴奋地："我一直在想，这最后一场，怎么才能把观众的热情激发起来，调动起来！之前，我们是在舞台上演，空间小，隔得又远。可聂耳这个主意好呀，我们为什么不能把这一场戏，搬到观众中间来演？你们看，这儿就是我们的码头，而观众席，就是怒吼中的黄浦江！"

他一边说，一边就搬来几个桌子，在舞台前铺出一条路来，眉飞色舞地："来，都来试试！宗晖，你们几个打砖工人站这儿！缨子，你带着纺织女工，走到观众当中去……"

他站在舞台前调度着，见学生们各自就位，突然觉得有些不对，皱了皱眉："陈征鸿和康淑贞呢？他们俩上哪去了？"

同学们也都不知道，你看看我，我看看你，面面相觑。

田汉急了，忙让宗晖去找。宗晖把食堂、后院、道具间都找遍了，就是没见人，回来跟田汉一说，田汉登时发起火来："这两个人怎么搞的！我早就说了，他们两个是主演，戏份重，得时时刻刻都在这儿。这戏要少了主角，还怎么排？怎么演？"

缨子见他生气，鼓起勇气，怯怯地："校长，淑贞说她肚子痛，会不会是上厕所去了……"

"上厕所？上什么厕所要去这么久？还有陈征鸿呢？难道两个人结伴上厕所？"

旁边的学生们都乐了，笑出声来。田汉瞪了他们一眼，没好气地："笑什么笑？你们那些小把戏，打量我不知道？上厕所上厕所，随便问个谁，你们就说是上厕所！平日里排练，没见你们用功；互相打起掩护来，倒是一个赛一个的厉害！"

学生们见他是真的生气，都收了笑容，不敢说话。

田汉强压着怒意，打开剧本："不等他们了。容晖，你顶陈征鸿的位置，带领码头工人们从这头上；缨子，你顶康淑贞的位置，坐在这里……"

缨子犹豫着，想说出实情，却被田汉劈头盖脸地："还愣着做什么？赶紧走位！"她应了一声，忙走上台去。

这边排练场里闹翻了天，康淑贞和陈征鸿却什么也不知道，说说笑笑往剧场跑。康淑贞跑得快，率先到了天蟾舞台门口，快活地说："陈征鸿，快点！你一个大老爷们，连我都跑不过，像什么话？"

陈征鸿苦笑一下，气喘吁吁地："我提着这么多东西，怎么跑得过你？"

康淑贞吐了吐舌头，笑眯眯地伸出手去。陈征鸿把较轻的一袋递给她，松了口气："对了，娘的事，你打算怎么办？"

康淑贞边走边说："能有什么办法？就原原本本告诉她呗。结婚的事情再大，还能大得过给募捐？再说，我们又不是不结婚了。等下次定了日子，把我娘专程接到上海来，不就成了？"见陈征鸿欲言又止，低了头看他，好笑地："你是不是担心，让我娘白跑一趟，她会对你印象不好？"

陈征鸿也不答话，点了点头，有些不好意思。

康淑贞看着他，只觉得有趣得紧，笑眯眯地："你就别担心了。我娘喜不喜欢你，我还能看不出来？她可是对你满意得很。要我说，就差在你身上打优秀女婿的标签了！"

陈征鸿欢喜地："真的？"

"我骗你做什么？快走。我们得赶在排第二场戏之前回去……"

康淑贞见他一脸喜色，推了他一把。两人兴兴头头往排练厅走，推门进去，却见里头静悄悄的，众人坐的坐站的站，一点声响也没有。康淑贞没看到田汉，只当他们排完了第一场正在休息，满脸带笑地："怎么，第一场排练完了？来来来，吃点东西。这是我娘从老家带过来的，桂圆红枣，还有花生……"

同学们神色古怪，都不敢伸手来接。

康淑贞有些奇怪，抓起一大把枣子，就往他们手里塞："吃啊，怎么都不吃？跟我还客气什么？"又问缨子："对了，缨子，校长没问起我们吧？"

缨子不敢说话，瞥了台侧一眼。康淑贞这才注意到田汉阴沉着脸，坐在台角。她偷溜出去被逮到，有些不好意思，想把东西往身后藏，又已经来不及，索性大大方方走上前去，抓了一大捧给田汉："校长，你也吃一点吧？"

田汉也不伸手来接，只管盯着她和陈征鸿，严厉地："你们上哪儿去了？"

"我们去接……"陈征鸿一愣，正要答话，却被康淑贞抢先道："我让陈征鸿陪我回家拿东西去了。我家托人送了些吃的来，我想着大家排练累了，所以……"

田汉腾地站起身来："所以就人也不见了，戏也不排了？"

康淑贞还不知道发生了什么，见田汉生气，撒娇地："不是要先排纱厂女工的那一场戏么？我算好了，我们回家拿了东西来，正好接下一场的排练。"她一边说，一边把枣子往田汉面前递："校长，你尝尝，这枣子可甜着呢……"

田汉见她嬉皮笑脸的，越发生气，一把把她手中的枣子拨落在地："吃吃吃，我就不明白了，是排戏来得重要，还是你们吃吃喝喝、打打闹闹来得重要？"

康淑贞没想到田汉突然发这么大的脾气，看着滚了一地的桂圆红枣，又是惊讶，又是委屈。

陈征鸿见了，忙帮着解释道："校长，这全怪我，是我让她回家拿的……"

田汉越发火了："很好！你自己给我站到舞台前头去，给我念念排练纪律！"

陈征鸿一愣，走到排练安排前面念道："第一，所有人必须留在剧团，随时待命；第二，排练当中，不能迟到、早退、开小差，不能以任何理由缺席排练；第三，排练之前，要做好准备，不能因为准备工作没有做好，而拖慢排练的进度……"

他越念越小声，越念越没有底气。

"你说说看，你做到了几条？做到了几条？"田汉看着他们两个，气不打一处来："我早就说了，这次排练，只有一个月时间。一个月后，我们就要在上海公演，为义勇军加油，为东北同胞鼓劲！可你们呢？你们两个身为主演，排练排练不能全神贯注。现在竟然连假也不请就跑出去！只不过是一个月时间，你们都忍不住，你们还当什么演员，还来演什么戏！”

一时间，排练厅里鸦雀无声，气氛一片凝重。康淑贞被他劈头盖脸一顿骂，委屈得不得了，哭了起来。田汉有些心疼，说出的话却格外难听：“哭什么哭？一群人等你们两个，你还有理了？我平生最见不得做事不认真的人，你们要是没有那个演戏的心，就索性不要来演我的戏！”

他一句话出口，看也不看康淑贞，硬生生转过背去。

康淑贞越发委屈，哇的一声，跑了出去。

“淑贞——淑贞——”陈征鸿一愣，忙追了出去。

排练厅里一片安静，谁也不敢说话。半晌，田汉才回过头来。他看着撒了一地的枣子桂圆，只觉得说不出的心烦，高声训斥：“还愣着做什么？都抓紧点，排戏！宗晖，陈征鸿的台词，你记不记得？”

宗晖一愣，为难地：“校长，这我哪里记得……”

田汉：“不记得就赶紧背！还有银妹的角色，缨子，你先顶起来！”

学生们见他真要换人，急了，七嘴八舌地：“校长，这怎么行。”

“征鸿他们虽然错了，也不用换人啊！”

“就是。只有一周时间了，就算现在换人，也来不及了吧？”

“校长！”“校长——”

缨子再也瞒不下去，站了出来：“校长，你错怪淑贞他们了！”

田汉一愣：“我错怪他们？”

缨子点了点头，鼓足勇气地：“淑贞和征鸿，原本打算这个月底结婚的，连日子都定好了。校长你说要演戏，为东北军募捐，他们俩二话不说，就决定把婚礼推迟。今天也是，淑贞她娘以为她月底结婚，专门到上海来参加婚礼。淑贞他们偷偷出去，就是为了去车站接她……”

田汉万没想到会是这样，整个人愣住了，不敢置信地：“你说什么？他们俩要结婚？”

缨子生怕他不信，忙点了点头。

他抓了抓头，懊恼地：“那你怎么不早说？”

缨子：“因为淑贞再三嘱咐，说是怕校长知道了，心里会过意不去……”

一旁的学生们见了，也都纷纷开口道：

“是啊，结婚的事情，我也听说了。”

“还让我们暂时不要告诉校长……”

“淑贞说了，不管怎样，也不能为了他们俩的事，影响排练……”

田汉看着满地的红枣桂圆，只觉得心里内疚得很，二话不说，大步走出门去。他想要去找康淑贞他们，却不知道他们住在哪里，不得已只好跑去工厂。一问之下，才知道他们俩被开除的事。他略一想就已经明白，这肯定也跟排练有关，只觉得心里懊悔得很，忙打听了他们的住址，找了过去。

小小的破败的院落里头住着好几户人家。其中一户格外素雅干净。田汉走进院子，正要打听康淑贞他们住在哪一间，却听见屋里有人说话："娘，我和淑贞不是不结婚，只不过有事情，要推迟几天……"

田汉听出是陈征鸿的声音，一愣，停下脚步。

康母坐在床上，不高兴地："有事情？有什么事情，能比结婚还重要？征鸿，娘身上有病，来一趟不容易。我这次来上海，一是相相你这个女婿；二是给你们打点婚礼。我只有淑贞这一个女儿，能看着她结婚，嫁一个好人，是娘一辈子的心愿。这结婚的日子是娘千挑万选，才给你们选定的，哪能说改就改？"

陈征鸿见她说得恳切，倒不知道说什么好。

康母带了责怪地："征鸿，在上海一见到你，娘就打心眼里喜欢。淑贞她自小没了爹，你又是没爹没娘的，娘只想帮你们把婚礼张罗好，来日见了她九泉下的爹，也好有个交代。可你现在二话不说，就要推迟婚礼，你让娘怎么想？淑贞她一个女孩子，丢不丢得起这个人？"

康淑贞不忍心见陈征鸿挨骂，忙拦道："娘，你别这么说。婚礼是我要推迟的，不关征鸿的事。"

康母一愣："你这孩子……"

康淑贞看着母亲，推心置腹地："娘，我是艺大的学生。在艺大的时候，田校长为我们操了多少心，费了多少力，您是知道的。现在他要排戏，我们怎么能不去？再说了，这次演戏，是为了给东北义勇军募捐。义勇军在前线杀敌，流血拼命，我们帮不上忙也就算了，现在好容易有这个机会，能为他们做点事情，我们又怎么能推辞？"

康母见女儿这么说，也不好反驳，迟疑地："话是这么说，哪有不让人结婚的？这排戏又不是打仗，早两天晚两天又有什么关系？"

康淑贞拉着母亲的手，笑着安慰道："没人不让我们结婚，是我们自己决定的。娘，您就放心吧。我们又不是不结婚了。等一演完戏，我和征鸿还接您来。到时候啊，您给我们好好操办个婚礼不就行了？"

见康母神情松动，没有说话，她索性偎进她怀里，撒娇地："娘，您还生我气啊？"

康母叹了口气，无可奈何地：“傻孩子，娘怎么会生你的气。”

康淑贞见她不生气了，松了口气：“那，您就是答应了？”

——屋外，田汉一动不动地站着，听着屋里细碎的话语，又是内疚，又是感动。

他站在这小小的屋前，想着康淑贞委屈的脸，陈征鸿追出去的、焦急的背影，只觉得无颜以对，怎样也迈不出步子，想了一想，静静地退了出去。

二

第二天一早，同学们早早就来到了排练厅，见田汉和陈征鸿他们都还没到，愁眉苦脸，担心得很。一个学生开口问道：“缨子，你说，征鸿他们还会不会来了？”

“这我也不知道。”

“要我说，昨天这事儿，是田校长太过了一点。”

“也不能这么说。他们俩要结婚的事，校长压根都不知道……”

宗晖叹了口气：“现在说这些还有什么意义。征鸿他们没做错什么事情，却被田校长骂了出去，要是万一不肯来了，我们这戏可怎么办好？”

一句话，说得同学们越发忧心忡忡，正不知如何是好，却见康淑贞和陈征鸿走了进来，笑盈盈地：“缨子，你们在说什么呢？”

“淑贞！征鸿！”缨子没想到他们会主动回来，欢喜得很，同学们也都喜出望外，围了上去：

“你们来了就好！我们正担心呢，你们要是不在，这戏可怎么办好？”

“就是。校长那边我们已经解释过了，他一定会原谅你们的。”

“没错，我们集体求情的话，校长就是生气，也不好再说什么……

康淑贞看向同学们，爽快地一笑，认真而歉疚地：“谢谢你们，不用了。违反纪律就是违反纪律。我和征鸿想过了，一会等校长来了，我们会好好向他道歉。从今天起，我们也会尽最大的努力，好好排练，不给大家添麻烦……”

正说话，却见田汉走了进来。同学们怕他还在生气，紧张地看着他，不知该如何是好。宗晖灵机一动，大声招呼道：“还愣着做什么？田校长来了，大家赶紧就位，准备排练。”

同学们明白他的用意，忙答应着，走到各自的位置站好。宗晖见陈征鸿和康淑贞还愣在原地不动，急了，低声催促道：“征鸿，淑贞，你们还不上来？”

陈征鸿和康淑贞犹豫着，正要往舞台上走，却被田汉喊住：“今天先不急着排练，我有事情要宣布。征鸿，淑贞，你们两个过来。”

两个人愣了，以为田汉不让他们归队，你看看我，我看看你，不知该怎么办好。

田汉也不生气，重复道：“你们过来。”

陈征鸿牵着康淑贞的手，忐忑不安地走到田汉面前。田汉并不看他们，而是面向学生们，朗声地：“你们都知道，昨天，为了康淑贞和陈征鸿违反纪律、缺席排练，我发了很大脾气，甚至想过从今往后，都不让他们参加排练。”

康淑贞以为田汉真的要赶自己走，两眼通红，泪珠在眼眶里打转。

同学们也都纷纷劝阻道：“校长！”“校长！”

田汉却没有理睬，自顾自地走到两人面前，鞠了一躬，真诚地：“征鸿、淑贞，对不起。”

这声“对不起”一出口，一屋子人都愣住了。康淑贞看着面前弯着身子的田汉，不敢置信地：“校长，你怎么……”

田汉抬起头来，看向学生们，充满感情地：“是我太疏忽了。从开始排练起，我从来没有想过，你们已经不是学生了，除了排戏，还要赚钱谋生。我从来没有想过，为了按时按点参加排练，你们有多辛苦。我总是要求你们要有激情，要兴奋，要全神贯注，却从来没有想过，你们为了参加排练，做了多少牺牲，付出了多少努力。为了排练，你们有的人推迟了婚礼；有的人连续上了十几天晚班；还有的人被工厂开除，没有了工作。这些，我都没有发现。老师很谢谢你们，也很对不起你们。”

说完，他面向学生们，深深地鞠了一躬。学生们没想到他会这么做，都惊呆了。

田汉鞠完躬，直起身来。他看向学生们，掷地有声地：“不过，纪律就是纪律！我知道你们很辛苦，但我也说过了，我们这是在打一场仗，一场为东北义勇军募捐的大仗！我们只能赢，不能输！从今往后，如果谁再违反纪律，我还得骂你们。听到了没有？”

学生们一愣，激动地：“听到了！”

这天的排练进行得格外顺利。新的演出方式果然比之前要灵活得多，也更有感染力。田汉和学生们都投入得很，一直排练到下午两三点，才想起来要吃饭。他和聂耳一起往食堂走，见聂耳一直笑个不停，忍不住问：“你笑什么？”

聂耳：“我笑你可爱。”

田汉第一次听人说自己可爱，匪夷所思地：“我可爱？”

聂耳点了点头：“可爱。我是真没想到，像你这样有名的人，会那么认真，当众向学生道歉。”

田汉一愣，这才明白他的意思，笑了起来：“错了就是错了。征鸿他们为了我，连婚礼都推迟了。我误解了他们，若是连歉也不道一声，还配当他们的老师吗？”

聂耳：“话是这么说，有胆子向学生认错，还敢给学生鞠躬的，我就见过你这么一个……”

正说话，却见给顾惜音拉车的李师傅匆匆走了进来。他一眼看见聂耳，忙喊道：“聂先生！”

聂耳见是他，一愣：“李师傅，你怎么来了？”

“我是来替小姐送信的。”李师傅神色慌乱，掏出一封信来，塞在聂耳手里。聂耳忙着指挥乐队、监督舞美，已经好些天没见过顾惜音，不知道出了什么事，忙把信拆开，只见薄薄的信纸上写着几个潦草大字：“快来救我！”

聂耳认出是顾惜音的字，一惊，忙问李师傅：“惜音怎么了？出什么事情了？”

李师傅摇了摇头：“我也不知道。小姐有好几日没出门了，就连今天这条子，还是胡妈偷偷递出来，让我转交给你……”

聂耳担心得很，二话不说，拔腿就走。

“聂耳！聂耳！”田汉在后面喊，哪里还喊得住？只见他头也不回，大步走出门去。

第二十二章　执子之手，与子偕老

一

聂耳拼命跑着，脑子飞速地运转着，心里掠过种种可能，又一一否定。好容易到了顾家门口，他早已经满头大汗，气喘吁吁，用力去揿门铃。一个仆人打开门来，用了标准的上海话："侬找啥宁？"

聂耳："我找你们家小姐，顾惜音。"

那仆人打量着他，冷冰冰地："我们家小姐病了，这几天不见客人。"

"病了？"聂耳越发急了，恳求地："我是她朋友，叫聂耳，麻烦你跟她说一声……"

话音未落，门砰的一声，在聂耳面前合上。

聂耳再揿门铃，哪里还有人理？他想了一想，二话不说，顺着宅子往前走去。

自从那天顾云峰发了火，顾惜音就被反锁在房间里，哪里也不许去。为了怕她传递消息，连胡妈也被下了禁止令，除了买菜，不准踏出家门半步。她不知道募捐到的钱够不够用，田先生他们排练得怎么样了，这么多天见不到聂耳，更是让她苦恼得很。她心里又酸又涩，第一次尝到思念的滋味，纤长的手指在琴键上翻飞着、跳跃着，洒下一串忧郁的音符，伸手去翻乐谱，视线却落在无名指的戒指上，久久不能移开。

她回想起那天聂耳的举动，心里泛起甜蜜的滋味，正痴痴地看得入迷，突然听见窗外有轻微的声响。

顾惜音一愣，迟疑地看向窗外。一颗小石子打在窗户上，紧接着，又是一颗。

顾惜音反应过来，忙打开窗户，探出头去，越过后院高高的围墙，只见聂耳正捻着一把小石子，一颗一颗往窗户上扔。他焦急得很，见顾惜音开了窗，想要喊她，又怕被屋里的人听见，把手拢在嘴边，低声问道："你怎么了？"

顾惜音见是他，又惊又喜，可隔了这么远，哪里听得清？连连摆手。

聂耳想了一想，灵机一动。他上前两步，指了指顾惜音，用口形一字一顿问道："你—怎—么—了？生—病—了—吗？"

顾惜音这才看明白，忙摇了摇头，也用口形答道："我—没—病—"

聂耳见她好好的，松了口气。两人自上次之后，一直没有见面。此时隔了围墙，远远地对望着，只觉得有无数的话要说，有数不清的心事要诉，几乎同时开口，想要跟对方讲话，又同时停了下来。聂耳做了个手势，示意顾惜音先说。顾惜音却怎样也不肯，非要让聂耳先说，一时间，两人隔着围墙，手势和口型齐飞，手忙脚乱，你看看我，我看看你，都笑了起来。

聂耳指指顾惜音，坚持地："你—先—说——"又指指自己："我—想—听—你—说—话——"

顾惜音拗不过他，欢欢喜喜地趴在窗台上，正要说话，却听见身后一声响：顾夫人打开门，端着碗粥走了进来。她见顾惜音呆呆地趴在窗口，只当她被关在家里、心情不好，心疼地："惜音，天这么冷，别待在窗口，小心着凉。"

顾惜音慌乱得很，生怕她发现聂耳，忙转过背去，挡住窗户。顾夫人把手中的托盘放下，见她还愣在那里，奇怪地："还呆在那里做什么？快过来。胡妈说你中午又没吃饭，我让她熬了点粥，放了你最爱吃的鸡皮和虾米。你尝尝看，好吃不好吃？"

顾惜音生怕她发现什么，也不说话，低着头默默喝粥。

顾夫人见女儿面庞消瘦，替她理了理头发，劝说地："你看你，好好的，跟你爸爸生什么气？他也是担心你，怕你出去结交坏朋友，参加这活动那活动的，倒惹出乱子来。你也大了，应该体谅他的用心，好好反省，别让他担心才是……"

顾惜音心思全不在这上面，喝了两口，把碗一推："妈，我吃好了。"

顾夫人见她心思恍惚、压根听不进去，叹了口气，端着托盘走了出去。顾惜音轻手轻脚，把耳朵贴在门后，听高跟鞋声渐行渐远，这才把门锁上，重又飞奔到窗前。

聂耳不知道发生了什么事，还站在老地方，呆呆地往这边望，见顾惜音回来，忙问她怎么了。顾惜音用口形说了半天，见聂耳一片茫然，灵机一动，拿起梳妆台上的便笺纸，飞快地写着什么，揉成一团，看准聂耳的位置，扔了下去。

聂耳捡起纸条，展开来，上头是顾惜音娟秀的字迹："我很好。刚刚妈妈进屋来了，还好，她什么也没发现。"字的后面，还画了一个简笔的小人，正吐着舌头，冲聂耳开心地笑。聂耳乐了，抬头想跟顾惜音说话，突然有了一个主意，笑逐颜开，冲顾惜音做了个等待的手势，消失在围墙后头。

顾惜音不知道他去做什么，趴在窗台上等着，茫然得很。过了好一阵，才见围墙外缘冒出个漆黑的脑瓜来：仔细看时，正是聂耳。顾惜音满心欢喜，想要喊他；聂耳却头也不回，只管往前走。他手里拿了个网兜，里面装了满满一兜东西，走到顾家围墙旁边，看了一看，往最近的一棵大树上爬。

顾惜音被他弄得一头雾水，好奇得很，伸长了脖子往外看。只见他动作敏捷，不过三两下，就爬到最粗的一根枝干上，跟顾惜音差不多高。他在树干上坐好，又把挡住视线的树枝一一折断，搁在一旁，这才打开网兜，小心翼翼从里面拿出一沓白色的纸，展平，又拿出墨水和笔，在上面写了几个大字，冲着顾惜音高高地举了起来："能看见吗？"

顾惜音万没想到他想出这么个办法，惊喜不已，拼命点头。

聂耳得意得很，把纸放下，又另拿了一张纸，写了几个大字，高高地举了起来："你让人送信来，是怎么回事？"

顾惜音冲到梳妆台前，翻出一叠用来抄谱的大纸来。她回到窗台前，如法炮制，匆匆写了一行字，举了起来："上次筹款的事，被我爸妈发现了。爸爸很生气，这段时间，都不许我出门。"

聂耳一愣，飞快地写道："学校也不让去？"

顾惜音委屈地："学校也不让去。"

聂耳想了一想，写道："没事。你别怕，我想办法。"

——他知道顾惜音是为了募捐的事受罚，总觉得是自己的责任，顿时起了英雄救美的念头，打定主意非把顾惜音救出来不可。顾惜音也不知道他有什么办法，可听他这么一说，就觉得自然有了办法似的，心中的闷气一扫而空，欢喜得很，用力点头。两人隔了不短的距离，遥遥地对视着，只觉得新奇得很、有趣得很，飞快地在纸上写着、交谈着。

顾惜音："《扬子江暴风雨》开始排练了没有？"

聂耳："开始了。我是乐队总指挥，乐队全得听我的。"

他高高把纸举了起来，又冲着顾惜音，做了个陶醉指挥的姿势。

顾惜音被他逗乐了，笑出声来。聂耳又写："田先生的学生们都来了。我们现在在天蟾舞台，每天排练。可好看了。"

顾惜音看得直点头，忙写了三个大字，举了起来："真想去。"

聂耳二话不说，拍拍胸脯，在纸上写道："等你出来，我跟田先生说，让你也参加乐队。"

顾惜音欢喜得很，正伏在窗台上写字，却听见身后传来开门声。来人推了两下，见门打不开，举手敲门："惜音，开门。"

顾惜音听出是顾云峰的声音，吃了一惊，手中的笔差点掉在地上。她手忙脚乱，冲聂耳摆了摆手，抓起那叠纸就往被子下塞。聂耳被她弄得莫名其妙，愣在树上。

敲门声越发响了。顾云峰在外面等着，见她迟迟不来开门，严厉地："惜音，快点开门！"

顾惜音紧张得很，深吸了一口气，走上前去，把门打开。顾云峰见她神色惊慌，狐疑地："好好地在家里，关什么门？"他理也不理顾惜音，径直往屋里走，检查了一圈，没发现什么异样；见窗子大开着，又走到窗边，探头往外看，边看边问："你在房里做什么？"

顾惜音生怕他发现树上的聂耳，忙跟了过去，心虚地："在看琴谱……"

窗外，聂耳见顾惜音突然消失不见，正高举着白纸问："人呢？"顾惜音一眼看见，一颗心几乎提到了嗓子眼，在顾云峰身后连连摆手。聂耳也看到了顾云峰，反应过来，忙把纸放下。他人在树上，想要躲藏已经来不及，一把抓起之前折下的枝叶，手忙脚乱地挡在身前。

顾云峰看了看楼下，又去看院子周围。他的眼神从树上滑过，却没有注意到躲在树枝后头的聂耳，见确实没人，折回屋来。他只有顾惜音这一个女儿，宝贝得很，见她穿得单薄，皱了皱眉："天气凉了，别老开着窗，当心冻着。"一边说，一边就伸手把窗户关上。顾惜音惊魂未定，哪里敢阻止？心里暗暗叫苦。顾云峰见她闷着头不做声，一脸怯怯的模样，只当是被自己吓坏了，有些心软，开口问道："这段时间让你呆在家里，好好反思过没有？"

顾惜音不敢答话，点了点头。

顾云峰也觉得自己这次太过强硬，放缓了语气，温和地："你妈妈刚刚来给你求情，说是你这样老呆在家里，也不是个事，想让你回学校去上学。你自己呢，是什么想法？"

顾惜音一愣，忙答道："我想回去上学。"

顾云峰点了点头："那好，从明天开始，你就回学校去上课。我会安排李师傅接送你，上完课之后直接回家，不许在外逗留。还有，像上次那种朋友，以后一律不许来往。"

他怀着一个父亲的复杂心情，摸了摸女儿的头，叹了口气，替她把门带上，走出门去。

顾惜音没想到这么快就可以回去上学，愣愣地站着，直到他走得远了，才突然反应过来。她从小跟父亲最是亲近，知道这已经是他所能做出的最大让步，心里有些歉疚，但更多的却是欢喜，从被子下摸出纸笔来，打开窗户：窗户外头，聂耳不知道顾云峰走了没有，兀自手举树叶，卖力遮挡着。顾惜音觉得他可爱得很，笑出声来。聂耳见顾云峰走了，忙把树叶放下，写道："怎么样了？"

顾惜音："挺好的。明天开始，我就可以回学校上课了！"写完，在后头画上一个大大的笑脸。

聂耳一愣，开心得很，忙写了三个大字，高高举了起来："那就好！"

"不过有人监视。"顾惜音嘟起嘴来，一边写，一边在后头画了个哭脸。

聂耳想了一想，写了几个大字："没事，我到学校来看你！"

顾惜音笑了，连连点头。她听到外头有人走动的声响，有些紧张，忙写道："太危险了，不多说了"，举起来给聂耳看。聂耳却冲着她连连摆手，做了个手势，让她等等。

——他也不说话，伏在树干上，刷刷地连写了好几张纸，写完踩在树干上，摇摇晃晃站起身来，面对着顾惜音，把手里的纸一张张举了起来：

"我想你！！！"

"我爱你！！！"

他一双眸子熠熠生辉，笔直地望向顾惜音，像是最纯正的黑水晶，深邃而纯粹。翻到最后一张，心中涌动着豪情与责任，把纸条高高举过头顶："你放心，我一定会想办法，救你出来！"

顾惜音没想到他会说这些，彻底愣住了。她看着聂耳，和他手中高高举起的纸条，只觉得这几个简短的句子，比世界上所有的甜言蜜语还要更温柔、更珍贵。

二

排练的时光过得飞快，转眼已经接近尾声。这是公演前最后一次带妆彩排，陈征鸿抱着死去的小栓子，悲痛欲绝。他的身后，无数的工人、学生、市民们挣扎着、站立起来，仿佛咆哮的怒涛一般，向着日本鬼子，一步步逼近过去。

——台上台下早已经没了限制，巨大的情感威压过来，让人犹如置身戏中。聂耳站在乐池最前方，指挥着乐队。强烈的旋律逼面而来，夹杂着演员们的歌声，悲壮激烈、振聋发聩：

"弟兄们，大家一条心，

拒绝军火的搬运，

我们并不怕死，

别拿死来吓唬我们！

我们不做亡国奴，

（众人合）对！

我们不做亡国奴！

我们要做中国的主人。

让我们结成一座铁的长城，

把强盗们都赶尽，

让我们结成一座铁的长城！

向着自由的路前进！”

指挥棒在聂耳手中划过一条弧线，干净利落地停了下来。在激烈饱满的音乐声中，全剧终场。他目光炯炯，胸膛剧烈地起伏着。陈征鸿等人也都沉浸在激烈的情感中，排练厅里一片安静。

田汉心里有说不出的感动。他没想到短短一个月，大家能表现得这样好，排练出这样精彩的戏剧，猛地站起身，用力鼓起掌来：“好，非常好！”

学生们见他拍手叫好，兴奋得很，你一言我一语地：

“校长，我演得怎么样？”

“报告校长，我今天台词可是一句也没有错！”

墩子把手一举：“还有我还有我，校长，我台词也都念对了……”

“墩子，你就歇了吧。”不等田汉说话，康淑贞抢先接过话头，惟妙惟肖地：“‘前面的，站住！’你自己说说，就这么五个字的台词，再念不好，你还算是艺大出来的学生吗？”

学生们都哄笑起来。墩子也不生气，挠了挠头，跟大家一起憨憨地笑。

“谁说墩子演得不好？”田汉一脚踏上舞台，看向学生们，只觉得个个都好，个个都满意：“大海，抓人那段戏处理得好，紧张。宗晖也不错，节奏还可以更快一点。缨子要表扬，这回总算像个女工，不像学生了。征鸿，好，很好！最后那一场戏演绝了！可要说起对角色的整体把握，你还是不如淑贞……”

康淑贞乐了，拿胳膊肘一捅陈征鸿，得意地：“听到没有，说你不如我呢。”

陈征鸿举起双手，做投降状：“好好好，我不如你。我投降还不成么？”

学生们被他们逗乐了，哈哈大笑，笑声飞扬在破旧的排练厅里，像冬日里的阳光，格外明媚灿烂。田汉也被他们的快乐所感染，高声宣布道：“不管怎么样，你们今天表现得很好！非常好！大家记住了，就是这个感觉，正式公演的时候，也要照今天这样演！我知道，这些天没日没夜地排练，你们都累了。所以，今天下午我们不排戏，放假半天！

学生们已经好久没休息过，听说可以放假半天，顿时欢呼起来：

“太好了，总算可以去洗澡了！再这么排戏下去，我都快成臭虫了！”

“可不是，我的脏衣服都快堆成山了！”

“我要出去吃饭。坐了一个月牢，可想死街口那家的馄饨了……”

田汉大手一挥：“要洗澡的、要洗衣的、要睡觉的，统统都可以去！这半天时间，你们想干什么，就干什么，只有一点，晚上六点之前，必须回到这里！过两天就是正式演出，我们要针对彩排出现的问题，再做调整。听明白了没有？”

众人点了点头，中气十足地：“明白了！”

田汉：“那好，解散！”

学生们欢呼雀跃，四散开去，顿时不见了踪影。康淑贞一直想去街上逛逛，凭空多出来半天时间，想也不想，拖着陈征鸿就往南京路走。

这时正是下午三四点钟，南京路上最热闹的时候，商铺都敞开大门迎客，玻璃橱窗里摆放着各式精美的商品，让人目眩神迷，移不开眼睛。络绎不绝的人流仿佛一条宽广的河，把两人裹挟其中，载浮载沉，向着街道那头漂去。康淑贞与其说是要买东西，不如说是喜欢这热闹鲜活的气息，心中满是快乐，主动去拉陈征鸿的手。陈征鸿见人来人往，倒有些不好意思，把手抽了回来。

康淑贞一愣，脸上带了促狭地笑，不依不饶，又伸出手去。这一回，索性十指交握，扣得严严实实。陈征鸿脸上一红，却没有再挣开。两人手牵着手走在人群中，只觉得周围一切都像蒙上了玫瑰色彩，祥和美丽。甜蜜在心底发酵，探出小小的触须，挠得人酥酥软软。康淑贞见旁边有一条买小饰品的胡同，新鲜得很：“征鸿，我们有多久没出来逛了？”

陈征鸿笑了：“排戏排了多久，就有多久呗。”

“那，我们进胡同去逛逛，好不好？”

陈征鸿爽快地：“行，你说去哪，我们就去哪。看中什么，只要不是太贵，我都买给你。”

康淑贞抬头看着陈征鸿，扑哧一笑：“陈征鸿，你是怎么了？干吗对我这么好？”

陈征鸿却没有笑，认真地：“淑贞，对不起。”

康淑贞茫然地：“对不起？你有什么可对不起的？”

陈征鸿:“为了我的缘故,推迟婚礼来演这个戏,真的很谢谢你。”

康淑贞一愣，倒有些不好意思：“谁为了你啊？我是看田校长的面子……”

陈征鸿也不说话，紧紧握住康淑贞的手。康淑贞低了头，看着两人紧握的手、并行的脚，心里甜丝丝的。她最是知道陈征鸿个性腼腆，突然冒出个歪点子来：“你说今天随便我怎么样，是不是？”

陈征鸿点了点头。

康淑贞：“那你背我。”

陈征鸿一愣：“背你？在这儿？”

康淑贞笑盈盈地看着他，点了点头。陈征鸿看了看满街的人，有些尴尬：“这儿人太多了，不太好……”

康淑贞不肯往前走：“有什么不好？我累了，走不动。你就背背我嘛！”

陈征鸿看看人群，又看看康淑贞，为难得很。康淑贞见他不肯，把脸一板，故作不悦地：“陈征鸿，你该不会说话不算话吧？你刚刚还说谢谢我，闹半天全是假的……”

她赌气把手一甩，自顾自往前走。陈征鸿忙追了上去，一把拉住她：“我没说不背啊。”

康淑贞也不说话，只管拿眼睛看他。陈征鸿无可奈何，转过身去，认输地半蹲下身子。康淑贞开心得很，把手臂搭在他脖子上。

陈征鸿背着康淑贞，站起身来。正是一天最热闹的时候，人流如织。他只觉得脸上阵阵发窘，康淑贞却毫不在意，趴在他背上，甜甜地笑着：“征鸿，你对我真好。”

陈征鸿一愣，苦笑地：“我知道。”

康淑贞：“我对你也真好。”

陈征鸿：“我知道。”

康淑贞伏在陈征鸿肩头，笑意盈盈地：“等戏一演完，我们就再结婚，好不好？”

陈征鸿听她说得古怪，笑了出来：“什么叫再结婚？别说得我们跟二婚似的。”

康淑贞搂着他的脖子，只管笑：“好不好嘛？”

陈征鸿没有说话。他脸上露出温柔的神色，把康淑贞往上托了一托，点了点头。

两人回到排练厅已经是五点多钟。两人说说笑笑往排练厅走，刚一进门，却猛地停住脚步。

只见排练厅里灯火通明。触目所及，都是颜色鲜亮的气球和彩带，绚烂得很。他们不知道发生了什么，面面相觑，觉得又是新鲜，又是古怪，茫茫然地：

“这……这是怎么了？”

“我也不知道……”

语音未落，就听见舞台后头响起音乐声，欢快的旋律中，幕布慢慢打开，露出装饰得喜气洋洋的舞台。舞台上满是鲜花，围成心形图案。正中挂着红色条幅，上面写着几个大字：“陈征鸿康淑贞结婚庆典”。聂耳跟几个乐队成员站在一旁，拉的拉琴、吹的吹号，满脸带笑，欢喜得很。

陈征鸿和康淑贞都愣住了，呆呆地看着，不知道说什么好。没等他们反应过来，艺大的同学们早分成两拨，从舞台两侧一涌而出，把他们围在中间，笑着、闹着、嚷着，肆无忌惮地拍着手：

“新娘子！新郎官！”

“新娘子！新郎官！”

陈征鸿和康淑贞被他们一起哄，脸都红了，不知如何是好。

“安静安静！”只见宗晖把手一挥，大声地：“要闹洞房的，今晚上有的是机会！我们先给新郎新娘化妆，把他们打扮得漂漂亮亮的，好不好？”

“好！”众人异口同声，发一声喊，男生拉住陈征鸿，女生围住康淑贞，推推搡搡拥进后台去。男生们把陈征鸿拥进化妆间里，二话不说，脱起他身上的衣服来。

“宗晖，墩子，你们这是干什么？”陈征鸿被他们弄得晕头转向，伸手想拦，哪里还拦得住？一群人嘻嘻哈哈，拿衣服的拿衣服，换裤子的换裤子，把他脱得精光，换上一套崭新的西装，径直推到镜子前：“陈征鸿，这衣服可是校长亲自挑的，你看看，满意不满意？”

陈征鸿还没回过神来，茫茫然地：“宗晖，这怎么回事？”

宗晖笑眯眯地：“我也是刚刚才知道的。田校长说，这次为了排戏，耽搁了你们的婚事，现在戏已经排完了，一定得给你们补上！”

“没错。听说校长为了准备你们的婚礼，闷声不吭的，忙活了大半个月呢！”

“征鸿，你小子可真有福气！田校长不光给你们布置了婚礼、买了衣服，还给你们预备了新房……”

这边陈征鸿被他们你一言我一语，彻底说蒙了。那边康淑贞被女生们簇拥着到了道具间门口，也是一头雾水。缨子把门打开，一把把她拉了进去："淑贞，看看，这就是你们的新房！"

康淑贞还没回过神来，呆呆地打量着这个重新布置过的房间。房间正中是用道具箱拼成的大床，床头贴着大红的喜字；床上铺着的褥子是她娘送来的那床，精致的手绣龙凤吉祥，明晃晃一片辉煌的红，刺得人眼睛生疼。

缨子："这是校长让我们帮着布置的，怎么样，喜欢不喜欢？"

康淑贞红了眼眶，拼命点头。一群女同学围住她，七嘴八舌地：

"校长说了，他要亲自当证婚人，给你和征鸿办一场最棒的婚礼！"

"校长还让我们准备了红枣和桂圆，说是要向你赔罪呢！"

"就是就是。你别担心，你娘虽然没来，可我们就是你的娘家人。往后征鸿要是敢欺负你，我们决不饶他！"

缨子笑盈盈地："淑贞，校长说了，要给你和征鸿一个惊喜。之前没告诉你，不生气吧？"

康淑贞看着这一群姐妹们，感动得很，红着眼睛，摇了摇头。

"哭什么？你今天是新娘子，不能哭。"缨子一把拉过康淑贞，把她按在镜子前坐下，招呼道："来，我们赶紧给淑贞打扮起来。一会婚礼的时候，可不能输给宗晖他们！"

康淑贞一愣，破涕为笑。姑娘们一拥而上，嘻嘻哈哈，帮她化起妆来。

三

所有的灯都开了，把舞台照得通明。学生们簇拥着陈征鸿、康淑贞，从舞台两侧上。陈征鸿西装笔挺，头发梳得一丝不苟，越发衬得身材挺拔，眉目深邃；康淑贞穿上了红色礼服，化了淡妆，眉如远黛、目似横波，像一朵盛放的玫瑰，明艳动人。两个人隔着舞台，对望一眼，都有些不好意思，低下头去。

台下顿时就有人起起哄来："快看快看，新娘子脸红咯！"

"陈征鸿，你怎么也不好意思了？"

"就是，那边可是你老婆，你还不快点上去？"

他们一边起哄，一边就把两人往台中间推。陈征鸿和康淑贞撞了个结实，越发不好意思，从脖子一直红到了耳朵根，正不知该如何是好，一个声音插了进来："我说，你们别闹了，先放他们一马吧！"

陈征鸿和康淑贞抬起头来，见是田汉和聂耳，激动地："校长！聂耳！"

田汉看着他们俩，心里欢喜得很，乐呵呵地："聂耳，开始吧。"

聂耳点了点头，走到舞台正中，高声地："我是今天婚礼的主持人聂耳！下面我宣布，陈征鸿康淑贞结婚典礼正式开始——"

一时间，同学们欢呼的欢呼，喝彩的喝彩，掌声几乎要把屋顶掀翻。聂耳冲乐队做了个手势，乐手们二话不说，卖力演奏起来。《婚礼进行曲》甜蜜的旋律中，陈征鸿和康淑贞被大伙儿簇拥到聂耳面前，两人手牵着手，对视一眼，心里既紧张、又欢喜。

聂耳："首先，让我们用最热烈的掌声，有请证婚人田汉先生致辞——"

热烈的掌声。田汉走上前去，从聂耳手中接过话筒。他看着两人，百感交集、感慨得很，想了一想，这才开口道："征鸿和淑贞是艺大建校以来，我亲手招进的第一批学生。这么多年，我亲眼看着他们从不懂事的孩子，一点点长大，直到今天，找到自己最重要的那一个人，拥有属于自己的家。征鸿讲义气、重情意，踏踏实实，是个顶天立地的男子汉；淑贞天赋高、有才华，性格开朗，是个英姿飒爽的新女性。他们不仅是艺大最优秀的学生，更是我这个当老师的、最值得骄傲的作品！"停了一停，真诚地："今天能站在这里，见证他们的婚礼，我是打从心眼里高兴！比我自己结婚，还要高兴！我相信，在今后的人生中，他们一定会成为一对令人羡慕的夫妇，相知相惜、白头偕老！"

掌声愈发热烈起来。陈征鸿和康淑贞感动得很，泪光闪闪，低声地："校长！"

田汉看着他们，欣慰地点了点头，把话筒交还给聂耳。

聂耳："好，接下来，我们要请新郎新娘发表爱的宣言！"

在众人的推搡下，陈征鸿和康淑贞转过身，手拉着手，面对着面。

聂耳清了清嗓子，严肃地："陈征鸿先生，你愿意娶康淑贞小姐为妻，照顾她，爱护她，无论贫穷还是富有，疾病还是健康，相爱相敬，不离不弃，永远在一起么？"

陈征鸿直视着康淑贞的眼，真诚地："我愿意。"

聂耳："康淑贞小姐，你愿意嫁给陈征鸿先生为妻，信赖他，尊重他，无论哭泣还是欢笑，困苦还是安乐，相依相伴，携手同行，直到死亡把你们分离的那日么？"

康淑贞深深望向陈征鸿，认真地："我愿意。"

聂耳："我宣布，从这一刻起，你们两人结为夫妇！现在，新郎可以亲吻新娘了！"

排练厅里掌声雷动。同学们一拥而上，围着他们两个，起哄地："亲一个！亲一个！！"

陈征鸿和康淑贞被众人越挤越近，脸贴着脸，眼对着眼，只觉得脸上发烧，窘迫得很。聂耳见他们俩忸忸怩怩不肯亲，索性爬上桌子，大声地："新郎新娘亲一个——"一边喊，一边就指挥起来。

同学们快活得很，纷纷响应："新郎新娘亲一个——"

陈征鸿哪里见过这种阵仗？被他们一起哄，越发涨红了脸，手心发汗，不知该怎么办好。康淑贞看着他羞涩的神情，心中满是柔情，二话不说，拉下他的脖子，吻了上去。陈征鸿一愣，只看得见康淑贞弯弯的眉眼，带着甜蜜、透着笑意，亮得慑人。他有些意外，更多的是感动，不由得沉浸在这一个吻里，越抱越紧，越吻越深。

众人没想到会是康淑贞主动，一时都愣住了。不知道是谁第一个反应过来，喊了一声："康淑贞，好样的！"同学们这才回过神来，哄然叫妙，大声鼓起掌来。

婚礼别出心裁，婚宴自然也马虎不得。田汉和聂耳早就商量好了，就在这舞台上开婚宴，来他一场难忘的戏剧婚礼。同学们早就把饭菜准备好了，鸡鸭鱼肉一样不少。聂耳指令一下，忙用粗瓷大碗端了出来，垫好报纸，在舞台上围成一圈。中间搁了几个大火盆，生着火，把手脚烤得暖洋洋的。大伙儿席地而坐，大口地喝着酒、吃着菜、聊着天，好不痛快。

墩子拿了个鸡腿，一边吃，一边嘟嘟囔囔地："征鸿、淑贞，你们这回可真赚到了！这办在舞台上的婚礼，别说是看，就是想，我也从来没有想过！"

"就是。要我说，参加过这么多场婚礼，就数你们这场最快活、最别致！"

陈征鸿和康淑贞并肩坐着，相视一笑，甜蜜得很。一个男同学喝了酒，一拍陈征鸿的肩："征鸿，你可真不够意思！咱们在一个屋里住了三年，你和淑贞谈恋爱的事，我可是一点也不知道！"

这话题一起，立马就有同学积极响应：

"就是就是。陈征鸿，看你平日里闷声不吭的，没想到，一出手就把我们的校花给追走了！"

"可不是。你们这恋爱谈得神不知鬼不觉的，大家说说，不是欺骗我们是什么？"

"没错！坦白从宽，抗拒从严，我们强烈要求新郎官交代恋爱经过，大家说好不好？"

众人都乐了，大声地："好！"

陈征鸿被众人推推搡搡着站起身来，尴尬得很。宗晖唯恐不够热闹，敲着碗边，大声地："安静！安静！我们的新郎官有话要说！！"

大家都停了碗筷，兴致盎然地看这边。康淑贞也不阻止，眉眼弯弯，只管促狭地看着他笑。

陈征鸿一张脸涨得通红，不知道说什么好，憋了半天，才蹦出一句："我陈征鸿不会说话，要交代恋爱经过什么的，我说不来！"

众人听他这么说，拍地板的拍地板，起哄的起哄，喝起倒彩来。陈征鸿却理也不理，径自弯下腰去。他一手执壶，一手执杯，站起身来，看向众人，豪爽地："今天，是我陈征鸿和康淑贞结婚的好日子！我虽然不会说话，可我能喝酒！今天我要照着老规矩，一杯杯敬过来，一个也不落下！"

他倒了满满一杯酒："这第一杯，我代表我和淑贞，敬田校长！"

田汉一愣，乐呵呵地端起酒杯来。

陈征鸿："大家都知道，我陈征鸿打小没了爹娘，从六岁开始，就跟着老乡讨生活。为了能吃上饭，我卖过报、跑过堂、挑过煤，扛过砖块石子。饿得厉害的时候，就连地上的土，我也吃过！可直到来了上海，遇上田校长，我才知道，我陈征鸿这辈子，不光能卖苦力，还能读书识字，堂堂正正，活出个人样来！"

他说着说着，眼眶有些发红，看向田汉，感情地："校长，我刚到艺大的时候，身上没有一分钱，是你给我垫的学费。见我穿得单薄，你二话不说，解下衣服就往我身上披，那暖意，至今还直往我心窝里透！在学校这三年，你对我的好，我更是比谁都清楚！今天，又是你，为我和淑贞操办了婚礼！这份情意，我陈征鸿一辈子也忘记不了！在我心里，你不仅是老师，更是长辈、是朋友，是我和淑贞最亲最亲的亲人！这一杯酒，我先干为敬！"

他端起酒杯，二话不说，一饮而尽。

田汉被他的一腔赤诚所感动，也毫不犹豫地端起酒杯，一饮而尽。

陈征鸿把酒倒满，举了起来："这第二杯酒，我要敬在这里的同学们！我陈征鸿虽然是个孤儿，可自打在艺大认识了你们，从来没有一次觉得孤单过！这三年来，你们没有哪一个，因为我是孤儿、没有钱而低看过我，你们都是我最好的朋友，是我陈征鸿的亲兄弟、亲姐妹！这一杯，我敬你们大家！"

他二话不说，仰起脖子，一饮而尽。

同学们听他说得动容，也都一个个端起杯来，一饮而尽。

陈征鸿又倒了一杯酒、目光炯炯，神色庄严："这第三杯酒，我要敬全中国的同胞们！东北沦陷，凡我中国人，无不睚眦尽裂、痛心疾首！我陈征鸿没有别的愿望，只希望全国上下能齐心协力、各尽所能，誓把日本鬼子赶出东北，赶出中国！"

他二话不说，喝了个底朝天。同学们为他的决心所震慑，半晌，大声叫起好来。

这一场婚礼足足闹腾到后半夜。舞台上一片狼藉。同学们喝得半醉，四仰八叉，躺倒在舞台上。墩子的腿架在宗晖身上；大海又枕着另一个同学的腰；陈征鸿西装凌乱，整个人躺成一个大字，不知梦到什么，咧开嘴傻傻地笑着。正睡得香甜，突然“轰”的一声巨响，排练厅里地动山摇。天花板上的石灰被震得掉下一大块，砸在墩子身上。

墩子吃了一惊，睁开眼，划拉着双手叫唤：“谁？谁打我？”

宗晖被他吵醒了，一把把他推开，嘟嘟囔囔地：“谁打你了？下去下去，睡一边去……”

话音未落，只听得又是轰隆一声巨响，整幅幕布兜头罩了下来，把众人裹在里面。一时间，闷哼声、叫唤声、询问声响成一片。

“怎么了？”

“墩子，你在搞什么鬼？”

“我没干什么呀……”

“哎哟，谁踩到我的手了？”

一个个脑袋从幕布里钻出来，仔细听外头的声音。轰隆隆的大炮声，夹杂着枪声和叫嚷声，震得排练厅的窗户格格作响。

墩子掀开蒙在头上的幕布，茫茫然地：“怎么了，地震了吗？”

田汉第一个反应过来，高声喊道：“不！不是地震，是炮声！这里不安全，快，大家快出去！”

众人这才反应过来，手忙脚乱，拔腿就往门外跑。

街上满满的都是人。他们衣冠不整，拖儿带女，脸上带了惊惶的表情，拼命向前跑。

田汉等也被冲得七倒八歪。他二话不说，劈手抓过一个人来，高声问道：“出什么事了？”

“日……日本人！”那人一脸恐慌、气喘吁吁，只管往后头指。

“你说什么？”陈征鸿正护着女生们从排练厅出来，听到日本人三个字，眼睛睁得老大，一把揪住那人的领子：“什么日本人？你说清楚一点！”

那人吃了这一吓，越发胆小，口吃地：“日、日本人打过来了！真、真的，有、有人亲眼瞧见了，横、横滨路上这、这会儿全是日、日本兵……”

田汉急了，红着眼，用力摇晃那人：“那守军呢？防守市区的守军呢？”

那人哪里还说得出话来？只管摇头。这时又是轰隆一声巨响，紧接着又是一声。田汉等望向火光熊熊的西北角，都愣住了。

第二十三章　淞沪抗战（上）

一

一九三二年一月二十八日，距离东北沦陷不到半年时间。当上海市民被陌生的炮火声惊醒，他们惊讶地发现，日本人离他们是那样的近。

上海，居然会是上海，还沉浸在纸醉金迷、灯红酒绿之中的上海，重中之重、不容有失的上海！他们怎么会，又怎么敢就这样进攻上海？所有的人都在惊讶，所有的人都在怀疑，所有的人都在惶恐地问，这些日本人到底是从哪里来的？他们到底要干什么？上海，不，中国，到底会走向怎样的方向？

他们当然不会知道，日本人为这一天已经准备了很久。早在半个月前，偪内干城就指使黑龙会武士到码头、工厂多次挑衅，并放火焚烧三友实业社，激起工人们的怒火。在乱斗之中，更蓄意派人打伤了两个日本人，以制造口实。事件发生之后，偪内借口侨民被害，向上海市政府提出了道歉、惩凶、赔偿损失、解散抗日团体四点要求。不等上海市政府有所回应，日本的军舰就开始在长江水域集结，海军陆战队更是随时待命，准备对闸北一带发动攻击。负责这次作战的总司令是盐泽幸一，此刻正呆在长江口的一艘军舰里，手持望远镜，远远地望向闸北。那里，炮火把整个夜空映得通明，仿若白昼。

急促的敲门声。

盐泽幸一放下望远镜，冷冷地："进来！"

他中等身材，瘦削面孔，一双眼睛鹰鹫似的，透着攫取的光，一举一动都带着傲慢。一个年轻军官走了进来，行了个军礼："报告司令，中国政府传来急电，关于之前日侨被害一事，我国所提出的四个条件，道歉、惩凶、赔偿损失、解散抗日团体，他们通通答应。希望我国能停止对上海的进攻，即刻撤兵……"

盐泽幸一轻蔑地："哦？电报在哪里？"

年轻军官忙双手捧着电报，恭恭敬敬递了上去。

盐泽幸一看也不看，把手中的电报撕得粉碎。

年轻军官一愣："司令，你怎么……"

"日侨被害只不过是我们自编自导的一场戏，那四个条件，中国政府答不答应都没有区别。进攻上海，才是我们这次的目的所在！"盐泽幸一看向笼罩在炮火中的闸北，冷冷一笑："军部果然料事如神，中国政府懦弱至极，到了这种地步，还是不敢抵抗，反倒希望我方主动休战，这简直是笑话！"

年轻军官犹豫片刻："可是，中国守军已经开始抵抗了。"

盐泽幸一猛地转过身来："你说什么？"

年轻军官被他尖锐的眼神盯住，忐忑地："陆战队的大泽少佐刚刚回报，进攻横滨路、虬江路的士兵遭到顽强抵抗，死伤过半……"

盐泽幸一吃了一惊，面色一沉。他个性最是逞凶斗狠，突然带了嗜血的笑，兴奋起来："好！好！既然中国政府动了手，我们就更没有什么好顾忌了。角田，命令第一遣外舰队全体战舰，配合陆战队行动，集中火力，进攻闸北！三日之内，给我拿下上海，让那群支那人看看，我们大日本帝国的气势和实力！"

"是！"年轻军官神色庄严，行了个军礼，走出门去。

天还未亮，市政府里就已经乱作一团。各部门官员知道出事，第一时间往政府大楼赶，坐在会议室里，焦急地等待着市长的指示。他们都在官场混了不少时日，对上头的想法最为了解，清楚地知道中央不愿与日本发生冲突。东北损失惨重，中央却一忍再忍，甚至鼓吹中日友谊，严禁提抗日二字，就是一种明确的表态。可这次的情况跟东北不同，上海是他们安身立命的地方，是他们的根基所在。万一中央党部还跟上次一样，不抵抗不救援，让整个上海陷落敌手，那他们又该如何自处？

张宏远有如泰山压顶，坐立不安，加急电报发了一封又一封，总不见南京方面有所定论。好容易熬到天亮，等到中央党部的电话，却只是含糊地指示，让他尽可能控制上海局势，在南京方面做出决议之前，不得做任何表态。至于能不能抵抗，是否派兵增援，却不提一字。

张宏远放下电话，手脚冰凉，从心底里渗出凉意来。他清楚地知道，这就是不能抵抗的意思。既然不能抵抗，还谈什么控制局势？炮火声越来越响，仿佛就在耳边，每一声响，都关乎无数人的身家性命。中央党部的命令是不得做任何表态，可身为上海市长，这时候不做任何表态，就是渎职，就是眼睁睁看着无辜的平民送死。他从未做过如此艰难的决定，只觉得身体不受大脑控制，微微地发抖，好容易摸到椅子前坐下，门外却传来急促的敲门声。

张宏远压抑着心中的慌乱，强作镇定地："进来。"

副市长李绍甫匆匆走了进来："市长，蔡军长又派人来了，问中央那边有什么指示？"

张宏远眉头一皱，烦躁得很："我刚和南京方面通过电话，外交部正派人跟倔内大使进行紧急谈判。中央党部再三叮嘱，这次事件，谈判结束之前，上海政府不能作任何表态。你给我把门关上。他蔡廷锴要是再派人来，就说我不在……"

话音未落，只听见"砰"的一声巨响，门被一脚踢开。蔡廷锴一身戎装，大步走进屋来，把军帽往桌上一摔，气冲冲地："张市长，我问也问了，打也打了，南京那边，到底是个什么态度？"

他是十九路军军长，奉命驻守沪宁一带，中等年纪，长条身材，走起路来虎虎生风，带着军人特有的刚硬气质。张宏远没想到他亲自过来，尴尬地："蔡将军，你怎么来了？"

"我怎么来了？闸北炮火冲天，日本人就快打到市政府了，你说我怎么来了？"蔡廷锴怒目圆睁，憋了一肚子火。昨晚日军刚刚发起进攻，他就率领十九路军将士火速进入闸北，构筑防线，阻止日军深入。他是个有血性的汉子，有心跟日本人大战一场，却迟迟等不到中央的指令，没好气地："从昨晚日军突袭闸北开始，我几次三番派人过来，就是想听你一句准话！这场仗，中央到底是打还是不打？"

张宏远被逼得无路可退，敷衍地："蔡将军，你的心情我都理解。我何尝不是跟你一样，想痛痛快快跟日本人打上一仗？可南京政府再三指示，现在局势未明，打还是不打，我暂时还不能表态……"

蔡廷锴笔直地看向张宏远，眼中几乎要喷出火来："还不能表态？闸北都快被日本人炸成窟窿了，你却坐在这里，跟我说什么不能表态？张宏远，你究竟还是不是上海市长？"

张宏远见他不留情面，也动了气，强自压抑地："蔡将军，这是南京政府的命令，我身为上海市长，只能依命行事。何况这次日军攻打闸北，只不过要为之前日侨被害一事，讨个说法。中央正同日本方面积极交涉，希望能尽早解决此事……"

"交涉？还交涉个屁？"他不提还好，一提这话题，蔡廷锴只觉得气不打一处来："日侨被害的事，一直只是日本单方面的说辞，查了这半天，连个受害者都找不出来！再说了，他们提出的四个条件，道歉、惩凶、赔偿损失、解散抗日团体，我们有哪一条没有答应？可他们呢？他们不是照样把大炮对准了闸北，对准了手无寸铁的老百姓？”

他越说越气，一把抓住张宏远的领子，把他拖到窗前：“你看看！你自己看看！”

轰隆隆的炮声。整个闸北笼罩在火光当中，随处可见残破的屋宇和四下逃窜的人们。

蔡廷锴双目炯炯，激动地：“你看清楚了没有？什么日侨被害、四个条件，只不过是一场戏！是日本为了占领上海、自编自导的一场戏！他们已经攻占了天通庵沿线，接下来，就是闸北，是吴淞，是整个上海！这种时候还不抗日，难道你们要眼睁睁看着上海跟东北一样，一步一步，落到日本人手里去？”

张宏远无言以对，又是尴尬，又是窝火，挣开蔡廷锴的手，不悦地：“蔡将军，我恨日本人的心，跟你是一样的。可光有一腔热血，有什么用？你以为中央不想抗日？我张宏远不想抗日？日本人要真这么好对付，我们还需要像现在这样，一忍再忍吗？你口口声声要抗日，有没有想过，日本武器先进，真要打起来，就凭你们十九路军那三万多人，打不打得过？就算我们全力抵抗，又能撑得了几天？

蔡廷锴越听越火，一拍桌子：“打不过跟不敢打，那是两码事！我不知道能撑几天，我只知道，再照这样子下去，我们的国家非亡不可！”停了一停，一字一顿地：“张宏远，你给我听好了！中央不敢抗日，我抗！我蔡廷锴跟十九路军三万将士，宁可战死在疆场上，也好过被人戳着脊梁骂孬种！”

他赤红着双目，看向张宏远。张宏远被他的神情所震慑，眼睁睁看他走出门去，一时竟说不出话来。

蔡廷锴从市政府大楼出来，往车上一坐，忍不住想骂娘。军人的天职是保家卫国；他从十七岁投入广东新军，南征百战了十几年，从未见过这样荒唐的局面，跳下车来，铁青着脸往指挥部走。

指挥部设在一间废弃的民居里不时传来隆隆的炮火声。几个军官正围着地图研究战略：“上海境内的日军大约两万，主要依赖钢炮和装甲车开路，全力进攻我闸北一带。他们的目的是打通天通庵沿线，迅速控制铁路，阻断外界与上海的联系，把我们困死在上海城里。”

“嗯，当前最重要的，是想办法抑制他们的火力，尽快夺回天通庵车站……”

他们见蔡廷锴大步走了进来，忙问道：

“军长，怎么样了？”

“对啊。中央那边怎么说？”

蔡廷锴摇了摇头，往凳子上一坐。军官们见他这样，都急了，不敢置信地：

“怎么，还是不让打？”

“怎么可能？日本人都打到我们心窝子里来了，难道还不让我们还击不成？”

“就是。就算我们能忍，闸北那么多老百姓，他们该怎么办？难道我们就眼睁睁地，看着日本人的装甲车从他们身上轧过去？”

蔡廷锴也不答话，走到地图前，看了一看：“天通庵沿线情况如何？”

一个军官忙答道：“第六团已经在天通庵沿线布置好了防御工事，刚刚打退了日军的一轮进攻。不过日军已经派出了轰炸机，接下来的作战，只怕会更艰难。”

蔡廷锴想了一想，当机立断地：“上海的日军只有两万人，要占领闸北，只能靠火力强行突破天通庵防线。命令第六团加紧建筑防御工事，死守防线，牵制日军兵力。与此同时，第五团从背后形成包抄，出其不意，夺回天通庵车站！”

“是！”

“还有，日军既然已经出动了轰炸机，不出今晚，势必将发起更大的攻势。我们得争取在日军进行下一轮轰炸之前，尽快护送民众离开战区。梁参谋长，命令高炮连火速赶往第六营防区，组织对空火力，抵御日军袭击，再从各连抽调重机枪，作为补充。”

梁参谋长一愣，热泪盈眶：“军长，咱们真的要打？中央那边……”

“打都打了，管那么多做什么？”蔡廷锴抬起头来，这短短的几分钟，他已经下定了决心，豪爽地：“去他的对日交涉，去他的狗屁命令！中央那边怎么想我管不着，可我蔡廷锴打日本人，凭的是自己的良心！日本人占我东北，杀我同胞，如今又要进攻上海！我们已经被欺到了退无可退的关口，难道还要束手就擒、任人鱼肉不成？传我的命令，全体驻沪守军进入阵地，对胆敢进犯之敌决不可手软，坚决痛击！我十九路军奉命驻守上海，就算是打到最后一个人，流尽最后一滴血，也绝不能让日本人占领上海半寸土地！”

众军官眼泛泪光，激动得很，行了个军礼，齐声地：“是——！”

二

“十九路军通电全国：特急！暴日占我东三省，版图变色，国族垂亡。最近，更在上海杀人放火，浪人四出，极世界卑劣凶暴之举动，无所不至。而炮舰纷来，陆战队竟于二十八日夜十二时，在上海闸北登岸袭击，公然侵我防线，向我开火，业已接火。光鼐等份属军人，惟知正当防卫。捍患守土，是其天职，尺地寸草，不能放弃。为卫国守土而抵抗，虽牺牲至一卒一弹，决不退缩，以丧失中华民国军人之人格。此物此志，质天日而昭世界。炎黄祖宗在天之灵，实式凭之。十九军总指挥蒋光鼐、十九军军长蔡廷锴、淞沪警备司令戴戟叩。”

—— 淞沪抗战十九路军抗日通电

十九路军这份声明刚刚发表，就在全国激起了巨大反响。日本军部为之震惊自不必说，南京政府对于十九路军胆敢违抗命令，公然与日军对抗，更是惊诧莫名。张宏远看到报纸，不知道自己是提心吊胆，还是松了口气，百味杂陈。蔡廷锴不服管束抗击日军，按理说他应该拍案而起，严加斥责，可他却并不想这样做。他甚至还有些感激，感激他替自己做了这个大胆的决定。不管怎样，哪怕能让上海多支撑一天，也是好的。他也不希望眼睁睁看着上海陷落。

同孚路一处隐蔽的民居，地下文委的成员接到通知，陆续赶了过来。夏衍刚和中央联系过，忧心忡忡地：“……从凌晨开始，除了坦克和装甲车，日军还出动了上百架飞机，配合陆军的作战。如此看来，日本的野心，绝不仅仅是侵占闸北，而是占领整个上海！”

安娥点了点头：“日军攻势猛烈，抵抗与否，南京政府还未表态。好在十九路军已经申明立场，不计代价，坚决抵抗到底。我刚去前线采访，他们已经在天通庵沿线布置防线，打算死守闸北，决不让日军前进半步！现在的局面，是要尽快想出办法，发动群众，支援十九路军的抗战……”

正在说话，田汉急匆匆走了进来：“夏衍！安娥！”

他安置好学生，一路过来，见到处都是声援十九路军的人群，热血澎湃，激动不已，把报纸往桌上一拍：“看看，都看看！十九路军公开声明，要与日寇战斗至一卒一弹，决不退缩！这就对了，要我说，早就应该这样做！以往我们是没人愿打，没人敢打，才会让他们长驱直入，如入无人之境。这次十九路军为了抵抗日寇，不惜慷慨赴死，我们也应该竭尽全力，支持他们抗日才是！”

夏衍点了点头:“我们正在商议此事。地下党委已设法与中央取得了联络，中央希望我们团结一切可以团结的力量,尽可能协助十九路军进行抗战,力保上海不失。”

安娥想了一想：“我建议筹办募捐大会，号召社会各界，为十九路军进行募捐。还有，把医护学校的学生集中起来，组成临时救护队，帮助救护伤员。”

田汉点了点头：“还可以成立宣传队，宣传十九路军的事迹，鼓舞士气。”

阳翰笙：“嗯，各工厂的工会组织、各学校的学生组织，也都可以行动起来，组成志愿军，帮助稳定秩序、疏散民众。我还可以组织工人，自制些简易土炮什么的。真要是日本人打进来了，兴许能用得上。”

夏衍想了想，点了点头：“嗯，这些都是切实可行的方案，应该马上行动起来。这样，募捐大会由我和安娥负责筹备。学生那边翰笙最熟，组织临时救护队的事情，就交给你。宣传队的事情，寿昌来负责。老王，老张，你们都是工会出来的，志愿军的事，就交给你们。有什么问题没有？”

被点到名的几个都摇了摇头。

阳翰笙抽着烟：“我没问题。”

田汉更是激动，认真地：“宣传队的事，我一定做好！”

夏衍：“那好，大家注意安全，分头行动！”

众人点了点头，站起身来，走出门去。田汉大步走在上海街头，听着隆隆的炮火声，仿佛古代的战士听到了出征的号角，热血沸腾。他觉得这一战不可避免，反倒起了一股豪情，决心召集学生们一起，到最前线去，用手中的笔、用心中的歌，与十九路军并肩作战，让全世界都看一看，中国人民是敢抗争的、有血性的，是打不怕也压不垮的！

他打定主意，正要往天蟾舞台走，见一些人家扶老携幼，正转移到安全的地方去，突然想起一家老少还在平原坊，不知情况如何，脸色一变，扭头往回走去。

田家租住的是老式的木屋，炮火一起，门窗楼板震得咯吱作响。林维中已经整整一夜没合眼，带着田母和幼小的玛丽，紧张地躲在床板下面，只露出一双眼睛。

又是一阵猛烈的炮火，桌上的东西掉落一地，椅子直接砸向地面，发出咚的一声巨响。玛丽年纪小，又饿了半天，哪里经得起这样的惊吓？一瘪嘴，哇地哭了起来。林维中心疼得很，忙拍哄道：“玛丽乖，玛丽不哭了……妈妈在这儿呢……你看，还有奶奶，奶奶也在这儿……”

田母见玛丽被炮声吓到，忙凑过去帮着安抚，见她还是哭个不停，一摸身下，才发现她尿了裤子，心急地：“维中，玛丽裤子都湿了，怎么办？”语音未落，又是一声巨响，震得地板一抖，连屋里的家具都跳动起来。玛丽越发扯开嗓子，哭得惊天动地。

林维中又是惊，又是怕，想给她换条裤子，可炮声隆隆，一时哪里敢出去？见女儿哭得撕心裂肺，一颗心都要碎了，二话不说，把湿棉裤扒拉下来，脱下自己身上的棉衣，裹在她身上。

田母吓了一跳："维中，这不行。天这么冷，你脱了棉衣是要生病的……"

"没事。我不要紧，玛丽她还小，受不得凉……"林维中哪里还顾得上自己？头发蓬乱，抱住女儿，柔声拍哄着："哦，玛丽听话，玛丽不怕……爸爸很快就回来了。等爸爸回来，我们就到安全的地方去……"

她也有半天没进饮食，冻得瑟瑟发抖，要顾着一家人，还要担心在外头的田汉，心神俱疲。突然，地板的震动停止了，周围安静下来。林维中不敢置信地看着床外，一愣，猛地扑上前去，把堆在床前的东西一一搬开。一缕光亮从外头射了进来，明晃晃的，让人鼻头发酸。她只觉得恍如隔世，捂着面孔，眼泪吧嗒吧嗒往下掉，跌在地板上，化成濡湿的一团。

玛丽停了哭声，睁着一双乌溜溜的大眼睛，看向林维中。林维中看着女儿圆鼓鼓的小脸，知道这远不是哭的时候，把她往田母怀里一塞，打起精神："娘，你抱着玛丽，我先出去看看。"她把女儿交给田母，小心翼翼地爬了出去。

屋里一片狼藉。林维中站在屋子中间，正不知该怎么办好，却听见一阵急促的敲门声。

"寿昌！"她以为是田汉回来了，欢喜得很，忙冲出去开门，却见一个小小的身影："阿姨！"

林维中见是杏儿，又是惊讶，又是失望："杏儿？怎么是你？"

杏儿跑得满头大汗，脸上还带着伤，焦急地："城里四处在打炮，听师父说，是日本人打进来了。我担心你和奶奶，特意跑回来的！叔叔呢？还有奶奶和玛丽，都没事吧？"

她爹一走，她早就把田汉一家当成了自己的亲人。林维中护着一家子人，担惊受怕了一个晚上，却万万没想到，第一时间赶来帮忙自己的，会是这个小小的杏儿，看着眼前单薄的身影，感动得很，一把把她抱进怀里。

杏儿被把她抱得紧紧的，动弹不得，担心地："阿姨，你怎么了？"

林维中没有说话。她紧紧搂住杏儿，眼中泛着泪，半晌，低低地："杏儿，谢谢你！"

经历了一个不安宁的夜晚，这短暂的宁静来得格外宝贵。杏儿坐在唯一一张完整的床上，拿着个破碎的瓷碗，拌了些米糊，一口一口喂玛丽："玛丽乖，来，吃一口……"

林维中和田母正快手快脚，把屋里用得着的东西打包。林维中把贵重的东西捆成一包，披头散发，抬起头来："娘，重要的东西我收拾好了，都在这里，你看看还有什么漏下的。"

田母点了点头，心疼地："我知道。维中，你也休息一下，吃点东西。"

林维中摇了摇头，足不点地地："不行，我得赶紧出去一趟，买点米回来。娘，杏儿和玛丽你照看着，万一再打炮，就赶紧带他们躲到床底下去。"

她打开抽屉，抓起钱就往外走。田母吓了一跳，忙劝阻道："维中，你现在不能去，太危险了……"

林维中一脸憔悴，坚决地："娘，我一定得去。看这架势，这仗还不知道要打多久。过不了几天，上海城里就该缺吃少喝了。我们一大家子人，总不能守在屋里饿死。"她一边说，一边就往外走。田母见拦她不住，又急又怕，只能回屋守着两个小的。

林维中的担心并没有错。米店外头早已经是人山人海。无数的人伸长了手，想要买米。林维中被淹没在他们中间，苍白着脸，用尽气力往前挤。

"开门！开门！"

"我们要买米！"

"给我们米——"

他们一边喊，一边巴住那小小的窗口。用力拍门，企图把门打开。米店老板见情况不对，急了，高声地："关门！关门！把窗口都给我关上！"

一个膀大腰圆的伙计忙拿起门板，顶住门口，凶神恶煞地："今天不卖米了，回去回去！"

几个伙计爬上柜台，就要关卖米的窗口；门外的人哪里肯让？扒住那几个窗口，怎样也不肯撒手。一个伙计强行把板子往下压，外头的人却死死抓住窗口，几只手卡在木板下，杀猪般叫唤，不但不退后，反倒一点一点，把木板抬了起来。那伙计吓了一跳，想要再关，哪里还关得上？只听见有无数的拳头，重重砸在米店的门板和墙上，接下来，是噼里啪啦的声响。无数双手从窗口伸了进来，硬生生把木板拆了个粉碎。米店的墙再也承受不起众人的力量，轰然崩塌。人群疯了一般涌了进去，眼中放出攫取的光，扑向店铺后头放米的仓库。

"站住！你们给我站住——"老板和伙计们还想再拦，哪里还拦得住？早被疯狂的人群推倒在地。他们眼睛里只看得到米，什么都顾不上，争先恐后往前挤，一时间，哀嚎声起，惨叫连连：

"阿唷！脚，我的脚！"

"别挤了，别挤了，踩死人了！"

不知道是谁跌倒在地，人群中顿时绊倒一片。林维中鞋子被人踩住，惊呼一声，踉跄着向后倒。斜刺里伸出一只粗壮的手臂，一把把她拉住，没好气地："还要不要命？女人家没力气，就好好呆在家里，上这儿添什么乱？"

林维中被他一句话戳中了痛处，委屈得很。她何尝不知道自己人小力微，又何尝不希望这种时候，田汉能守在家里，守在自己和女儿身边？可是没有。她不知道田汉在哪里，不知道他是否平安，更不知道他何时才能回到家来。她只觉得心酸得很，又没有人可以去说，想起还在家里等着的老人孩子，狠狠心，又一头扎了进去，好不容易抢了一小袋米，跌跌撞撞往家里走。

路上行人稀少，不时可以听见零乱的枪声。林维中紧紧护着怀中的米，头发蓬乱，狼狈得很。眼看着快到家门口，却听见一个熟悉的声音在身后喊道："维中？"

林维中猛地转过身，睁大眼睛，不敢置信地看着田汉，愣住了。

田汉不知道发生了什么，见她衣冠不整、举止狼狈，担心得很："维中，你没事吧？"

一边说，一边就凑过去看她的脸。林维中见他的脸越靠越近，呆呆地伸出手去，触到田汉脸上温热的肌肤，才有了些真实感。她一眨不眨地看着田汉，渐渐红了眼眶。

田汉不明所以，越发紧张起来："维中，出什么事情了？你说啊！说话啊！"

林维中还是不说话，只睁着一双泪汪汪的眼，看向田汉。这十几个小时漫长得无边无际，好像永远也看不到尽头。她只觉得心里有太多的恐惧、太多的委屈，及至看到眼前这个男人，才终于安下心来，把手中的米一扔，扑进他怀里，号啕大哭起来。

三

桌上摆着热腾腾的饭菜，一家人正围坐在桌前吃饭。林维中连日来担惊受怕，见田汉回了家，才算是真正放了心，语气轻快地："我看了看，家里还有些余粮，加上刚买回来的米，够我们吃上大半个月的。等下我再出去一趟，多买点吃的预备着。这仗就是再多打几天，也不愁没东西吃。"

田汉："外头危险得很。你也累了，买东西的事，还是我去吧。"

林维中听他这么说，心里甜丝丝的，点了点头。

玛丽趴在林维中膝头，只管睁大了眼睛看田汉。她年纪还小，压根不知道危险，乍一下见了爸爸，欢喜得很，挥舞着小手，直往他怀里扑。田汉见状，忙伸手抱了过来，玛丽在他手中，咯咯直笑。

这笑容仿佛是一道灿烂的阳光，把之前的阴云都一扫而空。田母和杏儿被逗乐了，笑了起来。林维中也乐了，捏了捏她胀鼓鼓的小脸："爸爸回来了，玛丽很开心是不是？妈妈也很开心，有爸爸在啊，我们就什么也不怕了……"

田汉想要告诉她宣传队的事，看她一脸欢喜，倒有些开不了口。林维中完全没有察觉，自顾自逗着玛丽，突然想起什么，抬起头来："对了寿昌，我跟娘商量过了。横竖学校也散了，你在上海也没什么事，这仗要实在打得厉害，我们就先回湖南去，躲上一躲。等日本人走了，我们再回来，你说好不好？"

田汉没想到林维中会提出这个，一愣，不知道该怎么答好。林维中只当他在犹豫，劝说道："虽说十九路军登报声明，决不让日本人踏入上海半步，可日本人那么厉害，连东北三省都给占了，上海守不守得住，谁说得准？你看我们这一家子，老的老小的小，万一要真守不住，到那时候再想走，可就来不及了。家里的银钱细软我已经收拾好了。老家那边虽然没有了房，可本家亲戚都在，好歹有个照应……"

田汉看着林维中期待的眼神，心里有些犹豫。他不是不知道，这种时候她是多么希望自己能留在家里，可又不得不开口："维中，我不能回湖南。"

林维中一愣："为什么？"

田汉："我这次回来，打算安顿好你们，就要走的。"

田母也觉得有些不对，忙问道："要走？这炮火连天的，你要上哪儿去？"

田汉："我要组织宣传队，上天通庵前线去，慰劳十九路军将士。"

他说得轻描淡写，田母却明白这句话的分量，心里咯噔一声，没有说话。

林维中猛地抬起头来。她只觉得眼前一黑，怔怔地看着田汉，红了眼眶，突然站起身，走进屋去。

关门的声响。紧接着，是拼命压抑的、低低的哭声。田汉听着里面的响动，心里难过得很，气氛顿时沉重起来。只有玛丽什么都不懂，看看这个，又看看那个，咯咯笑着，伸手去摸田汉的胡子。

田母叹了口气，从田汉手中把玛丽接过来，冲卧室努了努嘴。田汉点了点头，走进屋去。

卧室里一片狼藉。林维中坐在床上，背对田汉，肩膀细细地抽动着。田汉看着眼前单薄的身影，心疼得很，低声地："维中……"

林维中没有答应，肩膀抖得越发厉害。

田汉往前走了两步，伸手去扳林维中的肩，恳求地："维中——"

林维中挣扎着，怎样也不肯回头。田汉无可奈何，想了一想，索性绕到她面前，蹲了下去。

映入眼帘的，是林维中沾满泪水的脸，显得格外苍白瘦弱。田汉见她痛苦的神情，越发内疚，想说些什么安慰的话，憋了半天，终究只有干巴巴的一句："维中，对不起……"

"对不起？你有什么可对不起的？"

林维中猛地抬起头，几天来的担惊受怕和委屈都爆发出来，指着门口："走，你给我走！"

田汉一愣："维中，我……"

林维中二话不说，站起身来，就把田汉往门外推。

田汉紧紧抓住林维中的手："维中，你别这样，听我说……"

"我不听！我什么也不想听——你给我走——走呀——"

林维中疯了一般，歇斯底里地哭喊着，死命把田汉往外推。田汉急了，一把抱住林维中："维中，你冷静点。维中——"

林维中在田汉怀里挣扎着，怎样也挣脱不了，突然"哇"的一声，哭了出来："你反正要走，还回来做什么？你走这么多天，我是怎么熬过来的你知道吗？日本人开打之前，我要照看玛丽，要照顾娘，从来没睡过一个安生觉；日本人开打之后，我更是整晚整晚坐着，连眼皮子都不敢合一下！我为的什么？我为的是打炮的时候，能带着娘和玛丽躲上一躲；我为的是要真有什么事，绝不能让一家老小都死在这里，一个也逃不过！"

林维中颓然坐倒在地上，泣不成声。田汉听了，心里也阵阵发紧。

"你被人通缉，连孩子出生也不能回来，我说过什么没有？你为了募捐，一两个月不着家，我抱怨过什么没有？可现在是什么时候？是一个男人顶一片天的时候！是一家子人齐心协力才能活命的时候！日本人的炮弹天天在头上飞，人家都是一家一家守在一起，可我呢？我却连个商量的人也没有！当着娘和玛丽，我不敢说，可我心里怕，怕得要命！我怕一个炸弹落下来，就再见不着你了；我怕真要是打输了，逃起难来，这一家老小连个男人也没有，该怎么办？"

田汉越听越心酸，低低地："维中……"

林维中嘶哑着嗓子："这仗越打越大，人家能逃的，早就逃出上海去了。可我不想走，也不敢走。我天天都跟自己说，坚持一下，再坚持一下！只要等寿昌回来就好了，只要我们全家人在一起，就什么也不用怕！"林维中抬起头，看向田汉，绝望地："可你呢？才回来多久，就又说要走！你心里到底还有没有娘，还有没有我们母女，还有没有这个家？"

屋里一阵难堪的静。田汉无言以对，只觉得心里乱糟糟的，堵得慌。

林维中怔怔地看着他，灰心得很，眼泪止不住往下流，伸出手去，握住田汉的手，恳求地："寿昌，别去好不好？你不是说过，要全家人平平安安在一起，要让我们母女每天都过得踏踏实实、开开心心么？宣传队的事情，你不去，自然还有别人去。可我和玛丽要是没有了你，就什么也没有了……"

田汉看着林维中充满期待的眼，内疚得很，张了张嘴，艰难地："维中，我得去。"

他看向林维中，难过地："维中，我知道你委屈。我知道，在这个家里，我是儿子、是丈夫、是父亲，于情于理，都应该留下来，好好照顾你们，保护好这个家。可我不光是你的丈夫，是玛丽的爸爸，更是个中国人，是个顶天立地的男子汉！我不能眼睁睁看着十九路军在前线奋勇搏杀，自己却护着老婆孩子，躲在后头当孬种！"他说得动情，红了眼眶，认真地："维中，你不想我去组什么宣传队，不想我上前线去冒险，送了自己的命，这些我都明白！可你刚刚说得好，现在是什么时候？是一个男人顶一片天的时候！是一家子人齐心协力才能活命的时候！这家，不仅仅是你我的小家，更是中国这个大家！现在日本人都打进我们家里来了，我田汉身为堂堂七尺男儿，又怎么能够袖手旁观、坐视不理？"

林维中静静地看着田汉，泪流满面。她眼中那最后一点光亮也已经熄灭，一边擦泪，一边默默地站起身来。田汉见她神色不对，忙站起身来，担心地："维中，你怎么了？"

林维中也不说话，打开柜门，把自己的东西一件一件往外拿。

"维中，你要干什么……"田汉忙伸手去拦，却被她挥开。

她回过头来，平静而疲倦地："我要回家。"

田汉一愣，茫然地："家？这儿不就是你家么？"

林维中仿佛没有听见一般，自顾自地："你别拦我。这些年，我一直在等你回头。我一直在想，总有那么一天，你会跟别人的丈夫一样，守着我和玛丽，守着这个家，好好过日子。"停了一停，黯然地："可我现在才知道，我错了。你从来就不是那种会守着家的男人，你是田汉。田汉总会有这样那样的事情要忙，总会有这样那样的理由，等着说给我听。所以，我不等了。我等不到，也等不起。"

田汉这才反应过来，震动地："维中，你不能……"

林维中苦笑了一下，她脸上早已经没有了眼泪，近乎麻木地："家里值钱的东西，我都收拾好了，娘知道在哪儿。你的东西我还是放在老地方，衣柜左边的最上一格。杏儿既然已经回来了，就让她陪娘几天。这兵荒马乱的，你又不在家，别让娘一个人呆在家里……”

田汉见她抬脚往外走,下意识伸手去拦,结结巴巴地:“维中,你不能走。你要是走了,玛丽怎么办？娘怎么办？还有,咱们这个家怎么办？”

林维中的脸上，露出一点凄凉的神色来。她拨开田汉的手，什么也没有说，掀开帘子，走了出去。田母站在客厅里，把两人的对话听得清清楚楚，见她出来，尴尬地：“维中……”

林维中走到田母面前，眼眶微微一红，把玛丽抱了过来：“娘，我走了。”

田母不知该怎么办好，慌忙劝道：“维中，你听娘说，寿昌他……”

林维中却突然低下头去，深深地鞠了一躬。她脸上露出复杂的神情，像是留恋，又像是决绝。

田母只觉得心头一紧，什么话也说不出来，眼睁睁看她抱着玛丽，走出门去。

田汉看着空荡荡的屋子，看着母亲花白的发、满是皱纹的脸，心里有说不出的愧疚：“娘，都是我不好。这么多年，我不但没让娘享过一天福，还老让您担惊受怕，让您有操不完的心……”

田母看着儿子，眼眶渐渐红了。她犹豫片刻，下定决心地：“寿昌，你要走就走吧。”

田汉一愣，不敢置信地：“娘！”

田母看着儿子，叹了口气：“你是我的儿子，我自己的儿子，别人不了解，我还不了解么？国家现在是这个样子，日本人的军舰就停在黄浦江上，随时都会打进来，以你的性格，又怎么可能扔下不管？你要去，就只管放心去。组织宣传队也好，做别的什么事情也好，只要你决定了，娘就支持你。家里的事情，你不用担心。娘已经到了这把年纪，是生是死，是福是祸，那都是命，有什么可怕的？至于维中，她最是心软，等她在娘家住上几天，火气消了，我亲自去道歉，把她和玛丽好生接回来。你放心，有娘在这撑着，这个家啊，它就垮不了。”

一旁的杏儿见了，忙附和道：“是啊叔叔，还有我呢。我会留在这里，好好照顾奶奶的。”

田汉看着她们俩，又是愧疚，又是难过。他眼眶一红，突然伸出手去，一手抱住年迈的母亲，一手抱住年幼的杏儿，二话不说，紧紧搂进怀里。

第二十四章　淞沪抗战（下）

一

夜深得很，正是一天里最冷的时候。日本海军陆战队占领天通庵车站之后，发动了几波攻势，都被蔡廷锴的十九路军打了回来，只好驻扎在这里。几个执勤的日本兵围成一圈，凑在火堆旁烤火，一边抽烟，一边骂骂咧咧：“欸，你说，这仗得打到什么时候？”

“谁知道？还以为四个小时就能拿下闸北，没想到支那人胆子也大了，居然敢还手！”

“可不是！这帮支那人。早该教训教训。让他们明白，和大日本帝国做对，是个什么下场！”

小个子新兵刚刚入伍，见一个老兵一声不吭，坐在一旁，递了根烟给他：“龟岛，在想些什么？”

老兵把手中的东西递了过来。那是一张小小的照片。照片上，穿着和服的女子站在樱花树下，明媚地笑着，温暖得令人心动。

新兵了然地问：“你太太？”

老兵点了点头：“嗯。去年樱花开的时候，在家乡的樱花树下照的。再过一个多月，奈良的樱花就该如雪一样了……”他是去年参的军，被派到中国已经有些日子，本以为攻下东北就可以回去，没想到又被调来这边，协助海军陆战队进攻上海，思念起家乡和家人，不由得惆怅起来。小个子新兵却不以为然：“这有什么，盐泽总司令已经下了命令，明日一早，航空大队会协助我们发动总攻，十天内一定能拿下上海。到那时候，你就可以请假回国……”语音未落，只听见几声清脆的枪响，火堆旁的几个日本兵应声而倒。小个子新兵猛地站起身来，高声喊着他们的名字，就去拿枪，没等他端起枪来，一包不知什么东西落在眼前，嗞嗞作响。他看清那是捆在一起的手榴弹，二话不说，就地往外一滚。

巨大的爆炸声。叫龟岛的老兵还来不及反应，早已经连照片一起，被炸得血肉横飞。一时间，车站四处炮声隆隆，枪声大作，打得日本人晕头转向，猝不及防。

“怎么了？”

“支那人来偷袭了！”

“哪里？在哪里？”

不等他们回过神来，又是一阵剧烈的爆炸声。刚醒来的日本兵刚刚冲出营房，还没来得及反抗，就被炸得七零八落，倒在炮火中。

“是天上！支那人的飞机来偷袭了！”

听说是敌人空袭，日本兵们越发乱了阵脚，四下逃窜。十九路军将士不知从哪里涌了出来，把他们杀了个措手不及。一时间，车站里哀嚎声、砍杀声、爆炸声响成一片。一个日本军官气急败坏地挥舞着指挥刀，想要阻止溃逃的士兵，哪里还阻止得了？眼看着兵败如山倒，一步步退出火车站去。

隔着天通庵路，高高的防御工事后头，是十九路军的临时指挥部。指挥部里安静得很，只听得见隐隐约约的枪炮声，一阵紧似一阵。蔡廷锴和几个将领都没有说话，侧耳听着，把眼睛投向门口的方向，像是担心着什么，又像是期待着什么。

突然，一阵急促的脚步声传了过来，个子矮小的勤务兵掀开帘子，气喘吁吁地：“报告军长！五团、六团突袭成功，已胜利夺回天通庵车站！”

蔡廷锴松了口气，忙问道：“伤亡如何？”

勤务兵喜笑颜开，得意地：“报告军长，没有伤亡！翁团长他们偷偷爬上屋顶，投了好多炸药包，还架了机枪，打起日本鬼子来，那是一打一个准。可怜那些鬼子，还以为是飞机来突袭呢！”

“好！好！”蔡廷锴连说两个好字，一拍桌子，站起身来，意气风发地：“命令五团、六团原地休息，养精蓄锐；二团、三团从青天路、天通庵路进入天通庵沿线防区，配合高炮连，一个钟头后，对虹口日军司令部进行轰炸奇袭，打他们个措手不及！”他心情畅快，豪爽地一笑，自信满满地：“他们日本人不是口口声声，要在三日之内拿下上海么？我倒是要看看，是他们日本人的坦克跑得快，还是我们十九路军的炮弹飞得快！”

一切果然如蔡廷锴所料，十九路军攻下天通庵车站之后，日军把视线集中在天通庵沿线，虹口的日军司令部疏于防范，被快速突入的二团三团打了个措手不及。盐泽幸一在舰艇上得到这个消息，勃然大怒，把陆战队的大泽少佐骂了个狗血淋头。他简直不相信装备精良的日本海军陆战队会被一支中国军队打败，还折损了不少士兵，气急败坏要报一箭之仇，却被东京来的电文缚住了手脚。原来倔内干城看情形不对，通过英、美等国领事出面调停，已与南京政府达成协议，停火三日，缓兵待援。盐泽幸一虽百般不愿，也只得听从军部指示，暂且休战，坐等援兵到来。

炮火连绵三日，这短暂的休战显得格外可贵。民众们只当已经打退了日军，欢欣鼓舞，各自忙着采买物品、修葺房屋，蔡廷锴却不敢掉以轻心，四处巡查，对可能被攻击的区域严加布防，以防日军突然来袭。他披着军大衣，昂首挺胸，大步流星往前走，一边走，一边听着副官的汇报："天通庵全线布防完毕，五团、六团随时待命。二团、三团顺利攻下虹口司令部，我已经命令他们原地驻守，严密监视敌军动向……"

蔡廷锴点了点头："战士们情况如何？"

副官笑容满满地："很好。我方虽然有所伤亡，可日本方面损失更大。将士们一个个都憋足了劲，要让鬼子见识见识我们的厉害呢！"

"好，那就好！"蔡廷锴松了口气，眼看着快到指挥部，前方却传来一阵喧闹声。他不知道发生了什么，忙让勤务兵去问个究竟。勤务兵跑了去，不一会儿，又兴冲冲地跑了回来："是前来慰问的老百姓！他们说我们打鬼子辛苦了，拿了一大堆吃的喝的，非逼着战士们收下呢！"

蔡廷锴带兵最是严谨，皱了皱眉："你去跟他们说，守土卫国是军人的天职，这些都是我们应该做的。他们的东西，我们决不能收。"

勤务兵脸上露出笑容来，快活地："这些话我都说了，可他们怎么也不肯走。他们还说，吃了他们的东西，就有力气了，有了力气，就能杀更多的鬼子，让他们看看，我们中国人的脊梁和骨气！"

"好！说得好！"蔡廷锴纵声大笑，想着生死关头，倒也计较不了这许多，难得的是众人齐心，比什么都重要，也就不再坚持，由他们去。他往前走了几步，见指挥部门前的空地上凭空冒出个简陋的舞台，上面挂着条幅，写着"祝捷大会"四个大字，愣了一愣："这又是什么？"

等田汉带着学生们，把他这个一军之长硬生生按在座位上坐下，蔡廷锴才知道他们是新成立的抗日宣传队，这次来，是专程给十九路军送戏来的。将士们听说有戏可看，果然兴奋得很，连同闻讯而来的上海市民，盘腿坐在舞台下，带着绝大的热情，翘首向台上望，兴致勃勃地观看着康淑贞他们的演出，不时鼓起掌来。

田汉和蔡廷锴也坐在观众当中，一边看一边说："蔡将军，这次十九路军夺回天通庵车站，又攻占了虹口的日军司令部，真是解气得很！要我说，我们早该像这次一样，给日本人一点教训了！”

蔡廷锴毕竟南征北战多年，深有经验，不似田汉那么兴奋，不无忧虑地：“话虽这么说，日本人凶狠得很，哪有这么容易对付？我们虽然趁他轻敌，先赢一阵，只怕还有更大的恶战在后头等着呢！”

“那也比什么都不做、关起门来挨打要好！不管怎样，这次十九路军的大捷，让中国人看到，我们的国家还有希望；也让日本人明白，我们中国没那么好欺负，没那么容易亡！”

田汉是个天生的性情中人，又最是爱国，这一仗的胜利，可说是大大洗刷了东北的耻辱，不由得激动起来，慷慨激昂地：“蔡将军，你只管放心往前打。我们虽然帮不上什么，可我田汉敢说这句话，只要十九路军打到哪里，我们的戏就演到哪里！我们要把十九路军的事迹写成歌、编成剧，让大家都看看，我们中国也有浴血搏杀的英雄，也有不怕死的汉子！”

蔡廷锴没想到他一个文人也有如此胸襟，被他的激情所感染，豪爽地：“田先生，你说得对！这次，我十九路军愤然抗日，虽然得不到中央的支持，可我们并不是孤军作战！救护队、宣传队、志愿军，在我十九路军的后头，是全上海的人民，是全中国的民众！他日本人虽然强，还能强得过我们一整个国家不成？只要我们齐心协力、同仇敌忾，这场仗，我们就一定能赢！”

田汉点了点头，正要说话，台上的戏演到高潮。工人们一拥而上，愤怒化成巨大的吼声：“把东洋军火扔到江里去！把帝国主义走狗扔到江里去！把帝国主义强盗赶到海里去！”

他们每喊一句，台下的士兵和民众们就跟着喊一句：

“把东洋军火扔到江里去！”

“把帝国主义走狗扔到江里去！”

“把帝国主义强盗赶到海里去！”

无数个声音汇在一起，汇成巨大而炽烈的情感洪流，逼面而来，让人心底为之一震。

台上，陈征鸿怀抱着小栓子，挣扎着站了起来。他在工人们的簇拥下，步步逼近，仿佛有一种巨大的威压，高声唱了起来：

“弟兄们，大家一条心，
拒绝军火的搬运，
我们并不怕死，
别拿死来吓唬我们！

我们不做亡国奴！

我们要做中国的主人。”

众工人在他的带领之下，也跟着唱了起来。强烈的旋律顿时逼面而来，夹杂着演员们的歌声，悲壮激烈、振聋发聩：

“对！我们不做亡国奴！

让我们结成一座铁的长城，

把强盗们都赶尽，

让我们结成一座铁的长城！

向着自由的路前进！”

士兵们纷纷站了起来。他们脸色严肃，眼眶濡湿，透着前所未有的勇敢和坚定，用力鼓起掌来。

二

上海这边欢欣鼓舞、斗志高涨，南京那边却瞻前顾后、急翻了天。南京政府的对外通讯办公室里挤满了人，负责接线的、收发情报的，乱作一团。空气中弥漫着紧张的气氛，压抑得很。

“十九路军不听指令，擅自出兵，现已夺回天通庵车站和虹口大片……

“收到，收到……日军军舰已往吴淞口一带集结……”

“第五军张治中将军来电，请求驰援上海，共御外辱……”

一个男子焦急地冲了进来，高声问道：“跟日本方面的谈判，有消息了没有？”

办公室负责人见是委员长的勤卫兵，忙答道：“还没有。你等等，我们这就跟霍次长联系……”

卫兵越发急了：“谈判都谈了好几天了，怎么还没有结果？快快快，委员长他们都在等着呢！”

委员长等着，这自然是事关重大。电话一接通，才知道双方的谈判已经陷入了僵局，气氛紧张得很，一触即发。国民政府外交次长霍正廷与倔内干城隔着桌子对面而坐，强压着心头的愤怒，尽量克制地：“倔内大使，我国一直很有诚意，希望能尽快解决日侨问题。贵国提出的四个条件，我们明明已经全部答应，贵国却仍以此为借口，炮轰闸北……”

倔内干城打断他的话，傲慢地：“霍次长，恐怕不对吧。据我了解，是贵国公民打伤日本侨民在先，皇军派兵入驻闸北在后。此事事关日本侨民的安全，乃大日本帝国尊严所在，皇军又岂能袖手旁观?”

霍正廷：“保护侨民？单单为了保护侨民，需要动用到装甲车和坦克？上百架飞机一日三次，轰炸我闸北民居，造成数以万计的平民伤亡，这也是为了保护侨民?”

倔内干城一挑眉头：“霍次长的意思，是认为我在说谎了?”

霍正廷再也忍耐不住，站起身来，厉声地：“倔内大使，两国谈判，以诚为上。我来这里，是为了寻求和平的解决方法，而不是听贵国一味推卸责任！自一二八开战以来，我方即刻向日本政府提出照会，希望能通过谈判，解决争端。可自谈判以来，大使先生无半点缓和事态之意，一而再再而三罔顾真相，扭曲事实！我方早就承诺，只要贵国停止进攻上海，会专门调拨警力，保护在华日侨的安全……”

倔内干城冷冷一笑，倨傲地：“保护？如何保护？霍次长，在我看来，贵国军队不堪一击，与其让他们来保护侨民，倒不如由我军入驻闸北，更为简单有效……”

话未说完，一个日本官员推门进来，附在他耳边说了什么。倔内干城意味深长地一笑，起身往门外走。霍正廷见他谈也不谈就要退席，忙要阻拦，却被飞奔而来的官员拦住：“次长，中央党部的急电！”

霍正廷忙打开信封，去看里面的内容：“十九路军天通庵、虹桥沿线大胜。日方震怒，已更换主帅野村吉三郎，扬言将不计代价，夺取上海……”

他这才明白日方所谓的谈判，不过是为了拖延时日、等待援军，只觉得自己之前的努力可笑至极。弱国无外交，若是一切都能用谈判来解决，哪里还会有侵略和被侵略、掠夺和被掠夺?

日军临阵换帅、将不计代价夺取上海的消息传到上海，已经是这天深夜。一同到来的，还有中央党部迁都洛阳的决议，在死气沉沉的官员之中，激起巨大的反响。

“市长，这是什么意思?”

“是啊，他们移都洛阳，我们这些在上海的怎么办?”

“政府这算什么？谈又谈不成，打又打不了，现在连人都走了，难道真打算放弃上海，任日本人胡来不成?”

张宏远苦涩地：“大家先不要慌。政府决定移都洛阳，并不是打算放弃上海。恰恰相反，政府此举，已等同于默许十九路军抗日，尽可能牵制敌军。与此同时，着外交部继续向日本政府提出照会，一面抵抗，一面谈判，以求早日达成停战协议，平息纷争……”

这话连他自己都不相信，越说越没底气。

他看着同僚们灰白的面孔，觉得他们也跟自己一样，被政府给抛弃了，陷落在这孤城里，未免有兔死狐悲之感。寄望十九路军吧，又实在太没把握。思来想去，只有一个地方还可避上一避。他犹豫片刻，待到开口，已经是带了感情："这段时期，宏远希望诸位勉力自保，以图来日报效党国。唯今之计，只有趁战火未起，从速躲入租界……"

顾云峰家里乱成一团。客厅里乱七八糟，堆着贵重家什和各色细软。顾夫人站在客厅当中，手忙脚乱，指挥着家里的佣人们搬东西：

"胡妈，你赶紧上我卧室去，把化妆台上的桃花木匣子拿过来！"

"老张，把那幅画给取下来，用油纸包好。对，旁边那幅也一起！"

"当心点当心点，别碰坏了……"

"还有留声机和挂钟，都收起来，一起抬到车上去！"

她接到顾云峰的电话，忙从床上起来，指挥众人收拾东西，跟前忙后，慌乱得很。

顾云峰从外头进来，一眼瞧见佣人们在摘挂钟，皱了皱眉："放下放下，这种东西还拿它做什么？我们这是去避难，不是搬家。那些难搬的都别拿了，容易搬的、一定要带走的，赶紧搬到外头车上去。"

众人一愣，忙把挂钟什么的都放下来，去搬那些轻便的。

顾云峰走到顾夫人身边，悄声问道："银钱债券什么的，都收拾好了？"

顾夫人点了点头，看着落了一地的东西，心疼得很："云峰，我们晚两天走好不好？十九路军不是连打了好几个胜仗么？日本人刚得了教训，这么短的时间，难道还敢再来不成？"

"你知道什么。日本人如果真这么好对付，东北三省怎么会落在他们手里？中央又何须放弃南京，把整个政府都迁到洛阳去？"

顾夫人一愣："中央政府要迁到洛阳去？"

顾云峰点了点头，忧心忡忡地："市里讨论到刚刚，就是为了这件事。日本实力雄厚，之前不过是因为轻视我们、没尽全力，才会栽在十九路军手里。为了这几次败仗，日本大使恼火得很，连谈判都不肯谈了，说是要不计代价，拿下上海。你以为我为什么急着往回赶？日军已经换了主帅，还紧急调派了航空母舰和军舰，就快到黄浦江口了。看这架势，他们是铁了心要轰炸上海，非逼得我们认输不可。"

他眉头紧皱，心绪烦躁，不知道该对中央政府失望，还是该对自己失望。

日寇入侵上海何等大事，政府却只知逃避责任，尚且不如十九路军铁血雄心，令国人为之一振。可自己又如何？自己还不是不敢反抗政府的指令，拖拖捱捱到了今日。

时间滴答滴答地走，容不得他再思来想去，患得患失。他长长地叹了口气，强迫自己回到之前的决定上来："不管怎样，我们今晚必须得走。真要等日本人打进来，上海怕是会变成一片火海，到时候就是想走，也走不成了！"

顾夫人这才明白局势严峻，紧张地："时间这么紧，我们能上哪儿去？"

"进租界！日本人胆子再大，也绝不敢进英美两国的租界捣乱。我已经跟吉尔领事通过电话，他说随时欢迎我们过去，住个十天半个月的，都不成问题。"顾云峰一边说，一边扭过头去，指挥佣人们："快，快！手脚都快一点！胡妈，你上楼上卧室去，叫小姐穿好衣服、赶紧下来……"

胡妈应了一声，连忙奔上楼去，把顾惜音喊了起来，一边帮她穿衣服，一边把顾云峰的话告诉了她。顾惜音听说日军就要发动总攻，心里一惊，不由得担心起聂耳来。可又想不到通知聂耳的办法，只得跟着胡妈匆匆走下楼去。

客厅里一片狼藉。顾云峰和顾夫人正指挥佣人们把东西搬进车里，没空管她。胡妈赶着要去帮忙，把她带到外头车上，自己又折了回去。顾惜音独自坐在车上，透过车窗看过去，见父母背对着这边，指手画脚，忙忙碌碌，突然有了一个主意。她从未如此大胆，一颗心怦怦直跳，鼓起勇气，从车里翻出笔和纸，伏在座位上，刷刷地写了起来。

顾云峰发现女儿不见，已经是东方发白。他和顾夫人折腾了半夜，好不容易把东西都收拾妥当，疲惫地坐进车里，刚要出发，却发现顾惜音不在，奇怪地："小姐呢，在哪一辆车？"

跟在后头的胡妈一愣："小姐？不是坐在车里么？"

顾云峰探头往后看，这才注意到座位上有张小纸条，拿起来一看，整个人一僵。

顾夫人担心地："怎么了？惜音上哪儿去了？"

顾云峰阴沉着脸，把纸条递给她，上面是顾惜音清秀的字迹："爸爸妈妈，我要去找一个人。等找到他，我会尽快到租界来，跟你们会合。请不要担心。女儿：惜音。"

顾夫人脸色大变，二话不说，就想下车去找。顾云峰一把拉住她，面无表情地："别找了。天快亮了，我们得赶紧走，再晚就来不及了。"

顾夫人急了："可惜音她……"

"你知道她去了哪儿？要找的是谁？上海这么大，就算我们现在通通出去找她，也未必能找回来。”顾云峰没想到女儿会这样不知道轻重，加之形势紧急、拖延不得，扭过头，不由分说地：“胡妈，你留在这里等小姐。她一回来，就带她来租界，跟我们会合。如果她明天还没回来，你上警察厅去一趟，就说是我拜托的，请李厅长派人找一下。”

胡妈忙不迭地：“老爷，你放心，我一定把小姐安全带回来。”

顾云峰点了点头，吩咐司机开车。轿车悄无声息地滑动着，消失在如墨的夜色里。

同样的情报传到十九路军营房，却是截然不同的一番景象。蔡廷锴等早就知道日军绝不肯善罢甘休，听到日军即将大举来袭的消息，也不惊讶，只是加强守备，尽一切可能分析敌情、部署战略：“敌人的舰队正从黄浦江、长江沿线向上海靠拢。他们的目的无非是两个：第一，以火力配合陆战队，继续进攻我闸北防线……”

副官想了想说：“日军在闸北已经吃够了苦头。我军地形熟悉，又有市民支持，两万人的陆战队，短短几天，已经被打得只剩下几千人。我想他们不会这么傻，再把进攻重心放在闸北。”

蔡廷锴点头说：“我也是这样想。那么第二个目的，就是增援。如果我没有猜错，敌人的军舰上，载的都是全副武装的士兵。他们派出舰队，就是要找机会登陆，与闸北的陆战队形成呼应，从而对我军形成包围，进占上海！”

这时身边的一个军官有些焦急起来：“军长，那我们该怎么办？”

蔡廷锴略一沉吟：“国防部拒不发兵，我军孤立无援，枪支弹药也都有限。现在唯一的办法，是在黄浦江、长江沿线派兵驻守，依据地势，修筑防御工事，严防死守，阻止前来增援的日军登陆……”

军营里静悄悄的，战士们都在休息。偏僻的军营一角，田汉和聂耳头碰着头，趴在防御工事的沙包上，匆匆写着什么。田汉写完一张，把手中的稿子传给聂耳。聂耳就地谱曲，再把完成的歌曲传给一旁等着的陈征鸿、康淑贞他们。学生们围成一排，就着曲谱，一句句哼唱着。

他们都是刚拿到曲谱，难免有些磕磕碰碰，但仍是热情满满，一遍又一遍唱着。一旁站岗的士兵正好换岗，亲热地凑上前来：“田先生，这么晚了，你们还不睡？”

田汉点了点头，一边写，一边答：“明天要去各防区演出，我们想抓紧时间，再弄几首新歌，鼓舞鼓舞士气。怎么样，好听不好听？”

那士兵连连点头：“好听，好听得很！不过……这歌好听是好听，怎么来来回回就只有那几句？”

陈征鸿他们正反复温习，听他这么说，都笑出声来。康淑贞冲他眨了眨眼，促狭地：“这问题啊，你得问我们的田校长和聂耳同志！”

“就是，你要听下面的，得去问他们俩！”

缨子见他越发困扰，笑着解释道：“这歌是田校长他们刚刚写的，这不，才写了这一段，所以我们唱来唱去，也只有这一段好唱。不过他们俩手快得很，你要真想听，就搁这儿等。我担保，用不了半小时，一准能写出来！”

正说呢，聂耳头也不抬，递过一张曲谱来：“这是第二段，你们唱唱看。”

众人刚说他手快，瞬间就有新的出来，一时都乐了，笑得前仰后合。康淑贞眼明手快，一把抢过曲谱：“这叫什么？这叫说曹操，曹操到！欸，可得说好了，这次啊，换我第一个唱！”

一群人正说得热闹，那士兵一眼看到前面闪过一个黑影，举起枪来：“谁？干什么的？”

来人吃了一惊，惊恐地要往后退，早被士兵大声喝住：“出来！不然我开枪了！”

一个单薄的人影紧张地走了出来，怯怯地：“我、我是来找人的……”

那士兵还是不放心，用枪指着她，厉声地：“找人？找什么人？”

顾惜音哪里见过这种阵仗？一张脸吓得煞白，瑟瑟发抖，结结巴巴地：“我、我找聂、聂耳……”

聂耳觉得这声音耳熟得很，抬起头来，见是顾惜音，不敢置信地：“惜音？你怎么来了？”他把笔一扔，站起身来，大步走上前去，奇怪地：“你怎么知道我在这儿？”

顾惜音从家里出来就往天蟾舞台赶，见人去楼空，着急得很，跟戏班子的人打听了一番，才知道他们上前线劳军来了。她知道日军就要发起攻击，鼓起天大的勇气，麻着胆子往这边走，好不容易找到这里，愣愣地看着他，又是委屈，又是害怕，扑进他怀里，哇地哭了出来。

众人都愣了，呆呆地看着他们俩。聂耳忙跟田汉打了声招呼，领着她走到一个僻静的角落，笨拙地抬起手来，替她把眼泪擦干，无奈地：“别哭了，有什么好哭的。这么晚了，你上这儿来做什么？”

“我、我有事情要跟你说……”顾惜音委屈得很，鼓足勇气，拉住聂耳的手，没头没脑地：“聂耳，你跟我走好不好？”

聂耳被她拖着往前，茫茫然地：“走？上哪儿去？”

顾惜音：“我们去租界。”

“这时候去租界做什么？”聂耳越发莫名其妙，挣脱她的手，不耐烦地：“你到底有什么事？要是没事，我先回去把歌写完。明天一早宣传队就要去各防区表演，征鸿他们都等着呢……”

顾惜音见他要走，急了，伸手拦住他：“你不能去，太危险了！我听爸爸说，日本人调了军舰和飞机过来，要集中火力、轰炸上海呢！”

聂耳一愣，严肃起来：“你说什么？日军要轰炸上海？”

顾惜音怕他不信，用力点了点头：“爸爸说，这两天危险得很。他本来要带我们全家躲进租界去，我想起你还在排《扬子江暴风雨》，担心得很，特意溜出来的……”

“要真是这样，那我更不能走！”聂耳打断她的话，目光炯炯地：“我们成立宣传队，为的是什么？为的就是给将士们鼓劲，让他们面对敌人的时候，能更坚强、更勇敢、更有斗志！我们不仅仅是演员，更是战士，是和十九路军并肩作战的战友！哪有听说敌人要进攻，就扔下同伴、自己躲进租界的道理？”

顾惜音见说服不了他，越发急了：“可这太危险了，万一……”

“万一什么？”聂耳皱了皱眉，斩钉截铁地：“田老大说得好，十九路军打到哪里，我们宣传队就演到哪里！现在上海危急、中国危急，我聂耳一个人再危险，又算得了什么？当初我参加宣传队，就是抱着报国杀敌的心，既然来了，就决不会退后！”

顾惜音愣愣地看着他，又是震动，又是担心，半晌，讷讷地：“你不肯去租界，那我怎么办？”

聂耳没想过这一层，挠了挠头，为难地：“你要是愿意就留在这里，明天跟我们一起上军营去……不不不，这里太危险了，还是等天亮一点，我找个人送你去租界，怎么样？”

顾惜音点了点头，想了一想，又摇了摇头。聂耳哭笑不得：“你这到底是同意，还是不同意？”

顾惜音看着不远处高声唱着歌的康淑贞他们，心里突然有了一个决定。她抬起头来，鼓足勇气地：“我不去租界。我要留在这里，跟你一起。”

聂耳没想到会听到这个回答，整个愣住了。他呆呆地看着顾惜音，看着她坚定的脸、信赖的眼，只觉得心里一暖，笑了出来，紧紧握住她的手：“成，那你就留在这里，跟我一起！”

三

清晨在一片宁静中拉开了序幕。冬日高远的天空，有浅浅阳光铺洒下来，添了些温暖感觉。士兵们一大早就起了床，交岗布防，加紧建筑防御工事，井然有序。同学们也都起了床，学战士们的模样，在军营门口排成一排。田汉拿出几分曲谱，分发给各队的领队，一一安排道："征鸿，你和淑贞他们去吴淞口；宗晖，你们几个去江湾；海子，你们这组去蕴藻浜；其余的，都跟我一起去闸北防区。还是那几点，第一，好好演出，要让十九路军的战士都看得快活，看得热血沸腾！第二，留意各防区战况，搜集第一手素材，回来之后，我们加班加点，创作新歌和活报剧！第三，注意安全！都听明白了没有?"

众人："听明白了!"

田汉气势十足，把手一挥："那好，出发!"

——自从成立了抗日宣传队，他们每日奔走于十九路军的各个防区，用歌声、用戏剧为将士们加油打气，深受他们的欢迎。聂耳他们早就驾轻就熟，到了闸北防区，面对着正在休整的十九路军将士，高声唱道：

"帝国主义为着要逃脱深刻的恐慌/他们是这样的疯狂/自从占领了我们的北方/又进攻到我们的长江……"

——顾惜音也在这队伍当中。她是第一次在这么多人面前表演，有些紧张，缩手缩脚地躲在后头，不敢开口。聂耳见了，轻轻握了握她的手，鼓励地一笑。

宗晖（白）："现在还要夺取我们的东方、西方，"

顾惜音一愣。她看了看聂耳他们，鼓足勇气，怯怯地开口，跟众人一起唱了起来：

"以及所有我们的边疆/他们要把中国当做一个屠场/任他们杀，任他们抢……"

吴淞口防区，陈征鸿他们也在唱歌。他们一个个站得笔挺，雄壮而激昂地：

"……所以我们要争啊！/我们要争着生存，否则就要灭亡/我们要争着做自由的人/否则就要变成牛羊!"

康淑贞（白）："听啊!"

众人（合）："飞机还在不断的扔炸弹/大炮还在隆隆地响/我们拼着最后的一滴血/守住我们的家乡!"

众人（白）："对啊！/守住我们的家乡，把敌人赶出去!"

这铿锵的歌声中饱含着感情。军人们都为歌曲所打动，纷纷喝起彩来：

"说得对！守住我们的家乡，把敌人赶出去!"

“就算是拼了这条命，也要把日本鬼子赶出中国去！”

陈征鸿等喝了点水、歇了口气，问一旁的小勤务兵：“前面还有没有人？”

猴子点了点头，自告奋勇地：“还有三营的两个连，奉命驻守河滩，那地方有点远。你们要去的话，我带你们去！”

“成！”陈征鸿听说前面还有战士，二话不说，站起身来：“墩子，淑贞，我们走！”

这两个连的防区离主防区极远，在吴淞口的最前头，是一片低矮的滩涂。快到中午时分，士兵们背靠防御工事，安静地坐着休息。猴子蹿了进来，快活地：“老张，老李！快起来！都给我起来！宣传队上这演出来了！”

负责指挥这两个连的是个高瘦的汉子，姓高，正卷起纸烟往嘴巴里塞，见是猴子，一巴掌拍在他背上：“猴子，瞎嚷嚷什么？我们这远得很，哪有什么宣传队来？”

士兵们也都附和道：“就是，猴子，你就别骗人了！”

“河滩这么远，除了我们，还有谁会来？”

猴子也不恼，只管揉着屁股，乐呵呵地笑：“谁骗你们？是真的，真的是宣传队！”

“他说的是真的。”一个声音响了起来，原来康淑贞和陈征鸿他们气喘吁吁赶了过来。只见她明媚地一笑，真诚而爽朗地：“不好意思，我们来晚了！”

士兵们见真的来了宣传队，都愣住了。陈征鸿走了这半天，也不休息，指挥着康淑贞和墩子他们拿出食物、水果来，分发到士兵们手里：“吃点水果吧。”

“还有饼干和水……”

“这些都是市民们捐的，叮嘱我们一定要送给十九路军……”

士兵们早就饿坏了，狼吞虎咽地吃着，心里欢喜得很。一个士兵生得圆头圆脑，一边吃梨，一边高声喊道：“宣传队，给我们表演个节目吧！”

马上就有士兵附和起来：“就是，表演个节目吧！”

康淑贞笑了：“好啊。你们是想看戏，还是想听歌？”

那士兵想也不想，憨直地：“什么都好，只要弄出点声响就成！我们在这河滩上守了好几天了，除了自己的声音，就没听过别的声响！”

士兵们哄堂大笑：“就是就是！”

“整出点动静就成。这静悄悄的，都快闷死了……”

康淑贞等也都笑了起来。陈征鸿忙安排道：“墩子，尽你拿手的，先给大伙儿拉上一段！”

墩子憨憨地应了一声，从背袋里翻出小提琴，想了一想，拉了起来。

明亮而柔媚的音乐，飞舞在河滩上空。微微的风吹过，拂起战士们的发，露出一张张年轻而坚毅的脸，三营的青天白日满地红的旗帜在风中飘扬着。

正在这时，一声沉闷的巨响，整个河滩都是一震，防御工事塌了一角，几个士兵被气流震倒在地。

"是日本人！日本人的飞机！"

"日本人来轰炸了！快！快回工事里去！"高营长第一个反应过来，虎着一张脸，高声地："五排的，把东北角的防御工事筑高！一排二排，给我瞄准日军飞机，狠狠还击！"

士兵们动作迅捷，各就其位。一时间，炮声隆隆、枪弹齐飞。康淑贞等哪里见过这种场面？一时都愣住了，呆呆地站着，不知该怎么办好。高营长一眼看到他们，大声地："猴子，你带他们走！快！"

一辆飞机低低飞了过来，发出嗡嗡的轰鸣声。"卧倒！快卧倒！"见墩子还保持着拉琴的姿势，愣愣地站着，高营长急了，扑上前去，抱着他就地一滚。

"轰"的一声，康淑贞等趴倒在地，只觉得全身一震，整个人弹了起来，又重重地跌了回去。

高营长爬起身，二话不说，把墩子往外一推："猴子，你保护宣传队，快走！"

众人这才反应过来，忙跟着猴子，匆匆往回走去。

这时河滩上已经火光冲天，炮声、枪声连绵不绝，震得人耳朵生疼。战士们不时有人倒下，又立马就有人顶上。他们手脚麻利，往炮膛里塞满炮弹，在高营长的指挥下，勇敢地回击着。

"一排、二排，瞄准两点方向，开炮！"

高营长号令一下，炮火齐发。一架飞机被炮火击中，猛地一震，坠落下来，日军火力顿减。高连长松了口气，正要让他们把伤员抬下去包扎，却听见一阵低沉的嗡嗡声，抬头一看，全是日本人的飞机，蝗虫一般，黑压压朝这边飞来。

"奶奶个熊！辛子，把重机枪架起来，瞄准了，给我打！"

士兵们倒也并不胆怯，当真架起机枪来，哒哒哒向空中射击。又一架飞机被击中，笔直跌进水里；还有几架也中了枪，歪歪扭扭折了回去。高营长站得笔挺，纵声大笑："好！打得好！继续打！我们让他有本事飞过来，没本事飞回去！"

飞机越来越多，乌云一般，遮蔽了整个天际。它们携带着满满的炸弹，从士兵们头顶掠过，不断投下炸弹来。一时间，血肉和石块横飞，河滩上的士兵倒了一片。

“后面的，都给我顶上！”高营长红了眼，自己率先冲上前去，顶替一个死去的战友，扶起机枪，对准头上的飞机就扫。日本的一架飞机轰炸完毕，刚要折返，却被他打了个正着，机翼中弹，冒着青烟，摇摇摆摆朝河滩俯冲过来。高营长眼看着情势危急，声嘶力竭地：“趴下！趴下——”

战士们抱着头，紧紧贴在防御工事后头。失控的飞机险险擦过头顶，贴着地面往前冲，火花四溅，轰的一声炸裂开来，激起巨大的尘土和烟雾。

高营长只觉得像是死过一回，血管里的血陡然停住，又猛地搏动起来，在身体里横冲直撞。他灰头土脸，从地上爬了起来，一眼看到烟雾后头冒出几个人影：为首的是猴子，脸上被飞机碎片擦到，流着血；后面跟着陈征鸿他们，也是一身尘土，狼狈得很。

高营长没想到他们还在这里，想起刚刚的情形，心有余悸，大步走了过去，揪住猴子的衣领，劈头就骂：“猴子，你干什么的？让你送他们回去，怎么还在这里？”

猴子受了惊，结结巴巴地：“敌、敌人的火力太强，回、回不去了……”

高营长皱了皱眉，斩钉截铁地：“三排长，你带几个人，护送宣传队回去！”

“不，我们不走！”陈征鸿从没见过这样惨烈的战况，见三营战士折损大半，心底突然涌起一股豪情，上前一步，坚决地：“我们要留在这里，跟你们一起作战！”

“你们又不是军人，留在这里送死？走走走，赶紧走……”

高营长正没好声气，却听见有士兵喊道：“连长，鬼子的飞机又过来了！”

“他奶奶的日本人！”他一跺脚，几步冲了回去，趴在机枪跟前，再也顾不得这边：“三排四排，把炮口全部对准空中，给我打！狠狠地打！”

——震耳欲聋的炮火声。陈征鸿见河滩前的防御工事缺了一角，毫不犹豫地扛起沙包，冲上前去：“墩子，淑贞，还愣着做什么？快！把坍了的防御工事都筑起来！”

同学们见状，也都跟着扛起沙包，冲上前去。

四

第三遣外舰队指挥部，几个日本军官正焦急地等待着。

新换的指挥官野村站在窗旁，拿起望远镜往外看。他深知这一战的重要，挑选这样一个难于登陆的地点，也恰恰是为了出奇制胜，可他万万没想到，十九路军竟会在这里埋伏下一支守军，吃惊之余难免有些焦躁。一个日本军官冲了进来，气喘吁吁地："报告!"

野村猛地回过头来："说!"

军官站得笔挺，高声地："飞行队遭到敌人还击，损失惨重。他们已经用炮轰下了我们三架飞机，还有几架也受了损伤。龟岛大队长请求暂停轰炸，回出云舰休整!"

"不许回来!"野村抬起头，恶狠狠地："飞行队几十架飞机，连片小小的河滩都拿不下来，还要他们做什么？你去告诉龟岛，集中火力，给我狠狠的炸！攻不下河滩，就别给我回来!"

"是!"那军官应了一声，走出门去。

十九路军的作战室里，蔡廷锴对着地图，一一分析说："敌军陆战队遭遇重创，短期之内无力反扑，闸北、江湾阵地，暂时都相对安全。但海军方面，日军第一、第三舰队受创不大，随时可以对我发起攻击，黄浦江、长江沿线，蕴藻浜、吴淞口、浏河这些地方，恐怕会成为对方进攻的要点……"他一边说，一边在地图上逐一标注出来。

忽然通讯员的声音传来："报告!"

蔡廷锴："进来。"

通讯员忙说："四团急电，吴淞口全线被围，阵地告急！敌军正集中全部火力，炮轰河滩一带，负责防守的三营已经失去联络，急需增援!"

蔡廷锴没想到日军比想象中来得更快，想了一想，斩钉截铁地："吴淞口是上海门户，至关重要，绝不能落在敌人手里！命令五团、六团火速赶往吴淞口增援！梁参谋长，你率领六十六、六十七团留守闸北；其余人跟我一起往吴淞口转移，我要亲自坐镇，决不能让吴淞失守!"

敌人的意图已经昭然若揭，他们已经选定了吴淞作为登陆的地点。他思来想去，这一仗的成败就在吴淞口一役，主意已定，拔腿就往外走："小李，把我的指挥部往吴淞口移！还有，电令四团团长，援兵很快就到，无论如何，都要给我把阵地守住!"

军车很快准备好了。蔡廷锴正要上车，却听见有人在后面喊："蔡军长，蔡军长!"

他回过头，见是田汉和聂耳，一愣："田先生，你们……"

田汉听说吴淞口被围，想着陈征鸿他们还没回来，心里起了不良的预感。他只觉得眼皮直跳，笔直地看向蔡廷锴，恳求地："请带我们去吴淞口！征鸿他们还在吴淞口，我非去不可！"

蔡廷锴迟疑片刻，点了点头。士兵们伸出手，把他们拉上车去。

吴淞口的河滩上空，飞机还在不断盘旋、轰炸。炸弹雨点般落在河滩上，炸得地面坑坑洼洼，一片狼藉。战士们伤亡惨重，人越打越少。到处都是鲜血和尸体，触目惊心。一个女生早已经被吓呆了，睁大眼睛看着，惊恐得很，发不出一丝声音。陈征鸿和康淑贞想抢救伤员，哪里还来得及？只见刚刚飞过的几架飞机又低低掠了回来，扔下一串炸弹。

巨大的爆炸声中，几个战士顿时被炸飞出去，血肉模糊。高营长一条腿被炸得皮开肉绽，鲜血直流。他闷哼一声，撕下衣服下摆，把伤口紧紧捆住，见身旁的战友倒下，头也不回，声嘶力竭地："人呢？三营的人呢？都给我顶上！顶上——"

陈征鸿看了看左右，见没人可顶，二话不说，冒着枪林弹雨，冲上前去。

康淑贞："征鸿——"

陈征鸿理也不理，赤红着眼，扶起机枪，对准日本人的飞机就扫。

又是一阵隆隆的炮声，几个士兵倒了下来。康淑贞看着陈征鸿坚定的背影，眼眶一湿。她从来不知道自己的爱人是这样勇敢，一咬牙，冲上前去，扶起机枪，对准天空扫射起来。

野村在指挥室里焦灼地等待着新的战报，脸色越来越沉。他怎样也想不明白，区区两个连的兵力，怎么能支撑这么长时间，更不明白那样猛烈的炮火，怎么就不能让他们稍有退却。他是经验丰富的指挥官，清楚地知道，进攻吴淞口是一着险棋，若是不能赶在蔡廷锴增援之前打开缺口，军舰上的援兵就无法登陆，更遑论形成合围，心里正在暗暗着急，一个军官匆匆走了进来："报告司令！蔡廷锴带领闸北守军，正往吴淞方向增援！"

他强自压抑着怒气："河滩拿下来没有？"

军官迟疑片刻："报告司令，还没有！龟岛大队长说，河滩守军十分顽强，凭借着防御工事，打退了他们的多次进攻……"

不等他说完，野村怒不可抑，抓起桌上的杯子，用力砸了过去。杯子重重地砸在墙上，碎片横飞，水花四溅。指挥部里静得可怕。那军官吓了一跳，呆呆地站着，一句话也不敢说。半晌，才听见野村开口道："安排小船，让士兵们做好准备，不惜代价，从河滩强行登陆。一定要抢在蔡廷锴他们到达之前，打开缺口，占领吴淞口！你给我告诉龟岛，让他用最大的火力，掩护陆军登陆。今天之内，攻不下吴淞口，他就别当这个大队长，给我滚回日本去!”

日方的攻势越来越凶猛了，河滩已经成了一片火海。守在防御工事前的士兵们，早已经没了一个完好人，全凭着一股毅力勉强支撑。陈征鸿等也都顶在最前头，拼命还击。高营长全身上下都是伤，鲜血滴落在炮台上，把炮筒染得血红。他却仿佛没有知觉一般，只管看着头顶。眼见得日本人的飞机又飞了回来，他手脚并用，艰难地移动炮筒，声嘶力竭地：“预备，开炮!”

炮火齐发。飞机尾部冒出青烟，勉强飞了一段距离，在空中炸裂开来。还没等众人松一口气，水面上出现了十几艘小船，越靠越近。船上是全副武装的日本士兵，眼看着快到河滩，往水里一跳，朝河滩游了过来。

高营长一愣。他知道日军已经不惜代价，要强行从河滩登陆，满腔悲愤：“他奶奶的日本人，我跟你们拼了!”他往炮膛里塞满炮弹，朝前面狠狠地打：“弟兄们，打啊！我们不能给死去的兄弟报仇，至少不能给他们丢脸！今天就是死，也要守住阵地，决不能让日本人上前半步!”

士兵们都杀红了眼，听到他惨痛豪壮的呐喊，更是从心里燃起怒火，二话不说，朝着上岸的日本兵扑了过去。双方短兵相接，展开激烈的肉搏战。

飞机还在阵地上空盘旋，不分敌我地轰炸着。一个炸弹落在防御工事后方。营旗被炸断旗杆，倒了下来。高营长一眼看见，高声喊道：“护住军旗！我们的军旗不能倒，阵地不能丢!”

墩子离得最近，忙滚了过去，握住旗杆，用尽全力，把军旗深深插进土里。一连串炮弹炸响在他身后，军旗被炸得往旁边一歪，眼看着就要倒下。墩子一条腿被炸得鲜血淋漓，一咬牙，支撑着站起身来，紧紧护住旗杆，一抹殷红在满地焦黄之中格外显眼。

飞机又折了回来，猛烈地轰炸着。整个阵地火光冲天、烟雾弥漫。

烟雾散去，墩子整个人被炸得血肉模糊，再也站立不住，扑倒在地。旗杆在炮火中摇摇欲坠，他已经失去了意识，一双手却仍死死攥住旗杆，怎样也不肯撒手。

“墩子——”陈征鸿发现他倒了下去，撕心裂肺地喊了一句，冲上前去，挽住旗杆，重又把军旗树了起来。他抱住被炸成一团烂肉的墩子，连眼泪也流不出来，两眼血红，突然站起身子，举起机枪向空中扫去：“小日本，我操你妈妈！操你十八代祖宗!”

——硝烟中，早已经看不清人的身体和脸，只有鲜红的旗帜，仍高高挺立着。枪炮声中，无数日本兵通过炸开的缺口，朝河滩这边冲了过来。陈征鸿打光了枪里的子弹，牢牢护住旗杆，挥舞手中的刺刀，疯了一般的跟日本兵拼杀着。他满身是血，摇摇晃晃，几次差点倒下，又撑着旗杆，重新站了起来。

又是几架飞机掠过，炮弹一个接着一个，炸响在陈征鸿头顶。他终于再也支撑不住，重重地跌倒在地。周围的一切都成了慢动作，康淑贞惊恐的脸在眼前慢慢放大，又渐渐模糊，有什么人在耳边嘶喊着，像是他的名字，却怎样也听不清楚。他只觉得身子不听使唤，想要起身，却怎么也动弹不了，合上眼睛，沉入深深的黑暗里去。

蔡廷锴赶到河滩外围的时候，炮火已经烧红了半边天。负责守卫吴淞口是六团的老翁，痛苦地汇报着："……敌军火力太猛，根本增援不上。日军出动了几十架飞机，集中轰炸河滩一带。我们组织了敢死队，六次企图突破敌方火力封锁，但都没有成功。以我的经验，这种程度的火力轰炸，河滩肯定保不住了。我建议就地建筑防御工事，等日军大规模登陆的时候，再进行伏击……"

他们都知道,一旦下了这个决定,就意味着三营两个连全军覆没,不再救援,一时心里难受得很,什么话也说不出来。田汉听说陈征鸿他们果然去了河滩,疯了一般就想往前冲,却被几个士兵死死拦住。他看着远处赤红的河滩,心里痛若刀绞,一双眸子染得血红,用力挣扎着,声嘶力竭地:"陈征鸿——康淑贞——让我过去！你们让我过去——"

聂耳平日里最是冲动，到了这种时候，反倒一句话也说不出来。他只是流着泪，呆呆地看着田汉，看着天边那一片血红，不知道自己能做什么，茫茫然站着，失了魂一般。这是他从未见过的、真正的战争，生与死、胜与负，不再是嘴上简简单单的两个字，而是无数人的鲜血和生命。他只觉得有什么东西在破碎，又有什么东西从心底深处破土而出，让他痛苦，又让他骄傲。

一个侦察兵趴在地上，用望远镜一动不动地看着前方，看着那硝烟弥漫的河滩，突然整个人一震，爬了起来，激动地："还有人！军长，三营还有人！"他二话不说，把望远镜往蔡廷锴手里塞："军长，你看，旗帜！三营的旗帜！三营的旗帜还没倒，我们的阵地还没丢！"

望远镜中灰蒙蒙的。一片硝烟之中，只看见一抹红色，顽强地挺立着。

蔡廷锴也是一愣。他不敢相信在这样的炮火下，还会有人幸存，更不敢相信，在这样的进攻之下，这支单薄的队伍还在坚持、还不肯放弃。他十几年戎马生涯，见惯了生死胜负，却止不住泪水直往上涌，高声命令道："命令高炮连集中火力，炮轰吴淞口上空的飞机，压制他们的火力；四团五团所有兵力，加上全体闸北守军，不惜代价，给我往前冲！无论如何，决不能让日军占领河滩，从吴淞口登陆！"

炮火终于熄灭，是在两个时辰之后。日军终于也没能从吴淞口登陆，打开通往上海的道路，只能被迫撤退。蔡廷锴知道三营伤亡惨重，早就调来了医疗队，炮火一息，飞快地往河滩赶。田汉一颗心悬在学生们身上，顾不得别人反对，跟着冲了过去。

但随即所有的人都惊呆了，看着眼前的情景，瞪大了眼，说不出一句话来。整个河滩已经被炸成一个大坑。坑的中央，一具具尸体重重叠叠，撑起一根旗杆来。旗杆上，是千疮百孔、鲜红的旗帜，刺得人眼睛生疼。

田汉一动不动地站着，只觉得眼前发黑，喘不过气来。他双手攥得死紧，指甲深深地刺进掌心，弄得满手是血，自己却毫无感觉，失去了意识一般，一步一步往前走。他脸上看不出表情，近乎麻木地在尸体中翻找着，找到一个自己的学生，就吃力地往外拖。聂耳跟在他身后，看着这一地尸首，和这个痛苦到极点的、沉默的男人，想要帮着去翻找，却怎样也挪不动脚步。他一双眸子睁得老大，定定地流下泪来，颓然跪倒在地，从喉咙发出嘶嘶的声音，暗哑破碎、痛彻心扉："还有活人吗……"

蔡廷锴带着士兵们赶了过来，看着眼前惨痛的景象，痛苦地沉默着，说不出一句话来。

在这近乎凝固的时刻，一个通信兵冲了过来，气喘吁吁地："军长，委员长急电!"

蔡廷锴猛地回过头去："念!"

通信兵响亮地："电令国民革命军第十九路军，从即日起休战，退后二十里!"

众人都是一惊，不敢置信地回过头来，就连田汉也停了动作，抬头来看这边。

蔡廷锴万万没想到委员长会下这样的指令，双手紧攥成拳，指节格格作响。他咬紧牙关，盯着通信兵的眼，一字一顿地："我问你，委员长知不知道，我们已经打退日本人，保住吴淞口了?"

通信兵一愣，点了点头："都知道了。委员长说，外交部已经和日本签订了停战协议，让你们立即后退，等过一段日子，再另行奖励……"他越说越小声，有些害怕地看着蔡廷锴，停了下来。

蔡廷锴脸上是前所未有的激动和愤怒。他从未经历过这样惨烈的胜利和这样屈辱的失败，双目赤红，眼中几乎要冒出火来，夺过勤务兵的枪，对着天空就扫："啊啊啊……"

歇斯底里的嘶吼声与枪声混在一起，撕心裂肺，痛彻心扉。

——蔡廷锴维持着开枪的姿势，石像一般矗立着。

第二十五章　一封来自东北的信

一

一九三五年的春天，距离那场惊心动魄的战争整整三年。清晨，晨雾刚刚散去，烈士公墓静谧得很。

田汉和聂耳一起，顺着碎石子铺的小路走了上来。他神色凝重，默默向前走着，停在一排坟茔前。坟茔前的墓碑上，写着陈征鸿、康淑贞等的名字。碑的正中嵌着照片，一张张年轻的面孔冲田汉他们笑着，说不出的神采飞扬、阳光灿烂。

田汉站在墓前，看着一张张照片，良久。见照片上蒙了些灰尘，他蹲下身去，用手轻轻地擦拭着。

聂耳站在他身后，一言不发。

田汉停下动作，静静地看着，半晌，低声开口道："淑贞、征鸿、墩子，校长看你们来了。我说过每年要来看你们，今天是你们走的第三年，我说话算话。"

他的目光停在康淑贞脸上，亲昵地："淑贞，校长是不是老了？昨天照镜子的时候，我找到一根白头发。我把它拔了。我想今天要来见你们，你们那么年轻，看到我的白头发，会不会笑我？会不会问我说，校长，三年不见，你怎么就早生华发了？"

他眼中带了泪光，缓缓地转向陈征鸿："还有你，征鸿。我最近总想起你，想起你刚来艺大的样子。你那时才十八九岁，打着赤脚、留着长发，比路边的乞丐还像乞丐。老唐笑我说，这孩子这么寒碜，收进来能做什么？后来你演哈姆雷特，站在台上就像个真正的王子，别说老唐，连我都惊讶得合不拢嘴。"停了一停："还有墩子，我还记得你圆圆的脸，记得你笑起来时细细的眼。你说做人最重要的是快活，人生再长也不过一百年，谁不快活，就是跟自己过不去。所以你总是笑总是笑，我的学生中，像你这样好脾气的，再没有第二个。"

身后的聂耳也湿了眼眶，把准备好的花束放在坟前，拎起酒瓶，默默递到他手里。田汉拧开瓶盖，把酒洒在三人坟头。点点滴滴，是眼底没有流出的泪。

这一日，田汉回得极晚，心情低落，呆呆地坐着，想着国家这三年，自己这三年，竟无一言可告慰死者，越发沮丧起来。他多想见一见温柔的妻子，抱一抱可爱的女儿，对她们肆意倾诉心里的痛苦，可眼前却空荡荡的，一个人也没有。

门被推开的声响。田汉见是田母，忙站起身来："娘，这么晚了，怎么还没睡?"

田母看着儿子，叹了口气："娘睡不着，想和你说说话。"

田汉忙扶母亲在床上坐下。屋子不宽,但只有田母和田汉两个人,显得格外空旷寂寞。田母打量了一下空荡荡的屋子,感叹地:"这屋里就咱们两个,真冷清。"

田汉一愣，内疚地："娘，对不起，这段时间光顾着电影的事，也没空陪你……"

"傻孩子，这有什么。你是在做为国为民的大事，娘高兴还来不及，怎么会怪你?娘就是想你了，想和你一块坐坐，说说话儿。"田母看着儿子添了皱纹的脸，知道他心里的苦楚，叹了口气："寿昌，你最近去过林家没有?"

淞沪抗战结束之后，田汉去找过林维中几次，想要劝她带着玛丽回来，却屡屡碰壁。到了后来，只有干脆不去找她。他心里难过，摇了摇头："娘，你知道的，维中她不想见我……"

"她不想见你，你难道不会去见她?"田母握住儿子的手，轻声劝道："寿昌，你别怪娘多嘴。老话说得好，夫妻是前世的冤家，免不了要吵吵闹闹，可它就是再吵再闹，总有个和好的时候。听娘一句劝，没事的时候，多去看看维中，别又是两句话不对扭头就走。解铃还需系铃人，你得耐着性子好好跟她说，把她心里头的结都解开。只有这样，我们一家人才能跟从前一样，和和乐乐在一起。"

田汉苦笑地："娘，我何尝不想跟维中把话说清楚?可就算我想说，也得她肯听才是。"

田母："她怎么会不肯听?维中的性子，我最清楚。她是个最懂道理的人，只要你心诚，好好跟她解释，她一定会体谅你，带着玛丽回来的。明天是玛丽的生日。我跟维中说了，你想和她一起给玛丽过个生日。维中已经答应了，约你明天早上九点，在永安百货门口见面。"

“娘!”田汉一愣，惊讶地抬起头来。

母亲看着儿子，语重心长地：“维中肯答应来，说明什么？说明她心里还有你，还有咱们这个家！你要抓住这个机会，好好跟她解释，知道了么?”

田汉迟疑片刻，点了点头。

“好了，我该睡了。你也别太晚，早点睡。明天见到玛丽，记得告诉她，奶奶想她了。奶奶祝她生日快乐。”田母一边说，一边迟缓地站起身来，往门外走。

第二天一早,南京路上招牌林立,人流如织。电车载着行人,叮当叮当从路中穿过。几辆轿车被人群拦住去路,摁着喇叭,缓慢地前行着。林维中牵着四岁大的玛丽,站在永安百货门口。她穿着一件朴素的旗袍,梳着髻,看上去清爽干净。玛丽则是穿了件精致的洋装,头上还戴着顶小花帽,左顾右盼,兴奋得很。她眼尖地看到一个人影,叫了出来:“妈妈,爸爸来了！你看,在那儿!”

林维中顺着女儿手指的方向,果然见田汉夹在人群中,匆匆往这边跑。

“爸爸,这里！我们在这里!”玛丽生怕田汉看不见她们,一边喊,一边拼命挥手。

田汉看见玛丽,脸上浮现出笑容来。他也扬起手来,冲这边挥了挥手,气喘吁吁地跑了过来,二话不说,一把把玛丽抱了起来:“玛丽,田汉目送母亲走出门去,心情复杂得很。他不知道该为母亲的煞费苦心而感动,还是该对明天的约会多些期待,半晌,长长地叹了口气。

想不想爸爸?”他抱起玛丽转了个圈，又拿长了胡楂的下巴去扎她的脸，逗得玛丽咯咯直笑。

“快说，想不想爸爸？啊，想不想?”

玛丽快活地点了点头：“想——”

田汉乐了，把她抱在怀里，接着问：“哪里想?”

玛丽睁大眼睛,指了指胸口和太阳穴,奶声奶气地:“这里——还有这里——”

“玛丽真乖!”田汉心口一热，抱紧女儿，使劲看着，只觉得怎样也看不够，索性把脸凑上前去，重重地亲了一口。林维中站在一旁，看着这父女俩，心情复杂，一直沉默着。

田汉意犹未尽地放下玛丽，注意到站在一旁的林维中，有些尴尬：“维中!”

林维中点点头,牵起玛丽的手:“我已经定好了一家西餐馆。我们走吧。”说完,看也不看田汉,领着玛丽就往外走。田汉一愣,忙迈开步子,跟上前去。他不知道林维中怎么看待这次约会,是讨厌自己的出现,还是有心原谅自己,心里惴惴不安。林维中却表现得大大方方,陪玛丽吹蜡烛切蛋糕,玩得不亦乐乎。吃完饭,三个人又去童装店给玛丽买了新衣服,上书店买了几本儿童读物。玛丽嚷嚷着要去公园,两个大人也就顺着她的意,带她到公园去玩。

公园里人不多，景致虽然普通，倒也宁静惬意。田汉和林维中并肩坐在坡上，看着坡下玩耍着的玛丽。正是早春时节，空气中有淡淡的栀子花香。两个人没有说话，任沉默如花香般蔓延着，心里却是前所未有的愉悦与平静。田汉偏过头，去看林维中。她一动不动地坐着，专注地看着玛丽。阳光清清亮亮，照在她带笑的脸上，线条干净而柔和。田汉心中满是温柔，伸出手去，轻轻握住林维中的手。林维中一怔，偏过头来，两个人四目相对。

“维中，对不起。”

林维中没想到田汉会道歉，一愣，苦笑地：“都过去那么久了，还说这些做什么。”

田汉直视着林维中的眼，诚挚地：“不，我应该道歉，向你和玛丽道歉。维中，我不是个好爸爸，更不是个好丈夫。这些年来，你心里怨我，生我的气，这些我都明白。可我没有办法。国家危急到如此田地，让我视而不见、袖手旁观，我是真的做不到。”

林维中没有说话，静静地听着。

田汉：“你走之后，有好多次，我想来看看你和玛丽，人都已经走到楼下，又打了转。我田汉这辈子没亏欠过什么人，可是对你和玛丽，我亏欠太多。我甚至都不敢上来看看你们，不敢问你们快不快乐、过得好不好。”停了一停，感情地：“维中，回家好不好？娘想你们，我也想你们。我想让玛丽天天都像今天这样，开心地闹、快活地跑。我想你们回家里来，咱们一家人在一起，和和乐乐，好好过日子。”

他握紧林维中的手，静静地看着她，脸上满是期待。

林维中有些错愕，又有些感动。她看着田汉，沉默良久，终于还是抽出手来，摇了摇头。

田汉急了：“维中，怎么，你还在生我的气？”

林维中：“不，我没有生你的气。”

田汉越发急了，丈二和尚摸不着头脑地：“那为什么……”

“为了玛丽。”林维中看向田汉，脸上泛起苦涩的笑：“寿昌，我了解你。你性子倔、主意大，一腔子热血，最是见不得别人受苦。现在国家是这个模样，东北、华北、全中国，千千万万的人都在受苦，以你的个性，要你守着我们母女，安安稳稳过日子，根本就不可能。可我不一样。我只是个普普通通的女人。我顾不了别人，只顾得了自己。我不求锦衣玉食，只求玛丽能够平平安安，快快乐乐。”

田汉听她说得情真意切，想要解劝，竟想不出一句话来。

林维中：“寿昌，从前我总想着要劝你，不要去做那些危险的事。国家怎么样，那不是我们该管的事情，也管不了。可后来劝得多了，我才明白，那不过是白费工夫。你心里认准了的事，决不会因为我和玛丽，就有所改变。所以我只能带玛丽走。我不能勉强你，更不能让玛丽冒这个险。”

——她脸上看不出什么表情，平静得很。田汉却分明感受到有极深的倦怠，从她的眉间、心底倾泻而出，让人心疼不已：“维中……”

林维中看着眼前熟悉的脸，说不清自己心里是什么感觉。是了悟？是释然？还是解脱？这三年来她想了许多，越想就越明白，知道这个男人不可能属于自己。她心里虽然还有许多惦念，却没有了犹豫，站起身来：“出来一天了，我们也该回去了。”一边说，一边往坡下走，招呼玛丽回家。

田汉望着她单薄的背影，怅然若失，长长地叹了口气。

二

这天下午，地下文委的成员都在夏衍的住所开会，讨论抗日电影的事情。这几年为了唤醒国民，激励民众抗日，田汉他们不仅继续排练戏剧、谱写歌曲，还把目光投向了电影，和艺华影业公司合作，制作了《民族存亡》《肉搏》等影片，在民众中颇有影响。田汉和聂耳共同完成的一些电影歌曲更是风靡全国、传唱一时。国民政府却依然故我，打着中日友善的旗号，妥协避战，禁演有抗战内容的戏剧、电影，无所不用其极。夏衍很是担心之后的情况，忙问田汉：“寿昌，艺华影业公司最近怎么样了？《民族存亡》和《肉搏》的禁映，对投资方影响不小。他们说什么没有？”

田汉：“还好，艺华的严老板虽然是个生意人，可血性还是有的。他说自己别的没有，就是有钱。只要是宣传抗日的电影，就算是不赚一分钱，也要支持我们继续做下去。”

夏衍点点头：“那就好。日本成立伪满洲国，明目张胆占我东北，现在又虎视眈眈，图谋华北。我们现下最紧迫的，是要用文字、戏剧、电影，用一切可能的手段，唤醒国人的爱国之心，让他们加入到反帝抗日的战线中来！”

聂耳在田汉的介绍下，刚刚成为预备党员，对夏衍的说法赞成得很："没错。国家正处于水深火热之中，危如累卵，可笑当局还在提什么'攘外必先安内'。严老板一个普通生意人，尚且知道爱国救国，可政府呢？别说明刀明枪跟日本人打，就连抗日两个字都不敢提！《民族存亡》上映不过七天，就被禁止放映。《肉搏》更好，上映没两天，连拷贝也被搜了去，说是什么煽动民众！我就不明白了，拍抗日救国不对，难道拍那些男男女女莺莺燕燕就对了？"

夏衍："话虽如此，这两部影片能上映，已经是绝大的成功。我只担心艺华动作频频，会引起当局的注意，反倒不好。你和寿昌都该低调些，暂且避避才是……"正在说话，只听见门口响起一个声音："夏衍同志，我来迟了！"

抬头看时，却是许久不见的安娥，笑意盈盈站在门口。田汉怎么也想不到会是她，站起身来，惊喜地："安娥，你怎么来了？"

夏衍一拍脑袋，笑着道："你看看我这记性，都忘了跟你们说了。安娥同志刚接到组织上的通知，从东北调回上海。以后啊，还跟我们一块工作……"

淞沪抗战结束后不久，安娥就奉组织上的命令，作为战地记者前往东北，负责报道敌后抗日的最新进展。她这趟回来，对田汉实在是一个绝大的惊喜。他这段时间正在筹备新的电影，刚一散会，就把安娥请到自己在电影公司的临时宿舍，一心要问东北的情况。

安娥从田汉手里接过茶，喝了一口，爽利地："我可是一到上海就听说了，这两年你们在电影界，动静大得很。别的不说，这一路上，到处都是唱着《毕业歌》的学生，我这耳朵都快听出茧来了！同学们，大家起来，担负起天下的兴亡！听吧！满身是大众的嗟伤！看吧！一年年国土的沦丧！怎么样，我唱得没错吧？"

田汉被她的热情感染，也跟着笑了起来："那也比不上你。去东北前线那么久，肯定大有收获。"

安娥点了点头："那是！自从中央派遣杨靖宇、杨林、童长荣等深入东北，成立抗日游击队以来，东北的义勇军是大变样了！"停了一停，热情洋溢地："以前的义勇军，多则一两百人，少则十几二十人，散兵游勇，各自为政，碰上日军扫荡，很容易被各个击破。现在满洲省委已经摸索出了新的路子，即在抗日游击战争中广泛建立民族革命统一战线，深入群众基础较好的南满、东满、北满地区，发动各族人民建立和支援游击队，自觉投入到抗日救国的事业中来！"

田汉听得激动得很，猛一击掌："这太好了！如此说来，现在的东北，岂不是全民皆兵？"

安娥："可不是！这一年多来，满洲省委先后在盘石、海龙地区建立南满游击队和海龙游击队，在东满地区建立延吉、辉春、和龙、汪清游击队，在吉东地区建立宁安、饶河游击队，在哈东建立珠河游击队，在松花江北建立巴彦、海伦、汤原游击队。现在东北的敌后斗争开展得如火如荼，各游击队互相配合，同日伪军激战多次，让他们头疼得很呢！"

田汉目光灼灼，又是激动，又是遗憾："可惜！可惜！我中华民族有史以来，从未有过如此波澜壮阔之战斗，我却偏偏困守上海，不能参加……"

安娥见他这样,乐了:"怎么不行？这两年我在东北,以自由记者的身份,接触了许多游击队的战士,得了很多第一手的资料。组织上的意思,是想让你根据这些资料,写一部抗日题材的电影,号召全国人民团结一心,加入到抗日救国的队伍中来!"

田汉一拍大腿，兴奋地："好呀！我正愁没有写作的素材，你这边就送上门来了！"

安娥被他逗乐了，从身后拿出一个文件袋来："你可别高兴得太早。我跟报社的同仁们碰了碰面，都说当局已经盯上了艺华。我们要宣传抗日，能不能通过审批还是个问题。"

"这你不用担心。兵来将挡，水来土掩，我自然有办法。"田汉接过文件袋，抽出一本资料，认真地翻看着，自顾自地："这样，你把资料留在这里，我看完后写个故事大纲，再跟夏衍他们讨论。没什么问题的话，就赶紧把剧本弄起来……"

安娥见他跃跃欲试的模样，扑哧一声笑出声来："你啊，还是老样子，一提到写戏的事，比人家赶着去投胎还急！"

田汉也不介意，乐呵呵地："这你就不知道了。我呀，是三天不拿笔，心里就着慌。实话跟你讲，有这么好的素材摆在面前，你让我不去看、不去写，我还真忍不住！"安娥见他说得实诚，越发笑了起来。田汉突然想起什么，忙问道："对了，上次我拜托你的事情，怎么样了？找到杏儿她爹没有？"

安娥一愣，点了点头。

田汉："太好了！他怎么样？杏儿上次回家还问呢。"

安娥没有说话。她脸上的笑容隐去了，从包里掏出个东西来。那是一方破旧的手帕，里面层层叠叠，仔细包裹着什么。田汉接过手帕，一层层打开来，只见手帕的最里层，躺着一张小小的照片。照片上，冯德麟和萧睿、驴子等人穿着破烂的军装，朝这边笑着。翻过来，背面是歪歪扭扭的几个大字："给女儿"，还有一本破旧的本子，揉得皱了，满是泥泞和血污。田汉隐隐觉到了什么，猛地抬起头来，去看安娥。

安娥心里难过，苦涩地："这是萧睿交给我的，说是杏儿她爹留下的。"

田汉这才反应过来，激动地："萧睿？你见到萧睿了？他怎么样？"

"他和小驴都很好。但杏儿她爹，不久前已经牺牲了。"她的声音低沉而缓慢，一字一句，敲在田汉心头，重逾千斤。田汉站在原地，攥紧了本子和那小小的照片，只觉得眼前发黑，再也说不出话来。

田汉送走了安娥，不知不觉往天蟾舞台走。他想要把这件事情告诉杏儿，又不知该怎么开口，站在戏班子外头，一根接一根抽烟。他看着手中的照片，半晌，下定决心，抹干了脸上的泪，大步走了进去。

天蟾舞台后院。十几个年轻后生一字排开，在墙角压腿。几个武行在旁边练把势，刀来枪往，热闹得很。杏儿同着几个师兄妹，站在院子当中，跟周信芳学戏。她长大了许多，身材高挑，亭亭玉立，出落得修眉俊眼，光彩照人。

周信芳一边听徒弟们唱，一边检查他们的手势身姿，一一调整纠正。

田汉一阵风一般，快步走进门来，爽朗地："信芳先生！"

周信芳回过头来，见是他，欢喜得很。他做了个手势，让徒弟们接着往下唱，迎上前来，打了个拱手："田老大，我听说你为了电影的事，忙得焦头烂额，怎么有空上我这儿来？"

"的确是忙。我听说信芳先生要重排《明末遗恨》，早就想来看看，一直没空。"田汉一边跟周信芳寒暄，一边用目光寻找着杏儿。杏儿正跟着师兄妹学戏，一招一式有板有眼，嗓子清清亮亮：

"听说是居庸关贼兵围困

三百年锦江山化为灰尘

……"

她见田汉来了，一边唱，一边不时往这边望，欢喜得很。田汉见她还一无所知，想着她父母双亡，只剩下她孤零零在这人世间，一阵心酸。周信芳见他不错眼珠地看杏儿排戏，在一旁低声问道："怎么样，长进些没有？我教得不错吧？你听听这唱腔，多有韵味！《明末遗恨》里，这板唱我最喜欢。我就是要借崇祯爷的口，骂尽天底下的士绅走狗、贪官污吏！"

田汉心里正是翻江倒海、百味杂陈，哪里听得进去？只管怔怔地看着。周信芳只当他听得入迷，也不在意，乐呵呵地："田老大，说起来我还得感谢你，给我送来这么个好徒弟。杏儿这孩子天分高，又肯用功，长进很快。我已经想好了，再练上个半年一年的，就让她担纲，唱这出《明末遗恨》……"

——他说了些什么，田汉一个字也没有听见。他只听见杏儿清亮的声音，唱着这悲壮痛切的戏文，一字一句敲打在耳畔，听得他眼眶发热，几乎要流下泪来。他截住周信芳的话，掩饰地：“信芳先生，我想给杏儿请一天假。她好久没回家了，我想接她回家吃个饭，住一晚，明天早上再回来……”

杏儿听说要回家，欢喜得很，赶紧回屋去拿了个蓝布包裹。田汉看着奇怪，问她里头包的是什么，她却怎么也不肯说。他几次把手伸进口袋，抽起那张照片，想要跟她说她爹的事，又塞了回去，思来想去，还是等吃完饭再告诉她。

杏儿什么都不知道。她这一天颇有些神神秘秘，一进屋就系上围裙，抢着进厨房做菜，做了满满一桌子，丰盛得很。田母和田汉倒不知道她有这样好的厨艺，看着这大一桌子菜，忙招呼道：“够了够了，菜够多了。杏儿别做了，快坐下吃吧。”

锅碗瓢盆的声响。杏儿也不答话，在里面鼓捣了一阵，端了盘鱼出来：“糖醋鱼，好了，都齐了！”

她把围裙摘下，欢欢喜喜地：“奶奶，这是我跟厨房的大师傅学的，您尝尝看，好吃不好吃？”

田母尝了一口，眉开眼笑地：“好吃！只要是我们杏儿做的，肯定好吃！”

杏儿甜甜一笑，乖巧地：“那您等下多吃一点。”

“真有这么好吃？”田汉伸了筷子，也要去夹，却被杏儿拦住：“叔叔，你和奶奶先别动。等我回来再吃。”她一边说，一边转身进屋去。

田母乐呵呵地：“这孩子，又搞什么名堂？”

杏儿从屋里出来，手上拿着之前的包裹，有些羞涩地：“叔叔，奶奶，我有礼物要给你们。”

田母一愣：“礼物？什么礼物？”

杏儿抿着嘴笑着，也不答话，打开包裹，从里面拿出一双手套来：“奶奶，这是给您的。上海冬天冷，您的手老生冻疮，我特意选了双厚的，您戴上试试，看舒不舒服？”

田母疑惑地接过手套，把手套了进去，试了试，见大小合适，又去摸它的小绒毛里子，爱不释手。杏儿又拿出个长方形的小盒子，递给田汉：“田叔叔，这是给你的。我也不知道你喜欢用什么笔。师傅说这个最好，吸洋墨水的，写起字来又流畅，又不挂纸……”

盒子里是一支钢笔，细长的笔杆上刻着花纹，雅致得很。田母被她给弄糊涂了，茫茫然地：“杏儿，你这是做什么？”

田汉也觉得奇怪，皱起眉头，严肃地：“是啊杏儿，告诉叔叔，你哪来的钱买这么多东西？”

“我出师了！”杏儿眉梢眼角是藏不住的快活，有些不好意思地：“上个月开始，我已经正式登台了。我让师傅瞒着你们，想等回家的时候，给你们一个惊喜。这是我第一次领薪水。我给全家都买了礼物。你看，这是阿姨的，这是妹妹的，这个洋火机是我专门给爹买的，咔嗒一下火就来了，方便得很……”

她一边说，一边把礼物一件件拿出来。田母看得眼眶湿湿，一把抱住她，心疼地：“你这傻孩子。第一次领薪水，应该给自己多买点东西才是，买这些做什么……”

杏儿眼神清清亮亮，认真得很，带着少女特有的淳朴和娇憨：“可我想给你们买。还没有拿到薪水，我就算好了，每个人一份，谁也不能少。”

田汉听着她快乐的话语，看着她满足的笑，心里锥心的疼。他摸了摸口袋里的照片，暗暗做了个决定，勉强笑了笑，沉声地：“正好，杏儿，叔叔也有好消息要告诉你。”

杏儿一愣：“真的？什么好消息？”

田汉从兜里掏出照片，递了过去。杏儿一眼认出她爹，激动地：“田叔叔，你找到我爹了？”

田汉点了点头，故作欢快地：“你安娥阿姨这次去东北，见着你爹了。你爹怕你想他，特意照了张相片，托她带回来。你看，那照片后头还写着字呢，给女儿，看到没有？”

杏儿万没想到会有她爹的消息，把照片攥在手里，翻来覆去地看了又看，连连点头。她欢喜得很，满脸带笑，却又忍不住红了眼眶，只管问：“我爹他好不好？想不想我？他问起我没有？他有没有说，什么时候回来看我？”

她这一串问题，跟连珠炮似的蹦出来，听得田汉又是心酸，又是好笑。他摆摆手，故作为难地：“慢点慢点。你田叔叔老了，你一口气问这么多，我记不住”

杏儿这才反应过来，紧紧攥着照片，有点不好意思，羞涩地笑了起来。

三

那天，田汉跟杏儿说了很多。说她爹在东北如何英勇，杀了几十个日本鬼子；说她爹学会了写字，这照片后头的字，就是他亲手写的；还说安娥已经把她学戏的事都告诉了她爹，她爹让她好好学，等打败了日本鬼子，一定第一时间赶回上海，听她好好唱上两段。

杏儿听得兴奋得很，心里满满的都是幸福。她躺在床上，想着田汉说的一言一语，仿佛亲眼看见了她爹一般，激动得很，怎样也睡不着，把照片贴在胸口，傻傻地笑了起来。突然想到什么，坐起身来，静悄悄走下床去。

书房里还亮着灯。桌上摊着安娥带回来的资料，沉甸甸的，看得人心情沉重。田汉坐在桌前，抽着烟，犹豫半晌，从抽屉深处拿出那本破旧的本子，打开来，上面用歪歪扭扭的字迹，认真写道：

“一九三二年十一月八日，晴。日军派来了大部队，我们没有子弹，只能往更北的山里躲。干粮吃完了，只能忍着。萧秀才说，这叫天降大任于斯人，必先劳其筋骨、苦其心智、饿其体肤……”

田汉仿佛被那简单的文字带到了东北，带到了那白雪皑皑的密林深处……

冯德麟和萧睿、小驴等靠着树坐着，脸被寒风刮得青紫肿胀，又冷又饿。冯德麟的手冻得跟胡萝卜似的，勉强握着笔写着什么。他咳了声嗽，没什么力气地：“萧秀才，这话是什么意思？”

萧睿也饿得腿脚发软，抱着枪，有气无力地：“叫你写你就写，就是老天爷把打鬼子的重大任务交给我们，所以我们现在必须要饿肚子的意思……”

小驴听到他的解释，轻声笑了出来：“萧、萧睿，我服了你了，就这时候，你还能开玩笑。”

萧睿也不理他，闭着眼睛直喘气儿。小驴饿得不行，咽了口口水，悄无声息地：“萧睿，我饿。”见萧睿不搭理他，他把手往萧睿身上一搭，自顾自地：“我饿……萧睿，我真饿……都两三天没吃东西了，再饿下去，我是真的不行了……”萧睿被他说得烦了，推开他的手，摇摇晃晃站起身来。众人都是一愣，看着他一步一步往前走。他走到树林边上，捧起一捧白雪，就往嘴里塞，嚼也不嚼，就往下咽。

众人都被他惊呆了，你一言我一语地：

“萧睿，你干什么？”

“秀才怎么了？”

“是不是饿晕头了？”

萧睿理也不理，又捧起一大口，往嘴里塞。他用尽力气站了起来，跌跌撞撞走了几步，高昂着头，声嘶力竭地：“鬼子们，我操你奶奶——我操你祖宗十八代——你们给我听好了，想要饿死我，瞎了你们的狗眼——”

雪地里静悄悄的。众人看着他高而瘦的背影，只觉得心中一热，有说不出的惊讶和震撼。萧睿猛地回过头来。他眼中几乎要冒出火来，看向众人，大声地：“吃呀！你们怎么不吃呀！”

战士们愣了片刻，摇摇晃晃地站起身来，捧起地下的雪就往嘴里塞。

“一九三四年一月四日，雪。连着下了好多天雪，山里冷得厉害。最近有很多学生来东北参军。他们年纪很小，爱笑爱闹，会唱很多好听的歌……”

朔风吹，纷飞的大雪中，义勇军战士们互相支撑搀扶着，跌跌撞撞往前走。不知道是谁，冒着刺骨的寒冷，带头唱起歌来：“同学们，大家起来，担负起天下的兴亡……”

顿时有人跟着唱了起来：“听吧，满耳是大众的嗟伤！看吧，一年年国土的沦丧！我们是要选择‘战’还是‘降’？我们要做主人去拼死在疆场，我们不愿做奴隶而青云直上！”

萧睿等人冻得乌青的脸上，写满了热情和决心。他们高昂着头，冒着风雪，越唱越响：“我们今天是桃李芬芳，明天是社会的栋梁。我们今天是弦歌在一堂，明天要掀起民族自救的巨浪！巨浪，巨浪，不断地增涨！同学们！同学们！快拿出力量，担负起天下的兴亡……”

“一九三五年九月十七日，雨。我们对南满铁路一带的日军司令部发动突袭，共击毙日军四十七人，伪军六十八人……”

田汉看着这简简单单的日记，眼前浮现出一幕幕鲜活的画面。他的手微微颤抖着，把本子合上，耳边响起安娥的声音：“萧睿说，杏儿她爹是笑着死的。他说，他没白回来这一趟。他流了血、尽了力，对得起祖宗，对得起死去的老婆孩子……”

他不由得想起由安娥转述的、那一场惨烈的战斗，仿佛又看到了那张憨厚朴实的、满是皱纹的脸。他受了重伤，躺倒在雪地里，脸色发青，哆嗦着问旁边的萧睿：“秀、秀才，我、我是不是要死了？”

萧睿抱着他，拼命摇头：“不，你不会死。你会活着，活得好好的……咱们说好了的，要多杀几个日本鬼子，把日本人赶出东北去……还有杏儿，杏儿还在上海等你，你得回去接她……”

痛苦的咳嗽声。冯德麟吃力地抬起手，想去够怀里的本子，却怎么也够不着。萧睿忙伸出手，帮他把本子掏了出来，递到他手里。鲜血汩汩地流淌着，萧睿伸手想要捂住伤口，却怎样也捂不住。

“秀、秀才，没用。我知道，我、我不行了……你、你要把这个交给杏儿……”

冯德麟扯着嘴角，冲萧睿勉强笑了笑。萧睿两眼通红，眼泪刷地流了下来。他用力抹了去，狠狠地：“谁说你不行了？我现在就背你回去。孙大哥他们追鬼子去了，等他们抢来了药，等他们抢来了药……”他哽咽着，再也说不下去，无声地哭了起来。

冯德麟摇了摇头:“秀才,别哭了。我、我要走了,可我不难过。真的,我真高兴我回来了东北,我真高兴……”他紧紧抓着萧睿的手,笑着,断断续续地:“秀才,这些年,我、我一共杀了九十七个鬼子。我杀了九十七个。我、我给家里人报仇了,我死得不冤枉……”

萧睿的脸上满是泪水,拼命点头。冯德麟惨白着脸,吃力地笑着,艰难地:“秀才,我这一辈子活在东北的土地上,现在还、还能死在东北的土地上,真好……你、你一定要告诉杏儿,爹是笑着走的……爹会在天上看着她……爹希望、爹希望她能过得好……”

“老冯——”萧睿抱着他,用力摇晃着,撕心裂肺地喊了出来。

田汉怔怔地看着那本日记。他脸上满是泪水,已经分不出这是在那块热土上真实发生的故事,还是自己脑海中奔涌而出的灵感,胸口剧烈地起伏着,把脸一抹,提起笔来,在稿纸上落下“风云儿女”几个大字,正要往下写,门口却传来敲门声。田汉站起身来,把门打开,见是杏儿,一愣:“杏儿?怎么还没睡?”

“我睡不着。”杏儿抬起头,眼睛闪闪发亮,期待地:“田叔叔,安娥阿姨还去东北么?”

田汉一愣:“不去了。她才刚刚回来,这段时间都会留在上海。”

杏儿听他这么说,有些失望,不死心地:“那,还有没有别的人会去东北?”

田汉:“应该会有吧。怎么,你有什么事情么?”

杏儿迟疑片刻,小声地:“我、我想给爹写信。”

田汉一愣,仿佛被什么东西击中,心里是钝钝的疼。杏儿见他不说话,有些担心地:“田叔叔,我能给爹写信么?”

田汉眼眶一热,用力点了点头,牵起杏儿的手,温柔地:“来,进来。叔叔陪你一起写!”随即台灯下铺开一张信纸。一大一小两个脑袋凑在桌前,认真地写着什么:“……教我唱戏的是周信芳周先生,他待我很好。我现在已经出师了,每天唱两场戏,每个月能领十二块钱……”

杏儿写到钱字,写不出来,回头去看田汉。田汉握着她的手,一笔一画地写了一个钱字。昏黄的灯光照在两人头顶,房间里安静得很,只剩了笔尖在纸上滑过的沙沙声响:“爹,你们什么时候能打败日本人?田叔叔说,等打败了日本人,我们就能见面了。到那时候,我唱戏给你们听。我唱戏可好听了,真的,连师傅都说,一班子的人,就数我唱得最好,最有味道……”

杏儿全神贯注,一笔一画地写着。在她的身后,田汉带了温柔而感伤的神情,静静地看着。他只觉得眼前的字渐渐模糊了,有水汽直往眼睛里涌,忙扬起头，透过狭小的窗户，去看不知名的远处：硕大的上海淹没在黑黝黝的夜色里，睡着了一般，庄严地沉默着。这沉默中仿佛酝酿着一种绝大的力量，将要化作闪电，化作轰隆隆的春雷，撕裂天际。

雨水瀑布一般倾泻下来，遮蔽了一切。田汉心中也似下起了狂风暴雨，短短一夜时间，就完成了《风云儿女》的提纲，拿到电影公司去给夏衍他们看。

夏衍看完激动得很，竖起大拇指："好！寿昌，这故事好，看得人热血澎湃！"

聂耳目光炯炯："没错。辛白华这一个形象，正是绝大多数中国人的写照！我赞成影片所宣扬的，今日中国之民众，需得从个人情感中解放出来，团结一致，投入到抗日救国的洪流中来！"

阳翰笙点了点头："嗯。照我看，不光辛白华，还有阿凤、梁质夫，这剧里的每一个人，都应该上东北前线去！他们是勇于抗争的斗士，更是抗日救国的生力军！"

田汉："我也是这么想。我们这部《风云儿女》，与其说是一部电影，不如说是民族自救的号角。只有号召全中国人民团结起来，一致对外，我们的民族才能生存，我们的国家才有希望！"

他见安娥皱着眉头，一言不发，忍不住问道："安娥，你觉得怎么样？"

安娥眉头紧锁，忧心忡忡地："构思的确很好，有戏，人物也出彩。就不知道政府那边能不能通过？我听说最近审批严格得很，凡出现抗日字样的，一律不许开拍。真要像咱们刚刚讲的那样，大张旗鼓地宣传抗日，只怕根本通不过审批，连拍都拍不成，更别说上映了。"

短暂的沉默。众人听她这么一说，如同兜头被泼了桶冷水，你看看我，我看看你，面面相觑。

田汉却并不着慌。他翻看着手中的提纲，想了一想，抬起头来："你们别担心，我有办法。"

聂耳："办法？什么办法？"

第二十六章　风云儿女（上）

一

田汉心里有了主意，话也不说，径直回宿舍改稿子去了。顾惜音这天是第一次去工人夜校上课，聂耳约好了要去接她，跟夏衍等商量了一下工人合唱团的细节，就告辞出来，往夜校方向赶。

天色渐黑，雨越下越大。灯红酒绿中，衣着光鲜的男女来来往往。

“先生，买份报吧！先生！”

“太太，刚出来的晚报，您买一份吧……”

一个孩子冒雨追着街上的行人，拼命推销着手中的报纸，却没有人理睬。

聂耳打着伞，急匆匆往前走。他本来已经走了过去，见孩子湿淋淋的，委屈地缩在屋檐下，想了一想，又折了回来：“小弟弟，给我一张今天的报纸。”

孩子欢喜得很，应了一声，忙擦了擦手，从半湿的衣襟下拿出一张报纸来，递给聂耳。聂耳接过报纸，也不急着走，跟他一起往屋檐下一蹲：“小弟弟，你几岁了？”

孩子怯怯地：“六岁。”

聂耳：“还剩这么多报纸，能卖完吗？”

孩子摇了摇头，带了哭腔地：“妈妈还在家等我呢，我想把它们卖完，可怎么也卖不掉……”他整个人淋得透湿，面孔青白，在夜风中瑟瑟发抖。聂耳想了想，从口袋里摸出钢笔，在报纸上飞快地写着什么。写完，把钢笔往口袋里一插，亲切地：“小弟弟，叔叔教你个卖报纸的新办法，好不好？”

孩子抬起头看他，愣愣地：“新办法？”

聂耳：“对！来，你跟着叔叔唱。啦啦啦，啦啦啦，我是卖报的小行家……”孩子一愣，不知道这有什么用处，见聂耳鼓励地看着自己，怯怯地唱了起来：“啦啦啦，啦啦啦，我是卖报的小行家……”

这首歌简单得很，孩子几分钟就学会了，唱得有板有眼。

"行了，走，卖报纸去！"

聂耳把孩子拉到繁华的十字路口，拍拍他的肩膀，鼓励地笑笑。孩子点了点头怯怯地唱了起来："啦啦啦！啦啦啦！我是卖报的小行家，不等天明去等卖报，一面走，一面叫，今天的新闻真正好，七个铜板就买两份报……"周围的人都停下脚步，好奇地看着他。

这歌声仿佛有一种奇特的力量，在这个冰冷的雨夜里，触动了人们那颗温暖的心。一位女士率先走了过去："小弟弟，给我张报纸吧。"

"对，也给我一张！"

"我也买一张！"

"我也要！"

越来越多的人走上前去，把孩子围在中间。不一会的工夫，孩子手中的几十份报纸一卖而空。他愣愣地攥着一大沓零钱，不敢置信地回过头去，欢喜地："叔叔，我卖完了！叔叔？"但聂耳早已经不见踪影。

教室门口大雨滂沱。雨水把地面打得坑坑洼洼，四处都是水和泥浆。顾惜音站在屋檐下，耐心地等待着。她自淞沪抗战之后，深深意识到国民政府的失职，认定国家必须改变，不顾父亲的反对，与聂耳走得越发近了。一年前从圣心女子学院毕业后，她坚持留在学校教授音乐。最近更是主动请缨，来当工人夜校的老师。她长大了一些，比之前看起来更加美丽，可这美丽中添了一种新的力量，充满着生机与活力，显得清爽利落、英气逼人。

头顶上悄无声息多出一把伞来。顾惜音回过头去，正对上聂耳带笑的脸。他显然是一路跑过来，气喘吁吁地："不好意思，等很久了吧？"

顾惜音温柔地笑笑，摇了摇头。

聂耳："走吧，我送你回去。"

雨下得大了。整个街道都被笼罩在雾气里，望出去，是白蒙蒙的一片。街上行人稀少。聂耳和顾惜音共一把伞往前走着，亲密地说着话儿。

聂耳："在夜校上课，还习惯么？"

顾惜音莞尔一笑："有什么不习惯的？我又不是第一天给人上课。"

聂耳皱了皱眉："那可不一样。你之前在女校当老师，是给有钱人家的孩子上课。现在来夜校，是给扛包织布的工人上课，能一样吗？再说你家里……"

"没事，你别担心。"顾惜音见他关心自己，心里欢喜，微微一笑："这几年，眼看着国家一日不如一日，爸爸的想法也变了很多。上次他还问我，国民政府这些年一味忍让，是不是做错了？"

聂耳一愣："他真的这么说？"

顾惜音点了点头："他是公派留学回来的，一直想的，无非是如何将所学所知，经世致用。他是个最爱国的人，何尝愿意看到国家如此？只是身处其位，很多事情不由自主罢了。我毕业后坚持要当老师，他虽然不情愿，可还是答应了。就像我跟你们来往，他明明知道，也都没说什么。"停了一停，"别说我了，说说你们吧。最近都在做些什么？"

聂耳忙把《风云儿女》的事一说，又说起安娥的担心和顾虑。顾惜音早就听说了《民族生存》和《肉搏》遭到禁映的事，不由得担心起来，迟疑地："应该不至于吧。国家衰颓至此，我看爸爸他们也不是全无感觉。只要不是太过激进，当局未必就会阻拦……"

事实证明，顾惜音的想法还是太过美好。艺华电影公司的题材刚刚送到宣传厅，就引起了众人的注意。副市长李绍甫召集手下一干官员开会，开诚布公地："大家说说吧。艺华的新电影《风云儿女》，准不准他们进行拍摄？"

"要我说，多一事不如少一事。他们之前拍的那些片子，《民族生存》、《肉搏》，惹的麻烦还少么？与其等片子上映了再去禁演，倒不如从一开始就不让他们拍。"

"可我仔细看了他们送来的故事提纲，并没有牵涉到抗日，写的都是文艺青年那一摊子事。我们要真不让他们拍，倒显得政府心虚，没有容人之量。"

"没有牵涉到抗日？你去看看，只要有他田汉的电影，哪一部没牵涉到抗日的？我看他这个提纲，是专门写给咱们看的。不管怎样，先通过审批再说，至于拍些什么，拍成什么样，那可就说不准了……"

李绍甫听他们议论纷纷，意见不一，皱起眉来："云峰，你是宣传厅长，这事你怎么想？"

顾云峰沉吟片刻："我赞成拍摄。"

李绍甫一愣："你赞成拍摄？为什么？"

顾云峰："首先，这提纲里并没有明确提到抗日，我们不准艺华进行拍摄，于理不合。其次，电影剪辑完毕，必须通过审查，才能进行放映。如果真有什么问题，到时候再做调整，也来得及。"停了一停："我还有一个提议，在审批这件事情上，应该放松尺度。田汉他们要拍抗日的片子，我们不但不该阻止，反倒应该睁一眼闭一眼，由着他们拍去。"

这几句话声音不大，却出人意料，掷地有声。会议室里一下子静了下来。众人都吃了一惊，扭头去看顾云峰。顾云峰神色冷静，只管往下说："这几年，日本步步进逼,蚕食我们的领土,侵犯我们的主权,这些我们心里比谁都清楚！不许组织抗日活动,不许公开宣传抗日,日本人逼我们答应这些,为的是蒙蔽我们的人民,为的是让有皇皇五千年历史的中华民族,去做他大和民族的附庸!"

他目光冷峻，扫过在场的官员们，铿锵有力地："政府考虑到实力相差悬殊，不愿意跟日本人起冲突，引发全国性的战争，这些我都能理解。可真要连抗日救国都没人提，这样的民族，还有什么希望？这样的国家，还有什么出路？我们碍于命令，不能做些什么，也就算了。可田汉他们宣传自强自立、抗日救国，我们如果还要阻拦，那我们成什么了？"他目光炯炯，看向众人，一字一顿地，"我顾云峰是国民政府任命的厅长，可更是个有血性的中国人！我不想等到百年之后，被自己的儿女戳着脊梁骂孬种!"

大家都被顾云峰这一番话震住了，愣愣地坐着，说不出一句话来。

二

田汉和聂耳正凑在桌前，一起看刚写好的歌词："你看，这就是歌女阿凤的一段唱！正是这一段唱，打动了辛白华，让他认清了自己的责任所在，投身到抗日救国的洪流中来!"他一边说，一边饱含感情念了起来：

"我们到处卖唱，

我们到处献舞，

谁不知道国家将亡，

为什么被人当作商女。

……"

正念得起劲，安娥推开门，风风火火闯了进来："寿昌，你赶紧去一趟宣传厅!"

田汉抬起头，奇怪地问："好好的，去宣传厅做什么?"

安娥沉吟说："宣传厅顾厅长要见你，怕是《风云儿女》没通过审批……"田汉脸色一沉，把歌词往桌上一扔，二话不说，拔腿就走。

"唉，寿昌！寿昌!"安娥见他气势汹汹，怕他跟顾云峰起冲突，想叮嘱他几句，哪里还喊得住？早已经头也不回，冲出门去。

田汉一口气赶到顾云峰的办公室，径直闯了进来。顾云峰见是他，把文件一搁，客气地："田先生，请坐。"

田汉也不说话，往他面前一坐。顾云峰也不介意，亲自倒了杯茶给他，自己也坐了下来："田先生，我今天请你来，是想和你谈谈《风云儿女》的事……”

“正好，我也要问问顾厅长，为什么不让《风云儿女》通过审批？”

田汉打断顾云峰的话，义正词严：“如果我没记错，宣传厅的文件上，只规定电影、戏剧和出版物中，不能公然出现抗日字样，不能影射和攻击政府。《风云儿女》一没公然抗日，二没影射政府，只是鼓励青年们从私人情感中挣脱出来，把个人的小爱，化为对国家、对民族的大爱。我想请顾厅长告诉我，如果这样的剧本还通不过，什么样的剧本才能通过？”

他憋了一肚子气，这几句话说得硬邦邦的，掷地有声。顾云峰一愣，微微一笑：“《风云儿女》的审批，的确遇到了一些麻烦。我们研究过了，提纲是没有什么问题，可提纲没问题，不等于拍出来的电影就没问题……”

田汉直视着顾云峰，目光炯炯，一步也不肯退让：“问题？我们在自己的国土上，拍一个爱国的电影，能有什么问题？还是说在政府眼中，爱国这两个字，也跟抗日一样，是洪水猛兽，压根就提不得？”

顾云峰见他咄咄逼人，有些好笑地：“田先生，我想你误会了。《风云儿女》已经通过审批，你们随时可以开拍。可是对于这个电影，厅里有几点担心，要给你们提一个醒。”

“通过了？”田汉听说电影已经通过审批，松了口气，连语气都和缓下来：“顾厅长，有什么担心，你尽管说。只要是艺华能配合的，我们一定配合。”

顾云峰点了点头:“这第一,你们拍戏得照着提纲来,不能提纲是一回事,拍出来的又是另一回事。既然拍爱国,你们就好好拍爱国,不要提抗日,更不能攻击政府。”

田汉：“那是自然。”

顾云峰：“这第二点，创作名单上不能有你的名字。为了《民族生存》和《肉搏》，日本大使已经几次照会国民政府，明确提出，只要是田汉的剧本，都不能拍摄和放映。一旦用了你的名字，只怕会引起日方的注意，平添麻烦……”

“这有什么，不用就不用！”田汉不待顾云峰说完，一口答应，爽快得很。

顾云峰：“这最后一点，电影不能由艺华来拍。艺华跟你田汉一样，也是上了黑名单的。上头已经下了命令，凡是艺华公司投拍的影片，一律押后上映。沾上艺华这两个字，就算我顾云峰通得过，拍完审片的时候，也会被拦下来。我想，这也不是田先生你愿意看到的。”

他这几句话说得推心置腹，倒把田汉听得一愣，点了点头：“那好，我再找别的电影公司。”

顾云峰站起身来，诚恳地："那么，田先生，我就先祝你们拍摄顺利，拍出一个好的作品来！"

两人第一次心无芥蒂，相视一笑，握了握手。

聂耳这时都聚在办公室里，忐忑不安地等着结果，听田汉说宣传厅同意拍摄，惊讶得很："这么说，你一点工夫都没费，宣传厅就同意拍摄了？"

田汉自己也有些奇怪："可不是！真没想到，这次会这么顺利！"

阳翰笙笑说："要我说，还是你想的办法好，索性重新写了版提纲！他们说不能公然抗日，你连抗日两个字都没有提。他们说不能影射政府，你就把故事安排妥了，跟政府一点关系也没有。"

"对对对，这就叫魔高一尺，道高一丈。就算宣传厅想挑错处，也挑不出什么。"聂耳一边说，一边冲田汉作了一个长揖，故作恭敬地："老大老大，这回我可真服了你了！"

众人被他一逗，都笑出声来。

安娥："拍摄审批这一关，我们算是过了，可不能由艺华投拍，我们上哪儿找资金去？"

田汉："我想交给电通公司。电通公司刚成立不久，股东大多是左联的支持者，资金虽然少一点，但只要我们控制好成本，应该没有问题。"

夏衍点了点头："寿昌说得对。艺华和田汉这两个名字，现在已经是日本人的眼中钉、肉中刺，能不用就不用，免得生出不必要的波折。"停了一停，向田汉："导演和演员用谁，你都想好了没有？"

田汉沉吟片刻："导演我还在考虑。至于辛白华，我心里倒是早有个人选，就不知道他肯不肯来……"

联华影业公司的片场，这日正拍摄电影《野玫瑰》。棚里装饰得金碧辉煌，模拟成舞会的场景；金焰和妻子王人美正在场内翩翩起舞。金焰模样英俊，演技又出色，这几年在电影界风生水起，上个月还被观众评为电影皇帝，风光得很。妻子王人美也是上海滩上的大明星，俊男美女珠联璧合，一时间片约无数、风头无二。

摄像机渐渐推近，两人特写：欲语还休的唇，含情脉脉的眼。

"卡！"导演看着镜头，对两人的表现满意得很，做了个暂停的手势。乐队、演员们都停了下来，等他安排："好，接下来拍摄女主角和丈夫的一场戏。道具和灯光准备。金焰，你先休息，酝酿酝酿情绪。拍完她的，就轮到你受伤的那场重头戏。"

金焰应了一声，走到一旁。助理忙送上剧本和大衣，低声地："田汉先生来了。"金焰听说田汉来了，欢喜地："田先生来了？在哪？"

助理："来了好一阵了，看你拍戏，就没喊你。现在在休息室等着呢。"

金焰二话不说，拔腿往休息室走去，见田汉正低着头看剧本，开心地："田先生！"

田汉："怎么，戏拍完了？"

金焰拖过一把凳子，坐了下来："嗯，现在在拍女主角的戏，下午才轮到我。田妈妈和杏儿好么？前段时间太忙，好久没去看她们了。"

"都好都好。她也惦记着你呢，说什么时候空了，让你来家里吃饭。"田汉也不多话，开门见山地："金焰，我今天来，是有事情拜托你。你最近有没有档期？我要做一部电影，想找你来做男主角。"

金焰感兴趣地："真的，什么电影？"

田汉："《风云儿女》。男主角辛白华是个诗人，九一八事变后家乡沦陷，流落到上海，以写作谋生。在上海，他一度沉湎在与一位贵妇的爱情之中，几乎忘了天下大事。可他毕竟是一位爱国青年，一个有正义感有血性的人。当他在青岛陪着贵妇避暑时，遇到了住上海亭子间时交情深厚的邻居阿凤，这位东北少女的一曲《铁蹄下的歌女》，点燃了观众抗日救国的热情，也深深触动了辛白华的心。"

金焰听得有味，追问道："然后呢？"

田汉："诗人的好友梁质夫北上抗日，在古北口血战中壮烈牺牲。烈士出发前留给诗人一封信，告知诗人，他'此去是为民族争自由，为国家争疆土'。诗人正在犹豫彷徨之际，收到这一封迟来的信，百感交集，向亡友发誓，要像他一样，为国家而战，做一个中华民族的雄鬼！"

金焰本来就是东北人，听到这样的题材，一拍大腿："这题材好！当前的中国，正需要一两部这样的电影，来洗涤风气、激扬斗志，让全中国的民众警醒起来，做顶天立地的中国人，做中华民族的雄鬼！"他激动得很，二话不说，握住田汉的手，"田先生，这戏我接了！"

田汉摆了摆手："你先别急着答应。这么好的戏，我可不能白白给你。我还有条件呢。"

"条件？"金焰笑了起来，豪爽地："有什么条件，田先生尽管提。这戏啊，我还真演定了！"

田汉听他这么说，乐呵呵地："那我可提了啊。你现在是大明星，机会多，片酬也高。要是真来拍我们这个戏，我只能给你一半的片酬。"

金焰也不说话，只管看着他，见他不说话了，奇怪地：“怎么，就没了？”

田汉两手一摊：“没了，就这个条件。”

金焰一愣，哈哈大笑：“这有什么问题？田先生你的戏，别说只有一半片酬，就是一分钱不给，我金焰照样愿意拍！”

田汉伸出手来：“那，咱们就算是说定了？”

金焰伸出手，和田汉的手在空中一拍：“说定了！我金焰在这里立下军令状，要是演不好这个角色，任凭田先生你怎么处置！”

金焰正是红得发紫的时候，时刻有人跟拍报导，这边才刚刚点头，接新戏的消息就不胫而走。隔天一早，不少报纸就登了新闻！报导功夫皇帝金焰要拍一部爱国主义电影，在《风云儿女》中化身爱国诗人辛白华，连带着把幕后班底通通介绍了一番，其中就有编剧陈瑜。倔内干城吃早餐时偶尔看到报道，哪里还坐得住？忙叫人备车，往市政府赶。

淞沪抗战之后，他奉命留在上海，继续从事破坏活动，试探南京政府的立场，寻找新的战机。顾云峰听说他来了，有些不悦，又无可奈何，只得请他进来。倔内干城进了屋，径自往他面前一坐，把报纸往桌上一拍，神情倨傲地：“顾厅长，这是怎么回事？”

顾云峰看了看报纸，不动声色地：“就是一部电影开拍的宣传嘛，有什么问题？”

倔内干城：“顾厅长，我记得我们上次已经照会过中国政府，凡是田汉编剧的戏剧和电影，一律不得上演和上映。”

顾云峰点了点头：“嗯，有这回事。关于这件事情，我记得国民政府已经给了明确的答复。我们也确实禁演了由田汉编剧的《肉搏》和《民族生存》两部电影……”

“那这是怎么回事？”

倔内干城指了指报纸，咄咄逼人地：“编剧陈瑜，这个陈瑜是谁，你们难道不知道？”

顾云峰心里明镜似的，却故作不知道：“大使先生见笑了。上海文艺界卧虎藏龙，陈瑜这个名字我还真没听过。大概是哪家电影公司新找来的编剧吧……”

倔内干城被他敷衍的态度惹恼了，坐起身来，一敲桌子：“新找来的编剧？根据我们掌握的情报，田汉就是陈瑜，陈瑜就是田汉！”

微妙的沉默。顾云峰微微一笑，不动声色地：“倔内先生是在说笑吧？这怎么可能？这个陈瑜我连听都没听过，怎么会是田汉？再说，《风云儿女》的提纲我们已经审查过了，并没有涉及到抗日的内容……”

倔内干城理也不理，态度蛮横地：“不管有没有抗日的内容，我们要求立刻停止拍摄！”

顾云峰眉头一皱，不悦地：“倔内先生，你的要求有点过分了。你有你的立场，我们也有我们的规矩。你单方面说陈瑜就是田汉，有什么证据？这部电影我们已经审查过了，并没有发现任何违规的地方。就算要停拍，也要等我们把事情了解清楚再说。”

倔内牢牢地盯住他，缓慢地：“这么说，你是不肯合作了？”

顾云峰没有说话，直直地望向他的眼睛，一步也不肯退让。

“既然这样，我只好自己想办法了。”

倔内干城冷冷一笑，站起身来，拂袖而去。他没想到那个看起来文弱的顾云峰，竟有这样的勇气，公然拒绝他的要求。内田德男正好来大使馆汇报，听说了这件事情，忙问道：“大使先生，要不要我找几个人教训他？”

“教训他做什么？他是中国政府的人，要教训他，得用洋枪大炮来教训！”

倔内干城虽然生气，可并没有失去基本的判断力：淞沪抗战之后，南京政府退让的，又岂止是一桩两桩？顾云峰虽然不知好歹，可到底是政府官员，犯不着为了这种小事，跟南京政府硬碰硬，何况要阻止一部电影的拍摄，又岂止一个办法？他想了一想，吩咐道：“中国政府留着还有用，先不急着动他。倒是田汉那部电影，我不管你们用什么手段，决不能让他们开拍。”

内田德男犹豫地：“大使先生，我不明白。不过是一部电影，为什么……”

“为什么我会如此紧张？”倔内干城微微一笑，“内田，你还是头脑简单，不明白其中的道理。东北已归我属，华北指日可待，偌大一个中国，将来都会是我们的。所以，我们要的不是打出来的诚服，而是他们心里的诚服！人心不服，又如何能为我所用？”停了一停，轻蔑地：“中国虽大，民众却如一盘散沙，全无意志。对付他们，就得先狠狠地打，让他们知道什么是害怕。然后再慢慢地教，让他们知道什么叫听话。像这种不听话的电影，压根就不该拍。你听明白了？”

内田德男神色一肃，站得笔挺：“是！”

三

田汉这些天忙得天昏地暗。通过审查之后，《风云儿女》的开拍正式提上日程，资金、导演、演员、舞奏……数不清的事情都往他身上堆，压得他喘不过气来。这天他正在摄影棚查看搭了一半的景，安娥风风火火走了进来：“寿昌，景搭得怎么样了？”

田汉疲惫地：“还有一个周就完工了。我已经跟导演商量过了，下个月举行开机仪式。在那之前，还得把演员们集中起来开个会，协调一下拍摄的进度。你那边呢？记者们都联系好了吗？”

安娥点了点头：“都联系好了。只等开机仪式的日子一定，就通知他们。”

她见田汉脸色不好，关心地：“你看起来很累，晚上几点睡的？”

田汉摇了摇头：“电影就快开拍了，我急着赶剧本，哪里有空睡觉。”

安娥吓了一跳：“这怎么行。你先回家去，休息一下。这里我帮你盯着。”

“那好，你催着点，今天一定得把施公馆的景给搭完。”田汉正是倦到极点，也不客气，点了点头，摇摇晃晃往外走。

“唉，你的大衣！”安娥见他把大衣落在一旁，忙抓起来，追了出去。

路上行人不多。安娥一眼看见田汉的背影，正要喊他，一辆汽车从后头赶了上来，开足马力，径直朝田汉撞去。安娥惊恐得很，大声喊田汉的名字。田汉回头看到汽车，下意识想躲，哪里还来得及？被撞得飞了起来，重重跌倒在地。

安娥顿时只觉得眼前一黑，只听到自己细微的心跳声，一下又一下。

旁边有人见出了车祸围了上去，探看伤势，议论纷纷。“人昏过去了……”

“倒是没怎么流血，就不知道伤到骨头没有……”

“快，得先送他去医院……”

“寿昌……寿昌！”安娥喃喃地喊了一句，反应过来，猛地扑上前去。

田汉醒来的时候，夜已经深了。眼前是煞白的天花板，空荡荡的，只一盏日光灯射出冰冷的光。他有些恍惚，不知道自己身在何处。挪动脖子，看到旁边坐着的安娥，一愣：“安娥……”

安娥守了这半日，担心得很，见他醒来，激动地：“寿昌，你醒了？有没有哪里不舒服？”田汉看到手上的针管，这才反应过来自己是在医院，摇了摇头：“还好，不是很痛。”

“手痛不痛？医生给你检查过了，别的地方都没受伤，只有左手骨折。医生已经给你打了石膏，这段时间尽量不要动它。”

田汉一愣，试了试，见左手果然没有知觉，不但不难过，反倒笑了起来，大大咧咧地：“你看看，我这人就是命大。左手好，幸亏伤的是左手，要是换成右手，我这《风云儿女》的剧本可就赶不完了！”

安娥知道他是怕自己难过，心里一酸。她脸色凝重，实在笑不出来：“聂耳和惜音来过了。惜音说，日本人已经知道你就是陈瑜，还去了市政府，要求停止《风云儿女》的拍摄，但政府方面没有答应。这次你被撞，很可能就是他们指使的。”停了一停，忧心忡忡地：“日本人做事不择手段。这次既然能开车撞你，下次还不知会弄出什么花样来。我已经通知了夏衍他们，电影到底还拍不拍，我们得开会讨论一下。

田汉明白事态严重，沉默地点了点头，想了一想，又问：“受伤的事，我娘还不知道吧？”

安娥：“我一直守在这里，还没来得及通知田妈妈。”

田汉松了口气：“她不知道最好。我想这段时间先住在宿舍。我娘那里，你帮我跟她说一声，就说我最近太忙，没空回去看她……”

在田汉的坚持下，他第二天一大早就出了院，回到电影公司的临时宿舍。夏衍、阳翰笙等都来了，气氛凝重得很。安娥把大致情况讲了一下，忧虑地：“日本人的态度已经很明白了，就是要阻挠《风云儿女》的拍摄。他们已经发现陈瑜就是田汉，考虑到田汉同志的安全问题，我建议暂时停止拍摄。”

夏衍抽了口烟，闷闷地：“我同意安娥同志的意见。国民党上次围剿之后，中共中央被迫撤离瑞金，现在正在转移当中，无法联络。这种时候，我们不能再轻易冒险。这一两年来，白色恐怖加剧，上海的地下党员牺牲大半，我们尤其要注意隐蔽，保存有生力量，等待中央的进一步指示。”

阳翰笙点了点头：“我也赞成。抗日宣传当然要做，可也不能拿寿昌的性命去冒险。反正片子也还没开拍，不如等过一阵子，日本人的注意力分散一点，再做打算。”

田汉一只手打着石膏，闷着头坐在一旁抽烟，也不说话。

夏衍：“寿昌，你自己的想法呢？”

田汉想了一想，把烟往地下一摁，抬起头来：“我不同意停止拍摄。现在东北沦陷，华北告急，正需要一部像《风云儿女》这样的作品，来唤醒民众，鼓舞士气。日本人为什么想要阻挠我们？因为他们害怕！他们害怕中国的青年们，会像辛白华一样挺身而出；他们害怕两亿五千万中国人民一旦团结起来，会让他们的美梦化为泡影！我想过了，上海毕竟是我们的领土，日本人就是再嚣张，也不敢在众目睽睽之下，冲进片场来闹事。他们的目标是我，只要我小心一点，就不会有问题。”

夏衍摇了摇头：“我不同意。寿昌，这已经不是小不小心的问题，而是关系到你的性命。你是地下文委的重要成员，我们不希望你冒着个险。”

“夏衍，你知道我在我们湖南籍的老乡里面，最佩服谁么?”田汉也不点头，也不答话，突然转了个话题，让众人茫然得很。

夏衍不知道他葫芦里卖的什么药，摇了摇头。

“我最佩服谭嗣同，佩服他明知不可为而为之的勇气!”田汉扬起头，慷慨激昂地：“各国变法，无不从流血而成。谭嗣同当年为推行新法、改良帝制，不惜留守北京，慷慨赴死。今天我们要宣传抗日，也是一样！自日本入侵我东北以来，无辜受难的百姓何止千万！南京政府早已经病入膏肓，别说抵抗，连诉苦的勇气都没有。若是再没有谭嗣同这样的壮士，登高而望，振臂一呼，中国还有什么希望?”停了一停，他看向众人，一字一顿地：“所以，我决不会停止拍摄。别说是有危险，就算豁出一条命去，我也在所不惜!”

他这一番话连珠炮一般，豪迈壮烈，铿锵有力，让人为之一振。夏衍最熟悉他的脾气，知道阻拦不了，想了一想：“既然这样，拍摄计划照旧。但寿昌你要格外小心。从今天起，你就呆在电影公司里面，不要随意回家，更不能单独出去。有什么事情，让安娥同志协助你。还有，我负责联系导演和演员，下周一开个主创人员会议，把日本人阻挠拍摄的事情告知他们，让他们也有个防备……”

这天，田汉吊着三角巾，在宿舍外头的煤炉子上煮面，见面煮好了，想单手去端锅子，却被烫了一下，缩回手来，差点把面打翻在地。

一只手斜刺里伸过来，帮他把面端了下来，又倒了一壶水，坐在炉子上。田汉一愣，扭头去看，却是林维中。她看着田汉裹着纱布的手，叹了口气：“走吧，进屋里去吃。”

狭窄的单身宿舍，里头除了床，只放着一桌一椅，简陋得很。田汉没想到她会过来，欢喜得很，四下看了看，见没有地方可以请她坐下，忙把唯一的凳子端了过来，用袖子擦了擦：“维中，你坐。”

林维中看了一眼，摇了摇头，斜签着身子在床头坐下。

田汉一愣，只好讪讪地坐了下来，吃面。

一阵难堪的沉默，只听见吃面时吸溜吸溜的声响。田汉终于忍不住，边吃边问：“你怎么来了?”

“安娥告诉我的。她说你被车撞了，让我来看看你。正好，我也有事要跟你说。”林维中下定决心,直视着田汉的眼,开门见山地:“我想带玛丽离开上海,上重庆去。”

田汉突然听到这个消息，压根没反应过来，茫然地：“去重庆?”

林维中点了点头：“我有个亲戚在重庆，给我谋了份教书的差事。我住在娘家好几年了，爹娘虽然没说什么，总之不大方便。我想玛丽也大了，正好跟我一道过去。一来重庆地处西南，比上海要安全得多；二来玛丽跟我过去，读书的事也有了着落，顺利的话，还可以减免学费。”

田汉一口面塞在嘴里,停了动作,愣愣地看着林维中。他这才明白她是真想带玛丽走,连面都来不及嚼,囫囵咽了下去,急切地:“维中,你不能这样。玛丽不光是你的女儿,她也是我的女儿……”

“你的女儿？她长这么大，你照顾过她几天？她一天天大了，需要有个安全的环境，好好读书、接受教育，你又能为她做些什么？你自己都成这样了，玛丽如果跟着你，能安安稳稳长大吗？”

她这几句话仿佛一根刺，狠狠地扎进田汉心里，痛得他说不出话来。林维中看着他沮丧的神情，有些难过，低声地：“日本人的事，我已经都听安娥说了。你留在这里也不安全。我今天来，就是想问问你，愿不愿意跟我们一起去？我已经买好了后天的票，你要是愿意，就跟我们一块去重庆，我们一家人在一起，平平静静过日子。”

田汉听她这么说，心中一震，愣愣地抬起头来，去看林维中。他知道这是埋藏在林维中心底的爱意，是她给自己最后的机会，脸上显出痛苦的神情。他张了张嘴，却发不出声音，满嘴都是苦涩。半晌，轻轻地摇了摇头。

林维中脸色一变，眼中有说不出的痛苦和绝望。

“我知道了。”她轻轻叹了口气，站起身来，“后天早上九点，我带玛丽乘船去重庆。你要是有空，来码头送送她。玛丽很想你，你来了，她一定很高兴。你放心，到了重庆，我会把女儿照顾得好好的，好好念书，好好长大，好好过日子。”

田汉呆呆地望着她的背影，知道她这一走出去，就再也挽不回来，眼眶一热，心里是热辣辣的疼。他猛地站起身，高声地：“维中！”

林维中停下脚步，等田汉说话。

田汉神情复杂，半晌，艰难地开口道：“明天能不能让玛丽陪我一天？就一天。”

沉默。林维中点了点头，头也不回，走出门去。屋里只剩了田汉一个人。他颓然坐下。面前摆着吃到一半的冷冷的面，说不出的凄凉余味。

四

田汉这天起得很早。他认真洗了脸，又对着窗台上摆着的小镜子仔细刮了胡子，忍痛把左手的纱布解开，翻出一套干净衣服换上，动了动手脚，见骨折的地方基本看不出来，这才重又走回到镜子前，整了整衣装，扯开嘴角。

——镜子里出现田汉的脸，难得的干净利落。脸上的笑容却僵硬，勉强得很。

田汉一愣，对着镜子笑了又笑。终于，镜子里的男人自然地笑了出来，生动又豪爽，是平日里最熟悉的模样。他这才放了心，把镜子一放，走出门去。

林维中也起了个大早，给玛丽穿上漂亮的小洋装。玛丽听说田汉要来，睁着乌黑的大眼睛，快活地问："爸爸真的要来接我?"

林维中："嗯。爸爸知道玛丽要去重庆，特意来看玛丽的。"

玛丽天真地："妈妈，爸爸为什么不跟我们一起去重庆?"

林维中一愣，心里难过得很，低下头去，掩饰地："你爸爸有重要的事，等处理好了事情，他就会到重庆来，跟我们在一起。"玛丽年纪尚幼，哪里明白林维中的心思？只当她说的都是真话，听到外头有人敲门，也不管鞋子还没穿好，兴奋地往床下一跳，蹦蹦跳跳跑去开门："爸爸——"

门外果然站着田汉。他尽量显得自然，一把抱起玛丽："玛丽，看到爸爸高不高兴?"

"高兴——"玛丽把声音拉得长长的，眼睛像月牙一样弯起来。

田汉隔着玛丽，与跟出来的林维中遥遥对视，只觉得百感交集、恍若隔世。他只觉得有无数的话想对她说，又一句也说不出来，半晌，低声地："维中，我接玛丽走了，天黑之前送她回来。"

林维中点了点头，看他转过身，让玛丽骑在肩头，走下楼去。

景已经搭完了。摄影棚里静悄悄的，没有一个人影。门咯吱一声，开了一条缝。田汉探头看了看，闪身进去，冲身后招了招手。一个小小的身影跟着溜了进来：仔细看时，正是玛丽。她第一次进到黑漆漆的摄影棚，有些害怕，扯着田汉的衣袖，小声地："爸爸，我们还是去街上玩吧。这里黑黑的，好可怕。"

"今天我们不去街上，就在这儿玩。你等着啊，爸爸变个魔术给你看!"

田汉一边说，一边趁玛丽不注意，把顶上的灯都打开。一时间，摄影棚里金碧辉煌，炫目得很。玛丽瞪圆了眼，张大了嘴，呆呆地看着，又回过头来看田汉。田汉得意地笑笑，冲女儿做了个手势，让她尽管去玩。玛丽得了允许，欢呼一声，挪动着短胖的腿，跑了过去，看看这个，摸摸那个，新鲜得很。

"爸爸爸爸，这是什么?"

"这是遮光板。"

"那这个呢？这个黑色的?"

"摄像机。"田汉也不嫌烦，跟个大孩子似的，乐颠颠跟在女儿后头，看她跑得疯快，才开口提醒："当心点当心点，地上有线，别绊到了。"

玛丽被靠墙放着的道具和衣服所吸引，哪里还听得进他说话？径直跑了过去，翻出一顶宽边女帽，往头上一戴。她人小脑袋也小，整个头都被淹没在帽子里，只管问："爸爸，你看我！好不好看？"

田汉乐得前仰后合，连连点头："好看好看！玛丽真好看！"

玛丽得了表扬，欢喜得很，又去箱子里翻别的。她翻到一个脸谱，记得是爸爸教自己认的张飞，转过身来，往田汉面前一递："爸爸，给你，张飞！"田汉倒没想到她还记得这个，一愣。他把脸谱接在手里，一时兴起，抱起玛丽，往片场正中一放："玛丽，爸爸教你唱戏，好不好？"

玛丽望着田汉，天真地："唱戏？"

"对，唱戏！唱爸爸最爱的一段戏！"

田汉越发兴奋，把玛丽头上的大帽子一摘，扔到一旁："来，你跟着爸爸，先摆好姿势。"他一边说，一边摆出开唱的架势来。玛丽扭头看着她爹，有样学样，也跟着把腰一挺，把手一提学得似模似样，像是个缩小版的田汉。

田汉看了看，满意地："好，就是这样。跟着爸爸，来，走起！"他一边说，一边嘴里念着鼓点子，迈着方步、走起圆场来。玛丽手短脚短，哪里追得上？心里一急，顾不得姿势，撒开脚丫子就追。田汉绕了一圈，停住脚步，瞪眼、定格、亮相。玛丽使足了劲往前跑，差点撞了上去，忙停住脚步，学他的样子，摆出定格的姿势来。

田汉一看，乐了："不对不对。这只手高一点，头抬起来，唉，对，就是这样！"他一边说，一边抓着玛丽的手，摆到正确的位置："好，我们开唱！爸爸唱一句，你就跟着唱一句！芒鞋草笠渔夫装，豹头环眼气轩昂，胯下千里乌骓马，手中丈八蛇矛枪……"

——他站在前头，拉开嗓门，高声唱了起来。每唱一句，玛丽也跟着唱一句。他的嗓音沧桑浑厚，玛丽的声音稚嫩清亮，一低一高，一句句唱来。

"我乃燕人张翼德，奉军师令，一路杀将去也——"唱到这最后一句，田汉一边唱，一边走将起来。唱完，停，瞪眼、定格、亮相。

"我乃燕人张翼德，奉军师令，一路杀将去也——"玛丽好容易追上他，气喘吁吁地唱完，想要学他的样子亮相，哪里站得稳？啪的一声，跌在地上，结结实实摔了个屁股墩。田汉猛一回头，看到她滑稽的模样，忍不住笑了起来。玛丽见他笑，揉揉屁股，也跟着傻傻地笑了起来。

金碧辉煌的摄影棚，仿佛是一个小小世界，把一切的纷扰、即将到来的别离通通都隔在外头；硕大个乾坤，只得这父女两个，说着、笑着、闹着，说不出的洒脱快意。明亮的灯光照在一大一小两个毛茸茸的脑袋上。两人玩得累了，田汉带头，往地上一瘫，和玛丽头碰着头，躺成个大大的人字。

静。摄影棚里只剩了喘气的声响。半晌，才听见田汉开口问道："玛丽，如果很久没见到爸爸，你会不会忘了爸爸长什么样子？"

玛丽毫不犹豫地："不会。玛丽最喜欢爸爸了！"

"那，玛丽会不会很想爸爸？"

"会——"听着女儿稚气的回答，田汉心中如翻江倒海，又是心酸，又是欢喜。玛丽却没有察觉，快活地："爸爸，我们能经常出来玩么？就像今天这样。"

田汉眼中渐渐浮起一层水雾，头顶的天花板变得模糊起来。

"能，当然能！"他脸上带着笑，认真地回答着，却分明感觉有热的液体，顺着脸蜿蜒而下，伸手去摸时，湿漉漉的，是许久没有流过的、伤心的泪。

第二天就是去重庆的日子。码头上送行的人不多。林维中站在船头，田汉抱着玛丽，低声叮嘱着："到了重庆，一定要听妈妈的话，知道了么？"玛丽笑了笑，乖巧地点了点头，抱紧田汉的脖子，只管问："爸爸，你什么时候来重庆？"田汉心里一酸，勉强笑着，温柔地："爸爸也不知道。爸爸有重要的事情要做，什么时候做完了，就过重庆来，跟你和妈妈在一起。"

短促的汽笛声。旅客们告别亲人，纷纷上船。林维中伸出手，想把玛丽接过来，玛丽却挣扎着，死命往田汉怀里钻："爸爸爸爸——"

田汉被她钩住脖子，低下头来。玛丽在他脸上用力亲了一口，这才乖乖让她娘抱了过去。

长长的汽笛声。轮船脱离码头，缓缓开动。林维中带着玛丽站在船头，看着岸上孤孤单单的田汉，心情复杂得很。她喜欢田汉的豪爽义气，崇拜他的才华学识，从见到他的第一眼起，就认定了这一个男人。出嫁的那一天，还以为会一生一世守在他的身边。她从未想过有一天自己会离开田汉，不由得有些黯然，低下头去，和玛丽说了句什么。玛丽点了点头，趴在栏杆上，大声地："爸爸再见！"她一边喊，一边拼命冲田汉挥手，一脸天真的笑，看得人心头发烫。

田汉看着船头那一大一小两个人影，心里隐隐作痛，动弹不得。码头上送行的人群早已散去，只剩了田汉一个。他还是一动不动，向着轮船开走的方向，静静地立着。阳光照在他身上，拖出一条长长的影子。

安娥这几天一直忙着《风云儿女》的事，好容易闲了一些，担心田汉手脚不方便，特意做了饭，装在饭盒里给他送来，却敲不开宿舍的门，奇怪得很。她不知道田汉去了哪里，无可奈何，只好先去看摄影棚的景搭好没有。

摄影棚里静悄悄的，一个人也没有。安娥推门进来，把灯打开。眼前是金碧辉煌的施公馆，大厅正中是水晶吊灯，一侧摆着钢琴和沙发，开阔而气派。楼梯蜿蜒而上，上面是画好的背景，一眼看去，一水儿欧式风格的门廊，奢华而雅致。安娥走近了，想仔细看看楼梯的扶手，却听见一旁的审片室里，传来轻微的笑声。她一愣，往审片室走去。

声音越发清晰，是孩子银铃般的笑，夹杂着大人的说话声，欢快得很。

安娥听出是田汉的声音，乐了，大步走上前去，把门推开："寿昌，我……"

语音未落，却愣在原地。只见审片室的屏幕上，正放着田汉和玛丽那天玩耍的录影。田汉一个人坐在屏幕前，一动不动，静静地看着。没有开灯的缘故，只有屏幕折射出的微弱光线，照在他脸上，变幻不定，忽明忽暗。他的脸沉浮在这明明灭灭的光线中，显得格外孤单和寂寞。

轻轻的脚步声。一双脚挪了过来，停在他面前。

"寿昌！"安娥带了怜悯的眼神，拦在他面前，担心地看着他。田汉的肩膀微微一震。他的视线极慢地移动着，终于对上安娥关切的眼。

"寿昌，告诉我，出什么事了？"安娥尽量放柔了声音，直愣愣地看着他，看着这个痛得连话也说不出来的男人。

漫长的沉默。良久，才听见田汉的声音，断断续续响了起来：

"玛丽走了……"

"维中也走了……"

"我留不住他们……"

"安娥，我留不住他们……"

他的脸扭曲着，喃喃地诉说着，终于再也忍耐不住，哭出声来。

安娥第一次看到田汉这样，不知道该劝他什么好，心里有说不出的难受。她把田汉受伤的事告诉林维中，是希望他们俩能和好，却万万没想到会是这样的结局。屋里只剩下影片放完的沙沙声响，和田汉极力压抑的哭声。安娥看着他剧烈抖动的肩，有些动容，蹲下身去，喃喃地："没事，寿昌。不会有事的。你可以去看她们。不管她们去了哪里，你都可以去看她们……"

田汉摇了摇头，心灰意冷地："不，你不明白。我失去她们了。"他抬起头，看向安娥，喃喃地重复道："安娥，我失去她们了。"

他这句话说得极轻，却仿佛重锤一般，砸在安娥心上。

她愣愣地看着眼前这个男人，看着他孤独而绝望的眼，伸出手去，把他紧紧搂在怀里。

第二十七章　风云儿女（下）

一

时间过得飞快，眼看就要到《风云儿女》开拍的日子。一辆黑色轿车从联华电影公司驶了出来。守门的老大爷一眼看到坐在车里的金焰，忙喊住他，把影迷的信和礼物从车窗塞了进去。突然想起什么，又专门递过一个大大的信封，说是日本大使馆的礼物。金焰素来最讨厌日本人，看也不看，往旁边一扔。王人美却好奇得很，接过信封，把信拆开。

——什么东西发出一声钝响，跌在王人美脚下。王人美弯下腰去捡，看清楚是什么，突然“啊”的一声，尖叫出来。

金焰被她吓了一跳，随着她的视线，看向她脚下的子弹，脸色一变，一把拿过信封。信封里果然还有一封薄薄的信，上面写着几个大字：“大日本帝国奉劝金先生退出《风云儿女》拍摄。倔内干城。”

小小的空间里静得可怕。王人美惊魂未定，开口劝道：“要不我们别演了。这分明就是威胁，日本人凶残得很，什么事情做不出来？你要是真演了这个戏，还不定惹出什么麻烦呢。”她越想越害怕，紧张地：“干脆今天的讨论也别去了。辞演的事，你要是不方便开口，我帮你去跟田先生说。”

金焰把信合起来，塞进信封，脸上看不出什么表情。他想了一想，也不往电通影业公司去，而是命令司机掉了个头，朝另一个方向驶去。

电通影业公司的会议室里，坐着田汉等一干人，眼巴巴地望着挂钟。这是《风云儿女》第一次主创会议，说好了两点开始，男女主角却始终没有露面。指针缓慢地移动着，一格格指向四点。钟声响起，连敲四下。聂耳再也忍不住，没好气地：“这都四点钟了，他们怎么还不来？”其他人也都有些生气，纷纷抱怨起来：“是啊，我还特意拿了服装过来，想让他们试试。这下倒好，别说试衣服了，连个人影也没有……”

“还男女主角呢。打电话没人接。问家里的人，又推推搪搪，不肯说去了哪里……”

“是啊导演，你到底跟他们说好没有？”

导演百口莫辩，头大得很：“昨天明明说得好好的，下午两点，准时开会。他们两个都答应了啊。不信你们问田老大。金焰的电话还是他打的。”

田汉脸色铁青，窝了一肚子火，一言不发。

屋里静悄悄的。大家你看看我，我看看你，正不知怎么办好，门外传来急促的脚步声。金焰推开门闯了进来，满头大汗，气喘吁吁地：“不好意思，我来晚了！”导演一愣，忙招呼道：“怎么这时候才来？来来来，快进来……”

语音未落，田汉一拍桌子，发起怒来：“金焰，你怎么回事？我昨天跟你说得清清楚楚，今天下午两点开讨论会，所有人员必须按时赶到。可你呢？你迟到多久你知道吗？两个小时！整整两个小时！这里一屋子的人，等你们等了两个小时！”

金焰面露难色，想要解释：“田先生，我……”

“你什么你？你是不是觉得现在成明星了，就可以迟到，可以不顾别人的感受了？金焰，我告诉你，我不管你是不是明星，也不管你有多少影迷，要当个好演员，你不光得有演技、有魅力，还得有信用！你要是守不了时间，就不要来演我的戏！”

他最看不得有人排戏不认真，骂起来半点不留情面。金焰却并不生气，诚恳地：“田先生，对不起。这次是我的错，以后再也不会了。”

导演见状，忙起身打圆场：“算了算了。田老大，金焰不是故意的，再说他也道歉了。我看是这样，我们耐心点，再等等。等姜小姐一来，我们就开会。”

金焰头也不抬，闷声闷气地：“姜小姐她不会来了。”

导演一愣：“不来了？为什么？”

金焰从衣兜里拿出那封信，连子弹一起放在桌上：“我来开会之前收到这个，日本大使馆送来的。我担心姜小姐，先去了一趟她家。她也收到一份，一模一样。”停了一停，低声地：“她让我跟大家道歉，说她实在害怕，不能接这部电影了。”

死一般的寂。田汉缓慢地伸出手去，把信拿了起来。

“大日本帝国奉劝金先生退出《风云儿女》拍摄。倔内干城。”他一个字一个字念着，沉重而缓慢，念完，义愤填膺，怒极反笑：“好！好！好！这是什么？这是威胁！赤裸裸的威胁！他一个日本人，居然敢在我们中国的土地上，堂而皇之地威胁人！”他扬起手，把信往桌子上一拍，看向众人，眼中几乎要喷出火来：“我田汉这一辈子，别的不敢说，从来没怕过事！他日本人不是不让拍吗？我还就拍定了！这是上海！是我们中国的领土！我就不信，没有他日本人的同意，我就拍不了这戏！”

导演看了看他，为难地：“可是，下个月就开机了，连女主角都没有，怎么拍？”

田汉脸色阴沉，坚定地：“女主角我另外找人。我们还是照原计划，下个月一号准时开机！”

说起来容易做起来难。也不知道倔内干城又使了什么阴招，田汉把上海滩上稍有名气的女演员都联系了一遍，不是没有档期，就是身体不适，个个都不肯来。他明知是因为日本人的缘故，却一点办法也没有，眼看着开拍的日子越来越近，一筹莫展。田母见他孤身一人四处奔波找演员，还要兼顾舞美和道具，担心他的身体，几次喊他回家吃饭，他也只说没空，不肯回来。这天他又出去跑了一天，跟几个年轻演员接触了一下，总之不满意，一脸疲惫往回走，却被聂耳拦住：“老大，你可回来了！来来来，你跟我来！”

田汉被拖着走了几步，莫名其妙地：“聂耳，怎么了？出什么事了？”

聂耳兴奋得很：“我啊，给你找了个绝好的女主角！”

田汉一愣，激动地：“真的？是谁？你怎么找到的？”

聂耳神秘兮兮地：“你别管，总之啊，我跟你保证，这绝对是上海滩上的一颗新星！导演已经给她试过镜了，连声说好，就等着你回来拍板呢！”

田汉一听，越发乐了：“连镜都试过了？好好好，赶紧让我看看……”

审片室内。试镜的画面结束，只剩了沙沙的声响。聂耳把放映机一关，把灯打开，得意地：“怎么样？我给你找的这个女主角，满意不满意？你看看唱歌那节，演得多好！”

田汉还是维持着之前的姿势，一动不动。他万万没想到，聂耳找来的这个女主角会是杏儿，脸色难看得很。聂耳却没有察觉，兴奋得很，自顾自地：“老大，你没想到吧？你天天在外头跑，找得那么辛苦，结果最合适的，就在我们眼皮底下！亏得田妈妈无意中说起这件事，亏得杏儿有这份心，想要帮她田叔叔！这叫什么？这叫踏破铁鞋无觅处，得来全不费工夫！”

田汉脸色越发难看，斩钉截铁地：“不行。不能用杏儿。”他站起身来，二话不说，就往门外走。

聂耳一愣，忙追了上去：“不能用杏儿？为什么？”

田汉被他问得心烦，硬邦邦地：“没有为什么，不能用就是不能用。

聂耳急了，一把拉住他：“你刚刚都看到了，杏儿演得很好，年龄、长相，哪一样都合适，简直就是活生生的阿凤。你上哪儿去找比她更好的人选？再说，冯大哥把杏儿托付给你,她要是真能演好这部戏,成了大明星,他得有多开心?”

不提冯德麟还好，一提冯德麟，田汉猛地刹住脚步，回过头来：“聂耳，这件事情你不要再提了。不管你怎么说，我绝对不会同意让杏儿来演阿凤。”

他态度坚决得很，倒把聂耳弄糊涂了，松开手来。

“帮我联系导演，告诉他，我另外给他找女主角。”田汉扔下一句话，头也不回走了开去。

天蟾舞台后院。院子里传来咿咿呀呀的声响，夹杂着锣鼓声。杏儿听说聂耳来了，急匆匆跑出来，欢喜地：“聂叔叔，你怎么才来？拍戏的事，我已经跟师傅说过了。师傅说，既然是田叔叔的戏，让我尽管去，拍多久都没关系。”

聂耳看着她一脸的笑，不知该如何开口，暗暗抱怨田汉舍近求远、脾气古怪。杏儿丝毫没有察觉，只管问：“田叔叔看过试镜的片子没有？他怎么说？”

聂耳躲不过去,想了一想,尽量委婉地:“你田叔叔说,暂时不能让你来演。”

“不能让我来演？为什么？”杏儿一愣，脸上的笑容慢慢消失了，反应过来：“是不是我演得不好，田叔叔不满意？”

聂耳连忙摇头：“不是这个原因。昨天导演不是都说了么，你演得很好，也很适合这个角色……”

杏儿睁了一双水汪汪的大眼睛，不相信地：“那田叔叔为什么不同意？”

聂耳简直不知道该怎么答好，挠了挠头，无可奈何地：“说真的，我也不知道他为什么不同意。你演得好不好，我们这么多人都看着呢，可他坚持不肯，我也没办法。”

杏儿又是委屈，又是失望，愣愣地站着，眼圈都红了。她听奶奶说起找演员的事，说田叔叔四处求人，为难得很，鼓起天大的勇气去电影公司试镜，满以为可以帮上他的忙，却万万没想到，田叔叔会不肯让她来演。聂耳也是一头雾水，琢磨不出个理由，想了一想：“要不这样，田妈妈今天下了死命令，让田老大回家吃饭。你跟周老板请个假，我陪你一起回家去，再跟田老大说说。”

杏儿抬起头来，看着他，想了一想，点了点头。

二

聂耳和杏儿到田家的时候，田汉还没回来。田母听聂耳说了杏儿试镜、田汉不肯的事，满心不悦：“这个寿昌。天天在外头找这个找那个，家里明明坐着一个，他偏偏不肯要！杏儿，奶奶知道你的心思，你是想帮你田叔叔的忙。你放心，奶奶支持你，等他回来，奶奶亲自跟他说！”

杏儿腼腆地笑笑，欢喜地："谢谢奶奶！"

田母想起什么，从兜里掏出钱来："对了，聂耳，你去一趟菜场，买只鸡回来。你有好一阵没来了，今天一定得留下吃饭，田妈妈做你最爱吃的汽锅鸡！"聂耳一愣，忙把钱往外推："田妈妈，这怎么好意思……"

"叫你拿着就拿着！"田母二话不说，虎着个脸，把钱往聂耳手里一塞："你啊，就是性子犟，不肯麻烦人家一星半点的。田妈妈不吃你这一套。在我心里，你就跟我自个的儿子一样。儿子好久没回来了，娘给你做顿好吃的，有什么不好意思的？"

聂耳听她这么说，不好再推，只好接了下来。田母这才满意，笑眯眯地："杏儿，你陪你聂叔叔去，多买点好吃的。"

"哎！"杏儿清亮地应了一声，推着聂耳走出门去。

他们前脚刚出门，田汉右脚就到了家。他奔忙了好些天，面色灰暗，眼睛里满是血丝，疲惫得很。田母看着儿子，又是心疼，又是不解，把聂耳和杏儿来的事一说，低声问道："寿昌，你不让杏儿上，总得给她一个理由吧？"

田汉不知道该怎么解释，躲闪地："娘，你就别问了。杏儿要是想拍电影，我再给她安排别的试镜。这部片子是真的不行。"

"为什么不行？"田母见他态度坚决，也生了气："杏儿那孩子是我看着长大的，她的心思，我比谁都清楚。你以为她这么想演这个戏，巴巴地跑来试镜，为的是什么？是为了拍电影、当大明星？我告诉你，不是！她是为了你！为了能帮上你的忙！"

田汉沉默着，也不点头，也不答话。田母见他这样，叹了口气："你这几天为了找女主角，累成什么样，你以为娘不知道？我听聂耳说，离开拍只有四五天了。这个节骨眼上，你上哪去找比杏儿更好的人？杏儿她明明是想帮你，你怎么就是不领情呢？"

田汉闷着头，还是不答话。

田母见他这样，态度强硬地："不管了。这事娘替你做主，你答应也得答应，不答应也得答应。"

田汉急了，抬起头来："娘，别的事情我都能答应，可唯独让杏儿演阿凤，是真的不行！"

田母不由分说地："你别说了，娘从来没求过你什么事，这件事就这么定了。"

田汉见再也瞒不下去，无可奈何地："娘，你知道之前的女主角为什么不肯演？因为她受了日本人的威胁。她收到一封信，信里放了子弹。"

“放了子弹？”田母整个愣住了，反应过来：“寿昌，那你也……”

田汉点了点头：“他们也威胁了我，还有金焰。”

屋里安静得很。田汉知道母亲担心，索性把心里憋着的话一股脑说了出来：“娘，日本人为了阻止《风云儿女》的拍摄，不知道还会做出什么事来。虽然我已经下了决心，要保护好演员们。可杏儿不行。哪怕只有千分之一的危险，我也绝不能让她冒险。”停了一停，艰难地：“冯大哥已经牺牲了。他就只剩下这么一个女儿，托付给我，我不能让她再出任何事情。”

“寿昌，你刚刚说什么？”田母猛地站起身来，一把抓住田汉的手，不敢置信地：“你说杏儿她爹死了？”

田汉点了点头，黯然地：“就是几个月前的事。我没敢告诉杏儿，怕她知道了，心里难受……”

——语音未落，门外重重的一声响。两个人都是一惊，扭头去看门口。

杏儿刚刚买菜回来，一脸震惊，手中的酒瓶跌到地上，摔得粉碎。

“杏儿……”聂耳见情况不对，想要说些什么劝她，杏儿却恍惚了一般，喃喃地：“不会……不会……一定不会的……”一边说，一边连连往后退。

门打开来，露出田汉的脸。他已经猜出发生了什么，紧张地：“杏儿，你听叔叔说……”

杏儿看到他，脸色巨变。她猛地转过身，头也不回，往楼下跑去。

“杏儿！杏儿——”田汉一愣，忙追了出去。

偏僻的小巷，杏儿拼命往前跑着。她的脸上，不知何时流下泪水来，狼狈得很。

“杏儿！”眼前是一串长长的台阶。田汉赶上前去，一把抓住她：“杏儿！杏儿！”杏儿跟疯了一般，拳打脚踢，拼命挣扎起来。田汉却紧紧抱住她，怎样也不肯放开。

“杏儿，你冷静下来，听叔叔跟你说！”

杏儿哪里肯听？捂住耳朵，拼命摇头，声嘶力竭地：“不，我不听！你说过的，我爹他好好的，他一定会回来，回来接我，听我唱戏……”

田汉见她这样，心痛得很，越发用力，把她搂在自己怀里。

“杏儿，对不起。都是叔叔的错，你爹牺牲的事，叔叔不该瞒着你。”他喃喃地说着、说着，紧紧抱住杏儿，怎样也不肯松开。杏儿渐渐停止了挣扎，听到最后一句，再也忍不住，放声大哭起来。她一张脸涨得通红，心里痛到极点，断断续续地：“爹、爹死了……就只剩下我一个人……就、就只有我一个人……”

田汉眼中也泛起泪花。他对这个孤苦伶仃的小姑娘颇有感情,把她看成是自己的女儿一般,痛惜得很,搂着她的肩,喃喃地:“杏儿,谁说你是一个人?你有奶奶,还有我,还有周信芳师傅,还有戏班子里那么多师兄师妹,你怎么会是一个人?”

杏儿根本听不进去，歇斯底里地哭着，拼命摇头。田汉见她这样，握住她的肩，强行转过身来，直视着她的眼：“杏儿，你给我听好了！你爹把你留在上海，把你托付给我，是希望你能好好活着，活得比谁都久，过得比谁都好！你爹虽然走了，可从今往后，你就是我的女儿！我田汉的女儿，要比谁都坚强。我田汉的女儿，要跟她爹一样，无论有多难、有多苦，也要坚持下去，过充满希望的日子!”他的眼中满是力量，却又充满了温柔。

杏儿慢慢平静下来，看着田汉，默默地流着泪。田汉伸出手去，替她把泪水擦掉，柔声地：“杏儿，你的人生还很长很长。以后，你会有很多朋友，会找到自己所爱的人，拥有自己的家。你也会成为母亲，会有孩子牵着你的手喊你妈妈，希望你给他很多很多的幸福。所以，你一定要好好地活着。只有你好好地活着，你爹他才能走得安心，走得不冤枉。”泪水越擦越多，决堤的洪水一般，漫过田汉粗大的手。

“叔叔!”杏儿看着田汉，再也忍不住，喊了一句，扑进他怀里。一时两个人都没有说话，只有细细的抽泣声，越来越轻。良久杏儿才抬起头来，满脸是泪说：“叔叔，我要演《风云儿女》。”

田汉一愣，有些惊讶，扭头看她。杏儿眼中是不容怀疑的勇敢和坚定，一字一顿地：“叔叔，你让我演这个戏。我爹是打日本人死的，我是他的女儿，我也要为抗日出一分力!”

田汉直直地看着她，看着这个勇敢的孩子，只觉得一股豪气从心底涌了上来，点了点头：“好，叔叔答应你，让你来演！我们让那些日本人看看，我们中国人是打不倒、杀不绝的!”

杏儿点了点头。她满心以为总有一日，她爹会胜利凯旋，准备了无数的话要对他说，现在却再也没了机会，心里酸酸楚楚，低低地：“叔叔，我想唱戏给爹爹听。我学了这么久的戏，大家都夸我唱得好，可他连一次也没有听过。”

田汉心里一酸，柔声地：“你唱。你对着东北唱，你爹他一定能听见。”

杏儿点了点头，站起身来。她脸上还挂着泪珠，站得笔挺，扯开嗓子就唱：听说是居庸关贼兵围困，三百年锦江山化为灰尘，满朝中俱都是谗臣奸佞，哪一个能分忧能定太平，可怜我一统封疆被流枭吞并……

三

茫茫雪山，天寒地冻。孙成光骑着马飞奔而来。他不修边幅，脸冻得发僵，一双眼睛却精光四射，透出军人特有的刚毅。马蹄飞快，踢起细碎的雪花来，消失在密林深处。

义勇军将士正在休息。小驴拿了张纸，把一点点烟末子卷起来，举到面前，小心翼翼地抽了一口，脸上露出满足的神情。他比之前多了些沧桑，也老练得多，推了推身边的萧睿："来一口？"萧睿摆了摆手。他脸上添了一道长长的伤疤，多了几分粗犷，凑在篝火前，烤被雪冻住的靴子。

马蹄落在雪地上，发出嘎嘣嘎嘣的声响。一个战士站起身来，欢喜地："是孙大哥！孙大哥回来了！"萧睿等闻言，也都站起身来，围了上去："成光，怎么样了？"

"是啊，有什么消息没有？"

小驴从人堆中钻了出来，笑嘻嘻地："孙大哥，杨队长喊你去，是不是有好事情？"

"就你这个猴儿精最聪明，一猜就着！"孙成光一巴掌拍在他后脑勺上，一咧嘴，笑出声来，豪爽地："来来来，都过来！我有天大的好事，要跟大伙儿宣布！"他心里快活，叉着腰，往大石头上一站。战士们忙围了上来，听他说话："大家都知道，我今天上队里开会去了。杨队长说，咱们不能再像从前那样，遇上小队的鬼子就打，遇上大队的鬼子就躲，没遇上鬼子，就满山头遛！咱们也要像正式的军队一样，有统一的编制、统一的指挥、统一的目标！只有这样，才能杀更多的鬼子，才能早日解放东北，把同胞们从水深火热中解救出来！"

——他说的杨队长，就是东北抗日游击队的队长杨靖宇，在义勇军中颇有声望。中共中央为了进一步发展敌后武装势力，决心改编东北各地分散的抗日力量，成立东北抗日联军，统一指挥，联合作战。这次开会，主要就是为了讨论这件事情。战士们静静地听孙成光说着，激动得很："……从今天起，我们和南满游击队、海龙游击队一起，改编为抗日联军第一军，由杨靖宇同志任军长，统一指挥。其中南满游击队改编为第一师，海龙游击队改编为第二师，我们改编为第三师。从今往后，咱们不光要打鬼子，更要开辟自己的根据地，与当地的群众打成一片，真正做到进可攻，退可守！"

一个战士有些疑惑，高声问道："孙大哥，那咱们还是义勇军吗？"

"是，当然是！"孙成光爽朗地一笑，豪气干云地："什么叫义勇军？能挨得住风霜冰雪，耐得住饥寒交迫，豁得出鲜血性命，自动自发打鬼子的，就是义勇军！从前咱们是没组织的义勇军，只能单打独斗、各自为政。往后可就不一样了，咱们有组织、有兄弟，大家一起协同作战，鬼子来一个，杀一个；来两个，杀一双，打他们个焦头烂额、屁滚尿流！”

一席话，说得众人热血澎湃，笑出声来。

“对了，还有这个。”孙成光一边说，一边掏出个小包裹来。战士们好奇得很，凑上前去。——包裹里是小小的红底黄五星，火焰一般，在众人眼中跳跃：“这是红底黄五星袖标，咱们抗日联军的标志，是东北的老乡们用省下的布，偷偷给咱们做的！来，听我叫名字，一个个领！孙成光——”他拿起一个袖标，率先往自己胳膊上一别，接着往下喊。

战士们一一走上前去，领过袖标，别在身上，欢喜地看了又看。

“哎，你帮我看看，袖标别正了没有？”

“行了行了，端正得很，不信你自己看！”

他们好久没有过这样的快乐，拨弄着小小的袖标，粗糙开裂的脸上满是笑容。孙成光看着他们的笑脸，又看了看胳臂上的袖标，也跟着笑了起来。

战士们兴奋了大半夜，傍着篝火睡了。孙成光和萧睿几个拿着一张破旧的地图，凑在火光前看着，商量着接下来的战斗：“……这几年，全国上下都在支持着东北的抗战，义勇军人数增加不少。现在最大的问题，一是武器，二是粮食补给。凉水河子地处辽吉两省交界，是日军的后勤基地。杨军长的意思，先集中力量，进攻凉水河子。乘日军前往救援，强攻三源浦，夺取武器和粮食，给日军以重创。”

萧睿学问多、人又聪明，这几年下来，已经俨然成了队伍里的军师。他凑过去看了看，点了点头：“三源浦是辽东大镇，日伪军在此经营多年，还设有一个军火库。如果能夺下来，武器和粮食都能得到极大补充，对抗日联军今后的发展壮大，是很有利的。”

小驴担心地：“可三源浦是日军的重要兵站，地势险要，戒备森严，光驻军就有上千人之众，我们不过两三百人，如何攻得下来？”

孙成光：“当然不止我们一个师！杨军长的意思，是由第二师牵头，先攻凉水河子；一师战力最强，趁日军赶往凉水河子救援，强攻三源浦；我们的任务，是在两镇之间，设法拦截前往救援的日军，在一师撤离三源浦之前，决不能让他们脱身。”

他一边说，一边在地图上指指点点。萧睿看了看，也拿起树枝来，比画行军路线：“凉水河子告急，三源浦日军一定会沿柳河沿线，赶往救援。我们只有两三百人，武器装备也落后得多，光论战力，肯定不及日军；要想拖住他们，只有利用地形和时间差。柳河东大小荒沟一带地势险峻，林木茂盛，适合埋伏，我建议在这儿、这儿和这儿，分段设下埋伏，快打、快走、快分散，给敌军制造人多势众的假象……”

战斗的日子很快到了。萧睿得到第二师动手的消息，带着几十个义勇军战士，埋伏在柳河东的林木之中，静静地等待着。小驴摆弄着手里的枪，轻声问道：“秀才，你想的法子能成吗？”

“能不能成，得打了才知道。”萧睿看了看表，微微侧了侧身，压低声音道：“应该快到了。记住，一定得等日军走得足够近了才能开打。我们只有三发手榴弹，两百发子弹，绝对不能打草惊蛇。”小驴心里有些紧张，却故作轻松地：“知道知道。我保证，一定等鬼子走到我鼻子底下，我才开打……”

日头越升越高，大小荒沟却安静得很，看不到一个人影。小驴等得有点不耐烦，捅了萧睿一肘子：“哎，秀才，怎么还没来？该不会二师那边出事了吧？”萧睿理也不理，静静地趴着。他突然听到什么，挥了挥手，轻声地：“来了。”

小驴忙闭了嘴，脸上玩笑的神色消失无踪，一动不动地盯着前方。远远的，冒出鬼子兵黄色的军帽，一眼看去，人数众多。队伍快速前进着，越靠越近，眼看着就到了面前。小驴有些心急，去看萧睿，萧睿却一言不发，轻轻地摇了摇头。日军靠得越发近了。一个司令模样的人骑在马上，高声地：“快！快！上头说了，这次一定要把南满游击队堵死在凉水河子，活捉杨靖宇，不放走一个人！”

萧睿还是不动声色。眼看着队伍快到一半，他才扬起手来，轻轻一挥。他带来的都是身经百战的战士，个个枪法神勇，号令一下，对着日本鬼子，沉稳地射击着，好几个鬼子应声倒地。小驴二话不说，站起身来，咬掉手榴弹的引线，照着日本鬼子，用力扔了过去。

只听见一声轰响，几个日本兵被炸得飞了起来，后面的人不明白发生了什么，用日语慌乱地叫喊着，乱成一团。日方司令骑在马上，看得清清楚楚，见对方只有几十个人，对着天上就是一枪，大声地：“慌什么！他们没多少人，给我还击！”

日军稳住阵势，端起机关枪，往义勇军这边扫。子弹打在山石上，噼里啪啦一阵乱响。一个战士打完最后一发子弹，把头一缩，大声地：“秀才，没子弹了！”

“撤！”萧睿招呼一声，战士们站起身来，就往密林深处跑。萧睿跑了两步，发现驴子没跟上来，一愣，忙往回跑。已经有几个日本兵爬了上来，驴子还猫在岩石后头，拼命还击，脱身不得。萧睿急了，一个滚打过去，叭叭两枪，撂倒最近的两个鬼子，高声地："快走！"

两人跌跌撞撞，往密林深处钻去。日本兵追在后头，只听得到零落的枪声，越来越近。孙成光带着百来个战士，架好机枪，埋伏在草丛后头，静静地等待着。萧睿带领的先头部队只是诱饵，能不能拦住敌人，为友军争取时间，就得看他们的表现。孙成光打过很多场仗，却从没有像今天这样紧张，屏声敛气，手按在用得惯熟的机枪上，牢牢地盯住前方。

战士们跑了过来，然后是萧睿和驴子。最后面，是浩浩荡荡的日本军队，紧追不放。孙成光眼看着萧睿他们跑了过去，挥了挥手。身后的战士忙拉动引线。巨大的爆炸声此起彼伏，之前埋好的土炮炸开来，把日军的队伍炸得晕头转向，七零八落。日军司令的马受了惊，登时立了起来，几乎要把他掀翻在地。

"开枪！"孙成光一声令下，十几挺机枪吐着火舌，对准了眼前的日本兵，疯狂地扫射着。

日本兵没想到会遇到埋伏，慌乱得很，忙往后退。后面的草丛里，却冲出百来个手持大刀的义勇军战士来："兄弟们，冲啊！跟鬼子们拼了——"

这是萧睿埋伏下的第三支队伍，负责在日军进入密林之后，切断后路形成合围。之前伪装逃跑的战士们也都停了下来，抽出藏在灌木中的大刀，冲上前去，与日军肉搏。萧睿最是勇猛，一刀砍在马背上，日军司令被甩落在地。驴子被几个日本兵围住，杀红了眼，疯了一般地挥动着大刀。孙成光打光了子弹，把机关枪一扔，发一声喊，捡起一把刺刀，冲了进去。

鲜血喷涌而出，喊杀声直冲天际。孙成光半边肩膀全都是血，眼看着日军要往回撤，一咬牙，高声地："不能放他们回去！都给我守住！一师撤离之前，咱们一个也不能退！"

他的刀上全都是血，山峰一般挡在最前头。战士们被他鼓舞，肩并着肩，背靠着背，用自己的身体堵住往回走的道路。日本军一次次冲了上来，又无奈地退了下去。

也不知道过了多久，身后传来急促的脚步声。一支队伍冲了过来，二话不说，加入到搏杀的行列。他们的胳膊上也都佩戴着红色袖标，高声地：

"三师的兄弟，我们来了！"

"同志们，干得漂亮！"

"一师已经攻下三源浦，缴获了大批武器和粮食，马上就会赶过来支援！"

——残阳如血，照在这一群血人身上。他们和新来的战友们一起脸上是酣畅淋漓的胜利的笑，那么快乐，而又那么骄傲。

第二十八章　杏儿，那一朵最美的花谢了

一

一九三五年，东北义勇军在中共满洲省委的领导下，改编为东北抗日联军，坚持建立广泛的民族革命统一战线，连克三源浦、凉水河子等重要村镇，大大打击了日伪的气焰。

与此同时，日军借口宋哲元第二十九军在张北盘查过境的日本中国驻屯军参谋川口清健一行八人，挑起张北事件，悍然进攻我察东地区。南京政府一味退让，妥协避战，激起了全国民众的强烈不满。一时间，北平、上海等地，抗日救亡运动高潮迭起，各界人士纷纷发表宣言和通电，要求南京政府对日宣战，立息内争，共御外侮……

封闭的和室。穿着和服的倔内干城正在擦拭武士刀，专心致志。他这几天心情很好，日本以自治为由，占领了察哈尔沽源以东地区，并与南京政府达成协议，取消冀、察两省境内的国民党党部，再次证明了他对南京政府的预估是何等正确。

冷冰冰的日光灯下，武士刀被擦得铿亮，发出幽蓝的光。这时一个日本官员走了进来，恭恭敬敬地："倔内先生。"

倔内干城头也不抬，继续擦拭着："什么事情？"

日本官员低头说："田汉他们那个《风云儿女》，在《申报》上打出广告，下个月一号，在光明影剧院，举行规模盛大的开机仪式。"

倔内干城一愣，冷冷一笑："他们连女主角都没有，怎么开机？"

日本官员看了看他的脸色，小心翼翼地："听说，他们已经找到新的女演

员了……”

“新的女演员？”倔内干城擦拭着军刀的手停了下来，脸上的笑容也收敛了：“我已经知会了上海所有的影业公司，不能让旗下演员接《风云儿女》这部戏。你说他们找到新的女演员，那就表示有人没有理会我的警告。宫本，你查查是哪个公司的演员，查到了，也给她送份礼物去。我倒要看看，这个世界上，有谁能真的不怕死。”

日本官员为难地：“可我已经打听过了。他们找的这个女演员是个新人，到现在连名字都不知道。”停了一停，迟疑地：“还有，一个叫聂耳的发表了一篇文章，公然指责我们大使馆为阻碍拍摄，指使人殴打编剧、威胁演员。还说、还说……”

倔内干城：“还说什么？”

“还说您这不过是掩耳盗铃，以为阻止了一部电影，就能阻止广大民众要求抗日的呼声，简直是自欺欺人、可笑至极……”

锵的一声，军刀入鞘的声响。倔内干城被人戳中了心事，脸上第一次现出恼怒的神色：“好！好！我看他们这群人，是敬酒不吃吃罚酒！”他把刀往架子上一放，铁青着脸，强压怒火地：“你把内田给我叫来，立刻，马上！”

官员被他的怒气吓到，应了一声，连忙退出门去。

田汉怒冲冲的拿着报纸，顾不得聂耳在作曲，把报纸往他面前一拍：“聂耳，这是怎么回事？”

聂耳一愣，笑了：“哦，没什么，我见那些日本人做得太过分，写篇文章吓吓他们。”

“你这哪里是吓他们？你这分明是吓我！”

田汉又是急，又是气：“日本人盯上我一个，就已经够麻烦了。你这文章一发，岂不是自投罗网？万一那些日本人看到了，要对你下手……”

聂耳毫不在意：“那正好。我就是要让他们知道，中国也还有不怕死的人！他们不就是看准了政府不敢开战，所以才这么肆无忌惮、为所欲为么？先是开车撞你，继而是威胁演员，以为凭这些不入流的手段，就能让我们知难而退，却不知道真正的中国人是有骨气的，绝不会被这些伎俩吓倒！”

“我知道你是为我抱不平，可我担心……”

“担心什么？你不是说过，最佩服谭嗣同，佩服他明知不可为而为之的勇气么？怎么，就准你学谭公抛头颅洒热血，不准我为朋友两肋插刀，一吐心中郁闷？”聂耳直视着他的眼，真诚地：“田老大，别人不知道，我还不了解你？

你呀，恨不得一个人把事情扛起来，好护得别人周全。可你也不想想，你这样一个人冲在前头，我们怎么过意得去？哦，就你是英雄，我们都是狗熊不成？”

田汉没想到他会说这些，一愣，感动地：“聂耳……”

聂耳目光灼灼，充满感情地：“还记得刚认识的时候，你跟我说的话么？你说我们总有一天，会走到一条路上来。既然是同志、是朋友，有危险就该一起扛，哪有让你一个人顶在前面的道理？日本人步步紧逼，总得有个人跳出来，跟他们针锋相对，让他们知道，中国的魂还在，中国人还没有垮！你有家有室，又是地下文委的重要成员，与其你来冒这个风险，倒不如我来挡这把尖刀，明明白白地告诉他们，这是我们中国的土地，不是他们为所欲为的场所！”

“好！好！聂耳，我田汉没看错人，没白交你这个朋友！”田汉被他这一番话说得热血沸腾，拍了拍他的肩，激动地：“我有没有告诉你，你文章里写的那些话，句句都是我心里想的？再过两天《风云儿女》就要开机了，我们一起并肩作战，让那些鬼子们看看，中国人心底里的力量！”

《风云儿女》的开机仪式就放在金城影院。

舞台一侧，杏儿躲在幕布后头，偷偷往外看。她穿了件颜色素淡的衣裳，上了点淡淡的妆，越发显得清秀娇怯，楚楚动人。只见台下坐满了人，有上海文化界的知名人士，有社交界的绅士名媛，有电影公司抽中的影迷，更多的是记者，拿着话筒、扛着照相机站在最前排，严阵以待。杏儿哪里见过这么大阵仗？吓了一跳，紧张得很。一旁的田汉见了，拍了拍她的肩：“杏儿别怕。一会儿主持人邀请大家上台的时候，你跟在金大哥后面，走出去就好了。”

金焰点了点头：“就是。你放轻松，头抬起来，自然一点……”正说话，外头响起热烈的掌声。导演等都站起身来，排成一排，等候出场。杏儿知道马上就要登台，跟在金焰身后，深深地吸了口气。果然，只听见主持人大声地：“下面，就让我们请出电影《风云儿女》的主创人员！”

愈发热烈的掌声。田汉站在一旁，冲杏儿鼓励地笑笑；聂耳也捏起拳头，冲她做了个加油的手势。杏儿鼓起勇气，点了点头，跟在金焰后头，走了出去。

镁光灯闪成一片。杏儿记得金焰的话，强迫自己抬起头来。眼前全都是人。无数目光汇聚在杏儿身上，让她头晕目眩，喘不过气来。耳畔，主持人正逐一介绍影片主创：“下面，让我们用掌声欢迎《风云儿女》的男主角，影帝金焰！”巨大的欢呼声。金焰上前一步，风度翩翩地鞠了一躬，退回原位。

“金焰先生是这部电影最早确定的演员。他将饰演来自东北的爱国诗人辛白华，而与他搭档的，这位幸运的女主角，歌女阿凤的饰演者，她会是谁呢？”主持人故意卖了个关子，转过身来，“她就是我们通过多次试镜挑选出的新人，冯杏儿！”杏儿鼓足勇气，学金焰的模样，上前一步，鞠了个躬。

新闻媒体对新冒出来的女主角好奇得很，相机对准了杏儿，拍个不停。主持人见状，把话筒递了过去：“冯小姐，这次能够出演《风云儿女》的女主角，你有什么感想？”

杏儿没想到会被提问，紧张得很，脑中一片空白。她慌乱地看向舞台一侧：田汉躲在幕布后头，冲她鼓励地笑笑，示意她开口说话。杏儿强迫自己镇定下来。她怯怯地从主持人手中接过话筒，正要说话，会场里突然起了一阵骚动。一群黑衣打扮的大汉拥了进来，二话不说，挥舞着手中的棍棒，见人就打。人群毫无防备，一时间，尖叫声、脚步声、撞翻东西的声响充斥了会场。

“怎么了，出什么事了？”

“你们是什么人？为什么打人？”

“快，快去叫警察！”

人群受了冲击，疯了一般往外涌，相机、照明灯都被绊倒在地，会场里乱成一团。田汉见情况不对，把幕布一掀，冲了出来：“干什么？你们都给我住手！住手！”大汉们存心砸场，哪里肯听？冲上舞台，就要去打杏儿。

“杏儿，小心！”田汉忙伸手把杏儿紧紧护在怀里。聂耳、金焰等都是血气方刚，哪里还忍得住？冲上前去，跟大汉们打了起来。混乱之中，内田隆平一袭黑衣，躲在楼座的柱子后头，微微眯起眼睛，瞄准田汉。田汉额上已经带了伤，正拳打脚踢，拼命抵挡着，把杏儿护在身后。他见那群黑衣大汉下手颇重，生怕杏儿受伤，高声地：“ 杏儿，快，快走！”

杏儿应了一声，转身要跑，却一眼看到柱子后头探出的漆黑枪口，惊恐地：“叔叔——”

语音未落，一声清脆的枪响。杏儿见子弹朝田汉飞来，想也不想，挡在他前面。她只觉得有什么东西穿过身体，又钻了出去，心口疼得可怕，全身气力都被抽走了一般，软绵绵地往地上倒。内田隆平见杀错了人，忙做了个手势。黑衣汉子们很快退了开去，消失得无影无踪。田汉反应过来，疯了一般冲上前去，抱起杏儿，歇斯底里地：“杏儿！杏儿！”

杏儿倒在地上，素色衣服被鲜血染得通红。她咳着嗽，气息微弱地：“叔、叔叔，你有没有受伤？”

田汉眼中一片血红，拼命摇头：“叔叔没受伤，一点也没受伤。你看，叔叔好着呢……”

杏儿这才放了心，艰难地抬起手臂，指向楼上，吃力地："叔叔，有、有人要害你……"

田汉拼命点头："叔叔知道。杏儿，你别说话，叔叔这就送你去医院……"

他一边说，一边去抱杏儿。杏儿却没了反应，头一歪，闭上眼睛。

"杏儿？杏儿！"

田汉一愣，颤抖着伸手去摸，哪里还有半点气息？

"杏儿！你说话，你说话呀——"他疯了一般，抱起杏儿，摇晃着，拍打着她的脸。

四周围嘈杂的声音都听不见了，只剩下田汉撕心裂肺的喊声："杏——儿——!!!"

二

一日之内，杏儿被杀的消息就传遍了整个上海。张宏远看着报纸上铺天盖地的报道，恼火得很，抓起报纸就往顾云峰脸上扔："你看看，你自己看看！我早就说过，田汉的电影，不管他写什么内容、由哪个公司投资，一律不许拍摄、放映！可你呢？他要拍什么《风云儿女》，你不但不想办法阻止，还给他大开方便之门！现在是敏感时期，民众为了华北一事，闹得沸反盈天，连民国都要推翻。万一有人从中煽动，借着这个由头大闹特闹，真闹出什么事情来，你自己说，怎么收场？"

顾云峰知道事态严重，也不辩解，直挺挺地立着。

张宏远盛怒之下，看也不看他，往凳子上一坐："绍甫，凶手抓到没有？"

李绍甫忙答道："抓到了。凶手已经承认，在剧院开枪的就是他。他虽然拒不招认自己的身份，可根据我们的调查，可以肯定他是日本人，手下掌控着一个叫黑龙会的组织，跟偪内大使来往甚密……"

张宏远听到偪内的名字，气到极点，拍着桌子骂道："这个偪内干城也太嚣张了！不过是一部电影，他就敢在光天化日之下，公然杀人！现在事情闹大了，他倒好，躲在租界里不出来，把烂摊子留给我们！"停了一停，烦躁地："外头形势怎样？田汉他们有什么动静没有？"

李绍甫皱了皱眉，忧心忡忡地："田汉倒是没什么动静，可民众们看完报道之后，愤慨得很，强烈要求严惩凶手，还死者一个公道。电通公司设的灵堂外头，不到半天的工夫，已经聚了四五千人。听说明天一早，还会有更多人赶过来，参加电影公司组织的万人送葬仪式，向日本人示威……"

“万人送葬仪式?”张宏远一惊,猛地转过身来,厉声地:“什么万人送葬,我看是有人想趁机捣乱!他们这哪里是送葬?这分明是游行、是示威,是借着这件事,对政府做赤裸裸的抗议!”

李绍甫委婉地:“这也怪不得他们。这段时间,日本人悍然进攻察东,策动华北分裂,民众的反日情绪一日高过一日。这次的事更是火上浇油。现场有那么多记者,眼睁睁看着一个十五六岁的小女孩遇害,只要是稍有良知的人,怎么可能不痛心、不愤慨?要我说,我们还是要以怀柔为主,先试着和他们谈,想办法说服他们,放弃送葬,实在说服不了 ,再做别的打算。”

张宏远见他说得在理,想了一想,抬起头来:“云峰,你跟他们交道打得多,你代表政府,去一趟电影公司,问问他们有什么条件。能答应他们的,尽管先答应着。记住,无论如何也要拖住他们,绝不能让他们搞什么万人送葬!”

顾云峰犹豫片刻,默默地点了点头。

白布搭成的灵堂。灵堂外是夏衍手书的挽联,上联是“梦系北疆春雨梨花千古恨”,下联是“魂断南国秋风桐叶一天愁”,横批“河山安在”四个字,墨迹淋漓,触目惊心。灵堂正中摆着一副小小的棺材。昏暗的灯光下,杏儿一身白衣,躺在里面,一动不动。两旁摆满了花圈和挽联。不时有市民进来,恭恭敬敬地给杏儿鞠躬,献上花圈和挽联,面色沉痛。

天方发白。灵堂外头全都是从上海各个角落赶来的市民们,越聚越多。他们面色严肃,雕像一般直挺挺地立着,沉默着。

田汉一动不动,坐在棺材旁边。他已经守了几天几夜,仿佛失去了意识一般,愣愣地看着杏儿,看着她惨白而平静的脸,脑海中不断重复着那天的画面。杏儿上台时紧张的神情,回答问题前羞涩的笑,被子弹击中、跌落在地的纤弱身影,满是痛苦的小小的脸……

他的脸上慢慢浮起痛苦的神色,拳头攥得死紧,几乎要握出血来。

顾云峰的到来,在记者群里掀起一阵骚动,他们不知道他来做什么,只本能地觉得并非好事。顾云峰知道自己不受欢迎,进了灵堂,也不说话,径直走上前去,对着杏儿的灵位,恭恭敬敬地鞠了一躬,良久,才抬起头来,走到田汉面前:“田先生。”

没有反应。田汉沉浸在悲痛的心绪里,看也不看他一眼。

顾云峰也不生气,诚恳地说:“田先生,我今天来,是代表政府,向死难者表示慰问的。杏儿的事,张市长已经听说了,他让我转告你们,杀害杏儿的凶手已经抓住了,也认了罪,政府已经决定即日处决。还有,市财政厅已经专门拨了一笔款项,作为抚恤金,给杏儿的家属……”

“家属？家属？你也不问问，她还有没有家属？”

田汉缓慢地抬起头来。他眼中几乎要喷出火来，猛地站起身，一把揪住顾云峰的领口，失控地：“我告诉你，她的家属都去了哪里！她娘和她弟弟，九一八的时候，死在了日本人的刺刀下。她爹为了能收复东北，为了有一天能回到自己的家乡，参加了义勇军，就在不久前的一次战斗里，与十几倍于他们的敌人同归于尽！他临走的时候，把杏儿托付给我，就是为了女儿能平平安安长大，可现在，她躺在这里，再也不会说话，不会笑，不会对着我喊叔叔，不会期待地问我，爹爹究竟什么时候回来！这种时候，你还来跟我谈什么抚恤！你们那点钱，又能安慰得了什么，抚恤得了什么？”

他心中憋了太多的话，太多的愤怒与悔恨，揪住顾云峰的手青筋直暴，气力大得惊人。顾云峰没想到他会如此激动，不敢乱动，勉强开口道：“田先生，你镇定一点。事情已经发生了，总得想个办法解决。有什么要求，你尽管跟我提，政府考虑之后，会酌情进行处理……”

“要求？”田汉直视着他的眼，愤怒到了极点，反而悲怆地笑出声来：“我要他日本人公开认罪、公开道歉，你能做到吗？我要他倔内干城亲自到这里来，给杏儿下跪，拿他自己的性命给杏儿赔罪，你能做到吗？我要他们日本人从此滚出中国，你能做到吗？”

灵堂里静得可怕。田汉的话犹如一记记重锤，锤在众人心上，震撼得很。聂耳再也忍耐不住，跟着喊了出来：“没错，我们要求交出真凶！为杏儿报仇！”

“严惩真凶！不能任他们逍遥法外！”

“这是我们的国土，让日本鬼子滚出中国去！”

灵堂内外，一时响起巨大的呼声。无数人捏起拳头，高声喊了起来。这呼声仿佛是从地底下涌出，强而有力，震耳欲聋。田汉的眼涨得通红，仿佛是两把刀，笔直地看向顾云峰：“听到没有？这就是我们的要求！这是我们大家的要求！”

顾云峰见形势紧迫，无可奈何：“田先生，你们的心情我都明白，可政府也有政府的考虑。现在中日关系紧张得很，一触即发，能不能以大局为重，先忍了这一时……”

“忍了这一时？我问你，从九一八开始，我们一忍再忍，还要忍到什么时候？”田汉悲痛至极、愤怒之极，连手指尖都在颤抖：“你也是个中国人，你自己睁开眼睛看看，中国现在是个什么模样！东北全境沦陷，河北、察哈尔两省，大半主权已沦落敌手，这样的时候，你们还要忍让，还要顾全大局！为什么他一个日本人，敢在我们的土地上为所欲为，敢在大庭广众之下，公然枪杀我们的公民？就是因为你们！因为你们这些口口声声要忍让、要顾大局的懦夫！窝囊废!!!”他情绪激动，胸膛剧烈地起伏着，一字一顿地：“你给我听好了，现在，我们中华民族已经到了最危险的时候，再这样下去，就只能亡国，只能眼睁睁看着他日本人，把我们屠杀殆尽!”

“好！说得好!”周信芳风尘仆仆，带着剧团众人，大步走了进来。

田汉一愣，松开抓住顾云峰的手，惊讶地：“信芳先生，你怎么……”

周信芳神色悲痛，却站得笔挺，铿锵有力地：“我听说杏儿出事，连夜往上海赶。杏儿是我的徒弟，说什么，我这个师傅也得送她最后一程!”

灵堂里一片死寂。田汉看向周信芳，突然笑了出来，豪迈而悲壮：“好！好！信芳先生，我们一起送杏儿!”他二话不说，走到棺材前，挽起一根杠子，扛在肩上。周信芳等也都走了过去，纷纷把杠子扛在肩上。顾云峰张了张嘴，还想说些什么，却什么也说不出来。

田汉看也不看他一眼，高声地：“起杠——!”

聂耳、周信芳等众人憋足了劲，把棺材抬了起来。灵堂内外一片肃穆。众人都一瞬不瞬，看向这几条血性汉子。顾云峰带来的两队警察被这肃穆的气氛所感染，悄无声息地把枪放了下来。

田汉一张脸涨得通红，直愣愣地正视着前方，憋足一口气，吼了出来：“杏儿，咱们走——”

这一声吼里，仿佛含了无尽的懊悔、无尽的悲愤，听得人心底一震、眼里一酸。田汉和聂耳站在最前头，抬着棺材，在众人的注目中，缓慢而庄严地向外走去。

看不到尽头的长街。田汉和聂耳在队伍的最前头，抬着棺材，肃穆地前行着。他们身后，是自发前来送葬的市民们。他们臂戴黑纱，庄重而严肃。有些还举着自制的横幅，用了粗大的毛笔，写着“严惩真凶，血债血偿”、“立息内争，共御外侮”等字样。

——他们都沉默着。这沉默里透出庄严和悲壮，压得四周围喘不过气来。

街的两旁站满了人。有七八十岁的老奶奶，偏过头去，无声地抹着眼泪；有抱着孩子的母亲，用了哀悯的目光，默默地注视着杏儿的灵柩；有学生装束的青年，攥紧了拳头，压抑着胸中的熊熊怒火；有轻衣短打的店铺伙计，眼眶湿湿，目送这苦难的姑娘最后一程。不断有人加入进来，沉默，肃穆，仿佛这不是一场葬礼，而是一个仪式。人越来越多，队伍越来越长，浩浩荡荡，像是看不到边际的河流，带着痛楚、带着悲愤，带着一个民族最深沉的呐喊，向着日租界涌去。

倔内干城没有想到，杀了一个小姑娘，竟会惹起这么大的麻烦。他在中国横行惯了，也不在意，想着他们就是再大胆，也不敢闯进租界来。见送葬的人群越来越近，这才觉得有些危险，忙派巡逻队前去阻拦，在租界边上一字排开，严阵以待。

田汉和聂耳眼神坚定、脚步沉重，走在队伍最前头。他们身后，是黑压压一片人头，江洋一般，看得人心里一惊。人群离租界越来越近，越来越近，步伐缓慢，却很坚定，丝毫看不出停下的意思。巡逻队长小野见状，拿起喇叭，用不熟练的中国话喊道："停下！赶快给我停下！"一边说，一边就做了个手势。身后的日本兵都举起枪来，把枪对准了送葬的队伍。

人群中顿时起了一阵骚动。前来送行的男女老少，心里本来就压着一腔怒火，见他们态度嚣张，更是攥紧了拳头，群情激奋。不知道是谁忍耐不住，率先喊了出来："日本人滚开！"

人群中响起巨大的回应声。无数的手紧握成拳，高高举了起来：

"对，日本人滚开！"

"打倒日本帝国主义！"

"严惩真凶，为杏儿报仇！"

"我们要报仇！为全中国的同胞报仇！"

——所有压抑着的悲哀和愤怒，都在这一个瞬间爆发出来，化为巨大的呼声，震耳欲聋。田汉和聂耳在这痛切的呼声中，扛着灵柩，径直往租界里走。

"停下！停下——"

小野大声吼着，哪里有人肯听？市民们理也不理，一拥而上，跟着往租界里拥。

"站住！谁再往前，我就开枪了！"

眼看着送葬的人群就要冲进租界，小野急了，对着天空就是一枪。

短暂的停顿。躁动的人群猛地停住脚步，隔着一条窄窄的马路，与日本兵面对着面。

令人不安的静。

田汉满腔悲愤，哪里肯停？他两眼血红，咬紧牙关，把肩上沉甸甸的木杠往上一颠，大吼一声："走！"

沉重的脚步声。田汉的脚重重地提起，又重重地落在地上。这脚步重若千斤，一步一步向前走去，不像是踏在地上，倒像是踏在每一个人的心底。聂耳等也都豁了出去，跟着田汉，扛着棺材，一步步往枪口上逼。人群再一次沸腾起来，痛切的呼声此起彼伏、铺天盖地：

"进租界去！让他们看看，我们中国人是有骨气的！"

"把日本人揪出来，向杏儿认罪！"

"我们不要道歉，我们要血债血偿！"

——压抑了许久的情感如火山爆发，倾泻而出，给人以巨大的威压，让人喘不过气来。小野被这气势所震慑，竟然不敢开枪，徒劳地喊道："快，快拦住他们！"

"谁敢拦？"田汉赤红双眼，大吼一声，扛着棺材，一脚踏进租界里。他的身后，激动的人群如决了堤的洪水一般，涌向日本大使馆。

三

那一天，日本大使馆门窗紧闭，倔内躲在最里面的房间里，不敢出来。这是倔内到中国以来最狼狈的一天，待人群一走，勃然大怒，直接照会上海政府，要求逮捕田汉聂耳，予以严惩。

张宏远没想到事态越演越烈，看向顾云峰，气不打一处来："……你阻止不了也就算了，怎么会任他们闹到这个地步？闯进租界去示威，这是什么？这是自找麻烦！万一日本人以此为借口，真的跟我们开战，到时候死的岂止一个两个？哦，那帮暴徒头脑简单不知轻重，难道你也不知道轻重？淞沪会战的惨况，难道你都忘了不成？"

顾云峰站得笔挺，不卑不亢地："市长，他们不是暴徒。"

"擅闯租界、恐吓大使，这不是暴徒是什么？"张宏远没想到他会反驳，一愣，越发怒了："你知不知道你是什么身份？你是国民政府的厅长！做什么事情，要懂得顾全大局！像今天这样的事，你既然在那里，就该抓几个人，把事态控制住……"

顾云峰没有说话，默默地拿出一个信封来，放在桌上。

"这是什么？"张宏远一愣，停了说话，去看顾云峰。

顾云峰也不答话，只静静地看着他。张宏远皱了皱眉，拿起信封来，看到上面"辞职书"三个字，吃了一惊，猛地抬起头来："你这是做什么？"

"我要辞职。"顾云峰站得笔挺，看向张宏远，"市长，这些年，我一直在想，我们对日本人一味忍让，到底做得对不对？政府常说要我们顾全大局，可再这样顾全下去，别说收复东北，眼看连华北也将不保。不久之后，就会轮到上海、轮到南京、轮到武汉！真到了那个时候，大半个中国落入敌手，国将不国，哪里还有什么大局可言？"

张宏远没想到他会说出这番话来，惊讶得很，愣在原地。

顾云峰已经想了很久，杏儿的死，更是让他下定了决心。他脸上写满坚决，一字一顿地："我是国民政府的厅长，可我更是一个中国人。日本人在我们的国土上杀了人，却反而要我们忍让、要我们道歉，世界上哪里有这样的道理？国难当头，与其留在这里，当这个问心有愧的厅长，我宁肯做一个普通的老百姓，堂堂正正过日子！"

他这番话说得光明磊落，像是卸下一个沉重的包袱，看也不看张宏远，转身走了出去。

张宏远愣在原地，半天才反应过来，把辞职信揉成一团，恨恨地扔了出去。

田汉他从日租界回来，二话不说就进了书房，把自己反锁在里面。田母做好饭菜，喊了几次也不见他出来，把饭菜热了热，走到书房前敲门："寿昌，出来吃点东西吧。"

门紧闭着，里面一点动静也没有。

"寿昌，娘知道，为了杏儿的事，你心里难过。娘也难过。可就是再难过，这饭还是得吃。你都一整天没吃东西了，这样下去怎么能行？"

屋里还是没有声响。田母看看手里的饭菜，又看看纹丝不动的门，无法可想，长长地叹了口气。

田汉坐在桌前，头发蓬乱，眼中满是血丝。他不想见人，也不想说话，全部的话语仿佛都随着杏儿的死消失了。他的目光落在手中的钢笔上，不由得又想起杏儿来，想起她宝贝似的，拿出装着钢笔的盒子，甜甜地笑着，带着动人的羞涩："田叔叔，这是给你的。我也不知道你喜欢用什么笔。师傅说这个最好，吸洋墨水的，写起字来又流畅，又不挂纸……"

田汉眼圈湿湿，有什么从眼中落了下来，热得发烫。他想要写些什么，却什么也写不出来。猛地站起身来，在屋里焦躁地踱着步子。眼泪大颗大颗地滑落，脸上湿漉漉的，他却什么也没有察觉，困兽般地在屋里走着。他越走越快，胸膛剧烈地起伏着，越来越多的画面向他涌来，几乎要把他淹没其中：

——九一八事变中，尸横遍野的东北大地；

——金焰满脸血污，背着冯德麟、牵着杏儿，出现在剧场门口；

——他自己领着学生们，静默地坐着，在市政府门前示威；

——冯德麟走的那天，杏儿疯狂地追出去，撕心裂肺地喊着"爹——"；

——学校解散之后，他一个人走在空荡荡的教室里，独自给学生们点到；

——戏院后台，他发现唱戏的是杏儿，不敢置信的惊喜的脸；

——排练中，他和学生们一起，为征鸿和景昭举办的那场难忘的婚礼；

——淞沪抗战中，炸得面目全非的学生们，和战场上那一抹永不倒下的红色；

——冯德麟血迹斑斑的日记，发黄的照片上，那带着笑容的、憨厚的脸；

——杏儿知道她爹牺牲之后，面朝东北，泪流满面，那一板高亢而悲壮的唱腔；

——东北的崇山峻岭之中，孙旅长、萧睿等义勇军战士与敌人拼死血战，岿然屹立；

——开机仪式上，杏儿羞涩的笑容、倒在血泊中的惨白的脸……

所有这一切，如同狂风暴雨一般，往田汉心头袭来，压得他喘不过气来。他抱着头，发着抖，完全沉浸在自己的世界中。悲愤、痛苦、懊悔、自责，种种情绪在心里激烈地冲突着、涌动着，寻找着出口，就要汇聚成形、喷薄而出。

"写，写，我得继续写……"

他神情恍惚，跌跌撞撞地扑到桌子面前，抓起笔就写。

四下里安静得很。笔尖飞快地滑过稿纸，发出沙沙的声响，满地都是揉皱的纸团，田汉却仿佛没有知觉一般，只管拼命地写着、写着。他思如泉涌，越写越快，只觉得有一种强烈的情感，促着自己往前，一刻也停不下来。稿纸写完了，他扯开抽屉，看也不看，伸手去摸纸。

——抽屉里空空如也，什么也没有。

田汉正写到紧要处，哪里停得下来？把笔一扔，站起身来。他眼睛亮得慑人，焦躁地打着转，喃喃地："对、长城……辛白华的长诗，就以长城为意象！不是用石头砌成的长城，而是用意志铸就的长城！但凡我们不肯做奴隶，不肯当亡国奴，这长城就永远不会倒，中国也就永远不会亡！"

——房间里被翻得一团混乱，却还是找不出一张纸来。田汉头发蓬乱，眼中几乎要喷出火来，无可奈何，颓然地坐倒在地。突然，他发现了什么，缓缓坐起身来。

桌上的笔筒里插着一支毛笔。

田汉愣愣地看着毛笔，抬起头来，又去看屋子四周。

——四周围是糊着纸的墙壁，在灯光下泛着微黄的光。田汉一愣，二话不说，跳了起来。他扑到桌前，抓起毛笔，拧开墨水瓶，蘸着墨水，就往墙壁上写。毛笔暴风骤雨一般，重重地落在墙上。映入眼帘的是"义勇军进行曲"几个大字，墨迹淋漓，格外惊心动魄。

田汉心中涌动着悲壮与庄严，更多的，是自信、勇敢和希望。他眼中放着慑人的光，一边往墙壁上写，一边高声念道：“起来，不愿做奴隶的人们！

把我们的血肉，筑成我们新的长城！

中华民族到了最危险的时候，

每个人被迫着发出最后的吼声！

起来！起来！起来！

我们万众一心，冒着敌人的炮火前进！

冒着敌人的炮火前进！

前进！前进！前进！”

他激动地难以自抑，近乎疯狂地写着，一手字如老树盘根、遒劲有力，看得人心头一震。他一口气写完，把笔一掷，看着满墙壁的文字，大口地喘着气，胸膛剧烈地起伏着，动弹不得。

咣当一声巨响，书房的门被推开来，前来抓人的警察们一拥而入。田汉已经明白是怎么回事，无所畏惧地看向他们。队长亮出搜捕证，高声地：“我们是巡捕房的。你涉嫌煽动民众、聚众抗日、威胁党国安定，我们奉命逮捕你。带走！”

几个警察涌了上来，却被田汉甩开。他站得笔直，眼中发出慑人的光，二话不说，走出门去。

“寿昌！”

田母等在外头，见他出来，忙喊住他。她红着眼圈，看着儿子，又是心疼，又是担心，心里有说不出的难受。田汉看着母亲斑白的头发，内疚得很。他走到田母面前，啪的一声跪了下来，磕了个响头：“娘，我走了。你多保重。”

田母一愣。她何尝不明白儿子的心思？强忍泪水，勉强笑道：“没事，寿昌。娘没事。”她一边说，一边伸出手去，抚摩着儿子沧桑的脸，见田汉头发蓬乱，狼狈得很，从桌上拿起梳子，为他把头发细细梳好：“你看看你，虽然是个大男人，出门也该讲究一点。胡子拉碴的，像个什么样子？”

她的动作极轻、极慢，充满了温柔，仿佛田汉不是被抓走，而是要去一个遥远的地方。田汉也不说话，只静静地看着母亲，看着她熟悉而苍老的脸。

——四周围的警察看着这母子两个，谁也没有上前。

田母梳好了头，又帮田汉理了理衣服，看了一看：“好了，这样好多了。起来吧。”

田汉站起身来。田母眼圈红红，却仍是笑着，看向儿子，勇敢而坚毅：“儿子，你放心去，娘能照顾好自己。娘会好好守着这个家，等你回来！”

田汉点了点头，眼中有无尽的感激与眷念。他深深地看了母亲一眼，二话不说，走出门去。

第二十九章　义勇军进行曲

一

顾云峰正在办公室整理东西。他把案头的文件分门别类，锁进抽屉里；又把没来得及披阅的卷宗整理出来，递给一旁的秘书："这些都是急需处理的公务，你转交给绍甫。他对宣传方面的情况比较清楚，应该没什么问题。"秘书点了点头，走了出去。

屋里安静得可怕，只剩了顾云峰一个人。他看着熟悉的办公室，长长地叹了口气，站起身来，打量着这个熟悉的房间。办公桌上空荡荡的，什么也没有；办公桌的对面，墙上醒目的位置，悬挂着顾云峰从黄埔军校毕业的证书，及一幅装裱过的字，上面用了遒劲的笔划，写着"忠孝廉耻"四个大字。

顾云峰悄无声息地走了过去，心情复杂地端详着；良久，把证书和字都摘了下来。镜框上积了一层薄薄的灰，他用手抹了去，细细地打量着。突然传来

敲门声。

张宏远推门进来，看见雪洞似的办公室，叹了口气："秘书说你今天就走。我送送你。"张宏远往办公桌上一坐，摸出烟来，递了一支给顾云峰。顾云峰挨着他，在办公桌上坐下，抽烟。

烟雾缭绕升腾，两个人的面孔都有些模糊，朦朦胧胧，带了种古怪的哀伤。

"这是毕业时我送你的那幅吧？"张宏远看着镜框中的字，有些感伤地："这么多年，字都旧了，咱们也老了。"

顾云峰点了点头："我记得你那时候说，要以这四个字为准则，当一个杰出的政治家。到那时候，中国再也不会是这般懦弱的模样；工业发展、商业繁盛，人民安居乐业，我们的国家，会比世界上哪一个国家，还要民主，还要强盛。"

张宏远一愣，怅惘地："是啊。那时候，我真以为会是这样。说真的，我没想到你会辞职。"

“我自己也没想到。”顾云峰抽了口烟，苦笑着，“我没想到自己会如此没用；没想到加入国民党，努力为国这么些年，却只是让中国更加软了手脚、没了脊梁；我更没有想到，今日之中国，不但没能从过去的苦难中挣脱出来，反倒套上了一层又一层枷锁，灾难深重，岌岌可危！”他脸上露出痛苦的神色，眼眶通红，再也说不出一句话来。

张宏远心里一阵难受，想要反驳，偏偏又反驳不了。顾云峰抬起头来，看向张宏远：“宏远，我们是几十年的老同学、老朋友。我知道，你有你的立场，但我想以朋友的身份，拜托你一件事。《风云儿女》一事，如果可能，我想请你代为斡旋，争取上映。”

张宏远迟疑片刻，叹了口气：“中央党部刚刚下令，逮捕一批共产党人，其中就有田汉。”

顾云峰一愣，猛地抬起头来，不敢置信地看向张宏远。张宏远一脸疲倦，麻木地：“你知道的，逮捕田汉，一是对日本人有个交代；二是杀一儆百，给国民们做个样子。蒋委员长说了，攘外必先安内；像田汉这种，不能不抓。”

顾云峰没有说话，只觉得说不出的失望和疲倦，从心底漫溢而出。张宏远这几天遭受了不少冲击，心情也复杂得很，不知该对他说些什么，拍拍他的肩，站起身来，往门外走。眼看到了门边，他想了一想，停下脚步：“云峰，我答应你。我会尽我最大的力量，让《风云儿女》顺利上映。”

答应就好。他顾云峰在党内兢兢业业这儿多年，最后也只能为田汉他们做到这些。顾云峰从政府大厅出来，看了一眼这熟悉的大楼，再没有一丝留恋。他回到家里，把妻子、女儿，还有家里的佣人都喊了过来，告诉他们自己已经做了决定，要离开上海，回原籍成都去。胡妈等虽然惊讶，但都表态愿意跟他们夫妇回去；反倒顾惜音犹豫半天，鼓起勇气：“爸爸，我不想去成都，我想留在这里。我已经想好了，现在的房子卖出去之后，我可以租一个普通的房间，给女子学校上音乐课，自己养活自己……”

顾云峰神情严肃，目光锐利，仿佛要一直看到顾惜音心底，他看着女儿，没有说话；半晌，低声地：“是为了他吗？”顾惜音没有躲闪，点了点头。

顾云峰长长地叹了口气，犹豫片刻，开口道：“市长昨天紧急下令，逮捕了一批共产党人，有田汉，有阳翰笙。我不知道他在不在里面。你最好先去找找，看他有没有事……”

顾惜音惊讶地看着他，慢慢反应过来。“爸爸，谢谢你！”她心中满是感激，二话不说，冲出门去。

顾云峰的顾虑并没有错。逮捕共产党人的名单上也有聂耳；警察去逮捕他的时候，他恰巧在工厂教工人们唱歌，躲了过去，听说田汉他们被抓的消息，换了一身衣服，帽檐压得低低的，匆匆往码头旁边的秘密联络处赶。他走到一排木板搭成的简易工棚前，警惕地看看四周，敲了敲门，闪身进去。

低矮的工棚里，坐着安娥、夏衍、聂耳等几个人。夏衍面色凝重，低声地："我想大家已经知道了。今天早上，政府出动巡捕队，逮捕了一批地下党员。被逮捕的一共十八人，其中包括寿昌和翰笙。"

工棚里一阵沉默。安娥："我刚去了一趟寿昌家，把田妈妈接到我一个朋友的家里，已经安排妥了；翰笙的妻女不在上海，翰笙被捕的事，我想暂时瞒着他们，免得他们担心。"

夏衍点了点头："这样很好。根据我们得到的消息，寿昌和翰笙现在被关押在上海公安局拘留所，不久之后，就会被转移至南京的宪兵司令部看守所。这段时间，我们会想办法与他们取得联络，联系文化界和政治界的中立人物，向政府施压，尽快展开营救工作。至于他们两个手头的工作，我想暂时由别的同志负责。寿昌被捕之前，《风云儿女》的剧本已经完成大半，剩余的部分，由我来接手；翰笙同志的刊物，由安娥同志和卓青同志负责。有什么问题吗？"

夏衍正要往下说，聂耳却举起手来："我有问题。"聂耳抬起头来，目光灼灼："我听说田老大为《风云儿女》写了一首主题歌，叫《义勇军进行曲》。我想请组织上批准，交由我来作曲！"

夏衍想也不想，直截了当地："这不行。你最近公开露面很多，组织上的意思，希望你尽快转移。我们已经安排好了，你今天晚上就走。这个码头今晚有船开往日本，你先在日本待上一阵，等组织上联系好了，再安排你前往苏联进修深造。《风云儿女》的主题歌，我会另外找人作曲。你住的地方已经不安全，散会之后，就留在这里；晚上安娥会过来，送你上船去日本。还有什么问题没有？"

聂耳想了想，抬起头来，认真地："我还是想为《风云儿女》作曲。我答应过田老大，要跟他并肩作战，写出我们中华民族真正的心声。答应过他的话，我一定得做到！"怕夏衍不同意，聂耳又急切地说："我可以在日本写完之后，再寄回国内来！我恳请组织上把这个任务交给我！由我来写，我想田老大一定会同意的！"

夏衍一愣，去看安娥他们。安娥等人都没有意见，点了点头。夏衍："那好。安娥，你抄录一份歌词，交给聂耳……"

商量完了营救的具体事项，旁的人都走了，工棚里只剩下安娥和聂耳。安娥拿出准备好的东西，一一递给聂耳："这是身份证明文件；这是张天虚的地址，他也是共产党员，在日本避难；你到日本之后，可以暂住在他那里。你要带些什么行李，可以告诉我。我托人回你家去拿，晚上给你送过来。"

聂耳想了一想："我平日作曲的曲谱本，就在书桌的抽屉里；还有一把二胡，就搁在床头，请你帮我带过来。别的也没什么，随便拿两套衣服就行了。还有，我娘那边……"

安娥了然地："你娘那边你尽管放心。我会想办法通知她，说你去日本研习音乐，要过一阵子才能回国。你到日本之后，也可以直接给她写信。"

聂耳点了点头。安娥想了一想，又问："惜音那边，要不要我转告她？"

聂耳脸上露出温柔的神色，迟疑片刻，摇了摇头："不了。我想亲自去趟顾家，跟她辞行。"

安娥一愣："去顾家？那怎么行？万一被国民党的特务发现……"

"你放心，我会格外小心，绝不会暴露行踪的！"聂耳看向安娥，目光灼灼，恳求地："安娥，你就让我去吧。我保证，只要见惜音一面，马上回来。"

安娥一愣，看向这张倔犟而热切的脸。那是一张只属于青年的脸，充满着热情、勇敢与坚持。她只觉得心头一热，想了一想，点了点头。

二

聂耳小心翼翼往顾家走的当口，顾惜音也正飞快地向前跑。她满头是汗，拐进一条巷子；巷子深处是火柴盒一般的楼房，一栋连着一栋。顾惜音看也不看，冲进一栋楼里，飞快地上了楼，停在一间破旧的房子前，用力敲门："聂耳！聂耳！"

没有人回答。顾惜音见他不在家，扭头就跑，又去了明月歌舞团和天蟾舞台，都没有聂耳的消息；跑到田家一看，更是人去楼空，书本稿纸扔了一地。她越发担心起来，思来想去，只有去找安娥，叫了辆车，匆匆赶到安娥住过的小洋楼前。天色渐暗，楼梯弯弯曲曲，带了巨大的阴影，朝她压迫过来；她只觉得这是最后的希望，一刻也不敢停，气喘吁吁往上爬，不小心一脚踩空，哎哟一声跌倒在地。她脸色惨白，额上满是冷汗，却仍是撑着楼梯，站起身来，一瘸一拐往楼上走；好容易到了安娥门口，拼命敲门。

门里一丝声响也没有。顾惜音还是不死心，用力地："安记者！安记者！"还是没有人回答，只余了死一般的寂。顾惜音只觉得脚上钻心地疼，再也支撑不了，滑坐在地。她心里绝望得很，坐在楼梯的阴影里，终于忍耐不住，哭出声来。

顾家门口，胡妈他们进进出出，正在做搬家前的准备。突然门铃响了起来，门外站着的，是个陌生的年轻人。他穿着长长的风衣，用帽子遮住大半张脸，急切地：“你好，请问顾惜音在吗？”

顾云峰一愣，打量着眼前的青年，心里一动，不确定地：“你是……聂耳？”

搬得空空如也的客厅里，聂耳和顾云峰隔着茶几，面对面坐着。他是第一次进到顾家来，也是第一次跟顾云峰见面，颇有些拘谨和不自在。顾云峰打量着他，不动声色地：“我常听惜音说起你。她现在不在家，你找她有什么事？”

聂耳犹豫片刻，抬起头来：“我是来跟惜音告别的。”

顾云峰一愣：“告别？”

聂耳点了点头：“我要取道日本，前往苏联学习音乐，今天晚上九点的船……”他没有多说，顾云峰却明白得很，点了点头，也不多问。聂耳这一番来，本来冒了天大的风险，生怕他会举报自己，颇有几分忐忑，见他没有这个意思，反倒安下心来，静静地坐在客厅里等。

墙上挂着珐琅质的西式挂钟，指针一点点挪动着，发出滴答滴答枯燥的声响：七点十五、七点三十、七点四十、七点五十……眼看着快到八点，聂耳怕赶不上船，终于再也等不下去，站起身来：“顾先生，能借我纸和笔么？”

顾云峰抬起头来，看着聂耳，点了点头。

顾惜音不知道自己是怎样回来的。她脚踝肿得老高，满以为聂耳已经遭了逮捕，连车也不知道坐，心中仿佛被掏空了一般，一瘸一拐，失魂落魄地往家里走。

“小姐，你怎么才回来，那个什么聂耳来了……”

胡妈走上前去，这才发现她的脚肿得跟桃子似的，唬了一跳：“小姐，你的脚怎么了？”顾惜音茫然的眼中霎时焕发出光彩，猛地抓住胡妈的手，激动地：“你说什么？聂耳来了？他人呢？在哪儿？”她一边说，一边跌跌撞撞往屋里走。顾云峰正在指挥搬运物品，听到声音，忙走了过来，扶住她：“慢点慢点。怎么弄成这样？”

顾惜音脸上满是笑容，欢喜地：“爸，是不是聂耳来了？他人呢？”顾云峰看着女儿，心疼得很：“他是来过，可刚刚已经走了。”

顾惜音一愣：“走了？”顾云峰点了点头，从怀里掏出一封信来，递给顾惜音：“这是聂耳让我转交给你的。他说你看了信，就什么都明白了。”

顾惜音拆开信，匆匆读了起来。她的脸上，笑容渐渐隐没了，脸色煞白，眼前一阵发黑。这封信并不长，却写得极坚决、极恳切，一看便知是聂耳的手笔：

“惜音，当你看到这封信的时候，我已经乘船前往日本；不久之后，更要远赴苏联，去进修音乐。然而，你不必为我担心。我相信，国家的危难只是暂时的，我的离开也只是暂时的。现时的离开，正是为了积聚力量；为了与危难中的中国一起，走更为漫长的路。

惜音，第一次见面时，我用二胡拉的马赛曲，你还记得么？它是那样雄壮，那样威武庄严而又充满力量！我也想要做出那样的作品，让每一个中国人能够昂首挺胸，高声地唱；我也想要做出那样的作品，让每一个中国人都能从中得到鼓舞、得到力量！我不知道什么时候才能回来，但我知道，我一定会回来。我深深地热爱着这片土地，正如我深深地热爱着你；而唯有这些，是无论相隔多远，也绝不会改变。”

下面是潦草的署名，写着聂耳两个字，孤孤瘦瘦，正如他人一般。顾惜音把那信攥在手里，恍恍惚惚上了楼，并不开灯，往床上一坐，石雕一般，一动不动。窗口透进来微微的光，照在她瘦削的脸上，格外伤感而寂寞。她不知道该为聂耳骄傲，还是该为他担心，只静静地坐着，眼眶微红，落下泪来。

她不由得想起那些他们在一起的日子，想起初见面时那不服输的青年，那山顶上与众不同的音乐会，那南京路上酣畅淋漓的小提琴曲，那树上传递的、最甜蜜的爱语。她只觉得失去了最宝贵的东西，想伸手去擦眼泪，却越擦越多，滴落在裙子上，化成濡湿的一团。她知道自己不能阻拦，也阻拦不了，握住手上用琴弦做成的戒指，仿佛那是世界上最可贵的珍宝，紧紧贴在心脏的位置。

三

船缓慢地前行着。四周围一片漆黑。聂耳闭着眼，静静地躺在低矮的底舱里，一动不动。一切都静止了一般，只听得见水流的声响。那声响很温柔，温柔得像是母亲的呢喃；却又充满了寂寞，寂寞得像是游子的喟叹。聂耳只觉得有说不出的伤感，伴着水流的声响，从心底深处直往上涌。他侧过头去，把耳朵贴近船底，着了迷一般，听着这熟悉的水声。水声越来越大，一下一下，重重地拍打在聂耳心头，化成节拍、化成旋律、化成强而有力的音符，从他的心底流泻而出。

最初只是潺潺的溪流，像是孩子甜腻的软语，柔和欢快；继而是奔涌的江水，打着滚儿急匆匆向前奔，短促强劲；继而是阔大的河水，轰鸣着、撞击着，暗潮汹涌、波澜迭起；最后，竟化成怒涛汹涌的博大的海，大开大阖、铁骨铮铮。

巨大的海浪声。马达发动的枯燥声响。海洋上特有的苦咸的空气。所有这一切，仿佛都化为音乐，倾泻而出，冲刷过聂耳的心头，强烈、博大、促不及防，开了闸的瀑布一般，疯狂地流淌着。底舱矮而窄，四周围堆满了货物；聂耳想要坐起身来，头碰在船板上，撞得生疼。他无可奈何，颓然地躺在这狭窄的、闭塞的，阴暗的空间里，被蜂拥而来的音符、旋律、声响压迫着，心里仿佛蕴藏着极大的力，快要喘不过气来。他的手无意识地合着拍子，一下下敲击船底；待到后来，再也忍耐不住，捏成拳头，用力砸向头顶、砸向身侧，砸向四周围的船板，近乎疯狂地："我要出去！出去！让我出去！"

头顶上的船板终于被掀开来，露出杨老爹的脸。他担心得很，劈头盖脸地："聂先生，你不要命了！马上就到关卡了。你别出声，再忍一忍，啊？"

说完，不等聂耳答话，啪的一声，把船板放下。

聂耳整张脸涨得通红，重又回到一片黑暗当中，绝望得很。他躺倒在货物之中，蜷曲着、翻滚着，被巨大的灵感压迫着，痛苦不堪。船由河入海，越发颠簸起来。四周围都是海浪的声响，一浪高过一浪，化为旋律，在耳边缓慢地响起。这旋律断断续续，并不清晰，却让聂耳心潮起伏、激动不已。

旋律越来越大，越来越响；惊心动魄、气势摄人。

聂耳极力克制着，颤抖着，近乎无声地哼唱着，突然想起什么，去摸索一旁的行李袋。他从行李里翻出一支微型手电，又把笔和歌词找了出来，索性躺平在船舱底板上，把手电咬在嘴里，把歌词压在头顶的船板上，看着歌词，低声地哼唱着；一边唱，一边飞快地做着记录，不时皱起眉头，删删改改。

耳边传来说话的声响；头顶上的船板也传来烦杂的脚步声，聂耳却什么也没有察觉，被拖进这音乐的漩涡里，飞速地写着、写着；四周光线昏暗，看不清他脸上的表情，只一双眸子放出摄人的光，闪闪发亮。他只觉得这旋律中包含了无数的情感，对田汉的、对惜音的、对母亲的、对一整个中国的；他心中所有的一切，年少的轻狂、天才的狂妄、曾经的迷惘，乃至对国家的哀其不幸、怒其不争，都融入到这个漩涡之中，释放出巨大的能量来，让他心神激荡，难以自持。不知过了多少时间，头顶上透进来一线亮光；杨老爹掀起船板，欢喜地："聂先生，到公海了，你可以出来了。"

没有动静。聂耳仿佛死过去一般，躺在一堆货物当中，一动不动。杨老爹以为他闷坏了，慌了手脚，忙把船板都掀开来，伸手去拉他："聂先生！聂先生！你怎么了？”

聂耳这才反应过来，虚弱地摇了摇头，一寸一寸，缓慢地从底舱爬了出来，在杨老爹的搀扶下，摇摇摆摆站起身来。他头发蓬乱，眼神狂热，整个人虚脱一般，汗如雨下，连头发尖都是湿漉漉的；脸憋得青一块紫一块，眼睛里满是血丝，声音暗哑地：“中国在哪？”

杨老爹一愣，没反应过来：“什么？”

聂耳抓住他的手，急切地：“中国在哪？”

杨老爹忙指了个方向，关切地：“在那边。我们刚刚过了海关，现在已经安全了。聂先生，你脸色不好。我扶你进船舱坐着，喝点东西，休息一下……”

聂耳听也不听，推开他的手，摇摇晃晃，向着中国的方向走去。他踉跄地走到船头，望着黑黝黝的远处，望着那片心魂所系的热土，只觉得有悲愤、有不安、有希冀，更有说不出的爱与不舍，百感交集，泪如雨下。他啪地跪倒在地，良久，向着那再也看不见的、博大的母亲，撕心裂肺地喊了一声：

“妈——妈——”

他不会知道，这一个奇特的夜晚，这首古怪的、从心窝子里掏出的歌，对于这个风雨飘摇的国家有着怎样的意义。短短几个月后，在金城影院的大屏幕上，《风雨儿女》正放映到最后。豪迈雄壮的歌声中，阿凤、辛白华等带领着众人，冲出洞口，勇敢地拼杀着。火光照亮了人们坚毅的脸庞，他们一边前进，一边放声歌唱：

“起来，不愿做奴隶的人们！把我们的血肉，筑成我们新的长城！中华民族到了最危险的时候，每个人被迫着发出最后的吼声！起来！起来！起来！我们万众一心，冒着敌人的炮火前进！冒着敌人的炮火前进！前进！前进！前进进！”

这就是那首血泪铸成的歌，从祖国的山河中流淌而出，与每一个观众血脉相通。那是属于中国、属于中国人的歌，那是属于一个古老民族的歌，它曾经软弱过、逃避过、不堪一击过，却始终屹立着，带着心底深处的傲骨与忠魂。全场起立，观众们热泪盈眶，大声地合唱着。

1935 年 5 月 16 日，由许幸之导演，袁牧之、王人美主演的《风云儿女》在金城大影院上映，电影主题歌《义勇军进行曲》随之风靡全国，广为传唱，吹响了中华民族抗日救亡的号角。这也是聂耳所创作的最后一支歌曲。

1935 年 7 月 17 日，这位天才的音乐家不幸在日本海滨溺水身亡，再也没有回到祖国的怀抱……

1935 年底，田汉经徐悲鸿、宗白华等多方设法，终于保释出狱；

1937 年 7 月 7 日，“芦沟桥事变”爆发，抗日战争全面打响；同年 9 月，国民党公布国共合作抗日宣言，抗日民族统一战线建立，田汉等义无反顾，投身到抗日救亡的洪流之中；此后，上海、南京、武汉、广州相继失守，抗日战争进入相持阶段，中国人民以绝大的智慧与勇气，与日军在各个战场展开殊死拼杀；

1945 年 8 月 15 日，日本天皇裕仁以广播“终战诏书”形式正式宣布日本无条件投降；

1945 年 9 月 2 日，参加对日作战的同盟国代表接受日本投降签字仪式在美军战列舰“密苏里”号上举行。日本外相重光葵和参谋总长梅津美治郎代表日本政府在投降书上签字。至此，中国抗日战争胜利结束，世界反法西斯战争也落下帷幕，中国历史翻开了崭新的一页……

尾声　起来，不愿做奴隶的人们！

那是一九四九年的秋天，秋高气爽。北平和平解放，全国第一次政治协商会议顺利召开，真可谓好事连连，举国上下欢腾不已。田汉更是迎来了一个意想不到的大喜讯，由他作词、聂耳作曲的《义勇军进行曲》在政治协商会议中被选为代国歌，将在开国大典时奏响，见证新中国的辉煌诞生。

这天下午，正是最应该庆祝的时候，他却谢绝了夏衍他们的好意，买了一瓶好酒，独自一人回了家，从抽屉深处翻出一张泛黄的曲谱来。那是辗转许久才传回国内的、《义勇军进行曲》的原始曲谱，上头“聂耳”两个字被抚摩多次，一笔一划，熟悉得仿佛刻进了心底。

田汉看着这份珍贵的曲谱，只觉得当年那个骄傲的青年仿佛就在眼前，与他眼对着眼、面对着面。他打开酒瓶，倒了满满一杯酒，放在空荡荡的酒桌对面；又给自己倒了一杯酒，慢条斯理地：“聂耳，是我。我找你喝酒来了。我今天来，是有个好消息要告诉你。你听了，一定会很高兴，像我一样高兴。”

他语气温柔，仿佛对着一个再熟悉不过的朋友，缓慢而庄重地：“前几天，政治协商会议一致通过，以《义勇军进行曲》作为新中国的国歌。你和我的《义勇军进行曲》。”

——没有回应。田汉却并不在意，只管看着眼前的曲谱。那刚劲的笔画仿佛变成了友人灿烂的笑脸，那样天真，那样自信，就像他从来不曾离开过。

“我知道，你心里开心。我甚至都能看见，你笑起来是什么模样。”田汉的脸上泛起隐约的笑容来，幸福、快乐，却又充满了伤感：“聂耳，新中国就要成立了。我们梦想中的那个崭新的中国，马上就要成立了！那一天，我们的歌会跟五星红旗一起，飘扬在中国的上空，全世界都会听到我们的呐喊，听到我们中国人的心声！你知道么？听到消息那一刻，我第一个想起的就是你。我跟自己说，我一定得第一个告诉你这个好消息；得跟你一起，好好喝一次酒，好好庆祝一回！”

他的眼眶渐渐红了，端起两只酒杯，碰了一碰：“来，这杯酒，咱俩干杯！干！”他仰起脖子，把两杯酒一一干尽。

“哦，对了，《义勇军进行曲》的完成版本，你还没听过吧？我知道你想听，都准备好了。来，我们一起听！”田汉一边说，一边从身后拿出留声机来，端端正正地摆在桌上，把唱片搁好，把指针放下。唱片飞速地转动起来。

——那是聂耳从未听过的音乐。

——是他和田汉创作的《义勇军进行曲》。

——是全体中国人的心声，是中华人民共和国的国歌。

几天之后，张灯结彩的天安门城楼。毛主席雄壮豪迈的声音，回响在天安门广场，庄严而又神圣：“我宣布，中华人民共和国今天成立了！中国人民从此站起来了！”

全场欢腾，雷鸣般的掌声经久不息。司仪站得笔挺，一脸自豪，朗声宣布：“我宣布，升中华人民共和国国旗，奏国歌……”

——雄伟而嘹亮的国歌声中，五星红旗冉冉升起：

“……起来！起来！起来！

我们万众一心，冒着敌人的炮火前进！

冒着敌人的炮火前进！

前进！前进！前进进！”

国歌不断地反复着、回旋着，越来越大，越来越响，冲向蔚蓝的的天际。

——在那里，五星红旗高高飘扬；一个全新的中国，昂首挺胸，傲然伫立。

写在书后

近年来，电视剧热播而同名小说热销的现象比比皆是，有业内人士称：“文学与影视的‘联姻’已成为一种趋势”。为了确保影视作品改编小说应有的文学品质，选择好的题材、好的影视作品无疑成为能否改编成功的关键。然而，在当前文化产品批量复制的快餐时代，不管是电视剧还是小说，真正的精品只能说可遇不可求。

怀着对文化精品的敬畏与渴求，我获知长沙广播电视集团历时四年而创作完成新的剧本《国歌》，并有幸一睹为快，剧中扑面而来的青春气息与喷薄向上的精神力量让我深深为之震憾：这是中华民族在最危难的时刻，年轻艺术家们以昂扬的生活热情，以与国家、民族共存亡的勇气与担当，用最热烈的生命成就的青春绝响！

全剧一气呵成，清晰流畅的故事脉络，跌宕起伏、富有张力的情节设置，鲜明生动的人物形象……无不清晰地折射出这部剧高品质的思想内涵与文化追求。由此，我幸运地认识了本剧的生产制作单位长沙广播电视集团罗浩先生，原来他们是打算从《义勇军进行曲》词作者田汉的故事来切入这个题材的，但随着对此题材认识的不断深入，国歌不是一时之歌、一地之歌、一党之歌，而是一国之歌，罗浩先生以敏锐而独到的眼光和高屋建瓴的气魄当机立断将剧名定为《国歌》，从此有了这部电视剧的横空出世。我分明能感受到，罗浩先生是以一种强大的精神力在做电视剧，目睹他对文化事业那种高度的责任感和一丝不苟的敬业精神，我不止是敬佩更是在内心深处无比感动！长沙广播电视集团，一向就有做精品电视剧的传统，整个团队始终秉持“精英制作、精品追求”的文化理念，自觉继承中华民族优秀文化，以宏扬优秀文化艺术成就为使命，曾经创作了《雍正王朝》、《走向共和》等一批在中国电视剧史上具有里程碑意义的辉煌力作。近年来他们与湖南电视台联合摄制的红色经典偶像剧《恰同学少年》，在全国尤其是青少年中掀起红色文化热潮。

正是电视剧《国歌》强烈的精品意识，激起我出版小说《国歌》也一定要使之成为精品图书的强烈愿望。之前，我们成功出版了电视图书《恰同学少年》，而且我们会继续出版《日出东山》《风华正茂》，这三本红色经典励志小说“将伟人从神坛上请了下来”，分别讲述了毛泽东等一代伟人求学、立志、成才、就业、择偶的方方面面，对青少年的立志成长、全面了解伟人与中国历史有着很好的激励帮助作用。小说《国歌》与它们一样，同属精品宏大题材，它将从更深层的思维角度诠释国歌诞生的文化内涵与精神内涵，与电视剧相得益彰，而绝不是电视剧的辅助读物。然而，精品的诞生永远无捷径可走，必然历经思想的煎熬与磨砺，加之剧本原有的叙事方式与小说的要求有相当差距，使整个改编过程显得格外艰难，但所有人都在努力坚持。在此，特别感谢长沙广播电视集团在本书出版过程中给予的大力支持，尤其是创作任务繁重的编剧袁子弹始终以极高的标准要求自己的作品，直至完成全部改编工作……

我想，这也正是国歌的精神在当代文化人精神品格中的直接体现。当国旗升起，《国歌》奏响，剧里剧外，书里书外，文艺战线的先辈与后继者们正以同一颗赤子之心，永远为祖国、为民族的和平富强摇旗呐喊，高歌前进！

胡艳红

二〇〇九年十一月

图书在版编目(CIP)数据

国歌/袁子弹著.—长沙:湖南人民出版社,2009.9

ISBN 978-7-5438-6012-4

Ⅰ.国… Ⅱ.袁… Ⅲ.文艺工作者-生平事迹-中国-现代 Ⅳ.K825.7

中国版本图书馆CIP数据核字(2009)第171734号

国　歌

作　　者:袁子弹
策　　划:胡艳红　梁　洁
责任编辑:胡艳红　肖贵飞
装帧设计:视觉共振

出版、发行:湖南人民出版社
网　　址:http://www.hnppp.com
地　　址:长沙市营盘东路3号
邮　　编:410005
经　　销:湖南省新华书店
印　　刷:湖南天闻新华印务有限公司
印　　次:2009年12月第1版　2014年6月第2次印刷
开　　本:710×1000　1/16
印　　张:22.5
字　　数:390千字
书　　号:ISBN 978-7-5438-6012-4
定　　价:35.00元

营销电话:0731-82683348　　(如发现印装质量问题请与出版社调换)